J.M. Redmann

Stirb, Jokaste!

Aus dem Amerikanischen von Monika Brinkmann

Ariadne Krimi 1069
Argument

Ariadne Krimis werden herausgegeben von Frigga Haug

Titel der amerikanischen Originalausgabe: Deaths of Jocasta

Redaktion und Lektorat: Else Laudan

Von J.M. Redmann erschienen im Argument Verlag:
Mississippi (Ariadne Krimi 1055)
Stirb, Jokaste! (Ariadne Krimi 1069)
Sag niemals ja (Ariadne Krimi 1087)

Für meine FreundInnen und MitarbeiterInnen bei der NO/AIDS-Spezialeinheit

Die Deutsche Bibliothek – CIP-Einheitsaufnahme
Redmann, Jean M.: Stirb, Jokaste! / J.M. Redmann
Aus dem Amerikan. von Monika Brinkmann
2. Aufl. – Hamburg ; Berlin : Argument, 1997
(Ariadne Krimi ; 1069)
ISBN 3-88619-569-4
NE-GT

Deutsche Erstausgabe

Eppendorfer Weg 95a, 20259 Hamburg
Tel. 040/4018000 · Fax 040/40180020
Titelgraphik: Johannes Nawrath; Signet: Martin Grundmann
Texterfassung durch die Übersetzerin
Fotosatz: Steinhardt, Berlin; Druck: Clausen & Bosse, Leck
Gedruckt auf säure- und chlorfreiem Papier
2. Auflage 1997

Anmerkung der Verfasserin

In der griechischen Sage war Jokaste die Mutter des Oedipus, der aus seiner Heimatstadt Theben verstoßen und in der Wildnis ausgesetzt wurde, weil das Orakel von Delphi geweissagt hatte, er werde seinen Vater, König Laios, töten. Oedipus überlebte und traf als Erwachsener auf Laios, der für ihn ein Fremder war. Sie stritten sich, und Oedipus tötete ihn. Nachdem er Theben vor der Sphinx gerettet hatte, wurde er zum König gemacht und heiratete die Witwe Jokaste.

Mit der Zeit offenbarte sich, daß Theben mit etwas behaftet war; die Götter verwüsteten die Stadt mit einer Plage. König Oedipus mußte herausfinden, was den Göttern so mißfiel.

Jokaste war die erste, die den Fluch erkannte, der auf Theben lag — daß nämlich die Weissagung des Orakels Wirklichkeit geworden war. Sie flehte Oedipus an, nicht weiter zu forschen, doch er weigerte sich, auf sie zu hören, und sie floh von ihm und rief: »Wehe, wehe, Unglückseliger! — dies Wort allein kann ich dir sagen, und von jetzt an auf ewig keines mehr!«

Als Oedipus begriff, was er getan hatte — seinen Vater umgebracht und seine Mutter geheiratet — eilte er, Jokaste zu finden. Sie lag in ihrer Kammer, tot. Als er sie anschaute, konnte Oedipus der Wirklichkeit, die er geschaffen hatte, nicht länger ins Auge sehen, und blendete sich selbst.

Was Jokaste empfand, als sie erkannte, daß sie ihren Sohn geheiratet und vier Kinder von ihm bekommen hatte, wissen wir nicht. Sie eilte fort von Oedipus und gelobte Schweigen. Niemand sah ihren Tod. Wir wissen nicht einmal mit Gewißheit, wie sie starb. Nach der gängigsten Erzählweise der Geschichte erhängte sie sich; in einer anderen Version stürzte sie sich in den Tod. Und laut jener Überlieferung, die nicht oft erzählt wird, beendete sie ihr Leben, indem sie ein Messer in ihren Schoß stieß.

Erstes Kapitel

In der Straßenbahn bekam ich keinen Sitzplatz. Es war später Nachmittag, und die Leute gingen von der Arbeit nach Hause. Schließlich stand ich fast ganz hinten. An jeder Haltestelle stiegen noch mehr Leute zu. Eine Aktentasche bohrte sich in meine Kniekehle. Ich erwog schon, ihm »versehentlich« auf die Zehen zu treten, als uns eine Vollbremsung aneinanderdrückte und ich ein entschieden weibliches »Umpf« von oberhalb der Aktentasche vernahm. Geschlecht als Rettung. Sie drückte sich enger an mich, als noch mehr Leute hereindrängten. Ganz eindeutig weiblich. Ich konnte durch mein T-Shirt ihre Brüste fühlen. Der Mann vor mir stieg aus. An seine Stelle rückte eine gut gekleidete Frau, in ihrer Hand — Sie haben's erraten — eine Aktentasche. Sie sah gut aus, Typ Karrierefrau. Langes, dunkles Haar und dezentes Make-Up. Die Straßenbahn fuhr mit einem Ruck an und schleuderte sie gegen mich. Ich war von Brüsten umzingelt. Sie lächelte mich entschuldigend an, weil sie mir so nahe kam. Ich lächelte einfach zurück.

»'tschuldigung«, sagte sie, als der nächste Ruck ihre Brüste erneut gegen meine stieß.

»Kein Problem«, erwiderte ich.

Sie lächelte mich wieder an. Ich spürte den warmen Atem der Frau hinter mir kitzelnd im Nacken. Ihre Titten saßen immer noch fest unter meinen Schulterblättern. Die Frau vor mir starrte mich unverblümt mit hochgezogenen Brauen an, ein Blick, den ich bestimmt völlig mißdeutete.

Ich trug ein T-Shirt, ausgebleichte Jeans und als einziges Markenzeichen ein Paar Ohrringe in Form kleiner rosa Dreiecke. Es zahlt sich nicht aus, in der Stadt des Halbmonds allzu deutlich zu werden — wir leben hier immer noch in den alten Südstaaten.

»Stört es, wenn ich mich hier festhalte?« fragte die Frau hinter mir, wobei sie einen Arm um mich legte. Er drückte sich in die Mulde genau über meiner Hüfte, aber sonst gab es da hinten auch nichts, woran sie sich hätte festhalten können.

»Nein, überhaupt nicht«, sagte ich. »Fürs Festhalten hab' ich Verständnis.«

»Darauf würd' ich wetten«, flüsterte sie mir ins Ohr.

Die Straßenbahn ruckte wieder, ob sie anhielt oder losfuhr, wußte ich nicht genau. Beide Frauen drängten gegen mich und entpuppten sich als ziemliche Ablenkung.

Ganz ruhig, Micky. Seit wann hast du es auf superelegante Karrieretypen abgesehen? Enthaltsamkeit hat schon ihre Nachteile. Zum Beispiel den, beim Anblick von Frauen, die früher ein eindeutiges Nein waren, zu denken: Vielleicht… Ich lebte schon zu lange enthaltsam, wenn eine Aktentasche zu einem Vielleicht wurde.

Der Wagen schlingerte, die Frau hinter mir verlor den Halt und war gezwungen, sich an mir festzuhalten. Ihre Hand lag auf meiner Hüfte. Dann drückte ihr Schambein gegen meinen Hintern. Das konnte kein Mutwille sein, sagte ich mir. Die Frau vor mir lächelte, als wüßte sie, was hinter mir vorging.

Das Ganze ist verrückt, dachte ich. Wenn auch nicht so verrückt, daß ich etwas dagegen tun müßte. So wie es sich anfühlte, hatte sie ein sehr nettes Schambein.

Dann hob die Frau hinter mir ihre Aktentasche und benutzte sie, um die Bewegungen ihrer anderen Hand zu verbergen. Ich wußte trotzdem, was sie tat. Ihre Hand war auf meinem Oberschenkel und glitt aufwärts. »Die nächste Haltestelle. Sie könnten einfach aussteigen und mit mir kommen«, sagte sie mit rauher, gesenkter Stimme. Ihre verborgene Hand erläuterte derweil einige der verschiedenen Bedeutungen von »kommen«.

»Das könnte ich«, antwortete ich.

Die Straßenbahn kam langsam zum Stehen. Sie ging voran. Die Frau hinter mir blieb hinter mir. Ich sah mich kurz um. Ein hinreißender Rotschopf. Sie zwinkerte, als sie meinen Blick auffing. Die Frau mit den dunklen Haaren bog in eine Seitenstraße, dann winkte sie uns in einen versteckten Hinterhof.

Es kam mir gar nicht in den Sinn, mich zu fragen, worauf ich mich hier einließ, wohl weil ich mit meinen zwei Dollar in der Tasche nicht allzu besorgt war, ausgeraubt zu werden. Ansonsten war das einzige, was diese Frauen von mir wollen konnten, mein Körper. Und damit hatte ich überhaupt keine Probleme.

Die Rothaarige schloß das Tor zum Hof. Beide Frauen warfen ihre Aktentaschen beiseite. Die dunkelhaarige Frau stellte sich hinter mich und legte ihre Arme um mich, um meine Gürtelschnalle zu öffnen. Während sie mir die Hose aufknöpfte, zog Rothaar, jetzt vor mir, mein T-Shirt hoch und entblößte meine Brüste. Ihre Hände, dann ihre Zunge und ihr Mund schoben sich darüber. Dunkles Haar hatte den Reißverschluß meiner Jeans schon geöffnet und machte sich am Elastikbund meines Slips zu schaffen, während ihre Lippen und ihre Zunge an meinem Nacken ähnliche Erkundungen vornahmen.

Rothaar knöpfte, weiterhin meine Brüste leckend, ihr Hemd auf, hakte dann ihren BH auf, schob ihn beiseite und zeigte mir blasse Brüste und sehr rosafarbene Brustwarzen. Sie drückte sie fest gegen meine und fing an mich zu küssen, äußerst zungenfertig.

Dunkles Haar drang jenseits des Elastikbundes vor. Rothaar küßte mich immer weiter, das Gewicht ihrer Brüste angenehm warm auf meinen. Ich fühlte ihre Zunge meine Lippenlinie entlangfahren, langsam zu meinem Kinn hinabgleiten, noch ein Kuß, dann ihre kalte, feuchte Nase auf meiner Wange …

Ihre kalte feuchte Nase?

Hepplewhite miaute. Sie saß auf meiner Brust. Katzenpfoten auf den Titten finde ich nicht gerade wahnsinnig erotisch. Ich hatte geschlafen, und sie wollte mich wecken, damit ich sie fütterte. Sie miaute erneut. Ich packte sie und verfrachtete sie auf den Boden. Ich hasse Katzen, die sich einbilden, ihr Magen habe Vorrang vor meinen erotischen Phantasien. Ich setzte mich auf und schüttelte mich wach.

»Geh dir 'ne Ratte fangen.« Doch während ich es sagte, war ich schon unterwegs in Richtung Küche, um ihr etwas zu Essen zu besorgen. Hep beherrscht ein vollendetes Fingernägel-auf-Schiefertafel-Miauen.

Ich kippte eine Dose voll Katzenfutter in ihren Napf und stolperte damit zum Badezimmer, ihrem offiziellen Futterplatz. Unnötig zu sagen, daß ich dort einen noch fast vollen Napf antraf.

Das Telefon klingelte. Ich mißachtete mein eigenes Anliegen im Badezimmer und ging an den Apparat. »Sieh an, sieh an«, sagte eine vertraute Stimme. »Das ist bereits das dritte Mal, daß du persönlich ans Telefon gehst. Ich vermisse es schon fast, mit deinem Tonband zu plaudern.«

»Ruf nochmal an, dann laß' ich dich«, antwortete ich.

»Nein, danke. Du bist die, die ich will.«

»Klopf leiser, o mein pochendes Herz. Was kann ich für dich tun, abgesehen vom Nächstliegenden?« flirtete ich. Die Anruferin war Joanne Ranson, eine Frau, mit der ich vor Jahren eine Beziehung hätte anfangen können, wäre ich nicht zu betrunken und zu ängstlich gewesen. Jetzt war sie mit einer anderen Frau zusammen.

Sie klang ernst. »Wie geht's deinem Bein?«

»Wird immer besser. Bald hab' ich keine Entschuldigung mehr, nicht am Marathon teilzunehmen, außer daß ich Laufen hasse. Letzte Woche war ich schon wieder beim Karate-Training«, antwortete ich. Ich war am Oberschenkel verletzt worden. Joanne fühlte sich dafür verantwortlich, weil ich auf ihr Geheiß in die Sache eingestiegen war. Sie war Kriminalinspektorin, Sergeant beim New Orleans Police Department.

»Gut. Bin froh, das zu hören. Diesmal ist es nichts Offizielles oder gar Gefährliches. Eigentlich nichts als pure Neugier.«

»Ja?« fragte ich. Es wunderte mich, daß Joanne mich etwas fragen mußte, das sie nicht durch ihre Quellen erfahren konnte.

»Eine Einladung. Du hast bestimmt von der großen Party gehört, die an diesem Wochenende steigt.«

»Klar«, warf ich dazwischen.

»Ich habe eine Einladung bekommen.«

»Und? Die meisten Leute zerbrechen sich den Kopf, wenn sie *keine* kriegen.«

»Wie ist meine Name auf diese Liste geraten? Alex und Cordelia schwören beide, daß sie nichts damit zu tun hatten. Sonst kenne ich keine Frauen mit solchen Beziehungen.«

Alex war Alexandra Sayers, Joannes Liebste. Cordelia James war ... nun, Cordelia war eine lange Geschichte.

»Ich wüßte zu gern«, fuhr Joanne fort, »wie Emma Auerbach auf meinen Namen kommt. Kannst du ein bißchen für mich rumschnüffeln?«

»Klar. Gehst du hin?«

»Alex hat mir keine große Wahl gelassen. Danny und Elly werden auch dort sein. Ich heb' dir ein Stück Kuchen auf.«

»Nicht nötig.« Ich genoß dieses Gespräch. »Ich komme auch.«

»Ach?«

Ich versuchte, meine Selbstgefälligkeit zu zügeln. »Im übrigen habe *ich* deinen Namen auf die Einladungsliste gesetzt.«

»Du?«

»Ich.«

»Du kennst Emma Auerbach?«

»Yep.«

»Erklärung«, forderte Joanne, als ich keine Erläuterung folgen ließ.

»Lange Geschichte, und ich muß pinkeln. Wir sehen uns dort. Grüß Alex von mir.«

»Mach' ich.«

»Wie geht's übrigens Cordelia? Hab' sie lange nicht gesehen«, versuchte ich möglichst beiläufig zu fragen.

»Ich dachte, du mußt pinkeln«, konterte Joanne.

»Stimmt«, sagte ich, weil ich nicht zu beharrlich wirken wollte. »Dann bis bald auf dem Land.«

»Es scheint ihr gut zu gehen. Hat viel zu tun. Bis dann«, antwortete Joanne und legte auf.

Ich ging endlich ins Badezimmer, pinkeln.

Ich versuchte, nicht an Cordelia zu denken. Ich versuchte seit Monaten, nicht an sie zu denken. Seit sie mit den Worten, sie brauche Zeit zum Nachdenken, die Treppe hinuntergestiegen und aus meinem Leben verschwunden war. Sie hatte einmal angerufen, hatte eine Nachricht auf meiner Beantworterin hinterlassen: »Es tut mir leid. Ich weiß es immer noch nicht. Ich muß dir gegenüber einfach ehrlich sein, und ich kann dir keine bessere Antwort geben als diese. Ich hoffe, es geht dir gut.«

Jedesmal, wenn es klingelte, ging ich ans Telefon, hoffte, es wäre sie. Aber sie war es nie. Mach weiter mit deinem Leben, Micky, sagte ich zu mir selbst, so wie ich es immer tat, wenn ich an sie dachte. Sie ist weit außerhalb deiner Reichweite.

Ich rappelte mich auf, zerrte einen Kamm durch meine wilden Locken und machte mich auf zum Lebensmittelladen, um so viel Katzenfutter zu kaufen, daß es Hepplewhite zufriedenstellen würde, wenigstens für ein paar Tage.

Jedes Jahr am letzten Maiwochenende gibt Emma Auerbach eine Riesenparty auf ihrem Landsitz. Alles, was im schwulesbischen New Orleans Rang und Namen hat, ist dort. Zu den Festlichkeiten am Samstagabend werden Männer und Frauen gebeten, aber nur Frauen bekommen die Einladung, übers Wochenende zu bleiben.

Ich allerdings war nicht eingeladen — ich war im Dienst, obwohl ich den dringenden Verdacht hegte, daß Emma mich als Sicherheitskraft angeheuert hatte, um meinem Bankkonto einen Gefallen zu tun, und nicht, weil sie wirklich Schutz brauchte. Sie bestand darauf, daß ich sie Emma nannte, deshalb tat ich es, fühlte mich dabei aber immer wie ein Kind, das versucht, die Schuhe seiner Mutter zu tragen. Sie war mittlerweile in den Sechzigern, und für mich würde sie immer Miss Auerbach bleiben. Ich hätte jederzeit alles für sie getan, weil Emma Auerbach mehr als irgend jemand sonst mein Leben gerettet hatte. Leben nicht im wörtlichen Sinn — vielleicht sollte ich lieber sagen, meine Seele.

Mit einer bis zum Rand mit Katzenfutter gefüllten Tasche stieg ich die Treppe hinauf. Mein Wohnbüro lag im zweiten Stock eines noch zu modernisierenden Gebäudes. Eines noch bewohnbar zu machenden Gebäudes, wie manche von uns klagten.

Mein sogenanntes Büro war der große Raum in der Mitte meines Appartements. Zur Linken lagen Küche und Schlafzimmer. Zur Rechten eine Dunkelkammer, der Wandschrank und das Badezimmer. Nicht die beste Aufteilung, aber für mich funktionierte sie. Anders gesagt, ich konnte sie bezahlen.

Auf der Tür am Treppenabsatz zur zweiten Etage stand: M. Knight, Privatdetektiv. Ich pustete etwas Staub vom M., während ich die Tür abschloß. Ich war auf dem Weg zu Emma.

Zweites Kapitel

Die Fahrt über den Lake Pontchartrain ist schwer zu beschreiben. »Langweilig« wäre vielleicht ein guter Anfang. Vierzig Kilometer lang nur Sie, der See und ein schmaler Betondamm. Mein jämmerlicher Datsun bahnte sich ächzend und schnaufend seinen Weg hinüber. Beinahe hörte ich seinen Singsang: »Ich glaub', ich schaff's, ich glaub', ich schaff's.« Das Festland war mir sehr willkommen. Nach einer Dreiviertelstunde weiterer kurvenreicher Landstraßen erreichte ich Emmas Anwesen.

Sie besaß annähernd achtzig Hektar Land. Das meiste davon blieb sich selbst überlassen. Nur ein paar Morgen waren für das Haus gerodet worden, ein elegantes und unaufdringliches Landhaus. Es war zweistöckig mit weißen Schindeln, und um alle drei Schornsteine rankte sich Efeu. Hinter dem Haus gab es einige kleinere Häuschen für Besucherinnen.

Ich parkte das Auto hinter der Garage und machte mich dann auf die Suche nach Emma. Mit einem Umweg durch die Küche natürlich. Rachel Parsons, eine Gourmet-Köchin und wahrscheinlich schon Emmas rechte Hand, als ich noch gar nicht geboren war, zog gerade ein Blech Pecannußkuchen aus dem Ofen. Ich hatte früher viele Stunden mit Rachel in der

Küche verbracht, ihr geholfen und mich nützlich gemacht, bis ich das Gefühl hatte, wirklich dazuzugehören. Und mit ihrer Geduld und ihrem ungezwungenen Lächeln wurde Rachel eine Zuflucht für das ängstliche Kind, das ich damals war.

Sie schien nicht viel älter geworden zu sein, seit ich vor dreizehn Jahren ihre Bekanntschaft gemacht hatte; nur ein paar graue Strähnen in ihrem schwarzen Haar gaben einen Hinweis auf die ins Land gegangene Zeit. Sie war immer noch stark, zupackend, ihr Rücken aufrecht und ihre Schultern breit, so wie ich sie immer gekannt hatte. Ihr Haar war glatt und zu einem praktischen Dutt zusammengesteckt. Nur wenige Falten durchzogen ihr Gesicht, die Haut vollkommen ebenmäßig bis auf eine verblaßte Narbe unter ihrem rechten Ohr. »Weiße Jungs sahen nichts Unrechtes darin, Steine auf kleine schwarze Mädchen zu werfen, so als wären wir Plastikenten bei einem Wanderzirkus«, hatte sie mir einmal spät in der Nacht erzählt, als wir beide allein in der Küche saßen. Es war das einzige Mal, daß sie davon sprach.

»Hoffentlich hast du genug gemacht, daß es für die angeheuerte Hilfskraft reicht«, sagte ich und nahm eine Nasevoll des frischgebackenen Kuchens.

»Micky, Kindchen, wirst du jedesmal größer, wenn ich dich sehe, oder schrumpfe ich einfach?« rief Rachel, stellte den Kuchen ab und schloß mich in mehlige Arme.

Ich drückte sie. Etwas, worauf ich mich immer freute, war das Herumsitzen bei Rachel in der Küche. Nach Tante Gretas makelloser Kochzeile und ihren müden Mahlzeiten war es eine Offenbarung gewesen, in einer Küche aufgenommen zu werden, wo Leute lachten und jedes Chaos erlaubt war, solange nur das Essen gut war. Jede, einschließlich Emma, packte nach Rachels phantastischen Kompositionen beim Aufräumen mit an.

»Du bist genauso groß wie immer, also muß ich wohl größer werden«, beantwortete ich ihre Frage.

»Da vorne steht ein Nußkuchen, der nach dir ruft. Du wirst langsam zu dünn.«

»Das bezweifle ich. Aber ich werd' den Kuchen essen, nur für den Fall. Wo ist die Dame des Hauses?«

»Es gibt nur eine Dame des Hauses, und die steht vor dir«, entgegnete Rachel. »Emma ist irgendwo da lang. Geh nur geradeaus, dann wirst du sie schon hören.«

Ich folgte Rachels Anweisungen, bis ich tatsächlich Emmas Stimme hörte. Sie war auf der vorderen Veranda und spielte mit ihrem neuesten elektronischen Spielzeug, einem drahtlosen Telefon. Oder sie sorgte vielmehr in der ihr eigenen höflichen, aber unerbittlichen Art dafür, daß der Blumenhändler ihren Auftrag ausführte und notfalls eben den Abschlußball der Oberschule mit Gänseblümchen abspeiste.

Sie beendete das Gespräch, stand dann auf und umarmte mich. »Michele, Liebes, du siehst gut aus. Und pünktlich wie immer. Was hättest du gern?« fragte sie, als wir uns setzten.

Emma Auerbach hatte hohe Wangenknochen, ein entschlossenes Kinn und einen Wust grauen Haares, das sich herrlich silbern färbte. Sie fühlte sich beim Lesen eines gelehrten Textes in einer Bibliothek genauso zu Hause wie beim Diskutieren ihrer Geldanlagen in einer Bank oder als Gastgeberin einer kultivierten Party für hundert Gäste. Kurz, sie verkörperte vieles, was ich bewunderte, und einiges, worin ich ihr gern ähnlicher gewesen wäre, als ich es zustande brachte.

»Den üblichen Scotch?« fuhr sie fort, bemerkte mein Zögern nicht.

»Nein. Nein, danke«, sagte ich. »Ich habe ... in letzter Zeit zuviel getrunken.« Ich verabscheute es, Emma meine Fehler einzugestehen. Aber ich verabscheute es noch mehr, sie anzulügen. »Ich mußte es irgendwie unter Kontrolle kriegen. Ich mußte ... muß mir selber beweisen, daß ich mein Leben leben kann, auch ohne daß ein volles Glas neben mir steht.«

»Besser, das mit dreißig zu lernen, als mit sechzig. Oder nie«, war ihr einziger Kommentar.

Wir gingen die Einzelheiten der Party durch, dann klingelte das Telefon, und sie verwickelte sich wieder in ein Gespräch. Ich entschuldigte mich und begann einen Rundgang übers Gelände.

Die eigentliche Aufgabe einer Sicherheitskraft bei einer solchen Party ist es, dafür zu sorgen, daß nicht allzu viele Gäste in den Badeteich fielen. Und sicherzustellen, daß nichts aus dem sumpfigen Wald herbeikroch, um mit den angesäuselten Gästen ein erfrischendes Bad zu nehmen.

Ich lief am Teich entlang und warf meinem Spiegelbild auf der glatten Oberfläche einen Blick zu. Am anderen Ende stand eine Gartenlaube, durch deren lichtdurchlässige, weiße Wände sich Geißblatt rankte. Ich erklomm die Stufen und setzte mich aufs Geländer, um die Weite des Rasens zu überblicken — grünes Gras durchsetzt mit Explosionen farbenprächtiger Blumen, blaue Schwertlilien, pinkfarbene Kamelien, einige in voller Blüte stehende Azaleen und andere, deren Namen ich nicht kannte. Dunkel-düstere Eichen mit massiven kohlschwarzen Stämmen und tiefhängenden Ästen voller Fransen von grauem Spanischen Moos bildeten das Gegengewicht zu dieser Farbenpracht. Der Rasen wurde vom umliegenden Wald begrenzt. Der Wind war schwer von Kieferndulft, vermischt mit der Süße von Geißblatt und Magnolien. Obwohl die Sonne strahlte, waren die Temperaturen noch mild. Es versprach ein vollkommenes Wochenende zu werden.

Ich riß mich los und ging zum Haus zurück. Ich mußte auspacken. Ich übernachtete in meinem gewohnten Zimmer im Haupthaus, neben Rachel und gegenüber von Emma. Als ich zum erstenmal hierher gekommen war, hatte Emma mich mit den Worten dort einquartiert, sie wolle eine Hühnchenjagd vermeiden. Damals war ich achtzehn, noch in der Oberschule, und ich hatte das nicht ganz kapiert, obwohl die anderen Frauen mich kurz angesehen und wissend gelacht hatten.

Ich verbrachte den frühen Nachmittag damit, für Emma und Rachel Besorgungen zu machen. Emma ließ mich in ihrem silbernen Mercedes in die Stadt fahren. Es ist schon erstaunlich, wieviel höflicher Ladenbesitzer sind, wenn sie dich in einem Mercedes und nicht in einem verblichenen hellgrünen Datsun vorfahren sehen.

Rosie, die mit mir zusammenarbeitete, tauchte nachmittags mit einigen handverlesenen StudentInnen (aus Lesben- und Schwulenorganisationen) im Schlepptau auf — der Rest der angeheuerten Hilfskräfte fürs Wochenende.

Die ersten Gäste trafen am späten Nachmittag ein. Nach den erforderlichen Höflichkeiten wanderte ich über das Gelände und genoß die Farben der untergehenden Sonne und die erste kühle Brise des Abends, die Stille der Dämmerung. Heute nacht würden die Sterne leuchten.

»Micky Knight! Und ich dachte, diese Veranstaltung hätte Klasse«, rief eine Stimme von einem soeben angekommenen Auto herüber.

»Danno!« brüllte ich zurück. »Das hatte sie, bis du kamst.« Ich beschleunigte meine Schritte, damit Danny und ich nicht über den Rasen schrien.

Danielle Clayton und ich waren beide in Bayou St. Jack's aufgewachsen, einem kleinen Ort draußen im Bayou-Land, aber dort waren wir uns nie begegnet. Aus Gründen, die so einfach waren wie Schwarz und Weiß. Als die Rassentrennung in den Schulen aufgehoben wurde, lebte ich schon bei Tante Greta und Onkel Claude in Metairie. Wir trafen uns am College, zwei Kinder des Südens in einer rauhen Stadt des Nordens. Wir verbrachten lange Nächte damit, Whisky zu trinken und uns nach warmem Wetter zu sehnen. Danny war danach an die Tulane Law School gegangen. Heute war sie stellvertretende Bezirksstaatsanwältin.

Ihre Lebensgefährtin Elly Harrison hievte gerade einen Koffer aus dem Wagen, als ich die beiden erreichte. »Hallo, Micky«, sagte sie. »Tut gut, dich wieder rumlaufen zu sehen.«

»Kannst 'ne gute Frau einfach nicht lange ans Bett fesseln«, alberte ich und gab Danny damit eine tolle Vorlage.

»Doch, das kannst du. Je länger, desto besser«, sagte sie und zog vielsagend die Augenbraue hoch. Dann umarmte sie mich ungestüm und gab mir einen freundschaftlichen Kuß.

Nach dem Abschluß hatten Danny und ich eine Weile zusammengelebt, erst als Zimmergenossinnen, dann als Liebespaar. Aber es hatte nicht lange gehalten. Danny wollte etwas Ernstes, und ich war noch nicht bereit, mich längerfristig zu binden. Sie sagte mir immer wieder, daß sie mich liebte. Bis ich ihr schließlich beweisen mußte, daß sie das nicht tat, indem ich durchblicken ließ, daß ich wild herumhurte. Danny blieb nichts übrig, als sich von mir zu trennen. Ich trank zu viel, um es mir nahegehen zu lassen. Oder zu merken, wie sehr mich Bindungen ängstigten.

Noch eine Frau, bei der ich meine Chance vertan hatte, und die Reue war viel zu spät gekommen. Danny und Elly waren dabei, das Haus, in dem sie zur Miete wohnten, zu kaufen.

Dann umarmte Elly mich, und ihre schmale, schlanke Gestalt schob sich an die Stelle von Dannys breitschultriger Stämmigkeit. In Ellys Nähe fühlte ich mich immer ein bißchen verlegen. Wahrscheinlich, weil sie eine ganze Menge mehr über mich weiß als ich über sie, womöglich (wie ich Danny kenne, sogar höchstwahrscheinlich) auch, was ich so im Bett treibe. Oder zumindest, was ich in dem Sommer trieb, als Danny und ich ein Paar waren.

»Ich zeig' euch, wo ihr untergebracht seid«, sagte ich und schnappte mir ihren Koffer.

»Wie hast du's geschafft, hierher eingeladen zu werden?« fragte Danny, während ich sie zu ihrem Häuschen führte.

»Das ist eine lange Geschichte, liebste Danno«, erwiderte ich.

»Die du erst zum Besten geben kannst, wenn du sturzbetrunken bist, liege ich richtig?« antwortete sie.

»Dies ist der Badeteich«, sagte ich und spielte Reiseleiterin. »Hinter der Eiche auf der anderen Seite könnt ihr einen Teil der Gartenlaube sehen.«

»Ich kann es gar nicht erwarten, morgen hier herumzuwandern«, sagte Elly. »Weißt du, wie groß das Gelände ist?«

»Im ganzen ungefähr achtzig Hektar«, antwortete ich, »aber das meiste davon ist Wald. Es gibt ein paar Wanderwege, wenn du also willst, kannst du dir deine kleinen Füßchen müde laufen.«

»Du hattest ja einen geschäftigen Nachmittag«, bemerkte Danny.

»Häh?« lautete meine intellektuelle Antwort.

»Oder hast du Nachforschungen angestellt, bevor du herkamst?«

»Danny, die stellvertretende Bezirksstaatsanwältin«, warf Elly ein, »wünscht Informationen. Zum Beispiel darüber, woher du soviel über diesen Ort weißt, wo du doch erst seit ein paar Stunden hier bist.«

»Dann kann Danny, die stellvertretende Bezirksstaatsanwältin, ja fragen«, erwiderte ich.

»Stimmt«, sagte Danny. »Woher weißt du soviel undsoweiter?«

»Erstens war ich schon mal hier. Hier ist euer Häuschen«, sagte ich, machte eine 90-Grad-Drehung und führte sie über einen Fußweg zur Veranda hinauf.

Die Häuschen waren alle unterschiedlich. Dieses hier war hellblau und hatte eine breite Veranda mitsamt authentisch quietschender Schaukel. Es lag etwas abseits, dicht am Waldrand, und war mein Lieblingshaus. Ich schaltete das Verandalicht ein.

»Das ist ja toll«, sagte Elly.

»Ich bin beeindruckt«, fügte Danny hinzu, während sie die Tür öffnete und voranging. Es gab ein angenehm geräumiges Wohnzimmer mit einer kleinen Küchenecke zur einen Seite und einem großen Ziegelkamin zur anderen. Daneben ein Flur, von dem drei kleine Schlafzimmer abgingen. Joanne und Alex würden ebenfalls hier wohnen.

»Sieht aus, als hätten wir die Wahl«, sagte Danny aus dem Flur und steckte ihren Kopf in jedes der drei Schlafzimmer.

»Wie wäre das mit der Eiche vorm Fenster?« fragte Elly. Sie nahm ihren Koffer und stellte ihn ins hinterste Schlafzimmer.

»Gute Wahl«, bemerkte ich.

»Okay«, sagte Danny aus dem Zimmer. »Wo hab' ich... Aha!« Beide kamen in den großen Raum zurück, Danny mit einer Flasche Whisky in der Hand. »Ich mach' uns allen einen Drink, und dann, liebste El Micko, kannst du uns verklickern, woher du diesen Schuppen kennst.«

»Gute Idee«, stimmte Elly zu. »Das war eine mörderische Woche. Ich könnte einen Drink gebrauchen.« Sie ging zur Kochnische und fing an, nach Gläsern zu suchen.

»Elly durfte sich mit Abtreibungsgegnern amüsieren.«

»Recht auf Leben«, schnaubte sie. »Einige von denen würden dich glatt umbringen dafür, daß du anderer Meinung bist.«

»Neuer Job?« fragte ich.

»Nein, Teilzeit in der Cort-Klinik. Cordelia sagt, daß sie schon die ganze Woche Demonstranten dort haben. Eigentlich sind wir nur ein kleines Krankenhaus in einer Gegend, die es dringend nötig hat. Man sollte meinen, sie würden uns in Ruhe lassen.«

»Lieber ein ganzes Viertel ohne Krankenversorgung, als daß ein einziges unschuldiges Leben abgetrieben wird«, war Dannys süffisanter Kommentar.

Elly nahm drei Gläser vom Regal. Danny holte einen Eiswürfelbehälter aus dem kleinen Kühlschrank. Sie ließ ihn bersten und fing an, Eiswürfel in die Gläser zu füllen.

»Für mich nicht«, sagte ich, als Danny das Eis ins dritte Glas werfen wollte.

»Würdest du das bitte wiederholen? Ich glaub', ich hab' mich verhört.«

»Ich trinke nicht«, sagte ich. »Ich bin im Dienst.«

»Dienst?« Dannys Augenbrauen schossen in die Höhe.

»Emma hat mich engagiert, damit ich mich an diesem Wochenende um die Sicherheit kümmere. Also keine Rauschmittel, solange ich Wache stehe«, redete ich um den heißen Brei. Fürs erste würde diese Erklärung langen.

»Na, das ist ja gut zu wissen. Und laß dir sagen, daß ich mich sehr sicher fühle«, sagte Danny sarkastisch.

»Da bin ich aber froh. Es liegt in meiner Absicht, für das Wohlbefinden der Gäste zu sorgen.«

»Ach ja. Warum ist mir bloß, als hörte ich im Hintergrund das Hecheln einer läufigen Wölfin?« fuhr sie fort.

»*Danny*«, mahnte Elly. »Wie hast du diesen Job bekommen, Micky?«

»Eigentlich«, unterbrach Danny, »würde ich mich sicherer fühlen, wenn du trinkst. Ich weiß ja gar nicht, wie ich mit dir in nüchternem Zustand reden soll. Vielleicht hat dieser Sumpf ja einen Gehirnschaden hinterlassen.«

»Ich habe das Recht, nicht zu trinken. Besonders deinen miesen Whisky«, schoß ich zurück.

»Du hattest doch sonst nichts gegen miese Sachen.«

»Danny, mach uns zwei Drinks, Schatz«, sagte Elly.

Manchmal liegt das größte Problem bei einer Veränderung in den Leuten, die erwarten, daß du bist, wie du immer warst. Dannys eindrücklichste Erinnerungen an mich griffen zwangsläufig auf die College-Zeit zurück und den Sommer, als wir zusammenlebten. Damals war ich eine schwere Trinkerin und stolz darauf. Ich fand, es bewies etwas. Ich soff, weil ich wußte, daß Tante Greta es mißbilligen würde. Ich feierte jeden Drink als Sieg über sie.

»Und mach keine Witze über den Sumpf«, fuhr Elly fort, während Danny sich um die Drinks kümmerte. »Beowulf hatte irgendwann die Spur verloren, und wir hätten fast aufgegeben und wären in die falsche Richtung gelaufen. Dann hätten wir dich vielleicht nie gefunden.«

Ihr hättet mich schon gefunden, setzte ich an. Nur nicht lebend. Dann begriff ich, daß Ellys Besorgnis ernst war. Ich hatte eine Kugel in den Oberschenkel bekommen, und um den Schützen zu entgehen, war ich gezwungen gewesen, mich im Sumpf zu verstecken. Danny und Elly und ihr Hund Beowulf hatten geholfen, mich zu finden.

»Ja, Mick«, sagte Danny und gab Elly ihren Drink, »dieser Sumpf war kein Vergnügen. Wenn du mal wieder Zielscheibe für Gangster spielen willst, dann bleib bitte in der Stadt.« Doch in ihrer Stimme schwang ein Anflug von Versöhnlichkeit und Entschuldigung. Ich hatte Danny wehgetan, als wir uns trennten. Ab und zu kam eine Spur Wut durch. Beißender Sarkasmus, ein schriller Unterton. Ich sagte nie etwas. Genau wie sie, versuchte ich so zu tun, als gehörte das alles zu unserem normalen Geplänkel. Für gewöhnlich gab es dann eine leichte Veränderung in ihrem Ton, und die Wut war verschwunden.

»Du meinst, es hat keinen Spaß gemacht? Du hättest in meiner Haut stecken sollen«, sagte ich.

»Nein danke«, sagten Danny und Elly im Chor.

»Vergiß es«, fuhr Danny fort. »Außerhalb des Gerichtssaals will ich keine Kriminellen sehen.«

»Ich will überhaupt keine sehen«, fügte Elly hinzu.

»Ich schließ' mich an«, sagte ich. »Von jetzt an übernehme ich nur noch Sahnejobs, wie zum Beispiel geschlossene Gesellschaften mit ausgewählter Gästeliste zu bewachen.«

»Darauf trink' ich.« Danny hob das Glas und stieß mit Elly an.

»Können wir das Feuer anmachen?« fragte Elly.

»Dafür ist das Holz da«, antwortete ich.

»Gut. Du weißt ja, was ich gern vor einem Kamin mache«, sagte Danny und legte einen Arm um Elly.

»Marshmallows rösten?« fragte ich.

»Genau das mein' ich«, murmelte Danny an Ellys Nacken, den sie mittlerweile liebkoste.

»Jetzt komm, Danny«, sagte Elly lachend. »Wir haben Micky lange nicht mehr gesehen.«

»Ja, Mick. Was hast du in letzter Zeit so getrieben?« fragte Danny, immer noch mit Ellys Nacken beschäftigt und vermutlich wenig daran interessiert, was ich in letzter Zeit so getan hatte.

»Auch wenn ich weiß, wie sehr ihr euch wünscht, daß ich bleibe und euch unterhalte, bin ich doch eine arbeitende Frau, und die Pflicht ruft, was sag' ich, sie schreit, sie kreischt nach mir.«

»Ach, schade«, murmelte Danny und beachtete mich nicht weiter.

»Bis dann, Micky. Wir reden morgen«, sagte Elly, der Lust noch nicht völlig erlegen.

Ich winkte ihr zu (Danny schaute gerade nicht in meine Richtung) und ging allein hinaus. Ich verließ den Fußweg und lief am Waldrand entlang.

Die Sterne waren blinkende Eiswürfel am tiefschwarzen Himmel. Ich stand da und starrte hinauf, in angemessenem Abstand von Dannys und Ellys Liebesspiel. Ich wollte Dannys Leidenschaft nicht hören, noch mich erinnern, wie ich sie einst berührt hatte, um ihr Laute zu entlocken. Statt dessen starrte ich in den bevölkerten, einsamen Himmel.

Ich hatte Danny und Elly ungefähr sechs Wochen nicht mehr gesehen. Ausreden hatte ich gefunden, wann immer sie anriefen und mich einladen oder mit mir ausgehen wollten. Ich mußte mein Bein heilen und es ruhig angehen lassen, also keine Parties oder Tanzveranstaltungen — das erklärte ich ihnen. Aber ich wußte, daß Danny und Cordelia gute Freundinnen waren. Und daß ich bei Danny auch Cordelia treffen würde. Ich wollte mich nicht faul vor ihrer Nase räkeln, ich wollte mich nicht in ihr Leben einmischen. Auch das war nur die halbe Wahrheit. Ich hatte entsetzliche Angst vor ihrer Gleichgültigkeit, oder noch schlimmer, ihrer höflichen, distanzierten Besorgtheit.

Ich wandte mich vom Nachthimmel ab und ging zum Haus zurück. Vielleicht waren Joanne und Alex inzwischen da. Ich könnte mich etwas zerstreuen, indem ich versuchte, nicht mit Joanne zu flirten. Oder mit Alex. Danny und Elly hatten mir die letzten paar Monate meines Zölibats wieder in Erinnerung gerufen.

Als ich die Veranda betrat, rief mich Emma: »Micky, Liebes, du hast doch schon mal hinterm Tresen gestanden, nicht?«

Ich nickte zustimmend.

»Katastrophe. Diese jungen College-Hüpfer schaffen es, ein Bier einzugießen, aber sie wissen nicht, was ein trockener Martini ist. Und es gibt hier ein paar Frauen meines Alters, die der Martini-Generation angehören.«

»Ich will mal sehen, was ich machen kann«, bot ich an.

Im Vorübergehen berührte sie kurz meinen Arm. Ich verspannte mich, ohne darüber nachzudenken, lächelte dann verspätet. Aber Emma eilte bereits in die andere Richtung. Ich machte mich auf zur Bar.

Tante Gretas ältester Sohn Bayard hatte mich eines Tages auf der Straße erwischt, kurz nachdem ich achtzehn geworden und aus ihrem Haus weg zu Emma gezogen war. Ich erinnerte mich, wie er mir mit wissendem Grinsen den Weg verstellt hatte. »Weißt du, was die über Miss Auerbach sagen?« hatte er gesagt und »Miss« hart betont.

Ich versuchte, an ihm vorbeizugehen.

»Du weißt, was sie von dir will, nicht wahr?« Ich wollte mich abwenden, aber er packte meinen Arm. »Sie will dich *ficken*«, sagte er, das Wort »ficken« ein zischelndes Flüstern. »Das ist der einzige Grund, warum sie dich dort wohnen läßt. Willst du deine Schnute auf ihre alte Möse pressen? Willst du so 'ne alte Frau ficken?« Es klang schwül und ekelhaft.

»Besser sie als dich«, schrie ich, riß meinen Arm los und zog die Blicke der Vorübergehenden auf uns. Dann rannte ich weg und blieb nicht stehen, bis ich mich völlig außer Atem in einer Straße wiederfand, in die eingebogen zu sein ich mich nicht erinnern konnte.

Aber er hatte mir etwas Verdorbenes und Schmutziges in

den Kopf gesetzt. Erst nach der College-Zeit, erst nachdem die Macht, von der ich glaubte, daß Emma sie über mich hatte, nicht mehr da war, erst nachdem es nicht geschehen war und immer wieder nicht geschehen war, konnte ich glauben, daß es nie geschehen würde. Aber bevor die Zeit mich Vertrauen lehrte, fragte ich mich immer, wenn sie mir ihre Hand auf den Arm legte, so wie sie es gerade getan hatte: Kommt es jetzt?

Falls Emma je sexuell an mich gedacht hatte, dann hatte sie es nie gezeigt. Ich bezweifelte es aber. Mittlerweile. Mittlerweile vertraute ich ihr. Mittlerweile wußte ich es besser. Als mir endlich klar war, daß sie keinen Sex von mir wollte, war ich schon viel zu oft vor ihr zurückgewichen, hatte ich mich zu oft verkrampft, wann immer sie mich berührte. Manchmal wollte ich mich so gern bei ihr für mein Mißtrauen entschuldigen, aber dazu hätte ich es zugeben müssen, in Worte fassen, was für Bosheiten ich ihr zugetraut hatte. Ein verängstigtes Schulmädchen aufzunehmen, nur um sie zu … ficken, Bayards verdorbenes Wort.

»Einen Old-Fashioned?« hörte ich den Barkeeper. »Wie wär's denn mit etwas Modernem? Das kann ich besser«, sagte er mit entwaffnender Unbeholfenheit.

»Wie wär's mit 'ner Lehrstunde?« fragte ich, riß mich los vom Damals und fand zurück zu den profanen Anforderungen der Gegenwart.

»Hallo … oh … ja, Ma'am«, reagierte er auf meine Gegenwart.

»Micky. Nenn mich nicht *Ma'am*«, sagte ich, während ich die Zutaten für einen Old-Fashioned zusammensuchte.

Ich gab eine Old-Fashioned-Lehrstunde. Für den Zucker mußte ich jemanden in die Küche schicken. Ein junges Mädchen vom College brachte ihn mir und achtete darauf, meine Hand zu streifen. Sie war süß, aber sie hatte noch Babyspeck in den Bäckchen und kein einziges, einsames graues Haar. Ich würde Rosie auf sie aufmerksam machen.

Schließlich war der Old-Fashioned fertig und wurde der Frau überreicht, die so kühn gewesen war, danach zu fragen. Sie zwinkerte mir zu und sagte, wie sehr sie die Vorführung genossen habe.

»Wie heißt du?« fragte ich die niedliche Kleine.

»Melanie«, antwortete sie mit schwerem Akzent.

»Und du bist vermutlich Ashley«, sagte ich zu Herrn Unbeholfen.

»Nein, Ma'am«, sagte er, ohne eine Miene zu verziehen. »Mein Name ist Rhett, und ich hab' nicht den leisesten Schimmer, wie 'n Daiquiri angerührt wird.«

»Was es in der Küche zu tun gab, ist getan«, verkündete Rachel, als sie zu uns trat und sich an die Bar lehnte. »Zeit für einen Bourbon.«

Rhett wollte ihr einen Drink machen, aber sie winkte ihn weg: »Ich will meinen Bourbon aus erfahrener Hand.«

Ich machte ihr den Drink. »Bitte sehr.«

»Mach dir auch einen«, entgegnete Rachel, »und komm hinter dieser Bar raus.«

»Ich fühl' mich hier sehr wohl«, sagte ich.

»Darauf würd' ich wetten«, antwortete Rachel. »Ich kenne dich, Micky Knight, und ich würde nie versuchen, dich vom besten Flirtpunkt im ganzen Haus zu vertreiben.«

»Ich weiß nicht, Rachel, ich werd' wohl langsam alt. Hab' vor ein paar Wochen die große Drei vorne erreicht.«

»Schatz, du weißt nicht, was alt ist.«

»Ich werd' erst noch älter, Süße«, neckte ich sie. »Aber du bist ja längst da.«

Rachel warf mir einen grimmigen Blick zu. »Mach ihr einen Drink«, befahl sie Rhett. »Ohne einen Scotch in ihrer Hand kann ich Micky ja kaum wiedererkennen.«

Es würde ein langes Wochenende werden, das merkte ich jetzt. Dies war nicht bloß eine Party, sondern eine Party für Leute aus der Party-Stadt. Alkohol war eine konstante Größe.

Ich beschloß zu tricksen. Während eine tapfere Seele Rhett

um einen Drink bat, füllte ich ein Glas mit Tonic und fügte eine Limonenscheibe hinzu. Niemand würde mir sagen, ich solle mir einen Drink holen, wenn ich bereits einen hatte. Ich kam hinter der Bar hervor und lieferte die Gäste dem weingeistigen Talent von Rhett und Melanie aus. Rachel bekam soeben einen weiteren Bourbon mit Wasser von Rhett.

»Viel Glück«, sagte ich und stieß mein Glas gegen ihres, das sie mißtrauisch beäugte.

»Werd' ich auch brauchen«, sagte sie laut, um Rhett nicht die Spannung zu nehmen.

Ich verließ den vorderen Raum und machte mich auf den Weg zurück zur Bibliothek. Emma war da und mitten in einem Streitgespräch über irgendeine obskure Phase der Barockmusik. Sie nickte mir kurz zu und vertiefte sich dann wieder in die Debatte. Als ich mich abwandte, sah ich, wie sie kurz auf den Drink in meiner Hand schaute. Dann war sie wieder mitten im Gespräch, brachte ein Argument an. Ich verließ den Raum.

Ich fand mich im vorderen Saal wieder, wo Rhett mich mit gekrümmtem Finger heranlotste. Rachel und Melanie waren nicht zu sehen, so wagte ich mich wieder an die Bar.

»Micky, Ma'am?« sagte er, als ich herantrat.

»Keine Ma'am«, tadelte ich ihn.

»Ja, Sir«, antwortete er.

»Was willst du, Kleiner?« Ich konnte mir das erlauben, weil er fast zwei Meter groß war.

»Was ist ein Kir?«

»Champagner und Crème de Cassis«, sagte ich und erteilte ihm eine Kir-Lehrstunde. Dann schoß ich hinter der Bar hervor. Wenn Melanie zurückkam, wollte ich nicht mehr hier sein. Vor allem, nachdem sie von Rachel Geschichten über mich gehört hatte.

»Oh, Micky, Sir«, rief Rhett. »Für Sie.«

Er hatte mein Glas nachgefüllt und reichte es mir.

»Gin Tonic kann ich«, grinste er.

»Danke.« Ich nahm das Glas. Was sollte ich sonst tun?

Ich eilte hinaus auf die Veranda. Und prallte mit Joanne Ranson zusammen. Joanne wurde nicht naß, aber ich wurde mit einer beträchtlichen Menge Gin Tonic bespritzt.

»Micky Knight, in ihrem üblichen Zustand«, war ihr einziger Kommentar. Betrunken, aber das sagte sie nicht.

»Hallo, Micky«, sagte Alex, die hinter Joanne die Treppe heraufkam. »Ups«, fuhr sie fort, als sie mein beflecktes Hemd sah. »Und auch noch Gin, eins der schärferen Tröpfchen.«

»Ich dachte, du bist eine Scotch-Frau«, sagte Joanne. »Wann hast du angefangen, Gin zu trinken?«

»Ich habe nicht angefangen ...«, setzte ich an.

»Hast nie aufgehört, klar«, beendete Joanne den Satz für mich. »Geh dich umziehen, Micky. Gin stinkt.« Sie drehte mir den Rücken zu, um Alex mit einer Reisetasche zu helfen. Ich durfte wegtreten.

Ich schaute mir ihren mißbilligenden Rücken noch einen Augenblick an, drehte mich dann auf dem Absatz um, ging wieder ins Haus und lief schnell die Treppe zu meinem Zimmer hinauf.

Während ich mein Hemd auszog, hegte ich die boshafte Hoffnung, Joanne und Alex würden Danny und Elly vor dem Kamin ertappen. Werd endlich erwachsen, sagte ich mir dann. Sicher, Joanne kann ein ganz schönes Aas sein, aber sie war immer fair zu mir, und der Schmerz, der zwischen mir und Danny gärt, ist allein mein Fehler. Und Alex und Elly haben absolut nichts getan, um meine Gehässigkeit zu verdienen.

Ich starrte auf meine magere Hemdensammlung, als es an die Tür klopfte. »Herein«, sagte ich geistesabwesend. Irgendwie war mir schon klar, daß ich kein Hemd anhatte, aber es würde sowieso eine Frau reinkommen — Rachel oder Rosie.

»Tut mir leid, daß ich dich zur Bar geschickt habe. Es war gedankenlos von mir ...«, sagte Emma beim Eintreten. Sie zögerte kurz, als sie meinen Aufzug sah, dann fuhr sie fort: »... nach dem, was du mir bei deiner Ankunft gesagt hast.«

»Machen Sie sich keine Gedanken.« Ich versuchte, ganz ungezwungen zu sein. Ich konnte mich nicht erinnern, daß Emma mich je so gesehen hatte. In ihrer Nähe hatte ich immer sehr auf mein Verhalten und mein Äußeres geachtet. »Es war ganz lustig mit den College-Kids.«

»Ich habe dich mit einem Drink gesehen. Ich dachte, ich hätte vielleicht ...«

»Tonic mit Limone. Mir ist nichts anderes eingefallen, um die Leute davon abzubringen, mir dauernd Drinks anzubieten. Welches Hemd soll ich anziehen?« sagte ich, versuchte immer noch, ganz lässig zu sein.

»Das Weinrote, glaube ich. Es betont deine Augen.«

»Dann hat Rhett, der Barkeeper vom College, gesehen, daß mein Drink fast alle war, und mir einen neuen gemacht. Diesmal einen echten, mit einem anständigen Schuß Gin. Ich suchte eine Gelegenheit, ihn loszuwerden, hab' mich einmal falsch gedreht und bin in jemanden reingerannt. Daher die Notwendigkeit eines neuen Hemdes«, plapperte ich, um meine Verlegenheit zu überspielen.

»Micky«, sagte Emma. Sie hatte das weinrote Hemd in der Hand. »Ich will nichts von dir haben, was du mir nicht geben möchtest.«

»Ich weiß«, erwiderte ich zu schnell, schnitt ihr das Wort ab.

»Warum ziehst du nicht erstmal das Hemd an, wenn du dich dann wohler fühlst?«

»Ist schon okay, ich trockne noch«, log ich, nicht willens, mein Unbehagen so deutlich zu zeigen, daß ich meine Brüste vor ihr verbarg.

»Was denkst du eigentlich, daß du mir schuldig bist?«

»Mein erstgeborenes Kind und jede Katze, die mit hundertprozentiger Sicherheit das Katzenklo benutzt«, antwortete ich. Sie sagte eine ganze Weile nichts und ließ mich meine vorwitzige Antwort bereuen. Was konnte ich sagen? Ich schuldete ihr nichts und mein Leben.

»Na ja«, sagte sie schließlich und reichte mir das Hemd. »Ich hoffe, dieses Wochenende gibt uns Gelegenheit, einmal miteinander zu reden. Vielleicht hast du dann eine Antwort.«

»Ich hoffe, wir werden reden können«, antwortete ich.

Ich griff nach dem Hemd. Sie achtete darauf, daß unsere Finger sich nicht berührten.

»Rachel hat recht«, sagte sie im Weggehen. »Du hast wirklich hübsche Brüste.«

Ich ließ das Hemd fallen. Und beugte mich dann schnell vor, um es aufzuheben, damit Emma meinen Gesichtsausdruck nicht sah. Solche Worte von einer Nonne zu hören hätte mich weniger überrascht als von ihr. »Alles, was Sie wollen«, platzte ich heraus, beantwortete damit verspätet ihre Frage und hatte keine Ahnung, was sie von mir wollen konnte.

»Ganz bestimmt nichts Körperliches«, antwortete sie, stand einen Augenblick im Türrahmen, hatte meine Antwort falsch verstanden. Oder vielleicht auch nicht. Vielleicht war es das, was ich ihr anbot.

Weg war sie, schloß die Tür leise hinter sich.

Ich stand da mit dem Hemd in der Hand. Verdammt, verdammt, verdammt, dachte ich, während ich es überzog. Ich verließ mein Zimmer, ging langsam die Treppe hinunter und fragte mich, in wieviele Fettnäpfe ich heute wohl noch treten würde.

Ich ging wieder hinten raus auf die Veranda, vorsichtig diesmal, doch niemand war da. Dann lief ich langsam los über den sternenhellen Rasen, durchschritt schließlich den Bereich, wo der dämmrige Garten in dunklen Wald überging.

Ich machte einen großen Bogen um das blaue Häuschen, wollte dem warmen Lichtschein seiner Fenster nicht allzu nahe kommen. Ich erhaschte einen Blick auf Joanne und Danny an einem der erleuchteten Fenster, dann Alex und Elly halb eingerahmt in einem anderen, wie sie vor der nicht benötigten Wärme des Feuers angeregt miteinander sprachen.

Einen Augenblick lang war ich entschlossen, hinzugehen, anzuklopfen und um Einlaß zu bitten, aber statt dessen lief ich weiter. Heute nacht war ich fehl am Platze, jeder Schritt scharrte auf zu dünnem Eis. Niemand hatte mir gesagt, daß Liebe und Freundschaft so schwer sein würden. Aber ich glaube auch nicht, daß so etwas gesagt werden kann.

Ich blieb stehen und setzte mich auf den niedrigen Ast einer alten Eiche. Rachel sagte, es wären Einschußlöcher aus der Zeit des Bürgerkriegs drin, aber ich hatte nie welche gefunden. Ich blieb dort, eine dunkle Gestalt im Dunkeln, versuchte Sternbilder auszumachen, sah aber nur die Lichter im Haupthaus und in den kleinen Häuschen aufblinken und verlöschen. Als im blauen Häuschen endlich das Licht ausging, stand ich auf und ging ins Haus zurück. Aus Wohnzimmer und Küche drangen gedämpfte Stimmen. Ich mied sie und ging in das leere Musikzimmer. Ich schaltete die Stereoanlage ein, setzte die Kopfhörer auf und hörte mir *Die Planeten* von Holst an, als Reminiszenz an mein Sternegucken. Als die letzten leisen Töne verklungen waren, rollte ich mich auf dem Sofa zusammen und schlief ein. Ich erwachte irgendwann im dämmrigen Morgenlicht und taumelte ins Bett, nachdem ich den Wecker auf ein paar Stunden später gestellt hatte.

Drittes Kapitel

Ich erwachte mit einem penetranten Summen im Ohr und brachte den Wecker mit einem Schlag zum Schweigen, versuchte dann, die Augen durch Willenskraft zu öffnen. Der Wille war eher schwach.

Samstäglicher Sonnenschein strömte durch mein Fenster, überzog das Bett kreuz und quer mit seinen hellen Pfotenabdrücken. Ich schwang mich aus dem Bett und warf einen Blick auf den mittlerweile gnädig verstummten Wecker: halb zehn. Vom Hof her hörte ich Stimmen. Wurde Zeit, daß ich aufstand und mich umsah. Eigentlich wär's schon längst Zeit gewesen. Meine verdrießliche Laune war verflogen, ich freute mich auf den Sonnenschein und die lichten Wälder. In ein paar Stunden würde es so warm sein, daß Schwimmen fast zur Pflichtübung wurde.

Ich spähte aus dem Fenster, konnte die zu den Stimmen gehörenden Menschen jedoch nicht sehen, nur ein paar krächzende Eichelhäher, die gierig Brotkrumen verschlangen.

Hastig zog ich mich an — geflickte, abgeschnittene Jeans, T-Shirt und alte Turnschuhe — und machte mich in Richtung Küche auf. Rachel war nicht da, wohl aber Belege ihrer früheren Anwesenheit. Ich schüttete mir einen Kaffee ein, blieb dann unentschlossen vor den verschiedenen Arten von Gebäck, Pfannküchlein und Brot stehen, die zur Fütterung der Ausgehungerten bereitstanden.

Ich griff gerade nach einem in dekadentester Weise zuckerbeladenen Beignet, als Rachel eintrat. »Verdammte Katze«, war ihre erste Bemerkung, gefolgt von: »Ich heb' dir das auf«, womit sie andeutete, daß das Beignet würde warten müssen.

»Was gibt's denn?« fragte ich.

»Der Magnolienbaum hinter der Gartenlaube. Sie hat ein Eichhörnchen fast ganz raufgejagt und kommt nicht mehr runter. Verdammte Katze«, wiederholte sie. »Sie wird noch alle Gäste aufwecken, sogar die, die noch in der Stadt sind, wenn wir sie nicht bald runterholen.«

»Wir?« fragte ich.

»Du«, stellte sie klar.

»Bin ich hier der einzige Kesse Vater, oder was?« grummelte ich, während ich meinen Kaffeebecher abstellte.

»Nicht doch, Süße, nur der beste.«

»Schon unterwegs«, sagte ich, verließ die Küche und lief in Richtung des alten Magnolienbaums. Auf halbem Weg konnte ich entfernte Katze-auf-Baum-Schreie hören. Je älter PC wurde, desto kräftiger wurden ihre Lungen. PC war ihr Name, doch die Bedeutung der Initialen wechselte: Pussy Cat, Politically Correct, Penetrante Charmeuse und Pfiffige Cunnilinguistin waren nur einige der Vorschläge, das Niveau des einen oder anderen ein ziemlich offensichtlicher Hinweis auf Uhrzeit und Zustand der Beisteuernden.

Beim Näherkommen wurden die Schreie lauter und dringlicher. Ich griff nach einem der unteren Äste und schwang mich hinauf. Als ich ungefähr drei Meter Höhe erreicht hatte, erspähte ich über mir einen zuckenden Katzenschwanz.

»Komm her, PC, du stinkige Muschi«, rief ich ihr zu, sicher, daß ihr begrenzter Wortschatz die Beleidigung nicht erfassen würde.

»Redest du mit dir selbst?« fragte eine Stimme von unten.

»Quatsch, warum sollte ich solche Lügen über meine Anatomie verbreiten?« Ich drehte mich, um die Fragerin zu sehen. Joanne Ranson blickte durch die Äste zu mir hoch.

»Und ich dachte schon, endlich eine aufrichtige Frau«, sagte sie. »Gibt es einen Grund, daß du da oben im Baum hockst, außer um dir selbst Obszönitäten an den Kopf zu werfen?«

»Katzenrettung. PC, die Katze des Hauses, hat sich mal wieder verstiegen.«

»Brauchst du Hilfe?« fragte Joanne.

»Ja, bleib da stehen und fang mich auf, wenn ich falle.«

»Klar, Micky, kein Problem«, antwortete Joanne in einem Ton, der sagte, bis ich PC überhaupt erreichte, würde sie längst in der Küche sitzen und mein angeblich sicheres Beignet essen.

Ich kletterte weiter und fand mich innerlich mit Resten zum Frühstück ab. Wieder sah ich PCs Schwanz, ungefähr zwei Meter über mir. Wie erwartet sah PC mich, und mit der sicheren Rettung vor Augen fing sie an, sich zu putzen. Die nonchalante Säuberung bedeutete, daß sie nun bereit war, sich über meine Schulter zu legen und, wie Cleopatra auf ihrer Barkasse, den Baum hinuntertragen zu lassen.

»Ich werd' verrückt. Da oben ist ja tatsächlich eine Katze.« Statt mein Frühstück zu stehlen, war Joanne hinter mir den Baum hinaufgeklettert.

»Würde ich dich belügen?«

»Ja.« Sie kam immer näher. Ich machte einen großen Schritt, sprang dann hoch und landete etwa einen Meter weiter oben.

»Vorsichtig«, warnte sie mich. »Du wirst dir noch wehtun.«

»Nee, ich doch nicht«, erwiderte ich spitz. Und sprang hoch zu einem anderen Ast. Ich verfehlte ihn. Es gab zu viele Äste, als daß ich tiefer als einen knappen Meter hätte fallen können. Unglücklicherweise traf der, der mich auffing, einen sehr empfindlichen Teil meiner Anatomie. »Scheiße«, knirschte ich und verfluchte den Ast zwischen meinen Beinen.

»Das hast du nun vom Angeben«, war Joannes Mitgefühl.

»Danke, Joanne«, stöhnte ich, da wir uns nun auf selber Höhe befanden. »Ich hab' noch nicht gefrühstückt und soeben meine Jungfräulichkeit verloren. Wie nett von dir, daß du so mitfühlend bist.«

»Was willst du denn?« fragte sie spöttisch. »Soll ich's küssen, damit es nicht mehr wehtut?«

Ich schaute sie an. Sie trug ihre Sonnenbrille, und hinter den undurchsichtigen Gläsern waren ihre Augen nicht auszumachen. Ich konnte nicht erkennen, ob sie nun tatsächlich flirtete oder nur mit mir spielte. Ich nahm mal an, letzteres. Als Antwort zog ich eine Grimasse.

»Haste deine Zunge durchgebissen?« sagte sie schnell.

»Nein, der Magnolienbaum mein Jungfernhäutchen«, erwiderte ich, immer noch ein schmerzhaftes Pochen zwischen den Beinen. Dann dachte ich, ach zum Teufel, vielleicht flirtet sie ja doch mit mir. »Aber später könnte ich wohl ein wenig Erste Hilfe gebrauchen.« Ich versuchte ihr in die Augen zu sehen, aber die Sonnenbrille verhinderte es.

Joanne hat so eine ruhige Intensität, die die meisten Leute, mich eingeschlossen, sehr fesselnd finden. Sie ist groß, ihr Haar von Grau durchzogen, und sie hat, wenn man sie gerade mal sehen kann, kühle, graue Augen, die nie aufhören, die Welt um sie herum zu beobachten und zu begreifen. Sie ist älter als ich, Ende Dreißig. Es hat Zeiten gegeben, da ich mich sehr von ihr angezogen fühlte, aber ich konnte mir nie vorstellen, mich in sie zu verlieben, weil ich immer zu sehr damit beschäftigt war, sie zu beeindrucken.

»Na, dann rette mal deine Katze«, antwortete sie.

Sie spielt mit mir, eindeutig, beschloß ich. Alex saß wahrscheinlich in der Gartenlaube und hörte alles mit.

Es wurde Zeit, mich von der unerfreulichen Borke zu lösen. Ich stellte einen Fuß auf einen Ast und fing an, mich hochzuhieven. Das eigenwillige Geäst riß mich höchst grob zurück, da es sich in einem der unschicklicheren Flicken meiner abgeschnittenen Jeans verfangen hatte. Ich griff hinter mich, versuchte, mich so graziös wie möglich zu befreien.

»Ameisen?« fragte Joanne, die meine Verrenkungen beobachtete.

»Geäst in der Hose«, antwortete ich. »Mist«, murmelte ich leise, die Shorts zu fest in der Magnolie verheddert.

Joanne lehnte sich gegen einen Ast, und ein Lächeln umspielte ihre Lippen. »Ich hatte ja keine Ahnung, daß ich so gut unterhalten werden würde«, sagte sie, und ihr Lächeln wurde breiter.

Jetzt reichte es. Ich hörte mit dem Herumgefummel auf. Es waren wahrscheinlich nur ein paar entbehrliche Fransen, die sich verfangen hatten. Ich setzte beide Füße fest auf und stieß mich wieder ab, um mich zu befreien. Statt dessen vernahm ich ein unheilverkündendes, reißendes Geräusch.

»Scheiße, Dreck und Schmiergeld«, knurrte ich. PC würde ich später was erzählen. Ich mache mich nie gern zur Närrin, wer tut das schon, aber Joanne als Zeugin machte mein Mißgeschick absolut entsetzlich.

»Halt still«, sagte Joanne, immer noch lächelnd, und genoß ihre Rolle als Zuschauerin und jetzt als Retterin. Sie griff um mich herum, versuchte, den Ast des Anstoßes zu finden. Ich spürte, wie ihre Hand meinen Oberschenkel streifte.

»Du weißt schon, wo man sich am besten verfängt, was?« bemerkte sie.

»Vielen Dank, Joanne, du ahnst ja nicht, wie sehr ich deine Anwesenheit hier zu schätzen weiß«, antwortete ich.

»Ich bitte um Entschuldigung«, sagte sie, als ihre andere Hand zwischen meine Beine glitt.

»Katzenretterin von unerschrockener Polizistin gerettet«, erfand ich mögliche Schlagzeilen, um mich abzulenken. Ich war mir der leichten Berührung ihrer Hände gegen meine Schenkel sehr bewußt.

»Da. Ich hab's«, sagte sie.

Ich warf ihr einen Blick zu. Ihre Brille war verrutscht und

brachte ihre Augen zum Vorschein. Wir schauten uns an. Was in dieser kurzen Sekunde passierte, war das Eingeständnis, daß wir am Rande des Begehrens entlangstrichen, nicht ganz sicher, wofür wir uns entscheiden würden. Wäre es eine laue Sommernacht gewesen und kein strahlender, hellichter Tag, dann wäre sie vielleicht nicht von mir weggerutscht und hätte sich die Brille vielleicht nicht wieder auf die Nase geschoben. Und ich hätte mich nicht von ihr abgewandt, hätte mich nicht aufgerichtet und wäre nicht von ihr weggeklettert.

Ich legte mir PC um die Schultern. Sie brummte mir ins Ohr wie eine Kettensäge, während ich mühselig hinunterkraxelte. Joanne war bereits da, als ich mich den letzten Meter fallen ließ; PC nahm von der Landung kaum Kenntnis. Ich wickelte ihren Schwanz von meinem Ohr, hob sie dann von meinen Schultern und setzte sie auf dem Boden ab. Ich hatte genug von dieser Katze.

Joanne stand da, sagte kein Wort, aber sie plapperte ja nie aus Höflichkeit. Ich wußte nicht, was ich sagen sollte. Mir fiel keine meiner üblichen schlauen Bemerkungen ein. Ich drehte mich zum Baum um, hob mein Bein und stützte mich mit dem Fuß ab, wollte die Rinde und den Schmutz abklopfen, die sich in den widerspenstigen Fransen meiner Shorts verfangen hatten.

Joanne legte eine Hand auf meinen Oberschenkel, mit festem Griff diesmal.

Auf der anderen Seite des Rasens glaubte ich Alex und Danny zu sehen. Joanne schob den Rand meiner Shorts hoch, ihre Hand auf meiner Haut, dann hielt sie inne.

»Ist ’ne schlimme Narbe, was?« fragte sie und zog die Spuren des verletzten Fleisches mit den Fingern nach.

»Schlimm genug, um mir ein paar Extra-Punkte auf der KV-Skala zu sichern«, antwortete ich.

»Es tut mir so leid«, sagte sie mit einer Düsternis und einem Ernst, die mich tiefer berührten als ihr Begehren. »Mich hätte es treffen sollen.«

»Ach was, du hast doch schon eine. Einschußnarben soll man nicht im Rudel tragen, Joanne, Baby«, antwortete ich leichthin, wich aus vor ihrem Ernst.

Alex, Danny und Elly kamen über den Rasen. Sie waren wahrscheinlich nah genug, um Joannes Hand auf meinem Oberschenkel zu sehen. Joanne warf einen Blick in ihre Richtung, ließ ihre Hand aber bewußt, wo sie war, zu galant, um ihre Entschuldigung durch rasches Wegziehen abzuwerten.

Danny räusperte sich extra laut, dachte, daß wir sie vielleicht nicht gesehen hätten.

»Stören wir?« rief Alex munter. Sie kannte Joanne wahrscheinlich gut genug, um zu wissen, daß dies nicht das sein konnte, wonach es aussah. Nicht in ihrer Gegenwart.

»Wir vergleichen Einschußlöcher«, erklärte ich zur Beruhigung der lüsternen Gemüter.

»Laß mal sehen«, sagte Danny im Näherkommen. »Das einzige Mal, als ich sie gesehen hab', war sie ganz blutig.«

Ich zog mein Hosenbein hoch und legte die Narbe völlig frei. Erst jetzt ließ Joanne ihre Hand fallen.

»Tretet herbei, all ihr Narren«, gab ich den Marktschreier. »Fünf Cents der Blick.«

»Ich weiß nicht genau, ob das etwas zu bedeuten hat, aber jetzt kenne ich schon zwei Frauen mit Schußnarben«, sagte Alex. Sie legte den Arm um Joanne und strich über die Stelle knapp unter ihrer Schulter, wo die Narbe saß.

»Es bedeutet wahrscheinlich, daß du dich mit den falschen Frauen rumtreibst«, entgegnete ich, während ich die Shorts wieder runterrollte.

»In deinem Fall bestimmt«, konnte Danny sich nicht verkneifen.

»Kannst du uns ein wenig rumführen?« fragte Elly mich.

Mein Magen knurrte. Er wollte etwas Frühstück rumführen. »Sicher. Wenn wir in der Küche anfangen«, war meine Antwort.

»Hast du noch nichts gegessen?« wollte Danny wissen. Sie

war ein Morgenmensch, und selbst am Wochenende war sie um acht Uhr auf und hatte auch bereits gefrühstückt.

»Nein, ich war damit beschäftigt, Katzen zu retten.«

»Dann treffen wir uns lieber später. An so einem Tag will ich draußen sein«, entschied sie für die ganze Gruppe.

Wir winkten uns zum Abschied zu. Sie gingen in Richtung Waldweg, jedes Paar Arm in Arm. Ich nahm meinen knurrenden Magen in die Hand und ging küchenwärts.

Wie versprochen hatte Rachel mir das Beignet aufgehoben. Ich goß mir eine große Tasse Kaffee ein. Er war zu heiß für den mittlerweile warmen Tag, aber ich brauchte das Koffein. Es würde ein langer Tag werden. Ich konnte kaum damit rechnen, vor drei oder vier Uhr morgens ins Bett zu kommen. Von irgendwoher am anderen Ende des Hauses hörte ich die Klänge eines Cembalos — die Kunstfertigkeit ließ auf Emma schließen.

Ich wusch mir den Zucker von den Händen und machte mich mit der Kaffeetasse auf die Suche nach der Musik. Leise betrat ich das Musikzimmer.

Es war Emma, die etwas spielte, das nach Bach klang, obwohl ich das Stück nicht erkannte. Ich setzte mich in eine entfernte Ecke, wollte sie nicht stören.

Sie beendete die Tokkata, dann sagte sie, ohne in meine Richtung zu schauen: »Ich habe auch schon mal besser gespielt, was meinst du?«

»Ich wollte nicht stören«, sagte ich, bekümmert, daß mein Eintreten so auffällig gewesen war.

»Kein Kommentar zur Musik?«

»Vielleicht haben Sie schon mal besser gespielt, aber nicht viel.«

»Eine bewundernswert diplomatische Antwort. Wie gefällt es deinen Freundinnen bis jetzt hier draußen?« fragte sie und wandte sich mir zu.

»Bis jetzt scheinen sie ganz zufrieden zu sein. Im Moment spazieren sie gerade durch die Wälder.«

»Gut. Weißt du, es ist das erste Mal, daß du Namen auf die Gästeliste gesetzt hast.«

»Glaub' schon.« Es war das erste Mal. »Ist das ein Problem?«

»Nein, natürlich nicht. Ich bin froh. Du schienst immer so … zurückhaltend. Unnahbar sogar.«

»Oh«, antwortete ich. »Ja, vielleicht.«

Es entstand eine Pause, bis sie fragte: »Hast du eine Geliebte?«

»Nein.« Ich schlürfte nervös meinen Kaffee. »Nein, hab' ich nicht. Im Moment nicht.«

»Aber vor einiger Zeit?«

Ich antwortete ausweichend. »Ähm … nein, nicht so richtig.«

»Nicht so richtig ?«

»Nein … nicht richtig.«

Eine weitere Pause.

»Ich kenne dich, seit du wie alt warst? Siebzehn? Es stimmt schon, wir sehen uns nicht mehr so häufig. Diese Wochenenden, Weihnachten, vielleicht an meinem Geburtstag. Besondere Anlässe. Jedesmal frage ich mich, ob du mit jemandem zusammen bist, aber du kommst immer allein —«

»An Ihrem Geburtstag will ich keine Ablenkungen.«

»Warum?«

»Ihr habt mich eben verzogen. Ich hab' noch keine gefunden, die so gut kocht wie Rachel.«

»Ich sehe schon, du bist heute morgen in keiner ernsten Stimmung. Noch eine impertinente Frage, dann kannst du dich wieder deinem Kaffee zuwenden. Warst du schon mal verliebt?«

Ich schaute in meine Kaffeetasse, aber da waren keine Antworten drin. »Ja«, sagte ich schließlich.

Emma wartete noch einen Augenblick, während ich nach Worten suchte, um es näher zu erklären. Ja, ich war verliebt. Ich bin verliebt, aber ich habe sie seit einigen Monaten weder gesehen noch mit ihr gesprochen. Ist das wirklich Liebe? All diese Gedanken purzelten durch meinen Kopf. Ich war zu sehr in meiner Entschlußlosigkeit gefangen — nein, es war Cordelias Entschluß, lag außerhalb meiner Macht —, um zu wissen, was ich preisgeben sollte.

Emma wandte sich wieder ihrem Cembalo zu, gab sich für den Augenblick mit meiner Antwort zufrieden. »Was möchtest du als nächstes hören?« fragte sie.

»Noch etwas von Bach würde mir gefallen.«

Emma blätterte durch ihre Noten. »*Capriccio in B-Dur*«, kündigte sie an. Dann drehte sie sich zu mir um. »Du kennst keine, die Walzer tanzen kann, oder? Nein, natürlich nicht, deine Generation weiß ja kaum noch, was ein Walzer ist.« Emma redete, um mich durch die Musik nicht zu schnell zu verabschieden. »Herbert kann es, aber irgendwie widerstrebt es mir, die Gala heute abend als Männlein-Weiblein-Paar zu eröffnen. Das ist einfach nicht die richtige Einstimmung. Ah, ja, das Capriccio.« Sie setzte sich in Positur und fing an zu spielen.

Ich dachte darüber nach, mich freiwillig zu melden. Ich konnte Walzer tanzen. Nein, entschied ich, nicht richtig. Vor ein paar Jahren hatte mein Vetter Torbin es mir beigebracht. Er spielte Ginger Rogers und brauchte jemanden als Fred Astaire. Wir hatten den ersten Platz gemacht, also konnte ich gar nicht so schlecht gewesen sein, aber seitdem hatte ich eher selten Walzer getanzt.

Einige von Emmas Freundinnen gesellten sich zu uns. Als sie das letzte Stück beendet hatte, dankte ich ihr für das Konzert. Dann ging ich, mied die belebte Küche. Es war Mittagszeit, aber ich hatte noch keinen Hunger. Ich wanderte über den Rasen, suchte den Teich nach etwaigen langen, dünnen Einwanderern ab, fand aber nur einen einsamen Frosch. Ich ließ ihn dort. Einige Frauen schwammen; nach dem Essen würde der Teich proppenvoll sein. Die Sonne war warm und schien direkt herab. Ich marschierte in den schattigen Wald, wo die Bäume die lauter werdenden Geräusche vom Badeteich her dämpften. Ich schlenderte durch das Gehölz, lief querfeldein, wo mir die Wege zu langweilig wurden.

Emma hatte recht. In gewisser Hinsicht war ich eine Außenseiterin, eine Beobachterin, die jetzt einsam durch den Wald lief, statt sich dem fröhlichen Treiben im Wasser anzuschließen.

Ich folgte dem Flüßchen, das vom Teich aus einen sanften Hügel hinabströmte. Etwas weiter entfernt gab es einen Wanderweg, aber ich mochte das Plätschern des Bachs, der mir den Weg wies. Die Bäume trugen ihr farbenprächtigstes Frühlingsgrün, die braunen Kiefernnadeln waren weich unter meinen Füßen.

Nach dem reizlosen Vorort, in dem Tante Greta und Onkel Claude wohnten, war es eine Freude gewesen, durch diese hellen, grenzenlosen Wälder zu wandern. Als ich zu Emma zog, hatten sich die Grenzen meines Lebens dramatisch verändert, von einem Hof, in dem man nicht einmal rennen konnte, zu einem Wald, weiter als das Auge reichte.

Ich verbrachte den Nachmittag im Wald, kam gelegentlich nahe genug ans Haus, um es zu sehen. Manchmal stand ich lange stockstill, wartete darauf, daß zufällig ein Tier vorbeikam. Ich erhaschte einen Blick auf eine Opossumfamilie und am Spätnachmittag auf eine Hirschkuh. Danach ging ich zum Haus zurück.

Das Licht der Sonne hatte eine warme, bernsteinfarbene, sommerliche Tönung angenommen, der Übergang vom Nachmittag zum Abend. Es wurde Zeit, daß ich mich für den Abend feinmachte. Falls das möglich war. Auf dem Korridor im ersten Stock lief ich Emma in die Arme. Sie kam, angekleidet für die Party, aus ihrem Zimmer. Wie immer sah sie gleichzeitig blendend und gelehrt aus, in schwarzem Seidenkostüm mit einer Perlenkette als einzigem Schmuck.

»Sie sehen großartig aus«, sagte ich. »Aber das tun Sie ja immer.«

Sie verneigte sich leicht vor mir. »Genau wie du«, antwortete sie.

»Ich?« Ich schaute hinunter auf meine abgelaufenen Turnschuhe. »Ich bin noch nicht mal angezogen.«

»Danach wirst du sogar noch besser aussehen. Du hast schon immer eine Art von ... animalischer Anziehungskraft an dir gehabt. Das weißt du doch, oder?«

»Ich?« wiederholte ich.

»Ja, du. Im ersten Sommer, als du hier warst, mußte ich die Frauen mit Knüppeln wegjagen. Ist mir nicht immer gelungen. Danach hab' ich's aufgegeben.« Sie wandte sich zum Gehen.

»Ach ... Emma?« Rief ich sie zurück.

»Ja, meine Liebe?«

Jetzt oder nie, Micky. »Ich kann Walzer tanzen.«

»Das kannst du? Aber kannst du auch führen?« fragte sie.

»Mein Vetter Torbin, Star der Transvestiten, hat es mir beigebracht. Da er hochhackige Schuhe zum Kleid anhatte, mußte ich den Smoking tragen.«

Emma kam ein paar Schritte zurück und schaute mich von oben bis unten an. Dann begann sie, den *Donauwalzer* zu summen. Ich verbeugte mich. Sie machte einen Knicks. Ich trat zu ihr, nahm ihre linke Hand in die meine und legte meinen anderen Arm um ihre Taille. Sie plazierte ihre Hand leicht auf meiner Schulter. Eine Paniksekunde lang hatte ich totalen Gedächtnisausfall. Dann fielen mir die Schritte wieder ein, ich fing langsam an, fand erst das Tempo ihres Gesanges nicht, holte dann aber auf. Wir müssen ein ungleiches Paar gewesen sein, ich in meinen zerrissenen Jeans und verschwitztem T-Shirt, unsicher und befangen, Emma kühl und elegant in fließender, schwarzer Seide, nie aus dem Takt kommend.

Für einen Augenblick schafften wir es, ein Fließen und ein Wiegen, dann stolperte ich, konnte mich nicht mehr fangen und machte mich mit einem verlegenen Lachen von ihr los.

»Ich werd's noch üben, versprochen«, sagte ich.

»Du wirst wunderbar sein«, antwortete Emma mit einem Lächeln. Mit einem tapferen Lächeln, dachte ich.

Ich ging zum Umziehen in mein Zimmer. Und zum Üben. Worauf habe ich mich da schon wieder eingelassen, fragte ich mich.

Viertes Kapitel

Meine Aufmachung für den Abend war einfach und funktionell. Schwarze Smokinghose und an den Füßen meine grauen Cowboystiefel. Es waren die schicksten Schuhe, die ich besaß. Obenrum ein weißes Hemd, am Hals offen. Und für den androgynen Pfiff ein Paar schwingende Silberohrringe.

Ich war meine halb vergessenen Walzerstunden wieder und wieder durchgegangen. Ich wirbelte ein paar Mal auf meinen Cowboystiefeln herum, um das Gespür dafür zu bekommen.

Mitten in einer Drehung unterbrach mich lautes Klopfen. »Micky, Schatz, mach auf, ich bin's. Ich hoffe, daß du nicht schicklich bekleidet bist, ich würde es dir nie verzeihen, wenn du zur Schicklichkeit zurückkehrtest.«

»Du kommst mir wie gerufen —« Ich öffnete die Tür, und wie ein Unwetter brach Torbin mit mehreren Perückenschachteln, einer Make-up-Ausrüstung und einer Anzahl Kleidersäcke über mich herein. Andy folgte ihm in sicherem Abstand, ein verwirrtes Lächeln im Gesicht.

»Micky, Schätzchen, meine Lieblingslesbe und teuerste Cousine«, begrüßte Torbin mich, während er seine Fracht auf meinem Bett absetzte. »Du bist wirklich ein Anblick für müde Augen und dein Bett ein Segen für müde Füße.« Er ließ sich auf die letzte freie Stelle auf meinem Bett plumpsen.

»Tag, Mick«, sagte Andy, umarmte mich und gab mir einen Kuß auf die Wange.

»Schön, dich zu sehen«, sagte ich zu ihm.

»Da will ich nicht zurückstehen«, sagte Torbin, stand auf, nahm mich ungestüm in die Arme und gab mir einen lässigen Kuß. »Wie du siehst, verwandle ich dein Zimmer soeben in meine Garderobe. Ich konnte mir einfach nicht vorstellen, in der Nachmittagshitze anzureisen und dabei unter einer Perücke zu verdampfen.«

»Von dem Zwanzig-Zentimeter-Gummibusen mal ganz zu schweigen«, fügte ich hinzu.

»Ja, zu schweigen!« sagte Torbin gebieterisch.

»Aber das kostet dich eine Kleinigkeit, liebster Cousin Torbin.«

»Tatsächlich? Doch sei gewarnt: so viele gutaussehende Frauen kenne ich nicht. Jedenfalls keine, die wirklich Frauen sind.«

»Ich muß heute abend Walzer tanzen.«

»Armes Mädchen. Mein Beileid hast du.«

»Nicht wieder hinsetzen«, hielt ich ihn auf, bevor er sich wieder auf meinem Bett plazierte. »Zuerst ein Abstecher ins Extravagante«, sagte ich und zog ihn an mich.

»Siehst du, Andy, es ist wahr. Nicht mal Frauen, selbst wenn sie schwul sind, können ihre Hände von mir lassen«, flachste Torbin.

»Eins-zwei-drei, eins-zwei-drei«, fing ich an und ignorierte sein Gequatsche. »Und keine Sorge, ich bin Lesbe und kann durchaus meine Hände von den entscheidenden Stellen lassen.«

Andy übernahm das Zählen, damit wir uns auf unsere Füße konzentrieren konnten.

Nach etwa zwanzig Minuten verkündete Torbin, daß ich nun fit genug für einen Platz auf seiner Tanzkarte war. »Irgendwo ganz unten, ganz spät in der Nacht, du weißt schon«, fügte er hinzu.

»Danke, Torbin«, sagte ich und täuschte einen Tritt in seine Weichteile an. »Die brauchst du doch sowieso nicht für das, worum es dir geht«, setzte ich hinzu, als er zurücksprang. Dann überließ ich ihn seinem Make-up und seinen Perücken und Andys fähiger Unterstützung.

Es wunderte mich immer noch, daß Torbin und Andy ein Paar waren, eine schillernde Fummeltrine (Torbins Selbstbeschreibung) und ein Computer-Heini (die von Andy). Aber sie waren jetzt schon fast fünf Jahre zusammen. Sie hatten zwar noch unterschiedliche Adressen, aber das war wohl mehr ein Mittel, um Andys Computerausrüstung vor Torbins Make-up zu schützen. Sie wohnten nur einen Block voneinander entfernt.

Gemächlich schlenderte ich die Treppe hinunter. Die Gäste würden gegen acht eintreffen oder mit vornehmer Verspätung. Jetzt war es ungefähr halb sieben. Ich freute mich auf den Abend, genoß es, daß Torbin und Andy hier waren. Ich spazierte auf den Hof hinter dem Haus. Die Sonne war als durchbrochener goldener Kreis immer noch zwischen den Bäumen zu sehen und warf ihre gleißenden Bernsteinstrahlen durch das Geäst.

Ich hörte jemanden meinen Namen rufen, und als ich mich umdrehte, sah ich Danny, die mir zuwinkte. Sie, Elly, Alex und Joanne saßen, immer noch in Badesachen, auf einer Decke, vor sich ein Picknick-Abendessen.

»Komm zu uns«, rief Danny, und machte mir auf der Decke zwischen sich und Alex Platz.

»Danke.« Vorsichtig setzte ich mich zwischen ihre halbnackten Körper.

Nur Joanne trug einen einteiligen Badeanzug. Ich schaute mir die Badeschönheiten um mich herum verstohlen an.

Danny war von uns allen die Schönste. Das rote Oberteil ihres Bikinis bedeckte kaum ihre wohlgeformten Brüste mit den halb aufgerichteten Brustwarzen.

Oh je, dachte ich, toben hier meine Hormone oder was? Da ich nicht wollte, daß mich Elly beim Starren auf Dannys Titten ertappte (starre einer Exliebhaberin nie auf die Titten, wenn ihre neue Freundin dabei ist), blickte ich zu Alex hinüber. Danny hatte vielleicht ein paar Kurven mehr, aber nicht viele. Es wurde Zeit, den Käse anzustarren. Alle diese Frauen waren vergeben.

Ich schaute in der Gegend herum, versuchte, möglichst nichts Spezielles anzusehen, da fiel mein Blick auf Elly, die sich ein heruntergefallenes Blatt von der Schulter wischte. Sie war schlank, fast jungenhaft, aber ihr langes, schwarzes Haar gab ihr einen verführerischen, androgynen Touch. Sie und Alex plauderten über eine Demonstration für das Recht auf Abtreibung, bei der Alex gewesen war. Dann erzählte Elly, wie sie sich auf dem Weg zur Arbeit durch die Abtreibungsgegner hindurchkämpfen mußte, und ihre fast schwarzen Augen funkelten. Kein Wunder, daß Danny sie begehrte, mit diesen Augen ... jede Wette, sie war bestimmt bezaubernd, wenn sie ... Ich machte diesen Gedanken ein Ende, indem ich den richtigen Käse für meinen Cracker suchte. (Versuch nie, dir eine Exliebhaberin mit ihrer neuen Freundin im Bett vorzustellen. Besonders, wenn du selber nur die eigene Hand zur Zerstreuung hast.)

Ich schaute quer über die Decke zu Joanne hinüber. Sie hatte ihre Sonnenbrille abgesetzt und die Augen geschlossen und ließ die letzten Sonnenstrahlen ihr Gesicht erwärmen. Sie schien ganz entspannt, fast schon müde, jetzt, da ihre wachsamen Augen für einen Moment zur Ruhe gekommen waren. Die Sonne vertiefte die kleinen Falten um ihre Augen, die winzigen Linien zwischen Nase und Lippen. Fältchen der Erfahrung, die nie mehr weggehen würden. Fältchen der Weisheit, dachte ich, die sie irgendwie aufregender machten, als eine wohlgeformte Brust oder ein muskulöser Schenkel es je vermocht hätte. Ihre Schultern waren zu breit, ihre Brüste zu klein, um vollkommen zu sein, aber ich fing an zu begreifen, daß nicht das Äußere allein eine Person begehrenswert machte.

Ich habe mit vielen Frauen geschlafen. Mit manchen aus Langeweile, mit anderen, weil ich Sex wollte oder weil sie es wollten. Manchmal einfach nur, weil sich die Gelegenheit ergab. Aber erst *ein Mal* aus echtem Begehren, ich meine, die Art von pochendem, beharrlichem Begehren, die dich durcheinanderbringt und an dir frißt, dein Leben völlig auf den Kopf stellt. Ich fragte mich, ob sie auch hier sein würde.

»Etwas Wein?« unterbrach Danny meine Gedanken. Zum Glück.

»Nein. Nein, danke. Vielleicht ein Sodawasser«, antwortete ich. Alex schüttete mir ein Glas ein.

»Wollte Cordelia nicht auch zum Picknick kommen?« fragte Danny.

»Dachte ich auch«, sagte Alex. »Aber ich hab' sie seit Anfang der Woche nicht mehr gesprochen.«

»Am Donnerstag wußte sie noch nicht genau, ob sie kommt«, sagte Elly. »Es ging um irgendeine Vertretung für den Bereitschaftsdienst.«

»Schade. Vor allem, weil sie diejenige sein muß, die uns die Einladungen hierher besorgt hat«, merkte Danny an. »Wenn du es nicht warst«, fügte sie mit einem Nicken in Alex' Richtung hinzu.

»Cordelia war es auch nicht«, sagte Joanne. »Hast du in letzter Zeit mal mit ihr gesprochen?« fragte sie mich, die Augen wieder offen, mich beobachtend.

»Nein ... hab' ich nicht. Schon länger nicht.«

»Sie hat wahrscheinlich erfahren, daß El Micko hier sein wird, und wollte keine weiteren Abenteuer riskieren«, scherzte Danny.

Das mochte sogar stimmen, dachte ich und trank einen großen Schluck Sodawasser. Sie hatte vermutlich gehört, daß ich hier war, und ersparte es sich, ein Wochenende lang dauernd unschöne und peinliche Begegnungen mit mir vermeiden zu müssen.

»Aber wenn es nicht Cordelia war, wer dann?« wollte Danny wissen. Sie war nicht umsonst eine hervorragende Anwältin, in solchen Fragen ließ sie nie locker.

»Frag doch mal die Hausdetektivin«, antwortete Joanne.

»Ist doch ganz klar«, erklärte ich. »Du bist eine so bekannte und begehrte Frau geworden, daß ihnen gar keine andere Wahl blieb, als dich einzuladen. Es gab eine ganze Menge Frauen und nicht wenige Männer, die auf einen Stapel Gedichtbände von Sappho schworen, sie würden dieses Jahr nur kommen, wenn sie Gelegenheit bekämen, Danny Clayton in einem grellroten Bikini zu sehen. Und tatsächlich«, fuhr ich fort, »findet in genau diesem Moment ein inbrünstiger, heißer Sonnentanz statt. Alles hofft, daß es morgen so heiß wird, daß auch die letzte Hülle fällt.«

»Herzlichen Glückwunsch«, sagte Danny. »Die Schwachsinns-Skala hat soeben ein neues Rekordhoch erreicht. Zufällig weiß ich, daß es nur sehr wenige Frauen gibt, die sich die Mühe machen würden, eine Straße zu überqueren, um mich zu sehen, ganz zu schweigen von dem weiten Weg hier raus.«

»Genug Frauen, um mich unruhig zu machen«, sagte Elly ergeben.

»Danno? Wie kannst du an mir zweifeln?« Ich täuschte Verdruß vor.

»Ich weiß. Jetzt hab' ich's«, plänkelte sie. »Während einem deiner vielen Raubzüge durch Bars hast du Emma Auerbach getroffen und verführt. Und um das nicht bekanntwerden zu lassen, erlaubt sie dir, soviel Gesindel einzuladen, wie du willst.«

Ich verschluckte mich fast an meinem Sodawasser.

»Oh je.« Dannys Ton änderte sich. »Hab' ich da zufällig den Nagel auf den Kopf getroffen?«

»Nein, ich habe nie mit Miss Auerbach geschlafen«, protestierte ich.

»Miss Auerbach?« bemerkte Joanne.

»Emma«, korrigierte ich. »Ich habe nie mit Emma geschlafen.«

»Mach dir nix draus«, tröstete mich Alex. »Ich nenne sie auch Miss Auerbach. Sie hat für mich irgend etwas zutiefst Erzieherinnenhaftes an sich.«

Ich sah Rhett mit großen Schritten auf mich zukommen. Die Arbeit rief, ausnahmsweise im richtigen Moment. »Michele, Ma'am«, rief er und wurde im Herankommen langsamer. »Emma begehrt dich.«

»Emma begehrt dich?« sagte Danny prüfend.

»Ja, genau«, sagte Rhett höchst hilfsbereit.

Ich stand auf. Dannys Suggestivfragen würde ich später beantworten.

»Kommst du an einem Telefon vorbei?« fragte Joanne. »Vielleicht könntest du Cordelia anrufen und mal fragen, was mit ihr los ist.«

Das war das letzte, was ich wollte. »Tja... ich hab' eine Menge zu tun. Aber ich kann dich zu einem Telefon bringen, wenn du willst.«

»Wir müssen uns noch umziehen«, entgegnete Joanne.

»Tja —« Ich ließ es in der Luft hängen, wollte nicht diskutieren, aber auch nicht lügen und sagen, daß ich sie anrufen würde.

»Falls es sich ergibt«, entließ mich Joanne aus der Klemme.

»Laß uns gehen, Rhett«, sagte ich. Wir liefen schnellen Schrittes über den Rasen.

Aber nicht schnell genug, um nicht mehr zu hören, wie Danny sagte: »In was ist Micky da schon wieder reingeraten? Nicht mit ihr geschlafen — wer's glaubt!«

Ich drehte mich wieder zu ihnen um, zu diesem Quartett im schwindenden Sonnenlicht. »So ist das nicht. So ist das überhaupt nicht«, rief ich Danny zu. Dann wandte ich mich ab und folgte Rhett.

Die Außenbeleuchtung wollte sich nicht einschalten lassen. Ich mußte ein paar Minuten im Werkzeugschuppen herumsuchen, bis ich die richtige Sicherung gefunden hatte, dann war alles hell erleuchtet. Wenigstens dort, wo die Lichter hinschienen.

Ich unternahm noch einen Rundgang übers Gelände, suchte den Waldrand nach entschlossenen Wasserschlangen ab, die einen letzten Versuch wagen könnten, den Badeteich zu stürmen. Doch nein, heute abend gab es keine Reptilienterroristen. Selbst der einsame Frosch war nach Hause gegangen.

Die Sonne stand tief am Horizont und färbte die langgestreckten Zirruswolken rosa. Ich betrat das Halbdunkel zwischen den Bäumen, wo Stämme und Äste die letzten schlanken Strahlen der Sonne auf dem Waldboden in Streifen zerschnitten. Ich war auf dem Weg, der dem Bach am nächsten lag, und folgte ihm den Hügel hinunter, bis der schattige Wald mich völlig umschloß.

Ich stand still, sah zu, wie die Schatten länger wurden und miteinander verschmolzen, hoffte, einen Blick auf das erste Nachttier zu erhaschen. Aber alles, was ich sah, war ein Eichhörnchen, das einen Baum hinaufflitzte. Ich schaute auf die Uhr. Ein paar Minuten vor acht. Der Wald war mittlerweile allen Lichts beraubt bis auf ein diffuses Grau, der Weg nichts als ein Schimmer zwischen den dunklen Umrissen der Bäume.

Heute abend ist Party, Mick, hat doch keinen Sinn, in der Dämmerung herumzuwandern. Aber ich hielt noch einen Augenblick still, spürte, daß mich aus der Tiefe der dunkler werdenden Wälder von irgendwoher Augen anstarrten. Weder Eichhörnchen noch Vogel, aber ich wußte nicht, was. Ich versuchte das dunkle Grau zu durchdringen, das Geschöpf zu erkennen, doch es regte und rührte sich nichts. Schließlich gab ich auf.

Ich drehte meinem unsichtbaren Wesen den Rücken zu und folgte dem grauen Band des Pfades zurück zu den strahlenden

Lichtern des Partybetriebs. Vom düsteren Waldrand aus erschien das Haus schimmernd und lebendig, Licht und Wärme ergoß sich aus Fenstern und Türen. Ganz eindeutig ist heute abend Party, sagte ich zu mir selbst. Ich ging über den Rasen zurück.

Die Kleiderordnung für dieses Fest lautete: Jede trägt, was sie will, vom Frack über extravagante Kostüme bis zu Blue Jeans. »Danny!« rief ich aus, als ich sie und Elly sah. »Ich glaub' es nicht.«

»Ich konnte nicht widerstehen«, sagte sie.

»Und ich konnte es ihr nicht ausreden«, fügte Elly hinzu.

Danny hatte sich als Plantagenbesitzer verkleidet: dreiteiliger weißer Anzug, schwarze Fliege, ein sehr künstlicher Schnauzbart und ein weißer Strohhut. »Haarsträubend, aber ich gebe zu, es erschüttert alle Selbstverständlichkeiten«, gab ich meinen Kommentar dazu.

»Ich hatte noch überlegt, eine Peitsche zu tragen ...«, setzte sie an.

»Aber das war dann doch zuviel«, beendete Elly den Satz. »Vor allem, wenn man bedenkt, wie wahrscheinlich es ist, daß in meiner Familiengeschichte ein Sklavenhalter eine Rolle spielt.«

Ich schaute Elly an, deren hellbraune Haut ihren Ahnen als Talisman galt. Eine ihrer Vorfahrinnen war vergewaltigt worden, das war schreckliche Gewißheit.

Wie viele von uns? fragte ich mich plötzlich und dachte an meine eigene Mutter, schwanger mit sechzehn. Wie viele von uns sind das Produkt eines Mißgeschicks, einer mißachteten Verweigerung, brutaler Gewalt?

»Der Schnauzbart war so schwer anzukleben«, sagte Danny gerade, hatte meine Abgelenktheit nicht bemerkt. »Aber die Magnolie hinter Ellys Ohr zu kriegen war auch nicht leicht.«

»Ich wollte immer eine Blues-Sängerin sein«, erklärte Elly. Sie trug ein smaragdgrünes Kleid, ihr Haar war bis auf die Magnolie ungeschmückt und fiel lang und schwer über ihre

Schultern. »Hast du Alex und Joanne schon gesehen?« fragte sie mich.

»Nein.«

»Wart's nur ab«, sagte Danny. Sie tat, als würde sie sich Schweiß von der Stirn wischen, um zu zeigen, wie heiß sie aussahen.

»Kommt«, sagte Elly und hängte sich bei Danny und mir ein. Wir spazierten aufs Haus zu. Eine junge Frau, eine von Melanies Kameradinnen, dirigierte die ankommenden Autos auf die Parkplätze. Die Veranda hinter dem Haus bevölkerte sich langsam. Für einen Augenblick ergriff mich Panik, als ich darüber nachdachte, wie viele Leute mich heute mit Emma würden tanzen sehen. Denk einfach nur an Emma, und zerbrich dir über die anderen nicht den Kopf, ermahnte ich mich.

Elly entdeckte jemanden, mit dem sie zur Oberschule gegangen war. Sie und Danny strebten auf ihn zu, und ein »Ich-wußte-ja-gar-nicht-daß-du-auch«-Gespräch war fällig. Ich zog weiter, um zu prüfen, ob Alex und Joanne so heiß aussahen, wie die Gerüchteküche besagte.

Eine umwerfende Blonde in einem Abendkleid, das nichts der Phantasie und alles dem Zufall überließ, trat auf mich zu. Sie betrachtete mich kühn, schaute mir zuerst auf die Titten, dann auf den Schritt. »Später«, sagte sie mit rauchiger Stimme und wandte sich ab.

Nanu, dachte ich, als sie davonschlenderte. Ich fragte mich, wer sie war. Wahrscheinlich eine, mit der ich vor ein paar Jahren mal geschlafen hatte. Eins meiner vielen Eine-Nacht-Gastspiele.

Ich flanierte zur Veranda vor dem Haus, winkte Emma zu, die ihre Gästeschar willkommen hieß. Männer in Kleidern, Frauen in Anzügen, einige dazwischen, wir waren alle hier. Einer kam sogar als Priester verkleidet. Oder vielleicht war er ja ein Priester. Heutzutage weiß man nie.

Von der Veranda aus beobachtete ich den ununterbrochenen Strom heranfahrender Scheinwerfer. Obwohl dies immer der Höhepunkt der Partysaison war, versprach diese spezielle Party etwas ganz Besonderes zu werden. Heute nacht würde es rund gehen.

Jemand umarmte mich von hinten, schlang ihre Arme um meine Taille. Die Blonde war es nicht, dafür war sie nicht groß genug. Zwei Brüste drückten sich fest unter meine Schulterblätter. »Ich habe eine Frage an dich«, sagte sie leise.

»Und ich habe eine Antwort. Wollen wir sehen, ob sie so gut zusammenpassen wie wir beide?« Ich drückte meinen Hintern ganz dezent gegen ihren Unterleib. Heute nacht war eine Nacht zum Flirten. Zum hemmungslosen Flirten.

»Alles klar«, reagierte sie gleichzeitig auf meine Worte und meine Bewegung. »Das wollte ich schon immer mal tun«, sagte sie dann und legte ihren Kopf gegen meine Schulter.

»Was?« fragte ich.

»Mit dir flirten.«

Mein Körper war angespannt, sehnte sich nach Berührung. Eros wagte sich heute nacht sehr weit vor. Erst die Blonde, jetzt diese Frau. Wer war ich denn, mich gegen das Schicksal zu stemmen? »Interessiert an mehr als einem Flirt?« fragte ich.

»Nicht, solange ich hier stehe«, sagte eine Stimme direkt hinter meiner geheimnisvollen Frau. Eine Stimme, die ich wohl erkannte.

Ich drehte mich zu den beiden um. (Mach einer Frau niemals ein eindeutiges Angebot, bis du ganz sicher bist, daß ihre Geliebte nicht hinter dir steht.)

Es war Alex, deren Arme immer noch leicht um meine Taille lagen. Hinter ihr stand Joanne.

»Soll ich vielleicht 'nen Drink holen oder sowas, während ihr beiden ein Rendezvous ausmacht?« fragte Joanne, eigentlich sehr entgegenkommend für das gegebene Szenario.

»Jetzt werden wir's wohl nie rausfinden, was?« seufzte Alex und ließ mich los.

»Tut mir leid, ich wußte nicht, daß du es bist«, antwortete ich, mehr für Joanne.

»Wer dachtest du denn?« fragte Alex.

»Keine Ahnung. Jemand Interessantes«, murmelte ich.

»Machst du immer Frauen an, die du gar nicht kennst?« fragte Alex lachend.

Ich versuchte festzustellen, ob Joanne wütend war oder nicht. Ihre Miene war wie immer nicht zu deuten.

»Macht man nicht ausschließlich Frauen an, die man nicht kennt?« sagte Joanne.

»Bist du wütend?« Ich konnte es nur herausfinden, indem ich sie direkt fragte.

»Nein, natürlich nicht«, antwortete Alex für sie. »Joanne weiß, daß ich nur in vertikaler Position schamlos bin.«

»Das würde Micky wahrscheinlich nicht abhalten«, bemerkte Joanne trocken.

»Aber es würde mich deutlich bremsen.«

Joanne schüttelte den Kopf und lachte in sich hinein. Sie schien nicht wütend zu sein.

»Und überhaupt«, sagte Alex, »was herumgeht, kommt wieder.« Dann fuhr sie rasch fort, um den Beiklang ihres Ausspruchs zu überspielen: »Und ich hab' immer noch eine Frage an dich.«

»Schieß los«, antwortete ich.

»Mir ist klar, daß die Wahrscheinlichkeit gering ist. Cordelia sagte, sie würde es machen, aber sie ist nicht hier. Joanne hat erklärt, sie kann's nicht, und ganz sicher wird sie's nicht tun.«

»Ja?« fragte ich.

»Ich habe noch nie einen echten Gesellschaftstanz mit einer Frau getanzt. Mit fiesen Typen, ja. Ich geb's zu, ich war Debütantin. Meine Mutter bestand darauf. Cordelia war auch da, die kann euch sagen, wieviel Spaß das gemacht hat.« Alex verdrehte die Augen. »Wie ihr wohl wißt, habe ich seitdem bessere Wege gefunden, mich der Gesellschaft zu präsentieren.«

»Stellt sie ihre Fragen immer so?« fragte ich Joanne.

»Manchmal sogar noch schlimmer«, antwortete diese.

»Okay, in fünfundzwanzig Worten oder weniger: A — Kannst du, rein zufällig, Walzer tanzen? Und B — würdest du es in Betracht ziehen, mit mir übers Parkett zu wirbeln, obwohl es Joanne zu einer vor Eifersucht rasenden Furie machen wird?«

»Ja, ich kann Walzer tanzen. Und ja, ich würde es trotz Joanne in Betracht ziehen, mit dir zu tanzen.«

»Gerettet«, rief Alex.

»Jedoch«, fuhr ich fort, »bin ich bereits vergeben.«

»Was für ein Pech«, bemerkte Joanne.

»Mist«, sagte Alex. »Ich ein Mauerblümchen. Dafür wird Cordelia bezahlen.«

»Sie mußte wahrscheinlich arbeiten«, sagte Joanne.

»Das will ich nicht hoffen«, plänkelte Alex. »Wenn sie mich schon versetzt, dann hoffentlich wegen einer verrückten, leidenschaftlichen Affäre. Nicht sehr wahrscheinlich, wie ich sie kenne. Wäre aber die einzig annehmbare Entschuldigung.«

»Willst du eine kurze Lehrstunde?« sagte ich zu Joanne, wollte nicht darüber nachdenken, daß Cordelia eine leidenschaftliche Affäre hatte, die mich nicht einschloß.

»Danke nein«, antwortete sie. »Ich weiß, wann ich fein raus bin.«

Ich sah mir die beiden von oben bis unten an. Danny hatte recht, na ja, nicht ganz. »Danny meinte, ihr zwei seht heiß aus. Von geschmolzener Lava hat sie nichts gesagt«, entfuhr es mir.

Sie trugen tief ausgeschnittene Abendkleider, Alex in schwarz, Joanne in dunkelrot. Jedes der Kleider hatte einen verführerischen Schlitz, bei Alex vorn in der Mitte, bei Joanne links, ihr Bein bis zum Oberschenkel enthüllend. Durch den Schlitz eben noch sichtbar waren dunkle Spitzenstrümpfe, oben gehalten von passenden Strapsen — violett bei Alex, schwarz bei Joanne.

»Was habt ihr vor?« fuhr ich fort. »Wollt ihr einen Aufruhr lostreten?«

Alex lachte, als Joanne verlegen den Kopf schüttelte. »Danke, Micky, ich weiß das sehr zu schätzen, auch wenn Joanne zu schüchtern ist, um es zuzugeben.«

»Ich bin nicht zu schüchtern. Ich dachte, daß mich in dieser Aufmachung niemand für einen Blaustrumpf hält«, antwortete Joanne.

»Die Entscheidung war nicht leicht. Erst dachten wir, eine im Kleid, die andere in Hosen, konnten uns aber nicht einigen, welche in was. *KV* und *Femme* stellen eine heutzutage vor solche Probleme mit der Etikette. Dann wollten wir beide im Anzug kommen, aber keine von uns hat einen. Also haben wir uns auf dieses Modell geeinigt«, erklärte Alex. »Edellesben aus der Großstadt, die ihrem Gewerbe nachgehen.«

»Schade, daß ich arm bin«, sagte ich und bereute es im selben Moment. Manche Wünsche sollten nicht ausgesprochen werden.

Joanne und Alex schauten erst einander und dann mich an.

»Hey, ist das nicht eine schöne Nacht? Ich hoffe nur, das Wetter hält sich«, sagte ich schließlich, um die steigende Spannung zu lösen.

»Micky«, sagte Joanne langsam. »Hast du je mit mehr als einer Frau geschlafen?«

»Hintereinander oder gleichzeitig?« fragte ich, und ein Pulsieren machte sich leise zwischen meinen Beinen bemerkbar. »Was denkst du denn?«

»Dein Ruf würde —«, setzte Joanne an.

»Dieses Auto kommt mir bekannt vor«, unterbrach Alex.

Das tat es. Es war Cordelias. Alex lief die Verandastufen hinab und zum Auto hinüber. Mit einem Mal war ich verlegen und ganz durcheinander. »Hatten wir diese Unterhaltung gerade wirklich?«

»Wahrscheinlich nicht«, antwortete Joanne. »Schieb's auf die gute Landluft.« Sie wandte sich ab und folgte Alex.

Ich hielt mich zurück, blieb auf der Veranda und schob mich in den Schatten. Was da eben passiert war, verursachte mir Unbehagen, meine Sehnsüchte zu einem Wirrwarr verknäuelt. Ich schaute zu, wie Cordelia aus dem Auto stieg, wie Alex sie in die Arme schloß. Sie überragte Alex. Dann umarmte Joanne sie.

Geh schon, geh einfach hin, sag Hallo und bring es hinter dich, sagte ich zu mir selbst. Es ist besser, auf einem dunklen Parkplatz herauszufinden, ob sie sich freut, dich zu sehen, oder nicht, als im Scheinwerferlicht einer Party. Ich sah, wie Joanne sie drückte, und mir wurde klar, wie sehr ich in ihren Armen sein wollte. Aus dieser Entfernung konnte ich ihre Augen nicht sehen, aber ich wußte, wie unglaublich blau sie waren; ihr Haar wirkte schwarz in der Dunkelheit, aber ich erinnerte mich nur zu gut an die Lichtreflexe darin, wie poliertes Umbra, das Gefühl der rotbraunen Locken zwischen meinen Fingern.

Ich schloß die Augen und atmete tief aus. Ist es wirklich möglich, eine Frau so sehr zu begehren, wie ich sie begehre? Wir hatten uns einmal geliebt, nein, einige Male in einer Nacht. Ich öffnete die Augen wieder, unfähig, sie nicht anzuschauen. Ich fragte mich, was sie tun würde, wenn ich einfach zu ihr ging und meine Arme um sie legte. Ich beobachtete, wie sie sich angeregt mit Alex und Joanne unterhielt. Dann sah ich, wie sich die Beifahrertür öffnete. Eine andere Frau stieg aus, eine Blonde mit platinhellen Haaren, gutaussehend selbst aus dieser Entfernung. Cordelia ging um das Auto herum zu ihr.

Ich wandte mich ab und schlüpfte ins Haus.

Vielleicht ist es an der Zeit, mir einen Drink zu besorgen, dachte ich. Aber das würde ich nicht tun, nicht vor Emma. Ihr zuliebe würde ich nicht hinunterspülen, daß Cordelia sich eine Geliebte genommen und es nicht mal für nötig gehalten hatte, es mir zu sagen. Vielleicht dachte sie, bei meinem Ruf lohnte es die Mühe nicht.

Geh und such Torbin, laß dir von ihm skandalöse und zerstreuende Geschichten erzählen. Ich machte mich auf die

Suche nach ihm, achtete darauf, so weit wie möglich von der Tür entfernt zu sein, durch die Cordelia und ihre Freundin hereinkommen würden.

Da ich Torbin nicht finden konnte, lief ich in Richtung Rachel und Küche. »Micky, Schatz«, sagte sie, als sie mich erspähte. »Emma sucht dich und hat mir befohlen, dich festzuhalten, falls du vorbeikommst.«

Ich lehnte mich gegen die Anrichte. »Dann erwarte ich jetzt von dir, daß du mich hier festhältst.«

»Führ diese alten Knochen nicht in Versuchung«, antwortete Rachel.

»Ich eine Versuchung?« Ich tändelte. Wenn ich Cordelia nicht haben konnte, konnte ich wenigstens mit jeder Frau auf dieser Party flirten. Micky und ihr Ruf. »Aber Rachel, du weißt doch genau, daß eine Frau deiner Erfahrung und deines Wissens ein junges Ding wie mich völlig fertigmachen würde.«

»Du sprichst ein großes Wort gelassen aus«, antwortete Rachel. »Deshalb laß' ich die Finger von dir. Emma will mit dir tanzen. Jetzt reiß dich los und finde sie.«

»Yes, Ma'am«, antwortete ich.

»Wage es bloß nicht, mich Ma'am zu nennen. Und sieh zu, daß du nicht stolperst«, sagte Rachel und scheuchte mich davon.

Ich machte mich auf zu Emma, wohl wissend, daß Alex Cordelia genau dahin zuallererst zerren würde. Plötzlich war ich froh über das Aufsehen, das ich beim Tanz mit Emma erregen würde. Cordelia entstammte einer der alten New-Orleans-Familien, aber das tat Emma auch. Wenn Cordelia mich sah, würde ich nicht einsam an der Wand herumstehen, sondern als erste Tanzpartnerin der Gastgeberin übers Parkett wirbeln.

Ich betrat den Salon, hielt nach Emma Ausschau. Sie stand inmitten einer riesigen Schar von Freundinnen und Freunden. Sie hatte soeben eine Geschichte zu Ende erzählt, und alle lachten. Dann schaute sie sich um und sah mich. »Michele, Liebes«, sagte sie, nahm meine Hand und machte Platz, damit ich mich neben sie stellen konnte.

Ich begrüßte die, die ich kannte, den anderen stellte Emma mich vor.

»Sie sind also eins von Emmas Mädchen?« fragte die elegante Frau direkt neben mir. Ich nickte. »Was arbeiten Sie?« fuhr sie fort. »Oder studieren Sie noch?«

»Nein, ich studiere nicht. Schon lange nicht mehr«, sagte ich.

»Du nimmst doch nicht im Ernst an«, unterbrach Emma, »ich würde hier händchenhaltend mit einer Frau stehen, die erst ein Viertel so alt ist wie ich? Also wirklich, ein paar Maßstäbe habe ich doch noch. Sie ist lediglich *halb* so alt wie ich. Und ich halte mich nur an ihr fest, weil Michele heute abend meine Walzerpartnerin ist und ich nicht beabsichtige, sie entwischen zu lassen.« Die Gruppe kicherte, dankbar über Emmas Geplänkel.

»Es ist an der Zeit, die Sache anzugehen«, sagte Emma und gab dem Streichquartett ein Zeichen. »Bereit für die Feuerprobe auf dem Tanzboden?« fragte sie mich.

»Nur für dich«, antwortete ich.

Die sanften Bach-Klänge verhallten. Die Gespräche verstummten mit der Musik. Emma führte mich in die Mitte der Tanzfläche.

»Ladies und Gentlemen«, sagte sie zu der ruhig gewordenen Menge, »und alle Schattierungen dazwischen, willkommen zu meiner alljährlichen Gay-Gala. Und Lesbischen Gala natürlich. Ich sehe einige neue Gesichter zwischen den vielen lieben, altbekannten Gesichtern. Für alle, die nicht wissen, wo sie hier hineingeraten werden: wir beginnen den Abend ganz altmodisch mit dem elegantesten aller Tänze« (nicht mit mir, dachte ich), »dem Walzer. — Wer auch immer Sie sind, als was auch immer Sie sich bezeichnen, ich heiße Sie willkommen«, endete sie, die perfekte Grande Dame.

Sie wandte sich mir mit einem strahlenden Lächeln zu und knickste tief.

Ich verbeugte mich, während die Musik leise einsetzte, dann lag ihre Hand in der meinen und mein Arm um ihre Taille.

»Sie mußten natürlich einen mit Tempi-Wechseln auswählen«, sagte ich, um meine Nervosität zu verbergen. Nur wenige Paare tanzten; die meisten schauten zu. Alex und Cordelia sah ich nicht.

»Wenigstens hast du die richtige Größe für sowas«, bemerkte Emma. »Ich habe mit so wenigen Frauen getanzt, zu denen ich aufblicken konnte.«

»Machen Sie sich lieber Gedanken über mein Gewicht.« Ich hoffte, daß ich ihr nicht auf die Zehen trat. Irgendwie, irgendwo fand ich die Schritte, den sanften Rhythmus der Musik. Emma war natürlich die perfekte Tanzpartnerin, sie lenkte mich, wurde langsamer, wenn ich aus dem Takt kam.

Torbin ist ein sehr guter Lehrer, dachte ich, denn mein Körper schien zu wissen, wohin er sich drehen mußte, ein Wirbeln, das sich angenehm verwischte, eine Beherrschung der Bewegung, die vollkommene Verschmelzung mit der Musik und meiner Partnerin.

»Du hast mich auf dem Korridor ganz schön hinters Licht geführt«, sagte Emma. »Du bist wirklich ziemlich gut.«

»Nein, der Korridor war die Wahrheit«, antwortete ich. »Das hier ist die Illusion.« Doch es war wirklich, ein magischer Augenblick, wieder und wieder geschmeidige Schritte, die es nicht geben sollte und die doch existierten.

»Ist es noch zu früh, dich zu fragen, ob du das nächstes Jahr wieder tun würdest?« fragte sie.

Ich lachte, freute mich über das Vertrauen, das sie in mich setzte, und den Auftrieb der Musik. »Warten Sie lieber ab, bis das hier vorüber ist. Noch kann ich stolpern.«

Doch das tat ich nicht. Die Nacht war zu einzigartig für solch profane Unvollkommenheiten. Nur eines zählte: Emma zu halten, mit ihr zu tanzen, sie glücklich zu machen, und auch die Tatsache, daß die Konzentration mir ein Geschick verlieh, von dem ich nicht gewußt hatte, daß ich es besaß.

Einmal, als wir durch den Raum wirbelten, gestattete ich mir einen Blick umher, aber die Gesichter waren nichts als verschwommene Party-Tupfer.

Die Musik kam zum abschließenden Diminuendo, bis nur noch die Geigen sanft erklangen. Mit ihnen wurden auch Emma und ich langsamer, tanzten enger als zu Beginn.

»Jetzt habe ich endlich das Gefühl, daß du eine Freundin bist und nicht länger eine Schülerin«, sagte sie.

»Danke. Ich hoffe, ich werde immer eine Freundin bleiben«, antwortete ich, genoß die Vertrautheit und das Beruhigende ihrer Berührung, hatte meine Steifheit für einen Moment abgelegt.

Waren unsere Berührungen sexuell? Aber natürlich, wie sollten sie auch nicht, so nah, wie wir einander hielten in diesem vollkommenen Tanz. Und dies würde aller Wahrscheinlichkeit nach das gesamte Ausmaß unserer sexuellen Beziehung sein: ein hingebungsvoller Tanz pro Jahr.

Mit achtzehn war ich zu ängstlich und zerbrechlich gewesen, um das Risiko einzugehen, jemanden ohne explizite Richtlinien und Regeln zu berühren. Sex war für mich Gut oder Böse, Liebe oder Mißbrauch. Aber in Wirklichkeit hat Sex immer die Konsequenzen, die man ihm zugesteht, dachte ich.

Die Musik verklang. »Das war sehr angenehm«, sagte Emma, immer noch in meinen Armen.

»Und Sie«, antwortete ich, »sagten, daß Sie meinen Körper nicht wollen.«

»Nun ja, ich denke, dies ist schon körperlich«, sagte sie, nahm dann mein Gesicht in ihre Hände und küßte zum ersten Mal meine Lippen.

Die Menge klatschte Beifall, einige riefen: »Immer ran, Emma« und »Ein Hoch auf ältere Frauen!« Ich winkte ihnen zu, genau wie Emma, und beide genossen wir die Aufmerksamkeit.

Als wir die Tanzfläche verließen, um uns wieder zu Emmas Freunden und Freundinnen zu gesellen, sah ich mich kurz um, nur ein träger Blick in die Runde eigentlich. Cordelia starrte mich an. Unsere Augen trafen sich für einen Sekundenbruchteil. Mit einem kleinen Lächeln auf den Lippen hob sie ihr Glas in meine Richtung. Als Antwort nickte ich kurz, schaute dann weg, nicht ganz sicher, was ihre Geste bedeuten sollte. Hatte Danny ihr erzählt, ich hätte eine Affäre mit Emma? Erhob sie darauf spöttisch ihr Glas?

Emma führte mich zu ihrem Kreis. Ich wandte Cordelia den Rücken zu. Es spielte jetzt eine andere Band, und die Zuschauenden wurden zu Tanzenden.

»Rock 'n Roll konnte ich noch nie leiden«, sagte Herbert über mich hinweg zu Emma. »Sollen wir uns in die relative Ruhe der Bibliothek zurückziehen?«

»Eine ausgezeichnete Idee«, sagte Emma, und einige andere schlossen sich an.

Ich ging mit ihnen mit, fragte mich immer noch, was Cordelias Zuprosten bedeuten konnte. »Also, Sie müssen wohl eine Geliebte haben, und Dutzend andere stehen sicher schon Schlange«, sagte die elegante Lady, während sie neben mir herging.

»Ich?«

»Nein?«

»Nein«, antwortete ich.

»Was halten Sie von älteren Frauen?« flirtete sie.

Cordelia tanzte mit ihrer Blonden. Viel zu klein für dich, dachte ich. Sie begann, sich in meine Richtung zu drehen, und ich schaute eilig woanders hin. Ich hakte mich bei der eleganten Lady unter. Sollte Cordelia es ruhig sehen. »Ich finde ältere Frauen äußerst faszinierend«, flirtete ich zurück, während wir das Wohnzimmer verließen.

Vorsicht, Micky, sonst erwartet noch die Hälfte aller Frauen auf dieser Party, daß du mit ihnen schläfst, bevor die Nacht vorüber ist. Meine Lenden signalisierten, daß wenigstens sie darüber glücklich wären. Es ist gefährlich, in diesem geilen Zustand unter so vielen Frauen zu sein.

Es war nett, mit der eleganten Lady — ihr Name war Julia — zu flirten, aber wir stellten schnell klar, daß keine von uns es ernst meinte. Wir trennten uns vor der Tür zur Bibliothek. Ich ging auf die vordere Veranda, betrat dann den Rasen. Unter einem Baum blieb ich stehen und schaute auf das hell erleuchtete Haus zurück.

Was, wenn sie denkt, daß ich es für Geld tue, schoß es mir durch den Kopf. Ich zerbrach mir immer noch den Kopf über Cordelias kleines Lächeln. Vor ein paar Monaten war ihr Großvater gestorben und hatte ihr ein beträchtliches Vermögen hinterlassen. Prostete sie meinem vermeintlichen Glück zu, mir eine wohlhabende Geliebte geangelt zu haben? Wahrscheinlich, dachte ich, wenn sie mit Danny gesprochen hatte, Danny mit ihrem Verdacht, daß ich mit Emma schlief. Daß sie das weitererzählte, war sehr wahrscheinlich. Ich mußte Danny finden und die Sache aufklären, bevor sich die Gerüchte verselbständigten.

Ich machte mich auf den Weg zurück zum Haus. Natürlich tanzte Danny wahrscheinlich gerade mit Cordelia. Immer noch besser als die blonde Zwergin.

Eine weiß gekleidete Gestalt betrat die Veranda. Ich blieb stehen und versteckte mich im Schatten eines Baumes. Ihre Körpergröße verriet sie. Es war Cordelia. Ich zog mich weiter in den Schatten zurück, wollte nicht, daß sie mich starren sah. Die Blonde gesellte sich zu ihr.

Ich wandte mich ab, lief weiter, machte, daß ich aus dem Schein der Außenbeleuchtung gelangte. Dann bog ich wieder zum Haus zurück, folgte dem dunklen Waldrand bis auf die Rückseite, bis ich den Hintereingang erreichte. Ich blieb auf der Veranda, wollte nicht allzuweit im Innern des Hauses gefangen sein.

Die dekolletierte Blondine, die ich früher am Abend gesehen hatte, stolzierte zu mir herüber. Diesmal starrte ich auf ihre Titten, doch sie bedeckte ihr Dekolleté kokett mit einer behandschuhten Hand. »Später. Aber nicht viel später«, sagte sie, wandte sich dann ab und ging wieder ins Haus.

»Nicht viel«, rief ich den Kurven auf dem Rückzug hinterher. Sie kam mir bekannt vor. Ich versuchte immer noch, sie einzuordnen, als ich sah, wie Cordelia das Eßzimmer betrat. Ich verließ die Veranda, ging nach hinten hinaus auf den Rasen. Ich wiederholte meine vorherige Hausumseglung und landete wieder auf der vorderen Veranda.

Jetzt werde ich Torbin suchen, mir ansehen, was für ein haarsträubendes Outfit er ausgebrütet hat, und dann werde ich mich auf PCs Lieblingsmagnolienbaum verstecken, sagte ich zu mir selbst, denn langsam wurde mir das ständige Hin- und Hergelaufe zu blöd.

»Aha. Erwischt.« Eine Hand packte meine Schulter. Danny. »Zeit für Erklärungen, liebste El Micko«, fuhr Danny fort. Sie führte mich in eine Ecke der Veranda. Elly, Joanne und Alex waren dort. »Warum hören wir dauernd, wie die Leute dich als 'eins von Emmas Mädchen' bezeichnen? Wie habt ihr euch kennengelernt?«

»Das ist eine lange Geschichte«, antwortete ich.

»Die Nacht ist jung. Wir haben Zeit«, entgegnete Danny.

Jemand schloß sich der Gruppe an und verteilte über meine Schulter hinweg volle Champagnergläser. Ich drehte mich halb um. Cordelia. »Sprich weiter«, sagte sie und reichte mir ein Glas.

Ich winkte ab. Cordelias Nähe brachte mich aus der Ruhe.

Du hast nicht das Recht, alles zu wissen, Danny, wollte ich sagen. Auf manche Fragen brauche ich dir keine Antwort zu geben. Auf manche habe ich keine Antwort.

»Emma hat einen Harem, wußtet ihr das nicht? Ich bin Nummer Zweiundvierzig, verfügbar an jedem zweiten mondlosen Sonntag und als Mittagsimbiß am Lundi Gras.«

»Ich habe mich schon immer gefragt, woher diese Gerüchte stammen«, sagte Emma lachend hinter mir und schloß sich unserem Grüppchen an. »Am Mardi Gras vielleicht, aber Lundi Gras? Nun«, fuhr Emma fort, »warum stellst du mich deinen Freundinnen nicht vor? Einige von Ihnen kenne ich, und dennoch, Alexandra Sayers, ist *Ihre* Anwesenheit eine wahrhaft angenehme Überraschung.«

»Ich fürchte, ich werde langsam zu gut in meiner Hetera-Camouflage. Die langen Pendelohrringe müssen wohl weg«, sagte Alex.

»Weiß Ihr Vater Bescheid? Oder ist das eine ungehobelte Frage?« wollte Emma wissen.

»Er weiß es, wenn er es wissen will«, antwortete Alex vorsichtig. »Ergibt das einen Sinn?«

»Aber sehr«, antwortete Emma.

»Joanne Ranson, Kriminalinspektorin beim New Orleans Police Department. Danny Clayton, stellvertretende Bezirksstaatsanwältin, Elly Harrison, staatlich geprüfte Krankenschwester, und ...« Ich stockte, als die Reihe an Cordelia kam.

»Cordelia kenne ich«, informierte uns Emma. »Ich bin sehr froh, Sie hier zu sehen. Ich hatte so gehofft, daß Sie kommen würden, obwohl Ihr Großvater sich wahrscheinlich im Grabe umdreht.«

»Kann schon sein«, antwortete Cordelia, »aber ich lebe mein Leben nicht, um ihm oder der Erinnerung an ihn zu gefallen.« Sie fuhr fort: »Dies ist meine Freundin Nina Douglas.«

Die kleine Blonde. Während Emma ihr die Hand schüttelte, drehte ich mich um und sah sie mir zum erstenmal richtig an. Ganz eindeutig zu klein, mußte sich wahrscheinlich auf ein Höckerchen stellen, um Cordelia zu küssen. Ein langweiliges, typisch amerikanisches Gesicht, Grübchen und eine Nase, die man nur als »keck« bezeichnen konnte. Hellblondes Haar und große, braune Augen. Ekelerregend niedlich. Ich drehte mich wieder weg.

»Darf ich fragen, wer zusammengehört? Oder ist so etwas passé?« fragte Emma.

»Danny und Elly kaufen sich gerade ein Haus«, informierte ich sie. »Ein knallhart verheiratetes Paar.«

»Joanne und ich«, erklärte Alex und nahm Joannes Hand, »aber noch kein Haus. Getrennte Appartements sogar.«

»Micky ist unsere hauseigene Streunerin«, fügte Danny hinzu.

»Miau«, fügte ich hinzu.

»Micky«, sagte Alex mit einem Grinsen, das mir Warnung hätte sein sollen. »Erzähl uns von deinem Sexleben.«

»Nicht heute abend, so lang ist die Nacht nun doch nicht«, fuhr Danny dazwischen.

Vielen Dank, Danielle Clayton. Vor Emma *und* Cordelia.

»Gibt's nicht viel zu erzählen«, antwortete ich gelassen, in der Hoffnung, weitere Spekulationen im Keim zu ersticken.

»Ach nein?« sagte Danny. »Wie war das damals am Junior College, wo du mit drei –«

Ich unterbrach sie. »Nein! College gilt nicht, Danny«, fügte ich mit einem Unterton in der Stimme hinzu.

»Ich glaube, ich bin zu alt für diese Art Gespräch«, sagte Emma und erhob sich. »Habt einen wunderbaren Abend, ihr Mädchen, will sagen: Frauen.« Sie rauschte vergnügt von der Veranda.

»Habe ich dich in Verlegenheit gebracht?« Danny war die Unschuld selbst.

»Wie würde es dir gefallen, wenn ich deinen Eltern ein paar von deinen College-Eskapaden erzähle?« fauchte ich sie an.

»Sie ist nicht deine Mutter.«

»Na ja, trotzdem... Wie wär's dann mit deiner Lieblingslehrerin an der Oberschule?«

»Würde mir, glaub' ich, nicht gefallen«, sagte Danny, mit einem Mal zerknirscht.

»Also, wirst du's uns sagen?« plänkelte Alex. »Oder müssen wir erraten, worauf sich die 'drei' bezieht? Frauen? Hunde? Salatgurken?«

»Ist sie immer so schlimm?« fragte ich Joanne.

»Für gewöhnlich noch schlimmer«, antwortete Joanne lakonisch.

»Tauben? Finger? Elefanten?«

»Ich weiß es nicht mehr«, wehrte ich ab.

»Aber ich«, schaltete sich Danny ein. »Ich hatte das Zimmer nebenan.«

»Drei von allem«, sagte ich. »Frauen, Männer, Hunde, Katzen, Erdferkel, Dreizehenfaultiere. Jedes Tier, jedes Mineral, jede Pflanze, die es auf diesem Planeten gibt. Und ein paar 'Dreier', die höchstwahrscheinlich außerirdisch waren, aber es war schon spät in der Nacht, und ich kann mich nicht richtig erinnern. Und jetzt müßt ihr mich entschuldigen«, redete ich schnell weiter und stand auf. »Das hat mich sehr durstig gemacht.«

»Nimm etwas Champagner«, bot Alex an.

»Nein danke«, antwortete ich. »Wasser.«

»Aber Micky«, sagte Alex, die Hand auf meinem Arm. »Du hast die brennende Frage des Abends noch nicht beantwortet.«

»Ich glaube nicht, daß ich das will.«

»Ganz ruhig. Wo«, fuhr sie dann fort, »hast du so tanzen gelernt?«

Endlich mal eine ungefährliche Frage. »Das hat mir mein Cousin Torbin beigebracht.«

»Der berühmte Cousin Torbin, den ich noch nie getroffen habe?« fragte Alex.

»Genau jener.«

»Du hast Torbin noch nie getroffen?« fragte Danny. »Er ist hier. Du mußt ihn kennenlernen.« Was eine Jagd auf Torbin eröffnete. Jede wollte Torbin kennenlernen. Ich hoffte, daß Cordelia und die blonde Zwergin verschwinden würden, aber sie folgten uns.

Wo war Torbin? Seit er am Nachmittag in mein Zimmer gerauscht war, hatte ich ihn nicht mehr gesehen. Schließlich entdeckte ich Andy.

»Einen Augenblick«, sagte ich zu meinen Gefolgsfrauen. »Hey, Andy. Wieso hast du dich nicht verkleidet?«

Er sah bekümmert drein. Dann lachte ich auf. Andy, der Computer-Heini, ging als Computer-Heini. Er trug eine schwarze Hornbrille, die mit Draht und Klebeband zusammengehalten wurde. Und ein abscheulich geschmackloses, gelbbraun und grün kariertes Jackett, in dessen Brusttasche ein total vollgestopftes Fülleretui steckte. Aus seinen hinteren Hosentaschen schauten Disketten hervor.

»Hast du Torbin gesehen? Ich habe hier ein Grüppchen Fans, die danach lechzen, ihn kennenzulernen.«

»Er muß hier irgendwo sein«, antwortete Andy und schaute sich im Raum um.

Plötzlich trat die große, kurvenreiche Blondine von vorhin auf mich zu. »Jetzt«, sagte sie fordernd. »Jetzt muß ich dich haben. Hier, auf dem Fußboden.«

Die Blondine, die sich schneller bewegte, als es einer mit solchen Kurven zustand, warf ihre Arme um mich und brachte mich aus dem Gleichgewicht, bis ich gefährlich in Rückenlage geriet und meine Füße mich nicht länger trugen.

»Was zum —?« setzte ich an.

Mit einem wilden Kuß schnitt sie mir das Wort ab. Ihre Hand griff äußerst unverfroren und sichtbar nach meinen Brüsten. Aber jetzt wußte ich, mit wem ich es zu tun hatte. Nur eine Person würde es wagen, einen solchen Auftritt hinzulegen.

»Torbin, laß mich los«, brüllte ich und stieß ihm einen Ellbogen in den Gummibusen.

»Aber da soll doch gleich«, schnaufte er. Nahm mich dann beim Wort und ließ mich kurzerhand auf den Boden fallen.

»Du hast meinen Lippenstift verschmiert, muß ich feststellen«, sagte er, über mich gebeugt.

»Das kriegst du wieder«, zischte ich. Andy krümmte sich vor Lachen. Ich wagte nicht, irgend jemand anderen anzuschauen. »Juckpulver in dein Suspensorium, Pfeffer in dein

Rouge. Eines Tages krieg' ich dich, Torbin Robedeaux. Da kannst du Gift drauf nehmen«, fluchte ich. Ich war hereingelegt worden. In jeder Rolle außer meiner eigenen hätte ich es vielleicht auch komisch gefunden. Aber wie die Dinge lagen, konnte ich das nicht.

»Ach, Mädels, ihr habt da was auf dem Boden liegen lassen«, rief Torbin noch bei seinem rauschenden Abgang.

»Hast du vor, den ganzen Abend da liegen zu bleiben?« fragte Joanne, die sehr nah an meinem Kopf stand.

Es war eigentlich nicht meine Absicht, aber sie stand praktisch über mir mit diesem verdammten Schlitz bis zum Oberschenkel. Aus meiner Perspektive konnte ich noch erheblich weiter sehen. Also schaute ich. Und sie erwischte mich dabei.

»Schwarze Spitze! Ist das dein wahres Selbst?« versuchte ich sie zu verunsichern. »Hilf mir hoch«, sagte ich und hielt ihr meine Hand entgegen.

»Hilf mir mal jemand mit der Leiche hier«, sagte Joanne, nicht die Spur verunsichert.

Cordelia trat an meine andere Seite und streckte ihre Hand aus. Ich hatte keine andere Wahl, als zuzugreifen. Sie und Joanne nahmen je eine meiner Hände und zogen mich hoch. Ich ließ ihre Hand zu schnell los, denn die Berührung beunruhigte mich. Wir drei standen beieinander, für einen Augenblick verwirrt und verlegen. Jedenfalls war ich das, ich wußte nicht, was sie empfanden.

»Na ja, ich hoffe, wir amüsieren uns hier alle köstlich heute abend. Ich tue das jedenfalls«, sagte ich sarkastisch, versuchte, Cordelia nicht noch einmal anzuschauen. »Und jetzt bin ich wirklich durstig. Und muß mir dringend einen Schluck Wasser besorgen.« Sprach's und stolzierte davon, mehr auf der Suche nach Abgeschiedenheit als nach einem Glas Wasser. Cordelia hatte mich aus dem Gleichgewicht gebracht. Wie konnte sie mit einer niedlichen Blondine im Schlepptau aufkreuzen und tun, als sei nichts zwischen uns vorgefallen? Was erwartete sie von mir? Daß ich höflich lächelte und ihr gratulierte?

Ich ging schnell an den Party-Grüppchen vorbei, bis ich draußen in eine schummerige Ecke der hinteren Veranda gelangte.

Was denkt sie denn …? Dann wußte ich, was sie dachte, vermutete es zumindest. Micky, die Streunerin, wie Danny so schön gesagt hatte. Was konnte ich tun? Sollte ich ihr sagen: »Ich weiß, daß Danny dir viele Dinge über mich erzählt hat, und ja, sie sind alle wahr, aber ich habe mich geändert, ganz ehrlich.« Klaro. Warum sollte Cordelia sich mit einer Cajun-Bastardin einlassen, die den Ruf einer — und es gab kein anderes Wort dafür — Schlampe hatte? Besonders, wenn süße, wohlerzogene Blondinen zur Verfügung standen.

Ich trat von der Veranda auf den im Sternenlicht liegenden Rasen. Ich erwog, höchst kindisch zu sein, auf den Magnolienbaum zu klettern und den Rest des Abends dort zu verbringen. Aber am Fuße des Baumes stand engumschlungen ein Pärchen, und sie klangen nicht so, als würden sie für eine Störung viel Verständnis haben.

Cordelia hat einen neuen blonden Hohlkopf gefunden. Du wirst es schon überleben, Micky, sagte ich zu mir selbst. Und das würde ich auch. Ich wollte heute abend nur nicht in der Gegend herumstehen und sie mit ihrer Zwergin beobachten.

Ich wanderte zwischen den Bäumen hindurch in die Schatten des Gartens. Ich sah, wie Rosie und Melanie sich heimlich zu ihrem Häuschen schlichen. Keine Sorge, dachte ich nachsichtig, ich kann schon für euch einspringen. Hallo, ihr Jungverliebten, wo immer ihr seid.

Ich ging hinüber zur Gartenlaube und fragte mich, wen ich dort wohl engumschlungen antreffen würde. Vielleicht Torbin und Andy, wie ich boshaft hoffte. Aber es war niemand dort, keine Pärchen, die es verdienten, daß ich sie störte. Ich trat ein, ging bis ans andere Ende, hockte mich aufs Geländer und lehnte mich an einen der Stützbalken. Über den Rasen hinweg schaute ich in die schwärzer werdende Dunkelheit, die in den Wald führte.

Ich hörte, wie hinter mir eine Diele knarrte, jemand kam die Stufen herauf. Ich drehte mich um. Eine hochgewachsene Frau in Weiß. Ich fiel fast vom Geländer.

»Alles in Ordnung?« sagte Cordelia, die sah, daß ich die Balance verloren hatte und nun versuchte, nicht in die Azaleenbüsche zu stürzen.

»Aber klar doch«, antwortete ich und klammerte mich an dem Balken fest. »Nicht gerade meine Nacht, was das Gleichgewicht angeht«, sagte ich, während ich mich bemühte, mein Hinterteil wieder sicher auf dem Geländer zu plazieren. »Und? Wie geht's dir so?« Die falsche Fröhlichkeit in meiner Stimme ließ mich selbst zusammenzucken, aber wenigstens saß ich wieder aufrecht.

»Ziemlich gut. Was macht dein Bein?«

»Dem geht's prima.«

Sie hielt eine Flasche Champagner in der Hand, die sie jetzt abstellte. Ich suchte verzweifelt nach etwas, das ich sagen konnte, oder noch besser, nach einem Weg hier raus. Sie sah mich an. »Ist es Zufall, daß du den Raum anscheinend immer dann verläßt, wenn ich ihn betrete?«

»Muß wohl«, murmelte ich, beschämt, daß ich so ungeschickt gewesen war.

»Natürlich«, sagte sie und schaute mich mit klarem und direktem Blick an. Wir wußten beide, daß ich log. »Wie geht es dir?«

»Mir geht es gut«, sagte ich automatisch.

»Nein, ganz ehrlich.«

Ich wußte nicht, was ich sagen sollte, ihre Direktheit überrumpelte mich völlig. Ich saß da, klammerte mich am Geländer fest und wollte doch nur zu ihr gehen und sie in die Arme nehmen.

»Ähm ... ich ...« Ich wußte es nicht. Das Schweigen hing zwischen uns. »Ich habe tatsächlich den Raum verlassen. Ich wußte nicht, was ich zu dir sagen sollte«, gestand ich.

»Na ja, ich schätze, das kann ich verstehen«, antwortete

Cordelia und wandte sich von mir ab, ließ ob des Stichs, den ihr mein Geständnis verursacht haben mußte, die Schultern ein wenig hängen.

Ich stand auf, ging einen Schritt auf sie zu, zögerte dann, nicht sicher, was ich wollte, fürchtete das, was sie wollte.

»Ist schon gut«, sagte sie, immer noch mit dem Rücken zu mir. »Du hast das Recht, mir aus dem Weg zu gehen.«

»Ich habe nicht... Ich gehe dir nicht... Es wird kompliziert, nicht wahr?«

»Ich hatte gehofft, daß wir Freundinnen sein können — irgendwie.«

»Das können wir. Wenn du willst.«

»Das will ich.« Und sie drehte sich zu mir um, das kleine Lächeln wieder auf dem Gesicht.

»Gut«, antwortete ich.

»Champagner? Ich habe eine Flasche mit raus gebracht.«

»Danke nein.«

»Was dagegen, wenn ich trinke?«

»Natürlich nicht. Ich habe von Elly gehört, daß du eine lange Woche hattest.«

»Manchmal kommen sie mir alle lang vor«, antwortete Cordelia und nahm einen Schluck aus der Flasche. »Nicht die beste Art, Champagner zu trinken.«

Eine weitere Pause. Sie sprach als erste. »Es war ein Vergnügen, dich mit Emma tanzen zu sehen.«

»Danke«, antwortete ich, dann, um eine weitere Pause zu vermeiden: »Woher kennst du sie? Emma, meine ich.«

»All die ehrwürdigen alten Familien kennen sich untereinander. Die eine oder andere gesellschaftliche Verpflichtung. Ich glaube, Großvater Holloway war in derselben Verbindung wie Emmas Vater. Mit achtzehn war ich zum ersten Mal hier, fing gerade an, die Dinge auf die Reihe zu kriegen. Miss Auerbach hatte mich schon immer fasziniert. Dann befahl Großvater mir, mich nicht mehr mit ihr sehen zu lassen. Keine Erklärung. Aber ich wußte, warum.«

»Und seitdem bist du nicht mehr hier gewesen«, sagte ich, eine Feststellung, keine Frage.

»Woher weißt du das?«

»Ich bin seit meinem achtzehnten Lebensjahr jedes Jahr hier gewesen. Du wärst mir aufgefallen.«

»Du bist sehr lieb.«

»Nicht lieb. Aufmerksam.«

»Danke«, sagte sie, ein wenig durcheinander von meinem Kompliment. Sie nahm noch einen Schluck Champagner.

Gott, du bist so wunderschön, dachte ich. Das sanfte Licht wurde von ihrer weißen Kleidung reflektiert und ließ ihre Augen tiefblau und geheimnisvoll erscheinen. Aber wir waren nur Freundinnen, und ich fürchtete mich davor, es auszusprechen.

»Worüber hat Danny da gesprochen?« fragte sie unvermittelt. »Im College.«

»Ach, das«, antwortete ich peinlich berührt. »Jugendlicher Leichtsinn.«

»Warum hatte ich nicht so eine Jugend?« sagte sie, und das kleine Lächeln umspielte ihre Lippen. »Die gute, alte Cordelia. Immer vorsichtig. Zur Vorsicht verdammt.«

»Sag das nicht«, antwortete ich, reagierte auf den geringschätzigen Unterton ihrer Stimme.

»Tanz mit mir«, sagte sie plötzlich. Dann: »Würdest du das tun?« so als fürchtete sie sich vor einer Zurückweisung. »Ich wollte schon immer mal übers Parkett wirbeln, so wie ich's dich heute abend habe tun sehen.«

Ich machte einen vorsichtigen Schritt auf sie zu. »Hast du nicht mit Alex getanzt?« fragte ich, um die Stille zu überspielen.

»Ach, Alex. Alex kenne ich schon seit Ewigkeiten. Ich glaube, wir wurden im selben Krankenhaus geboren. Nein, das entbehrt höchstwahrscheinlich jeder Wahrheit. Aber ganz bestimmt seit der Grundschule. Außerdem ist Alex nicht ...« Sie verstummte.

»Ist was nicht?«

»Groß, dunkel und... gutaussehend.« Sie schaute mich an, dann schnell in eine andere Richtung.

Ich trat noch einen Schritt auf sie zu. »Du bist lieb.«

»Nicht lieb. Aufmerksam.« Sie trat ganz nah an mich heran und legte ihre Hand vorsichtig auf meine Schulter.

Ich legte meine Hand um ihre Taille.

»Warte«, sagte sie und machte sich los. »Laß mich das eben loswerden.« Sie stellte die Champagnerflasche in einiger Entfernung ab. Dann kam sie zurück und legte ihre Hand mit derselben Vorsicht wieder auf meine Schulter, so als könnte ich jeden Augenblick scheuen oder mich zurückziehen.

Ich nahm ihre linke Hand in meine. »Ich werde summen müssen«, sagte ich. »Kannst du das ertragen?«

»Wenn du mein Tanzen erträgst.«

»Fair ist fair.« Ich begann, leise den einzigen Walzer zu summen, der mir einfiel. Ich wußte nicht einmal genau, welcher es war.

»Ich weiß, warum ich noch nie durch einen Ballsaal gewirbelt bin«, sagte sie nach unseren ersten unbeholfenen Schritten. »Ich bin keine sehr gute Tänzerin.« Sie stolperte, als wollte sie das Gesagte unterstreichen. »Besonders, wenn ich zuviel Champagner intus habe«, fügte sie hinzu. »Ich glaube nicht, daß ich noch nüchtern bin.« Sie hielt an. »Ist schon gut. Ich brauche wohl noch ein paar Übungsstunden. Oder so.« Sie fing an, sich loszumachen.

Nein, nicht, wollte ich rufen. Geh nicht weg von mir, mach diese behutsame Umarmung nicht kaputt.

»Gib nicht so schnell auf«, sagte ich, ließ sie nicht los, hielt sie in unserem zögerlichen Walzer gefangen, brachte sie ein wenig aus dem Gleichgewicht, damit sie mich nicht loslassen konnte. Sie stockte wieder, hielt sich diesmal aber weiter an mir fest. Wir tanzten nicht mehr, doch sie bewegte sich nicht von mir weg.

»Ich weiß, daß ich ungeschickt bin, aber normalerweise bin

ich nicht *so* schlecht«, sagte sie und legte ihren Kopf an meine Schulter. »Der Champagner.«

Vom Rasen her hörte ich Stimmen.

»Die Leute werden reden«, sagte ich, war mir bewußt, daß wir gut zu sehen waren, mein weißes Hemd, ihre weiße Kleidung, umrahmt von den weißen Balken der Gartenlaube. »Ich bin daran gewöhnt. Die Leute reden immer über mich. Aber vielleicht willst du nicht...« Ich verstummte. Daß deine Blondine uns so sieht. »So unvorsichtig sein.«

»Ich glaube nicht«, antwortete sie, »daß ich schon jemals in meinem Leben etwas Unvorsichtiges getan habe. Vielleicht will ich ja diejenige sein, über die morgen geredet wird. Ich will, daß sie sagen: War das nicht Cordelia James in der Gartenlaube mit dieser großen, dunklen Frau?«

»Nein, das war nur Micky Knight«, antwortete ich, einfach um weiterzureden, denn wenn ich aufhörte zu reden, dann würde ich... Ich würde nicht aufhören. Cordelia war nicht nüchtern. Was sie jetzt wollte, würde sie morgen früh bereuen. »Jede kann sie haben«, fügte ich hinzu, und eine Spur Reue schlich sich ein.

»Sag das nicht.«

»Frag Danny. Sie wird es dir sagen. Frag irgend jemanden. Mach dir deinen Ruf nicht kaputt mit einer... Schlampe.«

»Die Schlampe und das Mauerblümchen. Was für eine Kombination.« Dann schaute sie mich an, hob ihren Kopf von meiner Schulter und lockerte ihre Umarmung, bereit, sich zurückzuziehen. »Mach dich nicht so runter. Sag einfach nein. Das ist alles, was du tun mußt.«

Sie ließ los, bewegte sich dabei nicht wirklich, sondern zog sich in sich selbst zurück. Ihre Augen waren grauer, nicht mehr so offen. Ich verstärkte meine Umarmung, wollte sie zurückholen, wußte aber nicht, wie ich sie halten konnte, ohne die laue Frühlingsnacht und den guten Champagner auszunutzen.

»Mach dir keine Sorgen«, fuhr sie fort. »Ich hab' das schon

früher gemacht. Nimm mich bloß nicht ernst. Ich hab' gesagt, ich würde mich heute nacht betrinken, und das ist mir gelungen.« Diesmal zog sie sich auch körperlich zurück.

»Ich habe wirklich …«, setzte ich an, wurde jedoch unterbrochen. Unsanft.

Ein Hilfeschrei, von irgendwoher auf der anderen Seite des Rasens. Irgendwer hat eine Ringelnatter gesehen, dachte ich empört.

»Scheiße«, fluchte ich.

Der Hilfeschrei erklang erneut. Ich spielte mit dem Gedanken, es Rosie zu überlassen, bis mir einfiel, daß sie vielleicht noch verstrickter war als ich. Ich hatte zumindest noch meine Klamotten an.

»Schätze, die Pflicht ruft«, sagte Cordelia.

»Die Pflicht nervt«, antwortete ich, wütend über das Timing der Pflicht. Aber Emma würde es wohl nicht so toll finden, wenn jemand wirklich in Schwierigkeiten war und ich mir nicht die Mühe machte, der Sache nachzugehen. »Tut mir leid«, sagte ich. »Ich werde dich später suchen«, rief ich, während ich die Stufen der Gartenlaube hinunterlief. »Tut mir leid«, wiederholte ich. Es tat mir leid. Wir hatten uns fast … Ich wußte es nicht einmal.

»Ist schon okay«, driftete ihre Stimme hinter mir her. »Einige sind zum Wildsein geboren, einige zum Davonlaufen, und einige von uns zum Vorsichtigsein.«

Ich fing an, über den Rasen zu laufen, dachte mehr an das, was hinter mir war, als an das, was vor mir lag.

Fünftes Kapitel

Die Schreie kamen von irgendwo dort, wo die meisten der Häuschen standen. Wahrscheinlich bloß eine verflixte Ringelnatter oder Kröte auf irgendeinem Kopfkissen. Ich konnte mir nicht vorstellen, daß hier draußen irgend etwas ernsthaft nicht in Ordnung sein könnte.

Ich trabte zu den Leuten hinüber, die sich vor dem gelben Häuschen versammelt hatten. »Was ist hier los?« fragte ich, tat ganz ruhig und offiziell. Schließlich war ich die einzige, die wußte, daß ich feucht zwischen den Beinen war.

»Da ist irgendein Tier drin«, rief die aufgeregte Frau.

»Sah aus wie ein Stachelschwein«, sagte jemand anders. »Ich hab's ganz kurz gesehen.«

Alle schauten erst mich an, dann die Tür, hinter der diese abscheuliche Kreatur lauerte. Wieso schon wieder ich, fragte ich mich, denn ich hatte keine große Lust, mich in ein aufgebrachtes Nadelkissen zu verknäueln.

Mit außerordentlicher Kühnheit marschierte ich zur Tür. Soweit reichte die Kühnheit. Vorsichtig öffnete ich die Tür und steckte meinen Kopf hindurch. Im Wohnzimmer konnte ich nichts entdecken. Ich trat ein und hielt konzentriert Ausschau nach zuckenden Stacheln. Keine Bewegung, nichts. Ich schaute in die kleine Küche. Nichts stürzte von den Schränken auf mich herab. Ich griff mir einen Besen und ging zu den Schlafzimmern. Wenigstens hatte diese Hütte nur zwei davon.

Das erste war tierfrei. Ich stieß mit dem Besen sogar unters Bett, um ganz sicher zu gehen.

»Brauchst du Hilfe?« rief Joanne, als sie die Hütte betrat.

»Siehst aus, als wärst du richtig angezogen für 'ne Stachelschwein-Jagd«, antwortete ich.

»Das ist es also, was sich hier rumtreibt?«

»Vielleicht. Vielleicht hat auch nur jemand viel Phantasie.«

Ich ging ins zweite Schlafzimmer. Ich wollte nicht, daß Joanne einen Klasse-KV wie mich an der Tür zögern sah, erschreckt von einem kleinen Stachelschwein. Ich konnte nichts entdecken. Mit dem brummigen Gefühl, daß es sich hier garantiert um ein fruchtloses Unterfangen handelte, kniete ich mich hin und warf einen schnellen Blick unters Bett.

Zwei Tieraugen starrten mich an und blinzelten dann. Ich hörte das leise Trippeln der Krallenfüße auf dem Holzboden, das sich in meine Richtung ... Ich fuhr zurück und krachte natürlich gegen Joannes Beine. Schöner KV.

»Hast du's irgendwie eilig?« Sie schaute auf mich hinunter.

»Da ist ein Stachelschwein hinter uns her«, argumentierte ich.

»Das ist kein Stachelschwein, sondern ein Opossum«, sagte sie und betrachtete das Tier, das von der gegenüberliegenden Seite des Betts ins Freie geflohen war. »Ich weiß nicht, wer mehr Angst hat, das Tier oder du.«

»Du hast leicht reden.« Ich stand auf. »Ich war immerhin zwischen dir und was immer es ist.«

»Stimmt.«

»Bleib dort an der Tür.« Ich gewann meine Fassung wieder. »Ich öffne das Fenster und jage Fräulein Opossum hinaus.«

»Was für ein raffinierter Plan.«

Ich ignorierte sie und stieß das Fenster auf. Dann machte ich mich, den getreuen Besen zur Seite, daran, das Opossum hinauszutreiben. Fräulein Opossum, die ganz offensichtlich nicht begriff, wie nah die Freiheit war, sauste wieder unters Bett. Ich legte mich auf die Seite und versuchte, sie sanft mit dem Besenstiel in die Freiheit zu schubsen. Sie fletschte die Zähne. »Joanne? Können Opossums Tollwut kriegen?« Das war mir plötzlich eingefallen.

»Na klar. Im Augenblick tobt übrigens gerade eine Epidemie. Sei dir auch darüber im klaren, daß tollwütige Opossums sich zwangsläufig immer auf die größte Person in der Umgebung stürzen.«

Ich schaute Fräulein Opossum wieder an. Sie sah nicht tollwütig aus. Aber wie sah tollwütig eigentlich aus? »Nur gut, daß ich auf dem Boden liege. Das macht dich nämlich zum größten Ding im Zimmer.«

»Soll ich es rausschaffen?« sagte Joanne.

Ich schwenkte den Besen noch ein paarmal hin und her, wollte meine Niederlage nicht eingestehen. Fräulein Opossum zog sich aus der Reichweite des Besenstiels zurück. Schließlich stand ich auf und bot Joanne den Besen an. »Du bist herzlich eingeladen.«

Als Joanne auf mich zukam, schoß Fräulein Opossum unter dem Bett hervor und hinaus durch die im Augenblick unbewachte Tür. »Siehst du«, sagte Joanne. »Schon allein die Vorstellung, daß ich hinter ihm her —«

Ich unterbrach ihre selbstgefällige Rede mit den Worten: »Aber es ist immer noch im Haus.«

Fräulein Opossum schlidderte durchs Wohnzimmer. Als wir durch den Korridor zurückgingen, schloß ich die Türen hinter mir, damit sie wenigstens nicht wieder in die Schlafzimmer sausen konnte. »Diesmal darfst *du* es jagen«, sagte ich zu Joanne, während wir den Raum mit Blicken absuchten.

»Auf hohen Absätzen?« Sie sah nicht so aus, als hätte sie die Absicht, hinter irgend etwas herzujagen.

Also machte ich mich wieder ans Werk, eine einsame Opossum-Jägerin. Als erstes öffnete ich die Fliegengittertür, dann trieb ich Opossum aus der Ecke, in die es sich gekauert hatte. Es lief in eine andere Ecke. Ich verjagte es von dort, und es lief zur ersten zurück.

»Du machst das wirklich gut«, bemerkte Joanne.

»Halt die Klappe«, war die einzig mögliche Antwort darauf.

Diesmal trieb ich Opossum direkt auf Joanne zu. Joanne rührte sich nicht von der Stelle, sondern zeigte lediglich auf die Tür. Opossum drehte ab, und wie das Schicksal so spielt, lief es genau in die Richtung, in die Joanne wies. Durch die Tür hinaus in die Nacht. »Es ist leicht, wenn man weiß, wie's geht«, sagte sie selbstzufrieden.

»Glück«, kommentierte ich und stolzierte zur Tür hinaus, nur um sicherzugehen, daß Opossum wirklich fort war und nicht irgendwo draußen auf der Veranda lauerte. Die Luft war rein. Nichts zu sehen außer meinem verletzten Ego. Die Leute hatten wahrscheinlich beschlossen, die Angelegenheit im sicheren Haus auszusitzen, mit Lebensmitteln und Getränken, die sie während ihres Martyriums bei Kräften halten würden.

Joanne trat hinter mir auf die Veranda. »Gut, daß du aus der Opossum-Jagd keinen Beruf gemacht hast.«

»Während du ganz offensichtlich deine Berufung verfehlt hast«, antwortete ich.

»Jetzt werd nicht billig. Du bist keine … Scheiße.«

»Bin ich nicht? Das ist schön zu wissen.«

Einer ihrer In-denen-kann-man-unmöglich-Opossums-fangen-Absätze hatte sich in einer Spalte zwischen den Dielenbrettern verhakt. Joanne stand in Schräglage auf der Veranda und versuchte, ihren feststeckenden Schuh freizubekommen. »Brauchst du Hilfe?« fragte ich und mußte über ihre mißliche Lage lachen.

»Ein Astloch. Verdammt. Würdest du dich bitte nützlich machen und ziehen?« Sie gab auf.

»Euer Wunsch ist mir Befehl«, antwortete ich mit einem schadenfrohen Kichern. Ich kniete mich hin, schob eine

Hand unter ihren Fuß und zog. Nichts rührte sich. »Sowas, Joanne, der ist richtig eingekeilt. Wußte gar nicht, daß du soviel wiegst. Warte, ich versuch's aus einem anderen Winkel.«

Ich rückte direkt vor sie, schob eine Hand unter den Schuh, den anderen legte ich auf ihren Knöchel.

»Fahr zur Hölle. Aber vorher zieh«, war ihre Antwort.

Ich versuchte, den Schuh sanft herauszubekommen, den Absatz nicht zu sehr zu zerkratzen. Er wollte einfach nicht kooperieren. Ich zog etwas nachdrücklicher. Meine Hand auf Joannes Knöchel rutschte ab, glitt die glatten Strümpfe hinauf zu ihrer Wade. Ich lehnte meine Schulter gegen ihren Schenkel, um einen besseren Halt zu bekommen.

»Micky«, sagte Joanne.

Der Absatz begann sich zu bewegen. »Micky«, wiederholte sie.

Sie stützte sich mit der Hand auf meine Schulter. Meine Schulter preßte gegen ihren Oberschenkel. Mir wurde bewußt, daß der Schlitz ihres Abendkleids klaffte und meine Schulter gegen nackte Haut preßte.

Ich hielt inne und blickte zu ihr hinauf. Dann bemerkte ich, auf welcher Höhe mein Kopf war. Auf Höhe ihrer schwarzen Unterwäsche. Joanne trat unvermittelt aus dem eingekeilten Schuh heraus und entfernte sich von mir. Ich zog den Schuh heraus. Ich hatte wirklich nicht geflirtet. Na ja, jedenfalls nicht so heftig, wie sie ganz offensichtlich dachte. Ich reichte ihr den Schuh. Sie nahm ihn, zog ihn an und ging dann die Stufen hinunter. Da ich sonst nirgendwo erwartet wurde, folgte ich ihr.

Joanne wandte sich zu mir um. »Möchtest du Alex als Dritte dazubitten oder ziehst du es vor, mit mir allein zu sein?« Sie schaute mich direkt an.

»Wovon redest du?« Es war unglaublich blöd, das zu fragen.

»Vom Ostereier-Suchen«, erwiderte sie bissig.

»Tut mir leid. Natürlich weiß ich, wovon du redest, ich bin bloß... ich bin...«, stotterte ich. Eros veranstaltete heute nacht wirklich einen Affenzirkus. Ich hatte nicht den blassesten Schimmer, wie ich aus dieser Situation wieder rauskommen sollte; erschwert wurde es dadurch, daß ich da gar nicht rauskommen wollte.

»Wir steuern schon seit geraumer Zeit darauf zu. Das weißt du«, sagte Joanne.

»Ja, ich weiß, das tun wir, nicht wahr?« murmelte ich dümmlich.

»Komm. Laß uns gehen.« Sie nahm meine Hand und führte mich in Richtung des blauen Häuschens.

Der Gedanke, daß Danny und Elly und Cordelia und Wie-auch-immer-ihr-Name-war (ich wußte nicht genau, ob sie im blauen Häuschen logierten, aber mein Verfolgungswahn ließ dies unvermeidlich erscheinen) es herausfinden oder sogar hören würden, versetzte mich in Panik.

»Nicht das Häuschen«, wandte ich ein und blieb stehen. »Danny …«

»Wo dann?« fragte sie und drehte sich zu mir um. Dann nahm sie meine andere Hand ebenfalls in ihre. Ihre Hände waren warm und stark, ich konnte die kleinen Schwielen fühlen. Sie führte eine meiner Hände an ihre Lippen, küßte erst den Handrücken, drehte sie dann um und küßte die Innenseite. Ich erzitterte in der warmen Nachtluft.

»Ich weiß nicht«, antwortete ich, versuchte verzweifelt, meine Möglichkeiten zu durchdenken.

Cordelia hatte mir im besten Falle ein zweifelhaftes Vielleicht angeboten, die Leidenschaft eines Augenblicks, die nun abgekühlt war. Joanne ließ keinen Zweifel daran, was sie wollte. Mein Blut raste.

Was zum Teufel soll ich tun, dachte ich wirr. Ich wünschte mir verzweifelt, mit beiden Frauen zu schlafen. Am Ende werde ich wahrscheinlich ohne beide dastehen, schoß es mir durch den verwirrten Kopf.

»Die Wälder? Warm genug ist es«, schlug Joanne vor.

»Die Wälder?« wiederholte ich einfältig.

»Du hast es doch schon mal im Wald gemacht, oder?«

»Nein... Ja... Natürlich hab' ich das«, sagte ich und versuchte, mich daran zu erinnern, was genau ich in meiner bewegten Laufbahn schon alles getan hatte.

Joanne merkte, daß ich nicht ganz so wortgewandt war wie üblich. »Wie betrunken bist du eigentlich?«

»Nicht sehr«, antwortete ich. Nicht genug.

»Habe ich dich falsch verstanden? Bist du nicht interessiert?«

»Ähm... Nein, ich bin interessiert. Ich bin... Ich finde, daß du eine sehr aufregende Frau bist, und ich will...« Ich stockte. Laut zu denken war bei mir immer ein gefährliches Spiel. »Ich bin verwirrt...« Meine Güte, war ich verwirrt. »Was ist mit Alex?« sagte ich, um die Dinge etwas zu verlangsamen.

»Sie kann sich uns anschließen, oder ich werde ihr nichts davon sagen.«

»Oh.« Soviel zu Alex. Wo war die Monogamie, wenn ich sie brauchte, um eine Entscheidung zu fällen?

Dann küßte Joanne mich. Oh Gott, und wie sie mich küßte. Hart und durchdringend, machte der Kuß meinen ganzen Körper auf der Stelle bewegungsunfähig. Nachdenken, vorher schon schwierig genug, wurde unmöglich. Ich brauchte all meine Konzentration, um den Druck ihrer Lippen auf meinen zu spüren, die harten Bewegungen ihrer Zunge in meinem Mund.

Dann, zum zweiten Mal in dieser wechselhaften Sommernacht, schrie jemand. Es mußte eine Ringelnatter sein, sagte ich mir und fluchte innerlich.

Der Augenblick war unterbrochen, unser Kuß verebbte und endete dann ganz. Der Schrei jedoch nicht. »Ich habe dich schon immer gewollt«, platzte ich heraus, durch die zweite Unterbrechung zu durcheinander, um achtsam zu sein, Sehnsucht und Trieb angemessen zu verbergen.

»Ja, geht mir auch so«, erwiderte Joanne meine Aufrichtigkeit.

»Muß jetzt los«, sagte ich, drehte mich von ihr weg und versuchte, den genauen Ort zu lokalisieren, von wo der Schrei gekommen war.

»Bin direkt hinter dir«, antwortete sie.

Zum zweiten Mal an diesem Abend rannte ich über das Anwesen. Ich ließ Joanne in ihren hohen Absätzen schnell weit hinter mir. Ich raste dort auf den Wald zu, wo das Schreien herzukommen schien. Jemand mußte den Fußpfad am Bach entlang gegangen sein.

Plötzlich schoß eine Gestalt aus dem Wald heraus, stolperte in ihrer Eile. Ich lief zu ihr hinüber. Es war Cordelias ... wie war ihr Name? Nina. Ich erreichte sie und packte sie an den Schultern. Sie sah zu Tode erschrocken aus.

»Was ist los?« wollte ich wissen.

Sie schüttelte nur den Kopf, ihr Mund bewegte sich, doch es kamen keine Worte heraus.

»Ist schon gut«, sagte ich, versuchte, sie zu beruhigen. »Was ist passiert?«

»Oh, Gott«, schluchzte sie und atmete tief ein.

Ich legte meine Arme um sie und hielt sie fest. Was auch immer sie im Wald gesehen hatte, selbst wenn es nur eine Ringelnatter war, es hatte sie zutiefst erschreckt. Das einzige, was ich tun konnte, war, sie einen Moment festzuhalten, bis sie wieder sprechen konnte. Sie erschauderte in meinen Armen. »Oh, mein Gott«, wiederholte sie. »Sie ist tot.«

»Wer?« wollte ich wissen.

Sie schüttelte schluchzend den Kopf.

»Wer?« wollte ich nochmal wissen.

»Im Wald«, keuchte sie. »Ich weiß nicht ... Ich wollte den Mond sehen ...«

»Wo?«

»Ich hab' meine Taschenlampe fallen lassen, irgendwo in der Nähe der ...« Sie wies in Richtung des Fußpfads.

Ich nickte und ließ sie los. Ich konnte Stimmen hören, die über den Rasen näher kamen. Jemand würde sich um Nina kümmern. Ich lief eilig in die Richtung, die sie gezeigt hatte. Ich hatte keine Taschenlampe, aber der Mond schien, und ich kannte die Wälder. Wer auch immer dort war, mochte verletzt sein und Hilfe brauchen.

Ich rannte rufend in den Wald hinein, hoffte, daß dieser irgendwer mich hören würde. Der Pfad war ein diffuses graues Band gegen den rabenschwarzen Wald. Die üblichen Nachtgeräusche waren die einzige Antwort auf meine Rufe. Ich sah ein schwaches Licht auf dem Pfad. Sah aus wie die fallengelassene Taschenlampe. Ich lief darauf zu.

Im gedämpften Licht der Lampe war niemand zu sehen. Ich hob sie auf und blieb ganz still stehen, hoffte, irgend etwas zu hören, ein Stöhnen, vielleicht den schweren Atem einer Frau. Ich hörte nichts. Vielleicht hatte Nina die Taschenlampe nicht in der Nähe der Person fallen lassen, die sie gesehen hatte. Es war eine kleine Lampe, die nur ein schwaches gelbes Licht abgab. Ich ließ den Strahl suchend umhergleiten. Nichts.

Unvermittelt fragte ich mich, ob jemand Nina einen geschmacklosen Streich gespielt hatte. Nichts, was einer anderen solche Angst einjagte, war besonders witzig, dachte ich wütend.

Ich verließ den Pfad und trat in den Wald. Zwischen den dunklen, massiven Bäumen wirkte der Lichtstrahl noch schwächer. Ich stapfte vorsichtig durch Kiefernnadeln und Unterholz. Ich sah immer noch nichts. Ich ging weiter hinein, zwischen die Bäume, umkreiste den mächtigen Stamm einer Eiche. In dem schmalen Lichtstrahl war nichts zu sehen außer dunklen Schatten und braunem Laubwerk. Ich drehte mich langsam im Kreis, mußte angestrengt hinschauen, um die Formen, die das spärliche Licht erfaßte, auszumachen.

Aus dem Augenwinkel heraus sah ich etwas zu meinen Füßen, nur ein paar Zentimeter entfernt.

Es war eine Hand, deren bleiches Fleisch auf dem Dunkel des Nadelteppichs sichtbar leuchtete. Der Arm war ausgestreckt, als griffe er nach meinen Beinen. Mit dem Licht folgte ich dem Arm bis zum Rumpf, dann zum Gesicht.

Die Augen schienen zu blinzeln.

Dann fühlte ich den Brechreiz in meiner Kehle. Kein Wunder, daß Nina fertig mit der Welt war. Unter den Augenlidern kamen Ameisen hervorgekrochen. Käfer huschten vor meinem Licht davon.

Ich trat schnell aus der Reichweite dieser greifenden Hand.

Das Licht, das zuerst nur ihre Gestalt gezeigt hatte, offenbarte jetzt die Zerstörung einer warmen Sommernacht. Irgendein Tier hatte an ihrer ausgestreckten Hand geknabbert, in der Handfläche fehlten winzige Fleischstückchen.

Ich riß den Lichtstrahl der Taschenlampe fort von ihr, richtete ihn dann unvermittelt wieder auf sie, aus Angst, die greifende Hand würde näher herankommen, wenn ich nicht hinsah.

Ein trockenes Würgen schüttelte meinen Körper. Ich atmete tief ein, um es zu vertreiben. Dann fragte ich mich, ob es feuchter Humus war, den ich roch, oder der schwache Geruch menschlichen Verfalls. Fast mußte ich wieder würgen.

»Joanne!« schrie ich laut, um mich daran zu erinnern, daß ich nicht allein war in diesem gräßlichen Wald. »Joanne! Ich bin hier drüben. Geh meiner Stimme nach!«

»Micky«, antwortete sie, aus weiter Ferne, wie es schien.

»Ja. Hier entlang. Folge dem Fußpfad, bis du mein Licht siehst.«

Ich betrachtete die unbekannte Frau, die man im trostlosen Tod zurückgelassen hatte. Sie mußte tot sein, dachte ich. Würden Käfer sich über lebendiges Fleisch hermachen? Der Gedanke, sie zu berühren, die Ameisen wegzuwischen, um nach ihrem Puls zu suchen, verursachte mir Übelkeit. Sie mußte tot sein, sagte ich mir noch einmal.

»Micky, wo bist du?« rief Joanne, schon etwas näher bei mir.

»Hier. Hier drüben.«

Ich erkannte die Frau nicht. Sie war keine von den Gästen, da war ich mir sicher. Mit einem Schlag wurde mir klar, daß ich am frühen Abend bei meinem Waldspaziergang fast genau an dieser Stelle gewesen war. Dann fielen mir die Augen ein, von denen ich mich beobachtet gefühlt hatte.

»Joanne!« rief ich, hatte plötzlich Angst davor, nur in Gesellschaft einer Leiche in diesem schummerigen Licht zu stehen. »Joanne, kannst du mein Licht schon sehen? Ich bin hier drüben.«

»Bin unterwegs. Ich sehe dich schon«, antwortete sie, hatte offenbar meine Furcht bemerkt.

Ich hörte sie durch das Blätterwerk herankommen. Ein anderes Licht gesellte sich zu meinem, dann stand Joanne neben mir. »Oh, Himmel«, sagte sie, als sie die Leiche sah. Sie reagierte rasch und professionell, kniete sich neben die Frau und fühlte nach ihrem Puls. Dann stand sie genau so schnell wieder auf und schüttelte den Kopf.

»Sie ist tot«, sagte ich, stellte nicht wirklich eine Frage.

»Schon eine ganze Weile«, antwortete Joanne und trat zurück, bis sie neben mir stand.

»Ich konnte sie nicht... anfassen«, flüsterte ich, schämte mich meiner Feigheit, »um rauszufinden —«

»Brauchtest du auch nicht. Wenn sie noch am Leben wäre, würden diese Tierbisse bluten. Sie ist schon seit geraumer Zeit jenseits unserer Hilfe.«

»Glaub' auch.« Ich wußte nicht, was ich sonst sagen sollte.

Aus Richtung des Fußpfads hörte ich Alex' Stimme. »Joanne?«

»Alex. Komm nicht her!« rief Joanne ihr zu. »Bleib, wo du bist.«

»Bist du okay?« fragte Alex.

»Ja, ja. Bleib einfach da«, brüllte sie, nicht wütend, sondern beschützerisch. »Die Polizei muß informiert werden«, fügte Joanne an mich gewandt hinzu.

»Natürlich. Ich werde Emma Bescheid sagen.«

»Du kannst das hier nun wirklich nicht vertuschen. Ich weiß, daß Emma Auerbach deine Freundin ist und daß eine

Leiche auf ihrem Anwesen gerade in dieser Nacht einen höllischen Wirbel...«

»Joanne«, unterbrach ich sie, »natürlich wird die Polizei geholt. Ich bin es Emma schuldig, sie als erste zu informieren und nicht erst nach der Polizei, das ist alles. Wir können so oder so nichts mehr tun für... sie.« Ich zeigte auf die Leiche.

»Tut mir leid, Micky«, entschuldigte sie sich. »Geh und erzähl es Emma. Ich werde mich umziehen. Ich will der hiesigen Polizei nicht in diesem Aufzug gegenübertreten.« Sie nahm meinen Arm und führte mich weg.

Ich war mir der Leiche in der Dunkelheit hinter uns nur zu bewußt. »Sollen wir sie so hier liegen lassen?«

»Wir können nicht mehr viel für sie tun.« Joanne führte mich zum Pfad zurück.

Wir gingen schweigend zusammen aus dem Wald hinaus, zurück auf den Rasen. Ein paar Leute liefen hin und her, und es kamen immer mehr dazu, die sehen wollten, was die ganze Aufregung sollte. Ich sah Rosie, winkte sie heran und gab ihr eine kurze Zusammenfassung des Geschehenen. »Bleib hier. Laß niemand in den Wald«, befahl ich ihr. »Ich bin gleich wieder da.«

Ich ließ Rosie als Wache zurück, Melanie treu an ihrer Seite, und ging davon.

»Joanne?« fragte Alex, als wir zu ihr stießen.

Joanne legte einen Arm um Alex. »Komm, wir gehen uns umziehen.«

»Alles in Ordnung mit dir, Micky?« fragte mich Alex im Weggehen.

»Klar, mir geht's gut«, antwortete ich grimmig. Verglichen damit, tot zu sein und von Käfern aufgefressen zu werden, ging es mir blendend.

Ich lief zum Haus, um Emma zu suchen. Als ich die hintere Veranda erreichte, sah ich Cordelia. Sie hielt Nina, die klein und zerbrechlich aussah, wie sie so unter Cordelias Arm steckte. Cordelia sagte etwas zu ihr und strich ihr das Haar zurück. Sie sah mich nicht. Ich ging ins Haus.

Ich fand Emma in der Bibliothek. Als sie mein Gesicht sah, löste sie sich von dem Grüppchen, bei dem sie gerade stand, und kam herüber. »Gehen wir ins Arbeitszimmer«, sagte ich und ließ sie vorausgehen.

»Ich nehme an, es ist etwas Ernstes«, sagte sie, als sie die Tür schloß.

Ich berichtete von der Leiche. Sie hörte ruhig zu. Ich faßte mich so kurz wie möglich. Emma brauchte die Einzelheiten nicht zu wissen. »Wollen Sie, daß ich die Polizei rufe?«

»Nein, das mache ich schon. Ich kenne Sheriff Hampton. Es ist wohl besser, wenn *ich* das tue.« Sie nahm den Hörer in die Hand.

»Emma?« sagte ich, wünschte mir verzweifelt, 'Miss Auerbach' zu sagen. »Tut mir leid, daß das geschehen ist. Ich hätte ... Sie haben mich engagiert, um aufzupassen.« Irgendwie hatte ich das Gefühl, daß dieser Horror mein Fehler war. Wäre ich nicht in der Gegend rumgerannt, um zu versuchen, mit der Hälfte aller Frauen hier zu schlafen ...

»Sei nicht albern.« Sie legte den Hörer hin. »Ich mache dir keinen Vorwurf, aus dem einfachen Grund, daß es nicht dein Fehler war. Was solltest du denn wohl tun? Herumlaufen und den Leuten sagen, daß sie tunlichst nicht auf meinem Anwesen sterben sollen?«

»Ich glaube nicht, daß sie einfach nur gestorben ist«, sagte ich und tat damit kund, was weder Joanne noch ich ausgesprochen hatten.

»Du glaubst, sie wurde ermordet? Warum?«

»Ich liege wahrscheinlich total falsch.«

»Aber warum?«

»Sie war jung. Vielleicht um die zwanzig. Zu jung, um einfach so zu sterben. Und ... nur so ein Gefühl.« Ich dachte an die Augen, von denen ich sicher war, daß sie mich beobachtet hatten.

»Ich hoffe, du irrst dich.« Emma nahm meine Hand und hielt sie für einen Augenblick, ließ sie dann los, um den Hörer wieder aufzunehmen.

»Das hoffe ich auch«, sagte ich und verließ das Arbeitszimmer.

Ich ging wieder nach draußen, diesmal zum Geräteschuppen. Ich nahm mir ein paar Taschenlampen und eine Laterne, die ich anzündete. Willst du die Geister mit einer Lichtflut verscheuchen, Micky?

Dann ging ich zurück in den Wald, nickte auf dem Weg Rosie und der getreuen Melanie zu. Mit angezündeter Laterne und der strahlendhellen Taschenlampe, die die Dunkelheit um mich herum bannen sollten, ging ich zurück zu der Leiche.

Ich mußte sichergehen, daß sie noch da war. Irgendwie konnte ich diese tote Frau nicht in der Dunkelheit alleinlassen. Ich war hin- und hergerissen zwischen der Angst, daß sie fort war, nichts als ein Alptraum, der die Welt heimsuchte, die ich für real hielt, und der Furcht, daß sie noch da war, zerfleischt und entstellt von der Habgier der Natur in einer warmen Sommernacht.

Sie lag noch da wie zuvor, eine blasse Gestalt auf dem braunen Bett aus Kiefernnadeln. Die Käfer huschten weg von der brennenden Laterne. Ich versuchte, sie nicht zu sehen. Ich plazierte die Lichter um sie herum, ein ganz willkürlicher Rahmen. Nichts konnte die Finsternis des Todes draußen halten. Doch die Lichter konnten die Nacht bannen, ein kleines Stück der Dunkelheit, in die sie so grausam geworfen worden war.

Ich setzte mich in ein paar Metern Entfernung hin, direkt neben die Laterne, das hellste Licht. Sie war jung, wahrscheinlich noch nicht mal zwanzig. Sie war vielleicht sogar hübsch gewesen, als sie noch lebte. Vor einem Tag oder vor ein paar Stunden? Ihr Haar war dunkelbraun, ihr Make-up mittlerweile grell auf den leblosen Zügen. Sie trug einen billigen

Stoffmantel, nicht zum Wetter passend. Ihre Beine waren nackt. Ich konnte nicht erkennen, ob sie unter dem Mantel Kleider anhatte. Wahrscheinlich nicht, es war nur ein billiger Stoffmantel, übergeworfen, um ihre Nacktheit zu verbergen.

Vergewaltigt und zum Sterben liegengelassen, dachte ich bitter. War das nicht gewöhnlich mit jungen Frauen der Fall, die man im Wald fand? Den Ameisen zum Fraß hinterlassen. Männern, die sowas tun, sollte man Bilder von verwesenden Leichen an ihre Zellenwände hängen. Das hast *du* getan, du warst so schlau, hast ihren Körper so gut versteckt, so sah er aus, als wir ihn schließlich fanden. Das hier ist das, was ihre Eltern im Leichenschauhaus identifizierten, worauf eine Frau in einer Sommernacht stieß, woneben ich saß, weil ich sie nicht mutterseelenallein lassen, ihre Totenwache nicht den Insekten überlassen konnte.

Ich spürte eine Hand auf meiner Schulter und fuhr zusammen. »Komm schon, verschwinde von hier«, sagte Danny sanft. Sie war jetzt schlicht angezogen, sah ganz wie eine stellvertretende Bezirksstaatsanwältin aus.

»Wenigstens die Insekten will ich von ihr fernhalten«, murmelte ich.

»Eine der Eigenschaften, die mich bei dir so verrückt gemacht haben, war dein Beharren, für die Sünden der Welt verantwortlich zu sein —«

»Es war eine lange Nacht«, unterbrach ich sie. »Ob du's glaubst oder nicht, ich bin jetzt nicht in der Stimmung für eine Endlosliste meiner vielen Fehler.«

»Es war auch eine der Eigenschaften, die mich in dich verliebt gemacht haben, Dummkopf«, antwortete Danny. »Aber du brauchst trotzdem deinen Schlaf. Es ist schon nach vier. Wird gleich hell.«

»Das hoffe ich. Ich glaube, diese Nacht muß endlich enden.«

»Die Gäste verlassen schon seit einiger Zeit das Anwesen wie die sprichwörtlichen Ratten das Schiff.«

»Kann ich ihnen nicht verdenken. Gibt nicht viele Schwule und Lesben, die gern mitten in einer polizeilichen Untersuchung stecken. Macht Joanne nicht allen die Hölle heiß?«

»Nicht ihr Zuständigkeitsbereich. Ich nehme an, der hiesige Sheriff hat gesagt, daß sie gehen können. Die arme Nina muß bleiben und ihre Aussage machen.«

»Wie geht's ihr?«

»Wird schon wieder. Sie ist stärker, als sie aussieht. Ist nur nicht daran gewöhnt, im Mondlicht über Leichen zu stolpern.«

»Wie wir alle.«

»Ja«, stimmte Danny zu. »Keine tolle Art, eine Party zu beenden.«

»Du brauchst nicht zu bleiben. Das hier ist meine Obsession.«

Ich hörte Joannes Stimme. Es war ihre professionelle Stimme, kühl, fast tonlos. Sie sprach mit der örtlichen Polizei und führte sie her.

»Aha. Die Kavallerie«, sagte Danny.

»Viel zu spät«, antwortete ich.

Die Polizei traf ein und brachte Stimmen und Lichter mit. Es gab nichts mehr für mich zu tun. Ich ging zurück zum Rasen. Ich schickte Rosie und Melanie ins Bett und übernahm den Wachposten, um die untätigen Neugierigen fernzuhalten. Es kamen nur wenige Leute vorbei, die meisten hielten sich von diesem Teil des Anwesens fern. Viele waren schon abgefahren. Und während ich Wache stand, wurden es immer mehr.

»Mick? Sie wollen mit dir reden«, sagte Joanne hinter mir.

Ich folgte ihr zurück in den Wald. Doch diesmal ging ich nicht in die Nähe der Leiche. Ich konnte nichts mehr für sie tun. Ich erzählte ihnen meine Geschichte (und ließ aus, was Joanne und ich gerade getan hatten, als wir Ninas Schreie zum erstenmal hörten).

Sie nickten schweigend und machten Notizen. Dann führte

Danny mich weg. »Sieh zu, daß du etwas Schlaf kriegst«, sagte sie. »Du siehst beschissen aus.«

»Tausend Dank, Danno.«

Gemeinsam verließen wir den Wald. »Gute Nacht.« Sie umarmte mich fest und wandte sich dann gähnend in Richtung ihres Häuschens.

»Nacht, Danny«, antwortete ich, war froh, eine Freundin wie sie zu haben. Ich ging zum Haus zurück, müde, wußte aber, daß ich nicht schlafen konnte. Das erste Grau der Dämmerung wurde sichtbar, kämpfte endlich gegen die schwarze Nacht.

Ich ging in die Küche, um zu sehen, ob noch jemand dort war. Aber der Raum war finster und verlassen, alle waren fort oder ins Bett gegangen. Keine Stimmen, keine quietschenden Dielenbretter deuteten auf die Anwesenheit von Menschen.

Ich stand in der stillen Küche und wollte irgend etwas zwischen mich und das Geschehen im Wald setzen. Meine Hände zitterten. Ich fand eine Flasche Scotch. Ich ging wieder nach draußen, lief in die entgegengesetzte Richtung von der Stelle, an der die Polizei die einsame Leiche umringte.

Die Morgendämmerung war immer noch nicht mehr als ein grauer Widerschein der Sonne. Ich lief einen Weg in den Wald hinein, zu einer Lichtung, von der ich wußte, daß die Sonne bald hinkommen würde. Es gab dort den Stumpf einer alten Eiche, die ein Blitz vor langer, langer Zeit zerstört hatte. Da ließ ich mich nieder und stellte die Flasche neben mich.

Die ersten Strahlen der Sonne tasteten sich durch die Bäume. Ein zartgoldener Sonnenaufgang. Ich saß ganz still und lauschte den erwachenden Vögeln, die einander in den Morgen riefen.

Der Tod trifft hart. Tut er immer. Sie war jünger als ich.

»Nun, in einem Punkt hattest du recht«, sagte ich zu mir selbst. »Heute nacht hast du mit niemandem geschlafen.« Ich sprach laut, um den Klang meiner Stimme zu hören. Ich hörte mich gebrochen und müde an, nicht wie die tapfere, über allen Dingen stehende Frau, die ich gern sein wollte. Ich schaute die Flasche an, nahm sie aber nicht in die Hand. Stattdessen beobachtete ich, wie die aufgehende Sonne die Lichtung in Farben tauchte.

»Schon betrunken genug?« sagte Joanne hinter mir. »Ich sah dich mit einer Flasche über den Rasen laufen.«

Ich drehte den Kopf zu ihr herum, von den Geschehnissen der Nacht zu betäubt, um bei ihrem unvermittelten Auftauchen zusammenzuzucken oder auch nur zu erschrecken.

Sie hatte geduscht. Ihr Haar war noch feucht, ihre Augen ein verstecktes Grau hinter den Brillengläsern. »Warum stellst du die Flasche nicht weg und schläfst ’ne Runde?«

»Ich müßte sehr betrunken sein, um zu schlafen. Zu betrunken, um aus Alpträumen zu erwachen.«

»Scheiße«, murmelte Joanne und schüttelte den Kopf. »Du könntest eine ganz anständige Person sein, wenn du nicht so eine beschissene haltlose Säuferin wärst«, fügte sie wütend hinzu.

»Stimmt nur zur Hälfte. Ich mag beschissen sein und haltlos, aber wenigstens bin ich diesmal nicht betrunken. Ich bin schon seit einer ganzen Weile nicht mehr betrunken gewesen.«

Ich nahm die Flasche und stellte sie zwischen uns.

Joanne hob den Scotch hoch und untersuchte die ungebrochene Versiegelung. »Wie lange?«

»Zwei Monate.«

Sie sagte nichts, schaute nur die Flasche an, als glaubte sie mir nicht.

»Ich weiß, daß es nicht viel ist«, sagte ich. »Eigentlich nicht der Rede wert …«

»Es ist ein Anfang. Tut mir leid, daß ich dich angemacht habe.«

»Ist schon okay. Ich bin sicher, irgendwas hab’ ich getan, wofür ich es verdient habe.«

»Nein, hast du nicht. Nicht heute nacht.«

»Na ja ...« Ich schaute sie an. »Kein Grund, mir jetzt schon einen Orden zu verleihen.«

»Zwei Monate ...«, sagte Joanne und verstummte dann. Sie ging bis zum Rand der Lichtung, wandte sich mir dann wieder zu. »Mein Vater hat sich selbst ins Grab gesoffen. Er war vierundfünfzig als er starb. Meine Mutter ... ich kann mich nicht erinnern, daß sie jemals nüchtern war. Ich hab' die Hoffnung schließlich aufgegeben, daß sie eines Tages anrufen und nicht betrunken sein würde. Nachdem ich zwanzig Jahre lang jedesmal enttäuscht wurde, wenn ich ihre Stimme hörte, mußte ich es einfach aufgeben.«

»Das tut mir leid«, sagte ich.

»Das Leben geht weiter.« Sie zuckte mit den Schultern und kam zu mir zurück. »Wie fühlst du dich?«

»Ich fühle ... Oh, Gott, Joanne«, platzte es auf einmal aus mir heraus. »Ich kann nicht schlafen, weil ich jetzt alles fühle. Wenn ich früher verletzt wurde oder mich ängstigte, hab' ich's einfach weggesoffen. Jetzt ...« Ich brach ab und streckte meine Hand aus, sah zu, wie sie zitterte. »Wie fühlt es sich wohl an, so jung zu sterben? Wie kommst du damit klar? Gewöhnt man sich daran?«

»Nein, ich habe mich nie daran gewöhnt. Ich glaube nicht, daß ich das je werde.« Joanne nahm meine zitternde Hand zwischen ihre eigenen und hielt sie fest. »Tragödien geschehen jeden Tag. Es ist unvermeidlich, daß wir ihnen über den Weg laufen.«

»War es ein Mord oder eine Tragödie?«

»Was macht das für einen Unterschied? Jeder ermordete Mensch ist eine Tragödie im Leben von anderen.«

»War es Mord?« beharrte ich.

»Ja.«

»Vergewaltigt?«

»Wahrscheinlich.«

Ich schauderte vor dem alltäglichen Grauen. »Kannst du's rausfinden?« Ich wollte über das Schicksal dieser Frau Bescheid wissen, jede Einzelheit. Es zu wissen, egal wie brutal es war, war besser, als es mir auszumalen.

»Ja, das kann ich«, antwortete Joanne.

»Erzähl's mir.«

»Das werde ich.«

»Vielleicht sollte ich versuchen, ein bißchen zu schlafen«, sagte ich mit zittriger Stimme, bemerkte mit einem Mal, daß Joanne müde aussah. Sie war auch noch nicht im Bett gewesen. Ich glaubte nicht, daß sie mich mit meinem Scotch und meinen zitternden Händen im Wald alleinlassen würde.

»Soll ich dich in den Arm nehmen?«

»Nein, mir geht's gut«, log ich. Hinter ihren Brillengläsern, in der nüchternen Kleidung einer Polizistin, erschien sie mir zu distanziert. Ich war nicht sicher, wer die Frau gewesen war, die mich letzte Nacht geküßt hatte, doch mit dem Morgenlicht war sie verschwunden.

Herausfordernd sagte sie: »Sieh mich an. Sieh mich an und sag das nochmal.«

Ich konnte es nicht. Ich blickte über die Lichtung. Joanne legte ihre Hand unter mein Kinn und drehte mein Gesicht wieder zu ihr. »Mir geht es nicht gut. Wie zum Teufel soll es dir erst gehen?«

Ich fing an zu weinen.

Joanne legte ihre Arme um mich.

»Möchtest du, daß ich dich liebe?« fragte sie mit schlichter Direktheit.

Natürlich wollte ich, daß sie mich liebte, jetzt mehr als letzte Nacht. Mein Verlangen lag erschreckend weit jenseits von Sehnsucht und Begehren.

»Nein«, sagte ich, fürchtete mich, so verletzlich zu sein. Dann: »Woher weißt du …?« Und schließlich: »Ja … ja, das will ich.«

Sie nahm ihre Brille ab. Ihre Augen waren unverhüllt, das Morgenlicht ließ blaue Tupfen im undurchdringlichen Grau sichtbar werden. Dann küßte sie mich, langsam, ohne Hast und Eile, ohne das Gefühl von Verpflichtung auf ihrer Seite, und nicht überdeutlich sexuell.

Doch Begierde ließ nicht lange auf sich warten. Ich legte meine Arme um sie, zog sie eng an mich heran, wollte, daß die heftige Schärfe der Leidenschaft meine Gedanken stumpf machte. Joanne reagierte auf mein Verlangen, ihre Küsse nicht länger sanft, sondern heftig, fest. Sie drückte mich nach hinten, so daß ich auf dem Baumstumpf lag, seine rauhen Furchen spürte, als sie sich mit ihrem ganzen Gewicht auf mich legte.

Sie öffnete mein Hemd, enthüllte meine Brüste dem Morgenlicht und der Berührung ihrer Hände. Sie verließ meinen Mund, der naß und geöffnet zurückblieb, und schob ihre Lippen hinab zu meinen Brüsten, leckte an ihnen, während ihre Hände meine Hose öffneten.

Ich spürte den Druck ihrer Hand, die mich bedeckte, erst auf der Baumwolle meiner Unterwäsche, dann Haut auf Haut, als ihre Finger sich in mein Haar schlangen. Ihre andere Hand zog meine Hose herunter, sie klemmte mich zwischen der kühlen Rauheit des Baumstumpfs und der weichen Wärme ihrer Hand ein, die meine Lippen öffnete. Ihr Mund war auf meinem Bauch, wanderte nach unten. Dann glitt ihre Zunge zwischen meine Lippen, ihre Hände drückten meine Schenkel auseinander und spreizten meine Beine.

Ihr Eindringen ließ mich keuchen, auch das Saugen und Kitzeln ihrer Lippen, die Brise, die die feuchten Stellen erfaßte, die ihre Bewegungen hinterließen. Ich erschauerte; dann schoß mir ungebeten, wohl durch die Entspannung, die sinnliche Lust mit sich bringt, das jammervolle Bild der von Nachttieren zerfressenen und gehäuteten Frau in den Kopf, setzte sich fest in meinen Gedanken, riß sie vom gegenwärtigen Morgen hin zur vergangenen Nacht.

Ich lag ganz still, versuchte das makabre Bild zu verdrängen, einzutauchen ins Körperliche. Doch ich konnte es nicht. Je mehr ich versuchte, die Erinnerung beiseite zu stoßen, desto beharrlicher wurde ihr Bild. Bis ich mich halb aufrichtete und Joanne bat aufzuhören. »Es tut mir leid«, sagte ich. »Ich kann einfach nicht...« ... aufhören, an eine Tote zu denken.

»Willst du, daß ich was anderes mache?« bot sie an.

»Nein, das ist schon okay.«

»Liegt es irgendwie an mir?«

»Nein«, antwortete ich schnell, wollte nicht, daß sie glaubte, sie hätte versagt, wo doch nur ich das getan hatte. »Nein, du bist toll. Es liegt an mir. Ich denke dauernd an ... die Szene im Wald.«

»Verstehe«, antwortete sie. »Probierst du noch mal was für mich aus?«

»Sicher, wenn du willst. Aber du brauchst deine Energie nicht zu verschwen—«

»Ich verschwende gar nichts. Leg dich wieder hin.« Ich tat es. »Schau die Bäume an, das Licht zwischen den Ästen. Also: Das Einzige, woran du jetzt denkst, ist das, was ich zwischen deinen Beinen tue. Ich will, daß du dich darauf konzentrierst. Verstanden?«

»Ja«, antwortete ich.

Ich spürte, wie Joannes Mund sich auf mich legte, mich dort erwärmte, wo die Brise mich schon fast abgekühlt hatte. Dann ihre Zunge, ein harter Punkt inmitten ihrer Wärme. Ich schloß die Augen, fühlte nur noch, was sie mit mir tat, die reine Fleischeslust ihrer ausgiebigen Liebkosungen, die sich über mich hinwegbewegten. Wieder rauf und fort, bis ich nichts mehr wahrnahm außer ein paar Zentimetern Fleisch und der zunehmenden Hitze, die ihre Reibung hinterließ. Dann packte sie mich, hielt mich, jagte einen Blitz durch mich hindurch, eine Empfindung, die Freude war, und doch mehr als das, eine Erlösung, ein mächtiger Spannungsabfall, und so hielt sie mich, bis ich mich mit einem Ruck losreißen und von ihr wegrollen mußte, weil ich nichts mehr hatte, das ich loslassen konnte.

Ich lag reglos da, und nur allmählich wurde ich mir des

morgendlichen Vogelgezwitschers bewußt, und Joannes, die neben mir lag und mich umarmte.

»Ich danke dir«, sagte ich schließlich.

»Ich mag dich, Micky«, antwortete sie. Es war das Beste, das sie hätte sagen können. Dann zog sie ein Taschentuch aus einer ihrer Taschen und wischte mich sanft ab. Sie stand auf. »Zeit, zurückzugehen. Die anderen werden uns suchen, bevor sie abfahren.«

»Was ist mit dir?« fragte ich, während ich mich aufsetzte.

»Hab' noch was gut bei dir.«

»Natürlich hast du das. Aber bist du nicht …?« fragte ich.

»Ein wenig. Alex und ich haben uns eben geliebt. Sie weiß schon, was kommt, wenn ich losziehe und tote Leute ansehen muß.«

»Oh«, sagte ich, verblüfft von ihrem Eingeständnis. »Ich habe das Gefühl, als hätte ich dich ausgenutzt«, sagte ich schließlich.

»Wohl kaum. Denk dran, daß ich's dir angeboten habe.«

»Das heißt nicht, daß ich's nicht ausgenutzt habe.«

»Micky, Bedürfnisse und Gefühle sind manchmal so ein Durcheinander, besonders Sex, da kann man unmöglich sagen, wer im Recht ist und wer nicht. Fühlst du dich benutzt?«

»Nein, tu' ich nicht. Ich fühle mich 'ne ganze Ecke besser als noch vor einer Stunde.«

»Ich auch. Warum belassen wir es nicht dabei?«

»Okay«, sagte ich. »Danke.«

»Ich denke, Danny wird noch eine Weile bleiben. Aber ich weiß, daß Alex und Nina so schnell wie möglich von hier verschwinden wollen«, sagte sie, während wir uns auf den Weg zurück zum Haus machten.

»Arme Nina.« Mir fiel der elende Schrecken auf ihrem Gesicht ein, als sie aus den Wäldern herausgestolpert war. »Es gibt nichts Schlimmeres, als ganz harmlos in eine Horrorfilmszene zu geraten.«

Wir waren wieder auf dem Rasen. Ich konnte Danny und Elly drüben in der Nähe ihres Wagens sehen. Dann kamen Cordelia, Alex und Nina mit Koffern in der Hand ums Haus. Wir gingen zu ihren Autos, das von Joanne stand direkt neben Dannys, Cordelias in ein paar Metern Entfernung. Danny beäugte die Flasche Scotch, die ich mit zurückbrachte. Ich legte sie in ihren Kofferraum. »Hier, du siehst aus, als könntest du sie besser gebrauchen als ich«, sagte ich.

Sie nahm die Flasche in die Hand, untersuchte sie, zuckte dann mit den Schultern und legte sie wieder in den Kofferraum.

»Hast du überhaupt geschlafen?« fragte Cordelia und trat von hinten an mich heran.

»Nein. Ich konnte nicht schlafen. Ist schon gut. Ich bin diese Tageszeiten gewöhnt«, scherzte ich, um mein Unbehagen angesichts ihrer Gegenwart zu verbergen; es war doch bestimmt offensichtlich, daß ich gerade mit Joanne geschlafen hatte.

»Du siehst müde aus«, sagte Cordelia.

»Du auch«, antwortete ich und schaute sie an. Sie hatte eben erst geduscht, ihr Haar war feucht und zurückgebürstet, aber ihre Augen waren rotgerändert mit dunklen Schatten.

»Bin ich. Ich hatte gedacht, ich würde meinen Schlaf an diesem Wochenende nachholen.«

»Geh nach Hause und mach ein Nickerchen«, war mein Rat. Ich mochte es nicht, sie so müde zu sehen, ohne das Funkeln in ihren blauen Augen.

»Fährst du zurück?«

»Nein, ich bleib' hier draußen und helfe Emma. Aufräumen und so.«

»Komm schon, CJ, wird Zeit, daß wir uns endlich davonmachen«, rief Alex ihr zu.

»Paß auf dich auf, Micky«, sagte Cordelia.

»Du auch.« Ich wandte mich halb ab, tat so, als wäre es völlig in Ordnung, daß Cordelia ging, als wäre unser Abschiednehmen nicht wichtig. Zu spät sah ich, daß sie die Arme hob, dann schnell wieder fallen ließ, als ich mich abwandte. Sie ging zu ihrem Auto.

Elly stieg mit den Worten »Kommt gut nach Hause« bei ihr ein. Nina tat es ihr nach und setzte sich auf den Rücksitz.

Alex umarmte Joanne zum Abschied. Dann sagte sie mit einem nicht zu entziffernden Blick in meine Richtung: »Wir sehen uns in der Stadt, Micky. Halt dich von Schwierigkeiten fern. Bis dann, Danny.« Dann stieg sie ebenfalls in Cordelias Auto.

Es zählt nicht, Alex, sagte ich dem davonfahrenden Auto lautlos hinterher. Das von heute morgen zählt nicht. Es war kein ungezähmter Akt der Leidenschaft, kein Ehebruch, wenn man so will. Es war einfach die einzige Möglichkeit, das Zittern meiner Hände zu beruhigen.

Joanne, Danny und ich schauten uns an. Eine Polizistin, eine Anwältin und eine Privatdetektivin. Wir hätten eine Fernsehserie sein können. Außer daß keine von uns synthetisch genug aussah. »Geh ins Bett, Mick«, sagte Danny. »Niemand will dein Gesicht hier sehen.«

»Dir auch einen guten Morgen, liebste Danno«, antwortete ich.

»Tut sich irgendwas?« fragte Joanne mit einer Kopfbewegung in Richtung des Gehölzes, wo die tote Frau lag.

»Sie haben sie vor fast einer Stunde weggebracht«, sagte Danny. »Die Polizei durchkämmt den Wald. Sieht aus, als würde irgendeine Mutter ziemlich genau erfahren, was mit ihrer Tochter geschehen ist.«

Joanne nickte finster.

»Für uns gibt's eigentlich nicht viel zu tun. Emma Auerbach wird mit den Jungs schon fertig«, fuhr Danny fort.

Joanne und Danny brauchten nicht zu bleiben. Ich wußte, daß sie es aus Freundschaft taten. »Laßt uns mal sehen, ob wir einen Kaffee finden«, sagte ich und ging vor in die Küche.

Dort ließ ich Joanne und Danny und ging mich umziehen. So war es weniger offensichtlich, daß ich die ganze Nacht auf gewesen war. Nachdem ich mein Gesicht geschrubbt und mir die Zähne geputzt hatte, ging ich in die Küche zurück. Es waren mehr Leute dazugekommen, ein paar von den Polizisten, die meisten der College-Kids. Rachel machte Kaffee.

Die Gespräche waren schal und belanglos. Niemand wollte darüber reden, warum wir alle in dieser Küche hockten. Die Gäste, die letzte Nacht nicht abgereist waren, verabschiedeten sich jetzt. Der Nachklang des Todes kann so banal sein. Kaffee, Essen, nach Hause fahren, das Wetter. Oder vielleicht ist es der Tod, der die Details, die folgen, so unwichtig erscheinen läßt.

Die meisten Polizeileute fuhren im Laufe des späteren Vormittags ab. Joanne und Danny folgten ihnen recht bald. Ich verbrachte den Tag damit, mit den College-Kids die Überreste der abgebrochenen Party aufzuräumen. Niemand von uns ging in die Nähe des Waldes.

Gegen fünf schickte Rachel mich zu Emma ins Arbeitszimmer. Als ich dort ankam, riß sie gerade einen Scheck aus ihrem Scheckbuch und reichte ihn einer der College-Studentinnen. Sie wies mich an, mich hinzusetzen, während sie die beiden letzten auszahlte.

Während ich auf sie wartete, fiel mir mit einem Mal auf, wie müde ich war. Ich schaute im Raum umher, versuchte, meinen Kopf davon abzuhalten, allzu offensichtlich nach vorne zu sinken. Dann fiel mir ein Scheck auf Emmas Schreibtisch ins Auge, mit einer Unterschrift, die ich erkannte. Cordelia James stand dort geschrieben. Der Scheck war auf die Gruppe ausgestellt, mit der Emma zusammenarbeitete und die sich für das Recht der Frauen auf Abtreibung einsetzte. Laut Rachel hatte Emmas Mutter Margaret Sanger gekannt. Das Engagement in Sachen Geburtenkontrolle war Familientradition. Klar, daß Cordelia einer solchen Pro-Choice-Gruppe Geld spendete, belagert wie ihre Klinik von Demonstranten war. Sie konnte es sich auch leisten.

Rhett schreckte mich auf, als er Lebewohl sagte. Ich schüttelte ihm die Hand und murmelte irgendwas Angemessenes zum Abschied.

Die jungen Leute gingen und ließen mich mit Emma allein. Sie beugte ihren Kopf über das Scheckbuch, schrieb etwas, von dem ich annahm, daß es mein Scheck war. Sie schaute auf, riß mit einer schnellen Bewegung den Scheck heraus und reichte ihn mir. Ich steckte ihn weg, ohne einen Blick darauf zu werfen. »Hast du letzte Nacht geschlafen?« fragte sie.

»Ein wenig«, wich ich aus.

»Willst du mit uns zurückfahren? Rachel und ich haben beschlossen, heute abzufahren. Niemand will hier bleiben. Ich könnte einen der Studenten bitten, dein Auto zurückzufahren.«

»Nein, ist schon okay. Mir geht's gut«, log ich. Ich wollte nicht, daß Emma wußte, wie müde ich war. Ich erhob mich, um zu gehen, bevor mein hartnäckig nach vorne baumelnder Kopf mich verriet.

»Micky«, rief sie, als ich Anstalten machte zu gehen. »Danke für alles, was du getan hast.«

»Das war nicht viel.«

»Trotzdem … Ich wünschte wirklich, wir hätten Gelegenheit bekommen, miteinander zu sprechen.«

»Ja, ich auch. Ich sehe Sie dann irgendwann in der Stadt«, fügte ich zum Abschied hinzu.

Emmas Stimme folgte mir bis auf den Korridor. »Darüber würde ich mich freuen.«

Ich ging auf mein Zimmer, bewegte mich rasch, um die Müdigkeit in Schach zu halten. Ich schmiß meine Klamotten in einen Koffer und verließ den Raum ohne einen letzten Blick, machte nur noch einen Zwischenstopp, um mich eilig von Rachel zu verabschieden.

Dann saß ich in meinem Auto und fuhr in die Stadt zurück. Ich weiß nicht, wie es mir gelang, während der Fahrt über den Damm wach zu bleiben. Das einzige, woran ich mich genau erinnere, ist die Strecke durch die Elysian Fields und mein

Staunen über die Unangemessenheit dieses Namens, bei dem ich an ihre Leiche denken mußte. Gab es ein Paradies, das sie erwartete? Und wie war sie an den Tatort gekommen, so nah an der Stelle, wo ich nur ein paar Stunden zuvor gestanden hatte? Was hatte ich dort beinahe gesehen?

Ich war zu müde, um darüber nachzudenken.

Sechstes Kapitel

Das Bild der toten Frau verfolgte mich auch weiterhin. Ich war in dieser Nacht zu lange bei ihr geblieben, um sie einfach vergessen zu können. Ich brauchte eine Ablenkung. Bars und oberflächlicher Sex kamen mir in den Sinn, aber das redete ich mir wieder aus, wollte nüchtern sein, wenn Joanne anrief, um mir zu sagen, was der jungen Frau zugestoßen war.

Am Donnerstag bekam ich meine Ablenkung. Einen Anruf von Cordelia. Oder vielmehr eine Nachricht auf meinem Tonband, die um Rückruf bat. Ich nahm an, daß es ihre Nummer auf der Arbeit war, weil ich sie nicht erkannte. Ich hatte ihre Privatnummer so oft angestarrt, außerstande, sie zu wählen, daß sie sich mir eingeprägt hatte. Obwohl es Abend war, rief ich die Nummer an, die sie hinterlassen hatte. Ich ließ es zehnmal klingeln, bevor ich aufgab.

Ich verschwendete eine ganz beträchtliche Zeitspanne darauf, zu entscheiden, ob ich sie zu Hause anrufen sollte oder nicht. Nachdem ich mich dafür gescholten hatte, ein unentschlossener Waschlappen zu sein, überzeugte ich mich schließlich selbst, daß es das beste sei, bis morgen zu warten und sie unter der Nummer anzurufen, die sie hinterlassen hatte.

Am nächsten Tag rief ich zu einer Uhrzeit an, von der ich hoffte, daß sie früh genug war, um einen professionellen Eindruck zu machen, aber nicht so früh, daß es allzu beflissen wirkte.

Dr. James war bei einer Patientin. Ich hinterließ meinen Namen und meine Telefonnummer. Dann überlegte ich hin und her, ob ich in meinem Appartement bleiben oder ganz bewußt nicht da sein sollte, wenn sie zurückrief. Wenn das die Liebe war, dann war es vielleicht mein Glück, daß ich ihr so lange aus dem Weg gegangen war.

Das Telefon klingelte. Ich griff nach dem Hörer, hielt dann inne und ließ es dreimal klingeln, bevor ich abnahm. »Privatdetektei Knight«, sagte ich, versuchte cool und geschäftsmäßig zu klingen.

»Tag, Micky. Cordelia.«

»Hallo, wie geht's dir?«

»Ich ...« Sie brach ab und sprach mit jemandem im Hintergrund. Es klang wie eine Diskussion über Medikamente.

»Ziemlich beschäftigt, nehme ich an«, sagte ich, als ich sie wieder dran hatte.

»Ja.« Es entstand eine verlegene Pause. »Ich brauche eine Privatdetektivin.«

Ich hätte fast gesagt: »Und mich heuerst du an?« Was ich tatsächlich sagte, war: »Warum?«

»Können wir uns treffen? Ich würde es vorziehen, einige Dinge nicht am Telefon zu besprechen.«

»In Ordnung. Wann und wo?« Ich hoffte, sie würde »heute abend, bei mir« sagen.

»Wie wär's mit Montag? Hier in der Klinik?«

»Geht es um die Klinik?«

»Mehr oder weniger«, antwortete sie. »Ich werd' dir am Montag alle Einzelheiten erklären. Ist das in Ordnung?«

»Klar«, antwortete ich. Es gab sonst nichts zu sagen. Wir einigten uns auf eine Uhrzeit, dann erklärte sie mir den Weg. Und das war's.

Ich starrte den Hörer an und fragte mich, was Cordelia von mir wollte und wie ich die Zeit rumkriegen sollte, bis ich es herausfand. Montag. Ich legte den Hörer auf.

Falls mir nicht irgend etwas einfiel, womit ich mich beschäftigen konnte, würde ich bei dem Versuch, zu erraten, was sie wollte, ganz bestimmt zu einem nervösen Knäuel mutieren. Und bis Montag nachmittag garantiert jede Schlußfolgerung gezogen haben außer der richtigen.

Ich konnte Rechnungen bearbeiten und anderen langweiligen Detektivinnenkram, aber das war noch nie mein bevorzugter Zeitvertreib gewesen. Es gelang mir immerhin, einen Teil der Spesenabrechnung von meinem letzten Fall fertigzustellen. Doch hier war Abwechslungsreicheres gefragt als Routine-Schreibarbeit.

Bücher. Ich machte mich auf den langen und beschwerlichen Weg zur Bibliothek, verließ mich auf höhere Gewalt, daß meine Karte noch nicht abgelaufen war. Ich lieh mir eine Auswahl von Dorothy-Sayers-Romanen aus. Bestimmte Lord-Wimsey-Fälle, nicht so sehr wegen der Krimi-Elemente, sondern wegen der Tips fürs Rendezvous. Wie schaffte Lord Peter es, Harriet Vane dazu zu bekommen, ihn zu heiraten? Außerdem, zum Erstaunen der Bibliothekarin, die Sayers-Übersetzung von Dantes »Göttlicher Komödie«. Teufel auch, die lustige. Ich wollte alle Teile meines Verstandes beschäftigen.

Bis zum späten Nachmittag hatte ich mit Hilfe von Lord Peter herausgefunden, wie eine Frau dazu zu bringen war, sich in eine ausgefallene Detektivgestalt zu verlieben: Man mußte sie vor dem Galgen retten, indem man ihre Unschuld bewies. Irgendwie hatte das nicht sonderlich viel Bezug zu Cordelia und mir.

Ich gab das Lesen auf, fühlte mich nicht schlauer als zuvor.

Das Telefon klingelte. Ich griff nach dem Hörer.

»In etwa zwanzig Minuten komm' ich rüber. Ich hab' Informationen für dich«, sagte die Stimme am anderen Ende. Ich brauchte ein paar Sekunden, um die Stimme gegen den Verkehrslärm im Hintergrund auszumachen. Joanne. Und ihre Informationen konnten sich nur um die Frau in den Wäldern drehen.

»Ich werde hier sein«, erwiderte ich.

»Gut«, war ihre einzige Antwort.

Dreißig Minuten später klingelte das Telefon wieder. »Ich werde noch aufgehalten«, sagte Joanne, wartete wiederum nicht auf meine Begrüßung. »Ich weiß nicht, wann ich hier rauskomme.«

»Ich werde hier sein. Komm vorbei, wenn du nicht zu müde bist.« Ich glaubte nicht, daß ich es aushalten würde, noch auf viele andere Dinge zu warten. Selbst wenn es sich um schlechte Neuigkeiten über tote Menschen handelte.

»Bleib nicht auf.« Sie hängte ein.

Als Joanne um halb zehn immer noch nicht da war, gab ich die Hoffnung auf. Ich rief ihre Nummer an, nur um sicherzugehen, aber niemand ging ran. Sie arbeitete wahrscheinlich noch.

Es war meine Badezeit. Morgens dusche ich, abends erlaube ich mir den Luxus, mich in der Badewanne auszustrecken, wenn ich die Zeit habe. Die hatte ich jetzt ganz bestimmt. Ich habe eins dieser viktorianischen Exemplare, einschließlich Pfoten und groß genug, um mich darin auszustrecken.

Ich zog mich aus und schlenderte ins Badezimmer, drehte den Wasserhahn auf und ließ die Wanne vollaufen. In langen Nächten wie dieser saß ich gewöhnlich eine ganze Stunde in der Wanne und schlürfte Scotch.

Vielleicht kann ich es mir ja jetzt, wo ich nicht mehr trinke, öfter erlauben, die Klimaanlage einzuschalten, dachte ich optimistisch, als ich in die Wanne stieg. Das Wasser fühlte sich gut an, während es kühl den Schweiß und Schmutz des Tages aufsaugte. Jeder Mensch hat eine Badewanne verdient, in der er seine Beine ausstrecken kann.

Ich hörte schließlich auf mit der Einseiferei und dem Herumgeplantsche und ließ meinen Körper ins Wasser hinabsinken und entspannen.

In der Stille hörte ich Schritte. In meinem Appartement. Ich habe mich schon immer gefragt, ob es wohl schwierig ist, einen Einbrecher zu treten, während man sich ein Handtuch vor den Körper hält. Aber es war eigentlich nichts, was ich unbedingt hatte ausprobieren wollen.

»Wer zum Henker ist da?« brüllte ich, hoffte, daß der unheilverkündende Klang meiner Stimme die Einbrecher verscheuchen würde. Das und die Tatsache, daß es nichts zu stehlen gab.

»*Da* bist du«, antwortete mein Einbrecher. Joanne. Ich atmete erleichtert auf. Sie hatte einen Schlüssel für gelegentliche Katzenfütterungen.

»Ich hätte mir vor Angst fast in die Hose gemacht«, erwiderte ich bissig.

Sie öffnete die Tür und schaute mich an. »Komisch, das Wasser sieht gar nicht braun aus«, sagte sie, doch ihre Stimme klang immer noch so angespannt wie bei unserem Telefongespräch. »Weißt du, wie das Mädchen gestorben ist?« fragte sie.

»Nein, aber ich schätze, du wirst es mir gleich sagen.«

Sie trat ins Badezimmer, lief auf und ab, in und aus meinem Blickfeld. »Ich erwarte nichts sonderlich Angenehmes«, sagte ich. Sie nahm gar nicht wahr, daß ich nackt in der Badewanne saß.

»Eine verpfuschte Abtreibung«, sagte sie und blieb abrupt stehen.

»Was?« Ich hatte gedacht, verpfuschte Abtreibungen gehörten der Vergangenheit an, seit Abtreibung legal war.

»Hätte man sie ins Krankenhaus gebracht, statt sie im Wald abzuladen, wäre sie noch am Leben«, sagte Joanne, deren Anspannung ihrer Wut zu weichen begann.

Ich versuchte noch zu begreifen, wie jemand hier und heute an einer verpfuschten Abtreibung sterben konnte. »Warum?«

»Viele Gründe. Keine Identifizierung des Arztes, kein Berufsvergehen, keine Überprüfung der Lizenz; keiner davon ist auch nur einen beschissenen Pfifferling wert.« Sie fing wieder an, auf und ab zu tigern.

»Joanne...«, sagte ich, doch sie war schon wieder aus meinem Blickfeld. Ich gab es auf, Fragen auszubrüten.

»Victoria Edith Williams. Vicky. Achtzehn«, sagte Joanne mit Zorn in der Stimme. »Hat letzte Woche den Abschluß an der Oberschule gemacht. Jüngste von vier Kindern.« Sie kam wieder in mein Blickfeld. »Wollte Stewardess bei einer Fluggesellschaft werden, um die Welt zu sehen«, fuhr Joanne fort, ging auf und ab. »Vielleicht nicht gerade die hochfliegendsten Ambitionen, aber verdammt, es waren nun mal die ihren. Und nebenbei wären wir alle in ganz schönen Schwierigkeiten, wenn man uns nach den Ambitionen beurteilen würde, die wir mit achtzehn hatten.«

»Joanne«, wiederholte ich, versuchte noch einmal, sie aufzuhalten. »Warum bist du so wütend?« platzte ich heraus.

Sie blieb stehen und blickte mich direkt an. »Weil... sie keine Chance mehr bekommen wird. Irgend so ein inkompetenter Quacksalber kippt sich ein paar hinter die Binde, und seine Hand rutscht aus. Er lädt sie sterbend im Wald ab, um nicht zu riskieren, daß sie irgend jemandem in der Notaufnahme erzählt, daß er nach Gin oder sowas gerochen hat. Verfluchter Bastard.« Ihre Stimme war laut und rauh, und hinter ihren Worten lauerte die kalte Wut. Sie begann wieder auf- und abzugehen, versuchte, so schien es, den Zorn durch Bewegung abzureagieren.

»Joanne... Es tut mir leid.« Mehr fiel mir nicht ein, ich dachte an etwas anderes. Mein Waldspaziergang kurz vor der

Party. Warum war ich nicht zurückgegangen und hatte nachgeschaut?

»Nein, mir tut es leid«, antwortete Joanne. »Hier so hereinzuplatzen mit meiner miesen Laune.« Ihre Schritte wurden langsamer, doch sie blieb nicht stehen.

»Ich… irgend etwas war dort… als ich im Wald war… gegen acht.«

Joanne blieb stehen und schaute mich an. »Was?«

»Ich… ich bin mir nicht sicher. Ich hatte das Gefühl, beobachtet zu werden.«

»Hast du was gesehen? Irgend etwas?«

»Nein… nichts.« Ich zermarterte mir den Kopf, versuchte, zu sehen, was es war, eine Form, eine Farbe, doch es gelang nicht. »Ich weiß nicht. Vielleicht ein Geräusch, etwas, das ich nur ganz nebenbei wahrgenommen habe.«

»Wirklich nur ein Gefühl?«

»Ja… glaub' schon. Ich hätte zurückgehen sollen, um es zu überprüfen.«

»Laß das«, sagte Joanne streng.

»Was?« entgegnete ich scharf.

»Wenn ich doch — hätte ich doch nicht — diesen ganzen üblichen Scheiß.«

»Wenn ich auf meinen Instinkt gehört hätte, wäre Vicky Williams vielleicht noch am Leben«, brüllte ich sie an, verletzt von ihrer Grobheit. »Wenn —«

»Nicht sehr wahrscheinlich. Verzeih, daß ich die Realität ins Spiel bringe. Sie kam aus Marrero. Die Abtreibung hat sie wahrscheinlich in der Stadt vornehmen lassen. Dieser verdammte Dreckskerl hat es fertiggebracht, die Gebärmutterarterie zu treffen. Sie hat wahrscheinlich innerhalb von wenigen Minuten einen Kreislaufschock erlitten. Wenn sie Glück hatte. Und gestorben ist sie wahrscheinlich im Kofferraum eines Autos irgendwo auf dem Lake Pontchartrain-Damm.«

»Und was zum Teufel war dann das im Wald?« Ich brüllte immer noch. Joanne hatte höchstwahrscheinlich recht.

Meine Wut galt meiner eigenen Hilflosigkeit. Daß diese junge Frau völlig sinnlos gestorben war, und daß es nichts gab, womit ich es hätte verhindern können.

»Wahrscheinlich ein Eichhörnchen«, antwortete Joanne und tigerte wieder los.

»Zu groß«, entgegnete ich.

»Ja, klar«, sagte sie außerhalb meines Blickfelds. »Willst du dich in eine marinierte Privatdetektivin verwandeln oder kommst du irgendwann in absehbarer Zukunft mal aus dieser Wanne raus?« Sie war immer noch außer Sicht.

»Ich hatte noch keine Gelegenheit, mich abzuschrubben, als du hier reingeplatzt bist.«

»Soll ich draußen warten, bis du fertig bist?«

»Nein«, antwortete ich. »Hier, kannst dich nützlich machen. Schrubb mir den Rücken.« Ich warf einen Waschlappen in die Richtung, aus der ihre Stimme kam.

»Beug dich nach vorn«, sagte sie.

Ich gehorchte.

»Waschen, nicht häuten! Ich brauche diese Hautschicht noch.«

»Tut mir leid. Versuche bloß den Dreck abzukriegen.«

Aber sie wusch sanfter, als sie weitermachte. Ich wurde mir ihrer Berührung bewußt und wie nah sie mir war. Wo ihr Atem die feuchten Stellen an meinem Nacken traf. Das unvermittelte Erwachen des Begehrens erschütterte mich.

Ich hatte Alex angelogen. Nein, mich selbst. Das erste Mal in den Wäldern war zur Beruhigung, aus Freundschaft geschehen. Nicht jetzt, nicht dieses Mal. Dieses Mal zählte. Begehren loderte auf. Ich wurde mir meiner Nacktheit sehr bewußt, spürte, wie das Wasser gegen meine Brustwarzen schwappte und sie hart werden ließ. Joanne mußte es bemerken.

Ich fühlte, wie der Waschlappen hinter mir in die Wanne rutschte, doch der Druck ihrer Hand blieb auf meinen Rücken. Ich fragte mich vage, was ich zu Alex sagen sollte, wenn ich sie das nächste Mal sah. Doch jetzt, mit dem beharrlichen Druck von Joannes Hand auf meinem Rücken, schien das jetzt nicht weiter wichtig.

Ihre Hand glitt hinauf zu meiner Schulter.

Ich drehte mich zu ihr um.

Es gab nichts zu sagen. Ihre Arme legten sich um mich, hielten mich fest, und wir küßten uns. Ich wußte nicht, ob ich sie umfangen, mit meinen feuchten Armen naß machen sollte, doch ihre Küsse verlangten mehr Resonanz, als ich mit Zunge und Mund allein geben konnte.

Abrupt, und es fühlte sich langsam alles ein wenig zu abrupt, zu rasant an, um meinen Emotionen freien Lauf lassen zu können, hörte sie auf, erhob sich und trat zurück, verschwand fast aus meinem Blickfeld.

So wie es ohne Worte angefangen hatte, gab es auch jetzt keine. Ich fragte mich, was ich getan hatte, fragte mich dann, ob es überhaupt mit mir zu tun hatte, so wütend und aufgebracht, wie Joanne vor ein paar Minuten gewesen war.

»Laß das Wasser ablaufen«, sagte sie.

Ich drehte mich, um sie anzuschauen. Sie hatte ihr Hemd ausgezogen. Ich trat den Stöpsel mit dem Fuß heraus, wollte mich nicht von ihr wegdrehen. Sie kam wieder auf mich zu, näher heran, lud mich ein, ihr zuzuschauen. Sie schleuderte ihre Schuhe mit Ungeduld von sich und zog dann den Reißverschluß ihrer Hose langsam herunter. Sie trat noch näher heran, so daß ich sie anfassen konnte, wenn mir danach war, und zog die Hose aus.

»Vergiß deine Uhr nicht.«

Während sie das Uhrenarmband öffnete, lehnte ich mich vor, ließ meine Hände auf dem Rand der Badewanne liegen. Ich küßte sie auf das V des Slips, preßte gegen den Hügel, den die weiße Baumwolle verbarg. Ich hinterließ eine feuchte Stelle.

Joanne zog ihre Unterwäsche schnell aus. Sie stieg in die Wanne, erst ein Fuß, dann der andere, stellte dann beide zwischen meine Beine. So stand sie einen Augenblick über mir und ließ die Spannung steigen.

Ich schaute sie an, wie sie da so über mir stand. Sie trug immer noch ihre Brille, ließ mich im Unklaren, was ihre Augen ausdrückten.

Sie stützte sich mit den Händen auf der Wanne ab und ließ sich herunter, ganz langsam, ließ mich sie ansehen. Ihre starken Schultern, ihre kleinen Brüste, aufrecht und fest. Ihre Knie preßten gegen die Innenseite meiner Schenkel, öffneten meine Beine.

Das Wasser schwappte gefährlich nah an den Rand der Wanne und ließ mich kurz an die Unregelmäßigkeit denken, mit der ich den Abfluß säuberte. Dann legte Joanne eine Hand auf meine Brust und Abflußrohre wurden kolossal unwichtig.

Ihre Handfläche drückte gegen mein Fleisch, dann preßte sie meine Brüste mit beiden Händen zusammen. Ich schnappte nach Luft. Sie drückte fester.

Dies würde kein sanftes, zahmes Liebesspiel werden. Das hatte ich von Joanne auch kaum erwartet. Und als ich meine Brüste zurück gegen ihre drängenden Hände stieß, erkannte ich, daß ich es genauso wollte, die Grobheit, die ganze körperliche Wucht der Sexualität. Ein paar blaue Flecken morgen früh wären gar nicht so unangebracht.

Ich legte meine Hände auf ihre Hüften und zog sie zu mir heran, gleichgültig, ob die Wanne überlief. Sie verlagerte ihr ganzes Gewicht nach vorn, auf die Hände, die auf meine Brüste drückten. Gerade als der Druck fast zu groß wurde, als ich dachte, ich müßte mich entziehen, ließ sie mich frei und senkte ihren Leib auf meinen herab. Erst jetzt nahm sie die Brille ab. Wir küßten uns wieder, ließen unsere Körper sich an jeder Stelle berühren. Ich fuhr mit der Hand ihren Rücken hinunter, spürte die Narbe unter ihrem Schulterblatt. Meine Hände tasteten weiter, bis ich mit beiden ihren Hintern umschloß. Dann ließ ich eine Hand zwischen ihre Pobacken gleiten, erforschte sie, suchte nach der Öffnung ihrer Vagina. Aber sie schüttelte ablehnend den Kopf, ließ mich nicht ein, gab mir nicht die Kontrolle.

Sie nahm ihren Mund von meinem, glitt hinunter zu meinen Brüsten, saugte hart an einer Brustwarze und preßte die andere zwischen ihren Fingern. Dann fuhr ihre Hand zu meinen Schenkeln hinunter und zwang meine Beine auseinander. Das Wasser bedeckte meinen Busch noch immer. Ich erwartete, daß ihre Finger in mich eindringen würden, doch das taten sie nicht. Sie nahm einen tiefen Atemzug, und plötzlich war ihre Zunge zwischen meinen Beinen und zwang mich eindringlich, sie weiter zu öffnen. Mehrere heftige Lecker ließen mich aufstöhnen, dann tauchte sie auf, um Luft zu holen. Ein schneller Atemzug, dann war sie wieder zwischen meinen Beinen.

Das Wasser lief nur langsam ab. Sie mußte ihren Kopf wieder heben, um Atem zu holen. Die beharrliche Hitze ihrer Zunge war wieder auf mir, drängte, bis ich mich im verebbenden Wasser wand. Ihre Arme umschlangen meine Schenkel und hielten mich fest. Dann war das Wasser abgelaufen, und nur noch wenige Pfützen schmatzten feucht unter meinen Bewegungen. Ich konnte Joanne jetzt zusehen, ihren Mund mich bedecken sehen, ihre offenen Haare, die sich fächerförmig über meine Schenkel ausbreiteten. Ihre Zunge, ihre Lippen, eins davon oder beides, drückten sich in mich hinein, saugten und streichelten, bis ich nicht mehr wußte, ob ich meinen Leib von ihr wegziehen oder gegen sie drängen sollte. Egal, ihre Arme hielten mich fest, stärker als mein Aufbäumen. Sie hatte meine Beine so weit gespreizt, wie die Badewanne es zuließ.

Ich hörte, wie mir ein langes Stöhnen entfuhr, und wußte, daß ich keine Kontrolle mehr hatte. Normalerweise bin ich mir der Reaktionen meines Körpers bewußt, der Geräusche, die ich mache, aber nicht heute nacht. Dies war zu heftig für mich, ich konnte nichts anderes tun als keuchen, mich hin- und herwerfen und einen Sekundenbruchteil lang rätseln, wieviel ich wohl noch aushalten konnte.

»Joanne«, schrie ich, wußte nichts mehr außer ihrer Berührung.

Dann toste Welle für Welle durch meinen Körper. Mein Orgasmus löschte Zeit und Raum. Eben war Joanne zwischen meinen Beinen gewesen, hatte mich geleckt, auf einmal lag sie neben mir, küßte sanft meine Wange, meine Stirn, meinen Mund. Ich konnte mich nicht erinnern, daß sie sich bewegt hatte.

Für einen Augenblick fürchtete ich mich, wußte nicht, was ich während dieses kurzen Vergessens gesagt und getan hatte. Fürchtete mich dann vor allem, das so viel Macht hatte. War die Sauferei und Rumvögelei, die du früher kanntest, vielleicht einen Deut besser? sagte ich mir. Es hatte Zeiten gegeben, da waren mir Stunden, ja ganze Tage abhanden gekommen und nicht bloß Augenblicke. Doch die hatten nicht gezählt.

Mein Atem wurde ruhiger, schließlich wieder normal.

»Wirst du's überleben?« fragte Joanne.

Ich verstärkte den Druck meiner Arme um sie, fühlte ihren Körper. »Frag mich morgen früh nochmal.«

Sie rutschte langsam seitlich auf mich. Ihre Hände lagen auf meinen Schultern und drückten mich sanft nach unten. Sie hob ihren Körper an, während ich zwischen ihre Beine glitt, bis mein Kopf unter ihr lag, bereit, die glitzernden Wassertropfen, die an ihr hingen, wegzusaugen. Gott, wie sehr wollte ich das tun, schoß es mir in den Kopf, während ich ihre Lippen auseinanderzog, einen Moment lang innehielt, um das einladende Fleisch zu betrachten. Ich legte meinen Mund an sie und begann sanft mit der Zunge zu lecken.

Ich wollte Joanne gefallen, all die richtigen Dinge tun. Das war etwas, über das ich mir vorher nie allzu viele Gedanken gemacht hatte. Ich bemühte mich, lauschte auf Geräusche von ihr, doch mit ihren Schenkeln gegen meine Ohren war das schwierig.

»Ist das in Ordnung so?« fragte ich schließlich.

»Mach nur einfach weiter.«

»Soll ich irgendwas anders machen?«

»Nein.«

Ich fing wieder an. Ich fühlte, wie ihre Hand mein Gesicht berührte, eine beruhigende Geste, mir das Haar aus der Stirn strich. Dann spannten ihre Finger sich an und sie keuchte, keuchte noch einmal. Sie ließ sich ein kleines Stück herabsinken und öffnete sich mir. Jetzt konnte ich ihr Atmen hören, heiser und rauh. Dann hörte ich einen Atemzug, Stille, ihr Körper angespannt und still, dann stieß sie den Atem aus und erschauerte.

Ich wußte, das war es gewesen. Selbst beim Sex war Joanne ruhig und kontrolliert. Jedenfalls bei mir. Ich küßte sie noch ein paar Mal zärtlich und überließ es ihr, sich von mir zu lösen.

Das tat sie; nachdem sie noch ein paar Minuten neben mir gelegen hatte, stand sie auf. Sie reichte mir ihre Hand, um mich hochzuziehen. »Wir sollten uns abtrocknen«, sagte sie, als sie aus der Wanne stieg.

»Gute Idee«, sagte ich.

Sie warf mir ein Handtuch zu. Wir trockneten uns ab, ohne viel zu sagen.

»Soll ich gehen, oder willst du, daß ich bleibe?« fragte sie schließlich.

»Bleib. Wenn du willst«, antwortete ich, nicht sicher, was mir mehr Angst machte.

Sie nickte zustimmend, so kam es mir jedenfalls vor.

»Hunger?« fragte ich, versuchte, eine anständige Gastgeberin zu sein.

»Nein. Müde. Du?«

»Nein, wollte nur höflich sein.«

»Laß es. Höflichkeit ist kein natürlicher Zustand für dich«, antwortete Joanne. »Und ich bin heute zu erledigt dafür.«

»Okay. Willst du dir was zum Schlafen ausleihen?«

»Nein. Außer es stört dich.«

»Mich? Nein«, antwortete ich. Joanne hatte recht, die höfliche Gastgeberin war keine Rolle, in der ich brillieren konnte.

»Kann ich mir deine Zahnbürste ausleihen?«

»Nimm sie dir.«

Ich ließ sie allein im Badezimmer und überprüfte schnell mein Bett, wollte nicht auf eine von Hepplewhites cleveren, kleinen Überraschungen stoßen. Sie schlief völlig unschuldig am Fußende. Die Laken waren in einem Top-Zustand.

Joanne kam ins Zimmer. Sie hatte sich nicht angezogen, sondern statt dessen ein Handtuch umgewickelt und ihre Klamotten über den Arm drapiert. Die legte sie nun ordentlich über die Lehne des einzigen Stuhls im Raum. »Bist du sicher, daß ich bleiben soll? Ich bin manchmal ...« Sie stockte. Joanne Ranson sagte nicht viel, aber verlegen um Worte hatte ich sie noch nie erlebt.

»Ein aggressives, herrisches Miststück?« schlug ich vor, außerstande, Joanne um Worte ringend zappeln zu lassen. Wenn diese Nacht bei mir kein Zeitpunkt für Höflichkeiten war, war es bei ihr keiner für Unsicherheit.

»So was in der Art«, antwortete sie.

»Diese Gerüchte sind übertrieben. Bleib. Ich würde mich über deine Gesellschaft freuen.« So sehr ihre prüfenden, grauen Augen mich auch beunruhigten, ich zog sie doch einer Zurückweisung vor. Ich wollte, daß Joanne mich genug mochte, um über Nacht zu bleiben.

Sie nickte, sagte aber nichts, sondern zog die Decke zurück und schlüpfte in mein Bett.

Ich ging schnell ins Badezimmer, um Zähne zu putzen. Außerdem stellte ich Hep etwas zu essen hin, damit sie morgen früh nicht zu aufdringlich würde. Nachdem ich die Lichter ausgeschaltet und mich vergewissert hatte, daß die Tür abgeschlossen war, ging ich zurück ins Schlafzimmer und legte mich neben Joanne ins Bett.

Sie nahm mich in die Arme und drückte mich ganz fest. Ich

erwiderte ihre Umarmung, wollte dann mehr und küßte sie. Sie ließ los. »Es tut mir leid. Ich bin wirklich sehr müde«, entschuldigte sie sich. »Ich war eben nicht zu grob, oder? Ich bin hier ja wirklich richtig reingestürmt.«

»Nee, ich bin blaue Flecken gewöhnt«, antwortete ich, tat es ab, versuchte, die Abweisung locker zu nehmen.

Sie sah mich fragend an. »Bist du so eine?«

»Nein, nicht oft.«

»Gibt es irgendwas, das du noch nicht gemacht hast?« Joanne schaute mich immer noch prüfend an.

»Keine Elefanten, das schwöre ich«, witzelte ich, um abzulenken. Ich bezweifelte, daß Joanne meine Sexualgeschichte billigen würde. Ich war nicht mal sicher, ob ich es tat. »Jedenfalls kann ich mich an keine erinnern«, scherzte ich weiter, um die Stille auszufüllen.

»Ist schon gut«, antwortete sie und berührte kurz meine Wange. »Bis morgen früh.« Sie drehte sich zum Einschlafen um.

Sie war müde. Es dauerte nur etwa eine Minute, bis ich ihr regelmäßiges Atmen hörte.

Ich lag wach, fragte mich mit aufkeimender Panik, was ich mir eigentlich dabei dachte, mit Joanne zu schlafen. Ich stellte mir Dannys Mißbilligung vor, Alex' Zorn und Cordelia... und wich davor zurück. Joanne war hier. Es war zu spät, um mich vor den Konsequenzen zu drücken.

Ich schaute sie an. Der Schlaf milderte kaum die Müdigkeit und Anspannung, die sich in ihr Gesicht eingegraben hatten. Und ich begriff, daß es keinen Weg gegeben hätte, mich ihr zu verweigern. Nicht, wenn sie mich wollte.

Morgens liebten wir uns noch einmal, Sex, der in Windeseile heftig und schweißtreibend wurde, nicht weniger wild als in der vorangegangenen Nacht. Es war für beide von uns, wenn auch wahrscheinlich auf verschiedene Art, eine Flucht, eine Loslösung vom Alltäglichen. Selbst eine geliebte Partnerin wird nach einer gewissen Zeit alltäglich. Vielleicht brauchte

Joanne die Leidenschaft des Verbotenen, das Ziehen und Zerren des Begehrens aus Gefilden, die nicht erlaubt waren. Gern hätte ich gefragt: »Was ist mit Alex? Was wird sie denken? Weiß sie Bescheid? Wird sie es erfahren? Bist du ihrer müde?« Aber ich konnte es nicht. Irgend etwas in Joanne befahl mir, nicht zu fragen, nichts zwischen unsere schweißnassen keuchenden Körper kommen zu lassen.

Später gingen wir zusammen frühstücken, vermieden (auf meinen Vorschlag hin, muß ich gestehen) Orte, an denen wir auf Danny hätten treffen können. Trotzdem sprachen wir über nichts Wesentliches. Ich stellte keine Fragen, und Joanne bot keine Antworten an.

Sie fuhr mich zu meiner Wohnung zurück, hielt neben einem parkenden Auto.

»Tja, hat Spaß gemacht«, sagte ich mit gezwungener Munterkeit. »Danke fürs Frühstück.« Sie hatte bezahlt. Ich machte Anstalten auszusteigen, wollte kein unbehagliches In-die-Länge-Ziehen.

»Micky.« Sie hielt mich zurück. »Danke. Ich weiß nicht, was ich sonst sagen soll.«

»Ich schuldete dir noch was. Weißt du noch?«

Sie tat meine Antwort mit einem Schulterzucken ab.

Ich stieg aus.

»Kann ich dich anrufen?« fragte sie durchs Wagenfenster.

»Ja. Ruf mich an. Das wäre mir lieb«, antwortete ich, wußte, was sie meinte.

»Ciao, Mick. Ich sag' dir Bescheid, wenn ich was Neues über Vicky Williams erfahre.«

»Mach's gut, Joanne.«

Sie fuhr ab. Ich sah ihr nach. Seit gestern abend hatten wir den Namen der toten Frau nicht mehr erwähnt. Für ein paar kurze Stunden hatten wir sie vergessen.

Joanne fuhr wahrscheinlich ins Büro. Ich blieb hier und durfte für den Rest des Wochenendes wieder an Vicky Williams denken.

Dante war keine große Ablenkung. Nicht, daß ich das von ihm erwartet hätte.

Siebentes Kapitel

Der Montag schob sich zentimeterweise vorwärts, ganz langsam wurde der Morgen zum Nachmittag. Meine Verabredung mit Cordelia war um halb sechs. Nach Dienstschluß, vermutete ich.

Gegen halb fünf beschloß ich, daß es Zeit war, in die Gänge zu kommen. Ich stieg in mein Auto und fuhr in Richtung Klinik. Ich nahm die lange Strecke, fuhr durch Seitenstraßen. Dann kurvte ich ein wenig durch die Nachbarschaft und sah mir alles genau an. In besseren Zeiten war die Gegend wohl mittelständisch gewesen, doch das war lange vorbei. Geblieben war nur die schäbig gewordene Vornehmheit einiger der älteren Gebäude. Sie wechselten sich mit leerstehenden Grundstücken ab, bereits verfallenden neuen Gebäuden und baufälligen Schindelhäusern, die von vornherein nicht für die Dauer angelegt worden waren. Die Klinik selbst lag an der Ecke einer verkehrsreichen Allee. Sie war, vielleicht als Schule, im roten Backstein-Stil eines früheren Zeitalters erbaut worden. Man versuchte, es so aussehen zu lassen, als würde sich jemand um das Gebäude kümmern — ein neues Schild davor, das bereits mit Graffitis besprüht war, einige erst kürzlich gepflanzte Sträucher, aber ich nahm nicht an, daß der Müll um die Wurzeln herum als Dünger gedacht war.

Um fünf nach fünf fuhr ich auf den mit Schlaglöchern übersäten Parkplatz. Ich blieb ein paar Minuten in meinem Auto sitzen, weil es mir widerstrebte, so früh da zu sein. Statt dessen sagte ich mir, daß es nützlich wäre, die Leute zu beobachten, die in das Gebäude gingen und herauskamen.

Ich sah keine demonstrierenden Abtreibungsgegner. Wahrscheinlich schon zu spät für sie. So selbstgerechte Menschen mußten Frühaufsteher sein.

Die Tür öffnete sich. Ein Nonne trat heraus. Eine Nonne? Aus einem Gebäude, das eine Lieblings-Zielscheibe der Lebensschützer war? Einen Block weiter gab es eine katholische Kirche, aber trotzdem erschien mir das hier nicht wie ein Nonnen-Treff.

Es war an der Zeit, herauszufinden, was hier vor sich ging. Ich stieg aus, vergewisserte mich, daß das Auto abgeschlossen war (nicht, daß eine der Nonnen die Lesbenpornos klaute, die ich immer auf meinem Rücksitz liegen hatte), und ging zum Eingang.

Die ersten Räume, an denen ich vorbeikam, waren voll mit Second-Hand-Spielzeug und lädierten Kinderbüchern. Ein paar Kinder warteten immer noch auf ihre Eltern, einige zufrieden, andere weniger. Weiter den Gang hinunter gab es ein paar Klassenzimmer, die in Büros aufgeteilt waren. Einige auf der linken Seite trugen Kreuze auf der Tür. Sonderbar, sehr sonderbar.

Die Klinik belegte den hinteren Teil des Gebäudes, und davon nur die rechte Seite.

Eine erschöpft aussehende junge Sprechstundenhilfe ließ sich meinen Namen geben und sagte mir, daß Dr. James gerade bei einer Patientin sei, und ob ich bitte warten würde.

Ich setzte mich. Es waren nur wenige Leute hier. Ein Schild versprach verlängerte Sprechzeiten dienstags und donnerstags.

Die Sprechstundenhilfe füllte gemischten Papierkram aus und baute den Berg auf ihrem Schreibtisch ein klein wenig ab. Ab und zu kam eine Krankenschwester aus einem der Behandlungszimmer. Mir fiel ein, daß Elly gesagt hatte, sie würde abends und an einigen Nachmittagen hier arbeiten, aber ich sah sie nicht.

Ich schaute auf meine Uhr. Es war fast sechs. Ich erhob mich und lief auf und ab, ging dann hinaus auf den Hauptkorridor.

Eine der Bürotüren öffnete sich. Noch eine Nonne. Was geht hier vor, fragte ich mich. Sie schloß die Tür ab. Ganz offensichtlich gehörte sie hierher. Dann bemerkte ich, daß sie vertraut aussah. Ein Gesicht aus der Zeit mit Tante Greta und all den Messen, an denen teilzunehmen man mich gezwungen hatte. Schwester —? Ich zermarterte mir den Kopf. Irgendwas mit A. Sie wandte sich ab und ging hinaus.

Ich hörte Stimmen aus der Klinik. Die letzte Patientin trat aus einem der Räume. Ihr folgte die Krankenschwester, die ich eben schon gesehen hatte. Cordelia kam langsam aus dem Behandlungszimmer heraus, schrieb dabei etwas auf eine Karte. Sie bemerkte mich nicht.

Ich ging in ihre Richtung. »Doktor, der Wahnsinn liegt bei uns in der Familie. Fast hat er mich ereilt. Gibt es noch Rettung?« fragte ich laut, um ihre Aufmerksamkeit zu erregen. Nervosität bringt die schlimmste Seite meiner Keckheit zum Vorschein.

Cordelia blickte auf. »Oh, hallo, Micky.« Sie sah müde aus, aber meine Mätzchen zauberten die Andeutung eines Lächelns auf ihre Lippen.

»Oder werde ich immer so sein: hoffnungslos beschränkt?«

»Ist schon okay, Betty, ich kenne diese Gestalt«, sagte Cordelia zu der Krankenschwester. »Ja, du bist hoffnungslos. Mein Büro«, sagte sie und zeigte mir einen Raum am Ende des Korridors. »Ich bin in einer Minute bei dir.«

Ich ging in ihr Büro, während sie sich mit Schwester Betty beriet. Ihr wahrscheinlich versicherte, daß ich harmlos war.

Wie der Schreibtisch der Sprechstundenhilfe war auch ihrer mit noch zu erledigender Schreibarbeit bedeckt. Cordelia hatte nicht viel Zeit aufs Dekorieren verwendet — ein Kalender impressionistischer Malerei, ein paar Drucke an den Wänden, Van Goghs Sonnenblumen, das war's. Und auf ihrem Schreibtisch die Fotografie eines orangefarbenen Kätzchens.

Sie trat ein. »Nimm doch Platz«, sagte sie, während sie zum Schreibtisch ging und sich hinsetzte.

Ich wußte nicht, welche Frage ich zuerst stellen sollte. »Also...«

»Hier, schau dir die an«, sagte sie und wühlte ein paar Sekunden in einer der Schubladen herum. Sie gab mir ein paar Blätter Papier. »Chronologisch geordnet«, fügte sie hinzu.

Ich schaute mir die Blätter an. Ich sah auf den ersten Blick, daß sie auf einem billigen Nadeldrucker ausgedruckt worden waren. Dann fing ich an zu lesen:

Meine liebe Doktor James,
Ihr Großvater hat Ihnen also Geld hinterlassen. Wie praktisch. Mit Geld kann man sich viel kaufen. Sie sind so groß und häßlich, daß niemand Sie ficken will. Das Geld wird Ihrem Sexleben auf die Sprünge helfen. Ihre Fotze hat sicher vor Ungeduld gejuckt, während Sie darauf warteten, daß er den Löffel abgibt. Aber Sie haben sich so gut um ihn gekümmert, daß er zwei Jahre früher gestorben ist, als irgend jemand für möglich gehalten hätte.

»Das ist doch Scheiß«, sagte ich, schaute sie an und machte mir nicht die Mühe, weiterzulesen.

»Ich weiß.«

»Sind die anderen genauso?«

»So ziemlich. Der da war einer der ersten. Einer der ersten, von denen ich erfuhr.«

Ich schaute mir die anderen an. Sie waren an andere Mitarbeiterinnen adressiert. Ich entdeckte einen zweiten an Cordelia. Dieser war nicht nur fies, sondern bedrohlich und endete mit den Worten: »Wir werden uns erbarmen und Sie ficken. Wir werden nur vorher ein Stück abschneiden müssen, damit Sie klein genug sind.«

»Offenbar irgendein Kerl, der sich von großen Frauen bedroht fühlt«, bemerkte ich. »Ist sonst noch was vorgefallen?«

»Vor etwa einer Woche begannen die Anrufe.«

»Dieselbe Sorte? Wie wär's mit einer Rückverfolgung?« fragte ich.

»Öffentliche Telefonzelle. Er — es ist eine Männerstimme — sagt nur Sachen wie 'Sie sind die Nächste' und legt auf.«

»Gab es denn schon eine Erste?«

»Nein, bis jetzt nicht. Bisher gab's nur Briefe und Anrufe. Aber ...«

»Aber du bist nicht sicher, daß es dabei bleibt.«

»Genau«, antwortete sie. »Die Demonstranten und dieser Kram hier haben vielen Leuten einen Schreck eingejagt. Ich kann ihnen das nicht verübeln.«

»Ich nehme an, du willst, daß ich das untersuche?«

»Ja, tu, was du kannst. Hoffentlich wird schon der Gedanke, daß jemand ermittelt, dazu beitragen, die Wogen zu glätten.«

»Was kannst du mir sonst noch sagen?«

»Nicht viel. Die Briefe und die Anrufe. Und die Demonstrationen. Meinst du, das eine hat mit dem anderen zu tun?«

»Möglicherweise. Verrückte zuhauf. Wer hat Briefe bekommen?«

»Ich bin mir nicht sicher. Ich habe nicht alle gefragt. Die Leute sind damit zu mir gekommen.«

»Die Anrufe. Immer dieselbe Stimme?«

»Da kann ich dir wieder nicht helfen. Ich habe *einen* Anruf bekommen. Bis jetzt.«

»Ist es in Ordnung, wenn ich mich etwas umhöre?«

»Dafür bist du hier.«

»Was ist mit diesen fanatischen Abtreibungsgegnern? Wie oft sind die hier?«

»Normalerweise ein, zwei Mal die Woche. Man würde nicht annehmen, daß wir das wert sind.«

»Warum?« fragte ich.

»Wir führen hier nicht wirklich Abtreibungen durch. Ein paar sehr frühe, im Grunde genommen heimlich. Menstruelle Extraktion sozusagen. Die meisten überweisen wir.«

»Warum demonstrieren die dann vor dieser Klinik?« fragte ich verwirrt.

»Ich weiß es nicht. Es tut mir leid, ich habe dir nicht sehr viele Anhaltspunkte gegeben.«

»Es ist ein Anfang. Hoffentlich ist es nur ein Spinner, der wieder verschwinden wird. Das hier ist noch nicht lange eine Klinik, oder?«

»Nein, wir haben vor sechs Monaten begonnen. Dieses Gebäude war früher eine Konfessionsschule. Aber es hat in den letzten paar Jahren leergestanden. Deshalb hab … hat eine anonyme Gönnerin es gekauft und umgebaut.«

»Verstehe. Warum sind hier Nonnen, wenn dir … wenn das Gebäude einer Privatperson gehört?«

»Sozialdienst. Sie betreiben eine Suppenküche und die Kindertagesstätte.«

»Wie fühlen die sich dabei, das Gebäude mit einer Klinik zu teilen, die Informationen über Geburtenkontrolle und Abtreibung verteilt?«

»Nicht sehr glücklich, wie du dir denken kannst. Das Wort ‘Abtreibung’ ist nie laut ausgesprochen worden. Aber für sie hieß es, entweder das Gebäude mit uns zu teilen oder auf der Straße zu stehen. In dieser Gegend gibt es nicht viele geeignete Gebäude, besonders für eine arme Pfarrei nicht. Wir vermieten ihnen die Räume gegen eine symbolische Gebühr.«

»Ein merkwürdiges Gespann«, bemerkte ich.

»Es funktioniert. Die bleiben auf ihrer Seite des Gebäudes und wir auf unserer.«

»Haben sie auch absonderliche Briefe und merkwürdige Anrufe bekommen?«

»Das weiß ich wirklich nicht«, antwortete sie kopfschüttelnd.

»Darf ich fragen?«

»Das solltest du wahrscheinlich. Tut mir leid.«

»Das ist mein Job.« Ich beschloß, daß es höchst unwahrscheinlich war, daß Schwester Wie-war-doch-gleich-ihr-Name mich erkennen würde. »Ist es möglich, daß die hinter den Anti-Abtreibungs-Demonstrationen stecken?«

»Nein, das tun sie nicht.«

»Wie kannst du da so sicher sein?«

»Ich hab' sie gefragt. Eigentlich hab' ich sie mehr damit konfrontiert«, antwortete Cordelia mit einem kleinen reuevollen Lächeln. »Ich habe Schwester Ann, sie hat das Sagen, in die Enge getrieben und angefangen, ihr die Leviten zu lesen. Sie sagte mir, daß, wer mit dem Teufel ins Bett geht, sich nicht über heiße Laken beschweren darf. Mit anderen Worten: Geburtenkontrolle mögen sie nicht, aber unsere Arbeit werden sie tolerieren.«

»Glaubst du, sie hat die Wahrheit gesagt?«

»Ja. Ihr hat man auch schon ein paar Flaschen durchs Fenster gefeuert.«

Ich nickte. Ich war mir sicher, daß auch Nonnen logen, aber nur wenn sie glaubten, es für Gott zu tun.

»Willst du sonst noch was wissen?« fragte Cordelia.

Viele Dinge. Nur wenige davon waren relevant für diesen Fall. »Warum ich?« war die Frage, die ich stellte.

Sie setzte sich aufrecht hin, vielleicht erstaunt über meine Frage. Ich war mir nicht sicher.

»Warum engagierst du mich für diesen Job?« ließ ich nicht locker.

»Na ja ... Joanne ... Ich habe mit Joanne und Danny gesprochen. Sie sagten, du seist gut. Außerdem ... dachte ich, daß es besser wäre, wenn eine Frau hier rumschnüffelt als ein Mann. Diese Briefe ... Die Frauen wollen vielleicht nicht mit einem Mann darüber reden. Einem Fremden.« Sie hustete. »Und ...

ich vertraue dir«, sagte sie zum Schluß und drehte den Kopf weg, um mich nicht direkt anzuschauen. »Genug Gründe?«

»Genug«, antwortete ich. »Wann fange ich an?«

»Morgen. Wenn du willst.«

Wir schauten uns über den Schreibtisch hinweg an. Ich wollte.

Es klopfte an der Tür. »Dr. James?« Es war die Krankenschwester Wie-hieß-sie-gleich.

»Kommen Sie rein, Betty«, sagte Cordelia.

Betty stand in der Tür. »Alles ist soweit fertig, und ich bin dann jetzt weg.«

»Gut. Vielen Dank. Betty, das hier ist Michele Knight, eine Privatdetektivin, die engagiert wurde, um diesen Briefen und Anrufen nachzugehen.«

Ich stand auf und streckte meine Hand aus.

»Betty Peterson.« Schwester Betty schüttelte meine Hand ein wenig zögerlich. Es hatte den Anschein, als sei sie es nicht gewohnt, Frauen die Hand zu schütteln. »Freut mich, Sie kennenzulernen«, fügte sie höflich hinzu.

»Ich werde morgen vorbeikommen. Können wir dann zu einem Ihnen angenehmen Zeitpunkt miteinander reden?« fragte ich und kam gleich zur Sache. Sie sah müde aus.

»Ja, klar, ich denke, das geht«, antwortete sie. »Ich sehe Sie dann ja noch. Gute Nacht, Cordelia. Bis morgen.« Betty Peterson ging.

Cordelia hatte sich erhoben und schickte sich ebenfalls an zu gehen. »Oh, hier.« Sie nahm etwas aus ihrer Handtasche. Sie reichte mir einen Scheck. »Ein Vorschuß.«

»Du hast mich nicht nach meinem Honorar gefragt.«

»Ich weiß, was du wert bist.« Sie komplimentierte mich hinaus. Sie knipste das Licht aus und schloß dann die Tür ab. »Ich bin mit Alex zum Essen verabredet. Ich bin sicher, sie hätte nichts dagegen, wenn du mitkommst«, sagte Cordelia, während wir auf den Hauptkorridor traten.

Da war ich nicht so sicher. Ich wußte nicht mal, ob Joanne

Alex erzählt hatte, daß wir miteinander geschlafen hatten. Was ich sicher wußte, war, daß ich den Abend nicht höflich und ungemütlich mit Alex verbringen wollte. Selbst wenn das bedeutete, nicht mit Cordelia zu Abend zu essen. »Ich kann heute abend nicht«, log ich, während wir den Korridor hinuntergingen. »Aber vielleicht ...« Dann hielt ich inne.

Schwester Ann betrat das Gebäude wieder, aber es war nicht ihre Anwesenheit, die mich verstummen ließ. Es war die Frau in ihrer Begleitung – meine Tante Greta. Hier. Und keine Möglichkeit, ihr aus dem Weg zu gehen.

»Machen Sie wieder Überstunden, Dr. James?« rief Schwester Ann Cordelia zu, während sie ihre Bürotür aufschloß.

Es war nicht möglich, daß Tante Greta mich nicht erkannte. Sie sah immer noch genauso aus, denselben vertrockneten und humorlosen Ausdruck ins Gesicht gemeißelt, die Mundwinkel kaum merklich nach unten gezogen, als wäre sie ständig bereit, das Gesicht in Falten zu legen. Ihr Haar war ein staubiges Braun, keine Spur mehr von dem Grau, an das ich mich aus den Jahren erinnerte, die ich bei ihr gelebt hatte.

»Natürlich«, hörte ich Cordelia antworten. »Die Leute werden eben nicht nur zwischen neun und fünf Uhr krank.«

Tante Gretas Lippen zogen sich vollständig nach unten, ihre Augen verengten sich vor Empörung. Sie hatte mich gesehen.

»Schwester Ann«, fuhr Cordelia fort, »ich möchte Ihnen Michele Knight vorstellen. Sie ist eine Privatdetektivin, die einigen Drohbriefen nachgehen wird, die wir erhalten haben.«

»Freut mich, Sie kennenzulernen«, sagte Schwester Ann höflich zu mir. Sie streckte ihre Hand aus, um die meine zu schütteln.

Tante Greta sah drein, als hätte sie einen drei Tage alten Tampon auf der Weihnachtsgans entdeckt. Sie ging dazwischen. »Wie eigenartig, hier auf dich zu treffen, Michele.«

»Ihr kennt euch?« fragte Cordelia.

»Meine Tante Greta«, antwortete ich knapp.

»Ich bin nicht wirklich ihre Tante«, entgegnete sie. »Wissen Sie, wir sind eigentlich nicht miteinander verwandt. Michele wurde, nun, ohne die Segnungen der Ehe geboren. Claudes Bruder LeMoyne nahm sie bei sich auf. Er war ein sehr gütiger Mensch. Natürlich haben wir es nach seinem Tod übernommen, für sie zu sorgen.«

»Ich bin nicht unehelich.« Es war weniger eine Erwiderung auf Tante Greta als eine Erklärung für Cordelia und Schwester Ann.

Tante Gretas Gesichtsausdruck veränderte sich nicht, ihr Lächeln stand unverändert starr auf ihren Zügen. »Ein Zeichen von LeMoynes Güte war, daß er deine Mutter heiratete. Natürlich hat er damit niemanden hinters Licht geführt.« Tante Greta drehte ihren Kopf fast unmerklich zur Seite und zeigte so, daß das Gespräch für sie beendet war.

»Er war mein richtiger Vater. Er hat sich um mich gekümmert, und er hat mich geliebt. Das ist mehr, als —«

»Es ist jetzt nicht die Zeit, Familiengeschichten zu erörtern«, unterbrach Tante Greta abweisend.

»Daran hättest du denken sollen, bevor du mich als unehelich hingestellt hast«, entgegnete ich hitzig.

»Manche Dinge verlangen nach einer Erklärung«, sagte Tante Greta.

Ich antwortete nicht. Mein Vater, der Mann, den ich als meinen Vater betrachtete, hatte die Leute immer in dem Glauben gelassen, daß ich sein Kind war. Einmal, als jemand unverblümt bemerkt hatte, wie verschieden wir aussahen, hatte er entgegnet: »Ja, ich hab' wirklich Glück gehabt. Ich weiß nicht, wie ein sommersprossiger, käsegesichtiger, schütter werdender Kerl wie ich so ein hübsches, braunäugiges Lockenköpfchen wie Micky bekommen konnte. Besonders bei all den Sonntagen, die ich beim Fischen zugebracht habe.« Zu mir sagte er nur: »Ich liebe dich. Für mich bist du mein Kind«, als er mich weinend fand, nachdem Bayard es mir gesagt und mich »Bayou-Bastard von einer Mutter, die ihre Beine nicht zusammenhalten konnte« genannt hatte.

Greta sorgte dafür, daß ich meine Herkunft nie vergaß. Erst dachte ich, sie tat es, um mich zu verletzen, um mich in den Schatten zu stellen. Erst später begriff ich: sie mußte die Leute wissen lassen, daß wir nicht miteinander verwandt waren, weil sie nicht wollte, daß irgend jemand dachte, daß jemand »so Dunkles« wie ich derselben Abstammung war wie sie. Greta sprach es nie aus, aber Bayard nannte mich »Halbnigger«.

»Ach, Michele«, fuhr Tante Greta fort, »wie ich hörte, hast du Weihnachten bei Charles und Alice verbracht. Ich weiß ja nicht, warum du nicht bei uns vorbeigekommen bist. Du weißt, daß du immer willkommen bist.«

»Ich habe das letzte Weihnachtsfest mit Torbin verbracht. Wir waren nur kurz bei seinen Eltern.«

»Ach ja, Torbin. Wie geht es Torbin? Den sehen wir in letzter Zeit auch nicht mehr oft.«

»Torbin geht's gut.« Torbin hatte mich davor bewahrt, *der* Skandal zu sein, indem er Flugblätter mit Ankündigungen seiner Show an alle Familienmitglieder geschickt hatte. Wie er es ausdrückte: »In 'Dezent' und 'Diskret' bin ich durchgerasselt. Aber in 'Skandalös' gebührt mir ein Magna Cum Laude.«

Tante Greta ließ eine Spitze los. »Gut? Oder immer noch wie früher?« Cordelia und Schwester Ann erklärte sie: »Mein Neffe Torbin ist recht extravagant. Er ist Schauspieler.«

»Er ist ein Transvestiten-Star im French Quarter«, führte ich aus.

»Michele«, rügte Tante Greta.

»Tja, so ist es.« Es würde Torbin nicht gefallen, wie Tante Greta ihn unter den Teppich zu kehren versuchte.

»Ich habe Torbin kennengelernt«, sagte Cordelia.

Tante Greta warf ihr einen schnellen Blick zu, dann sagte sie zu mir: »Nun, ich bin froh, daß es Torbin gut geht, aber ich glaube nicht, daß wir sein merkwürdiges Benehmen zur Schau stellen müssen.«

»Warum nicht? Weil du mit ihm blutsverwandt bist?« Ich hatte diesen höflichen Eiertanz auf einmal satt.

Cordelia nahm mich sanft beim Arm. »Michele! Das war nicht nötig.« Sie zog mich weg, bevor das Ganze noch weiter eskalierte. Auf dem Weg zum Parkplatz sagte sie: »Micky? Bist du okay?«

»Tut mir leid«, murmelte ich.

»Nein, mir tut es leid. Ich wußte ja nicht ...«

»Ich hätte sie gar nicht an mich heran lassen sollen.«

»Du warst nicht darauf gefaßt, sie hier zu treffen«, sagte Cordelia.

»Trotzdem ... Nach all der Zeit sollten die mir nichts mehr ausmachen.«

»So funktioniert das aber nicht«, erwiderte sie sanft.

»Sollte es aber. Irgendwann muß man doch damit aufhören, die Vergangenheit ständig hinter sich herzuschleppen.«

Cordelia sagte hitzig: »Ich weiß. Ich wünschte ... Tut mir leid, daß das passiert ist.« Sie legte eine Hand auf meine Schulter.

»Paß lieber auf. Die beobachten uns wahrscheinlich.« Der Parkplatz war auf Schwester Anns Seite des Gebäudes.

»Na und?« Cordelia bewegte ihre Hand nicht.

»Danke.«

»Bist du sicher, daß du kein Abendessen willst?«

»Mir ist der Appetit vergangen«, antwortete ich. »Trotzdem danke. Vielleicht ein andermal.«

»Wirst du wieder?«

»Ich habe acht Jahre bei ihr gelebt. Zehn Minuten machen da auch nichts mehr.«

»Das ist keine Antwort auf meine Frage.«

»Ich werd' schon wieder. Ich seh' dich morgen.« Ich schloß die Autotür auf. »Viel Spaß beim Essen.«

Sie lehnte sich nach vorne und ließ ihre Lippen leicht über

meine Wange gleiten. Dann drehte sie sich weg und ging über den Parkplatz zu ihrem Auto hinüber. Ich stieg ein und fragte mich, ob Tante Greta und Schwester Ann uns wohl beobachtet hatten. Ich hoffte, daß Cordelia es am Ende nicht bereuen würde, bei mir gestanden zu haben. Ich fuhr los, wollte nicht, daß sie dachten, ich würde auf Cordelia warten. Aber ich blieb neben der Ausfahrt stehen, bis ich sah, daß Cordelia sicher in ihrem Auto saß und den Wagen startete. Ich winkte, nicht sicher, ob sie es sah, und fuhr dann los.

Achtes Kapitel

Gegen halb neun erreichte ich die Klinik in der Hoffnung, dort zu sein, bevor der Betrieb richtig losging. Aber das Wartezimmer war bereits voll besetzt. Ich überlegte und entschied, daß ich in bezug auf diesen Fall Carte Blanche hatte, bis mir anderes gesagt wurde. Also begann ich mit einem Rundgang.

Offenbar war das Haus tatsächlich gemäß seiner Nutzung genau in der Mitte geteilt — Katholiken auf der Westseite, gottlose Kommunisten auf der Ostseite, in der Mitte der Korridor als neutrale Zone oder Fegefeuer, je nach Weltanschauung.

An beiden Enden des Gebäudes gab es Treppen. Ich erklomm die mir am nächsten gelegene. Hier oben war nicht viel renoviert. Die Klassenzimmer waren eindeutig Klassenzimmer, komplett mit Original-Graffitis. In einigen Räumen standen noch Stühle in leerem Kreis oder die Tafeln waren bekritzelt, gaben Zeugnis davon, daß sie noch vor recht kurzer Zeit benutzt worden waren. Ich lief durch alle Räume. Nur in einem von ihnen war etwas gemacht worden, nämlich die Farbe abgekratzt, in den anderen kam die Tapete von den Wänden und warf Blasen, das typische Anstaltsgrün wellte sich und enthüllte darunter ein stumpferes Anstaltsgrün.

Ich schaute aus einem Fenster. Dies war die Klinikseite. Sie überblickte einen verwahrlosten Rasen, der an einen Eisenzaun grenzte, dann einen breiten, aber rissigen und unebenen Bürgersteig und die Straße. Der schmiedeeiserne Zaun, eine schäbige Armee von Speeren, von denen einigen die Spitze fehlte, war in eine niedrige Steinmauer eingelassen und ließ den gesamten Zaun eine Höhe von etwa zweieinhalb Metern erreichen. In seiner Glanzzeit, frisch gestrichen und geputzt, hatte er wahrscheinlich sehr wirkungsvoll dafür gesorgt, daß die Außenwelt auch wirklich außerhalb dieser Schule blieb. Oder die Schüler und Schülerinnen drinnen. Doch jetzt endete er unvermittelt auf halber Länge. Was immer da einmal weitergeführt hatte, ob weiter die Straße entlang oder rechtwinklig abbiegend, um das Grundstück einzugrenzen, war verschwunden. Die Straße jenseits des Zauns war eine ruhige Nebenstraße, die zu der geschäftigeren Allee führte, die man durch die Vordertür erreichte.

Ich durchquerte das Gebäude und ging zum gegenüberliegenden Fenster. Diese Seite überblickte den Parkplatz. Die weißen Linien, die früher die Parkordnung markiert hatten, waren bis zur Unkenntlichkeit abgenutzt. Jenseits des Parkplatzes standen ein paar Bäume, einer davon eine stattliche Eiche, stolz und herausfordernd neben dem leicht beschädigten Asphalt, dahinter ein unbebautes Grundstück.

»Kann ich Ihnen helfen?«

Ich wandte mich um. Schwester Ann. »Nein. Wie Ihnen

meine Tante Greta bestimmt schon mitgeteilt hat, ist mir nicht zu helfen.«

»Niemandem ist gar nicht zu helfen. Ich hörte Schritte über mir und bin heraufgekommen, um nachzusehen, wer hier ist«, erklärte sie.

»Haben Sie irgendwelche merkwürdigen Briefe bekommen?« fragte ich. Ich wollte nicht über den Stand meiner Hilflosigkeit diskutieren.

»Ich? Nein«, antwortete sie. »Was machen Sie hier oben?«

»Ich? Mich umsehen.« Eine kurzangebundene Antwort verdiente eine ebensolche. »Irgend jemand aus Ihrem Team? Irgendwelche Drohanrufe?« Ich ließ nicht locker.

Sie schaute mich einen Augenblick lang an, als treffe sie eine Entscheidung. »Ich bin nicht sicher«, sagte sie schließlich.

»Nicht sicher?« hakte ich nach.

»Es wurde nicht ausgesprochen. Das würde Schwester Fatima nicht tun. Aber ... ich glaube, es war letzte Woche. Ich sah sie einen Brief öffnen, ihr Gesicht wurde blaß, und sie warf ihn schnell in einen Papierkorb. Könnte das einer Ihrer Briefe sein?«

»Wo ist Schwester Fatima jetzt? Wird sie mit mir reden?«

»Das bezweifle ich. Sie hat nicht einmal mit mir gesprochen. Schwester Fatima ist in den Siebzigern, und die gute Seele lebt in einem vornehmeren Zeitalter.«

Ich nickte, erinnerte mich an einige der älteren Nonnen, die ich kennengelernt hatte. Ich fragte mich, warum Schwester Ann beschlossen hatte, meine Fragen zu beantworten. »Sonst noch jemand?«

»Nicht, daß ich wüßte«, antwortete sie. »Aber ... ich habe vor ein paar Tagen einen merkwürdigen Anruf bekommen.«

»Merkwürdig? Inwiefern?«

»Er war nicht bedrohlich, wenigstens fühlte ich mich nicht bedroht. Aber es war jemand, der meinen Namen kannte, denn er nannte ihn. Dann fragte er: 'Warum sind Sie Nonne geworden?' und legte auf.«

»Das ist alles?«

»Ja«, antwortete sie.

»Warum beantworten Sie meine Fragen?« Ich konnte mir nicht erklären, daß sie freiwillig in einem Raum mit mir war. Nicht nach Tante Gretas Sermon.

»Ich mißbillige anonyme Briefe. Ich hoffe, Sie können etwas dagegen tun.« Sie wandte sich zum Gehen.

»Danke, Schwester.«

Sie lächelte mir zu und verließ das Zimmer. Wahrscheinlich angenehm überrascht, daß ich wußte, wie man 'Danke' sagt, nachdem sie Greta Robedeauxs Version über mich gehört hatte.

Ich ging wieder nach unten. Die Kindertagesstätte war mittlerweile voll und trubelig. Die Leute quollen aus dem Wartezimmer der Klinik bis auf den Korridor hinaus. Ausgeschlossen, Cordelia jetzt zu sprechen.

Ich ging durch die Hintertür hinaus. Dort gab es einen Fußweg, der zu nichts weiter führte als einem ausgefransten Streifen Wildkraut und Sträuchern, die den Besitz umgrenzten. Der Rasen der Klinik, obwohl auch er keine Preise für Gartengestaltung gewonnen hätte, zeigte wenigstens Anzeichen davon, daß er vor nicht allzu langer Zeit gemäht worden war. Ganz im Gegensatz zu dem Grundstück hinter dem Haus. Zwischen dem dichten Grün hier hinten ließ sich alles mögliche verbergen.

Dann fielen mir Fenster in Bodennähe auf. Ein Keller? Ich hatte im Erdgeschoß keine Kellertür gesehen. Ich ging auf der Suche nach einem Weg hinein um das Gebäude herum. Kein Eingang zu finden. Es wäre sehr leicht gewesen, durch fast jedes der Fenster einzusteigen. Einige hatten zerbrochene Glasscheiben, die meisten Rahmen sahen verzogen und verrottet aus. Aber ich beschloß, es erstmal auf legalem Weg zu versuchen.

Ich trat durch die Hintertür wieder ins Gebäude. Und weil ich danach suchte, fand ich unter der Treppe eine Tür. Mit einem Schloß davor. Unter einer schlechtbeleuchteten Treppe war ich in Sachen Einbruch weniger zögerlich als auf einem taghellen Hof, also rüttelte ich an dem Schloß, um herauszufinden, wie sicher es war. Wer auch immer hier die Verantwortung für Schlösser trug, hatte sich mit dem Anschein zufriedengegeben. Das Schloß war nicht eingeschnappt. Ich steckte es vorbeugend in die Tasche, damit sich niemand für einen realistischeren Effekt entschied, solange ich im Keller war.

Ich mußte ein wenig umhertasten, um den Lichtschalter zu finden. Eine Glühbirne für die Stufen, einige weitere auf den Keller verteilt. In der Kategorie Keller grenzte dieser ans Triste — unbefestigter Boden und dieses alles durchdringende feuchte Gefühl, das so nah am Meer überall unter der Erdoberfläche entsteht. Die Decke war niedrig, wenige Zentimeter über meinem Kopf, und übersät von Spinnweben. Einige der Balken und Rohre hingen so tief, daß sie mir ganz bestimmt Kopfschmerzen bescherten, wenn ich nicht aufpaßte. Im Abstand von etwa vier, fünf Metern standen massive Ziegelsteinpfeiler. Ich ging ein wenig herum, achtete darauf, immer in der Nähe des funzligen Lichts zu bleiben, das durch die fingerdick mit Schmutz verschmierten Fenster oder von den wenigen Glühbirnen kam. Wenn ich eine Ratte wäre, würde ich in genau dieser Art von Keller leben wollen. Für Lagerungszwecke war es zu feucht. Der Traum eines jeden Pilzezüchters vielleicht. Das war so ungefähr alles.

Ich ging wieder nach oben, steckte das Schloß wieder auf die Tür und verschloß es ganz vorsichtig nicht. Da unten gab es nichts zu klauen.

»Micky Knight. Was tust du denn hier?«

Ich drehte mich um und erblickte eine weißuniformierte Gestalt. Millie Donnalto. Sie lebte mit Hutch Mackenzie zusammen, Joannes Kollegen. »Millie. Würdest du mir glauben, daß Hutch mich beauftragt hat, dich zu beschatten?«

»Ganz bestimmt nicht«, antwortete sie und nahm mich fest in die Arme.

»Wie wär's dann damit, daß ich mich total in dich verknallt habe und dir überall hin folge?«

»Noch unwahrscheinlicher.« Sie lachte und drückte mich nochmal, um zu zeigen, daß sie kein lüsternes Verhalten meinerseits befürchtete.

Ich mochte Millie. Weil sie, eine vollkommen heterosexuelle Frau, keinerlei Scheu hatte, eine berüchtigte Lesbe wie mich auf einem öffentlichen Korridor zu umarmen. Nicht mal da, wo Nonnen und ähnliche Gestalten hin- und herliefen. »Ich arbeite«, erklärte ich, als sie mich losließ. »Hast du in letzter Zeit fiese Briefe bekommen?«

»Ach, das«, sagte sie. »Meinen ersten vor zwei Tagen. Häßliche Dinger.«

»Kann ich ihn sehen?«

»Tut mir leid, hab' ihn auf den Müll geschmissen.«

»Schade. Willst du mir sagen, was drin stand?«

»Sicher. Aber nicht hier. Komm mit.«

Millie führte mich den Korridor entlang in den Lagerraum der Klinik. Sie schloß die Tür hinter uns. »Die Kleinen aus der Tagesstätte haben große Ohren«, erklärte sie.

»Also war es was Drastisches.«

»Obszön, im fiesesten Sinne der Bedeutung. Jedenfalls«, fuhr sie fort, »hat der Absender sich ausführlich über meine ... ähm ... Vorliebe für Männer mit großen Genitalien ausgelassen.«

»Also hat der Absender Hutch schon mal gesehen.« Hutch war mindestens zwei Meter groß und hatte das Kreuz eines Möbelpackers.

»Glaub' schon. Kein schöner Gedanke. Ich weiß, daß Bernie, unsere Verwaltungsassistentin, einen bekommen hat, weil ich gesehen habe, wie sie ihn verbrannte.«

»Hat sie irgend etwas dazu gesagt? War er auf einem billigen Nadeldrucker ausgedruckt?«

»Ja und ja. Sie lebt bei ihrer Mutter. Sie ist neunzehn und spart für ihre Ausbildung. Ihr Kommentar war in etwa: 'Wie kann nur jemand denken, meine Mutter und ich…', dann war's verbrannt und sie mußte es fallenlassen.«

Ich nickte. Ich würde Bernie danach fragen.

»Ekelhaftes Zeug«, bemerkte sie. »Es hinterläßt ein unangenehmes Gefühl, als ob uns jemand beobachtet.« Sie schüttelte den Kopf. »Das heißt, daß es keine zufällige Auswahl ist, nicht wahr?«

»Sieht so aus. Es kann nicht schaden, eine Zeitlang auf Nummer Sicher zu gehen. Geh hier nirgendwo allein hin, geht zu mehreren nach Hause. Du kennst die Übung ja.«

»Ja, leider. Das macht mich schon nervös, das kann ich dir sagen. Und ich bin froh, daß du hier bist.«

»Danke.« Ich lächelte.

Die Tür flog auf. Krankenschwester Betty trat ein. Sie schaute von mir zu Millie, dann auf den Boden, während ihre Wangen sich leicht röteten. Ich fragte mich, wie mein Ruf mir so schnell vorausgeeilt war. »Äh… tut mir leid… ich müßte… da sind sie ja«, stotterte Betty und griff nach einer Schachtel Gummihandschuhe, die auf einem der Regale stand.

»Danke, Millie«, sagte ich. »Grüß Hutch von mir.« Ich drehte mich zu Schwester Betty um. »Vielleicht könnten Sie mir ein paar Fragen beantworten.«

Millie zwinkerte mir hinter dem Rücken der errötenden Schwester Betty zu, nahm ihr die Handschuhe ab und ging hinaus. Um Bettys Unbehagen komplett zu machen, schloß ich die Tür.

»Haben Sie irgendwelche obszönen Briefe bekommen?«

Die geschlossene Tür machte sie nervös. »Tut mir leid, ich habe jetzt zu tun.«

»Die Zeit, die es gebraucht hat, mir zu sagen, daß Sie zu tun haben, hätte gereicht, um mir zu antworten.«

Sie schaute die Tür an, dann mich direkt daneben. »Ja, hab' ich«, sagte sie schließlich, sichtlich nicht willens, mir so nah zu kommen, daß sie durch die Tür hätte gehen können.

»Haben Sie ihn noch?«

»Ich habe ihn Cor... Dr. James gegeben«, antwortete sie, schlug den formellen Weg ein.

Ich erinnerte mich an den Brief, einer von denen, die Cordelia mir gezeigt hatte. Er war an Peterson, staatlich geprüfte Krankenschwester, gerichtet und kommentierte ihre unersättliche Sexgier, beschuldigte sie, jede Nacht mit einem anderen Mann zu schlafen. »Ist da was Wahres dran?« fragte ich.

»Nein, natürlich nicht.«

»Nein?«

»Nein«, erwiderte sie wütend. »Dieser ... dieser Dreck ist schon schlimm genug. Ihre häßlichen Anschuldigungen brauche ich nicht auch noch.«

»Keine Anschuldigungen, bloß Fragen«, antwortete ich lakonisch. Ich bemerkte ein kleines Kreuz um ihren Hals.

»Nein, ich schlafe nicht herum. Das ist für Sie sicher schwer zu verstehen, aber ich glaube an die Heiligkeit der Ehe, und ich bin ...« Dann war ihre Empörung verpufft und sie errötete wieder.

»Noch Jungfrau?« schlug ich vor.

»Das finden Sie sicher amüsant«, erwiderte sie abwehrend.

»Nein. Mir geht es nur darum, daß Menschen wählen können, was für sie selber richtig ist. Ohne den Spott und die Intoleranz derer, die nicht mit ihnen übereinstimmen.«

»Ach, es tut mir leid. Ich schätze, ich bin einfach durcheinander. Diese Anschuldigungen ...«

»Sind wirklich widerlich. Haben Sie Telefonanrufe bekommen?«

»Nein, nur diesen einen Brief.«

Ich öffnete die Tür. »Vielen Dank«, sagte ich, während sie hinausging.

»Gern geschehen«, antwortete sie, höflich genug, um wirklich noch Jungfrau zu sein.

Ich erwischte die Verwaltungsassistentin Bernice zwischen Patientinnen und Schreibarbeit. Sie bestätigte Millies Geschichte und steuerte einen weiteren Brief bei, den sie ebenfalls verbrannt hatte. Sie bestätigte darüber hinaus, daß der Brief in einem Punkt zutraf: sie lebte bei ihrer Mutter. Und wie Cordelia hatte sie einen Anruf bekommen. Ihren Namen, dann 'Motherfucker', war alles, was er gesagt hatte, bevor er auflegte. Sie erklärte mir das Telefonsystem. Jede der Ärztinnen, Cordelia und zwei andere, die teilzeitbeschäftigt waren, hatten in ihren Büros ein Telefon mit Privatanschluß. Auf ihrem Schreibtisch stand ein weiteres Telefon, außerdem eins hinten. Nur der Hauptanschluß stand im Telefonbuch. Sowohl Cordelia als auch Dr. Bowen hatten Anrufe über ihre Privatanschlüsse bekommen.

Dr. Bowen war nicht da, aber ich hatte den Brief noch im Kopf, den Cordelia mir gezeigt hatte. Er unterstellte, daß ihr Mann sich von ihr scheiden ließ, weil er sie dabei erwischt hätte, wie sie ihren Sohn beim Baden betatschte.

Bernice sagte mir, daß Dr. Bowen in der Tat gerade eine schmutzige Scheidung durchmachte. Und fügte hinzu, daß der Gedanke, Jane Bowen könnte eine Kinderschänderin sein, absurd war.

Ich dankte Bernie — sie bestand darauf, daß ich sie so nannte — und ließ sie wieder an ihre Arbeit.

Das Wartezimmer leerte sich, da es Mittagszeit war. Ich hatte Cordelia einmal gesehen, als sie zwischen zwei Behandlungszimmern hin- und herging, aber sie hatte mich nicht gesehen. Ich trat wieder auf den Hauptkorridor hinaus und beschloß, zu warten und kurz mit ihr zu plaudern. Sie sollte wenigstens sehen, daß ich hart arbeitete.

Ich schlenderte den Gang hinunter, schaute in alle Türen hinein, versuchte, ein Gefühl dafür zu bekommen, wer wohin gehörte. Als ich an Schwester Anns Tür vorbeikam, winkte sie mich herein.

»Ich dachte, Sie wüßten das vielleicht gerne«, sagte sie, als ich eintrat. »Ich habe heute einen bekommen.«

Sie reichte mir einen Brief, ausgedruckt auf einem billigen Nadeldrucker.

Meine Oh-So-Liebe Schwester Ann,
Sie waren nicht immer so eine artige Nonne, nicht wahr? Wir kennen die Dinge, die Sie gern taten, bevor Sie dieses praktische Gewand anzogen. Wir wissen, daß Sie diese Dinge immer noch tun. Wir wissen, was unter Ihrem Rock vor sich geht.

Der Brief fuhr fort mit genauen Beschreibungen dessen, was sie unter ihrem Rock tat. Er endete mit einer Drohung. »Seien Sie vorsichtig, sonst werden wir Gott helfen, Sie für Ihre Sünden zu bestrafen.«

Ich gab ihn ihr zurück.

»Soll ich die Polizei rufen?« fragte sie.

»Wenn Sie wollen. Die wären vielleicht in der Lage, Maßnahmen zu ergreifen, die außerhalb meiner Möglichkeiten liegen. Aber ich bezweifle, daß obszöne Briefe ganz oben auf deren Pioritätenliste stehen.«

Sie nickte. »Wohl wahr.«

»Ist irgend etwas... diese Frage wird Ihnen nicht gefallen«, warnte ich vor, »etwas Wahres dran an diesem Brief?«

»Nein, ich denke nicht. Warum fragen Sie?«

Ich erzählte ihr von den anderen Briefen.

Sie nickte und warf noch einmal einen Blick darauf, legte ihn dann schnell beiseite. »Vielleicht«, sagte sie. »Ich bin erst in meinen Zwanzigern Nonne geworden. Für kurze Zeit war ich sogar mal verlobt.«

»Mit einem Mann?« entfuhr es mir. Nonnensexualität gehörte nicht zu den Dingen, in denen ich sehr bewandert war.

»Ja, mit einem Mann«, erwiderte Schwester Ann.

»Oh. Was ist passiert?«

Schwester Ann antwortete langsam. »Etwas änderte sich... Nein, ich schätze, ich änderte mich. Was ich wollte, veränderte sich.«

»Was geschah mit ihm?«

»Randall? Ich habe... schon lange nicht mehr an ihn gedacht. Nachdem ich mein Gelübde abgelegt hatte, habe ich jeden Kontakt zu ihm abgebrochen. Ich weiß nicht, was aus ihm geworden ist.«

»Haben Sie …« Dann kam ich ins Stottern, weil mir klar wurde, was ich da eigentlich fragen wollte. All mein Nonnentraining kam zum Vorschein. Man konnte sie ganz gewiß nicht nach Sex aus der Zeit vor der Berufung fragen. »Schon gut«, sagte ich schließlich.

»Der Brief übertreibt natürlich, wie die anderen auch. Aber ich kann nicht behaupten, ich wäre noch ungeküßt. Irgendwie hat der Briefeschreiber etwas über meine Unentschlossenheit, Nonne zu werden, herausgefunden. Und es dann zur Unkenntlichkeit entstellt«, beantwortete sie die unausgesprochene Frage.

»Tut mir leid«, entschuldigte ich mich, um sie wissen zu lassen, daß ich nur im Zuge der Pflichterfüllung Nonnen mit so etwas behelligte.

»Das ist völlig in Ordnung. Es verdeutlicht ein gewisses Muster dieser Briefe. Der Schreiber bringt etwas über die Person in Erfahrung, verwendet das im Brief und setzt noch ein paar sexuelle Anspielungen drauf.«

»Etwas mehr als Anspielungen«, ergänzte ich.

»Etwas mehr«, wiederholte Schwester Ann.

»Kann ich eine Kopie davon machen?«

»Sicher, wenn Sie wollen.«

»Danke.«

Ich nahm den Brief an mich und ging zurück zur Klinik. Das Wartezimmer war jetzt leer. Im Büro gab es einen Kopierer. Da die anonyme Gönnerin, die mich beauftragt hatte, vermutlich auch den Kopierer gekauft hatte, fühlte ich mich berechtigt, ihn zu benutzen, ohne vorher um Erlaubnis zu bitten. Es war sowieso niemand da, den ich hätte fragen können. Ich ging an Bernies Schreibtisch vorbei ins Büro.

Dann sah ich Krankenschwester Peterson hinter einem der Aktenschränke knien. Sie zuckte zusammen, als sie mich sah. Schon wieder war sie mit einer Lesbe allein im Raum.

»Tut mir leid, wenn ich Sie erschreckt habe«, sagte ich, während ich den Kopierer anwarf.

»Ich habe Sie nicht reinkommen hören«, antwortete sie.

»Turnschuhe.«

»Oh … natürlich«, antwortete sie, richtete sich auf und ging dann an mir vorbei nach draußen.

»Ist Cordelia in der Nähe?« fragte ich.

»Sie ist vor etwa zehn Minuten gegangen.«

»Mittagessen?«

»Nein, ins Krankenhaus, um dort nach ihren Patientinnen zu sehen. Sie sollte zur Sprechstunde um halb drei eigentlich wieder hier sein.«

Schwester Peterson entfernte sich. Ich machte meine Kopie, enttäuscht, daß ich Cordelia verpaßt hatte.

Tja, inzwischen war klar, warum Cordelia mich engagiert hatte, dachte ich auf dem Weg zurück zu Schwester Anns Büro. Weil ich eine Frau war, und aus keinem anderen Grund. Die Frauen, und bisher schienen es nur Frauen zu sein, die diese Briefe bekommen hatten, würden sicher mit keinem fremden Mann über den Inhalt reden.

Ich gab Schwester Ann den Brief zurück und dankte ihr. Dann ging ich zu meinem Auto und versuchte zu entscheiden, was als nächstes zu tun war. Cordelia würde ein paar Stunden weg sein. Ich wollte Andy anrufen und ihn nach Druckern fragen, ich wollte auch mit Elly reden, aber sie würde erst heute abend hier sein. Es war an der Zeit, in mein Büro zurückzufahren. Cordelia konnte ich morgen erwischen, entschied ich.

Ich kurvte noch ein wenig in der Gegend herum, es mochte ja sein, daß ich zufällig jemanden mit Laptop und tragbarem Nadeldrucker dabei erwischte, wie er heimtückische Blicke auf die Klinik warf. Dies Glück war mir nicht beschieden.

Ich fuhr nach Hause.

Ich hinterließ Botschaften bei Andy und Elly, erreichte beide nicht. Kurz schwelgte ich in der Vorstellung, daß Danny sich fragen würde, was ich wohl von Elly wollte, dann fiel mir ein, daß Cordelia Danny bestimmt erzählt hatte, daß ich den Briefen nachging.

Danach tat ich aufregende Dinge wie Mittagessen zubereiten, die Katze füttern und Rechnungen zu kleinen Bergen auftürmen. Den Muß-sofort-bezahlt-werden-sonst-geht's-mir-an- den-Kragen-Berg auf der einen Seite und den Bisher-noch-keine-Androhung-von-Schlägertrupps-Berg auf der anderen.

Das Telefon klingelte. Es war Joanne. »Kann ich rüberkommen?«

»Klar. Wann?«

»Sechs oder sieben. Geht das?«

»Das ist in Ordnung.«

»Bis nachher. Danke.«

Sie legte auf. Ich hatte mich schon gefragt, ob sie wirklich anrufen würde. Oder ob ich nur einfach … griffbereit gewesen war. Ich war immer noch nicht sicher. Ich fragte mich auch, warum sie mir dankte.

Ich ging zum Duschen ins Badezimmer. Ich würde mir darüber keine Gedanken machen.

Neuntes Kapitel

Joanne kam kurz nach sechs. Sie sagte nicht viel, aber das tat ich auch nicht. Wir liebten uns, halb auf meiner Couch und halb auf dem Wohnzimmerboden. Dann gingen wir ins Schlafzimmer, zur Klimaanlage. Wir liebten uns wieder, und selbst in der Kühle des Schlafzimmers wurden unsere Körper heiß und verschwitzt. »Bist du hungrig?« fragte sie, als wir fertig waren, und wandte sich mir zu.

»Ein bißchen.«

»Dann los«, sagte Joanne und setzte sich auf.

»Nein, warte ... Ich würde ganz gern noch ein bißchen hier liegenbleiben.« Ich wollte nach unserem Liebemachen nicht so unvermittelt aufspringen, als wäre es nur ein körperliches Bedürfnis gewesen, das jetzt befriedigt war.

Ich spürte, wie sie sich wieder neben mir ausstreckte. »Es tut mir leid«, sagte sie. »Manchmal bin ich so drauf aus, die Dinge erledigt zu bekommen, daß ich vergesse, daß es Momente gibt, in denen es darum gar nicht geht.«

Sie legte ihre Arme um mich. Ich kuschelte mich in ihre Umarmung, ließ sie mich einen Augenblick halten. »Abendessenszeit«, sagte ich dann und löste mich von ihr.

»Danke«, sagte Joanne.

»Wofür? Daß ich dich endlich essen lasse?« scherzte ich.

»Daß du mich dich festhalten läßt.«

»Ich …« Ich war schon dabei, noch einen Witz zu machen, so was in der Art von: mir ist es auch gekommen, aber das war nicht, was sie meinte. »Ich … danke dir. Manchmal ist es schön, gehalten zu werden.«

»Ja, stimmt«, antwortete Joanne. »Jetzt aber nichts wie los. Irgendwohin, wo es in mehr als einem Raum eine Klimaanlage gibt.«

»Preiswert«, verlangte ich.

»Natürlich.« Joanne wußte, daß ich mich nicht zweimal hintereinander von ihr einladen lassen würde.

Nach dem Essen blieben wir noch auf einen Kaffee sitzen. Ich erzählte Joanne von den Briefen. Auch sie mochte die Treffsicherheit einiger Details darin nicht. Sie bot an, herauszufinden, ob es Unterlagen über einen anonymen Briefeschreiber gab, der einen Computer für seine Schriftstücke bevorzugte.

Dann gab es eine Pause. In die hinein ich eine Frage stellte, die mich schon länger quälte. »Was ist mit Alex?«

Joanne schaute mich an. »Ich brauche das hier«, sagte sie. »Ich … entweder versteht sie's oder sie versteht es nicht.« Sie zuckte die Achseln und beendete das Thema. Wir bezahlten die Rechnung und gingen.

»Zeig mir die Klinik«, sagte Joanne, als wir ins Auto stiegen.

Ich erklärte ihr die Richtung, froh, daß es sie interessierte.

Die Gegend hatte sich mit der Dunkelheit verändert. Die Gebäude, schäbig am Tag, bekamen nachts ein verlassenes, bedrohliches Aussehen. Verriegelt und verschlossen, drang nur wenig Licht nach draußen. Auf den düsteren Straßen war niemand zu sehen. Die Laterne an der Ecke funktionierte nicht. Ich konnte nicht sagen, ob Vandalen sie zertrümmert hatten oder ob es nur die Nachlässigkeit der Stadt war. Wir fuhren langsam an der Vorderseite des Gebäudes vorbei, bogen dann in die Seitenstraße ein, die an das Haus grenzte.

»Sollte da jetzt Licht brennen?« fragte Joanne.

»Ich weiß nicht. Heute abend gibt es verlängerte Öffnungszeiten, aber doch sicher nicht mehr so spät.« Es war nach zehn.

»Laß uns mal nachsehen.« Joanne parkte den Wagen. »Denk dran, keine Heldentaten«, ermahnte sie mich beim Aussteigen.

»Nein, Ma'am, Sergeant, Sir.«

Sie warf mir einen strengen Blick zu, sagte aber nichts. Wir gingen um den Zaun herum auf den Hof. Es sah so aus, als wäre das Licht drinnen auf dem Korridor eingeschaltet. Lichtkeile erschienen in mehreren Türrahmen. Joanne schickte mich die Straßenseite entlang, während sie sich zu der Seite aufmachte, die an das leerstehende Grundstück grenzte. Ich bemerkte, daß sie ihre Waffe gezogen hatte.

Ich schlich langsam am Gebäude entlang, lauschte auf Geräusche, die mir anzeigen würden, daß es sich hier um etwas anderes handelte als ein Nachtlicht. Doch es war ein Anblick und kein Geräusch, der unseren Verdacht bestätigte.

Keine zwei Meter von mir entfernt glitt ein Fuß geräuschlos aus einem der Fenster.

Falls es nicht jemand vom Team war, der Fassadenkletterei als Hobby betrieb, dann gehörte der Fuß zu jemanden, der nicht in dieses Gebäude gehörte.

Keine Heldentaten, hatte Joanne gesagt. Da diese Gestalt kurz davor stand, mir auf den Kopf zu steigen, war das Memmenhafteste, das ich tun konnte, ihn zu schnappen, bevor er mich sah.

Ich ergriff den herabbaumelnden Fuß und zog. Ich hatte die vage Hoffnung, daß an dem Bein keine Hand samt Pistole hing, andererseits war es genauso leicht, mich von hinten zu erschießen, während ich wegrannte, um Joanne zu finden.

Der Fuß gehörte zu einem sehr kräftigen Bein. Es trat und entwand sich meinem Griff, verschwand dann wieder im Fenster.

Ich sprang hoch, hielt mich an der Fensterbank fest und wuchtete mich nach oben. Ich erhaschte einen Blick auf den

Umriß des Körpers, der zum Fuß gehörte, als er durch die Tür hinaus auf den erleuchteten Korridor lief. Ich kraxelte durchs Fenster und rannte hinterher.

Gerade als ich die Tür erreicht hatte, ging das Licht auf dem Korridor aus. Ich konnte nichts mehr sehen. Ich konnte nicht stehenbleiben und warten, bis meine Augen sich der Dunkelheit anpaßten — wer auch immer dort war, mußte mich gesehen haben. Ich schob mich langsam nach hinten in den Raum zurück. Dann hörte ich rechts von mir ein Geräusch, vielleicht sechs Meter den Korridor hinunter. Wenn du sie nicht sehen kannst, dann können sie dich auch nicht sehen. Ich lief darauf zu, in der Hoffnung, gegen etwas Weiches und Menschliches zu prallen.

Ein leises Schlurfen ging dem Geräusch meines Herannahens voraus und zeigte mir so den genauen Standort meines Ziels. Die Spitze meines Ellbogens landete in jemandes Magengrube. Er fiel mit einem Ächzen gegen die Wand. Dann fühlte ich ein Knie in meiner Leistengegend. Dieser Körper war ziemlich groß, und er weiß, wie man kämpft, dachte ich, während ich mich bückte. Ich wirbelte aus seiner Reichweite. Für einen Augenblick dachte ich daran, Joanne zu rufen, tat es aber nicht, weil das bloß meinen Standort verraten hätte. Außerdem hatte Joanne das Poltern bestimmt gehört, und mein Geschrei würde sie auch nicht schneller herbringen.

Dann wurde ich angegangen, mein Angreifer tat mir an, was ich gehofft hatte, ihm anzutun. Wir lagen auf dem Boden, er obenauf. Er versuchte meine Arme zu packen, aber ich riß mich los. Dann packte ich mit der linken Hand seine Schulter und stieß ihn weg. Und was noch wichtiger war: es gab mir einen ziemlich genauen Eindruck davon, wohin ich zielen mußte, um seine Nase zu treffen. Meine rechte Hand holte aus, bereit, zuzuschlagen.

Die Lichter gingen an.

Joannes amtliche Stimme hallte durch den Korridor. »Halt! Polizei!«

Ich schaute meinen Angreifer an, entschlossen, erst einzuhalten, *nachdem* ich ihm auf die Nase geschlagen hatte, und nicht vorher.

Ich bremste gerade noch rechtzeitig ab und streifte nur leicht ihr Kinn, statt ihr die Nase zu brechen. »Micky!« sagte Cordelia, genauso überrascht, auf mir zu sitzen, wie ich, unter ihr zu liegen.

»Oh, Mist! Bist du in Ordnung?« rief ich aus, fragte mich, wieviel Schaden der Schlag angerichtet hatte.

»Alles bestens. Tut mir leid«, sagte sie, während sie von mir herunterstieg. »Hier, laß mich dir helfen. Bist du verletzt?« Sie streckte eine Hand aus und half mir beim Aufstehen.

»Nur mein Stolz«, murmelte ich. »Bist du da eben aus dem Fenster geklettert?« fragte ich, erinnerte mich an den baumelnden Fuß.

Joanne kam zu uns herüber. »Was ist passiert?« steuerte sie bei.

»Du hast jemanden aus dem Fenster klettern sehen?« fragte Cordelia.

Ich nickte. Wir tauschten unsere Geschichten aus. Cordelia hatte bis kurz nach neun Patientinnen versorgt, war dann noch geblieben, um ein paar Schreibarbeiten zu erledigen. Sie hatte gesehen, wie das Korridorlicht angegangen war, und Geräusche gehört. Sie habe sich keine allzu großen Sorgen gemacht, erklärte sie, da oft noch so spät Leute hier waren. Sie war rausgekommen, um nachzusehen, die Lichter gingen aus, und ich hatte mich auf sie gestürzt.

Joanne hatte den Krach gehört, war durch die Vordertür hereingekommen, die sie unverschlossen vorgefunden hatte.

Ich war die einzige, die noch jemand anders gesehen hatte. Cordelia wies darauf hin, daß die Vordertür nicht unverschlossen hätte sein dürfen. Der Eindringling war wahrscheinlich auf diesem Weg rausgekommen.

»Wer auch immer es war, jetzt ist er fort«, bemerkte Joanne. »Laßt uns nachsehen, ob er irgend etwas mitgenommen hat.

Cordelia, überprüf du die Klinik. Micky, du den Rest dieser Etage. Ich geh' nach oben.« Sie ließ uns keine Zeit zu widersprechen und lief die Treppe hinauf, hielt immer noch, wie ich bemerkte, ihre Pistole in der Hand. Nur für den Fall, daß er sich da oben versteckte.

Cordelia lächelte mich kurz an, zuckte dann mit den Schultern und ging in die Klinik. Ich lief den Korridor hinunter, kontrollierte die Türen, um zu sehen, ob jemand an den Schlössern rumhantiert hatte oder ob irgend etwas ungewöhnlich aussah. Nichts.

Ich drehte mich um und lief in Richtung des rückwärtigen Gebäudes, kontrollierte nochmal alles, für den Fall, daß ich etwas übersehen hatte. Immer noch nichts. Ich ging zum Hinterausgang und schaute hinaus auf das überwucherte Grundstück hinter der Klinik. Dort konnte man sich tagelang verborgen halten, ohne entdeckt zu werden.

Dann fiel mir auf, das die Kellertür klaffte. Das Schloß lag auf dem Boden. Die Tür, die ich heute morgen so sorgfältig zugemacht und halb abgeschlossen hatte. Ich machte das Licht an und stieg die Treppe hinunter. Der Keller, schlecht beleuchtet bei Tage, war mittlerweile eines Gruselfilms würdig.

»Hier unten gibt es nichts außer einer Bande bösartiger Killerratten«, sagte ich laut und kalkulierte schweigend, daß Joanne sicher recht hatte: wen auch immer ich gesehen hatte, er war längst verschwunden. Ich wagte mich von der Treppe vor bis zum ersten Lichtkegel. Der Keller sah genauso karg aus wie heute morgen. Feuchtigkeit und Schmutz, ein alles durchdringender modriger Geruch. Wohl kaum bedrohlich. Ich ging weiter zum nächsten Lichtkegel.

Die einzige Person, die dumm genug ist, in diesen Keller zu gehen, bist du, sagte ich zu mir, sah immer noch nichts anderes als Schmutz und intakte Spinnweben. Warum stand die Tür dann offen? Eine beliebige Anzahl von Gründen fiel mir ein. Die Killerratten konnten zum Beispiel beschlossen haben, in eine bessere Gegend umzuziehen. Vielleicht hatte mein Fuß-Wesen sie auf der Suche nach einem Weg nach draußen geöffnet. Vielleicht war es auch durch eins der verrotteten Fenster abgehauen. Aber er (oder vielleicht sie, das konnte ich nicht genau wissen) hatte in diesem tristen Keller bestimmt keine Fülle an Spuren hinterlassen.

Es war nicht wahrscheinlich, daß wer immer hier eingebrochen war, etwas mit den Briefen zu tun hatte. Eher jemand, der Drogen aus der Klinik stehlen wollte.

In diesem Teil des Kellers gab es noch weniger Lampen. Die nächste war gute neun Meter entfernt.

Dann bemerkte ich lockeres Erdreich auf dem festgetretenen Boden. Merkwürdig, dachte ich, macht den Eindruck, als wäre er erst vor kurzem umgegraben worden. Vielleicht gruben die Killerratten sich einen Weg nach draußen.

Ich lief weiter zum nächsten Licht.

Als ich es erreichte, fiel mir etwas im Hintergrund ins Auge. Eine hellere Form auf dem dunklen Erdboden. Vielleicht ein Stück Papier?

Ich ging darauf zu, ließ das Licht hinter mir zurück, verlor das Objekt ein paar Mal in meinem Schatten. Je weiter ich mich vom Licht wegbewegte, desto mehr schienen Dunkelheit und Feuchtigkeit mich zu umschließen wie ein Schleier. Dieser Keller müßte dringend mal gelüftet werden, dachte ich, als der übelriechende Geruch der Feuchtigkeit meine Nase attackierte.

Dann erkannte ich das, worauf ich zulief. Und begriff, daß das, was ich roch, nicht die feuchte Luft eines Kellers war.

Ich blieb stehen; die Hand, blaß auf dem dunklen Erdreich, war ausgestreckt und griff nach mir. Genau wie die andere es auch getan hatte.

Der Arm war nur vom Ellbogen abwärts sichtbar, der Rest des Körpers wurde von einem der massiven Ziegelpfeiler verborgen. Der Arm war mit Erde bedeckt, als hätte jemand in aller Hast versucht, ihn zu verscharren. Die Hand schien aus dem eilig geschaffenen Grab hinauszugreifen.

Ich wandte mich ab, nahm schnell einen Atemzug und zwang mich, näher heranzugehen, machte einen Bogen, um zu sehen, was hinter dem Pfeiler lag.

Sie war dreckverschmiert, in eine Rinne hineingestoßen, die viel zu flach für sie war. Ihre Augen waren offen und starrten geradeaus, waren sich der unzureichenden Menge an Erde, die ihre Nacktheit nicht verbarg, gnädigerweise nicht mehr bewußt. Denn sie trug keine Kleider, keinen Schmuck, nichts, das einen Hinweis darauf gab, wer sie war und wieso man sie hier hatte liegenlassen.

Meine Lungen brannten, schrien nach Atemluft. Es widerstrebte mir, die verweste Luft einzuatmen.

Moment. Sie war heute morgen nicht hier, dachte ich plötzlich. Ich hätte sie gesehen. Sie liegt nicht seit Tagen verwesend hier herum.

Ich holte Luft. Und wurde vom Verwesungsgeruch überwältigt. Der unangenehm feuchte Kellergeruch schien den Gestank ihrer Zersetzung noch zu verstärken. Ich würgte. Dann rannte ich los, um der ausgestreckten Hand zu entgehen und dem langen Arm des Verfalls. Die Lichtkegel schienen weit weg, verborgen in den Schatten und ihren entsetzlichen Geheimnissen.

Als ich die Treppe endlich erreichte, stürmte ich hinauf, immer zwei Stufen auf einmal, und stolperte in die reine Luft des Korridors. Für einen Augenblick lehnte ich mich bloß gegen die nächste Wand und reinigte meine Lungen von der schlechten Luft. Dann schüttelte ich mich, schämte mich meiner Panik.

Cordelia kam aus der Klinik. »Micky, was ist los?« sagte sie, als sie mich sah.

»Wo ist Joanne?« fragte ich.

Sie kam zu mir herüber. »Ich weiß nicht. Was ist los?« wiederholte sie und legte eine Hand auf meine Schulter.

»Wir werden die Polizei rufen müssen«, sagte ich, versuchte mir einfallen zu lassen, was als nächstes zu tun sei. Joanne wird's schon wissen, dachte ich.

»Warum? Fehlt irgendwas?« fragte Cordelia.

Ich sprach so leise, daß sie sich zu mir beugen mußte, um mich zu verstehen. »Nein … Da unten liegt noch eine.«

»Noch eine … Oh, mein Gott!« Sie schüttelte den Kopf, so als wolle sie es nicht glauben, zog mich dann an sich und hielt mich fest.

»Störe ich vielleicht?« fragte Joanne, die die Treppe herunterkam.

»Zum Teufel, ich wünschte, das tätest du«, antwortete ich. Wir lösten uns voneinander.

Cordelia wandte sich an Joanne, ließ ihren Arm auf meiner Schulter liegen. »Im Keller liegt eine Leiche«, sagte ich sachlich, beruhigt durch Cordelias Arm.

»Was?« rief Joanne. »Bist du sicher?«

Ich nickte.

»Kannst du sie mir zeigen?«

»Ja. Eine Taschenlampe wär' ganz gut«, sagte ich. »Und ein Taschentuch, getränkt mit etwas Starkem.«

»Ich hol' eine.« Cordelia zog ihren Arm weg und ging los, eine Taschenlampe zu holen.

»Wie ist eine Leiche in den Keller gekommen?« fragte Joanne wütend.

»Keine Ahnung.«

»Ist auch egal. Wir müssen die Polizei rufen, das zuständige Revier.«

Cordelia kam mit der Taschenlampe zurück. Wir gingen hinunter in den Keller. Ich wies den Weg, meine Schritte wurden langsamer, als wir den letzten Lichtkegel passiert hatten. Ich legte bereits eine Hand vor meine Nase, als wir noch nicht nah genug waren, um den Gestank zu riechen.

»Da.« Ich zeigte auf den gespenstischen Arm, der immer noch ins Leere griff.

Joanne und Cordelia gingen beide an mir vorbei. Ich folgte ihnen widerwillig, wollte nicht in den dämmrigen Schatten zurückbleiben.

»Verdammt nochmal!« Joannes Stimme schrie wütend auf, als sie die nackte, junge Frau sah, wo der Tod sie nachlässig hingeschleudert hatte.

»Sie kann keine zwanzig sein«, sagte Cordelia, und nach Joannes Zorn klang ihre Stimme weich. Cordelia kniete sich neben die junge Frau, suchte erfolglos nach ihrem Puls. Sie stand auf, ging rückwärts und schüttelte den Kopf. Sie stieß fast gegen mich und zuckte zusammen, als ich sie mit einer Hand am Rücken bremste. Sie blieb neben mir stehen, und ich ließ meine Hand leicht auf ihrem Rücken liegen. Sie fuhr fort: »Sie ist seit mindestens ein, zwei Tagen tot. Die Verwesung hat bereits eingesetzt, das kann man an den grünen Flecken an der Seite sehen, und ...« Meine Hand zuckte, während Cordelia sprach; das waren keine Dinge, die ich wissen wollte. »Aber ich bin keine Pathologin«, sagte sie abschließend. »Ich überlasse sie den Experten.«

»Scheiße«, sagte Joanne, ihr Gesichtausdruck war angespannt und wütend. »Raus hier«, fügte sie dann hinzu und wandte sich von der Leiche weg.

Niemand sprach, als wir den Keller verließen.

»Wo gibt's hier ein Telefon?« sagte Joanne, als wir oben auf der Treppe anlangten.

»Hier entlang.« Cordelia ging in Richtung Klinik.

Ich rührte mich nicht, als wäre Bewegung nutzlos, aber Joanne griff nach meiner Hand und führte mich in die Klinik. Sie hielt meine Hand immer noch, als sie den Hörer abnahm und eine Nummer eintippte, die sie ganz offensichtlich kannte. Sie sprach kurz und bündig. Die Polizei würde in ein paar Minuten hier sein.

»Will eine von euch Kaffee?« fragte Cordelia, als Joanne auflegte.

»Ja«, antwortete Joanne, ließ meine Hand los und sagte: »Ich bring' dir einen mit.«

Ich setzte mich auf die Couch im Wartezimmer. Cordelia ließ sich auf einem Stuhl mir gegenüber nieder. Sie nahm einen kleinen Schluck Kaffee, dann brach es aus ihr heraus: »Wie kommt eine Leiche in unseren Keller?«

»Ich weiß es nicht.«

Joanne reichte mir meinen Kaffee und setzte sich dann neben mich. »Das wird kein Spaß werden. Besonders für dich nicht«, fügte sie hinzu und schaute Cordelia an.

Cordelia nickte.

»War noch jemand hier bei dir?« fragte Joanne sie.

»Nun … Betty habe ich nach der letzten Patientin nach Hause geschickt. Ich schätze, so gegen neun.«

»Also warst du seitdem ganz allein hier?«

»Joanne, was willst du damit andeuten?« mischte ich mich ein.

»Ich habe sie nicht getötet«, sagte Cordelia.

Joanne schaute Cordelia an und ihre Stimme wurde weicher. »Das weiß ich. Ganz bestimmt. Aber man wird dir diese Fragen stellen und noch andere dazu. Vielleicht willst du deine Anwältin anrufen.«

»Ich habe sie nicht getötet«, wiederholte Cordelia.

Jemand hämmerte laut gegen die Eingangstür. Joanne stand auf. »Es tut mir leid«, sagte sie, den Blick immer noch auf Cordelia gerichtet. »Ich werde tun, was ich kann.« Dann ging sie die Tür öffnen.

Cordelia blickte starr auf den Boden. Dann schaute sie auf und sah mich an. »Ich weiß, daß du nicht … Ich werde alles tun, was ich kann«, sagte ich.

Sie lächelte schwach. »Die können einen nicht hängen, wenn man unschuldig ist.«

Wir hörten das schwere Stampfen von Schritten den Korridor hinaufkommen. Ein Polizist betrat das Wartezimmer. Er fing an, die wesentlichen Informationen zu notieren, Namen, Adressen und so weiter. Die übrigen Schritte gingen hinunter in den Keller.

Nachdem der Polizist seine Fragen durch hatte, saßen wir schweigend da, konnten in seiner Gegenwart nicht reden.

Nach ungefähr einer halben Stunde kam Joanne zu uns zurück, zuckte die Achseln und setzte sich ans andere Ende des Raums.

Ich stand auf und ging auf und ab, zog die Blicke des Polizisten auf mich. Schließlich hatte ich sein Starren satt und setzte mich wieder hin. Joanne saß ganz ruhig da, ihre Anspannung zeigte sich nur in der ständigen Bewegung ihrer Finger. Cordelia schien keine bequeme Sitzposition zu finden, rutschte alle paar Minuten hin und her.

Schließlich betrat ein Mann mittleren Alters in einem zerknautschten, braunen Anzug das Zimmer. Er wurde von zwei weiteren Männern begleitet, einer in Uniform, der andere nicht. Er schaute uns an und schüttete sich erstmal in aller Ruhe einen Kaffee ein. »Also, O'Connor, wie sieht die Sache aus?« fragte Joanne und zerschnitt die Anspannung.

»Tut mir leid«, sagte der Mann und drehte sich zu ihr um. »Ich habe Ihren Namen vergessen. Joanne … äh …?«

»Detective Sergeant Joanne Ranson«, ergänzte Joanne gelassen. Sie reichte ihm ihren Ausweis. Er grunzte und schaute ihn kaum an, warf ihn ihr zurück. Stellte klar, wessen Territorium dies war.

Er wandte sich mir zu. »Michele *An*ti-gone Knight«, las er von den Notizen des Polizisten ab.

»An*ti*gone«, korrigierte ich ihn.

»An*ti*gone«, wiederholte er. »Und was für ein Name soll das sein?«

»Griechisch.«

»Griechisch, häh? Ihr Daddy Grieche?« Er spielte mit mir.

»Nein«, antwortete ich. »Meine Mutter war Griechin. Mein Daddy hat bloß Sophokles gelesen.«

Als Erwiderung grunzte er. »Also, griechisches Fräulein Knight, was haben Sie hier getan?«

»Ich habe ein Licht brennen sehen. Ich habe das untersucht.«

»Einfach so? Sie kamen einfach bloß vorbei und sahen das Licht brennen?« fragte er sarkastisch.

»Ich bin Privatdetektivin.«

»Also, warum wohl sollte ein nettes, kleines Mädchen wie Sie einen solchen Job haben?« reizte er mich.

Ich wollte ihm eine wütende Antwort geben, aber ich begriff, daß er mich genau dazu bringen wollte. Ich beruhigte mich genug, um ihm knapp und tonlos mitzuteilen, was ich tat. Ich erwähnte die Briefe und die Telefonanrufe, hoffte, er würde diese mit der toten Frau in Verbindung bringen oder wenigstens die Möglichkeit in Betracht ziehen.

Sein mittlerweile vertrautes Grunzen war die einzige Reaktion, als ich schloß. Er füllte seine Kaffeetasse noch einmal. »Sie und Detective Sergeant Ranson sind also rein zufällig zur selben Zeit hier eingetroffen, häh?« sagte er und schenkte uns beiden einen Blick, der besagte, für wie wahrscheinlich er das hielt.

»Ms. Knight und ich kennen uns privat«, erklärte Joanne mit kühler und professioneller Stimme. »Wir hatten ein gemeinsames Abendessen, und Michele hat mir von diesem Fall erzählt. Ich bekundete mein Interesse, und wir sind hier vorbeigefahren. Den Rest kennen Sie.«

»Aber genau das ist das Problem. Den Rest kenne ich nicht. Ich weiß nicht, wie eine tote Frau in den Keller gelangen konnte.« Mittlerweile lief er im Raum auf und ab, zog eine Show ab, wie ich vermutete. »Ich weiß nicht, warum diese tote Frau dort war. Es gibt so viel, das ich nicht weiß.« Dann blieb er direkt vor Cordelia stehen. »Vielleicht können Sie mir weiterhelfen, Dr. James.«

»Ich weiß es nicht«, antwortete Cordelia.

»Sie wissen es nicht? Der Name Beverly Sue Morris kommt Ihnen nicht bekannt vor?«

»Nein, das tut er nicht.«

»Ah, verstehe. Sie haben hier eine ganze Menge Patienten. Tagein, tagaus. Schätze, es ist schwierig, sich an eine einzelne zu erinnern.«

»Ich kann mich gut an meine Patientinnen erinnern. An sie erinnere ich mich nicht«, antwortete Cordelia.

»Wir haben ihre Handtasche vergraben in einer Ecke gefunden, Dr. James. In dieser Handtasche fanden wir eine dieser kleinen Karten. Mit einem Arzttermin darauf. Einen Termin für letzten Freitag um drei Uhr nachmittags. Bei einer Dr. James. Sind Sie das?«

»Ja, aber ... sie war am Freitag nicht hier.«

»Sind Sie da sicher?« wollte O'Connor wissen.

»Ja.«

»Ganz sicher?«

»Ja. Ganz sicher.«

»Wenn Sie bei Beverly Sue Morris am Freitag um drei keine Abtreibung vorgenommen haben, warum hatte sie dann eine Quittung in ihrer Handtasche und ein ausgefülltes, von Ihnen unterzeichnetes Versicherungsformular? Also, was vermuten Sie, warum diese arme Beverly Sue Morris für eine Abtreibung bezahlt hat, die nie vorgenommen wurde?«

Cordelia sah fassungslos aus. »Das muß ein Irrtum sein ...«

»Kein Irrtum«, erwiderte O'Connor scharf.

»Aber ... das stimmt nicht.« Sie schüttelte den Kopf. »Ich habe nicht ... am Freitag ...«

»Sag jetzt nichts mehr«, schaltete ich mich plötzlich ein. »Ruf deine Anwältin an.«

»Seien Sie ruhig, Sie«, schnauzte O'Connor mich an. »Also, Dr. James, warum sagen Sie mir nicht, was Sie am Freitag gemacht haben?«

»Er will dich reinlegen. Sie werden dir das Wort im Mund herumdrehen –«

O'Connor unterbrach: »Sergeant Ranson, Ihre Freundin stört die Arbeit der Polizei.«

»Michele«, sagte Joanne mit warnendem Unterton in der Stimme. Aber wenn Joanne gewollt hätte, daß ich ruhig war, hätte sie das gesagt.

»Nein«, schleuderte ich ihr entgegen, damit O'Connor glaubte, daß ich mich ihr widersetzte. »Cordelia! Beantworte keine Fragen mehr. Ruf deine Anwältin an.«

»Aber, Micky... ich bin unschuldig,« sagte sie, versuchte immer noch, zu verstehen, was hier eigentlich geschah. Aber sie sagte nichts mehr, gab auf O'Connors Fragen nur noch ein Kopfschütteln.

Schließlich sah er ein, daß sie keine weiteren Fragen beantworten würde. »Durchsucht die Akten.«

»Nein, das können Sie nicht«, entfuhr es Cordelia, und sie erhob sich. »Die sind vertraulich.«

»Beverly Sue Morris ist tot«, schoß O'Connor zurück. »Ich glaube, Vertraulichkeit ist ihr jetzt ziemlich egal. Ich denke, sie hätte mehr Interesse daran, daß wir ihren Mörder fangen.«

»Die sind vertraulich«, wiederholte Cordelia.

»Oder vielleicht wollen Sie uns ja nicht sehen lassen, was in den Akten steht«, sagte er höhnisch.

Sie widersetzte sich ihm. »Besorgen Sie sich einen Durchsuchungsbefehl.«

Er nickte einem seiner Männer zu und ignorierte Cordelia.

Joanne schaltete sich ein. »Sie wissen, daß sie recht hat.« O'Connor drehte sich zu ihr um und funkelte sie zornig an. »Detective O'Connor«, fuhr sie fort, »ich bin ganz sicher, daß Dr. James nur daran interessiert ist, die Rechte ihrer Patienten zu schützen. Was Ihre Untersuchung betrifft, wäre es wohl nützlicher, Beweismaterial nicht auf ungesetzlichem Weg zu bekommen.«

O'Connor starrte sie grimmig an. Joanne erwiderte seinen Blick kühl.

Unvermittelt drehte O'Connor sich auf dem Absatz um. »Wir werden uns einen Durchsuchungsbefehl holen, Dr. James. Und diese Klinik auseinandernehmen. Wir werden das gesamte Gebäude durchsuchen. Wir werden Tage damit verbringen«, verkündete er wütend. Er machte eine Pause, um das Gesagte wirken zu lassen. »Aber alles, was ich will, ist die Akte von Beverly Sue Morris. Haben Sie etwas dagegen, daß ich die Rechte ihrer Patienten 'störe'? Oder haben Sie vielmehr was dagegen, daß ich diese Akte sehe?«

»Es gibt keine Akte, weil sie hier nicht Patientin war«, antwortete Cordelia.

»Das sagen Sie.«

»Joanne ...«, sagte ich.

»Strikt nach Vorschrift, Sergeant Ranson. Ich halte mich strikt an die Vorschriften«, entgegnete O'Connor. »Ich frage lediglich nach, ob Dr. James ihre Bürgerpflicht tun und uns behilflich sein will, einen Mörder zu fangen.«

»Ich will mit meiner Anwältin reden«, sagte Cordelia.

»In Ordnung. Tun Sie das. Und ich werde sehen, daß ich den Durchsuchungsbefehl bekomme. Und wenn ich schneller bin ...«

Cordelia blickte von mir zu Joanne. »Kann er das tun?«

»Auf die eine oder andere Art werde ich diese Akten zu Gesicht bekommen«, ging O'Connor dazwischen.

Joanne nickte langsam.

»In Ordnung«, sagte Cordelia knapp. Sie trat zu den Aktenschränken hinüber. Ich sah, wie sie die Hänger wütend durchsuchte. Dann erstarrte sie.

Für einen Augenblick regte sich nichts, dann trat O'Connor vor und nahm ihr die Akte aus der Hand. »Beverly Sue Morris«, las er triumphierend vor.

»Aber das ist nicht ...«, sagte Cordelia benommen. »Lassen Sie mich mal sehen.« Sie nahm O'Connor die Akte wieder weg und blätterte schnell durch die Seiten. »Sie war eine von Janes Patientinnen. Jane Bowen, unsere Teilzeit-Gynäkologin und Geburtshelferin. Das ergibt doch keinen Sinn«, sagte sie, halb zu sich selbst.

»Was ergibt keinen Sinn, Dr. James?« fragte O'Connor.

»Jane ist immer montags und donnerstags hier. Aber freitags nicht.«

»Wenn Jane Bowen keine Zeit für eine Patientin hatte, haben Sie dann für sie übernommen?«

»Ja, manchmal«, antwortete Cordelia, doch als sie bemerkte, wohin seine Fragen führten, fuhr sie fort: »Aber ich habe am Freitag keine Abtreibung an ihr vorgenommen. Ich nehme hier keine Abtreibungen vor.«

»Wo nehmen Sie Abtreibungen vor?«

»Wir machen das in einer gynäkologischen Klinik, mit der Jane zusammenarbeitet«, sagte Cordelia vorsichtig.

»Nehmen *Sie* Abtreibungen vor, Dr. James?« fragte O'Connor.

Cordelia hielt seinen Blick für einen Augenblick, bevor sie antwortete. »Das habe ich. Das kann ich. Normalerweise tue ich es nicht. Ich bin darauf nicht spezialisiert.«

»Was dagegen, jetzt mit zum Revier zu kommen und ein paar weitere Fragen zu beantworten, Dr. James?«

»Nicht, bevor sie mit ihrer Anwältin gesprochen hat«, antwortete ich für sie. Und ich mit Danny, dachte ich.

»Wie ist die arme Beverly Sue in den Keller gekommen?« fragte er und ignorierte mich.

Cordelias Kopf schoß hoch. »Ich weiß es nicht«, antwortete sie wütend.

»Oder erinnern sich nicht?«

»Wollen Sie sie unter Anlage stellen?« fragte Joanne. »Und übrigens, wie wurde Beverly Sue Morris denn ermordet, wenn überhaupt?«

O'Connor starrte sie wieder zornig an.

»Was ist mit dem Eindringling, der hier war — 'rein zufällig' unmittelbar bevor wir die Leiche fanden?« wollte ich wissen.

O'Connors zorniger Blick richtete sich nun auch auf mich. »Soweit wir wissen, lag die Leiche seit Freitag nachmittag dort.«

»Heute morgen war sie noch nicht da —«

»Wer außer Ihnen«, unterbrach er ungeduldig, »hat gesehen, daß die Leiche nicht da war, wohl aber der Eindringling? Haben Sie diesen mysteriösen Einbrecher gesehen, Sergeant Ranson?«

»Nein, das habe ich nicht«, antwortete sie schließlich. »Aber wenn Michele sagt —«

»Michele«, fuhr O'Connor dazwischen, »die zufällig für Dr. James' Klinik arbeitet. Wie praktisch. Nicht gut genug, Ranson, das wissen Sie.« Er drehte sich bereits weg, hielt dann aber inne und sagte beiläufig: »Wieso haben Sie eigentlich nie geheiratet? 'ne kluge Lady wie Sie sollte doch in der Lage sein, einen Mann abzukriegen?«

Ich hätte ihn am liebsten geschlagen. Er war gut, aber nur, wenn man auf seiner Seite stand.

»Ich war verheiratet«, erwiderte Joanne knapp.

»Ja?« Sein Ton blieb beiläufig. »Was ist passiert? Hab' ich ja noch nie gehört.«

Sie antwortete ganz sachlich: »Wir haben uns scheiden lassen.«

»Ach so, tja, ich bin katholisch. Wir glauben nicht an Scheidung.«

»Nur an praktische Dinge, wie Transsubstantiation und die Unfehlbarkeit des Papstes«, bemerkte ich.

»Haben Sie ein Problem mit dem katholischen Glauben?« fuhr er mich an.

»Aber nein, meiner Meinung nach war die Inquisition eine der harmonischsten Epochen unserer Geschichte«, forderte ich ihn bewußt heraus. Er drehte mir den Rücken zu. Wußte wahrscheinlich nicht, was die Inquisition war.

Cordelia kam ins Wartezimmer zurück. Sie sah erschöpft aus. Sie setzte sich und starrte auf ihre Hände, als hätten die sie irgendwie verraten.

»Es ist spät, O'Connor. Ist es unbedingt notwendig, daß wir noch länger bleiben?« fragte Joanne, nachdem er uns etwa zwanzig Minuten lang ignoriert hatte.

»Nö, Sie können gehen«, sagte er, ohne sich auch nur umzudrehen.

Ich stand auf. Joanne ging zu Cordelia hinüber und legte ihr eine Hand auf die Schulter. »Na, komm«, sagte sie leise. »Wir bringen dich nach Hause.«

Cordelia nickte zustimmend und stand leicht wackelig auf.

»Dr. James nicht«, sagte O'Connor.

»Dann bleiben wir auch.« Ich setzte mich wieder. »*Ich* bleibe«, verbesserte ich mich.

»Verhaften Sie mich?« fragte Cordelia ihn.

»Nun, es ist spät«, sagte er. »Ich werde nett sein, Dr. James. Dieser Polizist hier«, er nickte in Richtung eines uniformierten Beamten, »wird Sie nach Hause bringen. Und er wird in Ihrer Nähe bleiben, nur damit Sie nicht auf die Idee kommen, eine spontane Reise zu unternehmen. Wir wollen wissen, wo wir Sie finden können.«

»Zu Hause. Dann wieder hier, damit ich mich um meine Patientinnen kümmern kann«, erwiderte sie.

»Tun Sie das. Seien Sie nur vorsichtig.« Er entließ Cordelia und den Polizisten mit einer Handbewegung. »Passen Sie gut auf Ihre Patienten auf«, folgte uns seine Stimme bis auf den Gang.

»Der Teufel soll ihn holen«, murmelte Cordelia.

Joanne und ich gingen mit ihr zu ihrem Wagen, der Polizist folgte uns. Er stieg auf der Fahrerseite ein.

»Ruf deine Anwältin an«, sagte Joanne, als Cordelia einstieg. Sie nickte müde und schloß die Tür.

»Cordelia ...« Ich lehnte mich durchs Fenster. Aber es gab nichts zu sagen. Ich legte meine Hand auf ihre Schulter. »Ich werde morgen hier sein.«

Sie wandte sich mir zu, um mich anzuschauen, legte ihre Hand auf meine.

Der Polizist ließ den Motor an. Ich machte den Weg frei, als er zurücksetzte.

Joanne und ich gingen um das Gebäude herum zu ihrem Auto. Es war fast vier Uhr morgens. Wir stiegen ein, und sie ließ das Auto an.

»Dreckskerle«, sagte ich zu den Polizisten im Gebäude. Dann sagte ich zu Joanne: »Es muß einen Weg geben, zu beweisen, daß sie es nicht getan hat.«

»*Falls* sie es nicht getan hat«, sagte Joanne, während sie losfuhr.

»Falls? Was meinst du damit?« wollte ich wütend wissen.

»Leute machen Fehler.«

Mit einem Mal wurde ich fuchsteufelswild. »Laß mich raus. Laß mich verdammt nochmal aus diesem Wagen raus.« Ich öffnete die Tür, obwohl wir noch fuhren.

Joanne stampfte auf die Bremse. Sie griff nach meinem Arm. Ich versuchte mich loszureißen. Sie streckte ihre andere Hand aus und bekam meinen Nacken zu fassen, zog mich grob in den Wagen zurück. »Du Idiotin«, sagte sie barsch. »Du verdammte Idiotin. Was soll es irgend jemandem nützen, wenn du so geladen einfach abhaust?«

»Wie kannst du glauben, daß sie es getan hat?« rotzte ich zurück.

»Tu ich nicht. Zum jetzigen Zeitpunkt glaube ich überhaupt nichts.« Sie schüttelte mich rauh und zog mich näher an sich heran. »Ich habe den Autopsiebericht noch nicht gesehen, und ich weiß nicht, wie dieses Mädchen gestorben ist.« Ich fühlte, wie ihre Finger sich in meinen Nacken bohrten, angespannt, wütend. »Es hat vielleicht nichts mit Cordelia zu tun.«

»Was, wenn sie nach einer verpfuschten Abtreibung gestorben ist?«

»Ich weiß es nicht. Eins nach dem anderen.«

»Sie hat diese Frau nicht getötet.«

»Leute machen Fehler«, antwortete Joanne kurz.

Ich packte Joanne beim Hemd. »Nein, Cordelia nicht. Das darfst du nicht sagen.«

»Kannst du beschwören, daß sie vollkommen ist? Daß ihr die Hand nicht ausrutschen kann? Du hast gesehen, wie müde sie ist.«

»Vielleicht kann ich das nicht. Aber ich kann beschwören, daß, wenn sie einen Fehler gemacht hätte, sie die Frau nicht sterben lassen und in einem schmutzigen Keller verscharren würde, um es zu vertuschen. Nicht Cordelia.«

Joanne sagte nichts. Aber ihr Griff lockerte sich langsam,

ging schließlich in eine Umarmung über, und ihre Hand rieb sanft über meinen Nacken. »Nein, nicht Cordelia«, sagte sie schließlich.

Ich ließ ihr Hemd los und legte meine Hände auf die Stelle zwischen ihren Schultern und ihrem Hals. »Wirst du helfen?« fragte ich. »Kannst du das?«

»Ja, natürlich.«

»Danke.«

»Danke nicht mir. Alex und Cordelia sind seit der Mittelschule Freundinnen. Ich könnte Alex nie — von Danny ganz zu schweigen.«

»Danny wird helfen.«

»Ja, wenn sie kann.«

»Dafür sorgt sie besser«, antwortete ich. Ich schaute Joanne an. Ich fühlte den Druck ihrer Hand auf meinem Nacken, die mich näher heranzog. Wir küßten uns, und aus der Wut wurde Leidenschaft.

»Zu mir?« flüsterte sie in mein Ohr. »Ich glaube, ich ziehe mich besser um, bevor ich morgen zur Arbeit gehe.«

»Ja«, stimmte ich zu, kurzatmig vom Kuß.

Joanne fuhr uns zu ihrem Appartement. »Duschen?« fragte sie, als sie die Tür aufschloß.

»Ja.« Ich wollte den Schmutz des Tages liebend gerne abwaschen. »Du zuerst.«

»Zusammen?«

Das taten wir, liebten uns unter dem herabrauschenden Wasser, fielen dann ins Bett und gaben uns einen Gute-Nacht-Kuß. Dann einen Kuß, der nicht zum Einschlafen gedacht war, Sex, der uns bis jenseits der Erschöpfung trug, so daß wir, als wir schließlich voneinander wegrollten, keine andere Wahl hatten, als zu schlafen.

Nur ein paar Stunden später weckte mich das Telefon. Joanne hob ab. »Ich weiß ... Ja, ich war da«, bestätigte sie irgend jemandem. »Jaja ... sie war bei mir. Wir waren zusammen essen.« Dann eine Pause. »Ich sag' dir Bescheid, sobald ich etwas weiß... Alex, sie ist auch *meine* Freundin... Tut mir leid, ich bin müde... Ist schon okay, ich mußte sowieso aufstehen... Ja... Ich ruf' dich an. Sobald ich etwas weiß. Ciao.«

Sie legte auf.

»Schlechte Neuigkeiten sprechen sich schnell herum«, sagte ich, auf einen Ellbogen gestützt.

»Kann sein«, antwortete sie und legte sich wieder hin. »Gott, bin ich müde.«

Ihr Wecker läutete. »Tut mir leid. Keine Ruhe für die Müden«, sagte ich.

Joanne stand auf. »Ich muß in Bewegung bleiben, sonst werde ich nie fit für die Arbeit.«

Ich schwang meine Beine langsam aus dem Bett. »Ich auch«, murmelte ich, immer noch schläfrig.

»Du kannst ausschlafen«, bot sie an.

»Ich will zur Klinik. Cordelia den Mund zuhalten, falls sie versucht, ein nettes Südstaatenmädel zu sein und den armen, schwer arbeitenden Polizisten zu helfen.«

»Gute Idee«, stimmte Joanne auf dem Weg ins Bad zu.

Ich zwang mich, ein paar Streckübungen zu machen. Alles, damit mein Körper in Bewegung blieb. Schließlich wurde ich wach, nicht von den Übungen, sondern weil mir einfiel, was letzte Nacht geschehen war.

Als Joanne aus dem Badezimmer kam, war ich angezogen. Ich bat sie, mich an einer Bushaltestelle abzusetzen. Ich wollte zu meiner Wohnung, mein Auto holen. Und mich umziehen. Cordelia sollte mich nicht in denselben Sachen sehen, die ich gestern angehabt hatte. Joanne bot an, mich hinzufahren, aber ich wollte, daß sie schnellstmöglich herausfand, wie die Dinge lagen. Ich brauchte sie nicht lange zu überreden. Wir wollten beide wissen, was im Autopsiebericht stand.

Zehntes Kapitel

Ich erreichte die Klinik gegen halb zehn. Das Gebäude war überfüllt und hektisch, die Stimmen jedoch verhalten, leises Flüstern zischte durch die Korridore. Die Polizei hatte die Kellertür versiegelt, das gelbe Band bildete einen grellen Kontrast zu den mattgrünen Wänden.

Im Wartezimmer war es still, gedämpft. Es waren weniger Patientinnen hier als gestern. Normale Schwankungen, oder hatte es sich herumgesprochen? Wer ging gern zum Arzt in einem Gebäude, wo eben erst eine Leiche gefunden worden war?

»Sie wollen Ihren Termin verschieben?« hörte ich Bernie am Telefon sagen.

O'Connor würde jede Person befragen, die Beverly Sue Morris am Freitag hier gesehen haben könnte. Und natürlich würden die es ihren Freunden und Freundinnen weitersagen.

»Tag, Micky«, sagte Millie, als sie herauskam, um etwas auf Bernies Schreibtisch abzulegen. »Du siehst aus wie der auferstandene Tod. Spät ins Bett gekommen?«

»Ziemlich. Wie geht's Cordelia?«

»Sie sieht aus wie der Tod, Punkt.« Millie schüttelte den Kopf. »Weißt du, was hier los ist? Ich habe Hutch angerufen, aber er hat sich noch nicht wieder gemeldet.«

Ich schaute die Patientinnen im Wartezimmer an. »Lagerraum?«

»In zwanzig Minuten«, antwortete sie.

Ich nickte.

Sie ging zurück zu den Behandlungszimmern.

Cordelia trat aus einem heraus. Sie blickte auf, sah mich und schenkte mir ein mattes Lächeln. Millie hatte recht, sie sah fertig aus, mit dunklen Ringen unter den Augen und fahler Gesichtsfarbe. Sie warf einen Blick auf etwas, das Millie ihr zeigte, schaute mich dann wieder an, ein Nicken, eine Bestätigung, dann ging sie zurück ins Behandlungszimmer.

Ich ging zurück auf den Korridor, war froh, daß O'Connor und seine Jungs nicht da waren, obwohl er später bestimmt auftauchen würde, da machte ich mir keine Illusionen. Ich hatte gehofft, Bernies Telefon stiebitzen zu können, aber sie würde offensichtlich noch eine Weile daran sitzen bleiben. Ich machte mich auf die Suche nach einem öffentlichen Telefon.

»Guten Morgen, Michele«, rief Schwester Ann mir aus ihrem Büro zu, als ich vorbeiging.

»Morgen«, antwortete ich.

Sie winkte mich herein. »Das Band vor der Kellertür. Wissen Sie, warum das dort hängt?«

»Ja, das weiß ich. Und ich werde es Ihnen sogar sagen, wenn Sie mich mal ganz schnell telefonieren lassen. Ortsgespräch.«

»Das ist fair.« Sie stand auf. »Ich gehe uns einen Kaffee holen. Wie trinken Sie Ihren?«

»Einen Hauch Milch. Danke.«

Sie ging den Korridor hinunter.

Ich wählte Dannys Büro an. Sie war nicht da, also hinterließ ich meinen Namen und Cordelias Kliniknummer.

Schwester Ann kam zurück und reichte mir einen Kaffeebecher. Sie schaute mich erwartungsvoll an. Ich nahm einen kleinen Schluck und schloß dann die Tür. Ich setzte mich wieder hin. »Im Keller wurde ein Mensch gefunden«, verkündete ich ohne Umschweife.

»Meine Güte. Ein Verblichener?«

Ich nickte.

»Wie ...? Wer hat ihn gefunden?«

»Das war ich.«

»Das tut mir leid. Geht es Ihnen gut?«

Ich zuckte bemüht lässig die Schultern.

»Einer der alten Männer aus der Umgebung?« fragte sie.

»Nein.« Ich schüttelte den Kopf und erzählte Schwester Ann von der jungen Frau, die ich gefunden hatte. Ich verschwieg nicht, daß sie Cordelias Patientin gewesen sein sollte. Schwester Ann würde das sowieso herausfinden. Besser, sie hörte es von mir.

Sie sagte nichts und hörte konzentriert zu. Als ich fertig war, fragte sie: »Was glauben Sie, was geschehen ist?«

»Ich weiß, was nicht geschehen ist. Ich weiß, daß Cordelia keine Abtreibung verpfuscht und die Leiche im Keller verscharrt hat, um ihren Fehler zu vertuschen.«

»Die junge Frau hatte eine Abtreibung?« fragte Schwester Ann. Ich hatte vergessen, daß ich mich mit einer Nonne unterhielt.

»Das weiß ich nicht. Nicht sicher. Ich kenne bis jetzt noch nicht den Autopsiebericht.« Ich spannte mich an, hielt mich bereit für die Standpauke.

»Was Sie sagen, ist wahr ... Keine Sorge, ich werde nicht versuchen, Sie zu bekehren«, sagte sie, als sie meinen verkrampften Gesichtsausdruck sah. »Ich weiß genau, daß Sie und ich nicht einer Meinung sind, und ich will meine Zeit nicht mit einer nutzlosen Diskussion verschwenden. Dr. James ist, wenigstens nach ihrem eigenen Moralkodex, keine Mörderin. Und sie gehört auch nicht zu den willensschwachen Menschen, die sich in einen solchen Abgrund fallen lassen würden, weil 'die Dinge außer Kontrolle geraten' sind.«

»Nein, das ist sie nicht.«

»Aber trotzdem: eine junge Frau ist gestorben und in unserem Keller gelandet. Das beunruhigt mich.«

»Mich auch«, fügte ich hinzu.

»Was…?« setzte sie an, wurde aber von einem Klopfen an der Tür unterbrochen.

Die Tür ging auf und Tante Greta trat ein. »Hier sind die Berichte, die Vater Flynn…« Tante Greta hielt inne, als sie mich sah. »Was machst du hier, Michele?«

»Ich gehe meiner neuesten Perversion nach, Tante Greta. Nonnen.«

»Sei nicht anstößig«, rügte sie.

»Für mich ist das eine Lebensform«, gab ich zurück.

»Ich bin gleich für Sie da, Mrs. Robedeaux«, unterbrach Schwester Ann. Tante Greta wich nicht von der Stelle. »Wenn Sie bitte auf dem Gang warten wollen«, half Schwester Ann ihr auf die Sprünge.

Tante Greta ging rückwärts hinaus und ließ die Tür offen. Ich stand auf und machte sie zu. Dann sagte ich: »Die Polizei wird Sie befragen. Die haben es auf Cordelia abgesehen.«

»Ich kann ihnen nur die Wahrheit sagen«, antwortete Schwester Ann.

»Tun Sie das. Achten Sie nur darauf, daß Sie ihnen die ganze Wahrheit erzählen und nicht bloß das, was sie hören wollen.«

Sie nickte.

Ich stand auf.

»Wenn es irgend etwas gibt, das ich tun kann…«, sagte sie.

»Ich werde es Sie wissen lassen.« Ich ging hinaus auf den Korridor, ignorierte Tante Greta ausdrücklich. Ich sah, wie Millie die Klinikräume verließ und Kurs auf den Lagerraum nahm. Ich schloß mich ihr an.

»Ist es in Ordnung, wenn Bernie zuhört?« fragte sie mich, als wir durch die Tür schlüpften.

»Klar«, sagte ich und ließ die Tür einen Spalt offen.

»Tag«, sagte Bernie beim Reinkommen. »Alles, um nur von diesem Telefon wegzukommen.«

Ich berichtete ihnen mit allen Einzelheiten, genau wie bei

Schwester Ann. Ich betonte, daß wir nicht wußten, wie die junge Frau gestorben war.

»Der Papierkram beweist überhaupt nichts«, warf Bernie ein. »Teufel auch, im Moment klauen die Leute die Quittungen und Versicherungsformulare wahrscheinlich tonnenweise. Wo wir gerade davon reden, ich glaube, das Telefon klingelt. Haltet mich auf dem laufenden«, sagte sie noch und lief dann zu ihrem Apparat zurück.

»Glauben die, die Frau wurde ermordet?« fragte Millie.

»Bis jetzt. Ihre Theorie scheint zu sein, daß Cordelia sie am Freitag gemetzelt und dann sterbend liegengelassen hat.«

Millie gab einen wütenden, zischenden Laut von sich, dann schüttelte sie den Kopf. »Wer ist auf den Fall angesetzt?«

»Irgend so ein Elefant namens O'Connor. Er war stinksauer, daß Joanne hier war.«

»Joanne ist ein Sturschädel«, sagte Millie. »Na ja, das ist sie«, fügte sie hinzu, als sie meinen Gesichtsausdruck sah.

»Ich dachte, Joanne und Hutch kommen gut miteinander aus«, antwortete ich.

»Oh, das tun sie. Hutch sagt, Joanne ist der beste Cop, mit dem er je zusammen gearbeitet hat. Sie macht keine Fehler. Und wer mit ihr arbeitet, macht selber auch keine.«

»Versucht es zumindest.«

»Ich frage Hutch nach O'Connor. Aber wenn *ich* einen Fall untersuchen müßte, hätte ich es nicht gern, wenn Joanne mir dabei über die Schulter sieht.«

»Ich hab' einen Fall und sie tut's«, antwortete ich.

»Wie schlecht sieht es für Cordelia aus?« fragte Millie ernst.

»Ich weiß es noch nicht. Bald.«

Sie nickte düster. »Ich muß zurück. Danke, daß du mich eingeweiht hast.«

Ich folgte Millie zurück zur Klinik. Tante Greta machte die Korridore zu gefährlich, um mich auf ihnen rumzutreiben. Ich schätzte, daß O'Connor jetzt jede Minute auftauchen würde.

Ich hatte mich gerade hingesetzt und mir eine Zeitschrift besorgt, die überquoll vor Versprechungen, wie ich mein Liebesleben verbessern konnte, als Bernie mich rief. »Telefon«, sagte sie. »Gehen Sie doch in Dr. James' Büro ran.«

Es war Joanne. »Micky«, sagte sie und machte dann eine Pause, was so gar nicht ihre Art war.

Ich wartete.

»Es sieht nicht gut aus.«

»Wie sehr nicht gut?«

»Schlimm. Ein perforierter Uterus. Sie ist irgendwann Freitag nachmittag an Schock und Blutverlust gestorben. Nach Auffassung des verantwortlichen Mediziners eine inkompetente Abtreibung.«

»Scheiße«, sagte ich leise.

»Ja.«

Nach einer Pause fuhr Joanne fort. »Es gibt noch mehr. Noch eine Frau. Sie wurde heute am frühen Morgen in der Nähe des Industriekanals gefunden. Und…«

»Eine verpfuschte Abtreibung«, beendete ich den Satz für sie, hoffte, Joanne würde mir widersprechen. Aber das tat sie nicht. »Wie…?« setzte ich an, aber ich war mir nicht sicher, was ich fragen wollte, und Joanne bot keine Antworten an.

»Bleibst du in der Klinik?« fragte sie.

»Ich denke schon.«

»Falls ich noch was rausfinde, rufe ich dich an.«

»Okay, danke. Joanne…« Ich wollte fragen, ob ich sie noch sehen würde, aber etwas hielt mich zurück.

»Ich werde versuchen, nach der Arbeit zur Klinik zu kommen. Wenn du dann noch da bist?«

»Das werde ich.«

»Okay.« Sie legte auf.

Ich saß noch einen Moment da, drückte den Hörer an mich, dann legte ich auf und machte mich auf den Weg zurück ins Wartezimmer. Ich versuchte, einen Entschluß zu fassen, wann ich es Cordelia sagen sollte und wieviel.

»Noch ein Anruf für Sie, Micky«, rief Bernie mir zu.

Ich eilte wieder in Cordelias Büro.

Es war Danny. »Wie bist du da schon wieder reingeraten«, sagte sie zur Begrüßung.

»Du kennst mich doch, Danno, man kann mich nirgendwohin mitnehmen. Dauernd stolpere ich über Leichen.«

»Eine schlechte Angewohnheit, Mick.«

Aber unser Geplänkel war nicht lustig. Es war nur die Vorbereitung auf den ernsten Teil.

»Ich weiß. Was gibt's?«

»Soweit ich informiert bin, beruht der Fall auf Indizien. Kein Beweis, daß Cordelia eine Abtreibung an dieser Frau vorgenommen hat, und selbst wenn sie es getan hat, heißt das noch lange nicht, daß sie das auch umgebracht hat. O'Connor könnte sie festnehmen, aber wahrscheinlich wird er's nicht tun. Er braucht noch einige Puzzleteilchen mehr.«

»Das ist alles?« sagte ich. »Einige Puzzleteilchen mehr? Und was sollen wir bitteschön machen? Hoffen, daß er sie nicht fin—«

Danny schnitt mir das Wort ab. »Hör zu, ich hab' mit Hastings Johnson und Karen Shapiro gesprochen. Die sind darauf angesetzt. Ich habe ihnen gesagt, daß da was faul ist. Und daß ich vor Gericht ein Leumundszeugnis für Cordelia James ablegen würde, denn wenn es je einen Menschen gab, der keinen Mord begehen würde, dann ist *sie* das. Okay?«

»Tut mir leid, Danny«, entschuldigte ich mich.

»Hast du das Neueste gehört?«

»Perforierter Uterus und noch eine Leiche.«

»Gute Güte, bist du schnell«, sagte Danny. »Darf ich es wagen, nach deiner Quelle zu fragen?«

»Joanne. Hat kurz vor dir angerufen.«

»Gut. Sie wird dafür sorgen, daß O'Connor redlich bleibt. Finde heraus, was du kannst.«

»Das werde ich.« Ich hörte O'Connors Stimme im Außenbüro. »Apropos. Rate, wer gerade eingetroffen ist.«

»Ruf mich an, wenn du Probleme mit polizeilichen Übergriffen haben solltest.«

»Das werde ich.«

»Ich bin hier. Im Ernst, ruf mich an, wenn irgend etwas passiert.« Wenn er Cordelia festnahm. Danny und ich hängten ein.

»Sie können hier nicht so reinplatzen«, hörte ich Millie brüllen.

»Kann ich nicht, häh?« antwortete O'Connor. »Sie behindern einen Polizisten bei der Ausübung seiner Pflicht. Ich muß Ihre geschätzte Dr. James sehen. Sofort, wenn nicht noch schneller.«

Ich steckte meinen Kopf durch die Tür, um zu beobachten, mischte mich aber nicht ein. Millie wurde wahrscheinlich besser mit ihm fertig als ich. Eine weitere Gestalt in Weiß trat hinter ihm heran.

»Wenn Sie dort hineingehen«, sagte Elly, »müssen Sie Ihre Hosen runterlassen und kriegen eine Spritze in den Allerwertesten verpaßt.«

»Das Büro von Dr. James ist die dritte Tür links. Warum warten Sie nicht dort?« schlug Millie vor.

O'Connor grunzte. Ich zog den Kopf wieder zurück und machte es mir bequem. Ich konnte hören, wie er den Gang heruntergetrampelt kam. Ich wollte dabeisein, wenn er Cordelia befragte.

Er grunzte vernehmlich, als er beim Eintreten sah, daß ich mich häuslich an Cordelias Schreibtisch niedergelassen hatte. Ich war sicher, daß er liebend gern selbst dort gesessen hätte.

»Guten Morgen«, sagte ich fröhlich. »Oder ist es schon Nachmittag, Mister… O'Connor?« Ich ließ eine Pause, die lang genug war, daß ein »Sergeant« reingepaßt hätte.

»Was tun Sie hier?« knurrte er.

»Ich mach' mir die Nägel«, antwortete ich und betrachtete lässig meine linke Hand.

»Nun, kleines Fräulein Privatdetektiv. Wissen Sie, wie Beverly Sue Morris gestorben ist?«

»Perforierter Uterus. Höchstwahrscheinlich eine verpfuschte Abtreibung. Genau wie bei der Frau, deren Leiche heute früh in der Nähe des Industriekanals gefunden wurde.«

Er grunzte mißvergnügt. »Wer hat Ihnen das gesagt?« bellte er.

»Sie meinen, ich habe recht? Eigentlich habe ich nur wild geraten.«

»Reden Sie keinen Scheiß! Wer hat es Ihnen gesagt? Ranson?«

»Nein«, wich ich aus. »Eine alte College-Kameradin.« Ich ließ das so stehen.

»Wer?« verlangte er zu wissen. Dann, ohne eine Antwort abzuwarten: »Das ist doch Quatsch. Es war Ranson.«

»Danielle Clayton. Ich bin sicher, Sie kennen sie.«

»Uh«, grunzte er, ein vages Nein.

»Der Sherard-Mordfall? Der Rampart-Street-Vergewaltiger? Ich dachte, ihr Cops haltet euch auf dem laufenden, was die Staatsanwälte mit der besten Schuldspruch-Bilanz angeht.«

Er grunzte nur wieder. Aber er wußte, wer Danny war. Und er hatte meine Botschaft erhalten. Strikt nach Vorschrift.

Cordelia stand in der Tür. »Sind Sie hier, um mich festzunehmen?«

»Treten Sie ein, Dr. James. Tut mir leid, daß Ihr Stuhl besetzt ist«, sagte O'Connor und warf mir einen Blick zu.

Ich stand auf und wies Cordelia den Stuhl zu. Ich setzte mich auf die Fensterbank hinter sie und schaute ihr beschützend über die Schulter. Für das, was O'Connor ihr gleich sagen würde, mußte sie sitzen.

»Schön zu sehen, daß Sie nicht abgehauen sind. Erstaunlich angesichts dessen, was wir herausgefunden haben.« Er machte eine Pause. Ein billiger dramatischer Effekt.

»Und das wäre?« unterbrach Cordelia sein Schweigen.

»Die arme Beverly Sue Morris. Sie ist verblutet. Ihr Uterus war perforiert.«

»Oh, nein«, sagte Cordelia zwischen zusammengebissenen Zähnen.

»Wenigstens ist Beverly nicht allein«, fuhr er unerbittlich fort. »Alice Janice Tresoe, zweiunddreißig, drei Kinder übrigens. Es scheint, als mochte sie es gar nicht, zu sterben. Jemand hat ihr die Handgelenke und Knöchel gefesselt, während sie kämpfte. Heute morgen haben sie sie aus dem Industriekanal gezogen. Jemand hat auch ihren Uterus perforiert. Auch sie war eine Patientin von Ihnen, nicht wahr?«

»Oh, mein Gott.« Cordelia atmete aus und wandte ihr Gesicht von ihm ab, als wäre sie geschlagen worden. »Sie war erst letzte Woche hier.«

»Warum erzählen Sie mir nicht von ihnen, Dr. James? Das macht es für uns alle leichter.« Seine Stimme war sanft, fast liebenswürdig. »Bringen Sie es einfach hinter sich.«

Er sagte nichts mehr, benutzte die Stille als Aufforderung zu antworten.

Cordelia senkte den Kopf. Sie weinte. Dann richtete sie sich auf, machte sich nicht die Mühe, ihre Tränen wegzuwischen.

»Das einzige, was ich Ihnen erzählen kann,« sagte sie klar und deutlich, ohne ihre Stimme versagen zu lassen, »ist, daß ich diese Frauen nicht getötet habe. Sie können mich befragen, so lange Sie wollen, aber das ist die einzige Antwort, die ich Ihnen geben kann.« Sie hielt seinem Blick stand, wich seinem Starren nicht aus.

»Darauf können Sie sich verlassen, Dr. James. Ich werde Sie lange und ausgiebig befragen.«

»Bis jemand den wahren Mörder fängt«, reizte ich ihn. »Wo ist übrigens der Durchsuchungsbefehl für die Akte geblieben?«

O'Connor zog ein Papier aus seiner Jackentasche und reichte es Cordelia. Mich ignorierte er. »Vielleicht hat der Schlaf Ihrem Gedächtnis etwas nachgeholfen und Sie erinnern sich jetzt an dieses Versicherungsformular, häh?« ermunterte er sie.

Cordelia warf einen Blick auf den Durchsuchungsbefehl. »Nein.«

»Wie schade. Wie sind Sie mit so einem Gedächtnis bloß Ärztin geworden?«

Cordelia antwortete nicht, gab ihm lediglich den Durchsuchungsbefehl zurück.

»Vielleicht sollten Sie mal ein wenig recherchieren, O'Connor«, schaltete ich mich ein. »Wenn Sie das täten, so wie ich, würden Sie herausfinden, daß Dr. James jeden Tag zwischen fünfzehn und dreißig Patientinnen hat. Sagen wir mal, im Durchschnitt zweiundzwanzig pro Tag. Mal fünfeinhalb macht einhunderteinundzwanzig Leute die Woche. Alle mit Versicherungsformularen und Quittungen, ganz zu schweigen von Rezepten und Entschuldigungen für die Schule, für die Arbeitsstelle und so weiter. Das ergibt einen Haufen Unterschriften.«

»Und?« grunzte er.

»Nun, ich bin sicher, Sie nehmen nicht an, daß Dr. James all diese Schreibarbeit selbst erledigt. Wenn sie Glück hat, kann sie einen Blick darauf werfen. Die Patientinnen übernehmen eine Menge davon. Die Krankenschwestern, Millie Donnalto, Betty Peterson, Elly Harrison, und Bernice LaRoue macht den größten Teil dessen, was übrigbleibt.«

»Ja. Nichts davon ist mir neu«, sagte er.

»Wenn Sie so oft hier gewesen wären wie ich«, fuhr ich fort, »dann wäre Ihnen aufgefallen, daß hier manchmal Hochbetrieb herrscht. Eine Menge Leute unterwegs sind. Und daß der Schreibtisch im Empfangsbereich vom Wartezimmer aus leicht zugänglich ist. Und… nun ja«, ich stand auf und griff in meine hintere Hosentasche, »ich jedenfalls hatte keine Schwierigkeiten, zwei Quittungen und ein Versicherungsformular mitgehen zu lassen. Niemand hat mich gesehen.« Ich ging um den Schreibtisch herum und hielt O'Connor meine entwendeten Leckerbissen unter die Nase.

»Beweist überhaupt nichts«, bemerkte er.

»Genau wie das Material, das Sie haben.«

»Sie hätten das letzte Nacht stehlen können.«

»Geben Sie mir zehn Minuten, und ich tu's nochmal.«

»Wir werden sehen«, sagte O'Connor und erhob sich. »Verschwinden Sie nicht irgendwohin, Dr. James«, sagte er beim Hinausgehen. »Und passen Sie sehr gut auf Ihre Patienten auf«, fügte er noch hinzu.

»Arschloch«, sagte ich laut.

»Was war das?« fragte O'Connor vom Korridor aus.

»Hämorrhoiden. Ich nutze Dr. James aus und lasse mir gratis ein paar medizinische Ratschläge geben«, rief ich hinter ihm her.

Er grunzte und ging weiter den Korridor hinunter.

»Also, dieses Arschloch, mit dem ich solche Probleme habe ...« Ich beobachtete die Tür, um zu sehen, ob O'Connor wieder hereingestürmt kam. Er kam nicht.

Ich drehte mich zu Cordelia um. Einen Augenblick dachte ich, sie weinte wieder, doch das tat sie nicht. Sie lachte, hielt sich eine Hand vor den Mund, um nicht laut herauszuplatzen. »Danke, Micky«, sagte sie schließlich. »Himmel, tut es gut, Leute wie dich in solchen Zeiten um sich zu haben.«

»Wünschte, ich könnte mehr tun.« Ich wollte zu ihr hinübergehen und meine Arme um sie legen. Das Wissen um O'Connor, der in der Nähe herumschlich, hielt mich zurück. Auch die Tatsache, daß ich nicht wußte, ob Cordelia wollte, daß ich sie anfaßte.

»Hey, Micky, dachte doch, deine Stimme gehört zu haben«, sagte Elly beim Hereinkommen. »Oh, Schatz«, fuhr sie fort, als sie Cordelias tränenverschmiertes Gesicht sah. Sie ging zu Cordelia hinüber und legte die Arme um sie. »Es ist ganz schön hart, was?« Sie strich sanft über Cordelias Haar.

Ich fragte mich, warum ich nicht den Mut hatte, so etwas zu tun.

»Alles in Ordnung«, sagte Cordelia. »Was machst du so früh hier?«

»Ich bin die Verstärkung«, antwortete Elly, ließ Cordelia los und setzte sich auf die Stuhllehne neben sie. »Ich war früh mit meinen Hausbesuchen fertig, Danny rief an und sagte, du würdest dich vielleicht über Gesellschaft freuen.«

»Was glaubt Danny denn, was ich bin?« ging ich dazwischen. »Gemischtes Hack?«

»Nein, natürlich nicht«, antwortete Elly. »Sie erwartet bloß, daß du diesen Fall bis Feierabend gelöst bekommst, und nimmt an, daß du ein wenig Beinarbeit vor dir hast.«

»Schaff' ich locker«, flachste ich zurück.

»Ich bin soweit fit«, sagte Cordelia und stand auf. »Da draußen warten Patientinnen auf mich.«

»Millie macht die Voruntersuchungen«, sagte Elly. »Geh und wasch dir dein Gesicht.«

»Danke«, sagte Cordelia. »Euch beiden.« Sie machte sich auf den Weg zur Toilette am Ende des Korridors.

»Gehst du zu dieser Versammlung?« fragte mich Elly.

»Was für eine Versammlung?«

»Von den Mietern. In etwa fünfundvierzig Minuten. Offensichtlich hat die Anwesenheit der Polizei einige Leute aus der Fassung gebracht.«

»Man sollte doch meinen, es hätte eher etwas mit der Leiche im Keller zu tun«, antwortete ich.

Elly zog eine Grimasse. »Ich glaube, das umschreiben sie elegant mit dem Wort 'Polizei'.«

»Ja. Ich komme auch.«

»Gut, ich brauche moralische Unterstützung. Nonnen schüchtern mich immer ein. Zurück an die Arbeit«, sagte sie.

Sie ging mir voran den Korridor hinunter. Elly bog in einen der Räume ab, und ich lief weiter, hinaus zum Wartezimmer. Es war fast leer, ob wegen der Mittagszeit oder der unheilverkündenden Anwesenheit der Polizei, wußte ich nicht.

»Micky, haben Sie wirklich Formulare von meinem Schreibtisch geklaut?« fragte Bernie.

»Bekenne mich schuldig.«

»Könnte ich sie zurückhaben? Diese Dinger verschwinden

so schnell, daß ich schon immer vermutet habe, daß die jemand mitnimmt,« fuhr Bernie fort.

Ich gab ihr die Formulare zurück, sie hatten in meiner Hosentasche etwas gelitten. Ich warf einen Blick in Richtung O'Connor, um zu sehen, ob er Bernies Beschwerde über die verschwundenen Formulare gehört hatte. Er stand zu nah, um es überhört zu haben, aber er ignorierte mich.

Ich setzte mich wieder hin, fand meine Zeitschrift mit den heißen Sex-Tips aber nicht mehr. Ich begnügte mich mit einer, die versprach, mir zu erklären, wie man Schokolade ißt und dabei abnimmt.

O'Connor schloß seine Befragung des Personals ab, benutzte den Lagerraum, vermutlich damit ich nicht hörte, wie er sie nach den Dingen fragte, die ich ihm eben gesagt hatte. Danach gingen er und die anderen Beamten in den Keller. Ich hatte Geräusche gehört und wußte so, daß da unten noch ein paar Cops mehr waren.

Emma Auerbach betrat die Klinik. Sie sah genauso überrascht aus, mich zu sehen, wie ich sie.

»Was tun Sie ...?« fragte ich.

»Ich sitze im Aufsichtsrat der Klinik. Ich dachte, Cordelia könnte etwas Unterstützung gebrauchen«, erklärte sie.

»Das könnte sie wohl«, stimmte ich zu und dachte, Emma war eine ideale Unterstützung. Dann erklärte ich ihr, weshalb ich hier herumschlich.

»Ich bin froh, dich zu sehen«, sagte sie, als ich fertig war.

Die letzte Patientin kam heraus, und nach dem erforderlichen Papierkram an Bernies Schreibtisch ging sie. Elly und Millie schlossen sich uns an. Ich stellte sie vor. Dann erschien Cordelia. Sie und Emma umarmten sich.

»Zeit für die Versammlung«, sagte Millie.

Bernie war einverstanden, zu bleiben und die Stellung zu halten. Wir anderen machten uns den Weg die Treppen hoch zu einem der größeren Klassenzimmer, wo die Versammlung stattfinden sollte.

Es waren bereits Leute da, Schwester Ann und zwei andere Nonnen, einige Leute in Straßenkleidung. Sie stellten die Tische in einem Viereck zusammen. Wir halfen ihnen dabei und setzten uns dann an die Fensterseite. Die meisten der Kirchenleute saßen auf der gegenüberliegenden Seite. Schwester Ann setzte sich als Kompromiß an einen der mittleren Tische.

Ein Priester, den ich vorher noch nie gesehen hatte, trat ein. Gefolgt von Tante Greta. Sie setzte sich neben ihn und legte ein Notizbuch und ein paar Blätter Papier vor ihn hin.

Er eröffnete die Versammlung, indem er sich als Vater Flynn der blablabla Pfarrei vorstellte, ich bekam das nicht mit. Er betrachtete sich offensichtlich als verantwortlich für diese Versammlung, gekonnt assistiert natürlich von Tante Greta.

»Es muß nicht extra gesagt werden, daß dies eine schwierige Zeit ist«, hob er an. »Die Geschehnisse der letzten Tage haben uns alle aufgewühlt. Planen Sie, die Klinik zu schließen, oder wollen Sie sie halbtags weiterführen?« fragte er zum Schluß und schaute vage in die Richtung, wo unsere Tische standen.

»Sie wird ganztags weitergeführt«, antwortete Cordelia.

»Aber wie wollen Sie das mit nur zwei Teilzeit-Ärzten schaffen?« fragte Vater Flynn.

»Eine Vollzeit- und zwei Teilzeitkräfte«, antwortete Cordelia kurz.

»Aber soweit ich weiß, war ...« Er blickte auf das Papier, das Tante Greta ihm unter die Nase hielt. »... war Ihr Vollzeit-Arzt, ein Dr. James, verantwortlich für den Tod dieses armen, jungen Mädchens. Sie haben doch sicher nicht die Absicht, ihn weiter zu beschäftigen?« Er schaute uns an, als wäre dies bereits beschlossene Sache.

Cordelia und Emma tauschten Blicke. Ich konnte fast sehen, wie die beiden bis zehn zählten, bevor sie sprachen.

Ich erlegte mir eine solche Zurückhaltung nicht auf. »Ihre Informationen sind falsch«, stellte ich klar. »Es ist keineswegs erwiesen, daß Dr. James etwa dafür verantwortlich wäre. Weil sie es nicht ist.«

»Aber die Polizei —«

»Die Polizei hat der Zweckdienlichkeit den Vorzug über die Wahrheit gegeben. Die Anhaltspunkte beruhen lediglich auf Indizien und lassen sich sehr leicht fingieren.«

»Wer sind Sie?« Es war deutlich, daß Vater Flynn von der Zerpflückung seiner vorbereiteten Ansprache nicht sehr begeistert war.

»Michele Knight. Ich bin Privatdetektivin. Ich untersuche die Drohbriefe und Anrufe, die die Klinik erhalten hat, und ich bin diejenige, die die Leiche gefunden hat.«

«Aber die Polizei ...«, wiederholte er.

»Nicht die Polizei, mit der ich gesprochen habe. O'Connors Meinung ist beileibe nicht die einzige in dieser Sache. Ich habe den Fall mit einem Sergeant Inspektor und einer stellvertretenden Bezirksstaatsanwältin besprochen, und beide meinen, daß an der Sache etwas faul ist.« Er hatte seine Polizei und ich meine. Wenigstens würde bei allem, was er jetzt noch vorbrachte, die Polizei nicht wie ein Monolith gegen Cordelia stehen.

Tante Greta konnte nicht länger an sich halten. »Das ist doch lächerlich. Dieses Mädchen weiß nicht, wovon es spricht. Sie müssen tun, was Sie für richtig halten.«

»Ja, vielen Dank«, sagte Vater Flynn.

Cordelia ergriff das Wort. »Die Klinik untersteht nicht Ihrer Befugnis, Vater. Jedwede Entscheidung bezüglich ihres Betriebs wird von uns und nur von uns getroffen.«

»Aber sicherlich können Sie doch einem Arzt, der unter Mordverdacht steht, nicht erlauben, auch weiterhin Patienten zu behandeln. Es sei denn, seine Unschuld wird bewiesen, aber bis zu diesem Zeitpunkt —«

»Diese Entscheidung liegt bei uns, nicht bei Ihnen«, warf Emma ein.

»Das kann keine Einzelentscheidung sein«, erwiderte er scharf. »Der Ruf Ihrer Klinik wirkt sich auf uns und unsere Arbeit aus. Es ist unerträglich, daß wir in den Verdacht geraten, stillschweigend einen Mörder zu dulden.«

Sowohl Emma als auch Cordelia redeten los, aber Vater Flynn, der seinen ganzen moralischen Schwung erreichte, setzte sich über sie hinweg. »Denn ich weiß von der Polizei, und das ist eine Tatsache und keine Ansicht«, donnerte er, »daß das, was die unglückselige junge Frau umbrachte, eine inkompetente Abtreibung war. Auf die eine oder andere Art wurde hier ein Mord begangen. Ein Kind und eine junge Frau sind gestorben. Es darf nicht der Eindruck entstehen, daß wir so etwas unterstützen.«

»Ich habe mich verpflichtet, für die medizinische Betreuung dieser Gemeinde zu sorgen, und ich werde mich nicht von Gerüchten und Anspielungen vertreiben lassen«, schoß Cordelia wütend zurück. »Ich weiß nicht, was dieser jungen Frau im Keller zugestoßen ist. Ich weiß sicher, daß ich keine Abtreibung bei ihr vorgenommen habe, und ganz bestimmt habe ich sie nicht getötet.«

»Sie sind Dr. James, nehme ich an«, folgerte Vater Flynn brillant.

»Ja, das bin ich.«

»Es wäre für alle Betroffenen am besten, wenn Sie sich still im Hintergrund hielten, bis die Polizei die Sache geklärt hat«, sagte er zu ihr.

»*Falls* sie das tut«, fügte ich hinzu.

»Das ist nicht möglich«, stellte Cordelia ruhig fest.

Er schüttelte traurig den Kopf, so als wäre er hier mit einem aufsässigen Kind konfrontiert. Tante Greta schnalzte trocken mit der Zunge. Stille senkte sich schwer auf die Versammlung, und die Leute rutschten unruhig hin und her.

Ich sprang ein. »Aber Dr. James, ein Ruf ist eine wichtige Sache. Was macht es schon, wenn ein paar hundert Leute auf einmal keinen Arzt mehr haben? Ein paar Krebsleiden, die nicht früh genug entdeckt werden, Blutdrucke, die nicht überwacht werden, ein paar unterernährte Babys. Hey, wir müssen alle mal sterben, aber einen schlechten Ruf hat man für immer.«

»Du gibst nicht viel auf einen Ruf, weil du keinen hast«, zischte Tante Greta mich an.

»Natürlich hab' ich einen. Einen schlechten. Hat mich viel Arbeit gekostet, aber es war die Mühe wert.«

»Du warst von Anfang an ein schwieriges Kind.« Wut bemächtigte sich ihrer Stimme. »Ich bot dir einen rechtschaffenen und gottgefälligen Weg, auf dem du wandeln konntest, (und Klischees bemächtigten sich ihrer Sprache), doch in dem Augenblick, als du mein Haus verlassen hast, bist du von diesem Weg abgekommen. Ich habe mich nur deinem lieben, dahingegangenen Vater zuliebe zurückgehalten ...«

Ich ging auf sie los. »Heuchlerin!«

»Ihm zuliebe! Du Flittchen!« explodierte sie, so als hätte sie jahrelang darauf gewartet, mich so zu nennen. »Diebin! Du hast deinen Ruf in dem Augenblick verloren, als du mein Haus verlassen hast.«

»Das ist nicht wahr«, erwiderte ich scharf. »Das war, bevor ich dein Haus verließ. Es war so viel leichter, mit Fremden zu ficken, als bei meiner 'Familie' zu ...«

Tante Greta kreischte zurück: »Wie kannst du es wagen? Solche Worte zu ...«

»Pharisäerin. Du selbstgerechtes Miststück«, brüllte ich sie an. Andere Stimmen erhoben sich und riefen dazwischen. Sag niemals »ficken« vor einem Haufen Nonnen, außer du willst einen Aufstand verursachen. Tante Greta warf mir jedes Schimpfwort an den Kopf, das ihr züchtiges Vokabular gestattete. Und ich schrie zurück.

Plötzlich gab es einen lauten Knall und das Stimmengewirr verstummte. Schwester Ann hatte ein großes Buch genommen und es auf den Tisch fallen lassen. »Das bringt uns doch nicht weiter«, sagte sie in die plötzliche Stille hinein. »Der Grund dieser Versammlung ist es, sich konstruktiv mit dem Mord an einer jungen Frau und dessen Konsequenzen auseinanderzusetzen und nicht, Familienzwiste zu lösen.«

»Dies ist wohl kaum —«, kochte Tante Greta.

»Ruhe, bitte«, unterbrach Schwester Ann. »Cordelia hat recht. Diese Gemeinde braucht medizinische Versorgung, und sofern wir keinen Vollzeit-Ersatz für sie finden und eine Möglichkeit, diese Person zu bezahlen, kann sie nicht einfach abtreten.«

Vater Flynn setzte an, aber Schwester Ann fuhr fort: »Gleichzeitig, zu Recht oder zu Unrecht, fürchten sich die Leute, und Gerüchte breiten sich aus.« Sie wandte sich an Cordelia. »Würden Sie einem Kompromiß zustimmen? Vielleicht ständig eine Krankenschwester oder eine andere Pflegerin bei sich zu haben? Ich weiß, daß Ihr Personal überarbeitet ist, und ich würde ganz bestimmt ein paar Stunden meiner Zeit opfern, wenn das hilft.«

»Wenn eine Patientin das wünscht. Für gewöhnlich ist eine Krankenschwester anwesend«, antwortete Cordelia.

»Und ich denke, wir sollten gemeinsam eine öffentliche Stellungnahme abfassen, die die Dinge ein wenig beruhigt und es uns erlaubt, hier mit unserer Arbeit weiterzumachen. Irgendwelche Einwände?« Schwester Ann schaute im Kreis herum.

Vater Flynn machte eine Auflage: »Jede Stellungnahme, die diese Pfarrei betrifft, müßte vorher von mir überprüft werden.«

»Sie muß natürlich für alle Betroffenen akzeptabel sein«, antwortete Schwester Ann. »Ich würde vorschlagen, wir treffen uns noch einmal, um die Hauptpunkte auszuarbeiten. Vielleicht Freitag zur selben Zeit?« Sie schaute wieder herum. Köpfe nickten, einige bereitwillig, andere widerstrebend. »Also, gibt es sonst noch etwas, bevor wir uns vertagen?«

Tante Greta ergriff das Wort. Ich drehte ihr den Rücken zu und schaute aus dem Fenster, während sie sagte: »Ja, ich verlange eine Entschuldigung. Vorher werde ich diesen Raum nicht verlassen.«

Ich wollte sagen: »Dann verrotte hier, du Miststück«, hielt aber inne. Das würde überhaupt nichts bringen, ich würde mich bloß kindisch anhören. Ich schämte mich bereits meines vorangegangenen Verhaltens, so als wäre ich ein Kind in einem Raum voller Erwachsener, fehl am Platz und der Spielregeln unkundig. Mein einziger Trost war, daß Tante Greta sich genauso schlecht benommen hatte wie ich. Ich wandte ihr weiterhin entschlossen den Rücken zu.

»Entschuldige dich, Kind. Du wirst dich besser fühlen«, sagte Vater Flynn.

»Nein«, erwiderte ich, ohne mich umzudrehen. »Ich werde mich niemals entschuldigen.«

»Ich hätte die Polizei rufen sollen, als du dich aus meinem Haus geschlichen hast«, sagte Tante Greta.

»Ich war volljährig.«

»Wegen dem Geld, das du gestohlen hast«, antwortete sie.

Ich drehte mich zu ihr um. Das selbstgerechte Grinsen war wieder da. »Ich habe kein Geld gestohlen.«

»Oh doch, das hast du. Über tausend Dollar. Deshalb mußtest du dich mitten in der Nacht wegschleichen.«

»Ich habe kein Geld gestohlen«, wiederholte ich, nicht für Tante Greta, sondern für die anderen Zuhörenden. Wahrscheinlich hatte Bayard mein plötzliches Verschwinden ausgenutzt.

Sie fuhr fort mit ihrer Litanei. Ich wandte ihr den Rücken zu, weigerte mich, ihr weiter zuzuhören. Ich hatte geglaubt, sie anzuschreien, ihr all die Schimpfworte an den Kopf zu werfen, die ich ihr schon immer hatte sagen wollen, würde mich 'reinigen', etwas von meiner aufgestauten Wut freisetzen, aber dem war nicht so. Ich würde die mit ihr verbrachten Jahre nicht kathartisch abschütteln können.

Vater Flynn unterbrach ihre Tirade. »Kommen Sie, Greta, lassen Sie uns gehen. 'Barmherzigkeit ist duldsam und gut'.« Ich hörte, wie sie gingen. Nur die Entfernung brachte Tante Greta zum Schweigen.

Als die Schritte auf dem Korridor verhallt waren, drehte ich mich endlich um.

Emma war immer noch da.

»Ich habe kein Geld gestohlen«, wiederholte ich.

»Michele, Liebes, das weiß ich. Ich war da, erinnerst du dich? Ich habe gesehen, was du aus diesem häßlichen Haus mitbrachtest. Einen ramponierten Koffer und eine kleine Bücherkiste. Und ich habe dich beim Auspacken beobachtet. Ich habe keine tausend Dollar gesehen. Und selbst wenn ich nicht mit eigenen Augen gesehen hätte, daß du kein Geld gestohlen hast, würde ich dieser Furie wohl kaum mehr Glauben schenken als dir.«

»Danke, Emma«, sagte ich und lächelte über ihre Wortwahl. Ich überraschte uns beide damit, daß ich sie fest umarmte. Wie ich es schon vor langer Zeit hätte tun sollen, wenn da nicht Tante Greta gewesen wäre, die mich gelehrt hatte, zu erwarten, daß die Leute mich nur ausnutzen wollten. Und Bayard, der mir einen Grund geliefert hatte, zu glauben, daß Emma mich ausnutzte.

»Ich danke dir«, sagte sie, als ich sie losließ.

Ich tat es mit einem Schulterzucken ab, konnte aber nicht anders, als Emma anzulächeln. Auf eine Art und Weise, von der Tante Greta nie etwas erfahren würde, oder selbst wenn, die sie nie verstehen würde, hatte ich heute einen Sieg über sie errungen.

»Nein, ich danke Ihnen. Zehn, nein, tausend Tante Gretas samt ihrer Anwürfe könnten nicht aufwiegen, daß Sie an mich glauben.«

»Kluge Frau«, antwortete Emma. »Ich muß jetzt los. Paß für mich auf Cordelia auf, ja?«

Ich versprach es und brachte Emma zu ihrem Wagen. Dann ging ich zurück ins Wartezimmer. Und wartete, angeblich, um für Emma auf Cordelia aufzupassen, aber in Wirklichkeit schaute ich nur herum und hoffte, daß sich irgend etwas ergab, das mir weiterhelfen würde.

Joanne kam gegen halb sechs.

Eine Minute später erschien Hutch, ein paar Minuten darauf Danny.

Hutch und Millie nahmen ihr heterosexuelles Privileg wahr und küßten sich zur Begrüßung. Danny und Elly umarmten sich diskret. Joanne und ich nickten einander zu. Danny umarmte auch Cordelia, als sie nach ihrer letzten Patientin aus dem Behandlungszimmer kam.

Wir zogen *en masse* los zum Parkplatz. Ich stieß Danny mit dem Ellbogen in die Seite, als ich O'Connor erblickte. Danny war gerade dabei, uns alle zum Abendessen zu sich einzuladen. Und kurz davor, Ellys Hand zu halten. Nach meinem Wink richtete sie sich gerade auf.

O'Connor grunzte, als er uns sah. »Schau mal einer an, was haben wir denn hier?«

»Eine Gruppe von Menschen«, antwortete ich.

»Beamtin Ranson«, sagte er, »Sie kommen wohl ziemlich oft zufällig hier vorbei, was?« Er war sichtlich nicht berückt davon, daß sie ihm bei der Untersuchung auf die Finger sah.

»Kommt vor. Kennen Sie meinen Partner, Hutch Mackenzie?«

Hutch schüttelte O'Connor die Hand, überragte ihn dabei auffällig. »Ja, nun, leicht zu sehen, warum Sie ihn mitbekommen haben«, bemerkte O'Connor gehässig.

Joanne verspannte sich.

»Wir sind so gut zusammen, weil die Ganoven immer genau dasselbe denken wie Sie«, sagte Hutch in seinem besten Von-Mann-zu-Mann-Ton. »Joanne habe ich zum allerersten Mal auf der Judomatte getroffen. Ich dachte, hey, kein Problem, die werf' ich doch ohne Verzug zu Boden. Dann betrachtete ich die Decke und fragte mich, was gerade passiert war.« Hutch legte seinen Arm um O'Connor, als wäre er ein Kumpel, was bloß den Eindruck verstärkte, um wieviel größer Hutch war. »Dann sagte ich mir, in Ordnung, du Miststück. Und ich stand auf und ging die Sache ernsthaft an. Und da war schon wieder die Decke. Und wieder. Sie hat mich vier Mal umgenietet. Dann gab ich auf. Wir sind ein tolles Team,

Joanne verkloppt die Ganoven, und ich setz' mich dann auf die Kerle drauf.«

»Ich wollte Sie nicht beleidigen«, sagte O'Connor und schaute zu Hutch auf.

»Das können Sie auch gar nicht, Detective O'Connor«, antwortete Joanne kühl.

»Nun, Dr. James«, sagte O'Connor und schlich von Hutch weg. »Haben Sie mir zuliebe Ihre Truppen versammelt?«

»Nein.« Cordelia schüttelte den Kopf.

»Zwei Polizeibeamte, eine Bezirksstaatsanwältin.« Er nickte Danny zu. »Fräulein Privatdetektiv, Ihr Personal. Ich bin beeindruckt. Aber nicht beeindruckt genug, um Sie mit einem Mord davonkommen zu lassen.« Mit diesen Worten stieg er in sein Auto und fuhr davon.

»Arschloch«, kommentierte ich.

»Tut nur seine Arbeit«, gab Hutch zu bedenken.

»Aggressiv«, antwortete ich.

Jetzt, da O'Connor weg war, erneuerte Danny ihre Einladung zum Abendessen.

»Warum rufe ich nicht Alex an, damit sie uns dort trifft?« bot Cordelia an. »Sie hat heute zweimal angerufen, und ich habe mich noch nicht zurückgemeldet.«

»Das mache ich schon«, sagte Joanne. »Ich muß sie sowieso anrufen.« Sie lehnte Cordelias Angebot, ihr die Schlüssel zu geben und von der Klinik aus zu telefonieren, ab und ging statt dessen zu der Telefonzelle an der Ecke.

Mit einem Mal fühlte ich mich müde, ließ mich gegen das Auto sinken, war vom Tag entnervt und entkräftet. Ich fühlte mich nicht stark genug, in Alex' Anwesenheit durch Dannys Haus zu marschieren und so zu tun, als würde ich nicht mit Joanne schlafen.

»Aufwachen, Mick, du hast noch nicht zu Abend gegessen«, scholt Danny meinen herabgesunkenen Kopf. »Wo warst du übrigens gestern abend«, fuhr sie fort.

»Den größten Teil habe ich hier verbracht.«

»Und danach?«

»Im Bett, schlafend«, antwortete ich und warf ihr einen Das-geht-dich-überhaupt-nichts-an-Blick zu.

»In wessen Bett? Ich hab' heute morgen gegen sieben bei dir angerufen.«

»Unter der Dusche.«

»... und dann nochmal gegen acht.« Nach unserer Affäre genoß Danny es immer wieder, billige Kommentare über mein willkürliches Sexleben abzugeben. Für gewöhnlich war es ein Spiel zwischen uns, aber im Moment schätzte ich es nicht besonders.

»Sie trifft uns dort«, sagte Joanne, während sie den Parkplatz überquerte.

»Gut, je voller, desto besser«, sagte Danny. »Damit sind wir also zu acht.«

»Sieben, tut mir leid. Ich bin alle. Ich werde nach Hause gehen und zusammenbrechen.«

»Klar, Micky. Ich bin es gewöhnt, daß du ein Gratisessen und ein Gratiströpfchen ablehnst, um ganz allein nach Hause zu gehen«, stichelte Danny.

Elly gab mir Rückendeckung. »Du siehst wirklich müde aus.«

»Gute Nacht, Mädels«, sagte ich und ging zu meinem Auto. Ich war kurz davor, Danny anzubrüllen, ihr zu sagen, daß sie mich verdammt nochmal in Ruhe lassen sollte, aber meine Wut galt nicht wirklich ihr, sondern mehr den Ereignissen der vergangenen paar Tage. Ich bekam nur vage mit, daß Danny, Elly und Cordelia mir eine Gute Nacht wünschten.

Ich stieg ein. Joanne erschien an meinem Wagenfenster, lehnte sich gegen die Tür. »Bist du okay?« fragte sie.

»Jaja, mir geht's gut. Müde.«

»Ist das wirklich alles?«

»Ja. Wirklich. Grüß Alex von mir«, antwortete ich. Aber es gelang mir nicht, meine Stimme so unbeteiligt klingen zu lassen, wie ich gern wollte.

»Es tut mir leid.«

»Ich bin okay. Nur müde«, überspielte ich es.

»Es tut mir leid«, wiederholte sie. »Ich dachte, wir könnten ganz zwanglos miteinander umgehen. Ich hatte nie die Absicht, dich zu verletzen.«

»Wir sind zwanglos. Ich habe mit einer ganzen Menge Frauen gefickt«, sagte ich schroff und verbarrikadierte mich. »Glaub nicht ... daß du mir mehr bedeutest als die anderen«, setzte ich noch herzlos hinzu.

»In Ordnung«, antwortete Joanne kurz.

»Und *bitte* grüß Alex von mir.«

Joanne richtete sich auf. Ich nahm ihre Hand, hinderte sie daran, wegzugehen. Ich beobachtete, wie Dannys Auto, gefolgt von Cordelias, auf die Straße fuhr. Ich wandte mich Joanne wieder zu. Ich zog sie zu mir heran und küßte sie. Erst war sie steif, unempfänglich, dann öffnete sich ihr Mund ein wenig, ließ meine Zunge ein. Sie legte ihre Arme um mich und erwiderte meinen Kuß unsanft. »Scheiße«, sagte sie und brach ab. »Das können wir hier nicht tun.«

»Ich schätze nicht.« Ich ließ meinen Wagen an. »Du weißt, wo ich wohne. Und du hast einen Schlüssel.« Joanne trat von meinem Auto zurück. »Gute Nacht, Micky«, sagte sie, gab mir bewußt keine Antwort.

»Mach's gut«, sagte ich und fuhr los. In meinem Rückspiegel beobachtete ich, wie Joanne zu ihrem Wagen marschierte. Dann fuhr ich nach Hause.

Sie kam vorbei, nachdem sie Dannys und Ellys Haus verlassen hatte.

Elftes Kapitel

Am Morgen weckte mich Joanne zu einer unanständigen Zeit. »Ich muß zurück in meine Wohnung und mich umziehen«, erklärte sie.

»Viel Spaß«, antwortete ich schläfrig.

»Dreh dich um«, befahl sie mir, drückte mit der Hand gegen meine Schulter und zwang mich auf den Rücken.

»Es ist zu früh am Morgen«, protestierte ich.

»Du wolltest, daß ich komme«, hielt sie dagegen, fuhr mit ihrer Hand über meine Brüste, dann hinunter zwischen meine Beine.

»Joanne …«, sagte ich, aber ihre Hand fing an, mich aufzuwecken. Der Schlaf konnte warten. Ich griff nach ihr, wollte sie auf den Rücken werfen und mich auf sie legen, aber sie rang mich nieder. Joanne war stärker, als sie aussah, dachte ich, als ich unter ihr lag. Sie war auf mir, hielt meine Handgelenke fest und drückte meine Arme aufs Bett.

»Beine auseinander«, befahl sie.

Ich begriff, daß wir kämpften. Oder unser Sparring von gestern abend fortsetzten. Die erste Runde hatte ich gewonnen, indem ich weggefahren war und sie dazu gebracht hatte, hierherzukommen. Jetzt zahlte sie es mir heim. Ich hielt meine

Beine geschlossen, versuchte zu entscheiden, wieviel Widerstand mein Stolz verlangte.

Wir starrten uns an, und was folgte, war ein Wettstreit, Willen gegen Willen. Sie verlagerte ihr Gewicht, drängte zwischen meine Beine. Ich widersetzte mich störrisch, obwohl ich sie wollte. Langsam zwängte ihr Druck meine Beine auseinander.

Ich fuhr hoch, nutzte den geringeren Druck auf meine Hände. Aber ich kam nicht frei. Für eine Minute rangen wir miteinander, aber es gelang mir nicht, sie aus dem Gleichgewicht zu bringen. Ihr Bein war jetzt zwischen meinen und drückte in mich hinein.

»Die Beine auseinander«, verlangte sie noch einmal.

»Steck mir deinen Finger rein, so tief du kannst«, gab ich zurück.

»Das hättest du gern, was?« erwiderte sie scharf. Aber ihr Finger schob sich zwischen die Falten meines Fleischs, bis sie meine Öffnung fand. Ich keuchte, als ihr Finger in mich hineinschoß.

Irgendwie hatte sich Wut in unseren Sex geschlichen. Nein, ich hatte das ausgelöst durch das, was ich gestern abend gesagt hatte.

»Zwei?« fragte sie, wartete die Antwort nicht ab, sondern nahm den zweiten Finger dazu. Fest und tief stieß sie in mich hinein.

»Nein«, bei dem harten Druck stöhnte ich auf. Ich packte ihr Handgelenk, bevor sie wieder in mich hineinrammen konnte. »Nein, tu es nicht. Ich hab's nicht so gemeint«, sagte ich.

Sie zog ihre Finger heraus, sagte aber nichts.

»Gestern abend... auf dem Parkplatz... Ich hab's nicht so gemeint«, erklärte ich.

Joanne nahm meine beiden Hände und hielt sie fest. So lagen wir für einen Augenblick, dann berührte sie meine Lippen leicht mit den ihren.

»Es tut mir leid«, sagte ich.

»Micky Knight, du bist der einzige Mensch, der mehr Abwehrmechanismen hat als ich«, antwortete Joanne.

»Ein Rekord, nehme ich an.«

»Wahrscheinlich«, stimmte sie zu.

»Ich weiß nicht, warum ich das gesagt habe.«

»Ich habe dich wahrscheinlich zu Tode erschreckt mit der Bemerkung, daß unsere Beziehung mehr als zwanglos ist.«

»Ja, das hast du«, sagte ich.

»Mach dir keine Sorgen. Mir geht's genauso.«

»Und was machen wir jetzt?«

»Ich weiß es nicht«, antwortete Joanne. Und mehr gab es nicht zu sagen. Wir lagen still beieinander und umarmten uns.

»Ich muß jetzt wirklich zur Arbeit«, sagte Joanne schließlich. Sie setzte sich auf und schwang ihre Beine aus dem Bett.

»Wann sehe ich dich wieder?« fragte ich.

»Bald.«

»Heute abend?«

»Wenn du willst«, antwortete sie nach kurzem Zögern.

»Wenn das okay ist.« Ich setzte innerlich zurück, erinnerte mich daran, daß sie andere Verpflichtungen hatte. Eine andere Geliebte. »Vielleicht wäre ein andermal besser.«

»Heute abend«, antwortete sie. »Aber es wird spät werden, wahrscheinlich nach zehn.«

»Das ist in Ordnung.« Machte sie Überstunden, oder war sie mit Alex verabredet? Ich fragte sie nicht.

Joanne zog sich eilig an, gab mir zum Abschied einen Kuß. Dann ging sie.

Ich schlief wieder ein.

Als ich wach wurde, war es nach zehn. Ich nahm eine lange Dusche und weckte mich damit gründlich auf. Ich rief die Klinik an und plauderte kurz mit Bernie. Sie sagte, im wesentlichen sei alles verhältnismäßig friedlich. Dann rief ich Andy an, um ihn über Drucker zu befragen. Wir sprachen kurz, aber er hatte nicht viele Informationen, die mir helfen konnten, den Briefeschreiber zu fangen. Computerdruckern kann nicht wie Schreibmaschinen nachgespürt werden. Ich dankte ihm und bat ihn, Torbin daran zu erinnern, daß meine Rache nicht mehr lange auf sich warten lassen würde.

Vielleicht waren die Briefe in Anbetracht der Morde unwichtig, aber ich war engagiert worden, um ihnen nachzugehen. Außerdem war ich nicht überzeugt, daß das eine nicht doch etwas mit dem anderen zu tun hatte.

Ich begann mit der mühseligen Arbeit, einen möglichen Drucker ausfindig zu machen. Ich trug einen bereinigten Absatz aus einem der Briefe in mehrere Computerläden. Sie waren alle bereit, mir Drucker vorzuführen, aber niemand konnte den genauen Drucker identifizieren, aus dem dieser Brief kam. Ich dankte ihnen und versprach, sie wissen zu lassen, wenn ich ins Computer-Zeitalter eintrat.

Als ich gegen vier wieder in meine Wohnung kam, erwartete mich eine Botschaft meines Lieblingspolizisten auf dem Tonband. O'Connor wollte, daß ich aufs Revier kam, um zu »reden«. Ich rief an, um einen Termin für unser »Schwätzchen« zu machen. Sofort wäre gut, sagte er. Ich imitierte sein Grunzen und willigte ein.

Und so verbrachte ich den Rest des Nachmittags und den frühen Abend damit, immer und immer wieder die Geschichte meiner Jagd auf den Eindringling und des Leichenfunds zu wiederholen. O'Connor gab nicht auf, nach Unstimmigkeiten in meiner Erzählung zu suchen. Besonders in dem Punkt, daß die Leiche morgens noch nicht dort gewesen war. Ich wurde der Sache vor ihm müde, aber meine gleichbleibenden Antworten erschöpften ihn schließlich auch. Er ließ mich die Aussage unterschreiben und entließ mich mit einem Grunzen.

Ich fuhr zur Klinik. Da heute Donnerstag war, hatten sie Abend-Sprechstunden. Cordelia sollte eigentlich noch da sein, sagte ich mir, während ich auf den Parkplatz fuhr. Die Lichter waren an, aber als ich eintrat, war niemand auf dem Korridor.

Schwester Peterson war der einzige Mensch im Wartezimmer. Sie fuhr zusammen, als sie mich sah.

»Entschuldigung, wollte Sie nicht erschrecken«, sagte ich.

»Schon gut. Es ist nur dieses ganze …« Sie beendete den Satz nicht und räumte einige Akten weg.

»Verständlich. Haben Sie am Freitag gearbeitet? Letzten Freitag?«

Nervös schlug sie eine Lade des Aktenschranks zu. Ich schien eine beunruhigende Wirkung auf sie zu haben. »Freitag?« fragte sie. »Ähm … ja … ich glaube schon.«

»Ach, du bist es«, sagte Cordelia, die aus ihrem Büro trat und mich im Wartezimmer sah. »Sie sind noch hier, Betty?« fragte sie, als sie den Gang herunterkam und Schwester Peterson erblickte.

»Mach' nur noch ein paar Sachen fertig. Ich gehe dann jetzt.« Um es zu bekräftigen, nahm sie ihre Tasche und ging. Wollte wahrscheinlich nicht mit einer berüchtigten Lesbe und einer … für was sie Cordelia wohl hielt?

»Du siehst müde aus«, sagte ich zu ihr.

»Bloß weil ich müde *bin*. Willst du dir die neueste Post ansehen?«

Ich verzog das Gesicht, nickte aber. Sie ging voran in ihr Büro.

Ich warf einen Blick auf die Briefe. Einer an Elly, einer an Millie und einer an Cordelia. Dasselbe Muster von widerlichen sexuellen Anspielungen mit zusätzlichen Bemerkungen, wie gut sie sich um ihre Patientinnen kümmerten, besonders um junge Frauen, die Abtreibungen wollten.

»Mag scheint's keine Tiere, was?« sagte ich. Er hatte Ellys und Dannys Hund sowie Cordelias Kätzchen erwähnt.

»Woher kennt er den Namen meiner Katze?« fragte sie. »Spioniert er uns nach?«

Ich schaute mir den Brief nochmal an. Es war die Rede von Gauner, was wohl der Name von Cordelias Kätzchen sein mußte.

»Keine Ahnung.« Ich schaute mir die Briefe nochmal an. »Aber er weiß nicht alles. Du und Elly. Der Brief an sie nennt sie einen frigiden Mischling. Und du bist immer noch zu häßlich, um einen Mann zu kriegen.«

»Und? Das ist doch nur Unflat.«

»Diese Briefe wissen noch nichts über deine Sexualität.«

»Interessant. Aber was beweist das?«

»Hörensagen. Es ist durchaus denkbar, im Supermarkt in der Schlange den Namen deiner Katze zu erwähnen.«

»Aber nicht, daß du Lesbe bist.«

»Folglich kennt der Briefeschreiber dich nicht sehr gut. Vielleicht jemand, der hier arbeitet oder sich oft hier aufhält.«

»Das sind viele.«

»Aber wenn ich mich lange genug hier herumtreibe, kann ich ihn vielleicht aufspüren«, sagte ich.

»Oder verjagen. Das würde mir schon reichen.«

»Also wirst du mich in Zukunft ziemlich oft sehen. Glaubst du, du wirst das überleben?«

»Das wird hart, aber ich schaff's schon«, sagte sie. »Ernsthaft: es war ... schwierig in den letzten paar Tagen. Es ist gut, meine Freundinnen um mich zu haben.«

Sie schaute mich über ihren Schreibtisch hinweg an, ein sanftes Lächeln auf ihrem Gesicht. Ich fühlte mich plötzlich schüchtern, wußte nicht, was ich sagen sollte. Ich schaute hinunter auf meine Füße, dann schnell wieder zu ihr, aber ihr Blick war weitergewandert. Oh, Himmel, und ich schlafe mit Joanne, schoß mir durch den Kopf.

»Laß mich zusammenpacken, dann können wir gehen«, sagte Cordelia.

»Gute Idee.«

Sie fing an, die Papiere auf dem Schreibtisch zusammenzulegen, einige davon verschwanden in ihrem Aktenkoffer. Ganz unvermittelt fragte sie: »Weißt du, was mit Joanne und Alex los ist?«

»Äh… nein… Ist denn irgend etwas…?« Ich suchte nach Worten.

»Sie schienen gestern abend… nicht miteinander klarzukommen. Und sie sind nicht zusammen weggegangen.«

»Vielleicht haben sie sich später getroffen.« Es gefiel mir nicht, zu lügen, aber ich schien nicht drumherum zu kommen.

»Nein, haben sie nicht. Alex ist noch auf einen Tee und etwas Anteilnahme mit zu mir gekommen. Sie sagte, Joanne sei gestern abend noch woanders hingegegangen.«

Cordelia war immer noch dabei, Dinge in ihren Aktenkoffer zu legen. Ich ging zum Fenster hinüber, schaute hinaus und hielt ihr meinen Rücken zugewandt. Ich bekam ein ungutes Gefühl in der Magengegend.

»Joanne ist schwer zu verstehen«, sagte ich.

»Manchmal«, antwortete Cordelia. »Alex glaubt, daß sie eine Affäre hat. Hat sie das?«

»Nein, glaub' ich nicht«, log ich schnell, hoffte, die Unterhaltung damit zu beenden.

Ich spürte Cordelias Reglosigkeit hinter mir. »Du lügst. Sie hat eine Affäre, nicht wahr?«

Ich sagte nichts.

»Ist es was Ernstes?« bohrte sie weiter.

Ich zuckte mit den Schultern. Ich wußte es nicht.

»Komm schon, Micky«, sagte Cordelia und stellte sich neben mich. »Du siehst Joanne doch dauernd. Wenn es jemand weiß, dann du. Wenn…«

Dann hielt Cordelia inne und schaute mich an. Schaute bloß. »Du bist es, nicht wahr?« Sie wandte sich unvermittelt von mir ab und ging zurück zu ihrem Schreibtisch, knallte ihren Aktenkoffer zu. »Das geht mich nichts an«, sagte sie gepreßt. »Ich bin wirklich müde. Ich muß nach Hause und etwas schlafen.«

Ich wirbelte zu ihr herum. »So ist es nicht.«

»Wie ist es dann?« wollte sie wissen. »Schläfst du mit Joanne?«

»Na ja... ja... aber...« Ich stockte.

»Erzähl es mir nicht.« Sie nahm ihren Aktenkoffer und ging zur Tür. »Alex ist eine meiner engsten Freundinnen. Ich kann nicht objektiv sein... Erzähl mir nichts, was ich nicht wirklich wissen soll.«

Sie stand in der Tür, die Hand am Lichtschalter, wartete darauf, daß ich ihr voran den Korridor hinunterging.

»Wirst du es Alex sagen?« fragte ich, als ich an ihr vorbeiging.

Sie knipste das Licht aus und folgte mir ins Wartezimmer. Sie sagte nichts mehr, bis sie die Klinik abgeschlossen hatte und wir auf dem Gang waren. »Ich weiß es nicht. Ich weiß es wirklich nicht. Ich brauche Zeit zum Nachdenken«, sagte sie, als wir das Gebäude verließen. »Ich wünschte, ich wüßte nichts davon.« Sie drehte mir den Rücken zu und schloß den Haupteingang ab.

»Ich auch«, antwortete ich.

Sie ging an mir vorbei zum Parkplatz. »Danny hatte recht.«

»Recht womit?« wollte ich wissen und folgte ihr.

»Damit, wie... gewissenlos du bist. Rücksichtslos.«

»Verfluchte Danny!« brach es aus mir heraus, wütend benutzte ich sie als Zielscheibe.

Cordelia drehte sich um und schaute mich an. »Sag das nicht. Nicht in meiner Gegenwart. Danny ist meine Freundin. Ich habe Alex letzte Nacht in den Armen gehalten, als sie weinte. Aber ich nehme nicht an, daß dich das auch nur einen Deut interessiert.« Sie fauchte. »Während du und Joanne...«

»Aber natürlich, das ist alles mein Fehler. Ich hab' Joanne aufs Bett geworfen und gesagt: 'Komm schon, Baby, laß uns ficken.' Ich bin sicher, Danny hat dir erzählt, daß ich *sie* auf diese Art verführt habe.«

Sie setzte an, etwas zu sagen, hielt dann inne und drehte sich weg. »Gute Nacht, Micky«, sagte sie und schloß ihr Auto auf, machte sich nicht einmal mehr die Mühe, mich anzuschauen.

»Du hast mich belogen«, schrie ich sie an. »Du hast gesagt, du würdest mir deine Entscheidung mitteilen… als du im letzten März aus meinem Leben verschwunden bist!«

»Wenn ich es weiß«, korrigierte sie mich.

»Und wann wird das sein? Wenn es in der Hölle schneit?« verlangte ich zu wissen.

»Nein. Jetzt. Lebwohl, Micky.« Immer noch ohne mich anzusehen, stieg sie ins Auto und ließ den Motor an. Sie fuhr an mir vorbei auf die Straße ohne einen Blick zurück.

Ich versetzte meinem Auto einen Schlag, donnerte meine Fäuste auf die Motorhaube, lehnte mich schluchzend gegen das Blech. Schließlich stieg ich ein und fuhr zu meiner Wohnung.

Joanne wartete schon. »Was ist passiert?« fragte sie, als sie mich sah.

Ich berichtete.

»Ich will nicht, daß Cordelia es Alex erzählt«, sagte sie, als ich fertig war. »*Ich* werde das tun. Bitte sie, es Alex nicht zu sagen, bis ich die Gelegenheit hatte.«

»Cordelia spricht nicht mit mir. Das mußt *du* schon machen.«

»In Ordnung«, sagte Joanne kurz. »Gib mir dein Telefon.«

Ich nahm mein Telefon und wollte es ihr rüberreichen, hielt dann inne. Es war mein Fehler. Ich wählte Cordelias Nummer. »Hallo?« ging sie dran.

»Erzähl es Alex nicht«, sagte ich. Ich nahm an, sie wußte, wer sprach. »Joanne will zuerst mit ihr reden.«

»Ist sie da?«

»Ja«, antwortete ich.

»Bleibt sie?«

»Das weiß ich nicht.«

»Ich werde es Alex nicht sagen. Ich möchte es auch nicht.«

»Danke.«

»Danke mir nicht«, antwortete sie. Eine Pause, dann sagte sie schließlich: »Gute Nacht, Micky.« Sie legte auf.

Ich legte den Hörer weg. »Sie wird es Alex nicht sagen.«

»Danke«, sagte Joanne, lief dabei im Zimmer auf und ab.

»Danke mir n—« Doch ich wollte Cordelias Worte nicht wiederholen. »Es tut mir leid, Joanne.«

»Kannst du nicht besser lügen?« fragte sie.

»Ich hab's versucht. Aber keine Sorge, alle werden wissen, daß es meine Schuld war. Was für eine Chance hattest du schon gegen die abgebrühteste lesbische Schlampe des ganzen Südens?«

Sie setzte sich neben mich. »So simpel und schwarzweiß ist das nicht.«

»Klar ist es das. Frag Danny. Oder Cordelia.«

»Komm.« Sie nahm meine Hand. »Laß uns ein wenig schlafen.«

»Wäre es nicht besser, wenn du gehst?«

»Willst du das?«

»Nein, aber *ich* bin eine Schlampe.«

»Jetzt hör auf«, sagte sie wütend. »Du bist keine Schlampe.«

»Und ob. Frag Danny. Frag Cordelia. Frag Alex. Frag all die Frauen, deren Namen ich nicht mehr weiß«, sagte ich bitter. »Geh zurück zu Alex.«

Joanne stand auf. »Komm ins Bett, wenn du damit fertig bist, dir selber leid zu tun«, sagte sie und ging ins Schlafzimmer.

Ich folgte ihr. »Joanne ...« Ich blieb in der Tür stehen, sah zu, wie sie sich ruhig auszog und in mein Bett stieg. »Joanne, ich bin's nicht wert. Geh nach Hause zu Alex. Bitte.«

»Leg dich zu mir. Rede mit mir«, antwortete sie.

Ich setzte mich auf die Bettkante, ließ meine Kleider an. »Ich habe alles durcheinandergebracht, nicht wahr?« sagte ich schließlich.

»Tut das nicht jede? Zieh dich aus und komm ins Bett.«

»Joanne. Was ist mit Alex? Ist es das wert, sie wegen mir zu verlieren?«

»Micky, ich weiß, daß es irgendwo ein Buch mit Vorschriften gibt, die besagen, daß wir das hier nicht tun sollten, aber das wirkliche Leben richtet sich nicht nach Vorschriften. Mein bisheriges Leben ganz sicher nicht.«

»Cordelia hat mir gesagt, daß Alex letzte Nacht bei ihr war.«

»Na und? Sie wären ein hübsches Paar«, sagte Joanne.

»Nicht so. Tee und Anteilnahme. Cordelia sagte, Alex hat geweint«, erklärte ich, hoffte, ein wenig Schuldgefühl aus Joanne herauszukitzeln.

»Gut. Sie kann etwas gebrauchen, worüber sie weinen kann.«

»Joanne? Wie kannst du so …?«

»Gemein sein? So herzlos? Schau, ehrlich, ich bringe Alex nicht gern zum Weinen, aber die Tatsache, daß wir beide miteinander schlafen, ist ja wohl kaum das Ende der Welt. Wenn sie und Cordelia herumlaufen und so tun wollen, als sei es das, dann ist das deren Problem, und nicht meins.«

»Was ist mit mir? Ich bringe Alex nicht gern zum Weinen.« Oder Cordelia dazu, mich zu verachten.

»Das tust du nicht, glaub bloß nicht, das du das tust. Ihre schmerzlichste Kindheitserinnerung ist irgendeine überfahrene Katze. Das ist es schon. Mein Vater hat Katzen immer gegen die Garagentür geschleudert, wenn er betrunken war. Und wenn er richtig betrunken war, auch Kinder«, fügte Joanne bitter hinzu.

»Das ist nicht Alex' Fehler.«

»Nein, ist es nicht. Aber es ist nicht *mein* Fehler, daß sie in einer behüteten, kleinen, blaublütigen Welt lebt.«

»Und deshalb ist es in Ordnung, sie zu betrügen?« wollte ich wissen.

»Ich habe nie Versprechungen gemacht. Wir sind nicht Danny und Elly, mit gemeinsamem Bankkonto und Plänen für ein gemeinsames Haus. Ich habe nie gesagt, daß es für immer sei, und ich habe nie gesagt, daß ich nicht mit einer anderen schlafen würde. Vielleicht hat sie das erwartet. Ich schätze, daß ist deren Art, Dinge zu tun. Wenn du länger als sechs Monate miteinander schläfst, dann ist es für immer und unauslöschlich. Wenn sie weint, dann nur wegen Erwartungen, die ich nicht erfüllen kann.« Joanne legte ihre Arme um mich und zog mich auf sich hinauf.

Aber ich hatte noch eine Frage. »Liebst du sie?«

»Ja«, sagte sie schließlich. »Aber Liebe ist nicht immer genug.«

Sie küßte mich. Wir liebten uns, ohne noch etwas zu sagen.

»Joanne?« sagte ich danach, als ich in ihren Armen neben ihr lag. »Warum ist Liebe nicht genug?«

»Scheiße, Micky, manchmal stellst du die merkwürdigsten Fragen.«

»Philosophie als Hauptfach. Hat mich völlig versaut.«

»Dann solltest du eine bessere Antwort darauf haben als ich. Wenn ich echte Antworten hätte, könnte ich bei Alex bleiben. Müßte die Leute nicht hinhalten.«

»Mach dir um mich keine Sorgen. Toller Sex, gute Gesellschaft. Ich werd' das schon schaffen.«

Joanne strich mir mit der Hand über die Wange. »Ich *mache* mir aber Sorgen um dich.«

»Du tust mir nichts an. Jedenfalls nichts, das ich nicht will.«

»Noch nicht. Laß mir Zeit. Wohin steuern wir jetzt?«

»Immer wenn wir launisch werden, in entgegengesetzte Richtungen«, sagte ich halb im Ernst.

»Wir sind beide so zornig. Zu zornig, vermute ich. Aber ich wollte eine, die weiß, wie es ist, als Kind geschlagen zu werden.«

»Niemand hat mich je geschlagen«, sagte ich.

»Was ist mit deiner Tante und deinem Onkel? Haben die dich nie geschlagen?«

»Nein, nicht wirklich. Ich bin oft versohlt worden. Meine Cousins haben mich manchmal geschlagen, aber das waren Kinder.«

»Älter oder jünger?«

»Bayard war fünf Jahre älter. Ist es immer noch. Mary Theresa drei Jahre, und ich war ein bißchen älter als Gus.«

»Wer von denen hat dich geschlagen?«

»Na ja... meistens Bayard.«

»Sonst noch was?«

»Warum fragst du?«

»Warum denkst du, daß ich frage?«

»Wurdest du mißbraucht?« fragte ich sie.

Zuerst antwortete sie nicht. »Ja«, sagte sie schließlich. »Aber ich will darüber jetzt nicht reden.«

»Ich auch nicht.«

Wir lagen still da und hielten uns ganz fest. Als wir am nächsten Morgen erwachten, lagen wir immer noch nebeneinander, Joannes Arm um meine Taille.

Zwölftes Kapitel

Wir liebten uns noch einmal, bevor Joanne zur Arbeit ging. Diesmal hatte sie Kleider zum Wechseln mitgebracht. Nachdem sie weg war, duschte ich kurz und zog mich an, beabsichtigte, zur Klinik zu fahren. Ich trödelte nicht, beeilte mich aber auch nicht besonders. Es widerstrebte mir, Cordelia zu begegnen.

Als ich in mein Auto stieg, ahnte ich, daß es ein heißer Tag werden würde. Das machte mich auch nicht froher. Und auch die Demonstranten vor der Klinik nicht. Der Parkplatz war knallvoll. Mobilmachung sozusagen. Schließlich mußte ich mich so hinstellen, daß ich Cordelias Auto blockierte.

Ich stieg aus und blickte den zusammengewürfelten Haufen Protestler finster an.

»Sind Sie hier, um eine Abtreibung vornehmen zu lassen?« sprach mich einer an, ein junger Mann mit brav gekämmten braunen Haaren.

»Nein«, antwortete ich. »Ich bin hier, um die Autos der Leute abschleppen zu lassen, die in diesem Gebäude nichts zu suchen haben. Und mit Ihrem werde ich anfangen«, fügte ich hinzu.

»Sie können nicht ...«, hob er an.

»Privatgrundstück, Freundchen. Ich werde mir eine Liste der Nummernschilder besorgen, die hierher gehören. Jedes Auto, das nicht auf der Liste steht, wird verschwinden. Kapiert?«

Ich drehte mich von ihm weg und marschierte ins Gebäude. Rannte dann die Treppen hinauf zu einem Raum, von dem aus ich den Parkplatz überblicken konnte. Die Lebensschützer vollführten ihre beste Exodus-Imitation. Anscheinend waren sie nicht willens, sich für die gute Sache abgeschleppen zu lassen. Ich hatte keine Ahnung, ob ich die Wagen wirklich abschleppen lassen konnte, aber ich sah keinen Sinn darin, ihnen das auf die Nase zu binden. Ich ging hinunter in die Klinik.

»Tag, Micky«, begrüßte mich Bernie. Wenigstens *sie* schien froh zu sein, mich hier zu haben.

»Hallo, Miss Knight«, sagte Schwester Peterson.

»Wie haben Sie einen Parkplatz gefunden?« fragte Bernie. »Ich mußte mein Auto vier Blocks weiter abstellen.«

»Die Kraft der Anregung«, antwortete ich. »Ich regte an, daß die Autos abgeschleppt würden, die nicht auf dieses Grundstück gehören.«

Bernie platzte lachend heraus. Schwester Peterson sah aus, als fände sie solche List unvorstellbar. Aber das macht die Jungfräulichkeit eben mit einer.

»Gibt jetzt 'ne ganze Menge Parkplätze«, fügte ich hinzu.

»Vielleicht hole ich mein Auto, wenn diese Verrückten bis zum Mittag verschwunden sind.«

»Vertraust du mir, Bernie?« fragte ich und setzte mich auf ihren Schreibtisch.

»Absolut.«

»Gib mir deine Autoschlüssel.«

»Tapfere Frau«, sagte sie, während sie sie aus ihrer Handtasche fischte.

»Nein, du bist tapfer. Du läßt mich mit deinem Auto fahren.«

Cordelia fragte, als sie den Korridor herunterkam: »Bernie, was ist mit meinem Neun-Uhr-dreißig-Termin passiert?« Sie blieb abrupt stehen, als sie sah, daß ich auf Bernies Schreibtisch saß und Bernie mir eben ihre Autoschlüssel reichte. »Tag, Micky«, sagte sie steif.

»Morgen, Dr. James.«

»Können wir denn gar nichts gegen diese verdammten Demonstranten tun?« sagte Cordelia kurz.

»Wir haben den Parkplatz geräumt. Oder vielmehr Micky hat das getan«, antwortete Bernie.

»Wie denn?« fragte Cordelia, dann: »Ist ja auch egal«, als ihr klar wurde, daß sie *mich* das fragte.

»Ich erklärte, ich sei eine eingetragene Perverse und würde gleich auf ihre Autos spucken, wodurch alle ihre Kinder ganz bestimmt homosexuell würden«, sagte ich giftig, ihre Zugeknöpftheit erboste mich.

Cordelia warf mir einen wütenden Wehe-du-erwähnst-das-Wort-lesbisch-Blick zu. »Gut. Hauptsache, es funktioniert«, sagte sie schließlich, aber in keinem angenehmen Ton. »Rufen Sie Mrs. Jenkins an und bringen Sie sie dazu, einen neuen Termin auszumachen. Je früher, desto besser«, sagte sie noch zu Bernie. Dann ging sie über den Korridor in ihr Büro zurück.

Ich borgte mir einen Notizblock von Bernie, auf den ich eine erfundene Liste mutmaßlicher Nummernschilder schrieb.

»Viel Glück beim Durchbrechen der Linien«, sagte Bernie noch, nachdem sie mir Anweisungen gegeben hatte, wie ihr Auto zu finden sei.

Knurrend bahnte ich mir einen Weg durch die Demonstranten, fand Bernies Auto und fuhr es auf einen der vielen freien Parkplätze. Dann wanderte ich über das Grundstück, tat, als kontrollierte ich Nummernschilder, und sah die Demonstranten ab und zu böse an. Nachdem ich meinen Wagen umgeparkt hatte, ließ ich mich auf der Motorhaube nieder, die Hüterin des Parkplatzes. Bei jedem Auto, das heranfuhr, fragte ich, was der Fahrer oder die Fahrerin hier zu tun hatte. Höflich natürlich. Ich wollte nicht noch mehr Patientinnen vertreiben, als ohnehin schon geschehen war. Alle, die es wollten oder gebrauchen konnten, eskortierte ich ins Gebäude. Ein paar zur Verstärkung angerückte Lebensschützer schickte ich hinaus in die kalte, grausame Welt des auf der Straße Parkens.

Am späten Vormittag knallte die Sonne so richtig herunter und verwandelte die schattenlose Straßenseite in einen Toaströster. Ich hockte auf der Motorhaube von Cordelias Auto, das in einer angenehm schattigen Ecke des Parkplatzes abgestellt war. Die Lebensschützer, an sich schon kein besonders ansehnliches Trüppchen, sahen schweißgebadet und gesotten aus. Gott läßt die Sonne scheinen, dachte ich frohgemut.

Ein Auto fuhr auf den Parkplatz und blieb neben Cordelias Auto stehen. »Tag, Micky«, sagte Alex beim Aussteigen.

»Oh. Tag, Alex«, antwortete ich.

»Was ist hier los?«

»Die Anti-freie-Entscheidung-Truppen haben sich zusammengerottet ...«

»Bloß nicht die. Die sind doch von vorgestern. Warum hängst du hier auf dem Parkplatz rum?«

»Ich schütze die Mächte des Lichts gegen das Böse der Scheinheiligkeit.«

»Aha, sowas hatte ich mir schon gedacht«, antwortete Alex. »Was tust du hier?«

»Ich hörte, daß du hier bist«, plänkelte sie.

»Na klar.«

Sie lehnte sich gegen die Motorhaube. »Ich versuche herauszufinden, was anscheinend alle wissen und mir nicht sagen wollen. CJ rief mich gestern abend an und verabredete sich in ihrer Es-gibt-da-etwas-das-du-wissen-mußt-Stimme mit mir zum Essen. Heute morgen rief dann Joanne an, gerade als ich zur Arbeit kam, wollte mich auch zum Essen treffen und bat mich, Cordelia zu vertrösten. Also rief ich CJ an, die mir düster erklärte, es sei eine gute Idee, zuerst mit Joanne zu sprechen. Dann schlug sie Abendessen vor. Wie auch immer, jedenfalls hat Joanne gerade angerufen und meinte, sie würde es heute Mittag nicht schaffen, wie wär's mit Abendessen, alles in ihrer ernsten Wir-müssen-miteinander-reden-Stimme. Willst du also mit mir zu Mittag essen und mir erzählen, was eigentlich los ist?« fragte Alex. »Ich könnte sogar Sandwiches für ein Parkplatz-Picknick besorgen«, fügte sie noch hinzu.

»Äh … Danke, Alex, aber wir Hüterinnen der gerechten Sache dürfen unser wachsames Auge nie ruhen lassen.«

»Nicht mal für ein Austern-*Po-boy*?« (Ein *Poor Boy* ist etwas Wunderbares: Sandwich aus Baguettebrot mit Butter und verschiedenen Auflagen.)

»Alex«, sagte ich ernster, »außerdem solltest du wahrscheinlich lieber erstmal mit Joanne oder Cordelia reden.«

»Oh nein, nicht du auch noch«, stöhnte Alex. »Aber du weißt, was los ist?« fragte sie dann.

»Na ja … ja.«

»Eigentlich wärst du wahrscheinlich die beste Person. CJ und Joanne werden vermutlich beide viel zu ernst sein und ein Drama draus machen. Du und ich, wir könnten es wahrscheinlich in die richtige Perspektive rücken.«

»Ach, Alex.« Ich schüttelte den Kopf.

»Mach dir keine Sorgen. Ich trage keinen perlmuttbesetzten kleinen Revolver in meiner Handtasche. Ich trage nicht einmal eine Handtasche. Du bist die 'andere Frau', nicht wahr?«

»Oh, Scheiße, ist das so offensichtlich?«

»Nein, aber bei Joannes Stundenplan bleibt die Liste der Möglichkeiten nicht sehr lang. Außerdem hatte ich irgendwie gehofft, daß du es bist.«

»Gehofft?« Ich schaute sie ungläubig an.

»Doch, ja. Laß uns wie Erwachsene damit umgehen. Ich habe immer gedacht, ihr beiden müßt irgendwann entweder miteinander schlafen oder euch an die Gurgel gehen. Ich bin froh, daß es ersteres ist und nicht letzteres.«

»Ich weiß nicht, was ich sagen soll, Alex.«

»Dann laß mich reden. Das kann ich gut. Darf ich dich was fragen? Wie geht es ihr?«

»Joanne? Gut, glaub' ich. Kann man schwer sagen. Sie ist wütend. Manchmal.«

»Ja, irgend etwas hat sie aufgeregt. Aber sie will nicht mit mir reden. Ich mach' mir Gedanken ...« Ihre Stimme erstarb.

»Es tut mir leid, Alex. Ich wollte nicht ... *Ich* hab' die Scheiße gebaut.«

Alex legte ihre Hand auf meine Schulter. »Denk dran, wir wollen uns wie Erwachsene verhalten. Außerdem schlafe ich mit Joanne Ranson. Ich falle nicht auf diesen 'Micky Knight ist eine böse Donna Juana'-Scheiß herein. Du bist nicht die Schurkin, ich bin nicht die Schurkin, und Joanne ist nicht die Schurkin. Wenn es einen Schurken gibt, na ja, ich denke, dann müssen wir weit in die Vergangenheit zurück, um ihn zu finden.«

»Was meinst du damit?« fragte ich.

»Ich bin mir nicht sicher. Das ist eins von den Dingen, über die Joanne nicht spricht. Aber ... irgendwann war meine

Mutter mal da. Meine Mutter weiß alles über mich und ist froh, daß ich mit einer respektablen Polizeibeamtin zusammen bin.«

Ich konnte nicht widerstehen zu sagen: »Ja, du könntest schließlich auch mit einer vergammelten, halb-arbeitslosen Privatdetektivin zusammen sein.«

»In diesem Fall wäre meine Mutter glücklich, daß ich mit einer Frau zusammen bin, die unabhängig genug ist, ihren eigenen Weg zu gehen. So ist meine Mutter eben. Egal, jedenfalls hatte sie uns besucht und war ganz meine Mutter. Ich glaube, sie und Joanne redeten zum Schluß darüber, warum wir nicht zusammenleben. Welche Wirkung es auf unsere Karrieren haben könnte, falls es herauskäme, besonders auf Joannes. Meine Mutter war wie immer wunderbar und mitfühlend.

Nachdem sie fort war, gingen wir zu Joanne. Spät, nach elf Uhr, klingelte das Telefon. Ich hob ab. Ich dachte, jemand hätte sich verwählt, es war eine undeutliche, betrunkene Stimme. Bis sie verlangte, Joanne zu sprechen.«

»Ihre Mutter.« Ich konnte sehen, worauf die Geschichte hinauslief.

»Hmhm. Sie redeten ungefähr fünfzehn Minuten miteinander, und Joannes Gesichtsausdruck wurde mit jeder verstreichenden Minute wütender, ihre Antworten kurz angebunden und einsilbig. Bis sie sagte: 'Ich will nicht darüber reden', und den Hörer hinknallte und dann den Stecker aus der Wand riß. Ich sagte ganz nebenbei, daß sie nicht vergessen solle, es morgens wieder einzustöpseln. Joanne fing an zu brüllen, daß sie ihr Telefon einstöpseln würde, wann sie wollte, und daß sie mich nicht brauchte, um ihr zu sagen, wie sie ihr Leben führen sollte, und so weiter. Ich begriff schon, daß sie nicht wirklich auf mich wütend war, ich war eben einfach zufällig da —«

»Du Glückspilz«, sagte ich dazwischen.

»Normalerweise braust sie für ein, zwei Minuten auf, dann gewinnt sie die Kontrolle wieder. Aber diesmal nicht. Sie machte immer weiter und ging auf mich los wegen meines verwöhnten Daseins. In meiner Familie gab's keine betrunkenen Mütter.«

»Das ist nicht fair dir gegenüber.«

»Diese verletzten kleinen Mädchen verschwinden nie ganz, nicht wahr?«

»Nein, ich glaube nicht, daß wir das tun«, antwortete ich und dachte an mein Wortgefecht mit Tante Greta vor ein paar Tagen.

»Joanne fing an zu trinken. Ein Glas nach dem anderen. Manchmal trinkt sie einen Drink oder zwei, aber was das angeht, ist sie rigoros. Sie war dabei, sich zu betrinken. Ich bin schließlich gegangen. Ich hasse es, sie in diesem Zustand allein zu lassen, aber ... Ich bin nicht sehr gut, wenn es darum geht, mit dieser Art von Wut umzugehen. Joanne hat recht, meine Familie hat nie auf diese Weise gekämpft. Deshalb bin ich froh, daß sie bei dir ist.«

»Alex, das ist eine unlogische Schlußfolgerung«, sagte ich dazu.

»Ich denke, im Moment braucht sie eine, die Wut versteht. Ich nehme nicht an, daß deine Mutter dich und Joanne an ihrem Geburtstag zum Essen ausführen wird, so wie es meine getan hat.«

»Nein, unwahrscheinlich. Höchst unwahrscheinlich. Teufel auch, sie würde mich nicht mal stockbesoffen anrufen.«

»Stecke ich meine Nase zu tief in deine Angelegenheiten, wenn ich frage, was passiert ist?«

»Sie ist weg. Als ich fünf war. Hat was Besseres gefunden, als in den Bayous rumzuhängen und Kinder großzuziehen.«

»Es tut mir leid, Micky.« Alex legte ihre Hand auf meine Schulter und strich mir dann über den Nacken.

Ich tat es mit einem Schulterzucken ab. »Hey, das Leben geht weiter.«

Alex fuhr fort, über meinen Nacken zu streichen. »So sagt man.«

»Was nun? Treffen wir uns in der Morgendämmerung zum Duell?«

»Hört sich gut an. Geistreiche Frechheiten aus drei Metern Entfernung?«

»Bissige Kommentare aus eineinhalb?«

»Was tun wir?« fragte sie.

»Was willst du tun?«

»Ich hätte Joanne gern zurück. Aber ich weiß nicht, ob diese Entscheidung bei dir liegt oder bei mir oder sogar bei ihr. In der Zwischenzeit, paß gut auf sie auf.«

»Das ist alles? Bist du nicht ...?«

»Eifersüchtig? Ein bißchen. Ich wollte schon immer eine Affäre mit einer wirklich großen, dunklen, gutaussehenden Frau haben. Aber nein, für mich gibt's Tee und Konversation mit Cordelia James. Joanne kann was erleben.«

»Aber, Alex, Cordelia *ist* groß und gutaussehend.«

»CJ?« Alex machte eine Pause, um darüber nachzudenken. »Ich schätze schon, aber mit groß meinte ich eigentlich nicht giraffenhoch.«

»Sie ist auch nicht viel größer als ich.«

»Nein, aber du bist viel niedlicher.« Alex ließ den Arm fallen, bis er um meine Taille lag.

»Alex«, scherzte ich zurück. »Flirte nicht mit mir. Du weißt, daß ich mit allem schlafe, was eine Vagina hat.«

»Mit allem?«

»Mit ein paar winzigen Ausnahmen.«

»Gut. Bin froh, daß du wenigstens einen gewissen Anspruch hast. Aber mal im Ernst. Ich liebe Joanne. Genug, um sie gehen zu lassen, wenn es sein muß. Ich will nur, daß du das weißt. Und genug, um mit den Leuten befreundet sein zu wollen, die sie gernhaben. Okay?«

Ich legte meinen Arm um ihre Schulter. »Alex, wenn Joanne verrückt genug ist, dich wegen mir sitzen zu lassen, dann ist sie zu verrückt, als daß ich sie haben will.«

»Na, siehst du, ich hab' dir doch gesagt, daß wir am besten

geeignet sind, über die Angelegenheit zu reden. Cordelia läuft auf dieser Ehebruch-Schiene. Ich schätze, sie ist nie darüber weggekommen, daß ihr Dad fremdgegangen ist.«

»Davon kann ich dir ein Liedchen singen«, sagte ich und nickte in Richtung Klinik.

»Oh je, hat CJ dir eine Moralpredigt gehalten?«

»Eine kleine.« Gelinde gesagt.

»Ich werde mit ihr reden.« Sie stand auf, ging zu ihrem Auto, griff hinein und nahm ein paar Bücher heraus, die auf dem Sitz lagen. »Gib ihr einfach diese Bücher und sag ihr, wir hätten ein nettes Schwätzchen auf dem Parkplatz gehalten. Und daß ihr beiden heute zusammen zu Abend essen könnt.«

»Nicht sehr wahrscheinlich.«

»Wie jede andere reagiert auch Cordelia schon mal ein wenig über. Aber sie ist bemerkenswert fügsam, wenn man ihr zeigt, daß sie auf dem Holzweg ist. Grüß sie schön von mir und sag ihr, daß ich mit ihr reden werde, sie braucht nicht mit mir zu reden.«

»Okay, mach ich. Danke, Alex.«

»Kein Problem. Irgendwann würde ich sowieso mit ihr reden.«

»Nicht nur deswegen. Wegen ... Ich weiß nicht ... daß du nicht mit 'ner Knarre auf mich losgehst.«

»Ich kann nicht geradeaus schießen. Nimm mir die Brille weg und ich kann nicht mal ein Scheunentor sehen.« Sie setzte die Bücher neben mir ab, legte dann ihre Arme um mich und drückte mich, ließ den Kopf gegen meine Brust sinken. »Deshalb habe ich gar keine andere Wahl, als vernünftig und erwachsen zu sein.«

»Klar hast du das. Du hast viele Möglichkeiten. Ich weiß nicht, ob ich so entscheiden könnte, wie du es getan hast. Du kannst mir nicht erzählen, daß es nicht wehtut.«

»Dich zu umarmen? Nein, das macht Spaß.«

»Du weißt, was ich meine. Es wäre sehr leicht für dich, mich zu hassen. Es ist viel schwieriger, deine Arme um mich zu legen und zu wissen ...« Ich wollte sagen, daß ich noch vor einigen Stunden Joanne im Arm gehalten hatte, aber das war mir dann doch zu drastisch.

»Daß Joanne letzte Nacht mit dir geschlafen hat?«

»Ja.«

»Teufel auch, Micky, manchmal müssen wir uns entscheiden, ob wir vergeben oder hassen wollen. Ich glaube ganz aufrichtig, daß ich Joanne viel lieber vergeben würde, als sie zu hassen. Und dir ebenfalls.«

»Manche Dinge sind unverzeihlich.«

»So etwas ist bis jetzt noch nicht passiert. Mir jedenfalls nicht. Du und Joanne, ihr lebt damit. Ich nicht. Es ist unverzeihlich, ein Kind zu schlagen.«

»Mich hat niemand geschlagen. Die eine oder andere Tracht Prügel. Ich hab's überlebt.«

»Micky, manchmal ist die schlimmste Gewalt nicht die körperliche«, sagte sie sanft.

Alex' Umarmung wurde fester. Ich legte mein Kinn auf ihren Kopf. »Mensch«, fuhr sie nach einem Augenblick fort, »so ernst wollte ich gar nicht werden. Ich hatte gedacht, unser Gespräch könnte sich auf Sex beschränken.«

»Das hätten wir wahrscheinlich tun sollen.«

Ein Demonstrant unterbrach uns rüde mit seinem Gebrüll. »Würden Sie gefälligst mit dieser pornographischen Vorführung aufhören?« schrie der empörte Mann. »Es sind Frauen und Kinder hier.«

Unnötig zu sagen, daß Alex und ich uns weiterhin festhielten. »Micky, darf ich dich um einen Gefallen bitten, auch wenn es dich bei CJ in Schwierigkeiten bringt?«

»Alles.«

»Ich würde diese Leute wirklich gern schockieren«, sagte sie.

»Und?«

»Küß mich, du Närrin (das wollte ich schon immer mal sagen). Falls wir aneinanderreichen.«

»Ich laß' mich zu dir herab.«

Also küßten Alex und ich uns, während etwa fünfzehn extrem bigotte Konservative uns beobachteten. Und ein paar Nonnen wahrscheinlich auch.

»Gut«, sagte Alex, als wir den Kuß beendeten. »Wenn Joanne jetzt heute abend dasitzt und einen Weg sucht, mir von euch beiden zu erzählen, dann kann ich sagen: Ach, übrigens, Schatz, falls du Geschichten darüber hörst, wie Micky und ich uns auf dem Parkplatz vor Cordelias Klinik geküßt haben, na ja, ich wollte dir bloß sagen, daß die wahr sind. Und, ja, ich weiß, daß ihr beiden 'es' tut, aber ich habe mich dadurch nicht von meiner Aufgabe abhalten lassen, bei jeder sich bietenden Gelegenheit zahllose bigotte Leute zu schockieren.«

»Alex, du bist verflucht nochmal unfaßlich«, lachte ich.

»Danke gleichfalls«, parierte sie. »Ciao, Mick. Vielleicht solltest du CJ die Bücher einfach nur geben und dabei wissend lächeln. Du weißt, wie man wissend lächelt.«

Alex stieg in ihr Auto.

»Ciao, Alex. Hat Spaß gemacht.«

»Ja, hat es. Laß uns Freundinnen sein.«

»Gerne.« Ich winkte ihr hinterher. Joanne wäre verrückt, sie aufzugeben.

Von den Demonstranten waren nur noch die paar Unerschütterlichen übrig, die es überlebt hatten, zu sehen, wie zwei Frauen sich küssen. Ich schätzte, sie hatten Angst davor, daß, wenn genug Leute sahen, wieviel Spaß wir hatten, sie alle einmütig das Ufer wechseln würden. Na also, das wäre doch mal eine gute Methode, Abtreibungen zu vermeiden.

Emmas silberner Mercedes rollte auf den Parkplatz. Für einen Augenblick fragte ich mich, was sie hier tat, dann fiel mir ein, daß heute der Termin der vertagten Versammlung war, die Tante Greta und ich so unfein beendet hatten.

Wir begrüßten uns, und ich erklärte meine Anwesenheit auf dem Parkplatz. Sie nickte beifällig angesichts der mittlerweile recht spärlich bestückten Protestgruppe. Dank Alex, mir und der strahlenden Sonne waren nur noch fünf Unbeirrbare übrig. »Komm, laß uns zu der Versammlung gehen«, schlug Emma vor.

»Nein, ohne mich«, antwortete ich kopfschüttelnd.

»Aber du mußt dabeisein. Du verteidigst Cordelia so viel besser, als sie das selber kann. Komm mit.« Entschlossen nahm Emma mich am Arm und führte mich ins Gebäude.

»Aber was, wenn Tante Greta kommt?«

»Ich würde das begrüßen.« Sie führte das nicht weiter aus.

Wir gingen gemeinsam die Treppe hinauf zu dem Raum, in dem die Versammlung stattfinden sollte. Die Tische waren seit Mittwoch nicht verschoben worden. Die meisten derselben Leute waren bereits da, saßen auf derselben Seite wie vorher auch.

Auf der Klinikseite fehlte lediglich Krankenschwester Peterson. Millie, Elly und Bernie begrüßten mich. Cordelia begrüßte Emma. Auf unserer Seite war nur noch ein Stuhl frei. Ich überließ ihn Emma und verzog mich auf eine Fensterbank, von wo ich das Geschehen überblicken konnte. Cordelias Bücher legte ich auf die nächste Fensterbank. Ich würde sie ihr später geben.

Vater Flynn und natürlich Tante Greta rauschten herein. Sie schaute im Raum umher, sah mich und preßte ihre Lippen zu einer geraden Linie zusammen.

Vater Flynn eröffnete die Versammlung mit einem kurzen Willkommensgruß. Dann verlas Schwester Ann die vorbereitete Stellungnahme. Sie war ziemlich nichtssagend und unverbindlich. Perfekt für die Situation. Die Geschehnisse seien betrüblich, blablabla, man versuche, der Polizei auf jede Art zu helfen, blablabla, die Betreuung würde nicht beeinträchtigt und so weiter und so fort.

Vater Flynn verlangte eine entschiedenere Stellungnahme zur Abscheulichkeit des Verbrechens und der Hoffnung, daß der Kriminelle bald ergriffen würde. Emma konterte mit dem

Vorschlag, dem Personal und allen Freiwilligen der verschiedenen Gruppierungen in diesem Gebäude das Vertrauen auszusprechen. Schwester Ann war kompromißbereit und fügte beides hinzu. Sie verlas die Stellungnahme ein weiteres Mal, und beide Seiten schienen einigermaßen zufrieden. »Gibt es sonst noch etwas?« fragte Schwester Ann.

Niemand sagte etwas. Schwester Ann nickte kurz, und die Versammlung war vorüber. Ich blickte schnell aus dem Fenster, wollte etwaigen Abschiedsblicken aus Tante Gretas Richtung aus dem Weg gehen. Das Schrammen der zurückrutschenden Stühle sagte mir, daß die Leute gingen. Ich hörte Emma leise die nächste Vorstandssitzung mit Cordelia bereden.

Das leise Scharren eines Schuhs ließ mich aufblicken. »Michele.« Tante Greta. Sie stand etwa einen Meter von mir entfernt. »Du weißt, daß du immer willkommen bist, wenn du uns besuchen willst. Ich bin sicher, daß Claude dich gern sehen würde.«

Hatte sie sich verändert? Gab es Seiten und Züge an ihr, die ich noch nie gesehen hatte? »Nein«, antwortete ich argwöhnisch, »das wußte ich nicht. Ich habe mich nie sehr willkommen gefühlt.«

»Nun ja«, sagte sie. »Es tut mir leid, daß du so empfindest. Natürlich hast du es uns übel genommen, daß Claude und ich nicht LeMoyne waren und unser Haus keine große Schiffswerft draußen in den Bayous. Ich dachte, darüber würdest du wegkommen.«

Ich beobachtete sie, aber sie schaute mich nicht wirklich an; ihre Augen richteten sich auf etwas hinter mir. »Ich schätze, einige kleine Mädchen werden nie erwachsen.«

»Das denke ich auch. Ich habe nur versucht, dir zu helfen«, war ihre Antwort.

Das hatte ich sie schon zu oft sagen hören. »Wirklich? Als du mich mit Onkel Claudes Gürtel von den Schultern bis zu den Knien grün und blau geschlagen hast? Sollte mir das helfen?« erwiderte ich bitter.

»Das hättest du jederzeit beenden können. Alles, was du tun mußtest, war dich entschuldigen. Es war wirklich dein eigener Fehler, so dickköpfig, wie du warst. Du brauchtest Disziplin.«

Nein, nichts hatte sich verändert. Für einen kurzen Augenblick, als sie zu mir herübergekommen war, hatte ich gehofft, daß Tante Greta einen Kontakt herstellen, mich nach all den Jahren willkommen heißen wollte. Daß ich einen Stich der Enttäuschung verspürte, überraschte mich. Die acht Jahre, die ich mit ihr verbracht hatte, schienen ein solcher Auflauf aus Enttäuschungen zu sein. Danach dachte ich, daß sie mich niemals wieder würde enttäuschen können.

Die Enttäuschung verwandelte sich in Bitterkeit, und ich sagte: »Und dir fiel einfach nichts anderes ein, als ein Kind grün und blau zu schlagen, bis es sich für etwas entschuldigt, das es nicht getan hat?«

»Das behauptest du, Michele. Ich habe dich nie so hart geschlagen.«

»Das behauptest du«, sagte ich kurzangebunden, spürte, wie die altbekannte Entnervtheit und Ernüchterung über mich hinwegrollte. Geh, geh doch einfach, sagte ich im Stillen zu ihr. Laß mich endlich in Ruhe.

»Ich wollte dich wissen lassen, daß ich dir vergebe. Daß du das Geld gestohlen hast, als du weggegangen bist«, fügte sie hinzu, als sie mein verständnisloses Gesicht sah.

»Ich habe kein Geld gestohlen.«

»Natürlich hast du das. Du brauchst es wahrhaftig nicht abzustreiten.«

»Ich habe dir niemals Geld gestohlen«, wiederholte ich.

»Nichtsdestoweniger vergebe ich dir.«

»Wie gütig von dir, mir für etwas zu vergeben, das ich nicht getan habe.«

Greta ignorierte meinen Sarkasmus. Sie war entschlossen, ihre Nummer durchzuziehen. »Und da ist noch etwas, Michele. Ich halte es für meine Pflicht, dir dies zu sagen, obwohl ich weiß, daß es schmerzlich für dich sein wird.« Sie trat näher heran und senkte ihre Stimme zu einem rauhen Flüstern. »Diese Ärztin«, ihr Kopf zuckte in Cordelias Richtung, »weißt du, wer sie ist?«

»Ja«, antwortete ich.

»Nein, ich glaube, das weißt du nicht. Es tut mir leid, daß ich dir das sagen muß, aber es war ihr Vater, der den Unfall verursachte, bei dem LeMoyne ums Leben kam. Ich schätze, dieser Familie klebt das Unglück an den Fersen.«

»Ich weiß, wer sie ist. Und ich weiß, was ihr Vater getan hat.«

»Das weißt du? Woher weißt du das?« verlangte Tante Greta zu wissen, überrascht, daß ihre Bekanntmachung nicht die erwartete Wirkung hatte.

Ich zuckte mit den Achseln. Ich hatte keine Lust, Tante Greta irgend etwas über Cordelia zu erzählen.

»Wie kannst du nur mit ihr zu tun haben?« zischte Tante Greta mich an.

»Sie ist nicht ihr Vater«, erwiderte ich scharf.

Ein wissender Blick erschien auf ihrem Gesicht. »Ist sie ... so wie du? Ich mache dir nicht wirklich einen Vorwurf, Michele, für das, was aus dir geworden ist. Welches Recht hatte diese Frau, ein junges Mädchen in ihrem Haus aufzunehmen? Was wollte sie überhaupt von dir?« Greta sprach von Emma.

»Ich hatte die feste Absicht, dein Haus an meinem achtzehnten Geburtstag zu verlassen. Ob ich nun eine Unterkunft hatte oder nicht. Emma wollte nichts von mir.« Ich drehte mich von ihr weg. Ich wollte fort, Greta in der Vergangenheit zurücklassen. Ihr niemals wieder die Macht geben, mich zu enttäuschen.

»Das glaubt doch keiner«, erwiderte Greta scharf.

Emma erhob sich. »Ich bin Emma Auerbach«, sagte sie mit einer so unheimlichen Ruhe, wie ich sie noch nie bei ihr erlebt hatte.

»Ach«, schnaufte Tante Greta und schaute Emma abschätzig an.

»Wessen beschuldigen Sie mich, Mrs. Robedeaux?« fragte Emma ruhig.

Cordelia stand auf und stellte sich neben Emma. Ich bemerkte, daß Vater Flynn und Schwester Ann noch immer im Raum waren. Ich hatte auch Elly und Millie nicht gehen sehen. Sie standen wahrscheinlich beide noch hinter mir.

Auch Tante Greta bemerkte das Publikum. »Als sie noch bei mir lebte, ist meine Adoptivnichte zweimal pro Woche zur Messe gegangen, sie bekam in der Schule nur Einser, mußte jeden Tag im Haushalt helfen und war stets um zehn im Bett. Aber nachdem sie mein Haus verlassen hat, ist irgend etwas passiert. Sie wurde zu einem lasterhaften Lebensstil ... verführt. Ich konnte das nicht verhindern. Sie war zu diesem Zeitpunkt bereits achtzehn.«

»Ich verführe keine Kinder, Mrs. Robedeaux«, sagte Emma. »Die Entscheidungen, die Michele traf, waren ihre eigenen.«

»Du irrst dich«, sagte ich zu Tante Greta.

»Mach dir nicht die Mühe, *sie* zu schützen.« Sie stach mit dem Finger in Emmas Richtung.

»Das tue ich nicht. Wenn du sonst nichts glaubst, was ich dir sage, dann glaube dies — ich habe schon mit Frauen geschlafen, lange bevor ich Emma traf. Um zehn im Bett, um halb elf wieder draußen. Dein Pech, daß du nicht schlau genug warst, zu bemerken, wie oft ich morgens mit einem Kater zum Frühstück runterkam. Oder stoned. Solange ich nur zur Messe ging, die Teller spülte und anständige Noten bekam, war dir scheißegal, was ich wirklich tat.«

»Michele, ich sagte dir bereits, daß ich dir keine Vorwürfe mache.«

»Du machst mir keine Vorwürfe? Ich mache *dir* Vorwürfe. Weil du eine selbstgerechte Heuchlerin bist, die nicht bereit war, zu sehen, was sie nicht sehen wollte. Ich —«

»Michele! Das reicht.«

Nein, diesmal nicht. Das funktioniert nicht mehr. Ich bin jetzt dreißig und nicht mehr dreizehn, und Tante Greta hat nicht mehr Onkel Claudes Gürtel, um ihren Forderungen Nachdruck zu verleihen. Eine heiße Wut ging von dem kleinen Mädchen aus, das nie erwachsen geworden war. Plötzlich wollte ich nur noch zurückschlagen. »Du solltest dankbar sein, daß ich mit Frauen schlief. Wenigstens wurde ich nicht mit siebzehn schwanger. Wäre das nicht peinlich für dich gewesen, wenn sowohl Mary Theresa als auch ich —«

»Michele! Ich weiß nicht, was ich getan habe, um das von dir zu verdienen«, unterbrach Tante Greta.

»Nichts. Du hast nichts getan. Du bist dein Leben lang eine untadelige, ausgebeutete Frau gewesen«, schrie ich sie an. Meine Hände zitterten vor Wut, irgendein Monster war freigelassen worden. »Hey, erinnerst du dich an Mrs. Linden, als gottgefällig und rechtschaffen hast du sie mir beschrieben? Als sie dieses Gebetsfrühstück mit dir abgesagt hat? Sie war nicht zu beschäftigt. Sie wollte dir bloß nicht gegenübertreten, nachdem sie in der Nacht zuvor Sex mit mir gehabt hatte.«

»Das ist eine unverschämte Lüge«, brüllte Tante Greta.

»Sie hatte ein Muttermal auf dem Oberschenkel, und ihr Schamhaar war blond, also hast du dich geirrt, als du meintest, sie würde sich färb—«

»Michele!« donnerte Tante Greta.

Aber sie konnte mich nicht stoppen, konnte mich nicht zum Schweigen bringen, konnte mich später nicht bestrafen. »Ich habe zum erstenmal Haschisch geraucht, als Bayard mir welches gab. Da war ich zwölf. Er fand die Idee unheimlich komisch —«

»Das ist eine gemeine Lüge —«

»— komisch, seine kleine Kusine, Verzeihung, Adoptivkusine, so stoned zu machen, daß sie nicht mehr gehen konnte.«

»Sie ist kein wohlgeratenes Kind«, sagte Tante Greta und schickte sich an, wegzugehen, doch Emma und Cordelia standen ihr im Weg. »Sehen Sie, was Sie angerichtet haben«, zischte sie Emma zu, verwandelte ihre Demütigung in Anklage.

Ich schrie sie an: »Nicht dein Problem, nicht deine Schuld, ja? Du hast nicht gesehen, wie… nichts gesehen, was?« Ich wirbelte von ihr weg, ging mit großen Schritten in eine Ecke des Raums, bis ich vor der Wand stand. Ich schlug mit der Hand dagegen.

»Schsch, tu das nicht« sagte Elly und stellte sich neben mich. Sie umfaßte mit beiden Händen meine Hand, hielt mich so davon ab, noch einmal gegen die Wand zu schlagen.

»Ich weiß nicht, wovon du redest«, antwortete Tante Greta. Sie wich zurück, drängte sich zwischen Emma und Cordelia hindurch.

»Mrs. Robedeaux«, rief Emma ihr hinterher. »Ich würde Ihnen raten, Ihre Andeutungen nicht zu wiederholen, es sei denn, Sie haben Beweise dafür.«

»Von einer Frau wie Ihnen lasse ich mir nicht drohen«, erwiderte Tante Greta scharf.

»Nein, Mrs. Robedeaux«, sagte Emma leise. »*Ich* lasse mir von einer Frau wie *Ihnen* nicht drohen. Als Michele zu mir zog, habe ich Ihnen mehrere tausend Dollar gegeben, angeblich zur Deckung Ihrer Unkosten. Ich war rechtlich nicht verpflichtet, dies zu tun, meine Anwältinnen rieten mir ab, aber ich hatte das Gefühl, daß es… die Dinge für uns alle leichter machen würde.«

Tante Greta stand da und starrte Emma an, umklammerte fest ihr Handtäschchen, gab aber keine Antwort.

»Seien wir doch einmal ganz unverblümt, Mrs. Robedeaux«, fuhr Emma fort. »Ich habe Sie gekauft. Und jetzt kann ich mich nur fragen, wenn Sie wirklich die Bedenken haben, die Sie äußern, wieso Ihre Mittäterschaft dann für ein paar tausend Dollar erworben werden konnte? In was für ein Licht rückt Sie das eigentlich?«

»Es ist spät, ich muß gehen.« Tante Gretas Lippen waren zu einer weißen, geraden Linie zusammengepreßt.

»Wieviel haben Sie eigentlich an ihr verdient?« wollte Cordelia plötzlich wütend wissen und marschierte auf Tante

Greta zu, bis sie kurz vor ihr stand. »Wissen Sie noch, wieviel Geld mein Großvater Ihnen geschickt hat? Um wiedergutzumachen, was mein Vater angerichtet hat? Fünfhundert Dollar im Monat, bis zu ihrem einundzwanzigsten Lebensjahr. Aber Sie haben selber gerade zugegeben, daß Michele das Haus mit achtzehn verlassen hat. Was ist mit diesem Geld geschehen, Mrs. Robedeaux?«

»Ich weiß nicht, wovon Sie reden«, sagte Tante Greta.

»Die Nachlaßverwalter meines Großvaters werden es wissen«, erwiderte Cordelia scharf.

»Es war für ... Unkosten«, ereiferte Tante Greta sich. »Sie würden das nicht verstehen«, schloß sie hastig.

»Nein, ich schätze, das würde ich nicht«, antwortete Cordelia.

Dann standen wir alle da und starrten uns einen langen, ungemütlichen Augenblick lang an. »Kommen Sie, Greta«, sagte Vater Flynn. »Denken Sie daran: 'Der ohne Schuld ist, werfe den ersten Stein.'« Er seufzte und schob Tante Greta zur Tür hinaus.

»Weißt du, Michele«, sagte sie und schaute kurz in meine Richtung, »deinem Onkel Claude würde es wirklich gefallen, wenn du mal vorbeikämst. Es ist nicht nett von dir, ihn nicht zu besuchen.« Und dann war sie weg.

»Es muß doch sicher bessere Sekretärinnen geben als diese Frau«, bemerkte Emma.

»Aber keine billigeren«, antwortete Schwester Ann.

»Setzen Sie eine Anwältin auf sie an?« fragte Emma Cordelia.

»Es ist verlockend«, antwortete Cordelia.

»Ja, das ist es«, fügte Emma hinzu.

»Bist du okay?« fragte Elly mich.

»Ich? Oh, mir geht's gut.«

»War hart für dich.«

»Ach was, kam doch gut, mal zu sehen, wie Greta endlich ein paar vor den Latz bekommt.«

»Wirklich? Ich habe die Erfahrung gemacht, daß ausgleichende Gerechtigkeit meist erst kommt, lange nachdem sie gebraucht wurde«, sagte Elly leise.

Meine einzige Antwort war ein stummes Nicken.

»Bist du okay?« Millie gesellte sich zu uns.

»Nein, ich stehe kurz davor, mich umzubringen«, antwortete ich.

»Falsche Frage oder falscher Zeitpunkt?« erkundigte sich Millie.

»Dieselbe Frage. Zum zweiten Mal«, erklärte Elly.

»Nun, könnte ich in diesem Fall deinen Gürtel und alle scharfen Gegenstände haben?« neckte mich Milly. »Außer deiner Zunge.«

»Ja, halt dich von *der* fern, Hutch hätte was dagegen.«

Millie schüttelte den Kopf und sagte dann in weniger frivolem Ton: »Ich wußte nicht, daß du und Cordelia euch schon so lange kennt.«

»Tun wir nicht. Wir haben uns erst vor ein paar Monaten kennengelernt.«

»Aber du hast doch sicher schon vor heute über ihren Vater Bescheid gewußt«, sagte Millie. »Sie hätte dich doch nicht so unerwartet damit konfrontiert.«

»Ich weiß es seit langem«, sagte ich, schärfer, als ich beabsichtigt hatte.

Emma legte ihre Hand auf meine Schulter. »Lebwohl, Michele.« Sie umarmte mich. Über ihre Schulter hinweg sah ich Cordelia. Sie hatte den letzten Teil unserer Unterhaltung ganz offensichtlich mitbekommen. Ihr Gesicht war düster.

»Danke für den Beistand«, sagte ich zu Emma.

»Sehr gern geschehen, meine Liebe. Ich muß mich beeilen. Ich komme zu spät, aber das war es wert.«

Nachdem Emma fort war, sagte Cordelia: »Tut mir leid, Ladies, wir müssen wieder an die Arbeit.« Sie packte rasch ihren Aktenkoffer, während Elly, Millie und Bernie zur Tür hinausgingen. Ich blieb noch. Cordelia schickte sich an, ihnen zu folgen.

Ich machte ein paar eilige Schritte und holte sie auf dem Gang ein. »Danke«, sagte ich.

Sie ging weiter. »Bedanke dich nicht bei mir.«

»Sag das nicht. Du hättest dich nicht mit Tante Greta anzulegen brauchen … und obwohl du …«

Sie zuckte die Achseln und ging die Treppe hinunter.

»Immer noch besser fünfzehn Jahre zu spät als nie«, fügte ich hinzu, getroffen von ihrem Desinteresse.

Sie wirbelte zu mir herum. »Was soll das bitte heißen?« Dann wandte sie sich ab, ohne auf eine Antwort zu warten. Während sie die Stufen weiter hinablief, fuhr sie mich über die Schulter an. »Du machst mich manchmal dermaßen verflucht wütend.«

Werd erwachsen, Micky, dachte ich plötzlich. Du bist hier nicht die einzige, die Probleme hat. »Es tut mir leid. Ich hätte nicht … manchmal quatsche ich eben einfach los, ohne vorher nachzudenken.«

»Ist in Ordnung«, antwortete sie und schenkte mir ein mattes Lächeln. »Und mir tut es auch leid. Ich habe die Geduld mit dieser Frau verloren … wegen der Art, wie sie dich behandelt hat.«

»Danke«, sagte ich und trat vorsichtig einen Schritt auf sie zu.

»Es tut mir leid, daß dies zu spät geschehen ist, um noch viel Gutes zu bewirken.«

»Es hat sehr viel Gutes bei mir bewirkt.«

»Trotzdem …« Sie rührte sich nicht, als ich einen weiteren Schritt machte.

»Freundinnen?« fragte ich.

»Natürlich.«

Ich legte meine Arme um sie und umarmte sie fest. Wir hielten einander kurz im Arm, dann versteifte sie sich und machte sich los. Wahrscheinlich war ihr eingefallen, daß ich mit Joanne schlief.

»Ich muß zurück zur Arbeit«, sagte sie. »Die warten auf mich.« Sie drehte sich hastig weg, nahm ihren Aktenkoffer und lief die Treppe hinunter.

Mir fielen Alex' Bücher ein. Ich ging zurück, um sie von der Fensterbank zu holen, nahm mir die Zeit, nachzusehen, was die Mächte des Bösen taten. Sah nach Sonnenstich aus. Die verbliebenen Demonstranten saßen auf dem Bordstein, Transparente auf Halbmast. Ich sah ihnen ein paar Minuten beim Schwitzen zu.

Ich kehrte in die kühle Klinik zurück. »Ganz schön heiß, Bern, Baby«, sagte ich, ließ mich auf die am wenigsten unter Papieren begrabene Ecke des Schreibtischs fallen und schwang die Autoschlüssel vor ihr in der Luft.

»Hey, danke, Micky«, sagte sie, während sie sie mir abnahm.

»Es kuschelt sich direkt an einen grüngelben Datsun«, plänkelte ich.

»Grüngelb. Bäh.«

»Es ist mein Auto, das du da beleidigst.«

»Oh. Sorry«, sagte Bernie reuig.

»Aber nicht meine Farbwahl. Bloß keine Gewissensbisse.«

»Verspüre nicht die leisesten.«

Sie mußte einen Anruf entgegennehmen. Ich schaute mir die Bücher an, die Alex zurückgab. Moderne Romane, einschließlich einiger Titel aus Lesbenverlagen.

»Ist das ein gutes Buch?« fragte Bernie, als sie das Telefonat beendet hatte.

»Ich weiß nicht. Hab's nicht gelesen, bin nur die Überbringerin. Außerdem: sehe ich aus wie ein Mädchen, das solchen Schund liest?«

»Aber ganz bestimmt. Ach, Micky, was ... Na ja ...« Bernie sah ein wenig verlegen aus. »Haben Sie wirklich ...? Geht mich nichts an.«

Ich war enttäuscht von Bernie. Ich hätte nicht gedacht, daß sie kniff.

Sie stellte mein Vertrauen in sie wieder her, als sie sagte: »Aber kann ich trotzdem fragen?«

»Frei heraus«, sagte ich und lehnte mich ihr entgegen.

»Sind Sie … Haben Sie wirklich mit einer Frau geschlafen?« flüsterte sie verschwörerisch.

»Na klar. Hat das nicht jede?« sagte ich lässig.

Meine Antwort brachte Bernie durcheinander. »Ähm … na ja … nein«, antwortete sie.

»Du bist noch jung. Mach dir keine Sorgen.«

»Sie machen Witze, nicht wahr?«

»Nein.«

»Aber, Micky, Sie sehen gar nicht aus wie …«

»Hüte dich vor Stereotypen, Bernie, Baby«, schalt ich sie.

»Aber … was machen zwei …« Sie lehnte sich mir entgegen und senkte ihre Stimme noch weiter. »… Frauen miteinander?«

Ich unterdrückte meine erste Reaktion, da ich sonst laut herausgelacht hätte. Auch du warst einst naiv, sagte ich zu mir selbst. Vor sehr langer Zeit. Statt dessen schaute ich Bernie an und beobachtete, wie sie während meines Schweigens langsam errötete. Als ihre Wangen einen erfreulich rosigen Farbton angenommen hatten, antwortete ich schließlich: »Verdammt viel Spaß haben. Das ist es, was zwei Frauen tun, wenn sie miteinander schlafen. Wenn du es herausfinden willst, könnte ich …«

Hinter mir räusperte sich jemand vernehmlich. »Bernie«, sagte Cordelia, »ich hätte gern Mrs. Ludlows Akte.«

»Sofort«, antwortete Bernie und sauste los, sie zu holen.

Schwester Ann tauchte an meiner anderen Seite auf. »Cordelia, hier ist die endgültige Stellungnahme. Ich dachte, Sie hätten gern einen letzten Blick darauf geworfen, bevor ich sie freigebe.«

Cordelia nahm Schwester Ann das Papier aus der Hand und fing an, es zu lesen.

»Tolle Vorstellung draußen auf dem Parkplatz, Ms. Knight«, bemerkte Schwester Ann trocken, während Cordelia las. »Es ist mir gelungen, Schwester Fatima davon zu überzeugen, daß eine von Ihnen beiden männlich war. Fragen Sie mich nicht, welche.«

»Hier. Danke. Das ist in Ordnung«, sagte Cordelia und gab Schwester Ann die Stellungnahme zurück. Sie beschäftigte sich mit einer Akte, die sie von Bernies Schreibtisch nahm. Sobald Schwester Ann außer Hörweite war, sagte sie mit drohendem Unterton: »Ab in mein Büro. Warte dort auf mich.« Dann wirbelte sie herum, nahm Bernie ohne ein weiteres Wort die Akte aus der Hand und ging mit großen Schritten den Korridor hinunter.

»Ins Büro der Direktorin bestellt«, murmelte ich. Ich nahm die Bücher, die Alex mir gegeben hatte.

Elly warf mir einen fragenden Blick zu, als ich auf dem Flur an ihr vorbeikam.

»Sammle die Scherben auf«, kommentierte ich beißend und betrat Cordelias Büro. Es gefiel mir nicht, daß sie sich das Recht nahm, mich herumzukommandieren. Selbst wenn sie mich bezahlte.

Cordelia ließ mich eine halbe Stunde warten.

Nachdem sie die Tür hinter sich geschlossen hatte, ließ sie sich schwer in den Sessel fallen und sagte dann: »'Vorstellung auf dem Parkplatz'? Ich hätte gerne eine Erklärung.«

»Wir haben diesem selbstgerechten, bigotten Pack mal richtig Feuer unterm Hintern gemacht.«

»Wie?« wollte sie wissen.

»Mit etwas, das Schwester Ann zwei Sechzehnjährigen auf dem Abschlußball nicht gestatten würde.«

»Kommt auf ihr Geschlecht an«, korrigierte Cordelia mich. »Du und Joanne, ihr habt also auf dem Parkplatz rumgeknutscht.«

»Nicht Joanne«, antwortete ich. »So dumm würde sie nicht sein.« Besonders, da O'Connor hier herumschlich.

»Wer dann?«

»Alex«, antwortete ich.

»Alex? Das ist nicht witzig«, erwiderte sie eisig.

»Das soll es auch nicht sein. Hier, sie hat mich gebeten, dir diese Bücher zurückzugeben.« Ich legte sie auf Cordelias Schreibtisch.

Sie schaute die Bücher an, dann mich, dann wieder die Bücher. »War es wirklich Alex?« fragte sie schließlich.

Ich nickte.

»Also schläfst du hinter Alex' Rücken mit Joanne und hinter Joannes Rücken mit Alex? Verdammt, kannst du deine Hose nicht geschlossen halten?«

Ich schaute hinunter auf meinen Reißverschluß. »Es scheint doch möglich.« Cordelia machte mich langsam ärgerlich. Wie auch immer unser Verhältnis zueinander war, was mich betraf, hatte sie die Grenze überschritten. Sie hatte mir nicht zu sagen, mit wem ich schlafen durfte und mit wem nicht. Sie selbst einmal ausgenommen.

Wir starrten uns wütend über den Schreibtisch hinweg an. »Außerdem«, fuhr ich fort, »schlafe ich nicht mit Alex, und sie weiß Bescheid über Joanne und mich.«

»Sie hat Joanne noch nicht gesehen.«

»Wir haben geredet«, erklärte ich.

»Du ... Ich dachte, Joanne würde das tun. Konntest du deine Klappe nicht halten?«

»Natürlich nicht. Klappe und Hose immer weit offen. Ich hab' Alex auf dem Parkplatz gesehen. Ich mußte einfach brüllen: 'Hey, du weißt doch, daß ich mit Joanne ficke, oder?'«

Cordelias Unterkiefer spannte sich an. Heute würde ich wohl keine Preise in Diplomatie gewinnen. »Sprich nicht so laut«, flüsterte sie rauh. »Und noch etwas«, fuhr sie wütend fort. »Laß die Finger von meiner neunzehnjährigen Sekretärin.«

»Was?«

»Ich habe gehört, wie du sie gefragt hast, ob sie mit dir schlafen will —«

»Ich habe sie nicht gefragt, ob sie mit mir schlafen will«, unterbrach ich.

»Was bitte hast du denn dann getan?«

»Ich habe ihre Fragen beantwortet.«

»Oh, bitte, für wie naiv hältst du mich eigentlich?«

»Ich halte dich nicht für naiv. Ich halte dich für eine anmaßende Moralistin. Wenn du keine Lesbe wärst, dann stündest du da draußen bei den Demonstranten, wo du hingehörst.«

Cordelia sprang fast aus dem Sessel, und die Farbe ihrer Augen verwandelte sich in ein frostiges Blau. Für einen Augenblick saß sie ganz still, bevor sie, sich jedes einzelne Wort abringend, antwortete: »Ich ziehe es vor, Dinge zu überdenken, die ich tue, und mir die Konsequenzen bewußt zu machen, bevor ich handele. Wenn mich das zu einer anmaßenden Moralistin macht, bitte schön. Lieber das, als ständig meiner Vagina zu folgen, wohin auch immer sie mich führt.«

»Immer noch besser, als sie ganz außer acht zu lassen. Nicht nach deinen Maßstäben, vielleicht, aber ich bin eine Erwachsene, Joanne und Alex sind Erwachsene, und wir können unser Leben ohne deine Einmischung führen. Und ich kann die Finger ganz sicher von neunzehnjährigen Jungfrauen lassen. Ich brauche deine Lektionen über Moral nicht. Wenn ich mit Alex und Joanne und Bernie und einem Dutzend anderer Frauen ficken will, dann geht dich das überhaupt nichts an.«

»Hast du das nicht schon längst? Ganz bestimmt mit Joanne und mit Alex und dem Dutzend anderer Frauen. Wahrscheinlich innerhalb des letzten Monats.«

»Nein, letzte Woche. Zwei pro Nacht. Sonntage sind frei. So hat Alex es auch rausgefunden. Sie ist Joanne begegnet, als sie aus meinem Schlafzimmer kam.«

»Hält dich eigentlich irgend etwas zurück? Hast du keine Moral?«

Ich spannte mich an, ihre Arroganz machte mich fuchsteufelswild. »Nicht im geringsten. Es gibt nichts, das ich nicht tue. Willst du eine Liste?« schoß ich beißend zurück.

»Das interessiert mich nicht.«

Ich stand auf und lehnte mich über den Schreibtisch.

»Nicht hygienisch genug für dich? Unter deinem Niveau? Sex gibt's für dich nur in billigen Romanen?«

»Geh jetzt bitte«, sagte sie, ohne mich anzuschauen.

Ich ging mit großen Schritten um den Schreibtisch herum, packte die Armlehnen ihres Stuhls und wirbelte sie zu mir herum. »Sex mit Frauen, Sex mit Männern, manchmal war ich zu betrunken, um den Unterschied zu bemerken. An die Hälfte der Leute, mit denen ich geschlafen habe, kann ich mich überhaupt nicht mehr erinnern. Teufel auch, mit neunzehn hatte ich wahrscheinlich bereits mehr Frauen gefickt, als du es je tun wirst. Sex um des Sex willen, Sex für Geld, alles, was dir einfällt. Sind Sie schon mal gefesselt worden, Dr. James?« Ich rüttelte an ihrem Sessel, so daß sie mich anschauen mußte.

Sie funkelte mich wütend an. »Raus hier, Micky. Ernsthaft.«

Es war ein Befehl, von dem sie erwartete, daß er befolgt wurde. Sie saß in ihrem Sessel, starrte mich an, herausfordernd, um mich zum Nachgeben zu bewegen. Grandios mächtig, dachte ich beim Blick in ihre funkelnden blauen Augen. Ich nahm es ihr übel. Niemand hatte ihr je gesagt, daß sie nicht stark sein konnte. Oder ihr unauslöschlich bewiesen, wie wechselhaft Kontrolle und Stärke waren. Wie Bayard es mir bewiesen hatte.

Cordelia saß in der ihr eigenen Allmacht vor mir.

Ich kniete vor ihr nieder und fuhr dann mit meiner Hand unter ihren Rock. »Kommen Sie, Dr. James. Sie dürfen mich ficken. Sie haben mich engagiert. Ist das nicht, was Sie wirklich wollten?« Ich fing an, ihren Rock mit der anderen Hand hochzuschieben und beugte mein Gesicht über ihren Schoß.

Sie griff meine Haare und riß meinen Kopf zurück. »Hör auf! Ich kaufe keinen Sex.«

Für einen Augenblick verharrten wir so, meine Hände auf ihren Oberschenkeln, ihre Finger in meinem Haar, und starrten uns aus großer Entfernung an. Dann lockerte sich ihr Griff und sie nahm mein Gesicht in beide Hände. Sie zog mich zu sich heran und küßte mich. Es dauerte nur einen Augenblick, dann riß sie sich los, stieß mich zurück und drehte ihren Sessel zur Seite. Ich mußte mich auf meine Hände stützen, um nicht nach hinten zu fallen.

»Geh bitte, Micky«, sagte sie, nicht länger gebieterisch. Für eine kurze Sekunde hatte sie die Kontrolle verloren. »Bitte«, wiederholte sie.

Ich stand auf, klopfte mir die Knie ab und verließ ohne jedes weitere Wort ihr Büro.

Glücklicherweise telefonierte Bernie, so daß ich nicht mit ihr plänkeln mußte. Ich verließ die Klinik durch die Hintertür. Ich setzte mich auf die Stufen und starrte auf das üppige Sommergrün des überwachsenen Grundstücks hinter dem Haus. Das Summen der Bienen erfüllte die stille, schwüle Luft.

Warum hatte ich das getan, fragte ich mich. Hatte meine Vergangenheit ... zur Schau gestellt vor einer Frau, die für das, was ich war, nur Verachtung empfinden konnte. Ihre Mißbilligung war mir sicher, vielleicht sogar ihr Ekel, dafür hatte ich gesorgt.

Das macht es ganz sicher, nicht wahr, dachte ich plötzlich. Es macht es ihr unmöglich, mich zu lieben. So wie ich es Danny unmöglich gemacht hatte, mich zu lieben. Ich hatte bekommen, was ich wirklich wollte. Der Gedanke gefiel mir nicht. Vielleicht schützte ich mich dadurch, daß ich mir Möglichkeiten, die niemals wahr werden konnten, gar nicht erst ausmalte. Wir hatten eine Nacht miteinander verbracht. Aus vielen Gründen, von denen keiner etwas damit zu tun hatte, daß sie den Rest ihres Lebens mit mir verbringen wollte.

Ich hörte, wie hinter mir eine Tür geöffnet wurde.

»Wohin hättest du die Scherben gern?« sagte Elly und setzte sich neben mich auf die Stufen.

»Oh, Tag, Elly. Mir geht's gut. Du kannst dein Sandwich auch an einem kühleren Ort essen.«

»Willst du mal beißen?«

»Nein, danke. Kein Hunger.«

»Was ist passiert? Ich glaube, ich habe Cordelia noch nie so durcheinander gesehen.«

»Wir haben über meine Moral diskutiert. Oder das Fehlen derselben. Das würde wahrscheinlich jede durcheinanderbringen.«

»Was geht *sie* das an?«

»Sie dachte, ich hätte mich an Bernie rangemacht.« Joanne ließ ich opportunerweise aus.

»Hast du?«

»Nein, natürlich nicht. Na ja, vielleicht habe ich ein wenig geflirtet. Sie hat mich gefragt, wie es ist, eine Lesbe zu sein. Und ich habe ihre Fragen beantwortet. Auf meine übliche Art.«

»Und das hat Cordelia so aufgeregt?«

Ich wich aus. »Vielleicht war es die Art und Weise, mit der ich einige ihrer Fragen beantwortet habe. Außerdem ist es sehr schwer, an meine Unschuld zu glauben, wenn man erst einmal die Danielle-Clayton-Version meines Lebens gehört hat.« Ich hielt inne. »Sorry, Elly.«

»Ist okay«, antwortete sie.

»Schätze, du hast die Danielle-Clayton-Version auch schon gehört«, sagte ich verlegen.

»Ausführlichst.«

»Oh ... na dann.« Ich zuckte mit den Schultern.

»Ich habe mich schon immer gefragt, wie wohl die Micky-Knight-Version klingt. Normalerweise hat eine Geschichte zwei Seiten.«

»Nur eine davon ist wahr.«

»Welche?«

Ich schaute Elly an und fragte mich, was sie von mir wollte. »Ich nehme an, Danny hat dir erzählt, daß ich sie ohne ersichtlichen Grund dauernd betrogen und es ihr dann auch noch unter die Nase gerieben habe? Daß ich immer dann, wenn sie mit mir darüber reden wollte, ein sarkastisches Miststück war?«

»Nicht ganz in diesen Worten.«

»Wenn es das ist, was Danny dir erzählt hat, dann war sie noch höflich. Ich habe dafür gesorgt, daß sie es bereute, jemals geglaubt zu haben, daß sie in mich verliebt ist. Ich habe dem Wort 'verabscheuungswürdig' eine völlig neue Bedeutung verliehen.«

»Warum? Ich meine, nicht, daß ich dir nicht dankbar wäre.«

»Dankbar?«

»Wenn du bei Danny geblieben wärst, wäre ich jetzt nicht mit ihr zusammen.«

»Danny und ich, wir hätten uns sowieso getrennt. Ich habe nur dafür gesorgt, daß wir es taten, als es *mir* paßte. Sei mir nicht dankbar.«

»Warum?« fragte sie wieder.

»Warum nicht? Ich weiß es nicht. Wirklich.« Weil Danny gesagt hatte, daß sie mich liebte, und ich wußte, daß dies nicht wahr sein konnte.

»Wenn du es mir nicht sagen willst, werde ich dich nicht drängen.«

»Was wirst du Danny erzählen?«

»Nichts. Diese Unterhaltung bleibt unter uns.«

»Ich weiß es nicht.« Ich wich immer noch aus. »Ich ... kann es nicht erklären.« Ich konnte es nicht.

Elly schaute auf ihre Uhr. »Na ja, also zurück in den Affenkäfig.« Sie stand auf.

»Sorry, Elly.«

»Wofür?«

»Einfach ... Ich weiß es nicht.« Dann sagte ich, um die Stimmung zu ändern: »Ich habe Danny verlassen, weil ich wußte, daß eines Tages jemand wie du aufkreuzen würde, und weil ich nicht glaubte, daß sie genügend Verstand aufbringen würde, um mich für die richtige Frau sitzen zu lassen. Jetzt geh wieder an die Arbeit, bevor Cordelia glaubt, ich baggere *dich* an.«

»Das bezweifle ich«, antwortete Elly. Sie legte ihre Hand auf meine Schulter und drückte sie freundschaftlich.

Ich brachte sie in die Gegenwart zurück. »Elly, erinnerst du dich an eine der Frauen — an eine der ermordeten Frauen? Beverly Sue Morris? Alice Janice Tresoe?« Dann fügte ich hinzu: »Vicky Williams?«

Elly schaute mich an. »Die Frau in den Wäldern? Ja, denkst du denn, da gibt es eine Verbindung?«

»Eine verpfuschte Abtreibung, und sie wird bei einer Party abgeladen, an der Cordelia teilnimmt. Es fällt schwer, keine Verbindung herzustellen.«

»Stimmt.« Dann war Elly still.

»Erinnerst du dich an eine der Frauen?« fragte ich wieder.

»Ja, das tue ich«, sagte Elly langsam. »Alice. Ich erinnere mich daran, wie sie mich anblickte und sagte: 'Ich kann doch unmöglich wieder schwanger sein, oder?' Sie hatte bereits drei Kinder.«

»War sie schwanger?«

»Ja. Sie hatte sich zu einer Abtreibung entschlossen.«

»Wann?« fragte ich.

»Am Tag, als sie starb«, antwortete Elly.

»Danke, Elly«, sagte ich leise. Sie nickte und ging wieder ins Gebäude.

Ich blieb noch einige Minuten dort sitzen, bis ich schließlich merkte, daß ich hungrig war. Ich lief über den Hof, um den schmiedeeisernen Zaun herum und in Richtung eines Lebensmittelgeschäfts, das ich auf der Allee gesehen hatte.

Ich kam mit meinem Mittagessen zurück, setzte mich zum Essen auf die Stufen, versuchte zu entscheiden, was ich als nächstes tun sollte. Mir fiel nichts Zufriedenstellendes ein.

Nach dem Essen ging ich um das Gebäude herum. Die Demonstranten waren weg, der Parkplatz ruhig. Es waren nur wenige Leute auf der Allee und in der Seitenstraße. Die nachmittägliche Sonne brachte mich selbst bei meinem gemächlichen Tempo ins Schwitzen. Ich kam schließlich wieder an meinem Ausgangspunkt an, aber da ich nicht wie ein Wasserspeier auf den Stufen sitzen wollte, spazierte ich hinüber bis zum Rand des überwucherten rückseitigen Grundstücks. Das hohe Wildkraut und die kleinen Bäumchen waren reglos, schimmerten grün im strahlenden Sonnenschein. Nichts regte sich in der stillen Luft, selbst die summenden Bienen schienen nach Hause geflogen zu sein. Ich konnte den schwachen Geruch des Laubwerks riechen, durchzogen von leichtem Geißblatt-Duft. Ich pflückte eine der Blumen, die mir am nächsten waren, und saugte den Nektar heraus.

O'Connor kam über den Hof heran. »Nun, nun, Ms. Knight, stets im Dienst.«

»Jemand muß Sie ja davon abhalten, die falsche Person festzunehmen«, antwortete ich.

»Dafür bezahlt Sie Dr. James?«

»Nein. Das verlangt mein Ehrgefühl.«

»Natürlich. Ehre. Ein seltenes Gut heutzutage.«

»Was tun Sie hier?«

»Ich besichtige den Tatort. Wer weiß, was noch geschieht. Womöglich wird sich Dr. James' Erinnerungsvermögen auf wundersame Weise auffrischen.«

»Sie hat es nicht getan.«

Das ignorierte er. »Vielleicht wird sich die einzige Frage, auf die ich keine Antwort weiß, von selber lösen.«

Ich erwiderte nichts; ich wußte, er wollte, daß ich fragte.

»Wollen Sie nicht wissen, wie diese Frage lautet?«

»Wenn Sie's mir sagen wollen, dann immer raus damit.«

»Stecken Sie mit ihr unter einer Decke, oder sind Sie auf sie reingefallen?«

»Entscheiden Sie sich, damit Sie Beweise für das finden, was Sie lieber glauben wollen.«

»Haben Sie die Leiche für sie in den Keller geschafft?«

»Nein, aber ich habe auf ihre Bitte hin sechsunddreißig Waisenkindern die Kehle aufgeschlitzt. Sie hat mir 'n Dollar pro Kopf gezahlt.«

»Sarkastisch wie immer. Ich mag Ihren Sinn für Humor. Ich hoffe, Sie sind nicht darin verwickelt.«

»Wie freundlich von Ihnen«, sagte ich kühl.

»Rauchen Sie?« Er holte Zigaretten aus seiner Jackentasche.

»Nein, tu' ich nicht.«

»Gut. Ist 'ne schlechte Angewohnheit.«

Eine Brise erhob sich und blies mir das Haar aus der Stirn. Die kühlende Luft war sehr willkommen. »Zünden Sie die nicht an«, sagte ich plötzlich, als ich einen Geruch in der frischen Brise wahrnahm.

»Warum? Sind Sie eine von denen?«

»Nein ...« Ich verstummte, versuchte, die unzähligen Gerüche eines heißen Tages in der City voneinander zu trennen, hoffte, daß ich mir einen von ihnen nur einbildete. »Riechen Sie etwas?«

»Nein. Zwanzig Jahre Rauchen haben meine Nase ruiniert.«

Ich stand ganz still, angespannt, prüfte die Luft. »Oh, Gott«, entfuhr es mir, als mich ein Hauch übelriechender Luft traf, ein Geruch, der nicht zu diesem warmen Sommernachmittag paßte. Ich warf O'Connor einen verstohlenen Blick zu. Auf seinem Gesicht lag ein düsterer, konzentrierter Ausdruck, die Zigarette hatte er nicht angezündet.

»Was ist es?« fragte er, seine Stimme frei von neckischem Geplänkel.

»Ein totes ... Tier. Ein Hund ... vielleicht.«

»Das hoffe ich«, antwortete er.

»Oh, Gott«, wiederholte ich leise, umarmte mich selbst, als ich trotz der Hitze erzitterte.

Er schaute mich durchdringend an. »Sollen wir mal nachsehen?«

»Nein, ich ... Ich seh' nicht gern tote Hunde.«

O'Connor drehte sich um und marschierte mit großen Schritten entschlossen zum Parkplatz hinüber, rief dabei mehrere Namen. Er kam umgehend mit ein paar seiner Männer zurück. Sie stürzten sich mit grimmiger Miene ins Unterholz. Ich beobachtete, wie sie das Dickicht langsam und methodisch durchforsteten.

Die Minuten verstrichen, nur unterbrochen vom fortwährenden Knacken und Rascheln ihrer Bewegungen zwischen den Sträuchern.

Ich blieb, wo ich war, nicht imstande, mich zu bewegen, prüfte immer noch die Luft und hoffte, daß ich mir meinen Irrtum selbst würde nachweisen können. Ich wünschte mir verzweifelt, den Männern zurufen zu können: »Es tut mir leid, ich habe einen Fehler gemacht. Sie werden nichts finden.«

Dann rief einer von ihnen: »Hier. Hier drüben.« Sonst nichts.

Ich setzte mich ins Gras, außerstande, dem Geruch zu entgehen, jetzt, da er bestätigt worden war. Er schien überall zu sein. Ich fuhr fort, die Fäulnis einzuatmen, um sicher zu sein, daß dies real war, daß dieser Sommertag wirklich eine so schreckliche Wendung genommen hatte.

O'Connor tauchte schließlich wieder aus dem Unterholz auf, sein Gesicht war rot und verschwitzt, und an seiner Hose hingen zerdrückte Laubreste. Er kam direkt auf mich zu. Ich bemerkte, daß er ein Taschentuch in der Hand hielt. Ich schätze, nachdem er einmal nah genug dran war, hatte er die Fäulnis gerochen. Er sagte nichts, zeigte mir aber, was er in der anderen Hand hielt: einen kleinen Plastikbeutel zur Sicherstellung von Beweisen, darin ein Versicherungsformular. Unterzeichnet von Dr. C. James. »Wir haben ihre Kleidung und ihre Handtasche in drei Metern Entfernung gefunden. Dies lag darin«, sagte er, nachdem ich es gelesen hatte.

»Woher wissen Sie, daß es zu ihr gehört?«

»Das steht noch nicht fest. Aber mein Instinkt sagt es mir, und der irrt sich selten. Wollen Sie mir helfen?«

»Nein, das will ich nicht«, antwortete ich.

»Warum haben Sie mir dann die Leiche gezeigt? Noch ein paar Tage in dieser Hitze, und die Gerichtsmedizin hätte kaum mehr sagen können, ob sie achtzehn oder achtzig war. Ganz zu schweigen davon, woran sie gestorben ist.«

»Mein verdammtes Ehrgefühl«, erwiderte ich scharf.

»Ich besorge mir einen Durchsuchungsbefehl. Und dann gehe ich in die Klinik. Und falls ich«, er drehte das Versicherungsformular herum, »eine Akte auf den Namen Faye Zimmer finde, dann werde ich Dr. James festnehmen.«

»Warum sagen Sie mir das? Wollen Sie meine Erlaubnis?« sagte ich sarkastisch. »Wie lange werden Sie brauchen?«

»Nicht lange. Ich habe den Anruf bereits gemacht. Einer meiner Männer ist unterwegs, um den Durchsuchungsbefehl zu holen. Ergreifen Sie immer noch die Partei einer Person, die Sie offensichtlich zum Narren gehalten hat?«

»Sie hat es nicht getan.«

»Ich habe Beweise, die besagen, daß sie es doch war.«

»Sie haben Beweise, daß ihr jemand was anhängen will. Finden Sie jemanden, der Cordelia haßt oder sogar Emma Auerbach, und dann haben Sie vielleicht Ihren Mörder.«

»Also, wer würde sie denn so hassen? Jetzt gehen Sie aber etwas weit, Miss Knight.«

»Jemand aus Cordelias Vergangenheit, der hier die perfekte Gelegenheit zur Rache gefunden hat. Oder aus Emmas Vergangenheit. Cordelia hat diese Klinik erst vor ein paar Monaten eröffnet. Emma ist in letzter Zeit als Fürsprecherin der *Pro-Choice*-Bewegung sehr aufgefallen. Jemandem ist sie aufgefallen. Recherchieren Sie noch weiter, ehe Sie es sich so leicht machen.«

»Nennen Sie mir Namen. Machen Sie ein paar Vorschläge. Sie kennen sowohl Dr. James als auch Miss Auerbach. Wer würde eine von beiden genug hassen, um aus Rache an ihr ein paar unschuldige Frauen umzubringen?«

Ich saß da und versuchte, mir Namen einfallen zu lassen. O'Connor hatte recht: Frauen zu ermorden, nur um es so aussehen zu lassen, als verpfusche Cordelia Abtreibungen, war eine unwahrscheinliche Art von Rache.

»Nun«, wollte er wissen.

»Ich arbeite dran«, antwortete ich.

Einer seiner Männer kam über den Rasen auf uns zu. Beim Näherkommen hielt er uns einen Zettel entgegen. O'Connor nahm ihn an sich. »Danke, Rob«, sagte er. Dann fragte er mich: »Wollen Sie mitkommen?« und wandte sich in Richtung Klinik.

Ich sprang auf und lief wütend vor ihm her. Er hielt bis zur Klinik Schritt mit mir.

Ich nickte Bernie zu, sagte aber nichts. O'Connor und ich gingen zum Aktenschrank. Dann streckte ich ihm die Hand entgegen, um den Durchsuchungsbefehl zu sehen. Wir würden dies strikt nach Vorschrift machen. Er gab ihn mir, wartete geduldig, bis ich ihn gelesen hatte. Ich gab ihm den Zettel zurück und schaute ihn abwartend an, aber er bedeutete mir, fortzufahren. Ich öffnete die Schublade und fing an, unter dem Buchstaben Z zu suchen.

Sie stand ganz hinten, nicht in der richtigen alphabetischen Reihenfolge, aber Faye Zimmers Akte war da. »Scheiße«, murmelte ich und schaute auf die belastenden Papiere in meiner Hand.

O'Connor nahm sie mir weg. Er sagte nichts, beobachtete mich lediglich.

»Fünf Minuten«, sagte ich. »Geben Sie mir fünf Minuten, um mit ihr zu reden.«

»Ich werde warten«, antwortete er. »Meine Männer sind draußen. Sollte sie wirklich unschuldig sein, wäre es keine gute Idee, wegzulaufen.« Er drehte sich um und ging hinaus ins Wartezimmer. Aber er hörte nicht auf, mich zu beobachten.

Krankenschwester Peterson kam aus einem der Räume.

»Wo ist Cordelia?« fragte ich, während ich ihr über den Korridor entgegenging. »Ich muß mit ihr reden. Sofort.«

Schwester Peterson schaute verunsichert.

»Es ist wichtig«, sagte ich. »Ich warte in ihrem Büro.«

Ich betrat Cordelias Büro, spürte O'Connors Augen auf meinem Rücken. Ich lief im Raum auf und ab, während ich auf sie wartete, nicht imstande, ruhig zu sitzen. Etwa eine Minute später kam sie herein. »Du hast besser einen guten Grund«, sagte sie und blieb mit verschränkten Armen in der Tür stehen.

Keinen guten, überhaupt keinen guten, wollte ich sagen. Statt dessen winkte ich sie herein und schloß die Tür hinter ihr. »Setz dich«, sagte ich, suchte einen Weg, es ihr zu sagen.

»Ich hab's eilig.«

»Bitte.«

Sie setzte sich mit immer noch verschränkten Armen hin. Ich setzte mich ihr gegenüber. »Zwei Dinge. Erstens ... Ich habe mich eben etwas im Ton vergriffen. Das tut mir sehr leid. Ich ... Es tut mir leid.«

»Okay. Ich nehme deine Entschuldigung an. Aber es warten Patientinnen auf mich.«

»Und zweitens ... Es wird dir nicht gefallen —«

»Warum? Schläfst du mit Alex?« unterbrach sie.

»Oh, Gott, nein«, sagte ich und schüttelte den Kopf. »Ich schätze, es gibt keinen einfachen Weg, dir dies zu sagen.« Ich sprach schnell weiter: »Sie haben noch eine Leiche gefunden, offensichtlich eine Patientin dieser Klinik. Du wirst gleich wegen Mordes verhaftet werden. O'Connor wartet draußen auf dich.«

Eine Minute lang sagte sie nichts und rührte sich nicht. »Ich ... Da werden meine Patientinnen wohl warten müssen, nicht wahr?« sagte sie langsam. Sie blickte auf ihren Schreibtisch, fassungslos, verwirrt, als wüßte sie nicht, was sie jetzt tun sollte. Ich schätze, niemand erklärt einem, wie man wegen Mordes verhaftet wird. »Wer war es?« fragte sie plötzlich.

»Faye Zimmer«, antwortete ich. »Ihre Akte war ...«

»Oh, mein Gott, nein. Ich habe sie erst Mittwoch gesehen ...«

»Ruf deine Anwältin an. Jetzt sofort«, sagte ich, als sie mich anschaute, wollte sie in den paar Minuten, die wir zusammen hatten, dazu bringen, etwas zu unternehmen.

»Ja… Ja, du hast recht.« Sie beugte sich vor und fing an, nach der Nummer zu suchen.

»Ich werde versuchen, Danny zu erreichen und… Joanne.« Sie bemerkte nicht einmal, wie ich über Joannes Namen stolperte. »Und wir werden…«

Es klopfte an der Tür. Dann öffnete sie sich und O'Connor erschien.

»Ich weiß, warum Sie hier sind«, sagte Cordelia zu ihm.

Er trat ins Büro. Ich stand auf und schloß die Tür. Es hatte keinen Sinn, eine Vorstellung zu geben. »Miss Knight hat Ihnen die Situation dargelegt?« fragte O'Connor.

»Ja, das hat Micky getan.«

»Sie sind hiermit festgenommen, Dr. James. Sie haben das Recht, die Aussage zu verweigern…« O'Connor betete die Liste für sie herunter.

Cordelia saß reglos da, hörte ihm zu und starrte geradeaus, bis er fertig war. Dann, für einen kurzen Augenblick in der Stille, schaute sie mich an, ihre Augen groß und von unruhigem Blau. Sie stand auf. Dabei drehte sie, als wolle sie ihren Schreibtisch in Ordnung bringen, ihre Adreßkartei herum, so daß ich sie sehen konnte. Eine bestimmte Karte lag obenauf. Cordelia zog ihre weiße Jacke aus und hängte sie weg, als ginge sie ganz normal nach Hause.

»Ich glaube nicht… Bitte Alex doch, Gauner zu füttern, ja?« sagte sie zu mir. »Alex hat die Schlüssel, so daß das kein Problem ist, und sag Bernie…«

»Mach dir keine Sorgen. Ich kümmere mich darum«, antwortete ich. Dann fügte ich hinzu: »Ist das wirklich nötig?«, als O'Connor Handschellen herausholte.

»Standard-Verfahren«, antwortete er.

»Sie wird nicht fliehen.«

»Ich warte, bis wir auf dem Parkplatz sind«, sagte er und steckte die Handschellen wieder in seine Tasche. »Für Sie, Miss Knight. Können wir dann, Dr. James?«

Ich ging als erste hinaus, gefolgt von Cordelia, hinter ihr

O'Connor. Ich wollte sie beschützen, wenigstens die neugierigen Blicke abfangen.

Bernie warf mir im Vorübergehen einen Blick zu, aber ich erwiderte den fragenden Ausdruck nur mit einem kurzen Nicken. Einige andere Männer, die im Wartezimmer saßen, erhoben sich und gingen mit uns. O'Connors Verstärkungstruppen.

Als wir das Gebäude verließen, blieb O'Connor stehen und zog die Handschellen heraus.

Cordelia schaute mich wieder an.

»Mach dir keine Sorgen. Ich kümmere mich um alles ... was ich tun kann«, sagte ich zu ihr. »Frag, ob du deine Anwältin sehen kannst. Besorge dir Rechtsbeistand.«

»Danke, Micky«, antwortete sie.

O'Connor legte ihr die Handschellen an. Sie schaute mich immer noch an, mich, ihre einzige Freundin in der Menge. Sie führten sie ab. Ich folgte ihnen nicht. Ich konnte mehr für sie tun, wenn ich ins Gebäude zurückging und ein paar Anrufe machte. Ich wartete nicht, bis sie sie ins Polizeiauto verfrachtet hatten.

»Micky?« fragte Bernie, als ich mit großen Schritten zurück ins Büro kam.

»Sag Cordelias restliche Termine ab«, befahl ich.

»Was soll ich ihnen sagen?« fragte sie unsicher.

»Daß ... daß Dr. James unerwartet abgerufen wurde.«

»Okay«, nickte Bernie.

Ich zog ab in Cordelias Büro. Die erste Nummer, die ich wählte, war die aus der Drehkartei: Ms. Elana Dreyfuss. Die Polizei mußte sie eine Anwältin anrufen lassen, aber nicht gleich.

Ich berichtete Ms. Dreyfuss, wer ich war und warum ich anrief.

Ihre Antwort, mit sehr professioneller und gebildeter Stimme, lautete: »Scheiße.« Dann fragte sie, wohin sie Cordelia gebracht hätten, und hörte mir aufmerksam zu. Sie sagte, sie würde sich auf den Weg machen, und legte auf. Cordelia hatte eine gute Anwältin.

Dann wählte ich Dannys Nummer. »Büro des Staatsanwalts, Danielle Clayton am Apparat.«

»Sie haben Cordelia festgenommen«, sagte ich ohne Einleitung.

»Was?« rief sie aus. Ergänzt durch das obligatorische »Scheiße.«

Ich erläuterte ihr die Einzelheiten, den Fund der letzten Leiche. Danny sagte, sie würde einige Anrufe machen und mich wissen lassen, was sie herausfand. Wir legten auf, ohne uns zu verabschieden. Das schien nicht wichtig zu sein.

Elly klopfte und trat ein, gefolgt von Bernie und einer Frau, die als Jane Bowen vorgestellt wurde, eine der zwei Teilzeitkräfte in der Klinik. »Was ist los?« fragte Elly.

Ich berichtete. »Irgend jemand muß 'Scheiße' sagen«, sagte ich zum Schluß.

»Schöne Scheiße«, half Dr. Bowen aus. »Ich übernehme alle, die Sie nicht absagen können«, sagte sie zu Bernie. »Wer hat morgen früh Dienst? Aaron oder Cordelia? Ich würde es vorziehen, nicht einzuspringen, aber wenn er nicht kann, tu ich's.«

»Gott, mein Kopf ist ganz leer«, stammelte Bernie.

»Ich glaube, es ist Dr. Goldstein«, sagte Elly. »Jemand sollte ihn auf jeden Fall anrufen.«

Bernie raffte sich auf. »Das mach' ich.«

»Stell ihn zu mir durch, wenn du fertig bist. Wir werden schon eine Regelung finden«, gab Bowen Anweisung. »Junge, Junge, brauch' ich 'ne Zigarette. Pech, daß ich mit dem Rauchen aufgehört habe«, knurrte sie auf dem Weg nach draußen.

»Zurück ans Telefon«, sagte Bernie und folgte ihr.

»Ich habe Danny angerufen«, berichtete ich Elly.

Sie nickte. »Gut.«

»Und Cordelias Anwältin.«

»Noch besser.«

»Und gleich werde ich Joanne anrufen.«

Elly runzelte die Stirn. »Es ist besorgniserregend. Jemand hat all diese Frauen umgebracht.«

»Cordelia nicht.«

»Ich weiß. Aber wer immer es war, hat sich verdammt viel Mühe gemacht, es so aussehen zu lassen. Sag mir Bescheid, wenn Danny oder Joanne etwas herausfinden«, sagte sie noch, bevor sie zur Tür hinausschlüpfte.

Ich rief Joanne an. Sie sagte nicht Scheiße. »Verdammter Dreck« war der Kraftausdruck ihrer Wahl. Dann: »Ich ruf' dich zurück.«

»Joanne ...« hielt ich sie zurück. »Ich bin Alex über den Weg gelaufen.«

»Ich weiß. Sie hat eben angerufen.«

»Oh.«

»Wir reden später. Okay?«

Ich hörte Stimmen und allgemeinen Tumult im Hintergrund. Joanne klang beschäftigt. »Okay. Ciao.« Wir legten auf.

Dann saß ich da. Und wartete. Und haßte es.

Krankenschwester Peterson steckte ihren Kopf zur Tür rein. »Miss Knight?« sagte sie.

»Ja?« Ich bat sie herein.

»Ist Dr. James wirklich festgenommen worden?«

»Ja, das ist sie.«

»Also hat sie diese armen jungen Frauen wirklich getötet«, sagte sie leise.

»Nein, das hat sie nicht. Festgenommen werden und schuldig sein sind zwei verschiedene Dinge.«

»Oh.« Bei meinem Ausbruch lief Schwester Peterson rot an. Dann sagte sie: »Glauben Sie, daß Gott diese Frauen für die Abtreibungen bestraft?«

Ich schaute sie an, versuchte herauszufinden, ob ihre Frage ernst gemeint war. Und *wie* ernst. »Ich glaube, daß diese Frauen ermordet wurden. Von jemand anderem. Nicht von Gott.«

»Aber glauben Sie nicht«, fragte sie unruhig, »daß Abtreibungen Unrecht sind?«

»Ich glaube, Abtreibung ist eine komplexe Angelegenheit. Zu komplex für mich, um diese Entscheidung für jemand anderen als für mich selbst zu fällen.«

»Haben Sie jemals ... ein Kind abgetrieben?«

»Ich?« sagte ich, erstaunt über die Frage. »Nein, natürlich nicht.«

»Dann sind Sie persönlich also dagegen?« fragte sie, auf der Suche, so schien es, nach Bestätigung.

»Die Frage hat sich mir nie gestellt. Das ist einer der Vorteile, wenn eine lesbisch ist.«

»Sie sind ... oh«, sagte sie und errötete erneut.

Ganz offensichtlich war meine Sexualität etwas Neues für sie. Ich fragte mich plötzlich, was sie bei meiner ersten Befragung so nervös gemacht hatte, wenn nicht mein Lesbischsein. »Aber«, fuhr ich fort, »wenn ich durch eine Vergewaltigung schwanger würde, dann würde ich wahrscheinlich abtreiben.« Dann würde ich hundertprozentig abtreiben, doch ich sah keine Notwendigkeit, ihr das unter die Nase zu reiben.

»Ich versuche, einige Dinge für mich klar zu bekommen«, sagte sie. »Ich ... Glauben Sie, es war Gottes Absicht, daß diese Frauen bestraft wurden?«

»Warum sollte er sich die Mühe machen?«

»Was meinen Sie damit?«

»Die Sünder und Sünderinnen kommen doch für alle Ewigkeit in die Hölle, richtig?«

Sie nickte.

»Wie lange dauert die Ewigkeit?« fragte ich.

»Wie ... Das kann niemand wissen«, antwortete sie. »Für immer.«

»Und die durchschnittliche Lebenserwartung eines Menschen? Siebzig Jahre oder so?«

»Ungefähr, ja.«

»Wenn ihm die Ewigkeit zur Verfügung steht, während der

er uns strafen kann, warum sollte Gott sich um die paar Jahre scheren, die wir hier haben? Da der Tod unvermeidlich ist, kann er doch nicht eine so große Bestrafung sein, oder? Solange Reue und Sühne noch möglich sind, warum diese Chance opfern zugunsten einer Strafe, die in etwas Unvermeidlichem besteht? Um die Schuldigen fünfzig Jahre früher in die Hölle zu schicken? Was sind fünfzig Jahre verglichen mit der Ewigkeit?«

Schwester Peterson antwortete nicht sofort. Sie setzte sich langsam hin. »Darüber müßte man mal nachdenken«, antwortete sie schließlich. »Dann ist es traurig, daß sie gestorben sind.«

»Ja, es ist traurig. Nichts, das sie verdient hätten, egal welche Sünde sie angeblich begangen haben.«

»Danke«, sagte sie. »Man hat mir immer beigebracht, daß Abtreibung eine Sünde ist. Mord. Wie kann man das rechtfertigen? Vor sich selbst?«

Mich beschlich wieder das Gefühl, daß sie dies wirklich wissen wollte, daß sie nach einer Antwort suchte. »Es gibt viele Arten von Mord. Träume und Hoffnungen können auch umgebracht werden. Der Verlust der Chance, ein selbstbestimmtes Leben zu führen, ist für mich Mord auf Raten. Mit was läßt sich leben? Das kann ich nicht für einen anderen Menschen entscheiden.«

»Entschuldigen Sie, ich stehle Ihnen nur Ihre Zeit«, sagte sie. »Sie haben sicher Wichtigeres zu tun, als meine Fragen zu beantworten.«

»Nein, ich sitze hier nur herum und warte darauf, daß das Telefon klingelt. Außerdem glaube ich nicht, daß ich Ihre Fragen beantworte. Ich erzähle Ihnen lediglich von meinen Antworten.«

»Ja, da haben Sie recht.« Ich dachte, sie würde aufstehen und weggehen, doch das tat sie nicht. Sie schaute mich an, atmete tief ein und sagte: »Meine Schwester, meine jüngere Schwester… hatte eine Abtreibung. Sie bat mich, mit ihr hinzugehen… Ich weigerte mich.« Sie hielt inne und nestelte an einem Kleenex herum. »Ich sagte, ich würde nie mehr ein Wort mit ihr sprechen, wenn sie es täte. Ich war sehr wütend auf sie. Ich bekam, was ich wollte. Ich habe nie mehr mit ihr gesprochen. Sie starb bei einem Autounfall … Ich habe nie mehr mit ihr gesprochen. Ich frage mich, wer von uns beiden die größere Sünderin ist.«

»Das tut mir leid. Sie hätten mit ihr gesprochen, wenn Sie die Zeit gehabt hätten.«

»Ich hoffe, Sie haben recht. Sie war … so jung, erst achtzehn. Ich ertrage den Gedanken nicht, daß sie in die Hölle gekommen ist, weil sie …« Sie war nicht in der Lage, den Satz zu beenden.

»Sie ist nicht in die Hölle gekommen.« Ich zog ein paar Papiertücher aus der Schachtel auf dem Schreibtisch und reichte sie ihr.

»Danke … Danke, daß Sie das gesagt haben.«

»Ein wirklich allmächtiger Gott könnte so grausam nicht sein«, fügte ich noch hinzu.

»Sie haben … Danke, daß Sie mit mir geredet haben. Die meisten Leute, die so denken wie Sie, reden mit mir nicht darüber.«

»Es überrascht mich sehr, daß Sie hören wollten, was ich zu sagen habe. Und daß Sie mir genug Vertrauen schenken, um mir von Ihrer Schwester zu erzählen.«

»Manchmal ist ein fremder Mensch am geeignetsten.« Sie stand auf, um zu gehen. »Ich wollte etwas von jemandem hören, der sie nicht automatisch verdammen würde für das, was sie getan hat.«

»Betty«, begann ich, versuchte eine Frage zu formulieren, ob womöglich jemand aus der Klinik hinter den Briefen, vielleicht sogar den Morden, stecken mochte.

»Ja?«

Ihr Gesicht, so verletzlich nach dem Geständnis, ließ mich verstummen. Für den Augenblick ließ ich meine Fragen Fragen sein. »Nichts.« Ich lächelte, als sie zur Tür hinausschlüpfte und leise den Korridor hinunterging. Ich saß wieder da, versuchte Dante zu lesen und wartete auf das Klingeln des Telefons.

Nach einer Weile steckte Elly ihren Kopf durch die Tür. »Patientinnen sind alle weg.«

»Danny hat noch nicht angerufen.«

»Ich weiß. Ich gehe nach Hause. Das solltest du auch tun. Cordelia hat eine gute Anwältin.«

»Ja, du hast recht«, antwortete ich müde und legte Dante beiseite.

»Ich seh' dich bald.«

»Mach's gut, Elly«, antwortete ich.

Sie winkte und verschwand. Joanne oder Danny konnten mich genausogut zu Hause anrufen. Ich schaltete das Licht aus, fragte mich, ob ich noch irgend etwas tun sollte, um Cordelias Büro dichtzumachen.

Draußen war nur noch Bernie. Sie schob die Papiere auf dem Schreibtisch halbherzig hin und her. Ihre Augen hatten rote Ränder und waren blutunterlaufen. »Micky?« Doch es folgte keine Frage.

»Feierabend, Bern.«

»Aber … was geschieht jetzt mit Cordelia?«

»Sie ist unschuldig.

»Aber Unschuldige sind schon früher ins Gefängnis gewandert. Und auf den elektrischen Stuhl.«

»Aber keine reichen, weißen Leute mit guten Verbindungen wie Cordelia«, versicherte ich ihr, hoffte, daß es stimmte.

»Ja … vermutlich richtig«, antwortete sie.

»Na komm, Zeit, von hier zu verschwinden. Cordelia wird es schon schaffen.«

»Na gut. In Ordnung.«

Ich wartete, während Bernie die Lichter ausschaltete und abschloß. Es war nach sechs.

Bernie und ich wanderten hinaus auf den Parkplatz, ließen die Klinik still und menschenleer hinter uns zurück. Der Rest des Gebäudes war geschäftig — eine Gruppe älterer Leute, eine Jugendgruppe, irgendeine unbestimmbare Gruppe.

»Gute Nacht, Micky«, sagte Bernie. Dann umarmte sie mich sehr schüchtern und unbeholfen. Sie wandte sich rasch ab und stieg in ihr Auto, aber ich sah sie trotzdem leicht erröten.

»Nacht, Bern«, rief ich, während sie mit ihrem Zündschlüssel hantierte.

Ich ging zu meinem Auto und sah zu, wie Bernie davonfuhr. Wer ist leichtgläubig genug? dachte ich plötzlich. War es möglich, daß eine Person, die in der Klinik arbeitete, benutzt wurde — Freundlichkeit und Unschuld verkehrt zur Schattenseite eines liebenswürdigen Gesichts? Betty und Bernie waren beide jung und vertrauensvoll. Ich seufzte und begriff, daß ich Betty diese harten und zynischen Fragen wahrscheinlich würde stellen müssen. Und Bernie auch. Und — ich seufzte wieder — wahrscheinlich dem gesamten Klinikpersonal.

Gott, was für ein Tag, dachte ich, als ich auf die Straße fuhr. Und er ist noch nicht vorbei.

Dreizehntes Kapitel

Ich hatte gehofft, zu Hause anzukommen und eine wie ein Silvesterfeuerwerk leuchtende und blinkende Anrufbeantworterin vorzufinden. Doch nein, sie starrte mich schweigend an. Ich freute mich sogar über Hepplewhites Miauen, alles, was die erwartungsvolle Stille meines Appartements durchbrach. Ich schaltete die Klimaanlage ein, hoffte, sie würde mein Zimmer bis zur Schlafenszeit abkühlen. Ich erwog, etwas zu lesen, wußte aber, daß mir die Konzentration fehlte.

Dann fiel mir ein, daß ich Cordelia versprochen hatte, einen bestimmten Anruf zu machen. Ich wählte Alex' Nummer. »Hallo?« ging sie dran.

»Tag, Alex, hier ist Micky. Cordelia hat mich beauftragt, dich zu bitten, ihre Katze zu füttern.«

»Warum kann CJ ihre Katze nicht selber füttern?«

Au —! schoß mir durch den Kopf. Ich war davon ausgegangen, daß Joanne längst mit Alex gesprochen hatte. »Du weißt es noch nicht?« fragte ich ziemlich blöd.

»Weiß was nicht?« antwortete Alex, Besorgnis schlich sich in ihre Stimme.

»Mist, ich war sicher, du hättest inzwischen mit Joanne gesprochen.«

»Micky, was ist passiert? Jetzt sag schon. Ist jemand verletzt?«

»Niemand. Cordelia ist verhaftet worden«, sagte ich ohne Umschweife.

»Oh«, war alles, was Alex sagte. Dann Stille.

»Alex? Bist du noch da?«

»Oh… ja. Ja. Das ist… nicht das, was ich erwartet habe«, sagte Alex zögernd. »Ich werde ihre Katze füttern. Kein Problem… Gott, ich weiß nicht, was ich sagen soll.«

»Sag 'Scheiße', Alex, das haben alle anderen auch getan. Außer Joanne. Die hat 'Verdammter Dreck' gesagt. Du hast die Wahl.«

»Scheiße, Dreck und Schmiergeld. Verdammt und zugenäht. Na bitte, jetzt fühle ich mich besser. Oh, Scheiße… Arme Cordelia.«

»Ja, ich weiß.«

»Na ja, du mußt auch die gute Seite sehen. Vielleicht trifft sie im Knast ein nettes Mädchen.«

»Alex«, sagte ich drohend.

»Nicht sehr gut, ich geb's ja zu«, antwortete Alex, sagte dann in ernsterem Ton: »Kann ich irgend etwas tun? Außer Katzendienst?«

»Nicht, daß ich wüßte. Ich versuche seit Stunden, mir etwas einfallen zu lassen.«

»Okay«, sagte sie. »Ach… Micky? Du hast noch nichts von Joanne gehört, oder? Ich meine, ich weiß, wir sollten irrsinnig eifersüchtig aufeinander sein, aber Irrsinn hat mich noch nie beeindruckt. Wir wollten uns zum Abendessen treffen, aber sie hat abgesagt.«

Ich erzählte Alex von meinem Telefonat mit Joanne.

»Ja, bei mir hat sie bloß so eine komische Nachricht hinterlassen«, sagte Alex. »Hier, hör's dir mal an und sag mir, was du davon hältst.«

Ich hörte sie das Band zurückspulen, dann ein Klicken und Joannes Stimme: »Ich schaff's nicht zum Abendessen. Ich schaffe es einfach nicht. Ich werd' mit dir reden… irgendwann.« Das war alles.

Joanne klang wütend, distanziert vielleicht. Vom Band und übers Telefon war das schwer zu sagen. Als die Nachricht zu Ende war, sagte ich: »Ich weiß nicht.«

»Ich auch nicht, aber falls du von ihr hörst…«

»Sage ich dir Bescheid.«

»Und, Micky? Wenn sie zu dir kommt — das ist okay. Sag mir nur Bescheid, ob es ihr gut geht.«

»Mach' ich.«

»Danke.«

Ich fragte mich, was zum Teufel Joanne und Danny machten. Und warum sie nicht anriefen. Gegen halb elf klingelte endlich das Telefon. Danny. »Fahrlässiger Totschlag. Sie hat die Kaution gezahlt und schläft jetzt in unserem Gästezimmer. Und ich bin erledigt. Wenn du Fragen hast, lies morgen die Zeitung.«

»Das werde ich. Gute Nacht, Danno.«

»Also gut. Eine Frage. Mehr nicht.«

»Geht es ihr gut?«

»Gut?« sagte Danny mit lauter werdender Stimme. »Gut? Ignatius-'Recht-und-Ordnung'-Holloways Enkelin wird wegen Totschlags verhaftet. Ein gefundenes Fressen für Presse und Fernsehen. Sie ist geschafft. Falls sie für unschuldig befunden wird —«

»Falls?«

»Wenn sie für unschuldig befunden wird, hängt ihr das alles trotzdem noch an. Ihr Ruf als Ärztin ist wahrscheinlich futsch.« Dannys Stimme war kratzig geworden und heiser. »'Gut'? Ja. So gut es einer unter solchen Umständen gehen kann.«

»Keine weiteren Fragen, Danno. Ruh dich aus. Wenn ich irgend etwas tun kann…«

»Ja, dann sage ich dir Bescheid. Ich werde Cordelia sagen, daß du nach ihr gefragt hast. Sie braucht ihre Freundinnen jetzt. Nacht, Mick.«

»Gute Nacht. Grüß Elly von mir.«

Ich hörte das Klicken am anderen Ende. Ich legte den Hörer sanft auf.

Ich wartete eine weitere Stunde, hoffte, Joanne würde anrufen, doch das tat sie nicht. Hoffentlich war sie bei Alex. Ich hätte Alex bitten sollen, mich ebenfalls anzurufen. Aber 'die andere Frau' hatte solche Vorrechte wohl nicht. Hör auf, sagte ich zu mir selbst. Alex würde dich anrufen. Joanne hatte vielleicht versucht, mich anzurufen, während ich mit Danny sprach, hatte dann aufgegeben und war nach Hause ins Bett gegangen. Ich ging duschen. Nach diesem Tag brauchte ich das, vielleicht würde es mich genug entspannen, daß ich einschlafen konnte. Ich gestattete mir eine lange, abkühlende Dusche.

Als ich in mein großes Zimmer zurückkam, saß Joanne an meinem Schreibtisch und kippte Bourbon. »Joanne?« sagte ich, nicht sicher, was mich mehr überraschte: sie hier so spät zu sehen oder die Tatsache, daß sie trank. Beides war beunruhigend.

»Tag, Mick. Weißt du, wie verbranntes Fleisch riecht?«

»Uh ... eigentlich nicht.«

»Ein paar Kerle haben einen alten Penner in Brand gesteckt. Er hat danach noch ein paar Stunden gelebt. Damit habe ich meinen Tag verbracht. Fällt dir etwas Besseres ein, womit man seinen Tag verbringen kann?«

»Joanne. Alex macht sich Sorgen um dich.«

»Oh, tut sie das? Und? Mir geht's gut, ganz prima.«

»Sie hat mich gebeten, sie anzurufen.«

»Es ist spät. Sie schläft wahrscheinlich. Sie hat sehr geregelte Zeiten.«

»Sie klang ziemlich besorgt.«

Joanne zuckte mit den Schultern, antwortete aber nicht. Statt dessen streckte sie die Hand aus, nahm den Telefonhörer ab und wählte eine Nummer. Alex' Nummer, nahm ich an.

»Alex? Joanne. Ich bin bei Micky. Mir geht's gut, also mach dir keine Sorgen. Ich wollte heute mit dir zu Abend essen, um dir zu sagen, daß Micky und ich miteinander ficken, aber ich schätze, das weißt du mittlerweile.«

»Joanne!« fuhr ich dazwischen.

»Dein Test war doch negativ, oder, Micky? Alex möchte das wissen, aber sie ist zu höflich, danach zu fragen.« Sie machte sich nicht die Mühe, die Sprechmuschel zuzuhalten.

»Gott verdammt, Joanne!« platzte ich wütend heraus. Dann griff ich nach dem Hörer, aber sie hielt ihn von mir weg.

»Na? War er negativ?« höhnte sie.

»Ja«, antwortete ich, begriff, daß sie mich bewußt provozierte. Ich trat zurück und überließ ihr den Hörer. »Mach dir keine Sorgen, Alex, sie ist betrunken«, sagte ich laut.

»Und wird noch betrunkener«, sagte Joanne. »Aber du hast doch sicher schon Betrunkene gefickt, oder? Ich bin bloß eine von vielen.«

»Joanne.«

Sie hielt mir den Hörer hin. »Na los, du und Alex, ihr könnt Erfahrungen austauschen.«

Vorsichtig ging ich einen Schritt auf sie zu. Sie reichte mir ruhig den Hörer. »Alex?«

»Micky? Bist du in Ordnung?«

»Ja, ich bin …« Joanne zog mir das Handtuch vom Leib und begann, an meiner Brustwarze zu saugen. »… bin okay«, vollendete ich den Satz, versuchte sie wegzustoßen, aber sie legte ihre Arme um mich und hielt mich ganz fest. Na gut, entschied ich, mir die Titten saugen zu lassen hatte mir noch nie geschadet.

»Trinkt sie ernsthaft?«

»Ja«, antwortete ich. »Ist schon gut, ich werd' damit fertig«, fügte ich mit mehr Zuversicht hinzu, als ich empfand.

»Ruf mich morgen früh an«, erwiderte Alex.

Joanne fuhr mit ihrer Hand zwischen meine Beine, und ich knirschte mit den Zähnen. Ich brauchte beide Hände, ich mußte das Telefon loswerden.

»Ich muß Schluß machen, Alex. Sie wird schon wieder.«

»Micky? Sag Joanne, daß ich sie liebe.«

»Mach' ich.«

Alex legte auf. Ich warf den Hörer in Richtung Telefonapparat, packte Joanne bei den Schultern und stieß sie weg.

»Hey, Mick, hättest mir deinen Schlüssel nicht geben sollen, wenn du's nicht willst.« Sie zuckte mit den Achseln, kämpfte aber nicht. Sie setzte sich wieder hin und nahm noch einen Schluck aus der Whiskypulle.

»Alex sagt, sie liebt dich.«

»Wen zum Teufel interessiert das!« explodierte Joanne und knallte die Flasche auf den Tisch. »Sie weiß nicht, was Liebe ist.« Sie nahm noch einen wütenden Schluck Whisky.

»Und wie's aussieht, du auch nicht«, schleuderte ich zurück.

»Vielleicht nicht. Vielleicht weiß ich das nicht«, sagte sie leise. Einen Moment lang blickte sie starr auf ihre Hände. »Die kriegen wir nie. Sie haben eine Flasche Fusel über ihn gekippt und dann ein Streichholz drangehalten. Wahllose Gewalttätigkeit. Zu wahllos, um sie zu erwischen. Außer wir haben wirklich Glück. Wahlloses Glück, um wahllose Gewalttäter zu fassen.«

Sie machte eine Pause und nahm noch einen Schluck. Ich ließ sie trinken, hoffte, sie würde irgendwann umkippen oder wenigstens betrunken genug werden, daß sie sich ruhig ins Bett bringen ließ.

Nach ein paar Augenblicken der Stille sagte ich: »Na komm, Joanne, laß uns ein bißchen schlafen. Wir brauchen das beide.«

Sie schüttelte langsam den Kopf. »Kann nicht schlafen«, antwortete sie. »Ich träume sonst von verbrannten alten Männern und verblutenden jungen Frauen. Hast du sie gesehen?«

»Wen?« fragte ich verwirrt.

»Die vom leerstehenden Grundstück. Die junge... kann man eine Fünfzehnjährige schon Frau nennen? Kann man eine, die nach einer verpfuschten Abtreibung langsam verblutet ist, noch Mädchen nennen?«

»Nein, ich habe sie nicht gesehen.«

»Gut. Gut für dich. Halte ihr Gesicht von deinen Träumen fern. Die Jungen und die Alten. Das sind die, die wir heutzutage töten. Schlafende alte Männer und verzweifelte junge Mädchen. Die Welt ist verrückt geworden. Verflucht verrückt«, sagte sie heftig.

»Scheint so«, steuerte ich nutzloserweise bei.

»'Scheint so'? Sie sind tot, oder nicht? Ich habe ihre aufgebahrten Leichen gesehen. Für mich *scheinen* sie nicht bloß tot«, rief sie wütend.

»Es tut mir leid. Ich weiß nicht, was ich sagen soll.« Mir fiel nichts ein, das Joannes Wut besänftigen würde.

»Sag gar nichts«, erwiderte sie scharf. »Das ist nicht das, weswegen ich hierher gekommen bin. Wenn ich reden wollte, wäre ich bei Alex.«

»Und warum bist du hier? Um mich anzuschreien vielleicht?«

»Um dich zu ficken«, sagte Joanne unverblümt. »Um mit Suff und Sex zu vergessen, was ich in der Leichenhalle gesehen habe. Willst du ficken?«

»Joanne ...«

»Willst du, daß ich gehe?«

»Nein, du kannst bleiben«, antwortete ich.

Sie stand auf und kam zu mir herüber, küßte mich, ein heftiger, feuchter Kuß. Ich konnte den scharfen Whiskygeschmack auf ihrer Zunge und ihren Lippen schmecken.

Warum nicht? dachte ich unvermittelt. Warum nicht sich ab und zu mal betrinken? Wenn Leichen oder Erinnerungen sich auftürmten und für ein paar Stunden beiseite geschoben werden mußten? Ich genoß den verbotenen Whisky, den ich in ihrem Mund fand, stieß meine Zunge tief hinein, um den harten Geschmack wiederzufinden.

Ihre Hand fuhr meinen Körper hinunter, direkt zwischen meine Beine. Ich schnappte nach Luft, als ein Finger in mich stieß. Sie mußte ihn hineinzwängen, da ich nicht sehr feucht war. Ich verlagerte mein Gewicht, spreizte die Beine, damit sie leichter eindringen konnte.

»Dachte mir doch, daß du nicht nein sagst«, murmelte Joanne mir ins Ohr.

Ich versuchte, ihren schroffen Ton zu ignorieren. »Im Schlafzimmer ist es kühler.«

»Aber sicher, laß es uns bequem haben«, antwortete sie sarkastisch und zog ihren Finger heraus. Sie ging voran in mein Schlafzimmer.

Joanne streifte ihre Jacke ab, warf sie nachlässig über einen Stuhl, zog sich dann eilig ganz aus und warf den Rest der Klamotten dazu. »Leg dich hin«, befahl sie.

Ich stieg ins Bett.

Sie stand da und betrachtete mich, schwang dann ein Bein über mich und setzte sich rittlings auf meinen Bauch. Sie schaute zu mir herunter. »Ich habe nicht geduscht. Ich stinke wahrscheinlich. Ich hoffe, das macht dir nichts aus.«

»Was in Dreiteufelsnamen ist dein Problem?« wollte ich wissen, war mit einem Mal zornig. »Willst du es tun oder nicht?«

»Mein Problem? Ein fünfzehnjähriges Mädchen wurde mit Betäubungsmitteln vollgepumpt und hat den gestrigen Tag damit verbracht, langsam zu verbluten. Warum sollte das ein Problem sein?« schrie sie wild.

»Was hat das mit uns zu tun?« schrie ich zurück.

»Nichts. Du hast recht. Überhaupt nichts. Willst du es tun? Ja oder nein?«

Sie rutschte nach unten, bis ihr Schambein auf meinem lag, preßte sich gegen mich, beugte sich vor und küßte eine Brustwarze, rieb ihren Unterleib langsam gegen meinen. »Ja oder nein?« wiederholte sie, blies auf die nasse Stelle, die ihr Mund hinterlassen hatte, und ließ meine Brustwarze sich fast schmerzvoll aufstellen.

»Ja«, sagte ich schließlich.

Sie richtete sich auf und hielt still. »Typisch Micky Knight.

Man braucht ihr nur die Möse zu reiben, und sie ist zu allem bereit«, sagte Joanne kalt.

»Gott verdammt, Joanne!« explodierte ich. Wütend versuchte ich aufzukommen, aber sie stieß mich mühelos wieder zurück. Ich drehte mich abrupt zur Seite, versuchte mich zu drehen und sie runterzuwerfen.

Aber sie folgte meinen Bewegungen, bis ich auf dem Bauch lag, verlagerte ihr Gewicht dann zurück und hielt mich unter sich gefangen.

»Was hab' ich dir denn getan, womit verdiene ich das?« fragte ich.

»Nichts. Womit verdient irgend jemand, was ihm zustößt? Was hat dieser Penner getan, wofür verdient er, als menschliche Fackel zu enden? Was hat dieses Mädchen getan? Wofür hat sie es verdient, ihre Gebärmutter zerfetzt zu bekommen?«

»Das gibt dir nicht das Recht —«

»Du hast ja gesagt, oder etwa nicht? Du wolltest gefickt werden, oder nicht?« Ihr Knie zwängte sich zwischen meine Beine. »Sag nicht ja, wenn du es nicht ernst meinst.«

»Kein Wunder, daß Alex Angst vor dir hat«, höhnte ich. »Was ist los, kriegst du's nicht anders hin, oder was? Glaub bloß nicht, du wärst so ein knallharter KV, du bist doch bloß ein Waisenkind gegen manche Frauen, die ich hatte.« Ich war wütend, wollte ihr wehtun, es ihr heimzahlen.

»Dürfte schwierig sein, mit allen Frauen zu konkurrieren, die dich gehabt haben. Die verkaufen doch Straßenkarten von deiner Möse, so viele kennen sich da bestens aus.«

»Scheiße, du Miststück, wenn du kämpfen willst ...«, schrie ich, bäumte mich auf, versuchte sie aus dem Gleichgewicht zu bringen. Sie zog einen meiner Arme unter mir hervor und wuchtete ihr Gewicht gegen meine Schultern, zwang mich grob wieder zurück nach unten. Den Arm drehte sie mir auf den Rücken.

»Dann kämpfen wir«, vollendete sie meinen Satz.

Ich war klar unterlegen, aber das wollte ich nicht zugeben.

Ich zerrte an dem Arm, den sie festhielt, versuchte ihn mit roher Gewalt freizubekommen. Ich kämpfte unter ihr, drehte und wand mich. Aber ich hatte weder den Hebel noch die Kraft. Sie schob meinen Arm langsam in Richtung meines Kopfes.

»Joanne, du tust mir weh«, sagte ich, schließlich gezwungen, den Kampf aufzugeben.

»Miststück, häh? Na komm schon, Mick, laß uns Freundinnen sein. Spreiz deine Beine.«

»Nein«, erwiderte ich scharf.

Ein Knie hatte sie bereits zwischen meine Beine gezwängt, jetzt preßte das andere gegen die Innenseite meines Oberschenkels, drückte gegen den Muskel, bis ich ihn wegziehen mußte, um dem Schmerz zu entgehen. Sie hatte meine Beine geöffnet. Ein Finger drang in mich ein, ein anderer begann, meine Klit zu streicheln.

Irgendwie machte mich die Lust erbitterter kämpfen als der Schmerz. Ich wollte die beiden nicht miteinander verbinden. Ich gab schließlich auf, als ich einsehen mußte, daß meine Gegenwehr sie nur herausforderte. Sie hatte meinen Arm fast bis an meinen Hals gebogen, und das schmerzte. Sie ließ ein weniger locker, als ich aufhörte, mich zu wehren.

Ich lag still da, stocksteif, während ihre Finger sich in mir bewegten, versuchte, so wenig wie möglich zu empfinden. Ich wußte, daß es irgendwo eine Joanne gab, die über das, was sie da tat, entsetzt wäre.

»Joanne, bitte hör auf«, sagte ich ruhig und sachlich. »Du verletzt mich.«

»Wehr dich nicht«, antwortete sie. »Dann muß ich dir auch nicht wehtun.«

»Ich meine nicht körperlich. Das ist mir egal. Ich würde mir lieber den Arm brechen, als mich so von dir benutzen lassen.« Ich spannte meinen verdrehten Arm an und bäumte mich gegen sie hoch. »Na los, brich ihn. Nur vergewaltige mich nicht.«

Plötzlich war mein Arm frei. Joanne rollte von mir herunter auf die andere Seite des Betts. Sie kauerte sich zusammen, den Rücken zu mir. Ich streckte meine Hand aus und legte sie ihr auf die Schulter. Sie zuckte vor der Berührung zurück.

»Joanne?«

Ruckartig setzte sie sich auf, noch immer mit dem Rücken zu mir.

»Tut mir leid, Micky... Ich muß gehen.« Sie stand auf und griff nach ihrer Kleidung.

»Joanne, geh nicht.«

Sie weinte. »Nein... Ich weiß nicht, was...« Sie hantierte mit ihren Klamotten, versuchte die Tränen zu ignorieren.

Ich rollte auf ihre Seite des Betts und setzte mich dann auf. Ich streckte ihr meine Hand entgegen. »Joanne, mir fehlt nichts. Bitte geh nicht.« Ich hätte nie geglaubt, Joanne Ranson je so die Beherrschung verlieren zu sehen.

Sie schaute mich an, meine ausgestreckte Hand. Für einen Augenblick rührte sie sich nicht, als wollte sie mir Zeit geben, es mir anders zu überlegen und meine Hand zurückzuziehen. Ich streckte sie ihr weiter entgegen. Sie griff vorsichtig danach und nahm sie.

»Geh nicht«, wiederholte ich.

Sie nickte, setzte sich dann langsam aufs Bett, ließ einen Abstand zwischen uns. Sie saß still da, starrte schweigend geradeaus, wischte sich dann und wann mit der freien Hand die Tränen weg. Schließlich sprach sie. »Es tut mir leid. Ich habe nicht gemeint, was ich da gesagt habe...«

»Ich weiß.«

»Wirklich?« Sie schaute mich an. »Teufel, ich hoffe, du weißt es wirklich.« Sie rückte zu mir heran und legte ihre Arme um mich.

Sie lehnte ihren Kopf an meine Schulter. Ich spürte, wie ihre Tränen auf meine Brust tropften und auf meinen Oberschenkel fielen. Ich hielt sie fest, ließ sie weinen. »Oh, Gott, Micky, es tut mir so leid«, schluchzte sie.

»Ist schon gut. Mir fehlt nichts. Es tut mir leid, was *ich* gesagt habe.«

»Ich weiß, daß dir nichts fehlt. Das weiß ich. Ich will dir nicht wehtun. Teufel, ich wünschte, ich hätte es nicht getan.« Sie küßte mich, ihre Lippen waren feucht und salzig von ihren Tränen. »Ich hab' dich wirklich gern.«

Plötzlich sagte ich: »Ich lieb' dich.« Dann — hätte sie mich nicht in den Armen gehalten, ich wäre aufgesprungen und davongelaufen. »Nein, ich meine, ich hab' dich gern. Ich liebe dich wohl, aber... na, wie eine Freundin. Ach, zum Teufel, ich weiß nicht, was ich meine.« Verwirrt und durcheinander sagte ich schließlich: »Ich schätze, ich meine, was ich gesagt habe.«

»Schon gut, Micky. Ich liebe dich auch«, erklärte Joanne einfach. »Wirst du wieder?«

»Ja«, sagte ich. Dann: »Joanne? Was ist passiert?«

Sie verspannte sich in meinen Armen, hob dann langsam den Kopf von meiner Schulter und schaute mich an. »Dein Vetter hat sich an dir vergriffen, oder?«

Ich mußte wegschauen, bevor ich antworten konnte. »Ja. Ja, hat er.«

Sie streckte ihre Hand nach mir aus, drehte mein Gesicht zu sich, bis unsere Augen sich trafen. »Was ist dir passiert? Kannst du darüber reden? Hast du es schon mal versucht?«

»Nein«, sagte ich langsam, beantwortete ihre letzte Frage. »Noch nie.«

»Warum nicht?«

Ich zuckte mit den Schultern. »War nicht so wichtig.«

»Nur wichtig genug, um es niemals irgendwen wissen zu lassen.«

»Ja, kann sein«, antwortete ich und hörte, wie meine Stimme zitterte. »So schlimm war es nicht.«

»Nein?«

»Nein. Er hielt mir bloß eine Knarre an den Kopf und zwang mich, ihm einen zu blasen. Ich hab' nicht wirklich geglaubt, daß er abdrücken würde, aber...« Meine Stimme brach. »Es war eigentlich gar nicht so schlimm«, brachte ich heraus. »Nur ein paar Mal...« Ich fing an zu weinen.

»Verfluchter Scheißkerl!« stieß Joanne aus. »Woher hatte er die Knarre?«

»Onkel Claude hatte sie, falls Einbrecher kommen. Aber es wurde nie eingebrochen in ihr Haus. Schätze, das lag an der Knarre«, sagte ich beißend.

»Sag nicht, es war nicht schlimm. Tu dir das nicht an. Tu es nicht ab, als wäre es nie passiert. Denn wenn es dir nicht passiert ist, ist es auch mir nicht passiert, und passiert es niemals.«

Ich dachte an das gierige Grinsen auf Bayards Gesicht, als er sagte: »Komm mal mit in mein Zimmer. Ich will dir was zeigen.« Ich hieb auf die Matratze. Ich glaube, ich traf auch Joannes Oberschenkel, aber sie sagte nichts, hielt mich nur fester.

»Es tut mir so leid«, murmelte sie.

Meine Wut ließ nach und wich unkontrollierbarem Weinen. Schließlich hob ich den Kopf, wischte mir die Tränen mit dem Unterarm weg, benutzte dann eine Ecke des Lakens dazu.

Joanne küßte mich auf die Stirn, und als ich mich an sie kuschelte, sagte sie: »Leg dich neben mich.« Ich spürte die Anspannung in ihrem Körper, als sie murmelte: »Es war mein Vater.« Ihre Stimme war leise, ruhig. »Dad hat auf der Ölbohrinsel vor Morgan City gearbeitet. Er hatte da eine kleine Wohnung. Meine Mutter und er trafen sich, um einen trinken zu gehen oder was auch immer. Sie führten eine wackelige Ehe. Sie verließ ihn dauernd, und wir Kinder blieben bei ihm.«

»Wie viele Kinder?«

»Ich. Tim und Tom, die Zwillinge. Und Susie, meine kleine Schwester.«

»Du bist die Älteste?«

»Ja. Als ich zehn war, fing er an, nett zu mir zu sein, ließ mich Dinge tun, die er den anderen Kindern verbot, lange aufbleiben, Cola trinken. Er wollte mein Freund sein, sagte er.« Ihre Stimme verriet nichts, aber ihre Hand zuckte, wurde nur langsam ruhiger, während sie weitersprach. »Er ließ mich bei ihm in seiner Wohnung wohnen, während die anderen Kinder in dem Raum über der Garage einquartiert wurden. Eines Nachts ... eines Nachts kam er in mein Zimmer und erzählte mir, daß Freunde etwas füreinander tun müssen. Manchmal tue es weh, aber echten Freunden würde das nichts ausmachen.«

»Oh, Scheiße«, sagte ich.

»Ja. Scheiße. Er hat mich vergewaltigt.«

»Joanne. Es tut mir so leid.«

»Ich weiß nicht, ob man es Vergewaltigung nennen kann. Ich habe nicht nein gesagt. Ich habe gar nichts gesagt. Ich wollte seine Freundin sein. Ich habe nichts getan, um ihn zu hindern.«

»Wie denn auch?« platzte ich heraus. »Wie zum Teufel hättest du das können sollen? Woher solltest du überhaupt wissen, was vorging? Was zum Teufel hast du in diesem Alter über Sex gewußt?«

»Nicht viel. Nicht genug, um zu verhindern, daß ich schwanger wurde.«

»Was?«

Ihre Hand drückte wieder fester zu. »Vierzehn und schwanger von meinem Vater. Als ich ihm sagte ... daß ich glaubte, schwanger zu sein, hat er es geleugnet«, sagte sie bitter. »Er sagte, er wüßte, was für eine Schlampe ich sei. Er hätte doch gesehen, wie ich hinter den Männern her sei. Aber er bot mir an, da er doch mein *Freund* war«, sie spuckte das Wort aus, »würde er mir helfen, es loszuwerden. Wenn ich es niemandem sagte, würde er sich darum kümmern.«

»Abtreibung war damals nicht erlaubt, oder?« fragte ich, rechnete schnell im Kopf zurück.

»Nein. War sie nicht. Er rief eine Woche später an, gab mir eine Adresse und eine Uhrzeit, zu der ich dort sein sollte. Da es nicht seins wäre, würde er nicht mitgehen. Ich müßte schließlich lernen, ein großes Mädchen zu sein und für meine eigenen Fehler geradezustehen ...«

»Ach, Joanne ...«

»Es war ein Seitensträßchen. Ein schäbiges, häßliches Gebäude in einem Seitensträßchen. Ich erinnere mich, wie ich auf den Tisch stieg und etwas Feuchtes unter mir fühlte, als hätten sie nach der letzten Person nicht richtig saubergemacht. Nach der letzten Frau. Wir waren alle Frauen. Er richtete ein einziges großes, helles Licht zwischen meine Beine. Ich erinnere mich an das Licht ... und an den Schmerz. Gott, es tat so weh. – Dann eine kurzangebundene Verabschiedung, er sagte, ich solle eine Binde tragen und daß ich ein wenig bluten würde. All diese Frauen mit den niedergeschlagenen Augen, wie sie sich duckten. Der die Abtreibungen vornahm, war ein Krimineller. Aber auch wir waren kriminell und Schlampen noch dazu. – Ich blutete. Und blutete. Ich ging nach Hause und schlich die Treppe zu meinem Zimmer hinauf, hoffte, das Bluten würde aufhören, bevor meine Schwester es bemerkte. Wir teilten uns das Zimmer.

Ich glaube, ich bin eingeschlafen. Oder ohnmächtig geworden. Ich wurde vom Geschrei meiner Schwester wach. Ich lag in einer Pfütze aus meinem eigenen Blut. Meine Eltern waren weg. In irgendeiner Bar. Eine der Nachbarinnen kam herüber. Ich erinnere mich nicht, ob Susie sie holte oder ob sie die Schreie hörte. Aber ich erinnere mich sehr wohl an die Worte eines Arztes in der Notaufnahme: Ein oder zwei Stunden später, und ich wäre verblutet.«

Ich verstärkte instinktiv den Druck meiner Arme um sie, hielt sie ganz fest.

»Für eine lange Zeit danach wünschte ich mir, ich wäre gestorben.«

»Nein«, sagte ich.

»Nicht mehr. Jetzt nicht mehr. Aber damals ... Ich konnte nicht abstreiten, abgetrieben zu haben. Das ließ sich nicht verbergen. Meine Mutter stürmte in das Krankenhauszimmer, wollte wissen, wer es getan hatte. Wer mich geschwängert hatte. Sie hat es mir nie geglaubt. 'Nein, natürlich war es nicht dein Vater. Jetzt sag uns endlich die Wahrheit.' Immer und immer wieder. Vor ein paar Wochen rief sie an und fragte mich wieder. 'Nach all den Jahren kannst du es mir doch sagen', gurrt sie. 'Es war Dad', sag' ich, und sie antwortet: 'Nicht wieder diese alte Geschichte.' Glaubt mir immer noch nicht.«

»Es tut mir so leid, Joanne.«

»Tja ... sechs Monate später hat er es wieder versucht, so als wäre nichts geschehen.«

»Er hat dich vergewaltigt, nachdem ...«, explodierte ich.

»Nein. Er fuhr mir mit der Hand unter den Rock, und ich fing an, hysterisch zu schreien. Ich hätte nicht aufhören können, selbst wenn ich gewollt hätte. Natürlich kamen Leute ins Zimmer. Er schüttelte bloß traurig den Kopf, sagte, er wüßte nicht, warum ich schrie. Er hätte nur dagesessen und gelesen.«

Wir lagen ganz still und hielten uns fest.

»Joanne ... ich ... danke dir.«

»Wofür?« fragte sie verwirrt.

»Dafür, daß ... du es mir erzählt hast. Und mir zugehört hast. Es ist ... ein Trost, zu wissen, daß ... es anderen auch passiert ist. Vielleicht habe ich es nicht verdient.«

Sie antwortete hitzig: »Gottverdammtnochmal! Natürlich hast du es nicht verdient. Denk das nie, NIEMALS.«

»Wenn eine Frau, die ich so bewundere wie dich, eine so starke Frau wie du ...«

»Das macht keinen Unterschied, nicht? Alex und vielleicht Cordelia und Danny, da bin ich mir nicht sicher, sind davongekommen, weil die Menschen, die sich um sie kümmerten, anständige Menschen waren. Dich und mich, uns hat's erwischt, weil wir nicht von anständigen Menschen umgeben waren. Verdammtes Scheißpech gehabt.«

»Und wenn es nicht unser Fehler ist, dann ist es auch nicht Alex' Fehler, daß sie davongekommen ist.«

»Ja, du hast recht. Ich sollte nicht wütend auf sie sein, bloß weil man sie als Kind nicht windelweich geprügelt hat. Ich sollte froh sein, daß eine davongekommen ist.«

»Liebst du sie?« fragte ich.

»Ja«, antwortete Joanne. »Ja, das tue ich. Sie hat sich schon einige Scheiße von mir gefallenlassen müssen. Ich weiß nicht, wie sie's mit mir aushält.«

»Ich weiß es.«

»Hat sie wirklich gesagt, daß sie mich liebt?«

»Ja, wirklich. Geh zurück zu Alex.«

»Hast du's so eilig, mich loszuwerden? Nicht, daß ich dir deswegen einen Vorwurf mache.«

»Zum Teufel, wenn's nur um mich ginge... könntest du sehr lange bleiben. Aber...«

»Aber?«

»Aber du und Alex, ihr seid schon eine ganze Weile zusammen... Immer wenn ich euch zusammen gesehen habe, schient ihr euch wohl miteinander zu fühlen und entspannt zu sein. Meine Ecken und Kanten sind nicht nur hart, sie sind messerscharf. Und...« Ich zauderte. »Sie liebt dich. Nach all dem liebt sie dich noch immer.« Ich wußte nicht, ob ich zu solcher Treue fähig war. »Und außerdem — Cordelia würde mir nie vergeben, wenn ich dich Alex ausspanne.«

»Was bedeutet denn Cordelias Vergebung für dich?« fragte Joanne treffsicher.

»Och, nicht viel«, wich ich aus. Nur die ganze Welt.

»Ja, ja«, antwortete Joanne. Dann ernster: »Ehrlichkeit ist nicht besonders lustig, was? Du bist keine Frau für ein lockeres Verhältnis. Ich hab' nicht richtig hingeschaut. Ich entschuldige mich für alle Verletzungen, die ich dir zugefügt habe.«

»Ja. So, Schluß mit der Ehrlichkeit. Mehr davon vertrag' ich jetzt nicht.« Dann fügte ich hinzu: »Ist doch mal was Neues.«

»Was?«

»Du bist die erste Frau, die mich verläßt, bevor ich sie verlasse«, antwortete ich.

»Was für eine Leistung.«

»Wie wär's mit etwas Schlaf?«

»Schätze, es ist zu spät, um reumütig zu Alex zurückzukehren.«

»Stimmt. Gute Nacht, Joanne.« Ich machte das Licht aus.

»Nacht, Mick«, sagte sie müde. »Mick?«

»Hm.«

»Das war die Wahrheit. Du bist jemand Besonderes. Und auf eine verrückte Art liebe ich dich.«

»Ich dich auch, Joanne.«

Als ich erwachte, strömte helles Sonnenlicht ins Zimmer. Und eine nicht sehr helle Katze kratzte an der Tür und mauzte mißtönend. Ich sprang auf, um Hepplewhite zum Schweigen zu bringen und Joanne schlafen zu lassen, aber sie rührte sich und setzte sich auf. Dann raffte sie sich hoch, umarmte mich im Vorbeigehen und stolperte ins Badezimmer. Ich hörte die Dusche, während ich etwas Trockenfutter in Hepplewhites Richtung warf. Ich schälte einen Apfel und eine Apfelsine, um etwas Frühstück-Ähnliches anbieten zu können.

Ich setzte mich auf mein Bett, knabberte ein paar Apfelstücke, wartete darauf, daß Joanne aus der Dusche kam und versuchte mir etwas Schlaues und Weltkluges zum Abschied auszudenken. »Frühstück.« Ich wies auf das Obst, als sie das Schlafzimmer betrat.

»Danke.« Sie nahm ein Stück Apfelsine. »Ich hab' deine Zahnbürste benutzt.«

»Das sei dir erlaubt.«

Sie begann ihre Klamotten zusammenzusuchen.

»Joanne...« Plötzlich war es mir egal, ob ich schlau und weltklug war. »Glaubst du, es würde Alex etwas ausmachen, wenn...«

Sie drehte sich um. Die Angst vor einer Abweisung ließ mich zögern.

»Wenn?« half Joanne mir auf die Sprünge.

»Wenn wir... uns noch einmal lieben?«

»Nein, das glaube ich nicht. Und selbst wenn, würde ich es trotzdem tun.«

»Danke.«

Wir liebten uns sehr zärtlich und langsam, ein angemessenes Lebewohl. Dann stand sie auf und zog sich an. Ein letzter Kuß, und sie war fort.

Ich nahm eine Dusche, nicht weil ich sie brauchte, sondern weil sie sich gut anfühlte. Dann legte ich Bach auf und zog mich an.

Ich wußte, daß ich mich edel und tugendhaft fühlen sollte dafür, daß ich Joanne so tapfer zu Alex zurückgeschickt hatte, doch das tat ich nicht. Ich fühlte mich verloren, wußte nichts mit mir anzufangen. Was geschehen war, hatte geschehen müssen. Mir fehlte nichts. Im Grunde. Vielleicht ... empfand ich Verlust. Aber ansonsten war ich okay. Na klar.

Ich fragte mich, was mit Cordelia geschah. Ich erwog, mir die Zeitung zu holen und alles nachzulesen, aber ich war mir nicht sicher, ob ich die Version der Lokalpresse über Cordelias Festnahme lesen wollte. Ich hatte die Hoffnung, daß Danny anrufen und wenigstens ein paar der größeren Informationslücken füllen würde. Es sah ihr nicht ähnlich, daß sie sich nicht meldete.

Es gibt nichts Nervtötenderes, als darauf zu warten, daß das Telefon klingelt. Ich gab schließlich auf, ging raus und holte mir die Zeitung. Material für die erste Seite. Ich hatte recht gehabt: Ich wollte die Zeitungsversion nicht.

Genug ist genug, beschloß ich schließlich. Wenn Danny mich nicht anrief, würde ich sie anrufen. Ich wählte ihre Nummer. »Hallo?« antwortete Cordelia.

»Oh, hallo — hier ist Micky.« Ich war zu verdattert, um aufzulegen. »Wie geht's dir?«

»Okay.«

»Wo sind Danny und Elly?«

»Weggegangen. Einkaufen, glaube ich. Ich bin eben aufgestanden.«

»Oh.«
»Alex hat letzte Nacht hier angerufen und Joanne gesucht.«
»Oh«, sagte ich wieder. »Sie hat mich auch angerufen.«
»Joanne war nicht bei dir?«
»Na ja, doch, irgendwann dann«, gab ich zu.
»Ach. Möchtest du, daß ich Danny etwas ausrichte?« fragte sie knapp.

Beinahe hätte ich gesagt: Sag doch Elly, zur üblichen Zeit am üblichen Ort, aber ich glaubte nicht, daß Cordelia diesen Humor schätzen würde. »Nein, ist schon gut. Ich rufe an, um zu hören, wie es dir geht.«

»Mir geht's gut.«

»Hört sich so an. Ich habe Alex angerufen, damit sie deine Katze füttert«, sagte ich, versuchte es im Guten. Leider ging es voll daneben.

»Ich wollte sie gerade anrufen. Weiß sie, daß Joanne nichts fehlt?« antwortete Cordelia frostig.

»Mittlerweile, denke ich, schon.«

»Ich rufe sie trotzdem an.«

»Nein. Ich meine, Joanne ist bei ihr. Sie ist wahrscheinlich beschäftigt.«

»Woher weißt du das?« Dann sofort: »Egal. Geht mich nichts an.«

»Natürlich tut es das. Du kennst all die anderen Einzelheiten. Warum nicht auch diese?« sagte ich sarkastisch. »Joanne hat ihren Verstand wiedergefunden und mich sitzenlassen.«

»Oh«, sagte sie. »Wie geht es dir?«

»Mir geht's gut.«

»Gut?«

»Mir geht's gut. Dir geht's gut. Lassen wir's dabei.«

»Wie du willst. Es war anständig von dir, die Affäre zu beenden.«

»Wie freundlich von dir, das zu bemerken«, sagte ich bissig.

»So meinte ich das nicht. Ich meinte ... Alex liebt Joanne, und ...«

»Und Joanne liebt Alex, also denkst du, Micky Knight sollte ihre dreckigen Finger bei sich behalten«, platzte ich heraus.

»Sag mir nicht, was ich denke«, erwiderte sie wütend.

Zähl bis zehn, sagte ich zu mir selbst. Diese Frau ist gerade wegen Mordes festgenommen worden. »Es tut mir leid«, sagte ich nach einer Pause. »Ich habe letzte Nacht nicht viel Schlaf bekommen. Ich war —«

»Verschone mich mit deinem Sexleben.«

Was ist ihr Problem? dachte ich. »Ich hatte letzte Nacht keinen Sex, Gottverdammtnochmal«, schoß ich zurück.

»Selbstverständlich nicht«, antwortete sie kühl. »Wiedersehen, Micky.«

»Es tut mir leid«, sagte ich, bereute meinen Ausbruch.

»Ich weiß. Mach's gut.«

»Wirklich.«

Nach einer langen Pause antwortete sie. »Ich weiß. Ich bin einfach ... nicht obenauf. Ich muß dieses Gespräch jetzt wirklich beenden.«

»Okay. Ich ... ich werd' mit dir reden ... irgendwann.«

»Ja, klar. Wiedersehn, Micky.«

»Wiedersehn, Cordelia.«

Ich legte auf, fühlte mich noch einsamer als vorhin. Wenigstens Hepplewhite mochte mich. Oder mochte es, gefüttert zu werden.

Es würde ein langes, heißes Wochenende werden.

Vierzehntes Kapitel

Am Montag fuhr ich zur Klinik, aber Cordelia war nicht da. Teil des Kautions-Arrangements war es, keine Patientinnen zu behandeln. Bernie war schwer damit beschäftigt, Termine abzusagen und neue zu vereinbaren. Bowen und Goldstein würden einspringen, so gut es eben ging.

Zeit für ein paar Nachforschungen. Ich wanderte eine Weile umher, die Treppen rauf, die Treppen runter. Ich erwog, die Akten zu durchstöbern, aber nicht, während Patientinnen und Personal mich beobachteten. Medizinische Akten sind vertraulich, und ich wußte auch noch nicht genau, wonach ich suchte. Ich mied die Hintertür und den Ausblick auf das überwucherte Grundstück, bis mir auffiel, daß ich es absichtlich tat: so zwang ich mich, rauszugehen und bis auf einen Meter (okay, bis auf ein paar Meter) an die unwegsame und mittlerweile zertrampelte Kante heranzutreten.

»Schnuppern Sie wieder Rosenduft, Miss Knight?« Der stets wachsame O'Connor.

»Nein, ich hoffe auf Heuschnupfen«, gab ich zurück.

»Ich habe schlechte Neuigkeiten für Sie. Von Ihrem Standpunkt aus gesehen.«

»Dann ersparen Sie sie mir.«

»Autopsiebericht von Faye Zimmer. Fünfzehn Jahre alt.«

»Ich weiß.«

»Sergeant Ranson?«

Ich nickte, und er fuhr fort.

»Sie brauchte keine Abtreibung. Sie war gar nicht schwanger.«

»Was?« rief ich aus.

»Faye Zimmer wurde ermordet. Jemand hat einen scharfen Gegenstand in ihren Schoß gestoßen und sie umgebracht.«

»Jokaste«, sagte ich — mein Gehirn stellte eine dieser unterbewußten Verbindungen her.

»Was?« fragte er.

»Nichts«, murmelte ich.

»Jokaste?« wiederholte er.

»*Oedipus Rex*. Er tötete unwissentlich seinen Vater und heiratete seine Mutter. Als er herausfand, was er getan hatte, blendete er sich. Aber seine Mutter, Jokaste, brachte sich um. Indem sie sich ein Messer in die Gebärmutter trieb. Es ist ein griechischer Mythos«, beendete ich die Geschichte unruhig, fragte mich, was O'Connor wohl von meinen wirren Gedankengängen hielt.

Er grunzte, dann sagte er: »Ich dachte, Sie wüßten es gern.«

»Warum?« fragte ich.

»Also, es ist so, Miss Knight«, sagte er. »Ich mache mir kleine Häufchen. Auf den ersten kommen die Beweise, das, was vor Gericht verwendet werden kann. Auf den nächsten die Dinge, die ich sicher weiß, aber noch nicht beweisen kann. Auf den letzten das, was die Leute mir so erzählen, sie sagt, er sagt. Fragezeichen. Für eine Weile waren Sie ein ziemlich großes Fragezeichen. Aber Sie hätten mir diese Leiche nicht gezeigt, wenn Sie mit ihr unter einer Decke stecken würden. Dessen bin ich gewiß.«

»Cordelia hat niemanden umgebracht.«

»Sie sind sich da so sicher. Warum?«

»Sie würde es nicht tun.«

»Sagen *Sie*.«

»Sehen Sie mal, Sie haben Sie befragt. Sie wäre doch nie so dumm, eine Leiche keine hundert Meter von ihrer Hintertür abzuladen, während sie die Hauptverdächtige in einem anderen Mordfall ist.«

»Nicht dumm. Aber vielleicht arrogant.«

»Nein«, sagte ich bestimmt.

»Ich mag keine pfuschenden Ärzte, denen die Leute unter den Fingern wegsterben, aber jemand, der eine Fünfzehnjährige auf diese Weise umbringt, ist wirklich zum Kotzen«, sagte er rauh.

»Dann finden Sie die Person, die es getan hat«, erwiderte ich scharf.

»Sehen Sie, wir wissen folgendes: Alle Opfer waren Patientinnen dieser Klinik. Selbst Millie Donnalto und Elly Harrison mußten zugeben, daß Dr. James einige dieser Frauen behandelt hat. Was Alice Tresoe angeht, habe ich zwei Zeugen, die ausgesagt haben, daß sie in der sechsten Woche schwanger und auf dem Weg hierher war. Und das war das letzte Mal, daß irgend jemand sie lebend gesehen hat. Von den anderen gibt es Papierkram, der beweist, daß sie hier waren. Nennen Sie mir einen anderen Verdächtigen als Dr. James.«

»Jemand will ihr etwas anhängen.«

»Und wer sollte das wohl sein?« fragte er sarkastisch.

»Ich weiß es nicht. Aber wenn ich es herausfinde, werden Sie es als erster erfahren.«

»Tun Sie das. Gehen Sie bei dem, was Sie herausfinden, nur nicht selektiv vor.« Er drehte sich auf dem Absatz um und ging über den Rasen zurück.

»Wenn Sie's nicht tun, dann tu ich's auch nicht«, rief ich ihm hinterher.

Er grunzte zur Antwort. Ich wartete, bis er außer Sichtweite war, dann ging ich in das kühle Gebäude zurück, um ein paar Fragen zu stellen.

Für einen Augenblick stand ich unschlüssig auf dem

Hauptkorridor, dann marschierte ich zu Schwester Anns Büro und steckte meinen Kopf durch die Tür. Vielleicht mußte ich ihr ein paar harte und zynische Fragen stellen. Zum Beispiel: Wäre eine Nonne blöd genug, einem perversen Briefeschreiber unwissentlich Informationen zukommen zu lassen? »Guten Morgen, Schwester«, sagte ich.

»Oh, hallo Michele«, sagte sie beim Aufschauen. »Ich habe noch einen Brief bekommen. Sie möchten ihn vielleicht sehen.«

Ich nickte und setzte mich auf einen Stuhl, nachdem sie einige Bücher dort weggenommen hatte.

»Kaffee? Oder ist es dafür zu warm?« fragte sie, während sie mir den Brief reichte.

»Nein, gern«, antwortete ich. Koffein würde vielleicht helfen. Ich schaute mir den Brief an. Derselbe Drucker, dieselben häßlichen Spekulationen.

Schwester Ann kam zurück und stellte einen Becher mit Kaffee vor mich, setzte sich dann mit ihrer eigenen Tasse wieder hin.

»Wer ist Beatrice Jackson?« fragte ich.

»Ich. Vor langer Zeit. Bevor ich ins Kloster ging.«

Ich nickte und schaute wieder auf den Abschnitt des Briefes, der Beatrice Jacksons lüsternes Verhalten in allen Einzelheiten beschrieb.

»Wer würde diesen Namen kennen?« fragte ich.

»Oh je, lassen Sie mich überlegen … es ist schon so lange her.«

»Wer von hier?«

»Niemand, denke ich. Vielleicht Schwester Fatima. Ich schätze, die Leute, die wissen, daß ich einmal Beatrice Jackson war, sind identisch mit denen, die Beatrice Jackson kannten.«

»Haben Sie den der Polizei gezeigt?« fragte ich.

»Ja. Die sind derzeit sehr beschäftigt.« Dann gab es eine Pause. »Ich nehme an, Dr. James macht eine schwere Zeit durch.«

»Ja, das stimmt«, antwortete ich, wollte sagen, sie hat es nicht getan, kam mir aber langsam wie eine gesprungene Schallplatte vor. »Ich hoffe, sie erwischen bald den wahren Täter«, konnte ich mir nicht verkneifen.

»Das ist wohl zu hoffen«, sagte Schwester Ann unverbindlich. Dann aus heiterem Himmel: »Ist sie Ihre Geliebte?«

»Wer?« fragte ich blöd.

»Cordelia.«

»Nein, natürlich nicht«, erwiderte ich schnell. »Nicht mein Typ.«

»Nicht?«

»Zu reich, zu weiß für mich«, antwortete ich. »Bayou-Schlampen und Damen der besseren Gesellschaft passen nicht zusammen.«

Schwester Ann schaute mich überrascht an. Entgegnete dann: »Das klingt wie etwas, das Ihre Tante sagen würde.«

»Die verfluchte Drecksau«, platzte ich heraus. Dann fiel mir ein, wo ich war. »Tut mir leid. Ich bin ... es ist mir schrecklich peinlich. Ich habe vergessen, daß Sie eine Nonne sind.«

»Ich hoffe, ich habe einen Punkt erreicht, an dem es mehr als Worte braucht, um meinen Anstoß zu erregen.«

Jetzt war ich an der Reihe, Schwester Ann überrascht anzuschauen. »Außerdem«, fuhr ich dann fort, »bezweifle ich, daß Cordelia die Gesellschaft von Frauen vorzieht.« Ich glaubte nicht, daß sie wollte, daß ich sie outete, vor allem nicht vor einer Nonne.

»Ich hatte den Eindruck, daß sie das sehr wohl tut.«

»Wie kommen Sie denn zu diesem Eindruck?«

»Durch Cordelia.«

»Oh ... Tja, also wir sind kein Liebespaar.«

»Ich will meine Nase nicht in Ihre Angelegenheiten stecken. Ich habe lediglich eine Verbindung zwischen Ihnen beiden bemerkt und angenommen, daß es das sei.«

»Nein.« Ich schüttelte den Kopf. »Sie billigen diese Dinge sowieso nicht.«

»Welche Dinge?«

»Perversion. Von der Norm abweichendes sexuelles Verhalten. Kommen wir dafür nicht in die Hölle?«

»Ich war immer der Überzeugung«, antwortete sie, »daß, falls Gott bei irgend etwas Strenge zeigen wird, es die Regeln sein werden, die den Haß betreffen, und nicht die der Liebe. Und wenn sich zwei Menschen lieben, dann muß das besser sein, als wenn zwei Menschen sich hassen. Alles, was darüber hinausgeht, ist Gottes Angelegenheit. Ich bin zu schwach, um darüber zu richten.«

Seltsam. Ich hatte Religion immer als Monolith erlebt, der um jeden Preis alles zerschmettern will, was von der Doktrin abweicht. Und ich war doch ziemlich abgewichen.

»Das soll alles sein?« fragte ich, nicht sicher, ob ich ihr diese Toleranz abkaufte, vielleicht währte sie nur einen heißen Nachmittag lang, oder schlimmer: vielleicht war es ein Trick, um mein Vertrauen zu gewinnen.

»Das ist alles«, erwiderte sie ruhig.

»Na ja, vielleicht muß ich die Religion nochmal überdenken«, antwortete ich schließlich.

»Ich bitte darum.«

»Wird 'ne Weile dauern.«

»Kann ich mir vorstellen. Keine Sorge. Ich betrachte es nicht als meine persönliche Aufgabe, Sie zum katholischen Glauben zu bekehren. Ich bezweifle auch, daß ich den Schaden wiedergutmachen könnte, den Ihre Tante angerichtet hat.«

Ich zuckte unverbindlich mit den Schultern, fragte mich, ob überhaupt etwas das gutmachen könnte, was Tante Greta getan hatte.

»Aber zögern Sie nicht«, fuhr Schwester Ann fort, »bei mir vorbeizukommen, auch wenn dies hier vorbei ist. Sie brauchen sich auch keine Sorgen zu machen, daß eine etwas unfeine Sprache mich abschrecken könnte.«

»Vielleicht mach' ich das sogar«, antwortete ich. »Sie besuchen, nicht Sie mit meinem Vokabular erschrecken.«

Ich brachte unsere Kaffeetassen in die Küche zurück und spülte sie aus. Schwester Fatima war dort. Sie sagte mir, daß ich ihr bekannt vorkäme und fragte, ob ich einen Bruder hätte. Ich erzählte ihr, daß ich einer großen Familie entstammte und daß wir uns alle ähnlich sähen.

Ich ging zurück zur Klinik, aber ohne Cordelia waren alle sehr beschäftigt und ein wenig chaotisch. Ich hinterließ Bernie meine Telefonnummer und sagte ihr, sie solle anrufen, falls sich etwas tat. Sie nickte, hing aber wieder am Telefon, deshalb konnten wir nicht reden.

Nicht, daß es viel zu reden gab. Ich fuhr nach Hause und aß zu Mittag.

Den nächsten Tag verbrachte ich mit der Suche nach einer Eigentumsurkunde für einen anderen Klienten. Langweilig, aber sicher und profitabel. Des weiteren erhielt ich Kunde von einem potentiellen Verfasser obszöner Schreiben, der Coputerkenntnisse besaß. Er saß in Angola im Gefängnis und war für lange Zeit aus dem Verkehr gezogen. Abends fuhr ich bei der Klinik rum, aber es brannten keine Lichter. Ich fuhr weiter.

Am Morgen machte ich mit der Urkundensuche weiter und wartete nachmittags auf das Klingeln des Telefons. Bei Danny konnte ich nicht anrufen, ohne zu riskieren, wieder Cordelia dranzuhaben. Joanne würde ich nicht anrufen, bevor sie es nicht tat. Sie war wahrscheinlich mit Alex beschäftigt, ganz zu schweigen vom Rest ihres Lebens.

Sie riefen nicht an. Aber O'Connor.

»Noch mehr schlechte Neuigkeiten, Miss Knight«, begrüßte er mich.

»Sie ziehen in meine Nachbarschaft?«

»Wir haben die Akten Ihrer werten Dr. James durchgesehen.«

»Auf dem Dienstweg?« warf ich dazwischen.

»Buchstabengetreu nach dem Gesetz.«

»Murphys Gesetz?« Er ignorierte mich.

»Wir haben die Akte einer Vicky Edith Williams gefunden. Erinnern Sie sich an die?«

Das tat ich. Die Frau in Emmas Wäldchen.

»Scheint, als wäre sie eine Patientin von Dr. James gewesen«, fuhr O'Connor fort. »Glauben Sie, es ist nur ein Zufall, daß ihre Leiche im Wald abgeladen wurde, just als Dr. James ebenfalls dort auftauchte?«

»Kein Zufall.«

»Wollen Sie mir erzählen, was Sie wissen?«

»Ich weiß, daß Cordelia diese Leiche nicht in den Wäldern abgeladen hat.«

»Sie wissen eine Menge Dinge, die Ihre kleine Freundin nicht getan haben soll«, köderte er.

»Sie ist nicht meine kleine Freundin«, erwiderte ich scharf.

»Ich dachte, Sie wären befreundet«, konterte er.

»Ich dachte, Sie wollten etwas anderes andeuten«, stotterte ich, fragte mich, ob ich O'Connor etwas geliefert hatte, das er vorher noch nicht gewußt hatte.

»Nein, kein Gedanke«, sagte er dazu.

»Ich glaube, sie will heiraten«, log ich.

»Sie war verlobt, aber sie hat die Verlobung vor ein paar Monaten gelöst.« O'Connor machte seine Hausaufgaben gründlich.

»Was wollen Sie denn eigentlich? Daß ich Ihnen zu Ihrer flinken Ermittlungsarbeit gratuliere? Sie haben die Akten bereits vorher durchgesehen. Wieso haben Sie sie vorher nicht entdeckt?«

»Sie war nicht richtig einsortiert, unter V und nicht unter W. Oder vielleicht war sie ja noch nicht da, als wir beim ersten Mal nachgesehen haben«, fügte er noch hinzu.

»Also war sie entweder nicht da oder ihr Typen seid inkompetente Arschlöcher und habt sie beim ersten Mal nicht entdeckt«, hielt ich ihm entgegen.

»Interessante Möglichkeit, nicht wahr?« sagte er, ignorierte meine Beleidigungen.

»Warum erzählen Sie mir das alles?«

»Es macht mich einfach neugierig. Ich muß es von allen Seiten betrachten.«

»Wird ja auch Zeit.«

»Ich dachte, ich wäre einer stümpernden Ärztin auf den Fersen. Aber Faye Zimmer hat mich eines Besseren belehrt. Ich will die Person, die das Mädchen umgebracht hat.«

»Ich auch.«

»Ich hoffe, Sie meinen das wirklich«, sagte er und legte auf.

Ich saß eine Weile da, ließ mir alles durch den Kopf gehen: alles, was ich wußte, alles, was möglich war. Jemand wollte Cordelia etwas anhängen. Und machte das sehr gut.

Ich stieg in mein Auto und fuhr zur Klinik. Es war ein paar Minuten nach fünf, als ich ankam. »Niemand mehr da«, rief Bernie dem klingelnden Telefon zu, während sie zur Tür hinausrauschte, entschlossen zu fliehen. Sie krachte gegen mich, sprang dann verlegen und verwirrt ob des körperlichen Kontakts zurück.

»Tag, Bern«, sagte ich und dachte bei mir, sie ist eindeutig eine Babylesbe. »Irgendwas passiert?«

»Och, das Übliche. Na ja, das Unübliche, aber nichts schrecklich Aufregendes.«

»Verstehe.«

»Ich muß zum Babysitten«, sagte sie, um ihre Eile zu erklären. »Betty schließt ab.«

»Dann mal los. Wir sehen uns.«

Sie winkte und lief zur Tür. Ich betrat das Büro. Schwester Peterson war da. »Oh, hallo, Miss Knight«, sagte sie, als sie mich erblickte.

»Hallo«, antwortete ich. »Nobel von Ihnen, so oft abzuschließen, wie Sie es tun.«

»Macht mir nichts aus. Bernie tut für uns alle so viele Dinge extra.«

»Ja, sie ist ein tolles Mädchen. Darf ich Ihnen ein paar Fragen stellen?«

»Natürlich. Ich habe *Ihnen* ja schon reichlich Fragen gestellt.«

»Die Frauen, die Cordelia umgebracht haben soll. Erinnern Sie sich an die?«

»Ich arbeite erst seit kurzem hier, seit etwa zwei Monaten. Ich weiß, daß eine der Frauen hier Patientin war. Die, die Sie ... im Keller gefunden haben.«

»Beverly Sue Morris?«

»Ja, genau. Ich glaube, sie war eine von Janes Patientinnen.«

»Hat Cordelia sie jemals gesehen?«

»Kann sein. Ich weiß es wirklich nicht.

»War sie Freitag nachmittag hier?«

»Daran kann ich mich ehrlich nicht erinnern.«

»Was ist mit Faye Zimmer? Alice Janice Tresoe? Vicky Edith Williams?«

»Wer?« fragte sie. »Könnten Sie die Namen noch einmal wiederholen?«

»Faye Zimmer, Alice Janice Tresoe, Vicky Edith Williams.«

»Ich glaube ... ich erinnere mich an Faye Zimmer. Sie kam mir unheimlich jung vor ... Sie kam wegen der Pille, hatte aber eine Hormonallergie. Ich schätze, jetzt, da sie ... tot ist, ist die Wahrung der Privatsphäre nicht mehr wichtig.«

»Die ist verloren, sobald man tot ist. Mordopfern wird sie entzogen«, sagte ich ruhig. »Erinnern Sie sich an eine der anderen Frauen?«

»Nein, ich fürchte nein. Normalerweise arbeite ich mit Kindern. Ich bin spezialisiert auf Kinderkrankenpflege.«

»Arbeiten Sie gern hier?« fragte ich, bohrte sanft nach.

»Oh ja«, lächelte sie, und ihr Gesicht wurde lebhaft.

»Selbst mit Ihren Ansichten über Abtreibung?«

»Das hier ist keine Abtreibungsklinik. Das meiste von dem, was wir hier tun, hat nichts mit Abtreibung zu tun. Ich bin hier, weil ich schon immer im sozialmedizinischen Feld arbeiten wollte. Ich kann meine Patienten kennenlernen, muß ihnen nicht bloß Tabletten verabreichen. Ich kann etwas bewirken.

Als ich im Krankenhaus arbeitete, fühlte ich mich manchmal bloß wie ein weißer Kittel. Cordelia hat gesagt, die einzige Regel, die es hier gebe, sei die, ein freundlicher, mitfühlender, verantwortungsbewußter erwachsener Mensch zu sein.«

»Wie ist das mit den anderen? Kommen Sie mit dem Rest des Personals gut aus?«

»Ja, alle sind nett. Freundlich. Obwohl wir über manche Dinge verschiedener Ansicht sind, fühle ich mich hier, nun, als Teil einer Familie. Es macht mich … Ich weiß nicht.«

»Macht Sie was?«

»Manchmal mache ich mir meine Gedanken. Ich meine, Millie lebt mit einem Mann zusammen. Sie sind nicht verheiratet. Und sie hat deutlich gemacht, daß …«

»Daß sie Sex haben.« Das sah Millie ähnlich, dachte ich.

»Ja. Man hat mir beigebracht, daß dies falsch ist. Aber ich kann Millie nicht ansehen und eine Sünderin sehen oder eine üble Hure. So nennt mein Vater Frauen wie sie. Und Cordelia …«

»Und Cordelia?« half ich ihr auf die Sprünge.

»Sie ist sehr klug. Sehr engagiert und fleißig. Eines Tages unterhielten wir uns, und — ich bin jetzt dreiundzwanzig. Ich habe seit zwei Jahren denselben Freund, und jeder erwartet von mir, daß ich ihn heiraten werde. Ich bin mir nicht mal sicher, ob ich ihn mag. Cordelia erzählte mir, daß sie fast jemanden geheiratet hätte, um ihre Familie zufriedenzustellen. So hat sie es nicht ausgedrückt. Sie sagte: 'Um Erwartungen zu erfüllen, die von Generation zu Generation weitergereicht wurden, bis zu dem Punkt, an dem ich sie mir selbst auferlegte. Doch dann begriff ich, daß ihre Erwartungen nicht gleichbedeutend waren mit meinem Glücklichsein und Liebe nicht ersetzen konnten, die nicht wirklich vorhanden war.' Dann erzählte sie mir …« Betty hielt unvermittelt inne.

»Erzählte Ihnen von ihrem Privatleben?« schlug ich vor.

»Ja, Sie wissen wohl Bescheid«, sagte Betty mit reuevollem Lächeln. »Ich war erstaunt. Und ich glaube, ich sagte etwas

Dummes wie, sie sei doch hübsch genug, um einen Mann zu bekommen. Sie erwiderte, daß das, was wirklich zähle, die Tatsache sei, daß sie endlich stark genug sei, um zu wissen, wer sie ist und was sie will. Daß das Schwierigste, was sie je getan habe, gewesen sei, sich selbst das Recht auf ihr eigenes Leben zu geben.«

Ich nickte, fragte mich mit einem Mal, wie es wohl für Cordelia gewesen war, gegen das anzukämpfen, was ihr alle vorschreiben wollten — all diese Generationen von Erwartungen.

»Ich fragte sie, warum sie es mir erzählt hatte«, fuhr Betty fort. »Sie antwortete, daß sie des Lügens müde sei. Daß selbst Schweigen zur Lüge werden könne. Genau wie Millie kann ich sie nicht in die Schublade stecken, in die man mir beigebracht hat, Leute wie sie zu stecken.«

»Nein«, antwortete ich. »Cordelia ist keine Frau für Schubladen.«

»Darf ich Ihnen eine Frage stellen?« erkundigte sich Betty und ihre Stimme veränderte sich. Ich nickte. »Was ist, wenn man, na ja, an etwas glaubt, aber um es zu erreichen, Dinge tun muß, die einem nicht gefallen?«

»Der Zweck heiligt die Mittel?«

»Ja, ich schätze, so ist es besser ausgedrückt.«

»Wenn die Mittel, die Sie benutzen, Sie abstoßen, was für ein Mensch ist dann aus Ihnen geworden, wenn Sie Ihr Ziel endlich erreicht haben?«

»Wie ist das, wenn Abtreibungskliniken gesprengt werden, um Abtreibungen zu verhindern? Wenn jemand glaubt, daß Abtreibung falsch ist.«

»Menschen töten als Protest gegen das Töten?«

»Nein. Man sorgt dafür, daß die Gebäude leerstehen. 'Ziviler Ungehorsam' nennt man das, glaube ich.«

»Ich würde es 'Ein Gebäude in die Luft jagen' nennen. Selbst um zwei Uhr morgens kannst du nicht garantieren, daß nicht ein Fußgänger verletzt oder bei der Explosion getötet wird. Ziviler Ungehorsam ist eine gewaltlose Form des Protestes, dessen Konsequenzen allein die Protestierenden fürchten müssen.«

»Ist es falsch, ein Gebäude zu zerstören, um Morde zu verhindern?«

»Und das Risiko eingehen, einen Mord zu begehen?« fragte ich.

»Aber um Leben zu retten ...«

»Wir würden Waffen und Autos verbieten, wenn die bloße Existenz der einzige Maßstab wäre. Wir als Gesellschaft haben die Wahl getroffen, für bestimmte Freiheiten Leben zu opfern, beispielsweise ein Auto mit Autobahngeschwindigkeit zu fahren«, sagte ich spöttisch. »Eine ungewollte Schwangerschaft, die auszutragen man eine Frau zwingen will, ist nach meiner Meinung nichts anderes als zwangsweise Knechtschaft. Neun Monate Sklaverei, wenn Sie so wollen. Deshalb muß sie die Wahl haben. Deshalb müssen wir gewillt sein, den Verlust von Leben zu akzeptieren — wenn man denn glaubt, daß ein Fötus dies ist — für diese grundsätzliche Freiheit.«

»Ich schätze, das ist keine einfache Frage«, antwortete sie, wollte wahrscheinlich einen weiteren Vortrag meinerseits unterbinden.

»Stimmt. Ich glaube nicht, daß wir sie heute abend lösen werden.«

»Nein. Aber danke, daß Sie mit mir geredet haben, Miss Knight.« Sie knipste die Lichter aus.

»Nennen Sie mich Micky. Darauf reagiere ich am besten.«

»Ich muß gehen. Es ist spät.«

»Ja, ich bin bloß aus Gewohnheit vorbeigekommen«, sagte ich, während ich ihr auf den Korridor hinaus folgte.

»Bitte nennen Sie mich Betty«, sagte sie, als wir zur Tür gingen. »Ist Micky eine Abkürzung?«

»Für Michele.«

»Das ist ein hübscher Name.«

»Ja, glaub' schon. Hab' nie drüber nachgedacht.«

Wir erreichten den Parkplatz. »Gute Nacht, Micky«, sagte sie, während sie in ihr Auto stieg.

»Gute Nacht, Betty«, antwortete ich. Ich beobachtete, wie sie das Auto anließ und davonfuhr. Betty Peterson stellte eine Menge Fragen, so als suchte sie verzweifelt nach Antworten. Aber auf was? Ich fragte mich, ob ihre Fragen so theoretisch waren, wie sie tat. Meine Aufzählung der Namen der ermordeten Frauen hatte Betty erschüttert. Da war ich mir sicher. Aber warum? Welche Fragen konnte ich stellen, die sie zum Reden bringen würden? Ich stieg in mein Auto und fuhr nach Hause.

Ich hatte gespeist und geduscht und mich mit einem Buch niedergelassen, als das Telefon klingelte. Wird auch Zeit, dachte ich, fragte mich, welche meiner verschollenen Freundinnen sich endlich an meine Existenz erinnert hatte. »Hallo?«

»Hallo, Micky, hier ist Alex.«

Alex? »Hallo, was gibt's?«

»Eine Einladung und eine Party. Die Einladung ist für dich, und die Party ist für uns. Lebwohl, alte Wohnung — sei gegrüßt, Dreizimmer-Appartement. Joanne und ich ziehen zusammen.«

»Oh. Herzlichen Glückwunsch.«

»Ich sage dir das nicht, um anzugeben. Na ja, jedenfalls nicht nur. Joanne wird dich auch noch einladen. Aber ich wollte dich anrufen und meine Melanie-Wilkes-Nummer zum besten geben. Also, Scarlett — oder sollte ich dich Lavendel nennen?« Sie verfiel in breitesten Südstaaten-Slang: »Ist mir egal, was du mit meiner Frau angestellt hast, aber ihr kommt alle zu meiner Party, klar? Na, wie war das?«

»Die nächste, bitte.«

»Na ja, es war mir eh nie vorbestimmt, eine Südstaaten-Schönheit zu sein. Es ist kommenden Samstag. Bist du dabei?«

»Ah ... klar, Alex. Wenn du es aushältst, mich dabeizuhaben, dann sollte sonst niemand was dagegen haben.«

»Gut. Das wird der Skandal des Sommers«, scherzte sie. Dann änderte sich ihr Ton. »Micky? Joanne hat mir alles erzählt.«

»Oh«, sagte ich, wiederholte dann »Oh.« Mehr schien es nicht zu sagen zu geben.

»Joanne sagte, sie sei am Schluß zu weit gegangen. Und daß es nicht schön war.«

»Ich hatte auch etwas damit zu tun. Ich und meine große Klappe.«

»Worte können mehr verletzen als körperliche Gewalt.«

»Manchmal glaube ich, sie richten den größten Schaden an.«

»Nein, Micky. Nicht die Worte. Gleichgültigkeit und Haß richten den größten Schaden an. Worte übermitteln nur die Botschaft.«

»Ja, vielleicht hast du recht. Also, was ziehe ich zur Party an? Und soll ich irgendwas mitbringen?«

»Ich glaube, etwas Rotes und Unzüchtiges wäre angemessen, glaubst du nicht? Komm ganz einfach. Um den Rest kümmern wir uns. Mit dem Geld, das wir an Miete sparen, können wir es uns leisten, eine richtige Party zu schmeißen.«

»Rot und unzüchtig. Nur für dich, Alex.«

Sie erklärte mir den Weg zu ihrer Wohnung, dann beendeten wir das Gespräch. Ich rief bei Torbin an und hinterließ eine Nachricht auf seinem Anrufbeantworter. »Rot und unzüchtig. Samstag abend.« Er würde schon verstehen.

Dann ging ich ins Bett.

Am nächsten Tag rief Joanne an und wiederholte Alex' Einladung. Torbin hinterließ folgendes: »Scharlachrot und blasphemisch! Aber die Schuhe mußt du selbst mitbringen, Schatz.« Das waren die Nachrichten auf meiner Beantworterin, als ich nach Hause kam.

Ich rief ihn zurück, bestand auf allerhöchstens rot und unzüchtig, mehr sei nicht drin. Wir feilschten ein wenig herum. Er köderte mich schließlich, indem er mir zwei mehr als anständige Flaschen Champagner versprach, die ich zur Party mitnehmen konnte. Dies sei, so sagte er, das traditionelle Geschenk »der anderen Frau«.

Nachdem ich die Suche nach der Urkunde völlig ausgeschöpft hatte, fuhr ich am Morgen zur Klinik. Hält mich wenigstens von der Straße, ging mir beim Betreten des Gebäudes durch den Kopf. »Tag, Bernie«, sagte ich, als ich quer durchs Wartezimmer schlenderte.

»Hey, Micky«, grinste sie mich an. »Die Truppe ist vollständig versammelt.«

Ich wollte schon fragen: »Welche Truppe?«, doch dann sah ich, was sie meinte. Cordelia kam den Korridor hinunter. »Bernie«, sagte sie, »wenn Sie die Termine machen, lassen Sie ein bißchen Zeit zwischen den Patientinnen. Ich muß ihnen erklären, daß ...« Dann sah sie mich und hielt inne. »Micky. Tag.« Sie lächelte mich an, als wäre sie wirklich froh, mich zu sehen.

»Tag.« Ich konnte nicht anders als zurücklächeln. »Wie geht's dir?«

»Gut. Den Umständen entsprechend«, antwortete sie mit einem Achselzucken. Dann legte sie unbeholfen ihren Arm um meine Schultern und beugte sich zu mir, um mich zu küssen. Unsere Lippen berührten sich leicht. Ich weiß nicht, ob sie es beabsichtigt hatte oder nicht, ich hatte ihr meinen Kopf zugedreht. Vielleicht hatte sie ja auf meine Wange gezielt. Aber sie nahm den Arm nicht von meiner Schulter, nicht einmal, als ich meinen Arm um ihre Taille legte. Mir fiel sehr wohl auf, daß Bernie nichts davon entging. Ach egal, von irgend jemandem mußte sie es ja lernen. Ich war mir nur nicht sicher, was genau.

»Was tust du hier?« fragte Cordelia.

»Ich wollte dich gerade dasselbe fragen.«

»Gute Anwältin. Ich kann Patientinnen empfangen, unter dem Vorbehalt, daß ich ihnen von der Klage, die gegen mich anhängig ist, berichte, und daß ständig jemand bei mir ist. Außerdem darf ich keine Abbrüche vornehmen.«

»Ich bin Detektivin im Dienst. Deshalb bin ich hier.«

»Hast du keine Lust, die Aufsicht zu spielen? Betty hat sich heute krank gemeldet. Oder fühlst du dich verlegen im Behandlungszimmer? Elly sagte, sie könne gegen Mittag hier sein, also wär's nur bis dahin.«

»Klar«, stimmte ich zu und ließ sogar unerwähnt, daß es kaum etwas gab, das mich verlegen machen konnte. Cordelia trieb einen weißen Kittel für mich auf, um meiner Erscheinung einen Anstrich von Respektabilität zu geben.

So verbrachte ich den Vormittag damit, sicherzustellen, daß Cordelia ihre Patientinnen über ihre Festnahme informierte und daß sie keine Abbrüche vornahm. Ich machte mich sogar nützlich, indem ich rudimentäre Daten notierte wie Name und Adresse. Dem fühlte ich mich gewachsen. Ich war zunehmend beeindruckt von Cordelias Verständnis und Feingefühl im Umgang mit ihren Patientinnen. Und das trotz der Hürde, jeder zunächst mitteilen zu müssen, daß sie nur gegen Kaution frei und wegen Totschlags angeklagt war. Ein paar lehnten daraufhin die Behandlung ab, aber mir fiel auf, daß alle Patientinnen, die schon länger bei ihr waren, ihre Verhaftung als absurden Justizirrtum abtaten. Es war beruhigend, daß ihre Reaktion meine eigene Haltung bestätigte.

Zur Mittagszeit löste Elly mich ab. Bereitwillig überließ ich ihr die Welt der Urinproben und Spritzen und kümmerte mich wieder ums Ermittlungsgeschäft. Ich fuhr nach Hause und machte ein paar Anrufe. Weder Joanne noch Danny konnten mehr tun als bekräftigen, was Cordelia mir gesagt hatte. Nichts Neues über die Morde. Ich hakte meine Liste weiter ab und rief Jane Bowen an.

»Und auf wessen Seite stehen Sie?« war ihre Antwort, nachdem ich mich ihr vorgestellt und ihr gesagt hatte, was ich wollte.

»Auf Cordelias. Ich will die Wahrheit herausfinden«, entgegnete ich.

»Was, wenn die Wahrheit nie ans Licht kommt? Wenn alles, was Sie herausfinden, eine verworrene schmutzige Geschichte ist?« sagte sie und fügte dann noch hinzu: »Die Cordelia belastet?«

»Ich bin nicht die Polizei. Ich werde mich mit der verworrenen schmutzigen Version nicht zufriedengeben.«

»In Ordnung«, entschied sie. »Ich habe Freitag morgen eine Abtreibung bei Beverly Sue Morris vorgenommen, an dem Tag, als sie starb, und zwar in der anderen Klinik, in der ich arbeite, draußen in Metairie. Alles verlief reibungslos, keine Komplikationen. Es ging ihr gut, als sie ging.«

»Was ist dann passiert?«

»Nichts hätte passieren sollen. Was die Polizei hören will — und ich kann denen nicht sagen, daß es *nicht* passiert ist — ist, daß Komplikationen bei Beverly auftraten, daß sie mich nicht erreichen konnte, weil ich zu diesem Zeitpunkt schon wieder weg war, und daß sie am Freitag nachmittag Cordelia in der Klinik aufsuchte. Und daß Cordelia Beverly an diesen Komplikationen sterben ließ.«

»Aber Cordelia hat diese Abtreibung nicht vorgenommen?«

»Nein.«

»Warum stand dann in Beverly Morris' Papieren, daß sie es doch getan hat?«

»Keine Ahnung. Vielleicht war es falsch codiert. Aus 'Komplikationen nach einer Abtreibung' kann 'Abtreibung' werden.«

»Gesetzt den Fall, Beverly Morris hatte eine Gebärmutterblutung — hätte Cordelia sie dann in der Klinik behandeln können?«

»Das ist unwahrscheinlich. Jeder fachkundige Arzt hätte sie ins Krankenhaus geschickt. Und Cordelia ist eine fachkundige Ärztin. Aber — und hier wird die Wahrheit schmutzig — Cordelia war am Freitag als letzte hier. Ich rief gegen Viertel vor sechs an, und sie war immer noch hier. Es ist nicht ungewöhnlich, daß sie noch bleibt, nachdem alle weg sind. Üblich genug, daß ich so spät anrufen und erwarten konnte, sie zu erreichen.«

»Unter den gegebenen Umständen aber ungünstig.«

»Ja. Sehr«, stimmte Jane zu.

»Was ist mit Alice Tresoe und Faye Zimmer?« fragte ich.

»Ich habe zwei von Alices' Kindern auf die Welt gebracht. Ich werde … Alice vermissen«, sagte Jane einfach, fuhr dann mit forscher, professioneller Stimme fort: »Cordelia und ich haben letzten Samstagmorgen eine Abtreibung bei Alice vorgenommen, nachdem alle Patienten weg waren. Nur wir beide. Ich ging, kurz nachdem wir fertig waren. Cordelia blieb bei ihr.«

»Sonst war niemand da?«

»Nein«, erwiderte Jane. »Nur wir beide.«

»Warum haben Sie die Abtreibung in Cordelias Klinik vorgenommen und nicht in Ihrer?«

»Es war noch ein sehr früher Zeitpunkt in Alices' Schwangerschaft und daher eine einfache Operation.« Dann war Jane still. Ich fragte mich, was sie verschwieg. »Warum am Samstag morgen und nur Sie beide?«

Sie lachte rauh. »Das hat die Polizei nicht gefragt.«

»Das hätte sie aber tun sollen.«

»Alice war HIV-positiv. Wissen Sie, wie viele Kliniken Abtreibungen bei HIV-positiven Frauen vornehmen?« Es war eine rhetorische Frage, und ich schwieg. Sie fuhr fort: »Deshalb haben Cordelia und ich es allein gemacht und nach der regulären Besuchszeit. Wenn nur ein einziger Mensch sieht, daß ein Arzt nach einem 'einfachen Eingriff' mit Mundschutz, Handschuhen und Augenschutz, dem ganzen Brimborium, aus dem Behandlungszimmer tritt, dann gehen die Gerüchte doch schon los.«

»Wer außer Ihnen und Cordelia könnte davon wissen?«

»Wir machen keinen HIV-Vermerk in den Akten zur Person. Das halten wir getrennt.«

»Abtreibung?«

»Desgleichen. Und es ist codiert. Ein privater Code, den nur wenige von uns kennen.«

»Wer?« fragte ich.

»Cordelia, ich selbst, Aaron — aber er kann ihn sich nie merken, deshalb fragt er dauernd eine von uns — Millie, Elly und Betty.«

»Das sind alle? Was ist mit Bernie?«

»Nein. Wir geben diese Information nur weiter, wenn es unbedingt nötig ist.«

»Also wußten nur Sie und Cordelia von Alice Tresoes Abtreibung?«

»Wahrscheinlich. Wir haben das, was wir die 'Akte für den Reißwolf' nennen, Notizen und Bemerkungen über Patienten. Wie z.B.: der Patient Dienstag nachmittag um drei ist HIV-positiv, oder hängt an der Nadel, also keine Spritzen herumliegen lassen. Dinge, die ein Verantwortlicher für Gesundheitsvorsorge einfach wissen will. Aber es ist codiert und liegt in Cordelias Büro unter Verschluß. Die Akte kommt jede Woche in den Reißwolf.«

»Wer hat Zugang zu dieser Akte?«

»Nur diejenigen von uns, die direkt mit der Behandlung zu tun haben. Cordelia, ich selbst, Aaron, Betty, Elly und Millie. Ich glaube, Betty oder Millie überprüfen sie jeden Morgen, damit wir wissen, was wir zu erwarten haben.«

»Könnte jemand anders ebenfalls Zugang dazu haben?«

»Es ist möglich. Aber die müßten dann den Code kennen, um etwas damit anfangen zu können. Und Cordelia bewahrt das einzige Exemplar in ihrem Safe auf.«

Ich machte mir ein paar Notizen. Für einen Außenstehenden war es sehr schwer herauszufinden, welche Patientinnen Abtreibungen hatten. Und es war noch schwerer zu glauben, daß ein Insider in die Morde an diesen Frauen verwickelt war. Betty mochte gegen Abtreibung sein, aber könnte sie solche Morde begehen?

»Was ist mit Faye Zimmer?«

»An sie erinnere ich mich nicht. Aber einer Notiz in ihrer Akte zufolge hat Cordelia mich wegen eines Problems, das

Faye mit ihrer Periode hatte, konsultiert. Soweit ich weiß, hatte sie keine Abtreibung.«

»Victoria Williams?«

»Der Name sagt mir überhaupt nichts.«

»Danke für Ihre Hilfe.« Die Fragen waren mir ausgegangen.

»Ich glaube nicht, daß ich Ihnen eine große Hilfe war«, antwortete Jane. »Die Wahrheit sieht mir immer noch ziemlich verworren aus.«

Mir auch.

Fünfzehntes Kapitel

Am Morgen fuhr ich wieder zur Klinik. Millie war da. »Wie schön, ein freundliches Gesicht zu sehen«, begrüßte sie mich.

»Schön, ein freundliches Gesicht zu sein«, antwortete ich.

»Heute wird wieder ein Affenzirkus«, sagte sie zu mir und Bernie. »Hast du Elly schon erreicht?«

Bernie schüttelte den Kopf. »Nein, sie macht wahrscheinlich Hausbesuche.«

»Betty hat sich wieder krankgemeldet«, erklärte mir Millie. »Ich hoffe, sie wird wieder. Sie muß schon wirklich krank sein, wenn sie zwei Tage hintereinander nicht erscheint.« Ich mußte mit Betty reden. Ihre Krankmeldung für heute warf ein paar Fragen auf.

Cordelia kam mit einem Kind auf dem Arm den Korridor hinunter. Sie lächelte und ging an uns vorbei ins Wartezimmer. »Bitte sehr, Mrs. Hill. Sie hat nicht mal geweint, als ich ihr die Spritze gegeben habe«, sagte sie zur Mutter des Kindes.

Dr. Bowman kam aus demselben Behandlungszimmer, in dem Cordelia gewesen war, und schloß sich uns an. »Morgen, Ladies. Beachten Sie bitte, daß ich nicht 'Guten' gesagt habe. – Wirklich ganz schön lästig, daß Sie einen Babysitter brauchen«, sagte Jane Bowman zu Cordelia, als diese zu uns zurückkam.

»Ich weiß, ich weiß. Tut mir leid, Jane«, antwortete Cordelia. »Ich hoffe, das dauert alles nicht mehr lange. Es muß wirklich bald aufgeklärt werden.«

»Aber besser, Sie hier zu haben, als ohne Sie zu sein«, fügte Bowman hinzu.

»Da stimmen wir alle überein«, unterstützte Millie sie.

»Danke, ich weiß das zu schätzen.« Cordelia schaute uns der Reihe nach an. »Tja, Mädels, zurück an die Arbeit.«

»Frauen, wenn ich bitten darf«, korrigierte Millie sie leichthin.

»Hier, Micky, die können Sie haben«, sagte Bernie, während die anderen sich in die Behandlungszimmer aufmachten, Millie und Cordelia in das eine, Bowman in das andere.

Bernie reichte mir ein paar Briefe. Derselbe Nadeldrucker, derselbe obszöne Stil. Einer an Elly, einer an Cordelia und – oh, Glückes Geschick! – einer ganz für mich persönlich. Nett zu wissen, daß ich dazugehörte. Die Briefe beschuldigten uns in deutlicher Sprache, schwangere Frauen umzubringen, weil wir eifersüchtig waren, daß sie Männer hatten und wir keine abkriegen konnten.

Ich fand die Prämisse dieser Briefe amüsant. Ich hätte fast eine Bemerkung zu Bernie gemacht, doch die Diskretion forderte rüde ihr Recht. Es ist *eine* Sache, selbst mit dem großen Lesben-L auf der Stirn herumzutanzen, aber es ist eine andere Sache, es anderen aufzumalen. Die Dinge waren schon brisant genug, ohne daß das Wort »Lesbe« auf den Gängen geflüstert wurde.

Unglücklicherweise gaben diese Briefe keinen besseren Hinweis auf ihren Ursprung als die vorigen auch. Sie waren alle in der Stadt abgestempelt und vor ein, zwei Tagen abgeschickt. Ich ging in Cordelias Büro, um ein paar Anrufe zu machen. Den ersten bei Betty Peterson. Sie hob schon nach dem ersten Klingeln ab, und ich nannte meinen Namen.

»Ich fürchte, es hat einen Irrtum gegeben.«

»Wovon reden Sie?« fragte ich.

»Ich muß mit Ihnen sprechen. Ich kann nicht zur Polizei gehen ... Es war alles ein Irrtum ... Tut mir leid, Sie sind falsch verbunden.« Sie legte unvermittelt auf. Was zum Teufel geht hier vor? fragte ich mich.

Ich blätterte schnell durch Cordelias Drehkartei und notierte mir Bettys Anschrift.

»Bis später, Bern«, sagte ich, während ich an ihr vorbeiging.

»Micky, was ist los?« rief sie mir hinterher.

»Ich erzähl's dir später«, antwortete ich, schon fast am Ausgang. Irgend etwas sehr Merkwürdiges ging hier vor. Wer war zu Betty Peterson hereingekommen?

Sie lebte am Westufer in einer Gegend, die ich nicht gut kannte. Die Fahrt dorthin dauerte eine ganze Weile, und ihre Straße zu finden stahl mir noch mehr Zeit. Einige fehlende Straßenschilder hielten mich zusätzlich auf. Schließlich kam ich bei der Adresse an, die ich in Cordelias Drehkartei gefunden hatte. Ich stand vor einer Ansammlung kleiner Häuschen, die man auf ein einziges Grundstück gequetscht hatte. Die Art Unterkunft, wo man lebt, wenn man gerade erst anfängt. Oder wo man endet, wenn das Leben einen nicht freundlich behandelt hat.

Ich überflog die Briefkästen, um herauszufinden, in welchem Häuschen Betty wohnte, aber auf keinem stand Peterson. Unbeschriftet waren allerdings einige.

Vor einem der Häuschen in meiner Nähe kehrte eine Frau

ihre Veranda. »Ich suche eine Betty Peterson. Wissen Sie, in welchem Haus sie wohnt?« fragte ich sie.

»Nein«, antwortete sie, machte sich nicht mal die Mühe, mich anzuschauen.

»Ich suche eine Frau Anfang zwanzig, ungefähr einszweiundsechzig groß, braune Haare, braune Augen. Krankenschwester. Ich bin eine Freundin von ihr«, sagte ich.

»Nun ja«, sagte sie und schaute mich endlich an. »Eine Krankenschwester haben wir hier. Hinten in Nummer 11, ganz am Ende des Grundstücks.«

Ich dankte ihr und lief in Richtung Nummer 11.

Es war in besserem Zustand als die meisten anderen, der kleine Rasen gepflegt und ordentlich, die gepflanzten Blumen blühten. Falls Betty Peterson hier irgendwo wohnte, dann in diesem Haus.

Ich klopfte an die Tür.

Sie öffnete sofort, als hätte sie mich beobachtet, aber nur ein paar Zentimeter, gerade genug, um hinauszuschauen. Oder um zu verhindern, daß ich hineinschaute.

»Sind Sie in Ordnung?« fragte ich.

»Bitte gehen Sie«, antwortete sie und warf einen verstohlenen Blick über ihre Schulter.

»Wenn es Ihnen gut geht, gehe ich«, sagte ich.

»Sie dürfen hier nicht gesehen werden. Gehen Sie«, flüsterte sie. »Mir fehlt wirklich nichts«, fügte sie noch hinzu. War das die Wahrheit?

»Sicher?«

»Ja. Ich muß mit Ihnen reden, aber im Moment ist es nicht sicher hier.«

»Werden Sie gefangengehalten?«

»Nein. Es ist nicht sicher für Sie«, sagte sie. »Ich melde mich.«

»Rufen Sie mich an. Auch um drei Uhr früh, wenn es sein muß.«

Plötzlich wurde die Tür aufgerissen. Betty schnappte überrascht nach Luft. Der Mann, der in der Tür stand, war so hoch wie der Türrahmen, und er hatte tief eingesunkene Augen. Sein Gesicht war abgezehrt, glatt und knorrig, hervorstehende Brauen. Er war einer der Anti-Abtreibungsdemonstranten, hatte sich im Hintergrund der jämmerlichen Protestlinie gehalten. Er war zu groß, um nicht aufzufallen.

»Sie! Sie sind von der Klinik.« Er klang entschieden unfroh, mich zu sehen.

»Ja, wir haben uns Sorgen um Betty gemacht«, antwortete ich. »Ich war gerade in der Gegend —«

Er schnitt mir das Wort ab. »Mörder.« Seine Hand schoß vor, und er stieß mich rückwärts die Treppe hinunter. Bettys Schrei wurde vom Zuschlagen der Tür abgeschnitten.

Ich stolperte nach hinten, versuchte, mein Gleichgewicht wiederzufinden, schaffte es nicht und landete schließlich am Fuß der Treppe auf meinem Sitzfleisch. Die Blumen hatten netterweise den Aufprall etwas gedämpft. Ich erhob mich. Ich war nicht verletzt, höchstens ein paar blaue Flecken. Auch wenn Betty die Polizei nicht hier haben wollte — ich wollte das sehr wohl. Nach meiner Lesart war das ein tätlicher Angriff. Außerdem war ich nicht sehr zuversichtlich, daß es ihr weiterhin gutgehen würde. Ihre Versicherungen klangen mir zu sehr nach Wunschdenken. Er hatte mich ohne weiteres die Stufen heruntergeworfen. Ich bin einsachtundsiebzig groß und wiege zwischen fünfundsiebzig und achtzig Kilo. Kein leichter Brocken, den man einfach so in der Gegend herumschubst.

Ich lief zur Straße zurück. Weiter unten gab es einen Supermarkt, auf dessen Parkplatz eine Telefonzelle stand. Dort lief ich hin. »Ich denke, Sie holen besser Betty Peterson ab und verhören Sie als Zeugin in Ihrem Fall, und ich denke auch, Sie holen sie am besten sofort, denn sie ist vielleicht in Gefahr«, sagte ich, nachdem O'Connor zur Begrüßung gegrunzt hatte.

»Ganz ruhig«, sagte er. »Also, warum denken Sie das?«

Ganz hinten auf dem Grundstück mit den kleinen Häuschen wurde ein Auto angelassen.

»Weil sie mit mir reden will und irgend so ein Typ mich gerade die Treppe runtergeschmissen hat, um sie davon abzuhalten.«

»Hatte das vielleicht etwas damit zu tun, was Sie gesagt haben?«

»Nein, hatte es nicht. Er ...«

Ein Auto kam die Ausfahrt hinunter.

»Scheiße«, fuhr ich fort. »Die hauen ab.« Betty und der Mann saßen in dem Auto. »Alter blauer Chevy. Kennzeichen 327... Verdammt«, sagte ich, als er um die Ecke bog und so verhinderte, daß ich den Rest des Nummernschilds lesen konnte. »Ich fahre hinterher.« Ich ratterte O'Connor die Adresse herunter, knallte den Hörer dann mitten in seinen Fragen hin und rannte zu meinem Auto.

Ich vollführte eine 180-Grad-Wende und raste ihnen hinterher. Doch als ich um die Ecke bog, waren sie nicht mehr zu sehen. Ich fuhr weiter, suchte sorgfältig die Nebenstraßen ab. Kein blauer Chevy. Ich fuhr bis ans Ende der Straße und war dann gezwungen, rechts oder links abzubiegen. Ich fuhr rechts und arbeitete mich wieder bis zu Bettys Straße vor, hoffte auf ein Quentchen Glück. Ich hatte es nicht. Mittlerweile konnten sie überall sein.

Ich ging wieder zu der Telefonzelle. »Sie müssen sie finden. Ich glaube nicht, daß sie mit ihm sicher ist«, sagte ich zu O'Connor.

»Was erwarten Sie denn von mir?« fragte er müde.

»Suchen Sie sie.«

»Ich habe das zuständige Bezirksrevier angerufen und ihnen die Beschreibung gegeben.«

»Bezirk, verdammt, die sind wahrscheinlich längst aus dem Bezirk raus«, erwiderte ich scharf.

»Und wenn sie freiwillig mit ihm mitgefahren ist? Unter welchem Vorwand soll ich sie dann aufgreifen?«

»Hören Sie, der Kerl sieht aus wie Frankensteins Monster ohne Make-up. Gewalt ist für diesen Typ wie Atmen. Und außerdem will ich Anzeige erstatten wegen Körperverletzung«, sagte ich.

»Schön, Miss Knight. Sie wollen, daß ich Betty Peterson finde. Ich werde tun, was ich kann. Dann sehen wir weiter.« Dabei beließ er es.

Ich ging zurück zu Bettys Häuschen und schnüffelte ein wenig herum. Es war gut abgeschlossen, aber ich schaute in alle Fenster. Dem Aussehen nach war es ein normales, fast schlichtes Zuhause. Ein paar Bücher über Krankenpflege, die Bibel, die üblichen Zeitschriften. An der Wand über dem Fernseher hing ein Kreuz. Alles war gepflegt und ordentlich, das Bett gemacht, das Geschirr gespült. Ich konnte keinen Hinweis auf den Fall entdecken, nicht einmal einen Hinweis darauf, wer Betty Peterson wirklich war. Irgend etwas hatte Zweifel in dieser konservativen, religiösen Frau geweckt, aber ihr Zuhause gab keinen Hinweis darauf, was das gewesen sein könnte.

Ich blieb bis fast ein Uhr nachts dort, hoffte, sie würden zurückkehren, doch das taten sie nicht. Ich rief O'Connor alle paar Stunden an, aber er hatte nichts zu berichten.

Die Müdigkeit trieb mich schließlich nach Hause. Und die Hoffnung, daß sie vielleicht versuchen würde, mich anzurufen. Aber alles, was ich zu Hause antraf, war eine hungrige Katze. Keine Nachrichten auf der Anrufbeantworterin. Ich nahm den Apparat und trug ihn ins Schlafzimmer, neben das Bett.

Ich stellte den Wecker auf sechs Uhr und ließ mich erschöpft auf mein Bett fallen, drehte mich weg von der grünen Drei-sechzehn, die mich digital anstarrte.

Als ich gerade am Eindösen war, klingelte das Telefon. Ich riß den Hörer hoch, noch bevor das erste Klingeln verhallt war. Es war Betty. »Micky, es tut mir leid, daß ich so spät noch anrufe.«

»Wo sind Sie? Sind Sie in Ordnung?«

»Ja, mir geht es gut. Ich wollte mich nur vergewissern, daß Sie nicht verletzt sind. Bill hätte Sie nicht so stoßen dürfen.«

»Wie ist Bills Nachname?«

»Nachname. Das weiß ich nicht. Ich weiß, daß sich das seltsam anhört, aber als wir uns kennenlernten, benutzten alle nur ihre Vornamen.«

»Wo haben Sie sich kennengelernt?«

»In der Kirche. Bei einem Gottesdienst für die verlorenen Kinder. Bill ist da leidenschaftlich engagiert.«

»Leidenschaftlich genug, um dafür zu töten?«

»Genug, um Sie zu schubsen«, sagte sie ausweichend. »Er hat das Gefühl, daß das Morden ein Ende haben muß.« Ihre Stimme wurde leiser, als fürchtete sie, jemand könnte sie hören. »Und das rechtfertigt alles.«

»Abtreibung? Soll das das Morden sein?«

»Ja. Sie, diese Kinder, sind Lebewesen, auf die all die Hoffnungen und Träume warten, die wir längst kennen. Getötet für die Bequemlichkeit einer Frau.«

»Manchmal sind es all die Hoffnungen und Träume, die eine Frau jemals hatte, die ihr genommen werden.«

»Frauen haben eine Wahl. Diese Kinder nicht. Sie sterben, weil eine Frau nicht für ihren Fehler geradestehen will.«

»In was für einer perfekten Welt Sie doch leben.« Plötzlich verspürte ich unbeherrschte Wut. Betty hatte sich ihre Fragen mit schwarzweißen Klischees beantwortet, kein Platz für die unerbittlich graue Welt, in der ich lebte. »Haben eine Wahl, ja? Kennen Sie die Bedeutung des Wortes Vergewaltigung, Betty?«

»Ja, die kenne ich. Die meisten schwangeren Frauen wurden nicht vergewaltigt. Die meisten Frauen haben ja gesagt.«

»Ich kenne die meisten Frauen nicht. Und ich weiß nicht, was sie gesagt haben. Um ehrlich zu sein, weiß ich nicht mal mehr, was ich gesagt habe. Es hätte aber auch nicht den kleinsten gottverdammten Unterschied gemacht. Ich war dreizehn und er war achtzehn. Mein Vetter. Beim Babysitten. Wahl?« Ich spuckte das Wort aus. »Ich bin bloß deshalb nicht schwanger geworden, weil er es vorzog, mir seinen Schwanz in den Mund zu stecken und nicht in die Möse.«

»Lieber Gott«, flüsterte Betty, erschüttert von meiner unverhohlenen Wut. »Es tut mir leid, ich wußte ja nicht ...«

»Nein, natürlich nicht. Das paßt ja auch nicht in Ihr hübsches, kleines Bild von der selbstsüchtigen Frau, die abtreibt, um einer geringfügigen Unannehmlichkeit aus dem Weg zu gehen. Glauben Sie bloß niemals, Sie könnten die Hölle einer anderen Person beurteilen, bloß weil Sie mal einen kurzen Blick auf ihr Leben geworfen haben. Dafür sind Sie nicht Gott genug.«

»Ich weiß nicht, was ich sagen soll«, antwortete Betty leise.

»Sagen Sie gar nichts. Ich will nicht noch mehr von Ihren gottverdammten Klischees hören.«

Für einen Augenblick war sie still. Ich erwartete fast, daß sie den Hörer auflegte.

»Miss Knight ... Micky, ich weiß, daß die Antworten nicht einfach und leicht sind. Ich kann mein Leben betrachten und erkennen, was eine ungewollte Schwangerschaft und ein Kind bedeuten würden.«

»Ihre Schwester. Haben Sie ihr angeboten, das Kind großzuziehen?«

»Ich ... oh, Gott.« Für einen Augenblick war sie still, suchte wohl nach einer Antwort. »Nein ... Nein, ich dachte nicht, daß sie es wirklich tun würde. Ich dachte nicht daran ... es ihr anzubieten.« Sie suchte nach Worten. »Es stand mir nicht zu. Ich ... kenne sexuelles Verlangen. Aber ich habe immer widerstanden. *Ich* habe mich nicht in eine solche Situation gebracht.«

»Ihr Kind, ihr Problem, richtig?«

»Man muß die Konsequenzen seiner Handlungen selber tragen. Es ist nicht fair, sie anderen aufzuzwingen.«

»Ein ungewolltes Kind ist eine Strafe, die man ertragen muß, und nicht ein Leben, das gerettet werden muß? Sie glaubten nicht genug an die Heiligkeit des Lebens, um das Opfer darzubringen, das Sie von ihr verlangten?«

»Oh, lieber Gott, vergib mir«, sagte sie und fing an zu weinen, tiefe Schluchzer, die mir zeigten, daß ich eine unheilbare Wunde getroffen hatte.

Ich ließ sie einfach weinen. So wie sie keine Worte für meinen Schmerz hatte, fand ich keine für ihren.

»Micky«, sagte sie schließlich mit gebrochener Stimme.

»Ich bin hier.«

»Sie müssen mir helfen.«

»Helfen? Wie?«

Sie atmete tief ein und ihre Stimme wurde ruhiger. »Sie haben recht. Ich bin nicht Gott genug, um zu urteilen. Oh Herr, vergib mir für das, was ich vielleicht getan habe.«

»Was haben Sie getan?« fragte ich sanft.

»Cordelia nimmt Abtreibungen vor. Das weiß ich.«

»Sie hat bei keiner der toten Frauen eine Abtreibung vorgenommen.«

»Ich war mir nicht sicher. Ich ... dachte, sie hätte es vielleicht getan, sie hätte vielleicht ... einen Fehler gemacht. Aber als Sie mir die Namen nannten, da wußte ich, daß Victoria Williams keine Patientin der Klinik war. Ich erinnere mich daran, über ihre Ermordung in der Zeitung gelesen zu haben. Cordelia konnte für ihren Tod nicht verantwortlich sein.«

»Haben Sie ihre Akte für die Polizei deponiert?«

»Nein. Ich habe Cordelia dazu gebracht, ein paar Blankoformulare zu unterschreiben. Und ... ich habe nicht immer darauf geachtet, wo meine Klinikschlüssel waren. Und ich habe nicht die richtigen Fragen gestellt.« Sie machte eine Pause.

»Was kann ich tun, um Ihnen zu helfen?«

»Ich wollte glauben, daß es Gottes Wille war, daß diese Frauen starben. ‘Auge um Auge.’ Dafür, daß sie ihre Kinder getötet haben.«

»Faye Zimmer, die letzte Frau, ein fünfzehnjähriges Mädchen, war nicht schwanger.«

Für einen Augenblick sagte Betty gar nichts, dann sehr leise: »Sind Sie sicher?«

»Ja.«

»Was für ein schrecklicher Gedanke. Es war nicht Gott, der sie getötet hat«, sagte sie ganz langsam.

»Wer hat sie getötet?« fragte ich.

Betty zögerte, bevor sie antwortete. »Ich weiß es nicht. Nicht sicher. Und ich muß ganz sicher sein, bevor ich irgend etwas tue. Ich könnte sonst noch so einen schrecklichen Fehler begehen.«

»Was werden Sie tun?«

»Beten. Beten, daß dies alles bald vorbeisein wird. Wenn ich es sicher weiß, dann werde ich Ihre Hilfe brauchen. Werden Sie mir helfen?«

»Natürlich. Aber Betty, das gefällt mir nicht. Könnte Bill der Mörder sein?«

»Das ist ... kein Gedanke, der mir gefällt.«

»Mir auch nicht. Sind Sie gerade bei ihm?«

Für einen Augenblick sagte sie nichts, dann leise: »Ja.«

»Sie sind in Gefahr. Rufen Sie die Polizei.«

»Ich kann die Polizei nicht rufen. Noch nicht.«

»Ich komme Sie holen. Wenn er bereits vier Frauen getötet hat, dann sind Sie —«

»Ich bin nicht in Gefahr. Ich weiß ja nicht, ob er jemanden getötet hat. Und ... und wenn er es getan hat, dann nur die, von denen er glaubte, daß sie bereits gemordet hatten.«

»Wie Faye Zimmer«, erinnerte ich sie.

»Ich kann das nicht stillschweigend dulden. Ein Teil von mir glaubt aufrichtig, daß er es nicht getan hat, daß er diese Frauen nicht hätte verletzen können, ganz egal, welcher Schuld er sie verdächtigte.«

»Lassen Sie das die Polizei herausfinden«, schlug ich vor.

»Sühne. Wir alle verdienen die Gelegenheit zur Sühne. Ich werde Sie bald wieder anrufen.«

»Vierundzwanzig Stunden. Wenn ich bis dahin nichts von Ihnen gehört habe ...«

»Bis dahin habe ich Sie angerufen.«

»Sagen Sie mir, wo Sie sind.«

»In vierundzwanzig Stunden.«

»Okay, in vierundzwanzig Stunden will ich wissen, wo Sie

sind und daß es Ihnen gutgeht. Sollte ich nicht hier sein, hinterlassen Sie eine Nachricht auf dem Band. Versprechen Sie, daß Sie sich melden.« Ich sagte Betty nicht, daß die Polizei bereits nach ihr suchte. Wenn sie sie vor Ablauf der vierundzwanzig Stunden fanden, um so besser. Wenn nicht, mußte ich wissen, wo sie war. Denn ob Betty es wollte oder nicht, ich hatte die Absicht, die Polizei zu Frankenstein zu führen. Und O'Connor zu überreden, Bettys Häuschen zu durchsuchen.

»Ja. Dann werde ich Ihnen alles erzählen. Leben Sie wohl, Micky.« Der Hörer wurde aufgelegt.

Ich starrte noch lange die grünen Minuten an, die auf meiner Uhr leuchteten, bevor ich endlich einschlief.

Sechzehntes Kapitel

Ich erwachte vom mißtönenden Akkord eines klingelnden Telefons und einer miauenden Katze. Irgendwie hatte ich den Wecker verpennt. Oder war gerade wach genug geworden, um ihn auszuschalten (immer wieder möglich).

Ich sprang auf und ging zum Telefon. »Hallo?« murmelte ich, zu verschlafen, um mich anständig zu artikulieren.

»Besitzt du ein Paar Fick-mich-Pumps?« fragte Torbin.

»Ich?« Die Abwegigkeit der Frage brachte mich zum Lachen.

»Dann gehen wir einkaufen«, setzte Torbin mich streng in Kenntnis. »Wie du ohne das Lebensnotwendigste auskommen kannst, ist und bleibt mir ein Rätsel.«

»Ich werde meine schwer verdienten Kröten doch nicht für feminine Folterinstrumente vergeuden.«

»Höchstens für feministische Folterinstrumente«, schoß er zurück. »Das hatte ich auch nicht erwartet. Wie auch immer, ich würde es mir jedenfalls nie verzeihen, dich unpassend gekleidet zu einem Abendempfang zu schicken. Mein Ruf steht auf dem Spiel.«

Davon ließ sich Torbin nicht abbringen. Wir einigten uns schließlich auf eine Uhrzeit und beendeten das Gespräch.

Dann rief ich O'Connor an, aber es war Samstag und er nicht im Büro. Der Mensch, mit dem ich sprach, konnte mir nicht viel sagen. Kein Lebenszeichen von Betty oder Frankenstein. Mich hatte sie noch nicht angerufen. Vierundzwanzig Stunden schienen eine verflucht lange Zeit zu sein.

Ich fuhr zurück zu ihrem Häuschen. Unverändert. Kein Auto, die Räume, die ich am Vortag ausspioniert hatte, noch genauso. Niemand war letzte Nacht hierher zurückgekommen. Ich suchte das Grundstück mit den Augen ab, kein Mensch zu sehen. Noch ein letzter Blick, dann wanderte ich hinter das Häuschen. Dort gab es zwei Fenster, eine dichte Baumgruppe und die Überreste eines baufälligen Holzzauns. Ich drückte gegen beide Fenster, hoffte, eins von ihnen unverschlossen vorzufinden. Kein Glück. Ich hätte wissen sollen, daß Betty Peterson dafür zu vorsichtig war. Die Eingangstür hatte natürlich einen Riegel. Das konnte ich von hier aus sehen. Ich warf noch einen Blick auf die ordentliche Inneneinrichtung. War es die Sache wert, ein Fenster einzuschlagen?

Nichts zu tun, außer auf ihren Anruf zu warten, machte mich mürbe. Das Schloß konnte ich wahrscheinlich knacken, wenn ich zu meinem Auto zurückging und mir meinen Dietrich holte. Natürlich knackt man Schlösser vorzugsweise nicht am hellichten Tag, vor allem nicht an Türen, die vom

Auto aus oder im Vorbeigehen für alle sichtbar sind. Ich schaute wieder zu den Fenstern.

Daß sie vielleicht in Gefahr schwebte, gab den Ausschlag. Das Fenster würde ich später bezahlen, sobald Betty wieder sicher zu Hause war.

Ich zog einen Schuh aus, benutzte ihn zum Schutz meiner Hand. Ich wählte eine Ecke der Glasscheibe aus, die direkt unter dem Fenstergriff lag, und klopfte probeweise dagegen. Dann schlug ich einmal richtig fest zu und zerbrach dabei die halbe Scheibe. Ich zog den Schuh wieder an und glitt mit der Hand vorsichtig hinein bis zum Griff. Das Fenster öffnete sich ganz leicht. Es war typisch für Betty, ihre Fenster gut geölt zu haben. Ich hievte mich schnell, wenn auch wenig anmutig, in den Raum. Es war ein kleines Ein-Personen-Wohnschlafzimmer mit Kochnische. Alles war gepflegt und ordentlich, das Bett gemacht, das Geschirr gespült. Der Müll unglücklicherweise schon rausgebracht. Ich borgte mir ihre Küchenhandschuhe, um eine Suchaktion zu starten, und wischte auch sorgfältig den Fenstergriff ab. Micky Knights Fingerabdrücke hatten hier nichts verloren.

Die Ordnung war überall anzutreffen: ihre Schubladen waren sorgfältig eingeräumt, die wenigen Zeitschriften akkurat nach Datum sortiert, alles in ihrem Kühlschrank mit Schildchen versehen. Nur die zerknautschte Schwesternuniform in ihrem Wäschekorb gab einen Hinweis darauf, daß hier tatsächlich jemand einem alltäglichen Leben nachging.

Neben ihrem Bett stand ein billiger Anrufbeantworter. Es waren keine Nachrichten eingegangen. Es gelang mir nicht, die alten Nachrichten abzuspielen. Ich nahm das Band heraus und ging damit zu einem kleinen Cassettenrecorder, den Betty in ihrem Wohnzimmer hatte.

Die erste Botschaft war von ihrem Zahnarzt, der sie an einen Termin erinnerte. Die zweite kam von Millie, die sie fragte, ob sie wohl einen Donnerstagabend gegen einen

Samstagmorgen tauschen würde, dann hatte jemand aufgelegt, dann nur noch Bandrauschen.

Ich wollte das Band gerade zurückspulen, als ich Bettys Stimme hörte: »Manchmal kommst du mir so jung vor, Bill. Der andere macht mir Sorgen. Er hat so eine merkwürdige Stimme. Ich hab' ja erst ...« Dann war ihre Stimme von einer dieser ärgerlichen Telefonwerbungen überspielt. Sonst gab es nichts Interessantes auf diesem Band.

Wenn ich bei mir den Hörer abnahm, während jemand gerade auf das Band sprach, dann nahm mein Gerät das Gespräch weiter auf. Bettys funktionierte ganz offensichtlich genauso.

Wer war das, mit dem Betty geredet hatte?

Bill. Den Mann, mit dem ich sie gesehen hatte, hatte sie »Bill« genannt. Er kam mir gar nicht »so jung« vor. Ich fragte mich auch, wer »der andere« war. Und ob dieser kurze Gesprächsfetzen etwas mit der Sache zu tun hatte.

Ich spulte das Band zurück und legte es wieder in das Gerät. Ich schaute auf meine Armbanduhr. Zeit zu gehen.

Aber statt das zu tun, griff ich nach der Bibel, die neben dem Bett lag.

Und fand es. Ordentlich weggesteckt zwischen den *Offenbarungen* lag ein teilweise ausgefülltes Versicherungsformular, in der Adreßzeile war die Tinte gekleckst und verschmiert. Unterzeichnet war es von Dr. C. James, und der Name der Patientin war Victoria Williams.

Ich steckte es wieder in sein Bibel-Heim. Ich konnte es nicht mitnehmen. Ich hätte nicht erklären können, wie ich da rangekommen war. Besonders O'Connor nicht. Betty würde es der Polizei selbst geben müssen.

Sie hatten eins ihrer gefälschten Versicherungsformulare verschmiert. Es bereitete mir Sorgen, daß Betty anscheinend nicht wußte, wie belastend dieses Beweisstück war.

Von außen befestigte ich ein Stück Zeitung über der zerbrochenen Fensterscheibe und verschwand dann. Ich lugte um das Häuschen herum, bevor ich mich auf den Weg zu meinem Auto machte.

Die Frau, die mir den Weg zu Bettys Häuschen gezeigt hatte, saß auf ihrer Treppe und sprach mit einem jungen Mann. Sie schienen es nicht eilig zu haben, ihr Gespräch zu beenden. Der junge Mann winkte ihr freundlich zu und kam dann in meine Richtung. Ich glaubte nicht, daß er mich schon gesehen hatte, doch wenn er noch näher herankam, würde er es gewiß tun. Ich ging langsam rückwärts ins Gebüsch. Ich begriff, daß er auf Bettys Häuschen zukam. Schließlich war er nah genug, und ich erkannte ihn. Er war einer der Leute, die vor Cordelias Klinik demonstrierten; der, der mich gefragt hatte, ob ich eine Abtreibung vornehmen lassen wollte. Er zog einen Schlüssel aus der Tasche und ging Bettys Stufen hinauf.

Ich sah zu, daß ich weiterkam, falls er das zerbrochene Fenster bemerkte. Ob er jener Freund war, den Betty mir gegenüber erwähnt hatte? Der, von dem sie nicht genau wußte, ob sie ihn überhaupt mochte. Ich wußte genau, daß ich ihn nicht mochte. Ich kämpfte mich vollends durch das Unterholz hinter Bettys Haus, überquerte einige Hinterhöfe, gelangte schließlich auf eine Nebenstraße, lief in Richtung meines Auto zurück und näherte mich ihm von der Straße her.

Weder die alte Frau noch der junge Mann waren zu sehen, als ich mein Auto schließlich erreichte.

Ich steckte eine kurze Notiz für Betty in einen Umschlag und legte ihn in den Briefkasten für Nummer 11. Ihre Post war noch da.

Es war Zeit, Torbin zu treffen. Mit Torbin Schuhe zu kaufen ist ein Erlebnis, das man gerne versäumt. Andy hatte seine Festplatte aufgeraucht, um diesem Abenteuer zu entgehen. Behauptete er jedenfalls.

Obwohl Torbin bezahlte, weigerte ich mich standhaft, Stahlstöckel zu erwerben. Meine Laune wurde nicht besser, als sich die Verkäuferin an meinen »Freund« ranschleimte und ihm sagte, was für einen exquisiten Geschmack er doch in Hinsicht auf Damenschuhe hatte. Torbin ist — mit oder ohne Make-up — ein hochgewachsener, hinreißender Blondschopf.

»Das sollte er auch, er trägt sie viel öfter als ich«, bemerkte ich spitz.

Wir kauften unsere Schuhe schließlich in einem anderen Laden. Schwarz, mit höheren Absätzen, als mir gefiel, aber nicht die Wolkenkratzer, nach denen Torbin Ausschau gehalten hatte.

Als wir wieder in seiner Wohnung waren, führte er mir das Kleid vor, das er für mich ausgewählt hatte.

»Das ist kein Kleid«, kommentierte ich, »das ist ein grelles Armband aus Stoff.«

»Was bist du? Mitbegründerin der Lesbischen Liga für Sexuelle Enthaltsamkeit?«

»Torbin, ich sehe einfach nicht, wie dieses Kleid gleichzeitig meine Titten und meinen Unterleib bedecken soll.«

»Das geht, vertrau mir. Und wieso muß denn auch beides bedeckt sein? Außerdem ist das eine Party nur für Frauen, oder? Was hast du schon, was die noch nicht gesehen haben?«

»Nicht viel«, mußte ich zugeben. Und die meisten kannten es sogar von mir, dachte ich, denn ich hatte mit Danny, mit Joanne und einmal mit Cordelia geschlafen.

Das Kleid war tiefrot, eigentlich eine einfache Röhre, die von Spaghettiträgern gehalten wurde. Es begann ein paar Zentimeter über meinen Brustwarzen und endete an einem Punkt, der von meinen Oberschenkeln mehr freiließ als verbarg.

Ich hoffe, es ist dir rot und unzüchtig genug, Alex, dachte ich, als ich zu ihrer Wohnung fuhr. Ich tätschelte die zwei Flaschen recht guten Champagners auf dem Beifahrersitz. Die hatte ich mir redlich verdient.

Alex lebte in einer Gegend am Rande des Garden District. Ihr Appartement war leicht zu finden. Ich erkannte einige der Autos, die vor ihrer Tür parkten: Joannes natürlich, Dannys (höchstwahrscheinlich in Begleitung von Elly), Cordelias und andere, die ich nicht kannte.

Na, toll, dachte ich, während ich ausstieg, darf ich in diesem Kleid auch noch einen großen Auftritt hinlegen. Teufel auch, du kannst keine scharlachrote Briefmarke am Leib tragen und gleichzeitig gesetzt wirken. Ich drückte den Klingelknopf. Alex öffnete die Tür.

»Hallo, Alex«, begrüßte ich sie. »Tja, die beste Frau hat ganz eindeutig gewonnen.«

Ich überreichte ihr den Champagner. Alex schaute mich von oben bis unten an. Heute abend würde ich keine Preise für Schicklichkeit gewinnen. »Micky«, sagte sie langsam. »Ich bin unsicher, ob ich lachen oder beleidigt sein soll.«

»Lach, Alex, bitte lach«, flehte ich. Oh Gott, war ich jetzt endgültig zu weit gegangen?

Alex platzte fast vor Lachen. Schließlich legte sie einen Arm um meine Taille und führte mich ins Wohnzimmer.

»Hat dir schon mal jemand gesagt, daß du süß bist, wenn du dich schuldig fühlst?« sagte sie.

»Nein. Wahrscheinlich, weil ich es nicht bin.«

Alex stellte mich den anderen Leuten im Raum vor, die ich noch nicht kannte. Einschließlich, zu meiner Beschämung, ihren Eltern. Joanne kam aus der Küche, sah mich, schüttelte den Kopf und ging wieder in die Küche zurück. Aber ich sah sie grinsen.

»Der Klüngel ist in der Küche.« Alex zeigte mir den Weg dorthin und gab mir ein Glas Champagner für Joanne mit.

Danny, Elly, Cordelia und auch Joanne waren dort.

»Das traditionelle Geschenk der anderen Frau«, sagte ich, als Joanne darüber, daß ich Alkohol mitbrachte, die Augenbrauen hochzog. »Laut Torbin.«

»Mick«, sagte Danny und betrachtete mich eingehend. »Du siehst aus, als wolltest du dir nach der Party noch ein paar Dollar im Quarter verdienen.«

»Werbung ist die halbe Miete, liebste Danno«, antwortete ich.

Elly fing an, nach den neuesten Kinofilmen zu fragen, lotste uns weg von meinem Sittenkodex. Vielleicht hatte sie auch mittlerweile genug von Dannys Kommentaren über meine Untreue.

»Hier.« Joanne reichte mir etwas, das wie Gin Tonic aussah. »Sodawasser. Oder willst du was anderes?« fügte sie leise hinzu.

»Nein. Vielen Dank«, antwortete ich und nippte am Glas.

»Wie geht es dir?« fragte sie.

»Gut.«

»Sicher?«

»Bist du enttäuscht, daß ich drüber wegkomme? Würdest du es vorziehen, daß ich mich à la Sappho von einer Klippe stürze?«

»Nein, halt dich bloß von Klippen fern. Ich sondiere nur den Schaden. Mir tut sehr leid, was passiert ist.«

Ich tat es mit einem Achselzucken ab. »Ach, zum Teufel, Joanne. Es wurde langsam Zeit für mich, eine Affäre mit einer Frau zu haben, an der mir auch am nächsten Morgen noch was liegt. Teil des Erwachsenwerdens, richtig?«

»Wahrscheinlich.«

»Vielleicht lassen ich mich beim nächsten Mal sogar mit einer ein, die ich nicht wieder bei ihrer Gefährtin abliefern kann.«

»Das würde ich gerne sehen.« Ich schaute sie an, um zu sehen, ob sie spottete. Sie fuhr fort: »Du denkst, es ist schwer, dich zu lieben. Das ist es nicht. Du mußt einer bloß erlauben, lange genug in deiner Nähe zu bleiben, um das zu beweisen«, sagte sie leise.

»Ja... na ja«, murmelte ich. Dann: »Danke. Ich danke dir dafür.«

»Hey, was blast ihr denn da drüben für Trübsal?« rief Danny.

»Polizeikram«, log Joanne.

Was unser Gespräch auf die Morde brachte, da wir alle auf die eine oder andere Weise davon betroffen waren. Ich überlegte, ob ich von Betty Peterson berichten sollte, entschied mich aber dagegen. Letztlich würde es Cordelia und Elly nur unnötig beunruhigen.

Nach einer Weile verlangte Alex, daß wir uns zivilisiert benahmen und unter die anderen Gäste mischten.

Alex' Bruder Dave und ich lieferten uns ein Scheingefecht im Kampf der Geschlechter, bis er sich zu der Bemerkung hinreißen ließ, wie er Alex immer beim Schach besiegt hatte. Mit Unschuldsmiene forderte ich ihn zu einer Partie heraus. Heh-heh. Und schlug ihn in zehn Minuten. Beim nächsten Mal ließ ich ihn ein wenig zappeln und machte zwanzig Minuten daraus. Armer Junge. Er hatte keine Emma Auerbach zur Lehrerin gehabt.

Während des zweiten Spiels bemerkte ich, daß Cordelia einen Stuhl herangezogen hatte und zuschaute. »Kannst du mir nicht beibringen, so zu spielen?« fragte sie, nachdem ich Dave erneut vernichtend geschlagen hatte.

»Wenn du es wirklich lernen willst, frag Emma.«

»Ich hätte lieber dich«, antwortete sie.

Danny gesellte sich zu uns. »Gott, ich wünschte, ich hätte auch so eine Familie«, sagte sie und zeigte auf Alex' Eltern, die gelassen mit Joanne plauderten. »Immer wenn ich Elly erwähne, setzen meine Eltern eine schmerzverzerrte Miene auf.«

»Vielleicht sollten wir deine Eltern meinen Eltern vorstellen«, bemerkte Elly und legte ihren Arm um Dannys Taille. »Die haben genauso einen Gesichtsausdruck, wenn ich *dich* erwähne.«

»Aber du bist es wert, daß ich mich damit abfinde«, antwortete Danny. Sie küßte Elly.

»Liebespaare, ekelhaft«, kommentierte ich.

»Aber sie sind doch ein niedliches Liebespaar«, sagte Cordelia.

»Sie sind ein absolut atemberaubendes Liebespaar, aber sag ihnen das bloß nicht«, merkte ich an.

»Du hast recht«, antwortete sie. Dann schaute sie mich an und lächelte.

Für einen Augenblick war ich gefangen, schaute in ihre Augen, dann mußte ich wegsehen. Mein Magen hatte soeben einen äußerst komplizierten Salto vollführt, und ich wollte nicht, daß sie das bemerkte.

»Bleibt, wo ihr seid.« Alex rauschte kurz durch den Raum. »Soeben machen sich die Pflichtgäste davon.« Sie zog wieder ab, um einige zu verabschieden.

»Jedenfalls bekommt Alex den Preis für die beste Familie«, sagte ich und sah zu, wie Mrs. Sayers Joanne zum Abschied umarmte.

»Warum sind Familien so deprimierend?« fragte Danny rhetorisch.

»Was ist hier los?« fragte Joanne, als sie sich uns anschloß.

»Wir reden über Familien«, erklärte Elly.

»Puh, alle weg«, sagte Alex, nachdem sie den letzten Gast, von uns abgesehen, zur Tür gebracht hatte.

»Wir wollen alle zu deiner Familie gehören«, sagte Elly zu Alex.

»Klar, kein Problem. He, Mama, noch fünf Kinder«, rief Alex ihrer inzwischen außer Hörweite weilenden Mutter nach.

»Los, Micky, mach die Champagnerflaschen auf«, befahl Danny.

Ich salutierte und ging in die Küche. Alex kam hinterher und fand den Champagner im Kühlschrank, wo Joanne ihn deponiert hatte. Ich öffnete die Flasche, während Alex Gläser rausholte. Dann folgte ich ihr wieder ins Wohnzimmer.

Danny goß den Champagner in die Gläser und gab uns allen eins. Ich wollte ablehnen, beschloß dann aber, daß es einfacher war, das Glas einfach vor mir abzustellen, als viel Aufhebens zu machen.

»Auf Joanne und Alex«, sagte Cordelia und hob das Glas. Sie küßten sich, während wir ihnen zuprosteten.

»Auf uns alle«, sagte Alex und hob ihr Glas. »Joanne, weil ich dich liebe. CJ, du bist meine beste Freundin. Danny, für deine juristischen Ratschläge und dafür, daß du des Teufels Advokatin bist, wann immer ich eine brauche. Elly, eine genähte Wunde und Mitgefühl nach dieser Muschel letzten Sommer. Du hast mir wahrscheinlich das Leben gerettet. Und Micky, in vielerlei Hinsicht, die ich jetzt unmöglich wiedergeben kann.« Sie nahm einen kleinen Schluck und fügte dann hinzu: »Könnte aber ganz interessant sein, wenn ich's mal versuche.«

Nach dem Gelächter fragte ich: »Joanne, wie bringst du sie bloß zum Schweigen?«

»Sex«, antwortete Joanne lakonisch.

»Deswegen rede ich auch soviel«, fügte Alex hinzu.

»Okay, ist es spät genug, und sind wir betrunken genug?« fragte Danny.

»Wofür?« wollte Alex wissen.

»Um über Sex zu reden.«

»Über Familie, Arbeit, Politik und Religion können wir nicht reden. Was bleibt denn auch sonst noch übrig?« sagte Alex. »Wie habt ihr beiden euch kennengelernt?«

»Wir?« fragte Danny.

»Na, wie Joanne und ich uns kennengelernt haben, weiß ich schon«, entgegnete Alex.

»Auf einer Party bei Cordelia«, antwortete Elly.

»Ihr denkt, Elly sei schüchtern? Ihr hättet sie sehen sollen. Sie kam zu mir herüber, fragte mich, ob ich eine Geliebte habe, ließ sich dann meine Telefonnummer geben und sagte, sie wolle mich gern wiedersehen. Ich war beeindruckt«, führte Danny aus.

»Ich glaube doch, daß ich mich erst vorgestellt habe und wir ein paarmal im Vorübergehen miteinander gesprochen hatten. Es hat mich allen Mut gekostet, den ich besitze. Aber ich dachte, du würdest jede Minute verschwinden, und wenn ich es nicht täte, wär's das gewesen.«

»Ich bin sehr froh, daß du es getan hast«, sagte Danny und nahm ihre Hand.

»Wie habt ihr euch kennengelernt?« fragte ich Alex und Joanne.

»CJ, die alte Kupplerin«, antwortete Alex. »Ich war gerade hier eingezogen, hatte mich endgültig von Louise getrennt. Wie konnte ich mich nur jemals mit einer Frau einlassen, deren größte Leidenschaft es war, zu beobachten, wie ihre Zinsen sich vermehrten? Egal, jedenfalls brachte Cordelia ein paar Freundinnen mit, um beim Renovieren zu helfen. Es gab eine Baustellenparty.«

»In höchstens fünfundzwanzig Worten«, unterbrach ich.

»Eigentlich hat Danny mich mitgebracht«, sprang Joanne ein.

»Ich habe versucht, dich mit Cordelia zusammenzubringen«, sagte Danny. »Aber meine Kuppelei geriet vom Gleis.«

»Tut sie das nicht immer?« steuerte ich bei. »Ich erinnere mich an so manche Frau, mit der du *mich* verkuppeln wolltest.«

»Du bist ja auch ein einmaliger Fall«, erwiderte Danny scharf. »Glücklicherweise.«

»Ganz ruhig, Mädels«, pfiff Alex uns zur Ordnung.

»Wie ist es dir bloß gelungen, sie lange genug zum Schweigen zu bringen, um sie ins Bett zu kriegen?« fragte ich Joanne, ging auf Dannys Spitze nicht weiter ein.

»Unverschämte Frage«, fuhr Alex dazwischen.

»Alex sagte, wenn ich wollte, daß sie die Klappe hielt, müßte ich sie schon küssen. Also tat ich das.«

»Dann hob sie mich hoch — hob mich hoch, stellt euch das vor — und trug mich ins Schlafzimmer. Ich glaube, der Hunger — oder vielmehr das Verlangen nach Nahrung — hat uns schließlich ungefähr einen Tag später rausgetrieben. Wir saßen eine halbe Stunde in der Küche und sind dann wieder ins Schlafzimmer gegangen. Oder haben wir es gar nicht mehr ins Schlafzimmer geschafft? Haben wir uns nicht ...?«

»Alex«, unterbrach Joanne sie.

»Ja, Schatz?«

Joanne küßte sie. Ein langer Kuß. Danny fing an zu pfeifen, absichtlich falsch. Cordelia zwinkerte Danny zu und begann, mit den Fingern auf den Tisch zu trommeln.

»Also, ehrlich«, sagte Alex, nachdem der Kuß dann doch schließlich vorüber war, »jetzt habe ich doch glatt vergessen, wovon wir gerade sprachen.«

»Sex«, erinnerte Danny sie. »Erzähl uns von deinem ersten Mal.«

»Wenn ihr darauf besteht«, erklärte sie sich bereit und schaute mich an. »Du erinnerst dich doch, oder?«

»Wie könnte ich das vergessen, Alex, Liebste?« spielte ich mit. »War es in Paris? Rom? Biloxi?«

»New York«, sagte Alex lachend und schüttelte den Kopf. »Mein letztes Jahr auf dem College. Ich war schon seit geraumer Zeit neugierig gewesen und saß ziemlich ungemütlich zwischen den Stühlen. Ich bekam in der Nähe von Frauen immer diese merkwürdigen körperlichen Empfindungen, und das geschah einfach zu oft, um es als grippalen Infekt erklären zu können.

Eines Abends waren wir auf dem Weg zum BI — das war das College-Bistro und nicht, was ihr denkt —, und man munkelte, es gäbe Totengräber-Thunfisch. Eine hervorragende Frau sagte: 'Scheiß drauf — laßt uns nach New York City fahren.' Also sind wir mit dem naiven Ungestüm der Jugend zum Bahnhof und den Verlockungen der Großstadt entgegengeeilt. — An der Grand Central Station in New York war's dann schon vorbei mit der Einigkeit. Drei gingen Richtung Upper West Side und drei ins Village (meine Gruppe). Rhonda machte sich unverzüglich auf den Weg zu ihrem New Yorker Lover und überließ mich und Sylvia uns selbst. Wir gingen italienisch essen, verglichen mit Formfisch eine wahnsinnige Verbesserung, dann zogen wir durch die Bars. Ganz normale Bars natürlich. Syl war gnadenlos hetero. — Eine nicht aufgezogene

Armbanduhr veränderte mein Leben. Wäre diese launenhafte Uhr nicht gewesen, dann hätte ich Syl ihrem Weiberkram überlassen und den letzten Zug zurück nach Poughkeepsie genommen. Syl machte sich darüber keine Gedanken, sie hatte nie vorgehabt, in dieser Nacht in den Schlafsaal zurückzukehren. Sie fand einen geeigneten Typen und ließ mich schutzlos mit seinem Freund zurück. Und dann tat ich etwas, das die jahrelange Erziehung zur Südstaatenlady mir hätte austreiben sollen: Ich goß meinen Drink über ihn, und als er gezwungenermaßen auf dem Herrenklo verschwand, machte ich meinen Abgang. Hinaus auf die wenig friedlichen Straßen von New York. — Ich zog umher, ich wanderte, fragte mich, was aus mir werden würde. Dann sah ich dieses sehr interessante Frauengrüppchen in eine Bar gehen. Ich bin bestimmt zehnmal um den Block gelaufen, bevor ich genug Mut gesammelt hatte, reinzugehen.

Die Bar war voller Frauen. Nur Frauen.

Und was mir in der Heterobar unmöglich vorgekommen war, einen fremden Mann aufzugabeln und mit ihm nach Hause zu gehen, schien hier möglich zu sein. Außer, daß in Heterobars die Männer den ersten Schritt tun. Ich stand ungefähr eine Stunde lang herum, hoffte, daß mich jemand wenigstens ansprechen und sich mit mir unterhalten würde, doch nichts geschah. Und ich redete mir die ganze Zeit gut zu. Geh einfach hin und sag Hallo. Frag nach der Uhrzeit, meine Uhr war schließlich stehengeblieben. Ich machte ein, zwei Schritte und zögerte dann wieder. Nein, sie ist nicht allein hier. Nein, sie geht gerade zum Klo. An jeden Strohhalm klammerte ich mich. Und ich gab die Hoffnung nicht auf, daß irgendeine Frau zu mir kommen und mit mir reden würde.

Schließlich wurde mein Wunsch erfüllt. Ein — es tut mir leid, ich weiß, daß das nicht politisch korrekt ist — Mannweib stand plötzlich weniger als zwanzig Zentimeter vor mir. Die Zigarette hing ihr aus dem Mundwinkel, ihr Atem roch nach Bier. Meine Traumfrau. Sie trat einen Schritt auf mich zu, ich ging einen zurück, so lange, bis ich mit dem Rücken gegen die Wand stieß. 'Hallo', sagte sie — ich war erleichtert, daß sie reden konnte — 'Willste tanzen?' Ich konnte nicht mit ihr tanzen. Ich wäre an ihrem alkohol- und nikotingeschwängerten Atem erstickt. Ich erinnere mich vage daran, irgendwie nein gesagt zu haben, aber sie war nicht in Stimmung für Abweisungen. Sie warf eine Pranke über meine Schulter und zog mich in Richtung Tanzfläche. Ich prallte gegen diese große, dunkle, toll aussehende Frau, die mir schon vorher aufgefallen war, und bewirkte damit, daß sie in meine Richtung schaute. — Und weil ich verzweifelt war und außerdem benebelt von diesem Bieratem, sagte ich: 'Das wird aber langsam Zeit, daß du hier auftauchst.' Sie lachte los, zwinkerte mir dann zu und sagte: 'Nimm die Pfoten von meiner Frau. Sie tanzt mit mir und mit niemandem sonst.'«

Alex schaute mich wieder an. Die relevanten Details hatte sie ganz offensichtlich von Danny bekommen, die, das mußte ich zugeben, ihr Pokerface gar nicht schlecht bewahrte.

»Die große, dunkle Atemberaubende führte mich auf die Tanzfläche. Vom Alptraum in die Traumwelt. Wir tanzten ein paar Mal, einschließlich einiger langsamer Tänze, damit es auch echt aussah, wie sie sagte. Langsam genug, um mein Höschen feucht werden zu lassen. Dann sagte sie: 'Laß uns gehen', und führte mich aus der Bar. Wir liefen durchs Village, und ich hatte keinen blassen Schimmer, wo ich war. Und plötzlich sah ich diese Schlagzeile vor mir: *Vassar-Studentin von geisteskranker Lesbe erdrosselt.* Diese Frau war groß, mindestens zwanzig Zentimeter größer als ich. Da hatte ich keine große Chance.

Dann fragte sie mich, wo ich wohnte, und sagte, daß sie mich nach Hause bringen würde, so daß ich mir ein wenig töricht vorkam. Ich erklärte ihr mein Mißgeschick mit dem verpaßten Zug. Und sie bot mir sehr höflich an, bei ihr zu übernachten. Ich willigte ein, weil ich einen leichten Südstaatenakzent an ihr entdeckt hatte. Ich wußte, daß Mädchen aus dem Süden keine geisteskranken, sexbesessenen Lesben waren.«

»Also warst du es wirklich, was, Mick?« fragte Danny, als wäre das Ganze kein abgekartetes Spiel.

»Natürlich«, antwortete ich. »Wer sonst hätte wohl das Durchhaltevermögen, sowohl mit dir als auch mit Alex zu schlafen?«

»Um mit der Geschichte fortzufahren«, sagte Alex, »wir liefen noch eine Weile herum. Sie plauderte in dieser Südstaatenmanier über dies und jenes, zeigte mir, wo *Stonewall* gewesen war. Und auf einmal wurde es mir glühend heiß bewußt: diese atemberaubende Frau nahm mich mit in ihr Appartement.

Sie führte mich in eine U-Bahnstation, und ich fing an, mich zu fragen, ob ich nicht vielleicht doch die erste geisteskranke Lesbe aus dem Süden getroffen hatte. Irgendwann fiel ihr auf, wie nervös ich war. Vielleicht war es die Tatsache, daß ich 'Gelobt seist du, Maria' vor mich hinflüsterte, ohne katholisch zu sein. Sie sagte, es mache ihr nie Sorgen, allein in der U-Bahn zu sein. Nur wenn noch andere Leute da wären, würde sie sich Sorgen machen. Da waren nur sie und ich und irgendein Penner, der auf einer Bank schlief.

Also standen wir da und warteten auf die U-Bahn, und ich ertappte mich dabei, wie ich diese Frau anschaute und dachte: 'Gott, was hat sie für schöne Augen.' Dann beugte sie sich herunter, ganz langsam, und ich wußte, daß sie mich küssen würde. Und ich kannte nicht einmal ihren Namen. Gerade als sie begann, mich zu küssen, raste ein Eilzug dröhnend vorbei. Ich zuckte zurück, erschreckt von dem Krach und dem Gedanken, daß all die Leute in dem Zug mich dabei beobachteten, wie ich ich hier auf dem Bahnsteig eine andere Frau küßte.«

Ich setzte mich gerade hin. Ein Erinnerungsfetzen schlich sich ein. Ich hatte tatsächlich eine Frau in der Christopher-Street-Station geküßt, und sie *war* zurückgezuckt. Ich schaute

Alex an. Andere Frisur, andere Brille... aber es hätte Alex sein können. Ich blickte verstohlen in die Runde, aber die anderen schauten Alex an und hörten ihr zu. Hatte ich Danny so viele Details erzählt, die sie wiederum an Alex hätte weitergeben können? Es war ausgeschlossen, daß es sich um die Wahrheit handelte.

»... und wir fuhren an der 86. Straße vorbei, und ich dachte: Ich fahre in die Bronx. Nach der 96. mußte ich einfach fragen, weil meine Gebete mich nicht länger beruhigten. Sie antwortete: 'Ganz ruhig, wir fahren in mein Wohnheim nach Barnard.' Erleichterung. Schließlich verließen wir die U-Bahn.«

Und da erinnerte ich mich, wie die Frau gesagt hatte: »Übrigens, ich bin Alex. Ich denke, es ist eine gute Idee, mich mal vorzustellen.« Verlegenheit begrub mich unter sich. Ich hatte tatsächlich mit Alex geschlafen.

Ich schaute wieder in die Runde. Joanne sah mich an. Dann ertappte Danny Joanne dabei und starrte mich auch an. Dann auch noch Elly. Meinen Gesichtsausdruck konnte ich mir lebhaft vorstellen. Alex machte eine Pause, als ihr auffiel, daß die Aufmerksamkeit ihrer Zuhörerinnen sich verlagert hatte.

»Ist es dein Kleid, Mick, oder wirst du tatsächlich rot?« fragte Danny hämisch. »Nee, das kann doch nicht sein.«

»Alex, das ist mir so peinlich«, sagte ich.

»Warum?« antwortete sie. »Mir hat es Spaß gemacht.«

»Wirklich? Das hoffe ich«, antwortete ich, versuchte verzweifelt, meinem lausigen Erinnerungsvermögen ein paar weitere Details abzuringen.

»Ja, wirklich«, wiederholte Alex. »Dir denn nicht?«

Ich konnte mich nicht erinnern. Ich versuchte mir vorzustellen, wie wir Sex gehabt hatten, aber die Bilder waren ganz verwischt.

»Es tut mir leid, Alex«, sagte ich ganz leise. »Ich kann... mich nicht erinnern.« Mit einem Mal fühlte ich mich traurig und leer. Warum war ich damals so benebelt gewesen? Mit wie vielen anderen Frauen hatte ich im Alkohol- oder Drogenrausch geschlafen? »Es tut mir leid, Alex«, wiederholte ich leise. »Ich hätte mich erinnern sollen.«

»Was war das, Mick?« wollte Danny wissen. »Konnte dich hier hinten nicht richtig hören.«

»Ich sagte: Elly, hast du die Latexläppchen auch weggeworfen, die ich auf deinem Rücksitz habe liegenlassen?«

»Sehr witzig«, antwortete Danny.

»Gute Güte, das will ich doch wohl hoffen«, zwinkerte Elly mir zu.

»Können wir deine Geschichte bitte zu Ende hören, Alex?« fragte Cordelia.

»Ganz das anständige Mädchen aus dem Süden«, fuhr Alex fort, »bot Mick mir ihr Bett an und wollte auf dem Boden schlafen. Da ich selbst eine anständige Lady aus dem Süden bin, konnte ich das natürlich nicht zulassen. Es handelte sich um eine typische College-Schlafstatt, und so war es auf der Matratze gleich sehr eng und intim. Dann fing sie … fingst du an, mich zu küssen. Und blöd, wie ich war, beschloß ich, ehrlich zu sein und sagte, daß ich so etwas noch nie getan hatte. Und du hast dich weggerollt und gesagt: 'Okay, wir müssen überhaupt nichts tun.'«

»Und?« fragte Danny.

»Eine große Klappe zu haben ist in solchen Situationen ziemlich hilfreich, denn ich platzte gleich heraus und sagte: 'Ich will aber.' Dann taten wir eine Menge Dinge. Und ich lernte, wie gut es sein kann, den Mund offen zu haben, ohne dabei zu reden.«

»Herzlichen Glückwunsch, Alex, zu deinem unvergessenen ersten Mal.« Ironisch hob ich mein Glas. Ich war verstört.

»Jedenfalls für eine von euch«, konnte Danny sich nicht verkneifen.

Verdammt, Danny und ihre Sticheleien. Unvermittelt kam mir der Gedanke, daß ich das alles vielleicht auch lustig finden könnte, wenn ich nur betrunken wäre.

»Okay, Micky, jetzt will ich von deinem ersten Mal hören«, sagte Alex.

»Falls sie sich daran erinnern kann«, warf Danny ein.

»Wie wär's mit einer kurzen Erfrischungspause?« schlug Cordelia vor.

»Komm, Elly«, sagte ich und stand auf. »Bringen wir's hinter uns. Wir können es tun, während die anderen pinkeln gehen.« Ich versuchte, Danny ärgerlich zu machen.

»Vergiß es«, antwortete Danny für sie. »Versuch's bei Cordelia.«

»Ich geh' jetzt aufs Klo«, erwiderte Cordelia.

»Hey, eine Sektbrause, das wird Mick gefallen«, sagte Danny.

»Ja, das hast du mir beigebracht«, erwiderte ich scharf.

»Quatsch! Das haben wir nie gemacht.«

»Hast du's vergessen?«

»Ich vergesse nie, was ich im Bett tue«, maßregelte Danny mich.

Ich setzte mich auf den Rand von Ellys Stuhl und legte meinen Arm um ihre Schulter. »Willst du ein paar Dinge tun, die man getrost vergessen kann?«

Danny schüttelte den Kopf und schaute weg, tat, als würde sie uns ignorieren. Ich ließ meine Hand auf Ellys Brust zugleiten. Das konnte Danny nicht ignorieren. Elly nahm meine Hand und hielt sie fest. Sie schaute mich an. »Wir haben dich gern, Micky«, sagte sie einfach.

Du spielst ein schmutziges Spiel, Mick, dachte ich, und keins, mit dem ich nach Ellys Worten fortfahren konnte. Meine aggressive Anmache wurde zur freundschaftlichen Umarmung. »Ich dich auch, Elly«, erwiderte ich.

Dann stand ich auf und umarmte Danny. »Dich auch, Danno. Ich wünschte nur, du könntest ein bißchen mehr vergessen und ich mich an mehr erinnern.«

»Keine schlechte Idee«, gab Danny zu und erwiderte meine Umarmung. »Aber, Mick, dies rote Kleid ist eine Zielscheibe, der stierköpfige Wesen wie wir kaum widerstehen können.«

»Mein allerliebster Stierkopf...«, setzte ich an.

Cordelia, Alex und Joanne kamen aus dem Badezimmer zurück. »Okay, Frauen«, sagte Alex und setzte sich wieder. »Jetzt die Geschichte, auf die wir alle gewartet haben. Das erste sexuelle Erlebnis von Michele Knight.«

»Erwartet bloß nicht zuviel«, sagte ich. »Nun ja...«, begann ich, zögerte dann. »Also schön. In meinem zweiten Jahr...«

»Ich muß doch sehr bitten«, unterbrach Danny. »Ich erinnere mich an Frauen in deinem ersten Jahr.

»... zweiten Jahr an der Oberschule«, fuhr ich fort.

»Oberschule?« Joanne zog eine Augenbraue hoch.

»Oberschule«, bestätigte ich. »Ich hatte in der sechsten Stunde Sport. Eine gemischte Klasse, alles von der ersten bis zur letzten Klasse. Eine der Älteren, Misty, fing an, mich aufzuziehen. Das machte sie praktisch mit allen, aber ich gab ihr kräftig zurück. Sie war oberste Cheerleaderin und sehr populär, und ich war eine linkische Schülerin im zweiten Jahr. — Eines Tages wartete ich nach der Schule auf den Bus, als sie erst an mir vorbeifuhr, dann anhielt und fragte, ob sie mich mitnehmen könnte. Sie fuhr mich zu dem Hamburger-Restaurant, in dem ich arbeitete. Danach nahm sie mich ziemlich regelmäßig in ihrem Auto mit. Misty ging mit Ned, dem Captain des Football-Teams. Ein paar Wochen später fragte mich sein bester Freund Brian beim Mittagessen, ob ich mit ihm ausgehen würde. Also holten Ned, Misty und Brian mich nach der Arbeit ab, und wir gingen Pizza essen. — Am nächsten Wochenende war es für die Jahreszeit sehr warm, und Misty schlug vor, wir sollten alle schwimmen gehen. Ich dachte mir eine Ausrede für Tante Greta aus, und am frühen Samstagmorgen fuhren wir zu irgendeinem Bach in der Nähe von Bogalusa. Er lag mitten im Niemandsland. Ned hatte ihn auf einem Erkundungsmarsch entdeckt. Wir parkten das Auto und wanderten zu Fuß den Bach entlang. Ned und Brian liefen stromabwärts. Misty und ich wateten ein Stück stromaufwärts und fanden schließlich ein Fleckchen Gras, auf dem wir uns niederließen. Wir saßen da und redeten eine Zeitlang. Dann fragte sie mich, ob mich schon mal jemand richtig geküßt hätte. Hatte niemand. Sie fragte mich, ob ich lernen wolle, richtig zu küssen. Ich glaube, ich sagte etwas wie 'noch nicht', und daß ich mich für diesen Kram nicht wirklich interessierte. Ich machte mir Sorgen, daß wir hier rausgekommen waren, um rumzumachen. Mit den Jungs, meine ich. Das wollte ich nicht wirklich tun. Wir redeten eine ganze Weile um die Sache herum, sie neugierig, ich zurückhaltend, bis ich ihr schließlich sagte, daß ich Brian mochte, aber für Sex noch nicht bereit war. Misty sagte, ich solle mir keine Sorgen machen, und daß Ned und Brian absolute Gentlemen wären und uns nicht anrühren würden. — Ich schätze, ich sollte erwähnen, daß ich zu diesem Zeitpunkt so ziemlich nichts über Sex wußte. Nur das, was ich im Kino gesehen hatte und was die Mädchen sich in der Umkleidekabine vage zuflüsterten. Und was ich bei Bayard gelernt hatte, aber ich schämte mich zu sehr, um das vor irgend jemandem laut auszusprechen. Ich wußte irgendwie, daß, wenn Jungs und Mädchen miteinander verschwanden, das Mädchen am Ende oft schwanger war. Und das war nicht gut für das Mädchen. Dann fragte Misty, ob ich das Küssen mal mit ihr versuchen wollte, einfach um zu sehen, wie es sich anfühlte. — Was kann es schon schaden, wenn zwei Mädchen sich küssen, dachte ich. Ich wußte nicht mal genug, um zu wissen, daß sowas als pervers gelten könnte.

Also küßte Misty mich. Sie sagte mir, daß dies ein normaler Kuß sei. Dann sagte sie: 'Und das ist ein Zungenkuß' und gab mir einen Zungenkuß. Dann sagte sie, ich solle mich hinlegen, legte sich auf mich und küßte immer noch, was das Zeug hielt. Dann sagte sie: 'Das ist Petting' und legte ihre Hand auf meine Brust, schob ihre Hand schließlich unter meinen Bikini.

Und... jetzt kommt der peinliche Teil... irgendwann sprang ich plötzlich auf, weil ich sicher war, daß ich meine

Tage bekommen hatte. Ich war, na ja, naß zwischen den Beinen. Ich erzählte es Misty, und sie sagte, sie hätte einen Tampon, falls ich einen brauchte. Was mir nicht wirklich weiterhalf, weil ich noch nie einen Tampon benutzt hatte. Wie ich schon sagte: unwissend. — Ich zog das Unterteil des Bikinis aus, wollte nicht, daß es blutig wurde. Misty sagte, laß mich mal sehen, und spreizte meine Beine und starrte dann auf... na ja. Dann kicherte sie und sagte, ich hätte überhaupt nicht meine Tage. Ich konnte nicht glauben, daß ich so... feucht dort unten war, ohne meine Tage zu haben. Also berührte ich mich mit dem Finger und hatte diese klare Flüssigkeit an der Hand. Ich fragte mich, was schiefgelaufen war und warum Misty das so komisch fand. Dann drückte sie mich wieder nach unten und legte sich auf mich. Sie sagte mir, es sei eine Gleitflüssigkeit und daß sie mir zeigen würde, wozu die gut ist. Sie glitt mit ihren Fingern in mich hinein und... na ja, ihr wißt schon.

Als es vorbei war — sie hatte mich angeleitet, es auch bei ihr zu tun — ich erinnere mich, daß ich wie betäubt war, und ein wenig beschämt. Ich wußte, daß es mit Sex zu tun hatte, wir hatten uns dort unten angefaßt. Und daß es nichts war, worüber ich mit irgend jemand reden konnte. Und selbst wenn ich darüber hätte reden wollen, konnte ich nicht... benennen, was geschehen war. Ich hatte das Wort 'homosexuell' noch nie gehört, ganz zu schweigen von 'lesbisch'. — Misty und ich sahen uns auch weiterhin. Ich weiß nicht, ob 'sehen' das richtige Wort dafür ist, egal, jedenfalls holte sie mich gewöhnlich nach der Arbeit mit dem Auto ab, und dann fuhren wir zu einem abgelegenen Plätzchen, meistens hinter die Garage ihres Elternhauses, und taten es. Ich fühlte mich deswegen immer... schuldig... tja, so habe ich also meine Unschuld verloren«, beendete ich meine Geschichte unvermittelt. Ich bemerkte, daß ich das Papierschildchen von Cordelias Bierflasche völlig abgezogen und in kleine Stücke gerissen hatte.

»Aber was ist dann passiert? Wie hast du die Oberschule überlebt? Wann hast du das L-Wort entdeckt?« fragte Alex.

»Eigentlich war es Ned, der es mir sagte. Natürlich waren er und Brian ein Liebespaar. Eines Tages bemerkte Ned einen verwirrten Ausdruck auf meinem Gesicht. Er fragte mich, was los sei. Und ich sagte bloß: 'Was geht hier vor?' Er erklärte es mir, so gut er konnte. Er hat mir das Wort 'Orgasmus' beigebracht. Ned nahm mich unter seine Fittiche. Vielleicht war er auch irgendwann mal so ängstlich und verwirrt gewesen wie ich.«

»Fühltest du dich als Ausgestoßene, Micky?« fragte Alex.

»Eigentlich nicht. Tante Greta hatte mich schon längst davon überzeugt, daß ... daß ich den Anforderungen der feinen Gesellschaft nie genügen würde. Und plötzlich war ich mit drei der populärsten Leute der Oberschule befreundet. Sex war eigentlich ... kein zu hoher Preis dafür. Das einzige Problem war ...« Ich zögerte.

»War was?« fragte Alex.

»War ... daß sie im selben Jahr ihren Abschluß machten und zum College gingen. Ich war noch in der Oberschule, und ... wenn du den Geist des Sex erstmal aus der Flasche läßt, kriegst du ihn so schnell nicht wieder da rein.«

»Was heißt das?« fragte Joanne.

»Ich konnte nicht oder wollte nicht zurück in diesen zölibatären Zustand, wollte mein Lesbischsein nicht verheimlichen und mich still und leise mit Jungs von der Oberschule verabreden. Ich ... tja ... ich fing an, in Schwulenbars rumzuhängen. Wenn du so groß bist wie ich, dann wollen die keinen Personalausweis sehen.«

»Hast du da nur rumgehangen?« bohrte Joanne.

»Na ja«, sagte ich und schaute auf den Tisch. »Ich hatte die Wahl, entweder zu Tante Greta nach Hause zu gehen oder in den Bars rumzuhängen und vielleicht mit zu einer anderen zu gehen.« Aber wenn ich in dieses Haus am Stadtrand zurückkehrte ... dann war manchmal Bayard da. »Zeit, dieses Chaos ein wenig aufzuräumen«, sagte ich, stand auf und sammelte Gläser und Teller ein.

»Laß es bis morgen stehen«, sagte Alex. »Wenn die Feen kommen.«

Ich ignorierte sie und trug meine Ladung in die Küche. Auf dem Weg zurück ins Wohnzimmer kam mir Cordelia mit ihrem eigenen Gläserstapel entgegen. »Liebespaare«, sagte sie mit einem Nicken über ihre Schulter.

Danny und Elly küßten sich, Joanne streichelte Alex' Gesicht, dann küßten sie sich auch.

»Wir haben ja unsere Katzen«, sagte ich und ging in die Küche zurück.

Cordelia und ich räumten auf. Ich ließ Wasser über die Teller und Gläser laufen und türmte sie dann im Spülbecken auf. Cordelia warf den Abfall in Plastiksäcke. »Hilf mir bitte damit«, sagte sie und zeigte auf einen Müllbeutel.

Ich hob ihn hoch und folgte ihr nach draußen zu den Mülltonnen. Nach der kühlen Luft der klimatisierten Räume fühlte die Hitze sich gut an. Natürlich war ich auch ein wenig zu leicht bekleidet.

»Alles in Ordnung?« fragte sie, während sie ihren Beutel ablud.

»Bei mir? Mir geht's gut.«

»Gut?«

»Na ja, davon abgesehen, daß es mir peinlich ist, ich mich schäme und mir wie eine Idiotin vorkomme, nein, wie eine saudumme Idiotin — abgesehen davon geht's mir gut.«

»Ich denke —«, setzte sie an.

»Laß das. Ich glaube, ich will nicht wissen, was du denkst. Es kann nichts Gutes sein ... jedenfalls über mich.«

»Und warum nicht?«

»Nach dem, was du heute abend gehört hast?«

»War nicht viel dabei, das ich noch nicht wußte.«

»Oh.«

»Ich denke —«, setzte sie wieder an.

»Ich hab' doch gesagt, du sollst das lassen.«
»Warum? Magst du keine denkenden Frauen?«
»Ich liebe denkende Frauen. Ich meine, gelegentlich denke ich sogar selbst.«
»Das ist mir bereits aufgefallen. Ich denke… unterbrich mich nicht.« Ich wollte schon wieder etwas sagen, aber sie legte einen Finger auf meine Lippen und brachte mich zum Verstummen. Ihre Hand wanderte auf meine Schulter. »Ich denke… ich würde dir gern helfen, dieses Kleid auszuziehen.«
»Ich denke… jetzt fange ich auch schon so an… ich werde alle Hilfe brauchen, die ich kriegen kann. Deine… wäre mir sehr willkommen.« Ich spürte, wie ein begehrliches Pochen in mir Einzug hielt. Ich nahm ihre Hand von meiner Schulter und küßte die Innenfläche.
»Das ist wirklich ein schäbiges Plätzchen hier. Laß uns verschwinden«, sagte sie und führte mich von den Mülltonnen weg. »Zu mir?«
»Unbedingt. Ich bezweifle, daß meine Klimaanlage dem gewachsen ist… was ich im Sinn habe.«
Sie lachte.
Ich werde mit Cordelia James schlafen, dachte ich. Mein Magen vollführte eine olympiareife Gymnastiknummer.
»Hey, habt ihr beiden euch verlaufen?« rief Alex uns zu.
»Wir haben gedacht, wir lassen euch Liebespaaren Zeit für ein, zwei Orgasmen«, antwortete ich.
»Ganz bestimmt. Aber das kommt später.«
Wir traten wieder in die Küche. Joanne und Elly brachten noch mehr Gläser. Danny lehnte sich gegen die Anrichte. »Dr. James«, fragte sie, »wie nüchtern sind Sie?«
»Nüchtern genug«, antwortete Cordelia.
»Gut. Elly und ich sind das nicht. Du darfst uns nach Hause fahren.«
»In Ordnung«, stimmte sie zu und schaute mich achselzuckend an.
Während die anderen sich zum Aufbruch bereitmachten,

hatten wir einen Augenblick für uns. »Gib mir zwanzig Minuten mehr, um nach Hause zu kommen«, sagte sie.

»Kein Problem«, sagte ich *sotto voce*. »Ich fahr' schnell bei mir vorbei und hol' ein paar Klamotten für morgen. Ich glaube nicht, daß ich dieses Kleid nochmal anziehen will.« Außerdem wollte ich mein Tonband abhören. Die vierundzwanzig Stunden waren fast vorbei.

Sie nickte zustimmend.

Ich umarmte Joanne und Alex zum Abschied und folgte dann Danny, Elly und Cordelia nach draußen. Wir winkten uns zu und machten uns auf den Weg zu unseren jeweiligen Autos.

Ich fragte mich, ob man für Fahren im Zustand äußerster Lust einen Strafzettel bekommen konnte. Ich paßte wirklich nicht besonders gut auf, wohin ich fuhr, aber ich schaffte es doch ohne Zwischenfälle bis zu meiner Wohnung.

Beim Aussteigen bemerkte ich, daß ich Tschaikowskys *Romeo und Julia* summte. Kitschig, dachte ich, während ich mit meinen Schlüsseln herumhantierte.

Es gab kein Geräusch, keine Vorwarnung, außer einer leichten Verschiebung der Schatten. Das trübe Licht der Straßenlaterne verschwand, und irgend etwas wurde mir auf die Nase und den Mund gedrückt, ein Lappen, feucht und mit einem starken chemischen Geruch. Ich wehrte mich, aber der Mann hinter mir war kräftig, seine riesige Hand bedeckte mein Gesicht und hielt den Lappen, wo er war.

Ich hatte das schreckliche Gefühl, daß ich Frankenstein gefunden hatte. Ich befahl meinen Armen, an der mich erstickenden Hand zu zerren, aber ich hatte keine Ahnung, ob sie mir gehorchten oder nicht. Der Geruch sickerte in meine Lungen. Es wurde unmöglich, Befehle auszusenden, die meine Arme hätten ignorieren können. Dann war alles, was mir noch bewußt war, dieser chemische Geruch und die Schatten.

Dann verschwanden sogar die Schatten.

Siebzehntes Kapitel

Ich erwachte, es schien früher Morgen zu sein. Irgendwie erleichterte mich das, ich war ganz und gar nicht sicher gewesen, daß ich aufwachen würde. Ich saß gefesselt auf einem wackeligen Holzstuhl. Die Stadtgeräusche waren nicht mehr zu hören, statt dessen Vogelgezwitscher und die Stille eines Morgens auf dem Land. Ich schaute aus den Fenstern. Bäume und blaßgraue Wolken, das sanfte Trommeln des Regens auf dem Dach, das tropfnasse Wispern der Wälder.

Ich hörte langsame, schwere Schritte hinter mir. Frankenstein ging an mir vorbei auf einen massiven Holztisch zu, der mit obskuren Kännchen und Flaschen vollgestellt war. Ich versuchte zu schätzen, wie groß er war. Mindestens einsfünfundneunzig, aber aus meinem Blickwinkel schräg hoch war das schwer zu sagen. Für mich sah er nicht »so jung« aus. Meine Machtlosigkeit ließ ihn noch größer erscheinen. Sein Haar war feldwaldundwiesenbraun, aber das trug auch nicht dazu bei, die Kanten seiner hervorstehenden Wangenknochen und seines Kinns weicher aussehen zu lassen. Meine Nase und mein Rachen waren rauh von dem Zeug, das er mir vors Gesicht gehalten hatte.

Er drehte sich um und starrte mich an, bemerkte, daß ich bei Bewußtsein war. Seine Augen waren ruhig, der zornige Blick des Selbstgerechten.

»Wo ist Betty?« wollte ich wissen.

»Pech, daß Sie wach sind. Anders wär's leichter für Sie.«

»Wo ist Betty?« fragte ich wieder, ignorierte seine Drohung.

»Sie hat zu viele Fragen gestellt.«

»Sagt wer?«

Er schaute mich an, als wäre das ein nutzloser Gedanke. »Zweifel. Sie hat gezweifelt. Für Zweifel haben wir keinen Platz.«

»Ach, haben wir nicht, nein?« höhnte ich. »Was ist mit ihr geschehen?«

»Sie ist in Sicherheit. Am sichersten Ort, wo sie sein kann«, antwortete er und wandte sich ab.

»Was wollen Sie von mir?« fragte ich.

Er nahm ein sehr scheußlich aussehendes medizinisches Gerät in die Hand. Plötzlich wollte ich es gar nicht mehr wissen.

»Wie die anderen. Sie haben die Unschuldigen getötet, die Hilflosen. Die sich nicht selbst schützen konnten.« Für einen Mann seiner Größe sprach er sehr leise. »Ich werde sie schützen. Was ihr säet, das werdet ihr ernten.«

»Ich hatte nie eine Abtreibung.«

»Sie haben auch keine verhindert«, konterte er.

»Nein. Aber ich bin auch nicht Gott, um diese Entscheidung für andere Menschen zu treffen.«

»Ich bin nicht Gott. Aber ich habe die Bibel gelesen. Ich weiß, was Er will.«

»Ich habe die Bibel auch gelesen. Sie hat mir nie nahegelegt, junge Frauen brutal umzubringen. Was ist eigentlich aus 'Du sollst nicht töten' geworden?«

»Du sollst nicht morden. Kalten Blutes. Ist es Mord, einen Mörder zu töten?«

»Warum überlassen Sie es dann nicht Gott, mich zu bestrafen? Welches Recht haben Sie, sich einzumischen?«

»Dasselbe Recht, das Sie haben, sich in das Leben ungeborener Kinder einzumischen. Ein größeres Recht. Sie sind nicht so unschuldig wie die. Sie haben sich zu oft eingemischt. Sie lassen mir keine Wahl.«

»Warum auf diese Art? Geilt es Sie vielleicht auf, Frauen etwas in die Möse zu stoßen?«

»Häh?« sagte er, dann: »Das ist ein häßliches Wort.«

»Macht es Sie an, Frauen zu töten, indem Sie so tun, als nähmen Sie Abtreibungen bei ihnen vor? Es wäre doch viel leichter, einfach ein bißchen mehr von dem Zeug zu nehmen, das Sie mir aufs Gesicht gedrückt haben.«

»Leichter schon. Aber ich will, daß die Frauen aufhören, ihre Kinder zu töten. Wenn Abtreibung gefährlich genug wird, dann werden sie aufhören, abzutreiben. Es wird sicherer für sie sein, ihre Babys zu behalten.«

»Nur weil Sie sie ermorden. Wie viele Frauen wollen Sie denn töten, um ein paar Föten zu retten?«

»So viele ich muß. Alle, wenn es denn sein muß. Der Herr hat mich auf eine Mission gesandt. Ich muß sie aufhalten.«

»Wen aufhalten?«

»Den Teufel natürlich«, sagte er, als wäre dies ein ganz alltägliches Gesprächsthema. »Ich habe sie gesehen. Er nimmt menschliche Gestalt an, wissen Sie.«

»Er oder sie?« fragte ich einigermaßen verwirrt. Ich glaubte nicht, daß Frankenstein andeuten wollte, daß der Teufel ein Transvestit sei.

»Satan. Er hat die Gestalt einer Frau angenommen.«

»Wie können Sie da so sicher sein?«

»Es ist Gottes größte Herausforderung an mich — den Herrn der Finsternis zu demaskieren. Ich werde sie kriegen, und wenn es das letzte ist, was ich tue«, protzte Frankenstein. Der Mann war eindeutig völlig irre.

»Bin ich also der Teufel?«

»Nein, nur eine Sünderin. Unser Herr will, daß Sie nach Hause kommen.«

»Und Sie sind sein Taxidienst? Danke nein, da gehe ich doch lieber zu Fuß.«

Frankenstein schien meinen Humor nicht zu schätzen. Er grimassierte heftig in meine Richtung. »Beten Sie jetzt. Ich werde mit Ihnen beten.« Er legte seine niedlichen kleinen medizinischen Spielzeuge hin und kam zu mir herüber, legte seine Hände in angemessen ehrfurchtsvoller Pose zum Gebet zusammen. Direkt vor mir stehend begann er: »Oh Herr, ich bete für die Seele dieser Sünderin, dieser armen, irregeleiteten Frau.« Als er sah, daß ich nicht gerade barst vor Gebeten, hielt er inne. »Machen Sie schon. Sie müssen um Gnade flehen.« Er leckte sich langsam die Lippen, sein Gesicht rötete sich, Schweißtropfen sammelten sich an seinem Haaransatz. »Flehen Sie«, drängte er.

»Zu Ihnen oder Gott?«

»Sie müssen … mich anflehen.« Er leckte sich wieder die Lippen.

»Klar. Hat Gott Ihnen das da gegeben?« wollte ich wissen und starrte direkt auf die unchristliche Wölbung seiner Hose.

Er fuhr auf, hob die Hand, als wolle er mich schlagen. Aber statt dessen schlug er sich selbst auf den Unterleib, heulte dabei »Nein!«, während er wie ein Rasender auf sich einprügelte und auf die Knie fiel und der Schweiß ihm nur so über das Gesicht lief. »Oh Herr, nicht jetzt. Erlöse mich von dieser Versuchung. Nimm dies von …« Sein Appell wurde mit jedem Wort wirrer, verklang schließlich zu einem Murmeln und Stöhnen, während sein Körper sich schüttelte. Wenn Moral und Enthaltsamkeit das aus Menschen machte, nur gut, daß ich beide gemieden hatte. Frankenstein stieß einen lauten Schrei aus, dann war er still. Nach ein paar Sekunden stand er ruhig auf. »Sie hatten Ihre Chance, zu beten. Jetzt ist es an der Zeit, zum Teufel hinabzufahren. Gott will Sie nicht.« Er ging zurück zu der nicht sehr steril aussehenden Kürette.

»Sie sind ein Irrer, ein einsamer Psychopath«, schrie ich ihn an. »Morden wird überhaupt nichts ändern.«

»Ich werde Leben retten.«

»Sie werden Leben retten, indem Sie mich umbringen?«

»Und ich bin nicht allein«, sagte er, ignorierte meine ziemlich wichtige Frage.

»Oh ja, ich kann das kleine grüne Männchen da drüben deutlich sehen.«

»Nein, andere helfen mir. Ich helfe ihnen. Gott hat uns einander zugeführt.«

»Gott? Oder der Teufel? Also gibt es noch ein, zwei Irre, die sich Ihnen angeschlossen haben?«

»Ich bin kein Führer, nur ein Anhänger. Gott hat uns einen weiseren Mann geschickt, als ich es bin, um uns zu lenken.«

»Wen? Wessen Anhänger sind Sie?« Für den unwahrscheinlichen Fall, daß ich hier herauskam, wäre das eine höchst nützliche Information.

»Ein weiser Mann, den Gott uns zum Geschenk gemacht hat. Er wird uns in unserer wichtigsten Arbeit führen. Bald, sehr bald.«

»Was soll das sein?«

Frankenstein sah mich an, als würde ihm klar, mit wem er sprach. »Das werden Sie nie erfahren«, antwortete er und drehte mir den Rücken zu.

Ich bäumte mich gegen meine Fesseln auf, mehr aus Wut als in der Hoffnung, daß sie tatsächlich nachgeben würden. Er ignorierte meine Bemühungen völlig. Selbst wenn ich mich freimachen konnte, war es nicht sehr wahrscheinlich, daß ich an ihm vorbei in die Freiheit gelangte.

Er schwenkte etwas, das scharf und unerfreulich aussah, legte es dann ab und fing an, sich Chirurgenhandschuhe überzuziehen. Recht so, Frankie-Baby, riskier bloß keine ekligen Krankheiten, während du uns ermordest.

»Ich bin nicht schwanger«, brüllte ich, rasend vor Wut über meine Hilflosigkeit. »Die Polizei wird wissen, daß ich keine Abtreibung brauchte. Das letzte Mädchen war nicht schwanger — die Fünfzehnjährige.«

Er schaute mich überrascht an, schaute dann genauso schnell wieder weg und zog den zweiten Handschuh an. Es gab keinen Platz für Zweifel in seinem Hirn.

»Auf das Grundstück hinterm Haus oder in den Keller? Glauben Sie nicht, daß es eine Menge Fragen aufwerfen wird, wenn ich vorteilhafterweise tot nach einer verpfuschten Abtreibung gefunden werde?«

»Man wird Sie nicht finden. Zumindest eine ganze Weile nicht.« Er war ganz ruhig. »Bis dahin, wer wird es noch wissen?«

Ich riß und zerrte an meinen Fesseln, unfähig, ruhig zu bleiben und die grauenhafte Vorstellung von meinem Tod in mein Bewußtsein dringen zu lassen. »Verfluchter Metzger!« schrie ich.

Er reagierte nicht. Ich fragte mich, wo wir waren, daß er bei meinem Krach so ruhig bleiben konnte. Die Fenster standen offen. Wenn Leute in der Nähe wären, müßten sie mich hören. Dafür würde ich schon sorgen. Die Vorstellung, als das grausige Ding zu enden, das die tote Victoria Williams gewesen war, machte mir schreckliche Angst. Völlig irrational klammerte ich mich an die Wahrheit wie an einen Strohhalm. »Eine Menge Leute werden es wissen. Ich schlafe nicht mit Männern. Eine Menge Leute wissen das, und sie werden wissen, daß ich ermordet wurde.«

Er schenkte mir nicht mehr Beachtung als vorher auch.

»Hilfe! Ist da jemand?« schrie ich. »Feuer! Hilfe, es brennt!«

»Hier ist niemand, der Sie hören kann. Schreien Sie, soviel Sie wollen.«

»Nein!« rief ich. Ich warf mich wieder gegen meine Fesseln, riß den Stuhl in meiner Verzweiflung vom Boden hoch. Mit einem dumpfen Schlag krachte er wieder herunter, doch das Gepolter half mir nicht weiter. Aber ich kämpfte immer noch. Dann wurde mir klar, daß wenn ich einen Fuß aus der Schlinge bekam, die mich ans Stuhlbein fesselte, ich meine Beine freikriegen konnte. Daß mir das angesichts der Tatsache, daß meine Hände und mein Oberkörper gefesselt waren und ich mit diesem Monster mitten im Niemandsland allein war, nicht viel nützen würde, focht mich nicht an. Besser, darüber nachzudenken, wie ich meine Füße befreien konnte, als darüber, wie ich als aufgedunsene Leiche im Wald lag. Ich riß mich wieder hoch. Und noch einmal, versuchte, den Stuhl hochzuheben und ihn gleichzeitig mit den Füßen nach unten zu drücken.

Frankenstein schaute ein paar Mal zu mir herüber, aber mein Getobe machte keinen Eindruck auf ihn. Er fuhr fort mit den Vorbereitungen für meinen Tod.

Das Seil rutschte schließlich nach unten, und ich befreite mit einem Ruck meine Füße.

»Das wird Ihnen nichts nützen«, stellte er ruhig fest. »Sie können Gottes Willen nicht austricksen.«

Ich konnte es versuchen. Ich schaute mich im Raum um, suchte nach Möglichkeiten. Hinter mir und zu meiner Linken stand ein langer Tisch, der mit einem Laken bedeckt war. Ich bemerkte einen alten Blutfleck in einer Ecke und schaute schnell weg. Es gab vier Fenster und eine Fliegengittertür, die auf einen Treppenabsatz führte. Wir waren im ersten Stock.

Nichts konnte schlimmer sein als das, was er mit mir vorhatte. Nichts. Aus dem Fenster zu springen und mir dabei den Hals zu brechen, wäre immer noch besser.

Ich fragte mich, was Cordelia wohl... dachte. Sie hatte es wahrscheinlich aufgegeben, auf mich zu warten, und war ins Bett gegangen. Ich hoffte nicht, daß sie wach lag und sich Dinge vorstellte, die der Wahrheit allzu nahekamen.

Ich sah, wie kühl und methodisch er sich darauf vorbereitete, mich zu töten, den gleichgültigen Ausdruck auf seinem Gesicht, als er die Haltevorrichtungen einstellte. Würde er wirklich kein Narkosemittel verwenden? Dann wußte ich, was ich zu tun hatte. Was meine einzige Chance sein würde. Ich streifte meine Schuhe ab. Ich konnte das Risiko nicht eingehen, auf diesen hohen Absätzen zu stolpern.

Frankenstein bewegte sich, drehte mir wieder den Rücken zu, eine letzte Vorbereitung, dann würde er sich mir zuwenden.

Ich raste auf ihn zu, zielte mit meiner Schulter auf sein Kreuz.

Er begann sich umzudrehen, aber ich traf ihn, brachte ihn aus dem Gleichgewicht und schleuderte ihn gegen die Fliegengittertür. Sie ächzte und splitterte unter unserem gemeinsamen Gewicht, brach dann auseinander und ließ uns draußen auf den schmalen Treppenabsatz stürzen. Frankenstein fiel schwer, krachte gegen eine überlaufende Regentonne.

Ich schleuderte mich mutwillig herum und stürzte mich rückwärts die Treppe hinab. Ich konnte ihm unmöglich davonlaufen, solange ich an diesen Stuhl gefesselt war. Meine einzige Hoffnung war es, den bei meinem sehr unsanften Abgang auf den Stufen zu zerschlagen.

Ich hörte das scharfe Knacksen von berstendem Holz, dann schoß mir der Schmerz in die Schulter und den Arm, auf dem ich aufschlug. Ich rutschte und polterte die nasse Treppe hinunter und landete in einem Haufen von zersplittertem Holz und verheddertem Seil. Ich sprang auf, riß und zerrte an den Stuhltrümmern, um sie loszuwerden.

Ich sah den blauen Chevy nicht und auch kein anderes Auto. Hatte er es versteckt? Oder hatte ein Komplize ihn hier abgesetzt? Hatte Betty Peterson am Ende doch beschlossen, Gott zu spielen? Wäre sie imstande, ihm zu helfen, mich zu töten?

Ich rannte so schnell ich konnte, schleuderte die letzten Überreste des Stuhls hinter mich. Der Regen durchnäßte mich schnell bis auf die Haut, das war mir egal, ich lauschte nur auf das Getrappel meiner Füße auf dem nassen Asphalt und verlangte ihnen ein noch schnelleres Tempo ab.

Ich gelangte auf einen Kiesweg und spürte, wie die Steine sich spitz durch meine nutzlose Strumpfhose bohrten. Sei froh, daß du noch am Leben bist und fähig, Schmerz zu empfinden. Ich durfte nicht langsamer werden.

Ich wagte einen Blick zurück. Ich sah ihn nicht. Aber er brauchte bloß ein Auto zu holen, dann hätte er mich schnell eingeholt. Die Straße grenzte an trostloses Ackerland. Zuckerrohr auf der einen Seite, Baumwolle auf der anderen und kein Platz zum Verstecken.

Ich lief mit schweren Schritten weiter, ließ mich vom Schrecken vorwärtstreiben, zwang mich, die gemein aussehende Kürette nicht zu vergessen. Jokaste, dachte ich. Lauf, oder du wirst zu einer Jokaste wider Willen.

Da sah ich vor mir einen zerbeulten, alten Kleinlaster von einem Feldweg auf die Straße fahren. Ich schrie und winkte, aber der Laster hielt nicht an. Entweder sah der Fahrer mich nicht, oder barfüßige Frauen, die in kurzen, roten Kleidern einen Marathon absolvieren, waren hier draußen ein alltäglicher Anblick.

Der Kleinlaster, beladen mit Hühnern und Heu, fuhr noch langsam. Ich sprintete, versuchte verzweifelt, ihn zu erreichen, bevor er schneller wurde.

Gerade als er an Geschwindigkeit zulegte, gelang es mir, mit einer Hand die Ladeklappe zu packen. Ich stieß mich ab, hechtete hinauf und verärgerte die Hühner, als ich mich über ihre Käfige vorwärtstastete. Ich legte mich auf das gackernde Federvieh, keuchend und nach Luft schnappend, und fragte mich, wie viele Weltrekorde ich wohl soeben gebrochen hatte. Kurzsprint im roten Kleid.

Die Hühner beruhigten sich, als sie begriffen, daß ich sie vor dem Regen schützte. Der Kleinlaster fuhr immer weiter, sein Fahrer nahm keine Notiz von meiner panikerfüllten Gegenwart. Ich linste auf meine Uhr. Halb acht an einem regnerischen Sonntagmorgen.

Und ich war noch am Leben. Mit einem Mal fing ich an zu weinen, die Angst, die ich mir bis eben nicht hatte gestatten können, erfaßte mich jetzt. Die Hühner plusterten ihr Gefieder auf, als meine Tränen darauf fielen.

Der Laster wurde langsamer, als wir eine Kreuzung erreichten.

Eine Kreuzung mit einer waschechten Ampel. Zivilisation. Es gab eine kleine Ansammlung von Läden, alle fest verschlossen. Doch in einer Ecke des Parkplatzes stand ein öffentliches Telefon, komplett mit einer wie für Superman gemachten Telefonzelle. Nicht, daß ich etwas dabei hatte, in das ich hätte wechseln können, aber endlich aus dem Regen zu kommen, würde mir schon reichen.

Als der Laster stehenblieb, sprang ich herunter. »Danke fürs Mitnehmen«, rief ich dem Fahrer zu. Er hörte mich nicht, aber die Hühner gackerten ein liebevolles Lebewohl.

Ungeduldig drückte ich die Codenummer meiner Telefonkarte, danach Joannes Nummer. Es klingelte bei ihr. Und klingelte.

Schließlich schaltete sich ihr Tonband ein. »Joanne? Joanne, bist du da?« fragte ich. Begriff dann: Nein, natürlich nicht. Sie hatte natürlich die Nacht bei Alex verbracht.

Wie war Alex' Nummer? Ich konnte mich nicht erinnern. Die Auskunft informierte mich, daß es fünf A. Sayers in New Orleans gab, keine davon unter der angegebenen Adresse. Keine Alexandra. Enttäuscht legte ich auf.

Ich dachte an O'Connor, aber seine Nummer wußte ich auch nicht. Außerdem wollte ich nicht, daß er mich in diesem Kleid sah. Ich wählte Dannys Nummer. Niemand ging ran. Sie waren entweder nicht da oder hatten, was wahrscheinlicher war, das Telefon abgestellt.

Cordelia kam mir in den Sinn, aber ich hatte keine Ahnung, wo ich mich befand, und anders als meine Freundinnen von der Polizei hatte sie keine Möglichkeit, mich zu finden.

Dann wußte ich, wen ich anrufen mußte. Jemanden, der eine Waffe trug und tatsächlich größer war als Frankenstein. »Tagchen, Hutch«, sagte ich nach seinem schläfrigen Hallo. »Hier ist Micky. Tut mir leid, daß ich dich störe, aber ich bin entführt worden, und gerade hat jemand versucht, mich umzubringen.«

»Wo bist du?« Jetzt war er wach.

»Ich weiß es nicht. Irgendwo. Scheiße, ich könnte überall sein. Mississippi, Arkansas, sogar in Texas.«

»Okay. Bleib dran. Ich werde deinen Anruf rückverfolgen lassen.«

»Ich gehe nirgendwohin. Außer ...« Außer, ein blauer Chevy fährt vorbei.

»Wenn du abhauen mußt, dann tu das«, gab er mir Anweisung. »Schütze dich. Aber versuche, den Hörer nicht aufzulegen.«

»In Ordnung.« Ich wartete, lugte durch die angelaufene Plastikscheibe, wartete auf den blauen Chevy.

Dann war Hutch wieder am anderen Ende. »Ich bin unterwegs. Hast du das zuständige Polizeirevier schon angerufen?«

»Revier? Ich hab' die Nummer nicht.«

»Versuch 911«, schlug er vor.

»Ach, ja. Es tut mir leid, ich bin wirklich etwas neben der Tasse«, murmelte ich.

»Ist schon okay. Ich bin unterwegs«, wiederholte er.

»Danke, Hutch.«

»Paß auf dich auf, Micky.« Er legte auf.

Ich stand da und starrte ein paar Minuten lang wie blöde auf den tutenden Hörer. Aufwachen, Micky, forderte ich mich auf. Achte auf blaue Autos. Ich schüttelte mich und wählte dann 911. Es klingelte sechsmal, bevor jemand ranging. »Name, und wo genau sind Sie?« fragte eine verschlafene Stimme mit Südstaaten-Dialekt.

»Ich weiß es nicht.«

Stille. Dann sagte die Frau: »Diese Rufnummer ist nicht für Scherze gedacht. Also, haben Sie jetzt einen Notfall zu melden oder nicht?«

»Na ja, ich bin mir nicht sicher.«

»Brennt es irgendwo? Gab es einen Autounfall?« Die Frau klang verärgert.

»Nein«, antwortete ich und versuchte, meine grauen Zellen zu aktivieren.

»Warum rufen Sie dann die 911 an?«

»Jemand hat versucht, mich umzubringen. Ist das ein Notfall?«

»Ach wirklich?« Sie klang skeptisch. »Wie hat er denn versucht, sie umzubringen?«

»Mit einer verpfuschten Abtreibung.« Eine weitere Pause. Dann: »Wenn Sie mir sagen, wo Sie sind, schicke ich einen Polizeiwagen vorbei.«

»Ich weiß nicht, wo ich bin.« Jetzt war *ich* verärgert.

»Dann kann ich keinen Wagen schicken.«

»Herrgottnochmal!« brüllte ich. »Sie leben hier. Ich nicht. Ich weiß nicht, wo ich bin.«

Wie sich herausstellte, war ich jedenfalls in gottesfürchtigem Land. Nach einer Belehrung darüber, daß man den Namen Gottes nicht mißbrauchen durfte, und einer Belehrung darüber, wie die 911 zu gebrauchen war, engte sie meinen möglichen Standort schließlich auf drei Orte ein. Fast verlieh ich meinem Unglauben Ausdruck, daß dieses Kaff drei verschiedene Ansammlungen von Geschäften samt öffentlicher Telefonzelle haben konnte, beschloß dann aber, daß ich die Belehrung, die das nach sich ziehen würde, nicht hören wollte.

Hutch traf vor der offiziellen Polizei ein. Er hatte weniger als eine Stunde gebraucht, um hier raus zu kommen. Das flackernde Rotlicht auf seinem Wagen ließ seine Geschwindigkeit ahnen.

Als er aus seinem Auto stieg, raste ich über den Parkplatz. »Hutch!« rief ich, erleichtert, ihn zu sehen. Dann überraschte ich uns beide, indem ich ihm die Arme um den Hals warf.

»Hey, hey, Micky, alles ist gut«, sagte er und legte seine Arme um mich.

»Es tut gut, jemanden zu sehen außer Mördern und Hühnern«, sagte ich, dann ließ ich ihn los und nahm wieder Haltung an.

Hutch nickte mitfühlend und sah mich dann ausgiebig von oben bis unten an. »Jesus, Maria und Josef. Micky, du siehst aus wie eine Hure aus dem Quarter nach einer langen Nacht.«

»Danke, Hutch. Ich habe eine der goldenen Regeln der Etikette vergessen. Nimm immer Kleider zum Wechseln mit, denn es könnte ja sein, daß irgendein Wahnsinniger beschließt, dich zu entführen. Man will ja schließlich gut aussehen, wenn die Polizei eintrifft.«

Er schüttelte den Kopf über meine lose Zunge, dann wurde er ernst. »Was ist passiert?«

Als ich meine Geschichte halb erzählt hatte, traf die Polizei ein, und ich mußte nochmal von vorn anfangen. »Können Sie uns dort hinbringen?« fragte einer von ihnen, als ich fertig war.

Ich willigte ein, es zu versuchen, und stieg in Hutchs Auto. Es war schwierig, meine Flucht in umgekehrter Richtung zu rekonstruieren. Ich ließ sie ein paarmal falsch abbiegen, und wir fuhren Straßen entlang, die mir nicht vertraut vorkamen, so daß wir umdrehen und zurückfahren mußten.

Doch schließlich erreichten wir die Zufahrtsstraße, an der ich auf den Kleinlaster aufgesprungen war. »Ab hier geradeaus. Es wird dann auf der linken Seite auftauchen«, gab ich Hutch Anweisung.

Das Haus lag wohlverborgen hinter Bäumen, seine Existenz war nur an der unbefestigten, überwucherten Auffahrt zu erkennen. Keine Autos, kein Zeichen, daß er noch hier war. Aber auch kein Hinweis darauf, daß er verschwunden war. Er konnte sich überall in den umliegenden Wäldern versteckt halten.

Hutch stieg aus. Ich folgte ihm schnell, nicht willens, ihn allzuweit von mir weg zu lassen.

»Das liegt ja eigentlich nicht mehr in unserem Zuständigkeitsbereich«, sagte der ältere der beiden Cops. »Da werden wir wohl die Kreispolizei rufen müssen.«

Auf Hutchs Nicken hin ging der jüngere Polizist an das Funkgerät und forderte Verstärkung an. Aber sie blieben bei uns. Dies war wahrscheinlich das Interessanteste, das seit Jahren hier draußen vorgefallen war. Allein ich und mein verdammtes rotes Kleid waren wahrscheinlich schon ziemlich interessant.

»Sie kontrollieren das Erdgeschoß und ich den ersten Stock?« schlug Hutch vor. »Will nicht, daß er uns abhaut, während wir auf den Sheriff warten.«

Sie nahmen ihre Pistolen aus dem Gurt, bereit, ihre Pflicht zu tun.

»Warum bleibst du nicht im Auto?« sagte Hutch zu mir, als ich mich anschickte, ihm die Treppen hinauf zu folgen.

»Du hast eine Knarre, dein Auto nicht«, antwortete ich.

Hutch betrat den Raum ganz vorsichtig, doch das war nicht nötig, es war niemand da. Sah aus, als hätte Frankenstein sich eilig aus dem Staub gemacht. Alle seine freundlichen kleinen Medizinspielzeuge lagen noch verstreut herum. Bei ihrem Anblick schauderte ich, versuchte dann, mir zu verbieten, an das zu denken, was er mit mir vorgehabt hatte. Und vier anderen Frauen tatsächlich angetan hatte.

Die Polizisten kamen die Treppe hinauf. Im Parterre waren eine Garage und ein Abstellraum. Dort war auch niemand.

Zwei Autos fuhren heran. Auf ihren Seiten stand *West Felicity Bezirks-Sheriff*. Nachdem sie zu uns nach oben gekommen waren, stellten wir uns einander vor. Ich wurde einige Male ziemlich unverblümt angestarrt, aber das war mir egal. Besser, sie starrten meinen lebenden Körper an als meine Leiche.

Es war angenehm, durch Hutch die Fürsprache des *New Orleans Police Departments* zu haben, das meiner Geschichte Glaubwürdigkeit verlieh. Hutch und seine Polizeikollegen besprachen das weitere Vorgehen. Der Sheriff spielte mit dem Gedanken, das FBI einzuschalten, und Hutch plädierte dafür, die Kriminalbeamten hinzuzuziehen, die in der Sache der ungelösten Abtreibungsmorde ermittelten.

Mein Blick wurde etwas glasig, als sie immer weiter obskure Polizeiverfahren diskutierten. Ich war müde. Mein chemisch verursachter Schlummer war ungefähr so erfrischend gewesen wie die Vollnarkose vor einer Operation am offenen Herzen. Unglücklicherweise hatte ich den einzigen Stuhl im Raum zertrümmert.

Hutch überredete sie schließlich, O'Connor und sein Team zu rufen. Ich schaute auf meine Uhr. Der Morgen war schon zu weit fortgeschritten, als daß ich mich daran hätte erfreuen können, daß er hierher bestellt wurde.

Der Regen hatte aufgehört, an seine Stelle war diesiger Sonnenschein getreten. Der Tag wurde langsam heiß und drückend. Durch die zerfetzte Gittertür flogen summend Fliegen herein. Hutch und Sheriff Namenlos machten eine vorläufige Untersuchung, und einer der Hilfssheriffs notierte sich die Dinge, auf die sie hinwiesen. Wie zum Beispiel das blutverschmierte Laken.

In einer Ecke stand ein großer Schrankkoffer. Auf den setzte ich mich. Sie konnten sich ja beschweren, wenn sie nicht wollten, daß ich überall meinen Arschabdruck hinterließ. Ich wollte nach Hause, duschen, meine Klimaanlage auf volle Pulle stellen und ins Bett kriechen. Und Cordelia anrufen, um ihr zu erklären, warum ich letzte Nacht nicht zu ihr gekommen war.

Ich konnte fühlen, wie sich in meinen Achseln Schweiß bildete. Der Regen verwandelte sich langsam in eine niederdrückende Luftfeuchtigkeit. Eine Fliege fing an, über meinem Kopf zu kreisen. Mir war zu heiß und ich war zu müde, um sie wegzuschlagen. Weitere Fliegen schlossen sich ihr an. Sie landeten auf meinem Schrankkoffer. »Hutch«, rief ich und stand auf.

»Ja?« fragte er und kam zu mir herübergeschlendert.

»Dieser Schrankkoffer«, sagte ich. »Dieser Irre hat Leichen in der Gegend herumgefahren.«

»Gut, daß du nicht drinliegst.«

Hutch kniete sich hin und fummelte mit einem Taschentuch am Verschluß herum. Er war nicht verschlossen und ging leicht auf. Er hob den Deckel hoch.

Der Schrankkoffer war nicht leer.

Ich drehte mich um und ging weg, wollte nur noch raus aus diesem Haus.

Als ich die Treppe erreichte, lief ich los, schaffte es gerade noch bis zu den Sträuchern, als ich schon das Brennen in meiner Kehle fühlte. Ich kniete würgend in der heißen Sonne.

Wir hatten Betty Peterson gefunden.

»Sind Sie in Ordnung, Ma'am?« Einer der jungen Hilfssheriffs reichte mir ein Glas Wasser.

Ich spülte meinen Mund und spuckte das Wasser aus. »Ich kannte sie.«

Mit dem restlichen Wasser spülte ich meinen Mund noch einmal aus, stand dann mit Hilfe des Polizisten wackelig auf. Er stützte meinen Ellbogen, während ich zu Hutchs Auto stolperte.

Ich würde nicht noch einmal dort hinaufgehen.

Der Hilfssheriff holte mir noch einen Becher Wasser und ging dann wieder nach oben, ließ mich im Auto sitzen. Die Schulter, auf die ich gefallen war, tat höllisch weh. Ich rieb sie vorsichtig und merkte, daß getrocknetes Blut auf meinem Rücken klebte.

Weitere Autos fuhren heran. O'Connor saß in einem davon. Ich wischte mir hastig den Schweiß weg, der mir von der Nase tropfte.

Er kam zu mir herüber.

»Betty Peterson ist tot«, sagte ich anklagend.

»Das tut mir leid«, antwortete er und ging dann weg.

Er kam unverzüglich zurück und reichte mir ein kaltes Sodawasser. Ich drückte es gegen meine Stirn, spürte, wie die Kühle in meine Haut sickerte. »Lassen Sie uns zum Reden in mein Auto gehen«, sagte er und öffnete die Tür.

»Warum?«

»Weil ich Steuergelder verschwenden und die Klimaanlage laufen lassen werde.« Er ging voran zu seinem Auto.

Wir stiegen ein, er schaltete die Klimaanlage an, und ich

erzählte ihm, was geschehen war. »Sind Sie okay?« fragte er, als ich berichtet hatte.

»Ja, ich bin okay. Ich stecke ja nicht in irgendeinem gottverdammten Schrankkoffer«, erwiderte ich wütend.

»Wollen Sie Ihre Schulter einem Arzt zeigen?«

»Ich bin okay«, antwortete ich. »Sie müssen Betty Petersons Wohnung durchsuchen.«

Er grunzte und stieg aus, ließ Motor und Klimaanlage laufen.

Ich saß eine Weile da, nickte dann langsam ein, bis mich der Gedanke, daß ich ganz allein hier draußen auf dem Parkplatz war, wieder hochschreckte. Das half mir, die Augen offenzuhalten.

Nach ungefähr einer Stunde tauchten Hutch und O'Connor auf. »Miss Knight, wären Sie bereit, mit Detective Mackenzie zum Präsidium zu fahren?« fragte O'Connor.

»Muß ich?« fragte ich.

»Wir hätten gern eine Zeichnung«, erklärte O'Connor. »Und ich habe einige Fragen.«

Ich nickte. Es war sinnvoll, so gern mein erschöpfter Körper auch etwas anderes gewollt hätte.

O'Connor stellte den Motor ab, und ich stieg aus. Hutch reichte mir meine Schuhe und meine Handtasche. Sie waren auf Fingerabdrücke untersucht worden.

»Übrigens«, fragte O'Connor, »wo ist eigentlich Sergeant Ranson?«

»Wo alle sind, die genug Verstand haben, am frühen Sonntagmorgen nicht ans Telefon zu gehen«, antwortete ich.

Er grunzte und ging zum Haus zurück.

»Die Glückliche«, sagte Hutch, als wir in sein Auto stiegen.

»Tut mir leid, Hutch«, entschuldigte ich mich. »Das hast du davon, daß du ein großer Kerl mit einer Pistole bist.«

Er ließ den Wagen an. »Schon gut, El Micko«, antwortete er und fuhr die Auffahrt hinunter. »Die Situation rechtfertigt es.«

Es dauerte bedeutend länger, nach New Orleans zurückzukommen, als Hutch für den Hinweg gebraucht hatte. Hauptursachen waren das Tempolimit und der Nachmittagsverkehr. Anhalten und Eiscreme zum Mittagessen kaufen trugen ebenfalls dazu bei.

Hutch bot an, bei mir zu bleiben, während die Zeichnung angefertigt wurde, aber ich scheuchte ihn davon. Heute war doch eigentlich sein freier Tag. Millie hätte ihn sicher gern ein paar Stunden für sich.

O'Connor tauchte auf, als der Zeichner von der Polizei gerade fertig wurde. Er wies mich mit einer Handbewegung an, ihm zu folgen. »Nur ein paar Fragen«, reagierte er auf den Blick, den ich ihm zuwarf. Zugegebenermaßen paßte mein Aussehen zu meiner Geschichte, aber bisher war ich die einzige Person, die Frankenstein gesehen hatte. Für O'Connor war das bei weitem nicht gut genug.

Ich berichtete ihm, was Betty mir erzählt hatte. »Deshalb mußte sie sterben«, sagte ich. »Sie wußte, daß Cordelia niemals eine Abtreibung an Victoria Williams vorgenommen hat und daß folglich ihre Akte nichts in diesem Aktenschrank verloren hatte. Sie mußte einfach die Folgerung ziehen, daß die Akte dort deponiert worden war, um Cordelia die Sache anzuhängen. Und sie war nicht bereit, das zu vertuschen.«

O'Connor zuckte mit den Schultern. »Das behaupten *Sie*.«

»Behaupte ich?« schoß ich zurück. »Betty Peterson hat mir gesagt ...«

»Die tote Betty Peterson hat Ihnen gesagt, häh? Wie günstig, daß sie Ihnen, und nur Ihnen, Beweise lieferte, die Ihre geschätzte Dr. James freisprechen.«

»Herrgottnochmal! Würde ich mir so etwas selber zufügen?« brüllte ich und zeigte auf meine Schulter.

»Es sind schon merkwürdigere Dinge geschehen«, erwiderte O'Connor.

»Sie Scheißkerl! Sie Schweinehund, hören Sie auf, Cordelia zur Mörderin machen zu wollen.«

»Ich höre damit auf, wenn ich die Beweise dafür habe, Beweise, die vor Gericht standhalten, die besagen, daß sie es nicht getan hat. Im Moment weiß ich nicht genau, ob Sie nicht verrückt genug sind, hier eine Schau abzuziehen, um sie zu schützen.«

»Ich kann diesen Scheiß einfach nicht glauben ...«

»Je länger Sie so reden, desto eher glaube ich, daß es möglich ist.«

»Scheißkerl«, murmelte ich, zu erschöpft, um noch weiterzukämpfen.

O'Connor rief: »Shirly, würden Sie Miss Knight nach Hause fahren?« Dann grunzte er und griff nach dem Telefon.

Ich folgte Shirly hinaus. »Hey, kriege ich auch Blaulicht und so?« fragte ich, als wir in den Streifenwagen stiegen.

»Wenn du willst«, antwortete Shirly. »Wieso sehen wir dich überhaupt nicht mehr bei *Gertie's*?«

»Bin zu sehr damit beschäftigt, über Leichen zu stolpern«, antwortete ich. »Aber grüß die Bande schön von mir.«

»Wird gemacht.«

Shirly setzte mich ab und wartete, bis ich sicher im Haus war, bevor sie losfuhr.

Ich stolperte die Treppen hinauf, drei Etagen waren mir nie höher vorgekommen. Gerade als ich den Schlüssel ins Schloß steckte, klingelte mein Telefon. Es klingelte immer weiter, während ich die Tür öffnete und nach dem Lichtschalter tastete. Mein Tonband schaltete sich ein. Ich stellte es ab und nahm den Hörer.

Es war Joanne. »Mick, bist du in Ordnung?«

»Klar, ging mir nie besser.« Ich ließ mich aufs Sofa fallen. »Es geht mir verflucht gut.«

»Bist du betrunken?« fragte sie.

Ich begriff, daß ich so müde war, daß ich lallte. »Nein, Joanne, bin ich nicht«, sagte ich, bemüht, deutlich zu artikulieren.

»Cordelia hat hier angerufen und gesagt, ihr zwei wärt verabredet gewesen, aber du wärst nicht gekommen. Wo zum Teufel hast du gesteckt?«

»Joanne, ich bin fix und fertig«, wehrte ich ab.

»Schlaf deinen Rausch aus, Mick«, sagte sie kurzangebunden.

»Ich bin nicht betrunken, Herrgottnochmal!« brüllte ich.

Joanne schwieg.

»Es tut mir leid. Es war wirklich ein langer Tag«, entschuldigte ich mich, mit einem Mal sogar zu müde, um mich zu ärgern. »Betty Peterson ist tot. Ich hatte fast eine Abtreibung... Und jetzt verdächtigt O'Connor mich...«

»Fang nochmal von vorn an«, befahl Joanne.

Das tat ich. Ich erzählte Joanne die ganze Geschichte. Sie hörte zu, ohne mich zu unterbrechen.

»Willst du, daß ich rüberkomme?« bot sie an, als ich fertig war. Sie bot auch an, mich abzuholen, falls ich bei ihnen bleiben wollte. Ich lehnte beides ab.

»Ruf mich an. Egal wann. Alex ist A.E. Sayers«, sagte sie. »Ich meine das ernst.«

»Ich weiß. Tut mir leid, daß ich dich angeschrien habe. Danke, Joanne.«

»Mir tut es auch leid. Schlaf ein bißchen.«

Ich legte auf, und endlich, endlich, *endlich* zog ich das rote Kleid aus.

Auf meinem Tonband waren ein paar Nachrichten. Die ersten drei waren von Cordelia. Zweimal fragte sie, wo ich sei, beim dritten Mal teilte sie mir mit, daß sie jetzt schlafen ginge. Dann Danny und Joanne, die mich suchten, und noch ein paar aufgelegte.

Ich hatte einige Male versucht, Cordelia zu erreichen. Einmal am Eiscremestand und zweimal vom Präsidium aus. Ihr Tonband hatte sich jedesmal eingeschaltet, und ich hatte keine Nachricht hinterlassen. Ich wollte ihr nicht via Anrufbeantworterin von Betty Peterson erzählen.

Ich wählte ihre Nummer noch einmal. Sie schlief mittlerweile wahrscheinlich längst, dachte ich und schaute auf meine Uhr. Ihre Beantworterin schaltete sich nach dem ersten Klingeln ein. »Hallo«, sagte ich in der Hoffnung, daß sie abheben würde. »Hier ist Micky.« Dann hatte ich ein Black-out. Mir fiel nichts ein, was ich sagen konnte. »Äh ... Ich ...«, stammelte ich, dann wieder Leerlauf. »Es ist eine lange Geschichte. Es tut mir leid«, schloß ich unzulänglich. Ich wartete noch einen Moment, doch mir fiel nichts mehr ein, und sie ging nicht ans Telefon. Ich legte auf. Danny hatte ihr wahrscheinlich gesagt, daß mein Verschwinden kein Grund zur Besorgnis sei, ich hatte das früher ein paar Mal mit ihr gemacht.

Ich zwang mich, noch ganz schnell zu duschen, und untersuchte flüchtig den Schaden. Meine linke Schulter war ziemlich blau und aufgeschrammt. An den Stellen, wo ich auf die Treppe aufgeschlagen war, war mein Arm übersät von Blutergüssen. An den Beinen hatte ich weitere blaue Flecken und Schrammen. Dann schaute ich mein Gesicht an. Auf einer Wange trug ich einen schwarzblauen Daumenabdruck, auf der anderen die Abdrücke von vier Fingern. Er hatte wohl ganz schön kämpfen müssen, um mir diesen Lappen aufs Gesicht zu drücken.

Meine Schulter brannte unter dem heißen Wasser. Als ich das Blut abgewischt hatte, bemerkte ich, daß Splitter in ihr steckten. Ich versuchte ein paar Mal, sie herauszuziehen, aber ich glaube, es ist gar nicht möglich, sich selber einen Splitter aus der Schulter zu entfernen, wenigstens diese nicht. Vielleicht konnte ich Cordelia morgen überreden, es zu tun. Wenn sie lange genug mit mir sprach, um sich meine Erklärung anzuhören.

Ich schlief unverzüglich ein, merkte aber, daß jedes Geräusch, die Klimaanlage, die Katze mich wieder aufweckten. Schließlich stand ich auf, holte meine Pistole und legte sie auf den Nachttisch neben mein Bett.

Achtzehntes Kapitel

Ich erwachte mit einer steifen und pochenden Schulter, die Wunde mit den Splittern war rot und entzündet. Ich duschte noch einmal, weil ich nicht darauf vertraute, daß die kurze Waschung gestern abend ausgereicht hatte. Nicht bei meiner Verdrecktheit. Dann zog ich mich an, streifte behutsam ein Hemd über die wunde Schulter. Obwohl ich wußte, daß es wehtun würde, legte ich das Achselhalfter an. Ich schlüpfte in die leichteste Jacke, die ich besaß, mußte sie aber gegen eine schwerere eintauschen, weil sonst zu sehen war, daß ich eine Waffe trug.

Ich fuhr zur Klinik. Irgend jemand mußte ihnen sagen, daß Betty Peterson tot war. Dieser Jemand war nicht ich. Als ich ankam, fand ich Bernie weinend an Ellys Schulter. »Ihr wißt Bescheid?« fragte ich düster.

Elly nickte. Bernie hob den Kopf und wischte sich die Tränen weg. »Micky?« fragte sie und schüttelte verständnislos den Kopf.

»Es tut mir leid, Bernie«, sagte ich.

»Geh dir das Gesicht waschen«, sagte Elly behutsam. »Wir reden später.«

Bernie nickte und ging den Gang hinunter zur Toilette.

»Danny hat vor etwa zehn Minuten angerufen, um es mir zu sagen«, berichtete Elly. »Sie wußte keine Einzelheiten. — Bloß daß es wieder eine gottverdammte verpfuschte Abtreibung war«, fügte sie plötzlich wütend hinzu. »Bei Betty Peterson. Das ergibt keinen Sinn.«

»Nein«, stimmte ich zu. »Ich kann dir erzählen, was passiert ist.«

»Laß uns da reingehen.« Elly führte mich in ein leeres Behandlungszimmer. Sie seufzte, dann sagte sie: »Ich muß dir wohl nicht sagen, daß du auf Cordelias Abschußliste stehst. Und auf meiner, wenn auch nicht so weit oben. Es war nicht gerade der Hit, fünfundvierzig Minuten lang zuzuhören, wie Danny Cordelia erklärt, warum sie sich über dein Verschwinden keine Sorgen zu machen braucht.«

»Das ist eine lange Geschichte.«

»Das hab' ich mir ... Micky, was ist mit deinem Gesicht passiert?«

»Teil der langen Geschichte. Kannst du mit Splittern umgehen?«

»Splitter? Wo?«

»Linke Schulter.«

»Zieh dein Hemd aus«, wies Elly mich an.

»Laß das nicht Danny hören.«

Sie schenkte mir ein trockenes Lächeln. Als sie meine Pistole sah, zog sie eine Augenbraue in die Höhe. Und mehr als eine Augenbraue beim Anblick meines Rückens. »Du hast am gesamten Rückgrat Prellungen. Leg dich hin.«

Ich tat wie geheißen. Die Tür ging auf. Cordelia trat ein.

»Elly, ich wußte nicht ...« begann sie, dann sah sie mich. »Micky. Wie nett von dir, dich sehen zu lassen«, sagte sie sarkastisch.

Sie stand einen Moment zwischen Tür und Angel, schwankte, ob sie hereinkommen oder wieder gehen sollte. Schließlich trat sie ein. »Betty Peterson ist tot«, sagte sie sachlich.

»Ich weiß«, antwortete ich.

»Ich habe auf der Suche nach dir die Krankenhäuser durchtelefoniert«, sagte Cordelia wütend.

Irgendein perverser Zug meines Charakters kam zum Vorschein. Erst Joanne, dann Elly und jetzt Cordelia nahmen sofort an, daß ich mich betrunken hatte. Vermutlich glaubte sie, ich hätte mir die Kanne gegeben und sie vergessen.

»Was willst du hier?« wollte Cordelia wissen, als ich nicht sofort antwortete.

»Ich versuche Elly zu verführen. Wenn ich sie nur dazu bringen könnte, diesen Kittel auszuziehen«, erwiderte ich bissig.

»Ich entferne ihr Splitter aus der Schulter«, erklärte Elly.

»Wie sind Splitter in deine Schulter geraten?« fragte Cordelia.

»Beim Trepperuntergehen«, erwiderte ich.

»Du brauchst nicht so vorsichtig zu sein«, sagte Cordelia zu Elly. »Sie ist zu hart, um irgendwas zu fühlen.«

Die Bemerkung tat weh. Das sollte sie auch. »Im Gegensatz zu deiner oh so zarten, lilien*weißen* Haut«, hackte ich zurück. Besann mich dann.

»Geh zum Teufel!« explodierte Cordelia und würgte meine Entschuldigung ab.

»He, ihr zwei«, unterbrach uns Elly. »Das ist weder die Zeit noch der Ort hier.«

»Stimmt. Tut mir leid, Elly«, sagte Cordelia. »Ich muß mich um meine Patientinnen kümmern. Sag mir Bescheid, wenn der Raum wieder frei ist«, fügte sie noch kühl hinzu.

»Miststück«, spuckte ich.

Sie starrte mich eisig an.

»Micky«, sagte Elly warnend.

Ich schob sie weg. »Danke, ich kümmere mich schon selbst um meine gottverdammte Schulter.« Ich setzte mich auf und schwang meine Beine vom Tisch.

Nicht. Tu es nicht, sagte ich zu mir selbst, als mir aufging, daß weder Elly noch Cordelia diejenigen waren, denen meine

Wut galt. Sie hatten nicht versucht, mich zu töten, und sie hatten Betty nicht in einem Schrankkoffer verstaut, weil sie Fragen gestellt hatte.

»Leg dich hin. Laß mich das machen«, sagte Elly ruhig.

Ich sah zu Cordelia. Sie starrte mich immer noch zornig an, die Arme fest vor dem Körper verschränkt.

»Es tut mir leid«, sagte ich. »Ich bin nicht wütend auf dich.«

»Aber ich bin wütend auf dich«, fauchte sie mich an. »Du hättest anrufen können. Ich habe mir Sorgen um dich gemacht. Was war los?«

»Dieser nicht besonders nette Mann wollte mir eine Abtreibung verpassen, obwohl ich ihm sagte, daß ich anderweitig verpflichtet wäre, ganz zu schweigen davon, daß keine Schwangerschaft vorlag. Wir hatten eine Meinungsverschiedenheit, ich mußte einen ziemlich unsanften Abgang machen und bin auf meinen Schultern die Treppe runtergerutscht.«

»Warum hast du mich nicht angerufen?« fragte Cordelia.

»Hab' ich. Hatte aber ständig dein Band dran. Ich wollte ungern eine Nachricht hinterlassen wie: 'Hallöchen. Ich bin entführt und fast ermordet worden, und gerade hab' ich auch noch Betty Petersons Leiche in einem Schrankkoffer gefunden.'«

Cordelia und Elly starrten mich an. Schließlich fragte Cordelia, was geschehen sei. Ich erzählte ihnen eine etwas zusammenhängendere Version meiner Geschichte.

»Es tut mir leid«, sagte Cordelia, als ich fertig war. »Leg dich hin. Deine Schulter muß geflickt werden.«

Ellys Hände drückten mich nach unten. Sie machte sich wieder an die Splitter. Cordelia stand neben mir, ihre Hände ruhten auf meinem Rücken und vermieden es sorgfältig, die Prellungen zu berühren.

Als Elly fertig war, nahm Cordelia ihre Hände nicht weg, sondern massierte statt dessen meinen Hinterkopf und Nacken. »Fingerabdrücke?« fragte sie und legte einen Finger neben den Bluterguß auf meinem Gesicht.

»Ja.«

Es klopfte an der Tür, und Bernie trat ein. »Entschuldigung, ich muß ... oh.« Bernie sah, daß ich halb nackt war und Cordelia näher bei mir stand, als von Berufs wegen nötig gewesen wäre. Bernie errötete, trat dann wieder auf den Gang hinaus und sagte: »Sie sind hier. Aber Sie müssen noch ein, zwei Minuten warten.«

Ich hörte O'Connors Grunzen im Hintergrund. Bernie kam wieder herein und hielt Cordelia ein paar Papiere hin. »Danke, Bernie«, sagte sie. »Wir sind gleich soweit.«

Bernie verstand den Wink und ging hinaus.

»Es tut mir leid«, sagte Cordelia. »Ich hätte dir vertrauen sollen.«

Ich zuckte die Achseln und sagte: »Ich muß mich erst als vertrauenswürdig erweisen.«

»Für mich bist du das immer gewesen«, sagte sie leise. »Ich muß aufhören ... anderen zu glauben.«

»Danny Clayton muß aufhören, darauf zu bestehen, daß mein heutiges Verhalten mit dem von vor zehn Jahren identisch ist«, sagte ich.

»Oh, nein.« Elly lachte, weil sie wußte, daß dies auch für ihre Ohren bestimmt gewesen war. »Das mußt du ihr schon selber sagen. Ich halte mich da raus.«

Sobald ich wieder anständig bekleidet war, öffnete Cordelia die Tür, um O'Connor hereinzubitten.

»Ah, Dr. James, wie ich sehe — und wie ich mir hätte denken können —, hat Miss Knight Ihnen bereits ihre Version der Geschichte erzählt.«

»Micky hat mir erzählt, was geschehen ist«, antwortete Cordelia.

»Sieht so aus, als hätte der Staatsanwalt eine Menge Anrufe wegen Ihnen bekommen. Sieht so aus, als gefiele es einigen Leuten nicht, daß Ignatius Holloways Enkeltochter wie eine gewöhnliche Kriminelle behandelt wird.«

»Ob Sie's glauben oder nicht, ich habe keine Beziehungen

spielen lassen. Mein Großvater war in solchen Dingen vielleicht gut, ich bin es nicht.«

»Zweifellos. Sie sind nicht länger unter Haftanklage, Dr. James. Miss Knights Version bezüglich des letzten Todesfalls hat genügend Zweifel aufgeworfen, daß der Staatsanwalt meint, er habe nicht genügend Beweismaterial, um Sie festzuhalten.«

»Nur gut, daß jemand noch einen Funken Verstand besitzt«, ging ich dazwischen. »Wie praktisch, daß Betty starb, bevor sie Cordelias Unschuld beweisen konnte.«

»Praktisch, aber für wen?« antwortete O'Connor.

»Ich will, daß ihr Mörder gefunden wird«, sagte Cordelia.

»Sicher wollen Sie das«, erwiderte O'Connor kühl.

»Ganz sicher«, antwortete Cordelia fest. »Ich würde gerne eine Belohnung aussetzen.«

»Wieviel?« fragte O'Connor skeptisch.

»Zwanzigtausend. Mehr, wenn Sie glauben, daß es hilft.«

Das hatte O'Connor offenbar nicht erwartet, aber sein Gesichtsausdruck wurde rasch wieder neutral. »Eine ganz schöne Summe, Dr. James.«

»Ich will, daß derjenige, der Betty Peterson getötet hat, zur Rechenschaft gezogen wird.«

»Tja, nun, dem kann ich nur zustimmen«, antwortete O'Connor, während er sich zum Gehen wandte.

»Haben Sie Bettys Häuschen durchsucht?« fragte ich.

»Ja, haben wir. Was sollten wir denn wohl finden?« Verärgerung lag in seiner Stimme.

»Ich dachte, ich hätte einige Blanko-Versicherungsformulare gesehen«, log ich schnell.

»Durchs Fenster?« fragte O'Connor und warf mir einen scharfen Blick zu.

»Ja, durchs Fenster.« Ich starrte zurück und schwieg. Ich konnte nicht gut zugeben, eingebrochen zu sein.

»Nein, wir haben keine Versicherungsformulare gefunden. Wir fanden eine Bibel, Kleider, Lebensmittel, Körner — ein

Hinweis, daß Betty Peterson gern Vögel fütterte — und allerlei anderes, was zu finden man erwarten kann. Aber keinen Hinweis, der auch nur den Verdacht nahelegt, daß Betty Peterson in das verwickelt war, was Sie behaupten.«

»Oh.« Ich versuchte meine Ungläubigkeit zu kaschieren. »War nur neugierig«, fügte ich sarkastisch hinzu.

»Natürlich«, antwortete O'Connor.

»Noch eins, Detective O'Connor«, sagte Cordelia. »Es ist zu gefährlich für Micky, weiter an diesem Fall zu arbeiten.«

»Was?« fragte ich verblüfft. »Und wer soll Bettys Mörder aufspüren? Und was ist mit euch anderen?«

»Überlaß das der Polizei. Es ist ihr Job«, sagte Cordelia.

»Nein«, sagte ich. »Du kannst mich nicht von diesem Fall abziehen. Dieses Ungeheuer hätte mich fast umgebracht. Er hat Betty getötet und vier andere Frauen. Ich will ihn kriegen.«

»Sieh mal, ich habe darüber nachgedacht, aber ich kann nicht zulassen ...«

»Miss Knight«, sagte O'Connor. »In diesem Punkt stimmen Dr. James und ich überein.«

»Ihr könnt mich nicht hindern!«

»Hab' mir schon gedacht, daß dir das nicht gefallen wird«, seufzte sie. »Aber ich will nicht dafür verantwortlich sein, dein Leben aufs Spiel zu setzen. Meine Entscheidung steht fest.«

»Meine auch. Ich werde weiter ermitteln, ob es dir paßt oder nicht«, antwortete ich wütend.

»Nicht auf meinem Grund und Boden. Halte dich von diesem Gebäude fern.«

Ich starrte sie an, aber es gab nicht viel, was ich darauf sagen konnte. Natürlich war anzunehmen, daß ich mit Hilfe von Bernie, Millie und Elly irgendwie reinkommen würde. Aber das mußte ich Cordelia nicht auf die Nase binden.

»Bitte, Micky, sei kooperativ. Renn nicht mit dem Kopf gegen die Wand. Hier hast du deinen Scheck.« Sie hielt ihn mir entgegen.

Mir platzte der Kragen. »Hören Sie, erhabenste Miss Cordelia James, wenn Sie glauben, mit Ihrem Geld könnten Sie sich alles kaufen —«

»Das versuche ich doch gar nicht«, unterbrach sie mich.

»Miss Knight, halten Sie sich raus«, fügte O'Connor hinzu. »Dr. James hat recht.«

Hitzig erwiderte ich: »Nicht mit mir. Du kannst mich nicht kaufen.«

»Ich will dich nicht kaufen. Ich will, daß du in Sicherheit bist. Kannst du den Unterschied nicht verstehen?« sagte Cordelia.

»In Sicherheit bin ich, wenn dieser Killer im Knast ist. Vorher nicht.«

»Es tut mir leid, Micky, ich muß dich bitten zu gehen. Ich habe keine Zeit, mit dir zu diskutieren. Ich bin mit meinem Zeitplan jetzt schon hinterher.«

Ich blieb, wo ich war, und funkelte sie wütend an.

»Zwing mich nicht, dich hier rausschaffen zu lassen.«

»Das kannst du nicht tun …«

»Ich werfe dich über die Schulter und trage dich höchstpersönlich raus, wenn es sein muß.«

Beinahe sagte ich: »Versuch's doch«, aber Cordelia war eine der wenigen Frauen, denen es tatsächlich gelingen konnte, mich unter Einsatz von Muskelkraft rauszuwerfen. Und ich bezweifelte, daß sie es mir danken würde, wenn ich sie in die unwürdige Situation brächte, mich gewaltsam aus dem Gebäude zu schleifen. Ganz zu schweigen von dem Vergnügen, das ein solcher Anblick O'Connor verschaffen würde.

Ich drehte mich auf dem Absatz um, riß die Tür auf und marschierte hinaus.

»Micky?« fragte Bernie, als ich mit großen Schritten an ihr vorbeiging. Ich verlangsamte mein Tempo nicht. Sie heftete sich an meine Fersen. »Was ist passiert?«

»Ich bin gefeuert.«

»Warum?«

»Frag deine Chefin. Was weiß ich?« warf ich über die Schulter zurück, ließ Bernie stehen und knallte die Eingangstür hinter mir zu.

Ich stieg in mein Auto und schlug auf das Lenkrad, aber das ließ meine Schulter nur noch mehr schmerzen. Verdammt, dachte ich, und was tue ich jetzt? Nach Hause gehen, herumsitzen und darauf warten, daß die ihn finden?

Als ich einsah, daß es mich nur wütender machte, in der Hitze zu sitzen, startete ich schließlich den Wagen. Der Fahrtwind würde mein Gesicht etwas abkühlen, wenn auch nicht meinen Zorn. Da ich Bewegung brauchte, fuhr ich eine Weile in der Gegend herum. Von ihrem Grund und Boden konnte Cordelia mich fernhalten, aber nicht von der Straße. Ich konnte so oft an der Klinik vorbeifahren, wie ich wollte.

Ich fuhr zurück zu meinem Appartement und rief O'Connor an. »Hat sie Sie also geschmiert, was?« war die Nachricht, die ich für ihn hinterließ. Ich war sicher, daß er meinen unnachahmlichen Stil erkennen würde.

Danny hatte eine Nachricht auf mein Band gesprochen. »Es gefällt mir nicht«, sagte sie, »aber du und Cordelia seid erwachsene Frauen. Ich kann nur hoffen, daß sie klug genug ist, die ganze Sache genauso unverbindlich zu nehmen, wie du es zweifellos tun wirst.«

»Ich scheiß auf dich, Danno«, sagte ich zu ihrer Stimme.

Am nächsten Tag fuhr ich zur Klinik und fand einen Parkplatz auf der Straße. Einen Platz, den man von Cordelias Fenster aus sehen konnte.

Was versuche ich hier eigentlich zu beweisen, dachte ich, nachdem ich über eine Stunde in der Hitze gesessen hatte. Aber ich war zu dickköpfig, um wegzufahren. Ich sorgte dafür, daß ich noch da war, als alle nach der Abendschicht nach Hause gingen. Millie winkte und schüttelte den Kopf. Cordelia blickte kurz in meine Richtung und wandte sich rasch ab. Bernie wollte zu mir herüberkommen, schaute dann aber Cordelia an und lief weiter geradeaus. So ist's gut, Bern, gefalle der, die dich bezahlt. Ich beobachtete, wie sie davonfuhren, bevor ich mein Auto anließ und mich auf den Nachhauseweg machte.

Irgendwann mitten am nächsten Tag kam Elly nach draußen zu meinem Parkplatz. »Hast du keine Angst vor einem Hitzschlag?« fragte sie und lehnte sich gegen meine Autotür.

»Ich? Nee, was macht schon ein bißchen Sonnenschein?«

»Cordelia droht mit rechtlichen Schritten, wann immer sie aus dem Fenster schaut und dich sieht.«

»Na und? Das hier ist eine öffentliche Straße. Ich gehöre zur Öffentlichkeit. Wofür will sie mich da belangen?«

»Belästigung. Herumtreiben. Wahrscheinlich noch andere Sachen. Sie und Danny haben ein paarmal miteinander telefoniert.«

»Scheiße. Mit anderen Worten: Reiche Frauen können sich die Gesetze zurechtbiegen, wie es ihnen gefällt. Sag Danny, daß ...«

»Oh nein«, unterbrach sie mich. »Wenn du Danny etwas sagen willst, mußt du das schon selbst tun.«

»Schon kapiert. Du hast mich gewarnt. Jetzt marsch zurück ins klimatisierte Haus«, sagte ich griesgrämig.

»Was versuchst du eigentlich zu beweisen? Was kannst du tun, das die Polizei nicht kann?«

»Ich weiß, wie er aussieht. Wie er geht. Ich kann seine Haarfarbe drei Häuserblocks weit erkennen. Ich könnte verhindern, daß etwas passiert, und nicht bloß hinterher aufräumen.«

Elly nickte langsam und sagte dann: »Nun, ich habe gesagt, was ich zu sagen hatte. Ich bezweifle, daß du hier sein mußt, aber ich werde nicht versuchen, dich vom Gegenteil zu überzeugen. In der Nähe des Eingangs gibt es eine Toilette. Es sollte dir nicht allzu schwer fallen, dich dort reinzuschleichen, um sie zu benutzen.« Nach diesem Tip schlenderte sie zurück zur Klinik.

Ich versetzte mein Auto an ein schattiges Plätzchen — wo Cordelia es nicht sehen konnte.

Als sie abends nach Hause ging, sah sie mich dann doch. Sie blieb stehen und funkelte mich kurz an, machte einen Schritt in meine Richtung, dann drehte sie sich auf dem Absatz um und marschierte zu ihrem Auto. Ohne einen Blick fuhr sie an mir vorbei. Dann tauchten Elly und Bernie auf. Elly blieb stehen und rief, alle seien jetzt weg und daß ich nach Hause gehen könne.

Ich antwortete, daß die meisten Dinge passierten, wenn keine Leute da waren. Elly schüttelte bloß den Kopf und fuhr weg. Bernie hatte die Kühnheit, Cordelia zu trotzen, und winkte mir im Vorbeifahren zu. Zum Abendessen ging ich in eine kleine Klitsche von Restaurant ein paar Häuserblocks entfernt. Ich zeigte die Zeichnung von Frankenstein herum, hoffte, jemand könnte ihn gesehen haben. Hatte niemand, aber das Essen war gut.

Ich fuhr zur Klinik zurück. Es fing an zu regnen. Was versuchte ich zu beweisen? Wenn Frankenstein auch nur einen Funken Verstand hatte, dann war er mittlerweile in West-Texas. Nein, er ist ein Fanatiker, erinnerte ich mich, mit Logik darf man an ihn nicht herangehen.

Ich blieb auf der Straßenseite stehen, die der Klinik gegenüberlag, und blickte auf das verdunkelte Gebäude. Der Regen wurde stärker, lief in Strömen meine Windschutzscheibe herunter und nahm mir die Sicht.

Dann sah ich zwischen den Bächen Bernie vom Parkplatz auf die Straße laufen. Sie stolperte und rutschte in ihrer Eile aus, fing sich gerade noch, bevor sie hinschlug.

»Bernie!« schrie ich, während ich mein Auto anließ. »Bernie! Hier drüben!« Sie kam im Zickzack zu mir herübergelaufen, knallte gegen mein Auto, schlidderte um den Wagen herum und ließ sich auf den Beifahrersitz plumpsen.

»Fahren Sie los. Nichts wie weg«, keuchte sie. »Er war es. Dieser Riesenkerl. Bloß weg hier.«

Ich schaute zurück auf die Einfahrt zum Parkplatz. Mein erster Impuls war, rauszuspringen und ihm hinterherzustürmen.

Dann warf ich einen Blick auf Bernie, sah die Angst auf ihrem Gesicht. Und wußte, daß ich sie nicht allein und schutzlos zurücklassen konnte. Meine Chancen standen, ob mit Pistole oder ohne, zudem nicht sehr gut, wenn ich ihm in dunkler, regnerischer Nacht hinterherlief. Ich fuhr los.

»Ich hatte solche Angst«, sagte sie, nachdem wir ein paar Blocks gefahren waren.

»Was hast du eigentlich um diese Zeit noch hier gemacht?« wollte ich wissen.

»Ich habe ein paar Strick- und Nähsachen vergessen, die ich meiner Mutter bringen sollte. Mrs. Reilly hat die Sachen heute morgen vorbeigebracht. Und Mama braucht die für einen Pullover, den sie für das zweite Kind meiner Schwester strickt. Und ich habe versprochen, daß alles da sein würde, wenn sie morgen zurückkommt«, plapperte Bernie.

Ich wußte, daß sie es aus Nervosität tat, also würde ich wohl mehr Einzelheiten über die Babys ihrer Schwester und das Stricktalent ihrer Mutter erfahren, als mir lieb war. »Müssen wir das jemandem erzählen?« fragte sie plötzlich. »Ich komme mir so dumm vor.«

»Fürchte schon, Bern. Zuerst der Polizei.«

»Der Polizei?« fragte sie und schaute mich an.

»Ja. Die müssen erfahren, daß es Frankenstein wirklich gibt und daß er noch in der Nähe ist. Das wird ihnen helfen, die Suche etwas einzuengen. Und die Leute in der Klinik müssen wissen, wie real die Gefahr ist. Du hast das ja jetzt auf die harte Tour mitbekommen.«

Ich entdeckte eine Telefonzelle und fuhr den Wagen ran. O'Connor war noch im Büro, also berichtete ich ihm, was geschehen war und daß wir auf dem Weg seien.

Als wir ankamen, informierte O'Connor mich, daß einige Streifenwagen die Gegend durchkämmten. Bernie erzählte O'Connor, wie sie auf dem Parkplatz plötzlich Frankenstein sah, der das Haus beobachtete, woraufhin sie das Strickzeug fallenließ und wegrannte.

O'Connors einziger Kommentar war: »Sie haben also während eines Unwetters auf einem schlecht beleuchteten Parkplatz diesen Kerl gesehen und sind sicher, es war derselbe Mann, den Miss Knight ständig zu treffen behauptet?«

Ich starrte O'Connor wütend an, dann brachte ich Bernie nach Hause, sagte ihr, sie solle sich um das Strickzeug keine Sorgen machen, Mama und Schwesterchen würden es verstehen und das Baby es nie erfahren.

Bernie war aufgebracht. Verständlich. Ich blieb bei ihr, redete einfach mit ihr und ließ sie sich beruhigen.

Nach einer Weile fing Bernie an, Fragen zu stellen, die üblichen. Woher weiß man es? Wie lernt man Frauen kennen? Wie weiß man, daß sie lesbisch sind? Und so weiter und so fort. Ich antwortete ihr, so gut ich konnte. Dann kam die unvermeidliche Frage. Bernie fragte durchschaubar: »Sind Sie ... bist du ... mit jemandem zusammen?«

»Oh, Bernie«, lachte ich, sagte dann so sanft ich konnte: »Tja ... irgendwie schon.«

Sie errötete und war danach ein paar Minuten nicht in der Lage, mich anzuschauen. Ich bot ihr an, ihr ein paar Frauen vorzustellen, die ihrem Alter mehr entsprachen (und was noch wichtiger war, ihrem Erfahrungsstand, aber das sagte ich nicht). Dann versprach ich ihr eine Liste aller Lesbengruppen der Stadt, wo sie mehr Informationen bekommen könnte. Das munterte sie auf, und dann konnte sie mich auch wieder anschauen.

Ich blieb über Nacht. Im Bett ihrer Mutter. (Mama war nicht zu Hause, sondern bei der schwangeren Schwester.) Bernie hatte sich gemein erschreckt und konnte es nicht brauchen, alleingelassen zu werden.

Morgens fuhr ich sie zur Klinik, wo wir ihren Regenmantel und das durchnäßte Nähzeug auf dem Parkplatz einsammelten.

Millie rollte an. Ich erzählte ihr, was geschehen war, und bat sie, es den anderen zu sagen. Nachdem ich Bernie versichert hatte, daß ich am Nachmittag vorbeikommen und dafür sorgen würde, daß sie sicher zu ihrem Auto kam, stieg ich wieder in mein eigenes. Ich wollte nicht, daß Cordelia mich auf ihrem Parkplatz erwischte.

Sie erwischte mich, als ich ihn eben verlassen wollte. »Was tust du hier?« rief sie.

»Frag Bernie«, antwortete ich und gab Gas.

Ich fuhr nach Hause und rief O'Connor an. Frankenstein war nicht gefunden worden. Ich fluchte, und er versprach, verstärkt Streifen an der Klinik patroullieren zu lassen, wenn ich mich dadurch besser fühlte. Ich grunzte und legte auf.

Am späten Nachmittag fuhr ich zur Klinik zurück, kreiste ein wenig durch die Nachbarschaft. Kein blauer Chevy. Keine sehr großen Männer.

Dreist fuhr ich dann auf den Parkplatz der Klinik und stellte den Wagen neben Cordelias ab. Ich glaubte nicht, daß sie mein Auto hochstemmen und vom Parplatz schleudern konnte.

Bernie, Millie, Elly und Cordelia traten gemeinsam aus dem Gebäude. »Hey, Mick«, rief Millie. »Genießt du das Dampfbad?«

Elly drückte mich und sagte dann: »Ich hasse es, wenn du recht hast. Besonders wenn es um Killer geht, die sich hier rumtreiben.«

»Ja, Elly, geht mir genauso.«

Sie und Millie gingen zu ihren Autos. Dann war Bernie an der Reihe. Ich gab ihr die Listen, die ich ihr versprochen hatte. Und ein zerlesenes Exemplar von *Rubinroter Dschungel*. »Grundkurs für Lesben, Bern.«

»Danke, Micky. Vielen Dank.«

»Laß das deine Mutter nicht sehen«, warnte ich.

»Werd' ich nicht. Nochmal danke«, rief sie, während sie sich davonmachte, um ein richtiges lesbisches Buch zu lesen.

Cordelia lehnte sich in mein Fenster. »Ich nehme an, ich sollte dir danken, daß du Bernie gerettet hast.«

»Ich nehme an, das solltest du.«

»Danke. Ich weiß zu schätzen, was du getan hast.«

»Tja… na ja… Bernie ist ein tolles Kerlchen.«

»Und du bringst sie vom Pfad der Tugend ab, wie ich sehe.«

»Du glaubst, lesbisch sein ist eine Untugend?«

»Nein, natürlich nicht. Ich wollte einen Witz machen. Sie ist schrecklich verliebt in dich.«

Ich lachte kurz auf. »Glaub mir, ich hab' damit nichts zu tun. Ich bin die erste Lesbe, die sie je gesehen hat. Das ist alles.«

»Ich dachte, das wäre ich, und in mich ist sie nicht verliebt«, bemerkte sie leichthin.

»Sie weiß vielleicht nicht, daß du lesbisch bist.«

»Kann sein.« Cordelia zuckte die Achseln. »Du bleibst doch nicht etwa hier, oder?«

»Noch ein bißchen. Ich hab' eine Waffe.«

»Warum gibt mir das kein Gefühl von Sicherheit?«

»Weil sie nicht geladen ist? Und selbst wenn sie es wäre — weil ich nicht geradeaus schießen kann?«

»Micky«, sagte Cordelia und platzte dann lachend heraus. »Du bist verrückt«, sagte sie immer noch lachend. In ernsterem Ton fügte sie hinzu: »Bitte geh nach Hause. Bleib nicht hier. Die Regeln, die für uns gelten, gelten auch für dich.«

»In Ordnung«, stimmte ich widerwillig zu.

»Fährst du mir hinterher?«

Ich nickte. Sie stieg in ihr Auto und ließ es an. Ich folgte ihr, bog erst ab, als ich mußte, um zu meiner Wohnung zu kommen. Ich überlegte, zur Klinik zurückzufahren, tat es aber nicht. Wenigstens für heute abend hatte ich eingewilligt, es zu lassen.

Neunzehntes Kapitel

Am Morgen fuhr ich nicht zur Klinik. Ich hatte meinen Schönheitsschlaf dringend nötig. Nachmittags ging ich dann los, sah mich beim Rausgehen zufällig im Spiegel. T-Shirt, abgeschnittene Jeans und ein anständiger Blazer, der meine Waffe mit Mühe tarnte. Wir können ja nicht alle einer Modezeitschrift entsprungen sein.

Ich mußte nur eine halbe Stunde auf dem Parkplatz warten, bis Elly, Millie und Bernie auftauchten.

»Wo ist Cordelia?« fragte ich, als sie vorbeikamen.

»Macht Überstunden«, antwortete Elly.

»Und das laßt ihr zu?« wollte ich wissen.

»Nur deshalb, liebste Mick«, sagte Millie, »weil wir wissen, daß du hier draußen als Schutzengel herumschwirrst. Warum gehst du nicht rein und wartest drinnen, wo es kühler ist?«

»Danke nein«, antwortete ich. »Klimaanlagen lassen das Gehirn verrotten.«

»Wie du willst«, Millie machte sich auf zu ihrem Wagen.

Elly stieg neben mir ins Auto. »Keine bleibt allein auf dem Parkplatz. Ich leiste dir Gesellschaft, bis Cordelia auftaucht.«

»Ich könnte ja bleiben, Elly«, bot Bernie an.

»Du gehst nach Hause, Bernie. Deine Mutter macht sich auch so schon genug Sorgen«, antwortete Elly. »Außerdem will ich mit Micky reden.«

Ausmanövriert winkte Bernie uns zum Abschied zu und ging zu ihrem Auto.

»Ja?« sagte ich zu Elly.

»Sie ist ganz schön in dich verknallt.«

»Ich weiß. Was soll ich machen?« knurrte ich.

»Lenke sie sanft in Richtung anderer Neunzehnjähriger.«

»Ich hatte nicht die Absicht, mit ihr zu schlafen«, stellte ich klar.

»Ich werfe dir nichts vor.«

»Nein, aber du spielst darauf an, daß ich es tun könnte. Oder Danny steckt dahinter.«

»Nein, das tut Danny nicht. Sie ist nicht einmal hier.«

»Ich steh' nicht auf errötende Jungfrauen. Die habe ich ein für allemal aufgegeben. Ich meine, worüber sollen wir denn morgens miteinander reden? Das ist wichtig, findest du nicht?«

»Danny hat nie erwähnt, daß ihr morgens viel geredet habt.«

»Haben wir wohl auch nicht. Nachdem wir einmal begonnen hatten, miteinander zu schlafen, haben wir gefickt, was das Zeug... ähm...« Ich wechselte rasch das Thema. »Du brauchst nicht zu bleiben. Bis ungefähr acht Uhr bleibt es hell. Ich bin sicher, daß Cordelia sich bis dahin sehen läßt.«

»Wenn du drinnen wartest, dann gehe ich. Wenn nicht, werde ich bleiben und dir noch mehr taktlose Fragen stellen.«

»Du bist eine unnachgiebige Frau, Elly Harrison.«

»Vielleicht liegt es ja an mir, aber ich verstehe nicht, warum du Danny angetan hast, was du ihr angetan hast. Warum du sie so verletzen wolltest.«

»Ich wollte sie nicht verletzen... Ich war jung... ich... egal, ich glaube, ich warte drinnen. Grüß... Danny von mir.«

Ich stieg aus, kurbelte das Fenster hoch und verriegelte die Tür. Elly tat es mir nach. »Okay, Micky, paß auf dich auf«, sagte sie, verstand, daß ich ihr keine bessere Antwort geben konnte.

Ich sah zu, wie sie in ihr eigenes Auto stieg, und ging dann zum Gebäude hinüber. Das Wartezimmer war leer und die Tür zu Cordelias Büro geschlossen. Ich zog Dante heraus und setzte mich hin, um mir damit die Zeit zu vertreiben. Die Klimaanlage im Wartezimmer war abgestellt, aber es war immer noch bedeutend kühler als draußen. Ich vermutete, daß Cordelia ihre Tür geschlossen hatte, um die kühle Luft nicht entweichen zu lassen. Entweder das oder sie wußte, daß Elly mich ins Gebäude hineinjagen würde.

Nach einer Weile hörte ich, wie ihre Tür sich öffnete, und dann ging sie den Korridor hinunter zur Toilette. Als sie wieder herauskam, sah sie mich.

»Mir blieb keine Wahl«, sagte ich, um jeder Bemerkung vorzubeugen.

»Warum wartest du nicht in meinem Büro, wo es kühl ist?« fragte sie.

Ich akzeptierte, schließlich wollte ich nicht auf die *Göttliche Komödie* tropfen. Cordelia setzte sich hin und fuhr fort, Papierkram zu erledigen. Ich setzte mich auf den anderen Stuhl und las weiter. Die einzigen Geräusche im Zimmer waren das Summen der Klimaanlage, Cordelias Füller und das leise Rascheln von Papier. Ich blätterte ab und zu eine Seite um.

Ich war nicht sicher, was mich veranlaßte, aufzublicken. Cordelia beobachtete mich.

»Du liest wirklich, nicht wahr?« fragte sie.

»Laß dich von dem Einband nicht täuschen. In Wirklichkeit handelt es sich um einen Porno.«

Sie kam herüber und nahm mir das Buch aus der Hand. Nachdem sie es einen Augenblick lang untersucht hatte, gab sie es mir zurück.

»Sieht mir ganz nach Dante aus«, erwiderte sie. »Ich glaube, ich bin noch nie einer Frau begegnet, die Dante liest.«

»Einige davon sind trotzdem ganz nett. Laß dich nicht von mir abschrecken.«

»Du schreckst mich nicht ab. Jedenfalls nicht sehr.«

Ich war nicht sicher, was sie meinte, deshalb wußte ich nicht, wie ich reagieren sollte. Sie ging nicht weg, sondern blickte immer noch zu mir hinunter. Ich konnte ihre Augen nicht sehen. Ich schaute nach unten, dann in eine andere Richtung. Ich fand nichts, auf das ich meinen Blick gelassen richten konnte. Sie war zu nah. Ich mußte sie entweder anschauen oder ganz offen wegsehen. Wenn ich geradeaus schaute, starrte ich genau auf die Stelle zwischen ihren Brüsten und ihrem Unterleib.

Ich lugte wieder nach oben. Cordelia beugte sich zu mir runter. Dann fühlte ich, wie ihr Finger sich unter mein Kinn legte und meinen Kopf anhob. Sie küßte mich leicht, vorsichtig. Einen Augenblick rührte ich mich nicht, dann ließ ich Dante zu Boden fallen. Der Kuß wurde nachdrücklicher. Ich stand langsam auf, unterbrach unseren Kuß nicht. Ich ließ ihre Zunge in meinen Mund, kostete ihre Erforschungen aus.

Mein Körper begann zu reagieren, drückte sich an sie, spürte ihre Rundungen und Wölbungen gegen meine eigenen. Als sie ihre Hüften gegen meine stieß, schnappte ich nach Luft. Ich fuhr mit der Hand in ihren Hosenbund, während ihre sich unter mein T-Shirt schob.

»Können wir zivilisiert sein und es im Bett tun?« fragte sie. »Wenn wir hierbleiben, müssen wir dabei stehen.«

»Zivilisation«, stimmte ich zu. Meine Knie wurden sehr weich.

Cordelia schloß hastig ab, und schon waren wir auf dem Weg zu unseren Autos. Wir einigten uns auf ihre Wohnung, und daß ich mein Auto in meinem Viertel abstellen würde, weil ich keinen Anwohnerparkschein für das Quarter hatte. Sie fuhr mir mit ihrem Auto hinterher und las mich auf, nachdem ich geparkt hatte.

»Bist du sicher, daß du das tun willst?« fragte sie, als ich einstieg.

»Und du?« fragte ich zurück. Sie schaute mich an, als fällte sie eine Entscheidung. Um mein Unbehagen zu kaschieren, sagte ich: »Es kommt nicht oft vor, daß ich mit einer Frau schlafe, die größer ist als ich.«

»Ist mir noch nie passiert«, erwiderte sie.

»Wie wär's, wenn ich mich auf ein Telefonbuch stelle, und wir tun so, als wär' ich's?« bot ich an. »Ich glaube nicht, daß es mir möglich ist, noch ein Stück zu wachsen.«

»In Ordnung«, sagte sie lachend. Sie fuhr los zu ihrem Appartement.

Wir wurden von einem orangefarbenen Kätzchen begrüßt, das durch die Gegend tobte. »Gauner«, sagte Cordelia, als es sich über meine Schnürsenkel hermachte. Gauner flitzte davon.

Für ein, zwei Minuten schauten wir uns beklommen an, dann sagte Cordelia: »Möchtest du etwas trinken?«

»Nein, nein danke. Na ja, vielleicht ein Wasser.«

Sie ging in die Küche und holte mir ein Glas Wasser. Ich trank es halb leer und versuchte, mir etwas einfallen zu lassen, was ich sagen konnte. »Schätze, ich war durstig.« Ich stellte das Glas ab.

Noch eine unbehagliche Stille.

»Ich bin nicht sehr gut in sowas«, sagte Cordelia.

»Niemand verteilt hier Noten.«

»Ich glaube, ich habe noch nie wirklich eine Frau verführt. Ich hatte noch nie eine für eine Nacht.«

»Tja, es gibt für alles ein erstes Mal.«

Wieder eine Pause.

»Und was tun wir jetzt?« fragte sie schließlich.

»Willst du mich?« entgegnete ich, verwundert über ihre Zurückhaltung.

»Das ... ist doch wohl offensichtlich.«

»Dann nimm mich.« Ich legte Jacke und Pistole ab und plazierte sie auf einem Stuhl. Dann blieb ich stehen, wartete, daß sie den nächsten Schritt machte. Ich merkte, ich brauchte das Gefühl, daß sie mich genug wollte, um zu mir zu kommen.

Sie kam, stellte sich ganz nah vor mich, so daß unsere Körper sich fast berührten. »Ja, ich will dich.« Sie nahm mein Gesicht zwischen ihre Hände und fing an, mich zu küssen. Ich blieb einfach stehen, legte meine Arme noch nicht um sie, sondern konzentrierte mich darauf, sie zu spüren, ohne mir Gedanken zu machen. Spürte, wie sie meine Wange streichelte, ihre Finger in meinem Haar, ihre Lippen, die sich auf meinen regten.

Dann zögerte sie, wartete auf mich. Ich preßte eine ihrer Hände auf meine Brust. Die andere nahm ich und führte sie langsam meinen Körper hinunter, über eine Brust, über meinen Bauch, bis ihre Finger in meiner Hose waren. Dann legte ich meine Arme um sie, unter ihr Hemd, spürte die Breite ihres Rückens und ihrer Schultern.

Ich fühlte, wie meine Brustwarze unter ihrer Hand hart wurde. Ihre andere Hand tauchte in meine Hose hinab und verweilte spielerisch am Rand meiner Haare.

»Ich will dir das T-Shirt ausziehen«, murmelte sie.

»Bitte sehr.«

Sie zog mir das Shirt langsam über den Kopf und küßte meine freigelegten Brüste. Ich zog ihr das Hemd aus, hakte ihren BH auf und nahm ihn ab.

»Ich mag deine Brüste«, sagte sie und bedeckte sie vollständig mit ihren Händen.

»Wenn du sie finden kannst.«

»Ich mag deine Brüste«, wiederholte sie. »Sehr.«

Sie fuhr mit der Zunge um meine Brustwarze. Ich hatte nicht vor, ihren Geschmack bei Brüsten noch länger in Frage zu stellen. Jetzt öffnete sie den Reißverschluß meiner Shorts. Sie zog sie mir nicht aus, glitt statt dessen mit der Hand hinein.

Ich ließ sie einen Moment, dann schob ich die Shorts über meine Hüften und ließ sie zu Boden fallen. Ich wollte nackt sein. Cordelia half mir beim Ausziehen der Unterwäsche. Ich schleuderte meine Schuhe von mir.

Dann wollte ich ihre Hose öffnen. Sie legte eine Hand zwischen meine Beine, spreizte mit einem Finger meine Lippen und machte es mir schwer, mich darauf zu konzentrieren, ihr die Hose auszuziehen. Es gelang mir, sie weit genug herunterzuziehen, daß sie heraussteigen konnte.

»Du bist sehr naß«, sagte sie, als ihr Finger die Öffnung meiner Vagina fand.

Ich wollte meine Beine spreizen, mich ihr vollständig öffnen. Ich verlagerte mein ganzes Gewicht auf ein Bein und schlang das andere um ihre Hüfte.

»Komm rein. Bitte.«

Sie ließ sich nicht lange bitten. Ich spürte, wie ihr Finger langsam in mich eindrang, bis die Innenfläche ihrer Hand gegen mich preßte. Ich erschauerte, als ihr Finger sich vor- und zurückzuschieben begann.

Dann umfaßte sie meine Hüfte fest mit dem anderen Arm und hob mich hoch, lehnte sich leicht nach hinten, so daß mein Gewicht auf ihrem Brustkorb ruhte. Ich nahm ihre Einladung an und legte mein anderes Bein ebenfalls um ihre Hüfte, verschränkte meine Füße miteinander.

Sie trug mich ein paar Schritte, bis ich mit dem Rücken gegen eine Wand stieß. Mit Hilfe der Wand fiel es ihr nicht schwer, mich zu halten.

Diese Frau ist stark, staunte ich. Mir war aufgefallen, daß ihre Oberschenkel sehr muskulös waren. Und ich wollte sie erforschen.

Dann bewegte ihr Finger sich wieder in mir, und ich dachte nicht länger darüber nach, was ich mit ihr machen würde. Ich konzentrierte mich nur noch darauf, was sie mit mir machte. Und immer weiter machte. Ihr Daumen (nahm ich zumindest an, denn rein anatomisch gab es keine andere Möglichkeit) fing an, die Haut genau unter meiner Klit zu streicheln, zog daran und rieb sie.

»Oh ja«, stöhnte ich und mein Atem wurde kurz und flach.

»Sollen wir ins Bett gehen?« fragte Cordelia.

»Nein, ich bin ...« Meine Worte wurden unverständlich.

Ihr Körper vor mir, die Wand in meinem Rücken und die beharrliche Bewegung ihrer Finger vereinten sich zu einem immer größer werdenden Druck. Ich verbarg meinen Kopf an ihrem Hals, denn ich wußte, daß ich laut sein würde. Schnell glitten ihre Finger vor und zurück, ein heißes, nasses Gefühl von Haut auf Haut, bis der Druck stieg, seinen Höhepunkt erreichte und ich heftig zitternd kam.

Sie hatte rote Fingerabdrücke auf dem Rücken, wo ich sie umklammert hatte. Ich fragte mich, wie sie mich während meiner Zuckungen hatte halten können. Cordelia behielt mich fest im Arm und brachte uns zur Couch. Sie ist stark, dachte ich wieder, als sie mich sanft absetzte, nicht einfach fallen ließ, wie es die meisten getan hätten.

Sie kniete auf dem Boden vor mir und legte ihren Kopf auf meinen Bauch. Meine Arme lagen noch um ihren Hals. So verharrten wir einige Minuten, während mein Atem wieder ruhiger wurde. Schließlich fiel mir ein, wie sehr ich diese Schenkel spüren wollte.

Ich glitt von der Couch und kniete mich vor sie. Sie küßte mich stürmisch. Ich erwiderte den Kuß. Ich wollte sie. Ich drückte sie an den Schultern nach hinten und legte sie auf den Boden. Dann fuhr ich mit den Händen über diese wunderbaren Schenkel. Fahrradgestählte Schenkel. (Sie hatte ihr Fahrrad neben der Eingangstür abgestellt.)

Ich kniete mich zwischen ihre Beine. Ich fuhr mit einem Finger durch ihr Schamhaar, drückte gegen diese Schenkel und spreizte ihre Beine, so weit es nur ging. Sie war glitzernd naß. Ich legte meinen Mund auf sie. Allzuviel Spannung schien sie nicht mehr aushalten zu können.

Cordelia keuchte, als meine Zunge sie berührte, dann noch einmal, als meine Lippen sich auf sie drückten, sie umschlossen. Sie zuckte wieder, als meine Finger in sie eindrangen.

Mit der freien Hand strich ich einen von Cordelias kraftvollen Schenkeln entlang, bestrickt von dieser massiven Kraft. Vielleicht zu schwer und muskulös für herkömmliche Schönheitsmaßstäbe, aber ich schwelgte. Ich legte meinen Finger in ihr Haar, naß und schlüpfrig von meiner Spucke und ihrem Saft. In trockenem Zustand war es vom selben changierenden Braun wie ihr dunkler Schopf.

»Micky ... da«, keuchte sie.

Ich blieb mit dem Mund auf der Stelle, die sie wollte, hielt ihre zuckenden Schenkel ganz fest.

Ihr Körper bäumte sich auf und fiel zurück. Mehrere Beben schüttelten sie, verebbten zu leichtem Zittern, dann nur noch schweres Atmen und ihre Hände in meinem Haar, die meinem Mund Einhalt geboten. Ich küßte sie sanft, ihre geschwollenen Lippen, das schlüpfrige Haar, dann legte ich meinen Kopf leicht auf sie, bettete meine Wange auf den nassen Rand ihres Schamhaars. Meine Finger ließ ich in ihr. Ihre Oberschenkel drückten gegen meine Schultern, hielten mich umschlungen.

Schließlich zog ich die Finger heraus und rutschte nach oben, um mich neben sie zu legen. Sie erschauerte, legte ihre Arme um mich und hielt mich ganz fest, bevor sie unvermittelt losließ. »Deine Prellungen. Es tut mir leid, die hab' ich vergessen.«

»Ich hab' sie auch vergessen«, antwortete ich. »Mach dir um mich keine Sorgen.«

»Es fällt schwer, sich um dich keine Sorgen zu machen.« Sie legte ihre Arme um mich, vermied es sorgfältig, meine verletzte Schulter zu berühren. Wir küßten uns sanft.

»Eigentlich wollte ich ja duschen«, sagte Cordelia, als sie sich selbst auf meinen Lippen schmeckte.

Ich lachte. »Du warst wundervoll. Für mich. Vergiß die Etikette, wenn ich dich lecke.«

»In Ordnung.« Sie lächelte.

Ich legte meinen Kopf an ihre Schulter und lag ganz still in ihren Armen, fühlte den sanften Rhythmus ihrer Atmenzüge. Alles war gut, begriff ich plötzlich. Nicht, daß die Welt verschwunden war. Aber hier gab es einen Ort, wo ich für einen Moment vor ihr sicher war. Wir küßten uns wieder, dann sagte sie: »Ich sterbe vor Hunger. Wie sieht's bei dir aus?«

Genauso. Wir einigten uns auf Pizza, und sie stand auf, um telefonisch welche zu ordern. Ich stand unbeholfen herum. Ich wollte mich nicht hinsetzen und feuchte Stellen auf ihr Sofa machen, aber auch nicht ins Bad gehen und die Spuren unserer Liebe so schnell wegwischen.

So viele Gedanken machte Cordelia sich nicht. Sie ließ sich auf ihr Sofa fallen und klopfte dann einladend auf den Platz neben sich. »Ich habe eine bessere Idee«, sagte sie, als ich mich niederlassen wollte. Sie zog mich auf ihren Schoß.

»Ich liebe deine Ideen«, bemerkte ich und legte meine Arme um ihre Schultern. Es war beruhigend, in ihren Armen zu liegen. Vielen Frauen lag nichts daran, sich nach dem Sex zu berühren. Nach dem Konsum blieb kein Raum für Freundlichkeit und zärtliche Nähe. Cordelia streichelte meinen Arm von der Schulter bis zum Handgelenk.

Von all meinen Liebhaberinnen (die, an die ich mich erinnern kann) war Danny diejenige gewesen, die am liebsten gestreichelt hatte. Sie hielt mich immer im Arm, nachdem wir Liebe gemacht hatten, redete leise, kicherte manchmal und neckte mich, zu anderen Zeiten lagen wir nur still beieinander und hielten uns in den Armen. Das waren die Momente gewesen, vor denen ich mich am meisten gefürchtet hatte.

Cordelia küßte mich auf die Stirn, dann auf die Wange.

Warum fürchte ich mich nicht vor ihr, fragte ich mich. Aber hatte sie nicht auch gesagt, daß das hier nur eine Affäre für eine Nacht sei? Vielleicht machte das den Unterschied. Und falls es wirklich nur diese eine Nacht war, dann wollte ich so viel daraus machen wie nur möglich.

Ich küßte sie eindringlich, nahm ihren Kopf zwischen meine Hände, vergrub meine Hände in ihrem Haar.

»Micky...«, keuchte sie und brach den Kuß ab. »Ich muß mich anziehen... die Tür aufmachen.«

Sie schob mich von ihrem Schoß herunter und stand auf, überlegte es sich dann anders, drängte ihr Knie zwischen meine Beine und lag wieder auf mir, küßte mich dabei stürmisch.

»Zum Teufel«, sagte sie und unterbrach den Kuß erneut. »Wir müssen ja nichts essen, aber zur Tür gehen muß ich.«

Sie fing an, nach ihren Klamotten zu suchen. Ihre Hose hatte sie bereits an, aber ihr Hemd suchte sie noch, als der Pizzamensch klingelte.

»Wo ist mein Hemd?« schrie sie.

»Hier, nimm meins.« Ich warf ihr mein T-Shirt zu.

»Küche«, sagte sie und bedeutete mir, meinen nackten Leib dorthin zu verfrachten.

Während sie das Essen entgegennahm, suchte ich Teller und Besteck zusammen. Nachdem die Tür wieder sicher verschlossen war, ging ich zurück ins Wohnzimmer und zog meine Shorts an. Ich war hungrig. Wir konnten genausogut essen, solange die Pizza noch heiß war. Meine Shorts würden unsere Chancen erhöhen. Mein T-Shirt konnte ich nicht anziehen, weil Cordelia es trug.

Nach der Hälfte der Pizza zog sie es aus und warf es mir zu. »Hier«, sagte sie. »Es ist nur fair, mal zu tauschen. Jetzt kannst du dich verhüllen und meinen halbnackten Körper anstarren.«

»Gleichberechtigung«, sagte ich und warf das T-Shirt über meine Schulter. »Laß uns beide halbnackt sein.«

So beendeten wir unser Abendessen. Als ich aufstand, um den Tisch abzuräumen, schaute sie auf die Küchenuhr. »Wie ist es bloß so spät geworden?«

»Das Essen hat so lange gedauert.«

»Ich muß morgen ganz früh aufstehen.«

»Es ist Samstag.«

»Ich weiß. Morgen früh habe ich Klinikdienst, und vorher

muß ich noch Visite im Krankenhaus machen. Ich muß um sieben dasein.«

»Autsch.«

»Also muß ich jetzt duschen und ins Bett gehen.«

»Okay. Na dann...«, sagte ich. Ich sammelte mein T-Shirt ein, wo ich es hingeworfen hatte, und ging ins Wohnzimmer, meine Schuhe suchen.

»Was machst du?« fragte Cordelia.

»Ich ziehe mich an.«

»Ich habe nicht gemeint, daß du gehen sollst. Es sei denn, du willst.«

»Willst du, daß ich bleibe?«

»Na ja... ja. Irgendwie hatte ich schon gedacht, daß du das tust.«

Ich nickte und schleuderte meine Schuhe wieder von mir. Ich wollte bleiben.

»Mach es dir gemütlich. Ich muß unbedingt duschen. Meine Mitarbeiterinnen sind vielleicht nicht so verständnisvoll wie du. Schalt den Fernseher ein, wenn du willst.«

»Aber Cordelia«, sagte ich und folgte ihr, als sie sich auf den Weg ins Badezimmer machte. »Ich bin die weltbeste Rückenschrubberin. Ich denke, du solltest meine Talente nutzen.«

Sie grinste mich an und winkte mich dann mit sich. Meine Shorts und mein T-Shirt ließ ich ausgebreitet auf einem Stuhl zurück. Ich hatte nicht die Absicht, sie heute nacht noch einmal anzuziehen.

Ich weiß nicht, wie lange ich ihr den Rücken schrubbte. Ich weiß sehr wohl, daß ich viel Zeit damit verbrachte, sie unter dem herabrauschenden Wasser zu küssen.

»Du kannst das wirklich gut«, sagte sie, als ich sie beim Abtrocknen behinderte, indem ich ihre Brustwarzen küßte. »Es kommt wohl doch auf die Erfahrung an.«

»Ach ja?« antwortete ich und hob den Kopf. »Was ist dann deine Entschuldigung? Anfängerinnenglück? Du bist mehr als sehr gut.«

»Wie freundlich von dir. Ich habe nicht gerade den Ruf einer großen Liebhaberin.«

»Noch nicht«, antwortete ich.

Sie lachte kurz auf. »Du bist … ich weiß nicht. Ich habe mit fünf verschiedenen Frauen geschlafen, dich eingeschlossen, und mit drei Männern. Und ich bin zweiunddreißig Jahre alt.«

»Herzlichen Glückwunsch«, sagte ich. »Du hast mit mehr Männern geschlafen als ich.«

»Wirklich?« Sie sah überrascht aus.

»Wirklich. Ich habe in meinem ganzen Leben nur mit einem Mann Sex gehabt. Wenn …« Wenn ich meinen Vetter Bayard nicht mitrechnete. »Wenn … na ja, und der war schwul. Wir haben's aus Spaß einfach mal gemacht. Ned, mein Freund Ned.«

Sie ging in ihr Schlafzimmer voran. »Aber …« sagte sie und drehte sich zu mir um, »du hast mich im Glauben gelassen, neulich in meinem Büro, daß du …«

»Ich … hab' übertrieben«, antwortete ich, peinlich berührt von meinem Verhalten an diesem Tag. »Ich … glaube, ich wollte dich schockieren.«

»Warum?« fragte sie, während sie ihren Wecker stellte.

»Ich weiß nicht genau. Ich war wütend. Ich nehme an, du hattest einen wunden Punkt getroffen«, murmelte ich.

»Ah so«, nickte sie. »Schon mal in Therapie gewesen?«

»Ich? Nein.«

»Schon mal drüber nachgedacht?«

»Nein.«

»Oh. War nur so ein Gedanke. Joanne geht zu einer Frau, die sehr gut ist. Du könntest mal mit ihr darüber reden.«

»Nein, danke. Joanne ist … ich bin nicht Joanne.«

»Was soll das denn heißen?«

»Genau das … Joanne hat Gründe, zur Therapeutin zu gehen, die ich nicht habe.«

»Du meinst ihren Vater?«

Ich starrte Cordelia an. »Woher ...?«

»Joanne hat es mir gesagt, obwohl ich nicht glaube, daß ihr das bewußt war. Ich hatte sie nach ihrer Familie gefragt, und die Art, wie sie von ihrem Vater sprach, machte es offensichtlich, daß da mehr war, als sie sagte. Joanne kann gelegentlich ziemlich durchsichtig sein. Und einmal, nachdem ich ihr erzählt hatte, was mir passiert war, sagte sie: Ich wünschte, ich hätte deine Mutter, und wechselte dann schnell das Thema.«

Sie schlug die Bettdecke zurück und stieg ins Bett. Ich legte mich auf die andere Seite und stützte mich auf einen Ellbogen.

»Was ist dir passiert?« fragte ich.

»Ich hatte einen komischen Onkel. Einen aus dem Süden, nicht wirklich verwandt. Er drängte mich in der Scheune draußen auf Großvaters Besitz in eine Ecke und zwang mich, ihm einen runterzuholen. Ich erzählte es meiner Mutter, und sie wurde fuchsteufelswild. Ich glaube nicht, daß ich sie jemals so wütend gesehen hatte.«

»Auf dich?«

»Nein, natürlich nicht«, antwortete Cordelia und schaute mich an. »Auf ihn. Sie hätte ihn fast angezeigt, aber die Staatsanwaltschaft überzeugte sie davon, daß er mit seinem Status und seinen Beziehungen nie verurteilt werden würde. Außerdem hätte ich ein Kreuzverhör über mich ergehen lassen müssen. Also begnügte sie sich damit, dafür zu sorgen, daß alle Mütter in seinem Bekanntenkreis wußten, weshalb sie besser ihre Kinder von ihm fernhielten. Und stellte sicher, daß er nie wieder mit einem Mitglied der Holloway-Familie gesehen wurde. Sie drohte meinem Vater mit Scheidung, falls er nicht hundertprozentig kooperierte. Als das Gerücht erstmal genügend Ohren erreicht hatte, war er gesellschaftlich unten durch und zog irgendwohin in den Westen, vielleicht nach Texas. Wenn meine Mutter wußte, daß sie im Recht war, konnte nichts und niemand sie aufhalten.«

»Gut für sie.«

»Gut für mich. Wenigstens muß ich meine Therapie nicht damit zubringen, *darüber* wegzukommen.«

»Du bist in Therapie? Aber du bist ...«

»Ich bin was?«

»Einer der gesündesten Menschen, die ich kenne.«

Sie lachte. »Wahrscheinlich, weil ich schon so lange Therapie mache.«

»Oh.« Ich legte mich hin und schüttelte das Kissen unter mir auf.

Cordelia knipste das Licht aus. »Ich wünschte, ich wäre nicht so müde.«

»Es war eine lange Woche. Du brauchst deinen Schlaf«, antwortete ich.

»Aber Micky«, sagte sie, »maßgebliche Teile meines Körpers sind an Schlaf nicht interessiert.« Sie rollte sich auf die Seite und warf einen Arm über meinen Bauch.

»Komisch, ich habe selbst auch noch ein paar hellwache Stellen.« Ich schob ihre Hand hinauf zu meinen Brüsten.

»Kannst du immer noch genommen werden?« flüsterte sie in mein Ohr.

»Und ob.«

»Darf ich mich auf dich legen?«

»Oh ja«, antwortete ich, entzückt von dem Gedanken, von ihrem Gewicht gepreßt zu werden.

»Normalerweise steht es von vornherein fest, daß ich unten liege.«

»Nicht bei mir.«

Ich stöhnte leise, als sie ihren Körper über mich schob.

»Deine Schulter?«

»Welche Schulter? Das war eine klitorale Botschaft.«

Sie lachte. Und begann mich ernstlich zu küssen.

Gauner versuchte nicht ein einziges Mal, zu uns ins Bett zu steigen. Manche Katzen haben doch einen Funken Verstand. Ich hätte ganz sicher nicht versucht, in ein Bett zu steigen, in dem zwei Menschen sich dermaßen wild hin- und herwarfen.

Schließlich sagte Cordelia: »Verdammt, ich wünschte, ich wäre nicht so müde. Am liebsten würde ich die ganze Nacht aufbleiben und weitermachen.«

»Ich würde dich gerne wachhalten. Aber ich glaube nicht, daß deine Patientinnen das zu schätzen wüßten.«

Sie rollte zurück auf ihre Seite des Bettes, streckte dann den Arm aus und tastete nach meinen Fingern.

Händehaltend schliefen wir ein.

Der Wecker klingelte zu brutal früher Stunde. Cordelia fluchte und schlug ihn aus, rollte dann herum und stieß gegen mich.

»Hey, du bist hier. Ich hatte schon befürchtet, du seist ein Traum.«

»Das wirst du dir vielleicht noch wünschen, falls Danny je davon erfährt«, antwortete ich.

»Tja, ich sag's ihr nicht, wenn du nichts sagst«, schlug sie vor und kletterte dann halb auf mich.

»Ich kann mich beherrschen, glaub mir.«

»Was tue ich denn hier?« murmelte Cordelia, während sie wieder von mir herabglitt. »Ich muß aufstehen. Tut mir leid.«

Ihr zweiter Wecker ging los. Auch diesen schlug sie aus, dann schwang sie ihre Beine aus dem Bett. Für ein, zwei Minuten schüttelte sie den Kopf, dann stand sie auf und trottete ins Bad.

Ich setzte mich langsam auf, versuchte wach zu werden. Ich warf einen Blick auf einen ihrer Wecker. Viertel vor sechs, kein Wunder, daß ich groggy war. Ich ging zu dieser Uhrzeit häufiger ins Bett, als daß ich aufstand.

Cordelia kam zurück. »Schlaf weiter. Ich werde mich besser fühlen, wenn wenigstens eine von uns beiden genug Schlaf bekommt«, sagte sie und fischte Unterwäsche aus einer Schublade.

Meine Antwort, nicht geplant, war ein Gähnen.

Ich sah zu, wie sie ihre Klamotten zusammensuchte. Sie ist wunderschön, dachte ich plötzlich. Natürlich nicht auf herkömmliche Art. Ihr Haar war zerrauft, und sie konnte vor Müdigkeit nicht gerade stehen.

»Beobachte mich bloß nicht morgens«, knurrte sie. »Nicht, bevor ich meine erste Tasse Kaffee hatte.« Sie warf sich ihre Klamotten über die Schulter und ging zurück ins Badezimmer.

Ich zwang mich hoch und tapste in die Küche. Gauner schlief in einer Ecke, erwachte aber bei meinem Erscheinen. Ich war nicht die richtige Person, aber das hielt sie nicht davon ab, auf Nahrung spekulierend um meine Beine zu streichen. Erst machte ich Kaffee. Dann, in einem Anfall von Großmut, fütterte ich sie.

»Micky?« sagte Cordelia, als sie die Küche betrat. »Habe ich da Kaffee gerochen?«

»Darf ich dich jetzt ansehen?« fragte ich, während ich ihr eine Tasse reichte. Sie war angezogen, ihr Haar ordentlich gekämmt.

»Danke, das hättest du nicht tun müssen.« Sie lehnte sich gegen die Anrichte und schlürfte am Kaffee.

»Hast du dein Gesicht auch ordentlich gewaschen?« fragte ich.

»Das hoffe ich doch«, sagte sie mit einem kleinen Lächeln. »Elly wird mit mir in der Klinik arbeiten. Sie ist bemerkenswert scharfsinnig, wenn es um gewisse Dinge geht.«

»Laß mich das mal überprüfen«, bot ich mich freiwillig an.

Sie hob fragend die Augenbrauen. Ich schubste ihre Hand mit der Kaffeetasse aus dem Weg und küßte sie.

»Und?« fragte sie.

»Kaffee. Ich glaube, es braucht noch einen Test.« Ich küßte sie noch einmal. Gründlich.

»Ich bin spät dran«, brach sie ab. »Ich muß los.«

»Ich könnte hier sein, wenn du zurückkommst.«

»Ich weiß nicht, wann ich wieder hier bin.«

»Was ist mit heute abend?« drängte ich.

»Ich ... bekomme übers Wochenende Besuch«, antwortete

sie. »Erinnerst du dich an Nina? Ich hole sie heute nachmittag vom Flughafen ab.«

»Oh. Okay.« Ich drehte mich von ihr weg und versorgte Gauner mit frischem Wasser.

»Ich werde dich anrufen. Ich ...«

»Ja, tu das. Grüß Nina von mir.« Benutze bloß keine banalen Klischees, um mich loszuwerden, dachte ich wütend.

»Das werde ich.«

»Bist du nicht spät dran?« sagte ich bissig.

»Ja, bin ich.« Sie wandte sich zum Gehen, wirbelte dann wieder herum. »Sieh mal, ich kann mein Leben nicht damit verbringen, darauf zu warten, daß du dich mal sehen läßt.«

»Natürlich nicht«, antwortete ich kühl.

»Micky ... Ich hatte letzte Nacht eine tolle Zeit.«

»Ich auch. Ich bin sicher, daß ich mich daran erinnern werde«, erwiderte ich sardonisch.

»Ich ruf' dich an.« Sie ging zur Tür.

»Jedenfalls ein, zwei Tage lang«, rief ich ihr hinterher, drehte mich um und kraulte Gauners Köpfchen.

Ich hörte, wie sie stehenblieb und einen Augenblick verharrte, dann marschierte sie aus der Wohnung und knallte die Tür hinter sich zu.

Gauner schaute mich fragend an.

»Was hast du erwartet? Daß ich ihren höflichen Scheiß glaube? 'Ich ruf' dich an.' Eher schneit es in der Hölle, Gaunerchen, alte Kameradin«, sagte ich und streichelte ihren Rücken. »Wenn sie das nächste Mal so verdammt geil ist, dann soll sie doch diesen einen Extra-Tag warten, bis ihre Freundin zurückkommt. Sie kann mich mal! Verdammt!« Ich schlug gegen den Küchenschrank. Gauner machte sich davon, offensichtlich gab es Leute, mit denen sie nicht einmal für Nahrung verkehrte. »Gottverflucht!«

Ich wechselte die Laken auf Cordelias Bett und spülte dann alles Geschirr. Ich räumte das Wohnzimmer auf. Ich fand sogar ihr verschwundenes Hemd und steckte es in die Schmutzwäsche.

Ich schrieb ihr eine Notiz: *Liebe Dr. James, es muß Ihnen überhaupt nicht peinlich sein. Ich habe alle Spuren meiner Anwesenheit vernichtet.*

Dann zerknüllte ich den Zettel und warf ihn in ihren Mülleimer. Eine Notiz zu hinterlassen wäre eine Spur meiner Anwesenheit. Nach einem letzten prüfenden Blick ging ich und achtete darauf, daß die Tür hinter mir ins Schloß fiel.

Ich ging zu Fuß zurück zu meinem Appartement. Der Bus wäre wahrscheinlich schneller gewesen, aber ich war nicht in der Stimmung, mich mit Samstagmorgen-Bussen auseinanderzusetzen.

Hepplewhite miaute bei meinem Eintreten. »Ich habe heute morgen schon genug Katzen gefüttert«, knurrte ich sie an. Sie miaute wieder, und ich warf meine Jacke in ihre Richtung. Da Vorsicht bekanntlich die Mutter der Porzellankiste ist, versteckte sie sich hinter dem Kühlschrank. Dann ärgerte ich mich darüber, daß sie mir aus dem Weg ging.

Reg dich ab, Micky, sei nicht wütend auf deine Katze, bloß weil sie sich wie eine Katze verhält. Als Entschuldigung gab ich ihr etwas von dem Dosenfutter, das sie am liebsten aß.

Dann schlug ich auf meine Küchenanrichte. »Gottverfluchte Scheiße!« Ich konnte sie immer noch an meinen Fingern und auf meinem Gesicht riechen. »Verschwinde aus meinem Leben.« Ich ging ins Badezimmer, zog auf dem Weg meine Klamotten aus. Ich stellte mich unter die Dusche und schrubbte mich mehrmals ab, vernichtete alle Spuren von Cordelia.

Während ich mich abtrocknete, wurde mir klar, daß ich müde war, aber mehr noch entnervt und leer.

Warum mußte sie mich küssen? Wenn alles, was sie wollte, ein kurzer Fick war, warum mit mir?

Weil es das ist, wofür du einen Ruf hast.

Ich ging in mein Schlafzimmer, zog die Decke zurück und stieg ins Bett. Schlaf, Micky, vielleicht fühlst du dich besser, wenn du etwas Schlaf hattest. Ich erwog ein paar Schluck aus der Whiskypulle, die Joanne dagelassen hatte, redete mir das aber schließlich aus. Schlaf ein und hoffe, daß du nicht träumst, sagte ich mir und schloß die Augen.

Zwanzigstes Kapitel

In der Hölle hatte es nicht geschneit. Cordelia hatte nicht angerufen. Nicht, daß ich das erwartet hätte. Nicht nach meiner letzten Bemerkung.

Warum zum Teufel war ich nicht … netter gewesen? Warum hatte ich nicht gesagt: Ja, ruf mich doch mal an. Laß uns eine Affäre haben, wenn deine Freundin nicht in der Stadt ist. Vielleicht würde sie Nina ja sitzenlassen, wenn ich nett und anständig war. Wenn ich sie mich noch ein paarmal ficken ließ, würde sie vielleicht … Würde sie vielleicht was? Sich in mich verlieben? Was für eine Chance hatte ich schon gegen Nina? Die perfekte amerikanische Blondine gegen eine große, dunkle Bayou-Schlampe. Was dachte ich denn, wen zum Teufel Cordelia sich erwählen würde?

Nachdem ich am Samstag von Cordelia nach Hause gekommen war, hatte ich versucht zu schlafen. Aber am späten Nachmittag war ich aus Träumen erwacht, die ich einfach nicht wollte, und hinaus zur alten Schiffswerft gefahren, die ich immer noch in Bayou St. Jack's besaß. Ich hatte sie von meinem Vater geerbt, und Tante Greta hatte mich nie dazu bekommen, sie zu verkaufen. Ich mußte noch ein paar Reparaturen vornehmen, obwohl der Hochsommer wirklich nicht die beste Zeit dafür war, ein Dock auszubessern. Aber die Hitze und die körperliche Arbeit erschöpften mich und ließen mich traumlos schlafen.

Ich war seit ein paar Stunden wieder in der Stadt, hoffte auf einen Anruf von Cordelia. Heute war Donnerstag. Es war fünf Tage her. Auf meinem Tonband waren zwar Nachrichten, aber keine von ihr. Bernie und O'Connor hatten angerufen. O'Connor rief ich zurück. Er war nicht da. Ich hinterließ meinen Namen und meine Telefonnummer.

Dann saß ich da und starrte auf das Telefon, fühlte mich von ihm verraten. Ich schaute meine Post durch. Rechnungen und Müll. Die Stromrechnung verlangte einen Kompromiß zwischen meinem Kontostand und meiner Klimaanalge. Sehr tröstlich. Dann bemerkte ich ein Flugblatt mit einer handgeschriebenen Notiz darauf. Es war die Ankündigung eines allwöchentlichen Austern-*Po-boy*-Essens am Donnerstag in *Gertrude's Stein*. Die Notiz in der Ecke lautete: »Komm vorbei, Mick. Wir vermissen dich. G.« Gertie hatte es eigenhändig geschrieben.

Austern-*Po-boys* haben schon so manches gebrochene Herz geheilt, sagte ich zu mir selbst. Und manchen Magen gefüllt, fügte ich hinzu, als meiner sich knurrend meldete. Es war heute abend.

Das Telefon klingelte. Ich sprang nach dem Hörer, aber es war nur O'Connor. Er wollte einen Blick auf die Haßbriefe werfen, die der Klinik geschickt worden waren, und bat mich, ihm meine vorbeizubringen. Als ich ihn drängte, mir zu sagen, warum, gab er zu, daß einige Frauenkliniken Bombendrohungen erhalten hatten, die auf einem Nadeldrucker ausgedruckt waren, und daß er die Schriftbilder vergleichen wollte. Auf meine Anregung, daß Frankenstein der Absender sein könnte, teilte O'Connor mir mit, es gebe keine Beweise, daß die Briefe etwas miteinander zu tun hätten, und selbst wenn sie in Zusammenhang stünden, daß Frankenstein sie schickte. Und was ihn persönlich betraf, sei noch immer nicht erwiesen, daß Frankenstein überhaupt existiere.

Ich dankte ihm für seine scharfsinnigen Beobachtungen und versprach, mit den Briefen vorbeizukommen, sobald ich es einrichten konnte. Er grunzte und legte auf. Ich konnte es etwa zur Abendessenszeit einrichten.

Das Telefon verbrachte die nächste halbe Stunde damit, nicht zu klingeln. Ich überließ es seinem sturen Schweigen und machte mich auf zu O'Connors Büro und, was wichtiger war, zu Gerties *Po-boys*.

O'Connors Dank für meine Bemühungen waren ein Nicken und ein Grunzen.

Ich ging zu *Gertie's*. Seit ich das letzte Mal hiergewesen war, hatte sie renoviert, den Laden vergrößert und die wenigen, überfüllten Tische am anderen Ende der Bar durch einen richtigen Restaurantbereich ersetzt. Über der Theke prangten noch immer die Maßkrüge und exotischen Biere, aber sie waren jetzt anständig beleuchtet, eine glitzernde Sammlung von Porzellan und Zinngeschirr anstelle verschwommener Umrisse.

Auf einmal hatte ich einen richtigen Schmacht auf ein kaltes Bier. Mußte wohl die Hitze sein.

»Micky Knight, na, da soll doch gleich«, begrüßte Gertie mich.

»Hey, Gert, sieht toll aus«, antwortete ich und beugte mich hinunter, um ihre Wange zu küssen.

Sie drehte mein Gesicht und gab mir einen Schmatzer auf den Mund.

»Hier gibt's keine Schüchternheit«, erklärte sie. »Was trinkst du?« Sie fuhr mit dem Rollstuhl zur Bar hinüber, und ich folgte ihr.

»Ähm ... Mineralwasser«, antwortete ich.

»Geht aufs Haus«, teilte sie mir mit.

»Mineralwasser«, wiederholte ich.

Sie gab Lou, der Barkeeperin, meine Bestellung weiter.

»Du kannst jederzeit vorbeikommen und uns besuchen«, sagte Gertie. »Keine Bedingungen.«

»Ich weiß, Gert. Es war bloß einfacher ...« Ich verstummte. »Ich bin wegen der Austern hier.«

»Mineralwasser läßt das Gehirn verrotten«, sagte Lou mit der Einstellung einer wahren Barkeeperin, während sie mir das Glas reichte.

»Ich weiß, aber ich mußte ja was unternehmen, um mit euch auf einem Level zu bleiben.«

Lou prustete, dann sagte sie: »Was hast du heute nacht noch vor, Mick? Carmen ist nicht in der Stadt«, fügte sie vielsagend hinzu.

»Jedem Ärger aus dem Weg zu gehen.« Ich war schon einige Male mit ihr nach Hause gegangen. Daran erinnerte ich mich. Ich winkte ihr zu und folgte Gertie zu den Tischen.

»Gefällt dir die Rampe?« fragte sie, während sie hinaufrollte. »Wenn du selbst im Rollstuhl sitzt, kommst du auf die Idee, daß solche Einbauten gebraucht werden könnten.«

»Ich bin beeindruckt«, sagte ich und würdigte das polierte Holz und das Messinggeländer.

»Hier, nimm diesen Tisch«, sagte sie und hielt an.

»Der ist zu groß. Gib mir einen kleinen, hinten in der Ecke.«

»Mach dir keine Sorgen, du wirst nicht lange allein bleiben«, antwortete sie mit einem Augenzwinkern, dann verschwand sie in Richtung Küche.

Ich saß an dem mir zugewiesenen Tisch, nippte an meinem Wasser und betrachtete die Frauen an der Bar. Ich kam mir ein wenig einsam und ein wenig blöd vor, für mich allein und ohne Drink dazusitzen. Mit einem Mal erschien es wenig sinnvoll, daß ich hier war. Ich fragte mich, ob ich ohne ein paar Schluck Scotch den Mut hätte, auch nur zu versuchen, eine Frau aufzureißen. Wenn ich früher einen Korb bekam, hatte ich die Abweisung einfach mit einem weiteren Drink runtergespült. Alles war ein Spiel. Scotch und gleichgültiger Sex. Frag eine Frau, ob sie mit dir tanzt, geh zwei Felder zurück, wenn sie nein sagt, hol dir einen Drink und würfle nochmal. Tanze einen Engtanz, dann bekommst du zehn Punkte, hol dir noch einen Drink, und wenn sie mit dir nach Hause geht, dann hast du das Spiel gewonnen. Wenn nicht, noch einen Drink und neu würfeln.

»Erwartest du jemanden, oder willst du zu uns rüberkommen?«

Ich blickte auf. Danny.

»Oh, hallo, Danno. Zu dir und Elly?«

»Nee, Elly arbeitet. Sie kommt vielleicht später. Die Liga alleinstehender lesbischer Anwältinnen. Die treffen sich hier jede Woche um diese Zeit.«

»Was machst *du* dann hier?« fragte ich, während ich aufstand.

»Ehrenmitglied. Einst war auch ich alleinstehend«, antwortete Danny und führte mich an ihren Tisch.

»Und du stellst mich deinen ungebundenen Freundinnen vor?«

»Sie sind nicht alle Freundinnen. Du weißt ja, daß ich dich von meinen Freundinnen lieber fernhalte.« Sie blieb knapp außer Hörweite des Tisches stehen. »Ein paar von denen hätten dich sogar verdient.« Sie ging weiter, bevor ich antworten konnte.

»Meine sehr verehrten Damen und Damen«, verkündete Danny, »dies ist Michele Knight, abgeliefert wie gewünscht.« Sie schob mich auf einen Stuhl, setzte sich neben mich und verhinderte so eine schnelle Flucht.

Außer uns waren sechs Frauen da. Alles Anwältinnen, nach dem Aussehen ihrer Kostüme und der Summe der Aktentaschen zu schließen.

»Wir fanden, daß Sie da nicht so allein sitzen sollten«, flirtete eine von ihnen.

Namen wurden ausgetauscht, aber ich gab nicht besonders gut acht. Sechs Namen waren sowieso zuviel für ein nüchternes Gedächtnis.

»Hier, probier das bitte mal«, sagte Danny und stellte ein Glas Bier vor mich hin.

Ich nippte. »Schmeckt doch gut.«

»Kannst es behalten«, antwortete sie. »Für mich schmeckt es wie Nagellackentferner.«

Ich zuckte die Achseln und nahm einen Schluck. Ich hätte nein sagen können. Ich hätte es Danny zurückgeben können, hätte sagen können, ich will es nicht, oder, ich trinke nicht mehr. Aber war ich wirklich hergekommen, um nicht zu trinken? Ich wollte dieses Bier. Ich nahm noch einen Schluck. Nach ein paar weiteren wurde Marlas (was sich als ihr Name herausstellte) Flirten weniger lästig. Mehr ein Spiel. Sie war nicht wirklich an mir interessiert, sie wollte bloß mit einer schlafen, der sie bei Gericht nicht über den Weg laufen würde.

Sie streckte ihren Arm aus und nahm meine Hand.

»Die nächste Runde geht auf mich. Was trinkst du?« fragte sie.

»Scotch. On the rocks.«

Marla gab der Kellnerin ein Zeichen, ohne meine Hand loszulassen. Ich war froh, daß ich nicht neben ihr saß. Ich wollte mir nicht mal ausmalen, was sie unter dem Tisch anstellen würde.

Ich entschuldigte mich, um zur Toilette zu gehen, und holte mir meine Hand zurück. Danny verdrehte die Augen, als sie aufstand, um mich vorbeizulassen.

»Schnelle Arbeit«, murmelte sie.

»Du hast mich eingeladen«, gab ich zurück und schob mich an ihr vorbei.

Als ich wieder an den Tisch kam, waren unser Essen und mein Scotch bereits dort. Ich hoffte, das Essen würde Marlas Hände beschäftigt halten.

Ich hatte mein *Po-boy* gerade halb gegessen, als Elly auftauchte. Gefolgt von Cordelia. Natürlich, sie waren in der

Klinik gewesen. Danny küßte Elly zur Begrüßung. Cordelia nickte mir leicht zu, sagte aber nichts.

Ich fragte mich, ob es eine plausible Möglichkeit gab, mitten in einem halbgegessenen Austern-*Po-boy* aufzustehen und zu verschwinden. Wäre es nur Roastbeef gewesen, dann wäre ich vielleicht damit durchgekommen.

Elly und Cordelia quetschten sich neben Danny, zwangen mich dadurch noch näher an die verflixte Marla. Die Frau, die zwischen uns eingepfercht war, sah aus, als würde sie jeden Augenblick das Weite suchen.

Cordelias Gegenwart war eine Ablenkung. Immer wenn sie etwas sagte, wollte ich es hören. Ich schaute sie so oft an, wie es ging, ohne daß es auffiel, und versuchte ruhig mein *Po-boy* zu essen und meinen Scotch zu trinken. In der Hoffnung, er würde meine Nerven beruhigen, bestellte ich mir noch einen.

Zwei der lesbischen Anwältinnen verabschiedeten sich. Zum Glück nicht die, die mich von Marla trennte. Dann standen Danny und Elly auf, um zur Toilette zu gehen. Manche Paare tun einfach alles gemeinsam. Aber das bedeutete, daß niemand zwischen mir und Cordelia saß.

Sie schaute mich mit ihrem rätselhaften Halblächeln an, rutschte dann zu mir herüber, bis wir direkt nebeneinander saßen.

»Hallo«, murmelte ich. Die Situation schien dies zu erfordern.

»Hallo«, antwortete sie. »Wie geht es dir?«

»Ganz gut. Und dir?«

»Gut. Alles in Ordnung.«

In der folgenden Stille biß ich in mein Sandwich.

»Wie geht es Nina?« platzte ich heraus, nachdem ich mit Kauen fertig war und die Stille nicht länger ertrug.

»Der geht's gut«, sagte Cordelia, dann, offenbar genauso darauf bedacht, Stille zu vermeiden: »Sie ist mit dem Flieger aus Atlanta gekommen. Da hat sie öfters geschäftlich zu tun. Und Robin ist aus Houston eingeflogen …«

»Wer ist Robin?«
»Na, ihre Freundin.«
»Aber, du meinst ...«
Cordelia sah mich fragend an.
»Ich dachte, ihr ... vergiß es.«
»Du dachtest, wir wären ... zusammen?«
»Sie ist ein süßer Blondschopf.« Ich zuckte lässig die Achseln, tat, als machte es keinen Unterschied.
Sie lachte kurz. »Nina und ich sind befreundet, sonst nichts, glaub mir. Laß mich das erst austrinken.«
Sie nahm mir ihre Bierflasche aus der Hand. Ich war dabei gewesen, das Schild abzupulen.
»Das hast du gedacht?« fragte Cordelia mich.
»Na ja, es schien mir eine logische Schlußfolgerung zu sein«, erwiderte ich, spielte mit den abgerissenen Papierstückchen vor mir.
»Nicht, wenn du uns beide kennst. Nina ist ... ich fände ein Leben mit Nina einfach langweilig.«
»Tja ...«, erwiderte ich und zuckte wieder mit den Achseln. Heute abend bekam ich wirklich Training im nonchalanten Achselzucken.
Danny und Elly kamen zurück. Marla fing an, mich mit Fragen zu löchern, versuchte meine Aufmerksamkeit wiederzugewinnen. Als sie herausfand, daß Cordelia Ärztin war, bemühte sie sich um ihre Aufmerksamkeit. Ich war eine Frau für eine Nacht, aber eine Ärztin war jemand, den man gern in seiner Nähe hatte.
Irgendwann ertappte ich Danny dabei, wie sie mir einen fiesen Blick zuwarf, als wollte sie sagen: Laß die Finger von Cordelia. Ich ignorierte sie.
Cordelia gab der Kellnerin ein Zeichen und bestellte noch ein Bier. »Möchtest du noch etwas?« fragte sie mich.
Ja, dich. »Scotch. On the rocks«, sagte ich.
Als die Kellnerin zurückkam, griff ich in meine Tasche, aber Cordelia hielt meine Hand fest und bezahlte unsere Drinks.

Sie hätte meine Hand genausogut in eine Steckdose stecken können, der Effekt war ähnlich. Dieser eine kurze Kontakt brachte mich völlig aus der Fassung, und ich bekam absolut nichts mehr mit, bis Marla lautstark verkündete, daß sie jetzt ginge, und mir mit Riesenzaunpfählen zu verstehen gab, daß ich sie begleiten solle. Ob ich nicht nach Hause gebracht werden wolle, und so weiter und so fort.

Ich blieb fest auf meinem Stuhl sitzen. Die Frau, die zwischen uns gesessen hatte, erhob sich ebenfalls und ging.

Die Unterhaltung trieb hierhin und dorthin. Danny und die verbliebenen Anwältinnen diskutierten irgendeine blöde rechtliche Frage, während Elly und Cordelia sich über die Arbeit unterhielten. Dann veränderte Cordelia ihre Sitzposition, und ich fühlte, wie ihr Knie sich gegen meins drückte. Ich war sicher, daß sie es augenblicklich wieder wegziehen würde. Doch das tat sie nicht.

Ich wußte nicht, was ich tun sollte. Ich meine, ich wußte, was ich tun sollte, aber nicht, was ich tun *wollte*. Ein Teil von mir sagte: Halt dich zurück, halt dich jetzt zurück, du wirst nur verletzt werden. Aber ein anderer Teil sehnte sich verzweifelt nach ihrer Berührung.

Ich bewegte mein Knie nicht.

Elly wandte sich Danny zu, um mit ihr zu reden.

»Und?« fragte Cordelia mich.

Ich nickte. So einfach war das. Einen Moment lang fragte ich mich, warum ich so schnell nachgegeben hatte. Hatte ich denn gar keinen Stolz? Aber ich konnte diese Frage nicht beantworten, und so ließ ich sie ruhen.

Cordelia griff unter den Tisch und fuhr mit der Hand meinen Oberschenkel entlang, benutzte dann dieselbe Hand, um damit ihre Bierflasche hochzuheben. Als wäre nichts passiert.

Die beiden letzten verbliebenen Anwältinnen standen auf und gingen. »Wir müssen langsam auch los«, sagte Elly zu Danny.

»Laß mich noch mein Bier austrinken«, feilschte Danny.

Ich nickte den beiden Frauen zum Abschied kurz zu. Während Danny und Elly mit der Verabschiedung beschäftigt waren, legte ich meine Hand auf Cordelias Oberschenkel. Wenn wir dieses Spiel schon spielen, dann laß es uns verdammt nochmal auch richtig spielen.

Sie blickte mich kurz aus den Augenwinkeln an und schaute dann weg. Immer noch so, als wäre gar nichts. Ich ließ meine Hand auf ihrem Schenkel liegen, fuhr mit dem Finger an den Nähten ihrer Jeans entlang, wanderte dann langsam weiter nach oben, bis meine Hand fast das V ihrer Beine erreicht hatte.

»Ich muß aufs Klo«, hörte ich Elly zu Danny sagen.

»Du warst doch gerade«, sagte Danny.

»Aber ich habe meinen Tampon nicht gewechselt«, erklärte Elly.

Danny erhob sich, um sie durchzulassen, und schüttelte den Kopf. Ich beobachtete alles wie durch einen Schleier — Alkohol und... ich schätze, Wollust ist das einzige Wort dafür.

Danny wollte sich eben wieder hinsetzen und schaute kurz herüber. Und sah ganz deutlich, wo meine Hand sich befand. Ihre Züge verhärteten sich, sie wollte etwas sagen, verschluckte es aber und setzte sich, sah ostentativ nicht in unsere Richtung.

Plötzlich wandte sie sich an Cordelia. »Hast du denn keinen gesunden Menschenverstand?« fragte Danny, ignorierte mich. Als wäre ich gar nicht da.

»Wovon redest du?« erwiderte Cordelia.

»Vielleicht ist es dir ja entgangen«, sagte Danny sarkastisch, »aber eine fremde Frau hat ihre Hand auf deinem Oberschenkel.«

Ich ließ meine Hand herausfordernd liegen, wo sie war.

»Das ist keine fremde Frau. Das ist Micky. Und ich bin mir ihrer Hand durchaus bewußt«, antwortete Cordelia.

Ganz offensichtlich wurde ich in diese Unterhaltung nicht einbezogen.

»Gut. Wenigstens arbeitet noch ein Teil deines Gehirns«, erwiderte Danny bissig.

»Was soll das bitte heißen?«

»Cordelia, warum schläfst du nicht mit einer Frau, die es noch nicht mit allen Frauen in dieser Bar getrieben hat?«

»Warum kümmerst du dich nicht um deine eigenen Angelegenheiten, Danny?« warf ich wütend ein.

»Das hier ist meine Angelegenheit. Wenn ich sehe, wie eine Freundin von mir eine andere verarscht, dann mache ich den Mund auf«, funkelte sie mich an. »Dieser Tage«, sagte sie jetzt wieder zu Cordelia, »muß man ein bißchen aufpassen, von wem man sich aufreißen läßt.«

»Ich passe auf«, unterbrach Cordelia sie. »Du sprichst von einer deiner engsten Freundinnen«, fügte sie warnend hinzu.

»Und Ex-Geliebten. Wenn man das überhaupt so nennen kann. Ich weiß, was du von ihr kriegen wirst. Sie fickt dich ein paarmal. Das ist alles«, antwortete Danny kalt. »Das ist nicht das, was du willst, Cordelia. Du bist keine Frau für Gastspiele.«

»Paß mal auf, Danny«, sagte Cordelia hitzig. »Erzähl mir nicht, was ich will oder nicht will. Vielleicht« — sie zögerte kurz — »vielleicht möchte ich mich einfach ab und zu mal richtig durchvögeln lassen.«

»Blödsinn«, explodierte Danny. »Du machst denselben gottverdammten Fehler wie ich. Du bildest dir ein, Micky wird sich für dich ändern. Das wird sie nicht. Alles, was sie tun wird, ist dich durchnehmen. In jeder Hinsicht. Drei Frauen pro Nacht. Während wir angeblich ein Liebespaar waren. Was für ein Witz«, spuckte Danny bitter. »Das mußtest du mir ja erzählen, nicht wahr?« sagte sie zu mir.

»Du hast gefragt«, erwiderte ich.

»Ich hab' gefragt, wo du warst. Wie zum Teufel konntest du es mit so vielen Frauen tun?«

Ich wußte, daß sie darauf keine Antwort erwartete, aber ich gab ihr trotzdem eine. »Ich hab's vorgetäuscht.«

»Du hast es vorgetäuscht?« fragte Danny ungläubig, dann angeekelt: »Du hast es vorgetäuscht? Welche Sorte von dreckiger Schlampe würde sowas tun?«

»Offenbar die Sorte, auf die du damals abfuhrst«, gab ich eisig zurück.

»Nicht bei mir«, schoß Danny zurück. »Das hätte ich gemerkt.«

»Du warst genauso leicht zu täuschen wie alle anderen auch«, erklärte ich brutal.

Sie fuhr zusammen, setzte sich dann kerzengerade hin.

»Du gottverdammte dreckige Schlampe! Du billige Nutte«, fauchte Danny wutkochend, ihr Gesicht aschfahl und hart.

»Danny ...«, sagte Cordelia, »nicht.«

Danny stand auf, um zu gehen.

»Nenn mich nicht Nutte«, sagte ich.

»Das würde ich nicht tun, wenn du keine wärst«, antwortete Danny.

Elly kam zurück. Danny packte sie unverzüglich am Arm und marschierte davon.

»Nenn ...« Aber Danny war zu weit weg, um mich noch zu hören. »... mich nicht ...« Ich starrte auf die bernsteinfarbene Flüssigkeit in meinem Glas, nicht imstande, Cordelia anzusehen. Sie legte mir die Hand auf die Schulter, aber ich schüttelte sie ab, kippte meinen Scotch.

»Laß uns gehen«, sagte Cordelia.

Ich fing an, Geld aus meiner Brieftasche zu holen, aber sie warf ein paar Zwanziger auf den Tisch.

»Laß mal«, sagte sie. »Schon erledigt.«

»Kauf mich nicht.«

»Tue ich nicht. Ich habe bloß für Danny und Elly bezahlt, dann kann ich deins gleich dazutun. Laß uns gehen.«

Ich stand auf und stieß meinen Stuhl weg. Sie packte meinen Ellbogen, als ich stolperte. Ich war nicht betrunken, dafür hatte ich nicht genug intus.

Cordelia lotste mich aus der Bar.

Oh ja, ich gehe mit ihr nach Hause, dachte ich plötzlich, als sie mich zu ihrem Auto führte. Ich stieg automatisch ein. Aber irgend etwas stimmte nicht. Wenn du mit einer Frau nach Hause gehst, hast du das Spiel gewonnen. Warum fühlte ich mich, als hätte ich verloren?

»Bist du okay?« fragte Cordelia mich, während sie den Schlüssel ins Zündschloß steckte.

»Ich? Mir geht's blendend.«

»Sicher?«

Ich nickte und trommelte mit den Fingern auf meinen Oberschenkel.

»Danny ist zu weit gegangen«, sagte sie.

Ich schaute sie an, blickte dann schnell wieder weg. Wovon zum Teufel redete sie? Ich war diejenige, die zu weit gegangen war. Danny war ... eben Danny.

»Na los«, sagte ich, wollte mit einem Mal nicht mehr nachdenken.

Sie ließ den Wagen an. »Micky, vielleicht sollten wir reden.« Cordelia streckte den Arm aus und packte meine trommelnde Hand.

»Lieber nicht. Ich bin nicht gerade in ... gesprächiger Stimmung.«

»Bist du sicher? Es könnte doch ...«

»Ja!« fuhr ich sie an. Vielleicht war ich doch betrunken. Ich machte alles falsch.

»Okay«, antwortete sie kurz und zog ihre Hand zurück.

Ich griff nach ihr und legte sie zwischen meine Beine.

Cordelia schaute mich an, sagte aber nichts. Für einen Augenblick rührte sie sich nicht, dann fühlte ich, wie ihre Hand sich gegen mich drückte.

Ich sprach kein Wort, schaute sie nicht einmal an, fühlte nur die physische Gegenwart ihrer Hand.

Sie zog sie zurück, um auf die Straße zu fahren, legte sie dann zurück zwischen meine Beine.

»Was willst du eigentlich von mir?« platzte ich plötzlich

heraus, außerstande, die Szene in der Bar zu vergessen. Was konnte sie danach noch von mir wollen?

Cordelia warf mir einen sonderbaren Blick zu. »Ich will ... mit dir schlafen. Was denkst du, was ich will?«

Das würde ich nicht tun, wenn du keine wärst, hallten Dannys Worte nach.

»Cordelia«, sagte ich und nahm ihre Hand weg. »Sag Danny, daß es nicht wahr ist. Sag ihr ... daß ich bei ihr nie etwas vorgetäuscht habe. Daran habe ich nicht einmal gedacht.«

»Das kann ich tun, wenn du willst. Aber, Micky ... was geht hier eigentlich vor?« Sie hielt an einem Stoppschild. »Willst du ...?«

»Es tut mir leid«, unterbrach ich sie. »Ich kann nicht ... nicht jetzt. Ich hätte dir nichts vormachen sollen.«

»Das ist okay. Ich werd's überleben«, sagte sie. »Warum gehen wir nicht irgendwohin und reden?«

Aber das war das letzte, was ich wollte. Es wäre so viel leichter, einfach mit ihr zu schlafen. Und nicht einmal das konnte ich.

Ich schaute sie an und sagte ganz vorsichtig: »Ich kann nicht keine Nutte gewesen sein, aber ich kann aufhören, eine zu sein.«

Dann stieg ich aus.

»Micky! Warte«, rief sie hinter mir her. »Micky!«

Ich ging weiter. Hinter ihr waren andere Autos. Eins fing an zu hupen.

Ich warf einen Blick zurück und sah sie rechts abbiegen. Sie würde einmal um den Block fahren. Ich drehte mich um und lief rasch zur Kreuzung zurück, dann nach links, den ganzen Block hinunter und wieder links, in eine Einbahnstraße.

Ich ging in die erste Bar, die ich fand, ihrem Aussehen nach eine Eckspelunke. Nachdem ich mir einen Scotch bestellt hatte, setzte ich mich an einen kleinen Tisch in eine schummerige Ecke.

Ich hoffte, Cordelia würde nicht zu lange nach mir suchen. Oder sich Sorgen machen. Das war nicht meine Absicht. Ich mußte nur einfach weg von ihr. So wie ich von Danny weggemußt hatte, immer wenn sie mich zu nah an sich drückte.

Ich kippte meinen Scotch runter und bestellte noch einen.

Ich genehmigte mir noch ein paar Drinks, ließ Cordelia Zeit, die Gegend abzusuchen, und ging dann. Die schwüle Luft der Straßen traf mich hart. Ich mußte stehenbleiben und überlegen, bevor mir einfiel, wo mein Auto stand. Als ich es schließlich erreichte, lief mir der Schweiß den Rücken hinunter. Mein Magen war ein wenig verstimmt. Wahrscheinlich die Hitze.

Ich stieg in mein Auto und fuhr nach Hause. Das Licht meiner Anrufbeantworterin blinkte. Ich spulte das Band zurück.

»Ich weiß nicht, was du gesagt hast…« Es war Elly, ihre Stimme klang rauh. »… aber entweder du entschuldigst dich und nimmst es zurück, oder du bleibst weg, bleibst einfach, wo der Pfeffer wächst. Ich werde nicht zulassen, daß du Danny so verletzt, und…«

Ich packte das Gerät und schleuderte es so hart ich konnte weg. Das Stromkabel riß es herum, dann knallte es auf den Boden und zog mein Telefon mit runter. Ich trat dagegen, und es schoß kreisend über den Fußboden und gegen die Wand. Ich hatte meine Anrufbeantworterin verschrottet.

Warum war ich so wütend? dachte ich und bückte mich, um die Einzelteile aufzusammeln.

Falls außer Ellys noch andere Nachrichten eingegangen waren, würde ich es nie erfahren. Ich ließ die Teile wieder auf den Boden fallen. Ich würde später aufräumen.

Ich ging in die Küche und durchstöberte wie eine Irre die Schränke. Dann ging ich zu dem Schränkchen, in dem die Flasche stand, die Joanne dagelassen hatte.

Ich nahm den Bourbon und ein Whiskyglas und setzte mich an meinen Schreibtisch. Ich kippte das Glas in einem Rutsch herunter. Oh ja, der Alkohol fühlte sich gut an, wie er sich seinen Weg die Kehle hinunterbrannte.

Ein paar Gläser später sah alles nicht mehr so tragisch aus. Danny würde darüber wegkommen. Wenn nicht, auch gut, sie konnte mich mal. Cordelia war eine gutaussehende Ärztin, sie sollte keine Probleme haben, Frauen zu finden, die mit ihr schlafen wollten. Außerdem würde sie wahrscheinlich eine Frau vorziehen ... die nicht zu der Sorte gehörte, die jede haben konnte. Elly konnte sich lang und breit von Danny anhören, wie mies ich sie verarscht hatte, und mitfühlend dazu nicken in dem guten Gefühl, das Richtige getan zu haben, als sie mich anbrüllte. Um ihre Frau zu beschützen.

Joanne hatte Alex. Ich fragte mich, ob sie wirklich meinte, was sie gesagt hatte. Vielleicht hatte sie auch nur bei Cordelia Unterricht im Freundlichsein genommen. Dann *hatte* ich eben vergessen, daß ich mit Alex geschlafen hatte. Gab wahrscheinlich eh nicht so viel zum Erinnern.

Ich kippte noch ein Glas.

»Prost, Mädels. Ich hatte eine tolle Zeit. All diese Frauen. Die Vergessenen und die anderen. Verdammt tolle Zeit.«

Ich legte den Kopf auf den Schreibtisch. Nur mal kurz die Augen zumachen, dachte ich. Die Augen zu und nicht nachdenken. Nur ich und meine Flasche Bourbon. Alles andere zählte nicht.

Einundzwanzigstes Kapitel

Ich fuhr auf. Das frühe Morgenlicht schimmerte durch mein Fenster und durch das mattierte Glas meiner Tür. Ich saß immer noch an meinem Schreibtisch. Ich hatte bis zum Umfallen getrunken. Mein linker Arm war taub. Mein Kopf hatte auf ihm geruht. Der Rest meines Körpers wünschte auch, er wäre taub. Mein Kopf dröhnte und mein Magen war entschieden unentschieden.

Ich sah die Flasche Bourbon an. War nicht mehr viel drin.

Ich setzte mich langsam auf, versuchte, meinen Kopf nicht zu sehr zu erschüttern. Geh ins Bett und schlaf deinen Rausch aus. Ich versuchte aufzustehen, setzte mich aber wieder hin, als mir klar wurde, daß ich immer noch sehr betrunken war. Die Flasche war fast leer.

Ich saß ein Weilchen ganz still, atmete vorsichtig, hoffte, das scheußliche Gefühl in meinem Magen zu beruhigen. Ich wollte entweder schlafen gehen oder mich erbrechen, aber diese beiden Optionen schlossen einander aus. Ich saß da und hoffte, die Entscheidung würde sich selber fällen, ohne daß ich viel dazu beitragen mußte. Ich schaute auf meine Armbanduhr. Kurz vor sechs.

Dann hörte ich Schritte auf der Treppe. Komisch, aber ich war sicher, daß sie woanders hinwollten, bis sie den ersten Stock hinter sich ließen und ich sie auf der Treppe zum zweiten Stock vernahm. Hinter dem Mattglas meiner Tür erschien der Umriß einer Person.

Was zum Teufel? dachte ich und stand wackelig auf.

Die Gestalt beugte sich kurz nach vorn, richtete sich auf und ging. Ich hörte die Schritte wieder auf der Treppe.

Ich stolperte zur Tür und riß sie auf, gerade rechtzeitig, um noch einen Blick zu erhaschen. Ein junger Mann, vielleicht Anfang zwanzig, die Wangen noch jugendlich rund, makellose Haut, glattes braunes Haar. Er kam mir merkwürdig bekannt vor, aber vielleicht auch nur, weil er wie das Abziehbild eines klassischen jungen Mannes aussah, ein Chorknabe.

Wäre da nicht das gewesen, was er auf meiner Schwelle zurückgelassen hatte.

Ich starrte ein paar Sekunden blöde darauf hinunter, auf die stummeligen Dynamitstangen samt primitivem Zeitzünder. Jede Sekunde erwartete ich die Explosion, die meinen Körper zerreißen würde.

Nein! Denk nach! befahl ich mir. Ich versuchte, Eile mit Vorsicht zu verbinden, hob die Bombe auf. Ich mußte sie aus dem Haus schaffen. Nichts anderes würde mich retten. Und die Menschen in den anderen Wohnungen.

Ich lief hinunter bis zum Zwischengeschoß, trat das Fenster ein, flüchtig dankbar, daß ich zu betrunken gewesen war, die Schuhe auszuziehen oder die Jeans gegen Shorts zu wechseln. Ich fing an, die Glasscherben herauszubrechen, die noch unten im Fensterrahmen steckten.

Keine Zeit, Micky. Die Bombe vorsichtig in einer Hand, schob ich erst die Füße durchs Fenster, schlängelte mich dann auf dem Bauch hindurch, versuchte, dem Glas so gut es ging auszuweichen. Mit der freien Hand hielt ich mich am Fensterbrett fest und ließ mich möglichst weich aufs Dach des Nebenhauses fallen.

Dann rannte ich los, hielt das Dynamit mit ausgestrecktem Arm weg von mir, als wäre diese Extra-Entfernung irgendein Schutz.

Ich hetzte ans andere Ende des Daches, schleuderte die Bombe dann fort, zielte auf die Mitte des angrenzenden unbebauten Grundstücks.

Ich beobachtete, wie sie in einem Bogen durch die fahle Morgendämmerung auf den Boden zu segelte. Ihr anmutiger Flug endete mit einem ohrenbetäubenden Krachen, der grelle Blitz der Explosion gleich darauf von aufwirbelnden staubigen Schwaden verwischt. Das Ding war hochgegangen, bevor es den Boden berührte, da war ich mir sicher.

Ich fiel nach hinten, landete hart auf dem klebrigen Teer. Vielleicht war es die Druckwelle der Bombe gewesen, die mich zurückschleuderte, oder vielleicht der Schreck der Explosion, und wie kurz die Bombe erst aus meinen Händen gewesen war, als sie hochging. Eine Sekunde? Weniger? Vielleicht war ich auch hingefallen, weil ich betrunken war.

Für die eine Minute, die ich gebraucht hatte, um das Dynamit aufzuheben und in den Morgen zu schleudern, war ich stocknüchtern gewesen. Doch damit war es jetzt vorbei, nur extreme Notwendigkeit hatte die Trunkenheit in Schach gehalten.

Ich setzte mich langsam auf und linste über die Dachkante. Wer immer auf diesem Grundstück bauen würde, konnte sich das Ausheben des Fundaments schenken.

Ich kämpfte mich hoch und ging über das Dach zurück. Irgendwo in der Ferne konnte ich eine Sirene hören. Selbst wenn sie nicht hierherkam, würden andere es bald tun. Schon vernahm ich Stimmen auf der Straße.

Warum? Warum mich umbringen? Es versuchen, ergänzte ich. O'Connor hatte unrecht. Frankenstein war real, und er hatte einen Komplizen.

Geh wieder rein und ruf an, sagte ich zu mir selbst. Das zerbrochene Fenster war fünfzig, sechzig Zentimeter über meinem Kopf.

Ich nahm Anlauf, um das Fensterbrett zu erreichen.

Und knallte gegen die Wand, weil ich die Entfernung völlig falsch eingeschätzt hatte. Der Rums, den ich hörte, war mein Aufprall auf dem klebrigen Dach. Ich schaute zum Fenster hoch, verwirrt, besiegt von der Wand.

Was verflucht nochmal wirst du jetzt tun? Hier liegenbleiben, bis du wieder nüchtern bist?

Ich stand auf, versuchte es aber nicht nochmal mit Anlauf. Beim vierten Versuch gelang es mir, einigermaßen festen Halt zu bekommen, um mich nach oben zu ziehen und hineinzuwuchten.

Ich plumpste unbeholfen auf den Treppenabsatz, mit den Händen voran, während einige Glasstückchen sich leicht in meine nackten Arme bohrten. Nachdem ich mir das Glas so gut es ging abgebürstet hatte, stolperte ich die Treppe hinauf. Die letzte Spur zeitweiliger Ernüchterung hatte mich Knall auf Fall im Stich gelassen.

Es kostete mich ein paar Minuten, bis ich das Telefon fand; es lag immer noch dort auf dem Boden, wo es letzte Nacht gelandet war, der Hörer neben dem Apparat. Ich mußte herumkriechen, um es zu lokalisieren.

Ich versuchte, mich an Telefonnummern zu erinnern. Nur eine einzige fiel mir ein.

»Herrgottnochmal!« schrie ich plötzlich, wütend über meine unbeholfene Schwäche. »Verdammt!« Dann kapierte ich, daß jemand versucht hatte, mich umzubringen, und daß er sein Ziel fast erreicht hätte. Um etwa eine Sekunde.

Ich drückte die Ziffern der einzigen Nummer, an die ich mich erinnerte. »Hallo?« antwortete sie, ganz offensichtlich wach.

»Vielen Dank, daß du mich gefeuert hast«, schrie ich. »Informiere doch nächstes Mal bitte auch die Männer, die mich töten wollen. Wenn dir an meiner Sicherheit wirklich liegt.«

»Micky. Wo bist …?«

Ich knallte den Hörer hin. Meine Hände zitterten, ob vor

Wut oder vom Suff, wußte ich nicht. Blut lief mir an einem Arm herunter.

Denk nach, befahl ich meinem vernebelten Gehirn, merkte plötzlich, daß meine Tür offenstand und wie hilflos ich hier auf dem Boden saß. Was, wenn er zurückkam?

Ich wählte eine Nummer, von der ich hoffte, daß sie Joannes war. »Ja? Hallo?« antwortete Alex' verschlafene Stimme.

»Joanne? Ich muß mit Joanne reden«, sagte ich zu ihr.

»Wer ist da?« fragte Alex, dann zögernd: »Micky?«

»Ja.«

»Joanne«, sagte Alex irgendwo im Hintergrund. »Micky.« Ich hörte, wie das Telefon weitergereicht wurde.

»Micky? Was ist los?«

Der Klang ihrer Stimme brachte mich fast zum Weinen.

»Micky? Bist du okay?« fragte Joanne in die Stille hinein.

»Ja... öhm... ja. Soweit. Jemand... jemand hat versucht, mich in die Luft zu jagen.«

»Was?« rief Joanne. »Du meinst eine Bombe?«

»Ja. Eine Bombe.«

»Wo bist du?«

»Zu Hause.«

»Ich bin sofort bei dir.«

»Danke. Joanne?«

»Ja?«

»Ich bin ... besoffen.«

Sie zögerte einen Moment, dann sagte sie: »Ist okay. Ich bin gleich da.«

Ich saß auf dem Boden und hielt den Hörer, bis er mich anblökte, erst dann legte ich auf. Ich starrte auf die Schnittwunden an meinen Armen, einige verschmierte Flecken auf meinem rechten Arm, ein stetes Rinnsal, das sich an meinem linken Ellbogen sammelte.

Steh auf und mach wenigstens die Tür zu, befahl ich mir, doch ich rührte mich nicht. Gegen eine Bombe wäre die Tür sowieso kein Schutz. Ich überlegte, mich auf die Suche nach meiner Pistole zu machen, war aber vernünftig genug, um zu wissen, daß ich sie in meinem Zustand nicht benutzen konnte.

Ich spielte mit dem Gedanken, nach O'Connors Nummer zu suchen und ihn anzurufen. Aber es war schlimm genug, daß Joanne mich so sehen würde. Je weniger Zeugen, desto besser. Ich bereute, daß ich die Beherrschung verloren und Cordelia angerufen hatte.

Das Blut fing an, von meinem Arm auf den Boden zu tropfen. Ich hielt nach etwas Ausschau, mit dem ich es abtupfen konnte, aber das einzige, was sich in Reichweite befand, waren das Telefon und meine kaputte Anrufbeantworterin. Eine Katze lugte skeptisch unter der Couch hervor, nicht willens, näher heranzukommen.

»Hol mir ein Handtuch, Hep«, sagte ich zu ihr. Unnötig zu erwähnen, daß sie nichts dergleichen tat.

Sorg dafür, daß Joanne dich nicht so auf dem Boden vorfindet. Schlepp dich wenigstens an deinen Schreibtisch. Ich stellte das Telefon auf den Boden und stand langsam auf. Na bitte, war doch gar nicht so schwer.

Jemand kam die Treppe herauf. Ich hoffte, es war Joanne.

War es nicht.

Tja, das wird mich lehren, die Beherrschung zu verlieren, dachte ich, als Cordelia eintrat.

»Micky, was … oh, Gott«, sagte sie, als sie meine blutigen Arme sah.

»Ich bin okay. Tut mir leid, daß ich die Beherrschung verloren habe«, murmelte ich, versuchte nicht allzu stark zu lallen.

»Du siehst aber nicht okay aus. Hast du hier irgendwo einen Erste-Hilfe-Kasten?«

»Ehm … ja.« Ich versuchte mich zu erinnern, wo. »Vielleicht in meinem Auto?«

Sie ging ins Badezimmer und kam mit einem Handtuch zurück. Damit wischte sie das Blut von meinem linken Arm.

»Ein paar Stiche«, sagte sie und betrachtete den Schnitt. »Drück das hier ganz fest dagegen. Ich hole ein paar Sachen aus meinem Auto. Setz dich. Dann ist es leichter.«

Ja, wäre es wohl, aber mein benebeltes Gehirn arbeitete nicht so schnell wie das ihre. Sie war schon fast aus dem Zimmer raus, und ich hatte mich noch nicht mal bewegt.

»Schaffst du es?« fragte sie und drehte sich zu mir um.

»Ich? Oh ... ja«, antwortete ich, immer noch am selben Fleck. Ich stolperte auf die Couch zu, aber das Handtuch entfiel mir.

Cordelia kam zurück, hob das Handtuch auf und führte mich mit einem Arm um meine Schulter zur Couch hinüber. »Setz dich«, ordnete sie an und drückte mich bestimmt nach unten. Sie wickelte das Handtuch fest um meinen Arm und legte meine andere Hand darauf. »Halt es genau dort.«

»Ich bin okay«, schimpfte ich, wütend über ihr herablassendes Verhalten, noch wütender über mich selbst und die Tatsache, daß man sich um mich kümmern mußte.

»Nein, bist du nicht«, sagte sie sachlich, schon wieder auf dem Weg nach draußen.

Ich konzentrierte mich darauf, das Handtuch zu halten und meine eigene Dummheit zu verfluchen. Ich roch bestimmt zehn Meilen gegen den Wind nach Whisky. Plötzlich sah ich mich so, wie die anderen mich wohl wahrnehmen mußten — als widerliche Säuferin. Kein Wunder, daß Danny mich von ihren Freundinnen fernhalten wollte. Egal, wieviel Respekt Cordelia für mich gehabt haben mochte — jetzt war er mit Sicherheit dahin.

Sie trat wieder ein, einen schwarzen Ranzen in der Hand, und setzte sich neben mich auf die Couch.

»Warum erzählst du mir nicht, was passiert ist?« fragte sie und begann die Schnittwunde zu säubern.

»Ich hab' mich vollaufen lassen. Ist das nicht offensichtlich?« sagte ich bissig.

»Wer hat versucht, dich umzubringen? Derselbe Mann?« fragte sie und tat, als bemerkte sie meine Trunkenheit nicht.

»Nein. Aber es muß damit zu tun haben. Alles andere gibt keinen Sinn. Irgendwo, ich hab' ihn irgendwo schon mal gesehen.« Aber ich konnte mich nicht erinnern, konnte mich nicht einmal so weit konzentrieren, überhaupt darüber nachzudenken.

»Hat er das Fenster zerbrochen?«

»Nein, ich.«

»Warum hast du ...?«

Doch sie wurde von Joannes Ankunft unterbrochen.

Ich hätte die Geschichte wahrscheinlich nicht zusammenhängend wiedergeben können, aber Joanne manövrierte mich Frage für Frage hindurch, und ihre letzte lautete: »Wieviel hast du getrunken?«

Ich saß da und versuchte mich zu erinnern. Joanne nahm die Flasche Bourbon von meinem Schreibtisch und betrachtete sie eingehend.

»Das«, sagte ich, meinte den Bourbon, »und ... etwas Scotch ... Bier.«

»Warum?« fragte sie.

»Ich weiß nicht. Ich ... bin einfach in eine Bar gegangen und habe zu trinken angefangen.«

»Es ist wahrscheinlich meine Schuld, Joanne«, sagte Cordelia und klebte die Mullbinde auf meiner Wunde fest.

»Nein, ist es nicht. Ich hab' schon gesoffen, bevor du kamst«, hielt ich dagegen.

Joanne lief im Raum auf und ab, blieb dann unvermittelt vor mir stehen. »Du hast einfach angefangen zu trinken?« Dann in Richtung Cordelia: »Warum ist es wahrscheinlich deine Schuld?«

»Ist es nicht!« schrie ich los. »Ich bin eine haltlose Säuferin, okay? Deswegen hab' ich mich besoffen!« Ich wollte nicht wieder aufrollen, was letzte Nacht passiert war, wollte meine Worte an Danny nicht noch einmal hören. Ich konnte es weder erklären noch verteidigen.

»Blödsinn«, sagte Joanne. »Sag mir, warum.«

»Entschuldigung«, sagte ich und stand auf. Ich taumelte ins Badezimmer, kniete mich vor die Toilette und fing an, heftig zu würgen. Ich versuchte, die Tür zuzutreten, konnte sie aber nicht erreichen.

Jemand folgte mir ins Badezimmer. Ich war zu sehr damit beschäftigt, mich zu übergeben, um zu sehen, wer es war. Ein feuchter Waschlappen wurde mir in den Nacken gelegt. Ich tastete nach dem Abzug, um mein Erbrochenes wegzuspülen.

»Hier, spül deinen Mund aus«, sagte Cordelia.

Ich schob ihre Hand mit dem Glas weg, als mein Magen sich wieder zusammenkrampfte. Als es schließlich vorbei war, schloß ich die Augen und lehnte meine Stirn gegen das kühle Porzellan. Ich versuchte, nicht daran zu denken, was für ein widerwärtiges Bild ich abgab. Kotzende Säuferin.

Ich wußte, daß Cordelia mich hier drinnen nicht alleinlassen würde, so sehr es mir auch mißfiel, daß sie mich so sah. Ich zog die Toilettenspülung noch einmal, nahm ihr dann den Becher aus der Hand und spülte meinen Mund aus.

»Ich bin jetzt okay«, krächzte ich aus wunder Kehle.

Cordelia kniete sich neben mich. Ich fühlte, wie sie mir das feuchte Haar aus der Stirn strich, aber ich konnte sie nicht ansehen.

»Ich muß bloß ... noch ein paar Minuten hier sitzen«, sagte ich und lehnte meinen Kopf wieder gegen die Schüssel.

»Okay«, antwortete Cordelia. Für eine Minute massierte sie mir sanft die Schultern, dann stand sie auf und ging.

In der Stille hörte ich Joanne sprechen, anscheinend ins Telefon, sie regelte wohl, was nach einer Bombenexplosion so zu tun war. Rief wahrscheinlich O'Connor an. Dann legte sie auf, und ich hörte, wie sie Cordelia fragte, was letzte Nacht geschehen war. Cordelias Antwort war leise und undeutlich, unterbrochen von Joannes »Und dann?«, dann wieder Cordelias leise Stimme.

Ich fragte mich, wie lange ich wohl im Badezimmer bleiben konnte. Mindestens ein, zwei Jahre schienen mir angebracht.

»Und du hast sie gelassen?« Joannes Stimme dröhnte.

»Was hätte ich denn tun sollen?« antwortete Cordelia.

»Zur Abwechslung mal nicht höflich sein«, erwiderte Joanne scharf.

Ich konnte Cordelias Antwort nicht verstehen. Ich wollte ihnen nicht mehr zuhören. Ich nahm mir den Waschlappen vom Nacken und wischte mir damit über das Gesicht. Dann spülte ich meinen Mund aus und spritzte kaltes Wasser auf mein Gesicht. Ich zog die Toilette noch einmal ab, um auch die letzten Reste loszuwerden.

Joanne kam herein und kniete sich neben mich, legte mir einen Arm um die Schulter. »Kannst du gerade sitzen?« fragte sie.

»Ja«, antwortete ich. »Aber ich weiß nicht, ob ich das will.«

»Na komm«, sagte sie und half mir, mich auf den Rand der Toilette zu setzen. »Hier, putz dir die Zähne. Das wird helfen.« Sie tat etwas Zahnpasta auf meine Zahnbürste.

Ich stand auf und lehnte mich gegen die Wand neben dem Waschbecken, nahm Joanne die Zahnbürste ab. »Wird es denn wieder?« fragte sie, als ich fertig war.

»Mit mir? Ja … Ich war schon öfter betrunken.«

Joanne nahm mein Gesicht zwischen ihre Hände und zwang mich, sie anzusehen.

»Wir machen alle Fehler. Was du da versuchst, ist sehr schwer. Und du machst es dir doppelt schwer, indem du versuchst, es allein zu bewältigen. Wir würden dir helfen, wenn du uns lassen würdest.«

»Mir helfen?«

»Warum hast du niemandem gesagt, daß du mit dem Trinken aufgehört hast?«

»Na ja … ist doch keine so große Sache«, stotterte ich. »Und ich bin nicht sehr erfolgreich.«

»Micky«, sagte Joanne. »Es ist eine große Sache, und du bist erstaunlich erfolgreich. Unter den Umständen.«

»Hm?«

»Wofür zum Teufel denkst du denn, daß Freundinnen da sind? Ruf mich an. Ruf Alex an. Oder Cordelia oder Danny oder Elly. Ich bin mehr als bereit, mit dir zu reden oder bei dir zu sitzen und aufzupassen. Was auch immer nötig ist.«

»Danke«, sagte ich. Ich wußte, daß sie es so meinte. »Aber ich glaube nicht, daß Danny oder Elly in absehbarer Zeit mit mir reden werden. Und was Cordelia angeht ... Ich habe in den letzten vierundzwanzig Stunden wirklich eine Riesennärrin aus mir gemacht.«

»Und?«

»Du hast mich letzte Nacht nicht erlebt. Ich war ... in bestechender Form. Danny ist stinksauer ...«

»Danny ist wahrscheinlich überglücklich, daß du endlich mal etwas gesagt hast, das geschmacklos genug war, um ihr einen Vorwand zu liefern, dich anzubrüllen.«

»Hm?« Mein Begriffsvermögen war nicht auf der Höhe.

»Danny ist seit acht Jahren stinksauer auf dich. Seit du bei ihr ausgezogen bist. Und im Moment ist Danny wirklich das geringste deiner Probleme.«

Stimmt. Jemand versuchte mich umzubringen. »Vielleicht sollte ich etwas Kaffee trinken«, sagte ich.

»Du solltest deinen Rausch ausschlafen. Aber nicht hier. Hier bist du schon zweimal aufs Korn genommen worden. Unglücklicherweise ist unser Lieblingspolizist auf dem Weg hierher. Die Sache mit dieser Bombe muß untersucht werden.«

»Ja, du hast recht.« Ich nickte sparsam, wollte keine Kopfschmerzen heraufbeschwören. »Joanne? Danke.«

»Wofür?«

»Fürs Herkommen. Obwohl ich betrunken bin.«

»Natürlich«, sagte sie, legte dann ihre Arme um mich und umarmte mich ganz fest. Wenigstens war eine meiner Freundinnen immer noch eine Freundin. Bis sie herausfinden würde, was ich zu Danny gesagt hatte. Sie ließ einen Arm auf meiner Hüfte liegen, stützte mich auf dem Weg zurück ins Wohnzimmer und setzte mich dann sanft auf die Couch.

»Wie geht's deinem Kopf?« fragte Cordelia.

»Ist noch da. Leider.«

Sie setzte sich neben mich. »Du hast eine Menge getrunken«, bemerkte sie.

»Nein. Nicht für meine Verhältnisse.«

»Nach fast vier Monaten ohne Alkohol war das eine ganze Menge.«

Schwere Schritte und ein vertrautes Grunzen erklangen aus dem Treppenhaus. »Dr. James. Sergeant Ranson«, sagte O'Connor beim Eintreten. »Wie nett, daß Sie hier sind, um mich zu begrüßen. Bin froh, daß Sie daran gedacht haben, mich anzurufen, Sergeant.« Er starrte mich zornig an.

»Ich konnte Ihre Telefonnummer nicht finden«, sagte ich. Weil ich sie nicht gesucht hatte.

»Bei all diesen Anschlägen auf Ihr Leben täten Sie vielleicht gut daran, sie auswendig zu lernen«, frotzelte er.

»Ich werd's versuchen.«

Dann erzählte ich ihm mit beträchtlicher Hilfe von Joanne und Cordelia, was geschehen war. Eigentlich wollte ich nur noch schlafen gehen, was das Wiederholen meiner Geschichte noch schwieriger gestaltete. Draußen auf der Straße konnte ich Sirenen und Stimmen hören; zweifellos begutachteten sie den frischen Krater.

Meine Mattheit beglückte O'Connor nicht. »Aufwachen, Miss Knight, wir versuchen hier bloß, Ihr Leben zu retten. Warum fahren wir nicht zum Revier und lassen Ihre beiden Schutzengel hier zur Arbeit flattern?« Er war ganz eindeutig nicht glücklich darüber, daß Joanne als meine Dolmetscherin fungierte.

»Nein«, antwortete Cordelia.

»Warum nicht, Dr. James?« wollte O'Connor wissen.

»Sie ist nicht in der Verfassung, Fragen zu beantworten.«

»Sieht ganz so aus. Was haben Sie intus?« fragte er mich scharf.

»Ich habe —«

»Ein Beruhigungsmittel«, antwortete Cordelia. »Ich habe es ihr gegeben.«

»Ja, sicher«, sagte O'Connor sarkastisch. »Hat sie das wirklich?« wollte er von Joanne wissen.

»Ich glaube schon«, antwortete Joanne. »Ich bin nach Dr. James hier eingetroffen.«

»In Ordnung, Miss Knight. Sobald Sie nicht mehr unter dem Einfluß von 'Beruhigungsmitteln' stehen, kommen Sie zum Revier. Ein paar Fragen beantworten. Sich die Visagen von ein paar Verbrechern ansehen.«

»Die schrecklichste Visage«, murmelte ich, »hat Frankenstein. Religiöser Fanatiker. Ich habe ihn in Bettys Wohnung gesehen.« Plötzlich fiel mir der junge Mann ein, der sich mit der alten Frau unterhalten hatte. Der war es, samt seinen harmlosen Apfelbäckchen.

»In Bettys Wohnung, häh?« spornte O'Connor mich an.

»Ja, doch, ich denke schon«, murmelte ich, fing an, meine Wahrnehmungsfähigkeit in Frage zu stellen, jetzt, da mir die Sicherheit der Nüchternheit fehlte.

O'Connor grunzte: »Ich erwarte Ihren Besuch«, und ging.

Niemand sagte irgend etwas, bis wir die Tür unten zuknallen hörten.

»Ich nehme dich mit zu mir«, bot Joanne an. »Hier kannst du nicht bleiben.«

»Nein, ich nehme sie mit«, sagte Cordelia. »In die Klinik. Ich werde mich besser fühlen, wenn den Tag über jemand nach dir sehen kann.«

»Ich bin okay«, protestierte ich.

»Hör endlich auf, das zu sagen«, wies sie mich an. »Du wirst wieder okay sein, aber im Augenblick hast du Schnittwunden und Prellungen und eine Alkoholvergiftung.«

»Cordelia hat recht, Mick.« Joanne unterstützte sie. »Laß uns gehen.«

Cordelia nahm ihren Arztkoffer. Joanne fand meine Schlüssel.

»Fütter die Katze«, erinnerte ich sie.

Joanne ging in die Küche, um etwas Katzenfutter zu holen. Beim Geräusch des Dosenöffners folgte Hepplewhite ihr rasch.

»Navigationshilfe«, sagte Cordelia, zog mich hoch, legte meinen Arm um ihre Schulter und stützte mich durch ihren Arm um meine Hüfte.

»Danke«, antwortete ich, dachte: Cordelia verdient wirklich die Ehrenmedaille für Freundlichkeit. Ich selbst würde mich nicht den ganzen Tag am Hals haben wollen. Nicht nach meinem Auftritt gestern abend.

Wir gingen die Treppe hinunter, Joanne schloß ab und winkte Hepplewhite zum Abschied zu.

»Tja, jetzt muß ich dich wohl wieder engagieren«, sagte Cordelia, als wir die Hälfte des Abstiegs hinter uns hatten.

»Bist du sicher, daß du das willst?«

»Alles, wenn du nur in Sicherheit bist«, antwortete sie.

Joanne holte uns ein und stopfte meine Schlüssel und meine Brieftasche in meine Jacke.

»Hör zu, ich weiß das wirklich zu schätzen —«

Joanne unterbrach mich: »Laß gut sein. Du bringst Aufregung in unser ansonsten tristes Dasein.«

»Vorsicht, Joanne«, sagte Cordelia. »Du fängst an, wie Alex zu klingen. Und ihr lebt erst seit zwei Wochen zusammen.«

Cordelias Auto stand direkt vor der Tür in zweiter Reihe. Die Vorteile einer Arztplakette. Sie und Joanne luden mich auf den Beifahrersitz. »Ich komme später noch vorbei. Ruh dich aus«, sagte Joanne und machte sich auf zu ihrem Wagen.

Ich mußte wohl eingenickt sein. Ich wachte auf, als Cordelia auf dem Klinikparkplatz die Beifahrertür öffnete. Wieder legte sie einen Arm um meine Hüfte und half mir bis in die Klinik. Es war noch früh, ein paar Stimmen waren auf der katholischen Seite des Gebäudes zu hören, aber vom Klinikpersonal war noch niemand da.

»Ich werde dich für den Moment hier absetzen«, sagte sie,

führte mich in einen der Untersuchungsräume und ließ mich auf den Tisch sacken. Sie schaltete die Klimaanlage ein und deckte mich mit einem Laken zu.

»Danke«, murmelte ich, die Augen bereits halb geschlossen.

»Ich muß zur Visite ins Krankenhaus. Bernie oder ... irgend jemand sonst kommt normalerweise gegen acht, um aufzuschließen und die Klimaanlage einzuschalten. Schaffst du's bis dahin?«

»Ich werde schlafen. Ich werd's schaffen.« Ich bemühte mich, ihr ein Gefühl von Sicherheit zu geben. Ich hatte das Zögern ihrer Stimme sehr wohl gehört. Bernie oder Betty.

»Bin bald wieder da«, sagte sie und knipste das Licht aus.

Ich glaube, ich murmelte noch eine Antwort, nickte dann aber schnell ein.

Es kam mir vor, als sei Cordelia im selben Augenblick wieder zurückgekommen, aber ich wußte, daß ich geschlafen hatte. »Ich bringe dich in den Lagerraum«, sagte sie und half mir vom Untersuchungstisch herunter. »Mittlerweile dürfte es dort kühl sein, und du bist ungestört.«

Im Lagerraum stand ein Feldbett. Ich legte mich hin, und Cordelia deckte mich wieder zu, zog das Laken bis zu meinem Kinn herauf. Sie stand nicht sofort wieder auf, sondern schaute mich ein Weilchen an. Für einen Sekundenbruchteil dachte ich, sie würde mich küssen, doch statt dessen richtete sie sich auf. »Hier ist eine Decke, falls dir kalt wird«, sagte sie und legte sie ans Fußende.

»Wird schon gehen. Trotzdem ... danke.«

»Schlaf jetzt«, sagte sie und schloß beim Hinausgehen leise die Tür hinter sich.

Nein, ich würde auch keine Säuferin küssen, der ich eben beim Kotzen zugesehen habe, dachte ich und schlief wieder ein.

Ich erwachte irgendwann am Vormittag. Jemand war bei mir gewesen, denn auf dem Regal neben dem Bett stand ein Glas Wasser. Wie durstig ich war, bemerkte ich erst, als ich das ganze Glas austrank. Schade, daß sie mir nicht auch ein Aspirin gebracht hatten, dachte ich, als ich mich wieder hinlegte. Mein Schädel dröhnte. Ich schloß die Augen, hoffte, es würde vergehen.

Als ich sie wieder öffnete, stand jemand neben dem Feldbett. Elly. Sie wirkte distanziert, auf der Hut.

»Hallo«, sagte ich, um sie wissen zu lassen, daß ich wach war.

Sie zögerte, bevor sie mich zurückgrüßte. Dann fragte sie: »Hast du meine Nachricht erhalten?«

»Ja… ja, hab' ich.«

Sie nickte und wandte sich zum Gehen.

»Sag Danny…«

»Nein«, unterbrach Elly mich. »*Du* sagst es Danny.«

Dann war sie weg.

Ich schloß die Augen und fiel in Halbschlaf, bis ich die Tür sich wieder öffnen hörte.

»Hey, du bist wach«, sagte Cordelia, als sie sah, daß ich sie beobachtete.

»Ja, mehr oder weniger.«

»Wie fühlst du dich?«

»Ich bin… es wird schon wieder. Dies ist wohl kaum der erste Kater, den ich je hatte.«

»Du siehst wirklich schon besser aus.«

»Viel schlimmer könnte ich auch nicht aussehen. Hoffentlich.«

Sie nickte besorgt, machte einen halben Schritt zur Tür, zögerte, drehte sich dann wieder um. »Was war denn los? Du mußtest doch nicht mit mir schlafen. Oder reden. Aber du brauchtest mir nicht gleich solche Angst einzujagen.«

»Es tut mir leid. Ich schätze… ich war ziemlich besoffen. Und ich… mußte allein sein.«

»Du hast mir das Gefühl gegeben, daß ich jemand bin, vor dem du weglaufen mußt. Das ist keine angenehme Art, die Nacht zu verbringen.«

»Ich ... habe darauf keine Antwort. Es tut mir leid.«

»Das hat mich verletzt, Micky. Ich glaube nicht, daß das deine Absicht war. Das hoffe ich jedenfalls. Aber ich muß mich trotzdem fragen, warum. Ob es etwas war, das ich getan habe. Oder nicht getan habe.«

»Nein ... nichts.«

»Ich glaube, wenn wir verletzt worden sind, wollen wir Gründe dafür hören. Ich meine, mir geht das so. Wenn *ich* es also nicht war, was dann?«

»Ich hatte nicht die Absicht ... zu verletzen ... ich weiß es ja selbst nicht.«

Sie wartete, daß ich weitersprach, aber es gab nichts, das ich sagen konnte. Schließlich sagte sie: »Na ja, laß es mich wissen, wenn du eine Antwort darauf findest«, und wandte sich zum Gehen. »*Falls* du eine findest«, fügte sie noch hinzu, während sie die Tür hinter sich schloß.

»Es tut mir leid«, sagte ich nutzloserweise.

Mein Schädel dröhnte. Ich schloß wieder die Augen, schlief aber nicht mehr ein. Ich lag ganz still da, reglos, hoffte, meine Kopfschmerzen würden sich langsam beruhigen.

Die Tür öffnete sich, und Bernie kam auf Zehenspitzen herein.

»Schon gut. Ich bin wach«, sagte ich zu ihr.

Sie brachte mir frisches Wasser. Sie huschte davon, als ich sie um Aspirin bat, und kam mit einer ganzen Flasche zurück.

»Danke, Bern«, sagte ich und nahm drei Tabletten.

»Kein Problem, Micky. Wie fühlst du dich?« fragte Bernie und zog einen Karton heran, um sich draufzusetzen.

»Ging mir schon besser, aber ich glaube nicht, daß ich lieber in Biloxi wäre.«

»Hast du die Grippe?« fragte sie unschuldig.

»Die Grippe?« Ich zog spöttisch eine Augenbraue hoch.

»Millie sagte, du wärst etwas angeschlagen.«

»Wohl eher k.o. auf ganzer Linie.« Ich beschloß, aufrichtig zu sein und ihre Schwärmerei etwas zu dämpfen. »Es handelt sich um einen Kater. Ich habe mich gestern abend nach Strich und Faden vollaufen lassen.« Ich erzählte Bernie die zensierte Fassung.

»Hui«, war ihr Kommentar, als mein Bericht endete. Sie war höchst beeindruckt, wie ich die Bombe losgeworden war, und es scherte sie überhaupt nicht, daß ich blau wie ein Veilchen gewesen war. Die Schwärmerei war ungetrübt. »Ich bin froh, daß du okay bist.«

»Ich auch. Mußt du nicht wieder an die Arbeit?« Cordelia (und jetzt auch Elly) gefiel es vielleicht nicht, daß ich mich mit Junglesben in düsteren Lagerräumen herumtrieb. Ganz zu schweigen von dem praktischen Feldbett. Obwohl ich den Verdacht hatte, daß meine Kopfschmerzen stark genug waren, um ganz New Orleans ins Zölibat zu treiben.

»Es ist Mittagspause. Außerdem ist es echt komisch da draußen.«

»Komisch? Wieso?«

»Na ja, du weißt ja, daß wir letzte Woche zwei Bombendrohungen erhalten haben.«

»Nein, wußte ich nicht. Was ist passiert?« Ich nahm Bombendrohungen neuerdings sehr ernst.

»Nichts. Nur jedesmal ein Telefonanruf, passiert ist aber nichts. Und dann ... na ja ...«

»Ja?«

»Elly ist stinksauer auf dich ...«

Ich nickte. Das wußte ich.

»... und sie und Cordelia reden kaum miteinander«, fuhr Bernie fort. »Ich habe sie in Cordelias Büro gehört.« Sie blickte zu Boden, errötete leicht bei dem Eingeständnis, gelauscht zu haben. »Elly sagte: ‘Sie hatte kein Recht, das zu sagen. Das ist häßlich’, und Cordelia antwortete: ‘Danny hätte sie nicht Nutte nennen dürfen.’ Und Elly sagte: ‘Danny hat ja wohl das Recht dazu, meinst du nicht?’ Und Cordelia sagte: ‘Nein, das meine ich nicht.’ Und es war zu hören, daß sie wütend war. Cordelia wird nicht oft wütend. Das war alles.

Elly kam raus. Weißt du, wer Danny ist?« fragte Bernie. »Ellys Freund?«

Mein rasender Kopfschmerz verhinderte, daß ich lachte. »Nein, sie sind nur so befreundet«, wich ich aus, wechselte dann das Thema. »Was ist mit deinem Mittagessen? Ißt du denn nichts?«

»Ich bin reingekommen, um nachzusehen, ob du etwas brauchst. Ich könnte zum Laden laufen.«

»Nur, wenn du auch für dich selbst gehst.« Ich wollte nur etwas zu trinken. Eine Cola, um meinen Magen zu beruhigen. Ich bestellte außerdem einen Joghurt, damit es aussah, als würde ich etwas essen.

Bernie kam fast augenblicklich wieder zurück, viel zu schnell, um zwischendurch weg gewesen zu sein. »Tut mir leid, Micky, wir müssen gehen.« Ihr Gesicht war düster.

»Gehen?«

»Eine neue Bombendrohung. Ein Brief. Genau wie diese anderen Briefe. Und da bei dir wirklich eine Bombe hochgegangen ist...«

Kein Wunder, daß sie nervös war.

»Zeit für ein Picknick«, sagte ich, während ich mich vorsichtig aufsetzte und meine Beine vom Feldbett schwang. Oh ja, ich hatte riesig Lust rauszugehen, in der heißen Sonne zu sitzen und darauf zu warten, daß das Gebäude in die Luft flog. Obwohl das wahrscheinlich besser war, dachte ich, während ich aufstand, als drinnen zu sitzen und darauf zu warten, daß das Gebäude in die Luft flog.

Bernie stellte sich neben mich, wollte helfen, war aber zu zaghaft, mir den Arm um die Hüfte zu legen.

Ach komm, verschaff der Kleinen ein paar aufregende Momente, dachte ich und schlang einen Arm um ihre Schulter, damit sie mich stützen konnte.

»Sie sehen aus, als wären Sie von den Toten auferstanden«, bemerkte Schwester Ann, als sie auf dem Korridor zu uns stieß, meinen anderen Arm packte und um ihre eigene Schulter legte. Zwischen einer Nonne und einer Neunzehnjährigen. Ich hoffte, die Bombe würde nicht gerade jetzt hochgehen. Was für eine Art zu sterben.

»Die Grippe«, log Bernie für mich.

»Der Jack-Daniels-Virus«, korrigierte ich sie reuevoll.

»Ah ja, von dem habe ich schon gehört«, sagte Schwester Ann.

Draußen war es hell und sonnig. Und heiß. Wir marschierten auf das schattige Plätzchen unter einer Eiche auf der anderen Straßenseite zu. Als ich mich häuslich zwischen den Wurzeln niedergelassen hatte und bequem saß, verschwand Bernie, um unsere Bestellung zum Mittagessen zu besorgen. Millie redete mit einer der verlegten Patientinnen. Ellie konnte ich nirgends sehen. Cordelia befand sich am anderen Ende des Häuserblocks in einer Telefonzelle. Schwester Ann ließ sich neben mir nieder. »Tun Sie das oft?« fragte sie.

»Was? Bombendrohungen aussitzen?«

»Nein. Trinken bis zum Abwinken?«

»Na ja … ich versuche, es nicht mehr zu tun.«

Sie war still, wartete, daß ich fortfuhr.

»Ich … ich weiß, daß ich ein Problem habe«, gab ich schließlich zu. »Ich habe in den letzten Monaten ernstlich versucht, es einzuschränken, aber … alte Gewohnheiten.«

»Wie alt sind diese Gewohnheiten?«

»Also, ich fing nicht gerade an zu trinken, als ich Tante Gretas Haus betrat, aber …« Ich zuckte die Achseln.

»Aber?« fragte sie.

»Na ja …« Ich zuckte wieder die Achseln.

»In der Schule?«

»Oberschule. Mit sechzehn«, gab ich zu. »Ich … äh … hab' mich in Bars rumgetrieben.«

»Mit sechzehn?«

»Ich war groß für mein Alter.«

»Wie konnten Sie sich das leisten?«

»Ich habe gearbeitet und —« Wollte ich das vor einer Nonne aussprechen?

»Und?« bohrte sie.

»Und ich hab' sehr langsam getrunken.«

Sie nickte, der Ausdruck auf ihrem Gesicht verriet nichts.

»Was sollte ich denn tun? Mich auf Kirchenausflügen rumtreiben?« fragte ich bitter.

»Na ja, meinen Sie nicht«, sagte sie ruhig, »daß ein Kirchenausflug Ihnen vielleicht besser getan hätte, als für ein paar Drinks sexuelle Gefälligkeiten zu verschachern?«

Ich starrte sie an, völlig baff.

»Ich bin vielleicht eine Nonne, aber ich habe Augen im Kopf«, fügte Schwester Ann hinzu.

»Eine Menge Drinks. Ich tat es für eine Menge Drinks«, hielt ich ihr entgegen, schaltete auf Trotz. »Und ich habe herumgeschlafen, weil es mir Spaß machte. Und ich hasse Kirchenausflüge«, fügte ich wütend hinzu. »Wo ist Bernie?« murmelte ich. »Ich bin am Verhungern.«

»Ich habe einen Apfel«, bot Schwester Ann an. »Aber... ach, ich glaube, der liegt auf meinem Schreibtisch.«

»Warten Sie, ich husche schnell rein und hole ihn«, erwiderte ich höhnisch. Dann, als eine Art Entschuldigung: »Mein Kopf tut weh. Ich glaube, die Hitze schafft mich.«

»Irgend etwas schafft Sie, nicht wahr?« bemerkte Schwester Ann.

Manchmal ist Angriff die beste Verteidigung. »Wieso wissen Sie eigentlich soviel über das Verschachern sexueller Gefälligkeiten?« fragte ich sie.

»In dieser Gegend komme ich jeden Tag daran vorbei«, antwortete sie. »Ich bin Sozialarbeiterin, müssen Sie wissen.«

»Eine Weltverbessererin«, schnaubte ich.

»Das ist unter Nonnen weit verbreitet.«

»Das denk' ich mir.« Dann unverblümt: »Sind Sie noch Jungfrau?«

»Was glauben Sie denn?« war ihre Antwort.

»Ich glaube, daß Leute, die noch nie Sex hatten, keine Moralurteile darüber fällen sollten, ob andere es tun.«

»Ich habe kein Moralurteil gefällt.«

»Oh, doch. Katholische Ausflüge sind besser als Lesbenbars. Sie sind bloß so verdammt selbstgerecht, daß sie glauben, das sei eine Tatsache und kein Moralurteil.«

»Meinen Sie, für eine Sechzehnjährige ist es besser, in Bars rumzuhängen, als an einem Kirchenausflug teilzunehmen?«

»Haben Sie nicht gesagt, Sie wären mal verlobt gewesen? Was ist mit ihm geschehen? Haben Sie es getan?«

»Warum wollen Sie das wissen?«

»Sie haben kein Recht, mich nach meinem Sexleben zu fragen, wenn Sie über Ihr eigenes nicht reden wollen.«

»In Ordnung«, antwortete Schwester Ann. »Nein, wir haben es nie getan, wie Sie es so gewandt formulieren. Ich habe mich in der Oberschule verlobt. Ich war zu jung damals. Natürlich wußte ich das nicht. Er war ein sehr überzeugender junger Mann und ein paar Jahre älter als ich. Er ging zum Militär und diente in Korea. Als er fort war und mich nicht länger beeinflußte, dachte ich darüber nach, was ich eigentlich vom Leben wollte. Und ihn zu heiraten, war es nicht. Ich fand Gott und die Berufung meines Lebens.«

»Haben Sie's jemals bereut?«

»Nein, nicht wirklich. Ich habe Randall wehgetan, als ich unsere Verlobung löste. Er war im Krieg verletzt worden und konnte seine Beine nicht mehr benutzen. Das verbitterte ihn sehr, und er hat immer geglaubt, ich hätte ihn deshalb verlassen. Ich hatte gehofft, er würde verstehen, und daß wir Freunde sein könnten, aber ... Er glaubte nie, daß ich Gott ihm wirklich vorziehen könnte.«

»Haben Sie die Liebe je vermißt? Körperliche Berührungen?«

»Natürlich. Ich bin ein Mensch. Doch das, was ich gewonnen habe, das geistige Leben, den Frieden in mir, hat das, was ich aufgab, mehr als wettgemacht.«

»Also sollten wir alle entsagen und Nonne werden?«

»Nein, natürlich nicht. Ich bezweifle zum Beispiel, daß Sie

als Nonne glücklich wären. Ich glaube wirklich, daß es eine Berufung ist.«

»Ich bezweifle auch, daß ich als Nonne glücklich wäre. Wenigstens stimmen wir in einem Punkt überein.«

»So, warum erzählen Sie mir jetzt nicht, warum Sie Bars kirchlichen Veranstaltungen vorgezogen haben?«

»Keine zehn Pferde hätten Tante Greta in eine Lesbenbar gekriegt«, antwortete ich schnodderig.

Bernie kam mit dem Mittagessen zurück. Schwester Ann stellte keine weiteren Fragen.

Mein Magen erholte sich. Ich schlang meinen Joghurt hinunter und bemerkte, daß ich immer noch hungrig war. Bernie bot mir liebenswürdigerweise die Hälfte ihres Schinkenbrots an. Das half ein wenig. Auch der halbe Schokoriegel und ein paar ihrer Kartoffelchips.

»Ich schulde dir ein Mittagessen, Bernie«, sagte ich. »Ich glaube, ich habe deins fast ganz allein gegessen.«

Cordelia und Millie kamen herüber. »Ich habe gerade mit der Polizei gesprochen«, sagte Cordelia. »Fünf Stellen, unsere Klinik eingeschlossen, haben Drohungen erhalten. Die Bombeneinheit hat unser Gebäude durchsucht und nichts gefunden. Sollen wir wieder reingehen?«

Wir schauten uns an. »Können Sie dieses Risiko eingehen?« fragte Schwester Ann.

»Das ist Terror. Die Klinik kann mit einem einzigen Telefonanruf geschlossen werden«, sagte Millie.

»Ich bin bereit«, sagte ich und stand auf. Alle schauten mich an. »Die haben Hunde. Hunden vertraue ich«, redete ich weiter, meinte die Bombeneinheit. Alles war besser, als hier draußen zu sitzen und mich von Schwester Ann nach meinem Sexleben aushorchen zu lassen. »Die wollen uns mehr erschrecken als umbringen.«

Ich machte Anstalten, die Straße zu überqueren.

»Nein«, sagte Cordelia und packte mich beim Arm. »Ich gehe als erste rein. Ich muß mich erstmal selbst umsehen.«

»Was weißt du denn über das Aufspüren von Bomben?« fragte ich.

»Und du?« hielt sie mir entgegen.

»Ich habe heute morgen bereits eine gefunden.«

»Bernie«, sagte Cordelia, »du gehst nach Hause. Und Micky nimmst du mit.«

Ich fing an zu protestieren, aber sie schnitt mir das Wort ab. »Nein. Pro Tag *ein* Bombenanschlag pro Person«, sagte sie und nickte Bernie zu.

Ich haderte, aber diese Runde hatte Cordelia gewonnen. Bernie mit der Aufgabe zu betrauen, mich wegzuschaffen, war der beste Weg, sie in Sicherheit zu bringen.

Cordelia versammelte ihre Truppen (Elly tauchte wieder auf) und führte sie zurück ins Gebäude.

»Wie es aussieht, Bernie«, sagte ich, während sie vom Parkplatz fuhr, »muß ich ein Gespräch mit meinem Lieblingspolizisten führen.«

Bernie ließ mich vor O'Connors Revier aussteigen. »Miss Knight. Wie nett, daß Sie sich an mich erinnern. Bin so froh, daß Sie kommen konnten«, begrüßte er mich.

»Tue nur meine Pflicht«, antwortete ich.

»Was haben Sie heute morgen genommen? Nur damit ich etwas genauer weiß, wie ich Ihre Geschichte einzuschätzen habe. Um einen Durchsuchungsbefehl habe ich mich gar nicht erst bemüht, weil die unerschrockene Sergeant Ranson es bestimmt längst die Toilette runtergespült hatte.«

Ich starrte ihn eine Minute lang an, bevor ich antwortete: »Ich war betrunken.«

»Betrunken?«

»Blauer als ein verdammtes Veilchen.«

»Sie erwarten, daß ich das glaube?«

»Nein. Wann haben Sie jemals die Wahrheit geglaubt?«

»Warum erzählen Sie mir nicht Ihre Blauer-als-ein-Veilchen-Version der Ereignisse heute morgen?«

Das tat ich. O'Connor hörte mit seiner Fragerei nicht auf.

Jedesmal, wenn ich mich an etwas nicht erinnern konnte oder nicht ganz sicher war, sagte er: »Zu betrunken, häh?«

»Was zum Teufel wollen Sie eigentlich?« explodierte ich schließlich.

»Nur die Fakten, Ma'am, nur die Fakten«, antwortete er. Er hatte wahrscheinlich sein Leben lang darauf gewartet, diesen Satz zu sagen.

»Machen Sie sich Ihre eigenen Fakten«, erwiderte ich bissig und stand auf, um zu gehen.

»Wie ich höre, stehen Sie auf Mädchen«, sagte er beiläufig.

Das war es also.

»Da haben Sie falsch gehört«, antwortete ich.

»Ich habe gute Quellen.«

»*Sie* stehen vielleicht auf Mädchen, ich schlafe nur mit Erwachsenen«, konterte ich.

»Sind sie das?«

Ich starrte ihn an.

»Dr. James und Sergeant Ranson?« beendete er seine Frage.

»Sie mieser Scheißkerl«, sagte ich scharf und lehnte mich über seinen Schreibtisch. »Billige Siege sind Ihnen am liebsten, was? Sie sind sich so sicher, daß Cordelia die Mörderin ist, und stinksauer, daß sie wieder auf freiem Fuß ist. Aber wenn sie natürlich andersherum ist ... Ranson steckt Sie, was Polizeiarbeit angeht, mit links in die Tasche, aber nennen Sie sie Lesbe, dann geht's Ihnen gleich besser.«

»War bloß neugierig«, sagte er leutselig.

»Wie bumsen Sie denn mit Ihrer Frau? Immer in Missionarsstellung? Haben Sie sie schon mal geleckt? Kann sie Ihnen gut einen blasen?«

O'Connor richtete sich wütend auf.

»War bloß neugierig, Tim, alter Knabe«, schnitt ich seine Antwort ab, drehte mich auf dem Absatz um und marschierte auf die Tür zu.

»Miss Knight«, rief er. »Wenn nochmal jemand versucht, Sie umzubringen, rufen Sie mich an.«

Ich wandte mich um. »Was macht denn schon eine Lesbe weniger?« erwiderte ich bitter und ging hinaus.

Von der ersten Telefonzelle, an der ich vorbeikam, rief ich Joanne an.

»Mach dir darüber keine Gedanken. Ich werde in den nächsten Tagen ein paar Anlässe finden, über meinen Ex-Mann zu sprechen. Wo bist du?«

Ich sagte es ihr.

»Ich hole dich ab. Ich muß zum Gericht, mir einen Durchsuchungsbefehl holen. Es wird bestimmt ein Stündchen dauern, bis der fertig ist. Interessiert an einem späten Mittagessen oder frühen Abendbrot?«

Ich willigte ein, zumal das Mittagessen mit Bernie, meine erste Mahlzeit heute, wohl eher als Frühstück durchgehen konnte. Wir gingen in ein *Po-boy*-Restaurant in der Nähe des Gerichtsgebäudes. Ich begnügte mich mit einem einfachen Roastbeef-Sandwich, erinnerte mich nur zu gut an die Farbe der Austern in meinem Erbrochenen.

»Das mit O'Connor tut mir leid«, sagte ich, während wir uns an einen der hinteren Tische setzten.

»Nicht dein Fehler. Wenigstens hattest du genug Verstand, nicht zu sagen: 'Oh, Joanne, eine der heißesten Frauen, mit denen ich je geschlafen habe.'«

»Ich konnte doch nicht lügen«, antwortete ich mit übertriebener Unschuld.

Joanne schüttelte den Kopf. »Ich nehme an, vom heutigen Morgen hast du dich erholt?«

»Wenigstens körperlich«, antwortete ich. »Manchmal... komme ich mir wie eine solche Idiotin vor.«

»Das bist du nicht« sagte Joanne. »Obwohl ich dich, ehrlich gesagt, bei unserem ersten Treffen für eine ganz miese Klugscheißerin gehalten habe.«

»Schön, das zu wissen.«

»Du hast mich eines Besseren belehrt. Besonders in den letzten Monaten. Und ich hasse es, eines Besseren belehrt zu werden, also müssen die Beweise wohl überwältigend gewesen sein.«

Ich war Komplimente nicht gewöhnt, also biß ich in mein *Po-boy.* »Was haben wir heute? Den Seid-nett-zu-Micky-Knight-Tag?« sagte ich zwischen den Bissen.

»Immer noch eine Klugscheißerin«, sagte Joanne und schüttelte den Kopf. Aber sie lächelte dabei.

»Gut. Schön zu wissen, daß ich doch noch einen Fehler habe.«

»Du hast etliche Fehler. Aber das Gute überwiegt. Und ich bin froh, daß wir Freundinnen sind«, erklärte Joanne ernst.

Ich wollte wieder eine spitze Antwort geben, hielt mich aber zurück. »Das bin ich auch, Joanne«, sagte ich. »Wenn ... Wenn eine wie du, eine, die ich so respektiere wie dich ... mich mag, na ja, dann bin ich vielleicht tatsächlich nicht so übel.«

»Deshalb sage ich es dir. Außerdem ist es wahr.«

»Danke.«

»Jemand hat das auch mal für mich getan. Hat mir fest in die Augen gesehen und gesagt, ich sei ein guter Mensch. Das ... gab den Dingen ein anderes Gesicht.«

»Danke«, sagte ich wieder. »Das tut es.«

Sie berührte meine Hand, dann sagte sie: »Ich muß den Durchsuchungsbefehl holen. Ich werde heute wahrscheinlich Überstunden machen. Warum bringe ich dich nicht einfach zu mir? Alex kommt bald nach Hause.«

»Du läßt mich mit Alex allein?« scherzte ich.

»Klar, ich traue euch beiden. Außerdem ist Alex zu schlau, um eine Frau zu betrügen, die eine Waffe trägt.«

»Joanne, eigentlich wartet da noch eine riskante und gefährliche Aufgabe auf mich, um dich ich mich kümmern muß.«

»Ja?« Sie sah mich durchdringend an.

»Ich muß mich bei Danny entschuldigen.«

»Ihr solltet euch wahrscheinlich beide entschuldigen.«

»Warum?«

»Sie hat dich Nutte geschimpft.«

»Das war, nachdem …«

»Nicht laut Cordelia«, unterbrach Joanne.

»Ich erinnere mich nicht genau. Außerdem weißt du nicht, was ich zu Danny gesagt habe.«

»Du hast angedeutet, du hättest ihr Orgasmen vorgetäuscht.«

»Oh«, war alles, was ich darauf sagen konnte, dann: »Es war trotzdem nicht nett, sowas zu sagen.«

»Nein, das war es nicht. Ich habe nie behauptet, du wärst vollkommen. Aber das ist Danny auch nicht. Vielleicht solltet ihr beide euch mal richtig anschreien und es hinter euch bringen.«

»Wenigstens Danny mich anschreien lassen.«

»Soll ich dich hinbringen?« fragte Joanne.

»Nein, das schaffe ich schon. Ich muß mir noch überlegen, was ich sagen will.«

»Okay. Ruf mich an, wenn du gerettet werden mußt. Kommst du später noch bei mir vorbei?«

»Wahrscheinlich. Ich glaube kaum, daß Danny und Elly mich einladen werden, bei ihnen zu übernachten.«

»Viel Glück«, sagte Joanne.

»Danke, das kann ich brauchen.« Ich winkte, während sie die Treppen des Gerichtsgebäudes hinauflief.

Ich fand schließlich einen Bus, der mich so weit brachte, daß ich zu Fuß zu Dannys Wohnung laufen konnte. Ich hatte immer noch keinen Schimmer, was ich sagen würde. Und ich wollte eigentlich viel lieber ein gemütliches Schwätzchen mit Alex als das, was mir bevorstand. Ich hatte keine Ahnung, wie Danny reagieren würde. Ich hatte ihr schon eine ganze Menge Gemeinheiten angetan, aber vielleicht war diese nicht mehr wiedergutzumachen.

Zweiundzwanzigstes Kapitel

Als ich bei Danny und Elly ankam, ging ich ums Haus herum zum Hintereingang, der in die Küche führte. Ich wußte, um diese Zeit würden sie wahrscheinlich dort sein. Beide Autos standen in der Auffahrt. Ich hatte halb gehofft, daß sie heute abend auswärts aßen, das hätte mir eine Gnadenfrist und Danny etwas mehr Zeit gegeben, sich zu beruhigen. Es dauerte lange, bis Danny die Beherrschung verlor, aber wenn sie erstmal wütend war … Ich zögerte einen Augenblick in der Auffahrt, überlegte, ob es klüger wäre, ihr mehr Zeit zu lassen. Aber ich wußte, daß das nur ein Ausweichmanöver war. In einer Woche wäre meine Entschuldigung vielleicht schon bedeutungslos, der Schmerz schon zu lange da, um gesühnt werden zu können.

Ich ließ mir keine weitere Zeit zum Nachdenken und klopfte an die Tür. Beowulf bellte. Elly öffnete die Tür und sah mich argwöhnisch an. Danny stand am Herd. Sie drehte sich nicht einmal um. Wenigstens Beowulf freute sich, mich zu sehen, begrüßte mich mit Schwanzwedeln und leckte mir die Hand.

»Ich bin hier, um mich zu entschuldigen«, sagte ich und trat in die Küche.

Elly ging von der Tür weg, beobachtete mich, sagte aber nichts. Danny hatte immer noch nicht in meine Richtung geschaut.

»Es tut mir sehr leid, was ich gestern abend gesagt habe. Ich habe es nicht so gemeint. Und es ist nicht wahr.«

Danny sagte immer noch nichts.

»Danny? Es tut mir leid. Was kann ich sagen?«

»El, haben wir noch Petersilie?« fragte Danny Elly und ignorierte mich völlig.

»Danny? Können wir bitte reden? ... Sag mir wenigstens, daß ich mich verpissen soll«, sagte ich schließlich, als sie weiter hartnäckig schwieg.

»Ich glaube, da fehlt noch ein Hauch Estragon«, sagte sie zu Elly.

»Danny?« Immer noch keine Antwort. Tu nicht so, als sei ich nicht hier, dachte ich grimmig. Ich packte sie bei der Schulter, um sie zu mir herumzudrehen. »Danny —«

Sie ohrfeigte mich. Nicht hart, aber hart genug, daß ich zurückfuhr. Ich spannte mich an, bereit, mich zu schlagen. Elly trat heran, darauf gefaßt, dazwischenzugehen.

Nein, sagte ich zu mir selbst, du wirst Danny nicht schlagen. Eher ergreifst du die Flucht, als daß du das tust.

»Schätze, das hatte ich verdient«, sagte ich und öffnete meine Fäuste. »Das gestern abend tut mir leid.«

»Bemühe dich nicht«, antwortete Danny kalt. »Du glaubst, dein Verhalten kann immer mit einer Entschuldigung wiedergutgemacht werden. Ich hätte das schon vor langer Zeit tun sollen. Geh jetzt bitte.«

»Nein«, sagte ich. »Laß mich ...«

»Was?« fuhr Danny mich an und musterte mich finster, die Arme fest vor der Brust verschränkt.

Ich schaute sie an. Danny, so offen und ehrlich, meine Freundin, weil sie mir gestattet hatte, sie ohne Mühe kennenzulernen, ihre Stärken und Sorgen in schattenlosem Licht vor mir ausgebreitet hatte. Sie hatte mir einen so sicheren Boden geboten für Freundschaft, sogar Liebe. Ich hatte es ihr mit Rauch und kalt glitzernden Scherben gedankt.

Ich mußte die Wahrheit sagen, begriff ich jetzt, mußte endlich erwidern, was sie mir angeboten hatte vor einem Dutzend Jahre, als wir uns kennenlernten. Und was auch immer von unserer Freundschaft übrigblieb, wäre dann wenigstens wirklich, weil ich Danny nicht länger beschiß.

»Hör zu, ich hab' dich belogen.«

»Ich weiß«, sagte sie. »Das weiß ich.«

»Nicht bloß ... gestern abend. Über alles. Was zwischen uns war«, stammelte ich, erinnerte mich, wie notwendig mir die Lügen und Halbwahrheiten vorgekommen waren, die ich ihr während der frühen Jahren unserer Freundschaft erzählt hatte. Notwendigkeit war zur Gewohnheit erstarrt, zu einer Mauer aus Lügen, die niederzureißen mir der Mut fehlte. »Am College. Als wir uns kennenlernten. Ich habe gelogen ... Ich habe dir erzählt, meine Eltern seien bei einem Autounfall ums Leben gekommen. Sind sie aber nicht. Meine Mutter hat mich ... im Stich gelassen. Und ich konnte den ... Mord an meinem Vater nicht verhindern.«

»Das weiß ich auch, erinnere dich«, entgegnete Danny. »Du erzählst mir nichts Neues.«

»Und all die Sachen, die ich angeblich zu meiner Tante gesagt habe, das war auch gelogen. Vielleicht habe ich sie gedacht ... eine Woche später. Sie hat mir ein paarmal eine Abreibung mit dem Gürtel verpaßt, und ich lernte, den Mund zu halten. Sehr gut habe ich das gelernt. Ich habe mich nicht gegen sie aufgelehnt, wie ich immer sagte ... Ich hatte Angst.« Wie einfach war es gewesen, meine Geschichte umzuschreiben, zu behaupten, ich wäre so, wie ich sein wollte, tapfer und trotzig und nicht duckmäuserisch vor Tante Gretas Maßregelungen.

Danny starrte mich kalt an, ihr Gesichtsausdruck unverändert.

»Weißt du noch, wie ich dir erzählte, wieviel Spaß ich in den

Bars gehabt hätte? Frauen aufzureißen? Wie leicht es für mich war? Das war auch eine Lüge. Ich schlich mich in Bars, weil ... ich konnt's nicht ertragen, in dieses häßliche Haus in dieser häßlichen Straße zurückzugehen. Und ging mit Frauen nach Hause, weil ich nicht wußte, wie ich nein sagen sollte, nachdem sie mich freigehalten hatten. Ich war im Aufreißen nicht sehr gut. Normalerweise saß ich in einer Ecke, bis eine auf mich zukam. Betrunken in einem fremden Bett liegen war besser, als nüchtern nach Hause zu gehen. — Und ich hab' mich heimlich reingeschlichen, damit Tante Greta nichts merkte. Ich mußte immer rechtzeitig zu Hause sein, damit ich noch spülen konnte, bevor sie aufwachte. Wenn alles gespült war, dachte sie, ich wäre abends zu Hause gewesen. Also kam ich jede Nacht, manchmal um drei oder vier Uhr morgens, nach Hause gekrochen, um das Geschirr zu spülen. Ich hatte eine Heidenangst, daß sie es herausfand und ... mich ins Heim schickte oder so.«

Danny hatte sich nicht gerührt, stand immer noch mit verschränkten Armen mitten in der Küche. Elly kraulte nachdenklich Beowulf. Ich fragte mich, was sie davon hielten, von meiner ... Beichte, es gab kein anderes Wort dafür.

»Ich habe genau *ein* Mal Scheiße in Bayards Bett gelegt. Ich habe es nie wieder getan. Nicht, nachdem ... nachdem ich bestraft worden war. All die Streiche, die ich ihm angeblich gespielt habe? Das waren Lügen. Keine Lügen ... einfach eine Umkehrung der Wahrheit, wer wem was antat.« Mehr als alles andere war dies der Teil meiner Vergangenheit, den ich am liebsten ausgelöscht hätte. Ich hatte Danny und die Lügen, die ich ihr erzählt hatte, benutzt, um dieser Sache zu entkommen, um zu leugnen, daß es — Inzest, ein Wort, vor dem ich zurückschreckte — mir zugestoßen war.

»Und ... und ...« Ich stockte, verspürte entsetzliche Angst, meine demütigendsten Geheimnisse wirklich auszusprechen. Ich starrte auf den Boden, nicht länger fähig, Danny anzusehen. »Ich hab' dir erzählt, er hätte Onkel Claudes Pistole geholt und mir befohlen, ihm einen zu blasen … erinnerst du dich, wie ich sagte, daß ich mich weigerte, ihn herausforderte, den Abzug zu ziehen? Das war gelogen … ich … hab's getan. Ich war zu verdammt feige, nein zu sagen. Er hat bloß ein einziges Mal mit der Waffe gewedelt … und sie war nicht mal geladen. Ich hatte zu oft ja gesagt … zu oft, um einmal nein zu sagen. Ich konnte einfach nicht …«

Ich war immer noch unfähig, Danny anzuschauen. Oder Elly. Ich drehte mich um, lehnte mich gegen die Anrichte. »Wie du merkst, Danno, habe ich ziemlich viel gelogen. Als du sagtest, daß du mich liebst … da war nicht ich es, die du liebtest, sondern die Person, die ich für dich erfunden hatte. Sex mit dir war leicht. Ich wollte … daß du mich berührst. Aber mit dir reden machte mir Angst. Ich wußte, daß du meinen Lügen auf die Schliche kommen würdest. Und wenn du erst genug davon entlarvt hättest, wenn du herausgefunden hättest, wer ich wirklich war … dann hättest du mich gehaßt. — So war das, als ich anfing, in der Gegend rumzuvögeln. Der Grund, warum ich ständig besoffen und zugeknallt nach Hause kam. Warum ich dir … alles erzählte, was ich trieb. Das war nicht wirklich ich. Und es war leichter … leichter für mich, wenn du mich für etwas haßtest, das ich nicht war, als für das, was ich war. — Es tut mir leid, Danny.« Die Vergangenheit hatte mich eingeholt. Ich war die, die ich war. Was geschehen war, war geschehen. Mehr gab es nicht zu sagen. Ich stand einen Moment still, atmete tief ein und drehte mich um, um zu gehen.

Danny sagte immer noch nichts, aber sie legte ihre Arme um mich. Als ich anfing zu weinen, legte sie eine Hand auf meinen Hinterkopf und drückte meinen Kopf sanft an ihre Schulter.

»Oh Scheiße, Danny, es tut mir so leid«, sagte ich.

»Schsch, Liebling, ist ja gut«, antwortete sie und strich mir über das Haar.

Schließlich hob ich den Kopf und wischte mir die Augen. »Falls es dir noch etwas bedeutet, Danno, du hättest mir nicht solche Angst einjagen können, wenn ich dich nicht … so lieb gehabt hätte.«

»Mick …« Sie legte eine Hand gegen meine Wange. »Ich habe nicht mal die Hälfte deiner Geschichten geglaubt. Und bei der anderen Hälfte hatte ich so meine Zweifel.«

»Das sagst du mir jetzt«, schniefte ich.

»Putz dir die Nase«, sagte sie, ließ mich los, um mir ein Taschentuch zu reichen.

Ich bemerkte, daß Danny feuchte Spuren auf dem Gesicht hatte. »Habe ich dich zum Weinen gebracht?«

»Nein, ich habe Zwiebeln geschnitten«, antwortete sie. »Natürlich hast du das, du Trottel. Und sag mal«, Danny packte mich fest an den Schultern, »für was für eine Scheißtype hältst du mich eigentlich, zu denken, daß ich irgend etwas anderes empfände, als … als den Wunsch, diesem Dreckskerl das Gehirn rauszupusten?«

»Ich … hab' mich … so geschämt.«

»So gehen die Dreckskerle immer vor. Sie bohren ihre Widerhaken tief in dein Fleisch, verbiegen dich mit Schuldgefühlen und Scham. Als hättest du eine Wahl gehabt.«

»Ich hätte … ihm sagen können, er soll mich doch erschießen. So wie ich es dir erzählt habe.«

»Quatsch!« explodierte Danny. »Wie alt warst du? Als es anfing?«

»Uh … vielleicht dreizehn. Meine Titten wuchsen gerade.«

»Was wohl auch deine Entscheidung war. Wie alt war er?«

»Achtzehn.«

»Also, ein Kerl, fünf Jahre älter als du, in einem Haushalt, wo er als Gottes Geschenk an die Menschheit gilt und du erst nach dem Hund kommst, so ein Kerl verlangt, daß du ihm einen bläst — und du hättest nein sagen können?«

»Na ja …«

»Sag mir eins: Wenn du zu deiner Tante gerannt wärst, und das Sperma wäre dir noch übers Hemd gelaufen, was wäre passiert?«

Ich zuckte die Achseln. »Nichts. Er hätte sich irgendeine Lüge ausgedacht, die sie hätte glauben wollen.«

»Aha. Und du kannst Gift darauf nehmen, daß ihm das klar war. Der brauchte keine Waffe. Die hatte er nur für den Extrakitzel. Einfach noch ein Penis, mit dem er auf dich losgehen konnte.« Ich weinte fast wieder los, fing mich nur, weil ich Dannys Hand auf meiner Schulter fühlte. »Zum Teufel, Mick«, fuhr sie fort. »Raubüberfälle kann ich begreifen. Sogar Mord ist manchmal verständlich. Aber Mißbrauch nicht. Nicht der sexuelle Mißbrauch von Kindern«, schloß sie heftig.

Elly steckte den Kopf in die Küche. Sie hatte sich diskret ins Wohnzimmer zurückgezogen. »Seid ihr zwei wieder Freundinnen?«

»Ich hoffe es«, antwortete ich.

»Ganz bestimmt«, ergänzte Danny. »Also ... oh verdammt, habe ich jetzt das Essen anbrennen lassen?«

»Nein«, sagte Elly. »Ich habe die Platten abgestellt.«

»Gute Frau«, sagte Danny und wandte sich wieder dem Hühnchen zu.

Ich bekam eine Einladung zum Essen. Gefolgt von einer Einladung, über Nacht zu bleiben. Dann eine Einladung, mit ihnen übers Wochenende nach Bayou St. Jack's zu fahren. »Meine Eltern mögen dich«, erklärte Danny. »Mädchen aus der Nachbarschaft und so. Wenn sie sehen, daß du mit Elly sprichst, tun sie das vielleicht auch.«

Ich willigte nicht nur ein mitzufahren, sondern lud sie nun meinerseits ein, in der alten Werft zu übernachten.

Elly nahm an. »Gut, dann können Danny und ich mal in einem Bett schlafen. Endlich. Ich habe die Couch im Wohnzimmer ihrer Eltern so satt.«

Mitten beim Essen wandte Danny sich an mich und sagte: »Ich glaube, ich muß mich auch bei dir entschuldigen. Ich habe Dinge gesagt, die ich zu sagen kein Recht hatte.«

Ich zuckte mit den Achseln. »Schon gut.«

»Und tu's ruhig, schlaf mit Cordelia. Ihr seid beide erwachsen.«

»Nett von dir, das zu bemerken.«

»Aber«, fuhr Danny fort, »sechs Monate, Mick. Du kannst eine Affäre mit Cordelia haben, aber wenn du sie nach weniger als sechs Monaten fallenläßt, dann sitze ich dir im Nacken.«

»Yes, Ma'am.« Ich salutierte.

»Ich weiß nicht ... ich erinnere mich, wie sie kurz nach Kathys Tod war. Sie wirkte ... so farblos«, sagte Danny leise. »Ich kannte sie noch nicht lange. Es sind die Leute, die sich nicht an dich klammern, die nicht jammern und betteln und erklären, sie könnten es nicht ertragen, für die ich Mitgefühl empfinde. Sie entzog nur ein kleines Stück ihrer selbst. Packte es einfach ein und steckte es weg.«

»Sie ist einer der seltenen Menschen, die nicht annehmen, daß ihre Tragödien die schlimmsten sind«, steuerte Elly bei.

»Ganz zu schweigen davon, daß ihr Liebesleben nicht gerade ... na ja, ein buntes Feuerwerk war«, sagte Danny.

»Vielleicht braucht sie ja mal einen farbenfrohen Knallfrosch wie mich«, schlug ich vor.

»Gut formuliert«, sagte Danny trocken. »Dann bin ich eben ein wenig überängstlich, wenn es um Cordelia geht«, gab sie zu. »Aber ich meine es ernst, Mick, sechs Monate.«

»Danno? Was, wenn sie sich von *mir* trennt?«

»Dann kommt es darauf an, wessen Schuld es war«, sagte Danny in unheilverkündendem Ton, dann ernster: »Sei einfach lieb zu ihr.«

»Das will ich«, versprach ich. »Ich werde es versuchen.« Ich fragte mich, ob ich dazu Gelegenheit bekommen würde.

»Tu das«, ermahnte Danny mich.

Ich nickte und stand auf, um Elly beim Spülen zu helfen. Nachdem wir fertig waren, wählte ich Joannes Nummer, um ihr zu sagen, daß ich mich geirrt und doch eine Einladung für die Nacht bekommen hatte. Alex ging ran. Joanne war noch nicht zu Hause.

Ich erzählte Alex, daß Danny und ich wieder miteinander sprachen.

»Gut«, antwortete sie. »Und ich habe mir solche Gedanken um die Sitzordnung gemacht.« Dann rief sie: »CJ, Ende gut, alles gut. Mick und Danny können gefahrlos in denselben Raum eingeladen werden.«

»Cordelia ist bei dir?« fragte ich.

»Ja, sie hält mich davon ab, mir die Fingernägel bis zu den Schultern abzunagen, während ich auf Joanne warte. Ich glaube, der Gedanke, daß Leute auf sie schießen könnten, gefällt mir überhaupt nicht.«

»Ihr wird nichts passieren. Joanne ist knallhart. Und schlau«, beruhigte ich Alex.

»Das hoffe ich«, antwortete Alex. »Oh, Cordelia läßt Danny ausrichten, sie soll dafür sorgen, daß du nicht in Schwierigkeiten gerätst.«

»Ich doch nicht.«

»Halte dich von fremden Männern mit Bomben fern.«

»Ich halte mich von fremden Männern fern, Punkt«, antwortete ich. »Frag Cordelia, ob ich immer noch engagiert bin.«

Ich hörte, wie Alex sie fragte und ihre undeutliche Antwort im Hintergrund.

Alex kam wieder ans Telefon. »Sie sagt, ihr könnt das am Montag diskutieren, und daß Danny dich bis dahin nicht aus den Augen lassen soll.«

»Sag ihr, daß das einige Probleme bezüglich der Toilettenbenutzung aufwirft, ganz zu schweigen von der Schlafordnung.«

Ich hörte, wie Alex Cordelia meinen Kommentar wiederholte, dann ein Plänkeln zwischen den beiden, dann war Cordelia selbst am anderen Ende. »Micky, das ist mein Ernst. Es gab schon zwei Anschläge auf dein Leben. Betty ist tot und vier weitere Frauen auch. Diese Männern meinen es todernst.«

»Ach, Mama, wenn ich verspreche, mich warm anzuziehen und die Pistole mitzunehmen, darf ich dann draußen spielen?«

»Micky«, protestierte sie, »ich habe keine Lust, mir das ganze Wochenende über Sorgen zu machen...«

»O je«, sagte ich, »dann erzähle ich dir besser nicht, was ich vorhabe.«

»Was?« wollte sie wissen. »Untersteh dich...«

»Ich will versuchen, Dannys Eltern zu überzeugen, daß Elly keinen schlechten Einfluß auf ihre herzallerliebste Tochter hat«, unterbrach ich sie. »Wir verbringen das Wochenende draußen in Bayou St. Jack's.«

»Melde dich Montag morgen in der Klinik. Dann reden wir«, antwortete sie nach kurzer Pause.

»Ist gut.«

»Wirklich.«

»Klar. In aller Frühe und alter Frische. Wirst schon sehen.«

»Und?« fragte Danny, ganz Staatsanwältin, sowie ich aufgelegt hatte.

»Wir reden am Montag darüber. Ich glaube, es geht bergauf mit meinem Leben.«

»Gut.«

»Und ich habe meine Freundinnen wieder«, sagte ich und grinste Danny und Elly an.

»Jetzt brauchst du dir nur noch Sorgen um die Männer zu machen, die versuchen, dich umzubringen«, sagte Elly.

Ach ja. Die.

Dreiundzwanzigstes Kapitel

Wenn ich wirklich in aller Frühe und alter Frische zur Klinik kommen wollte, mußte ich noch früher und frischer in meiner Wohnung sein. Saubere Unterwäsche war zur Dringlichkeit avanciert. Ich hatte mir welche von Danny geliehen. Aber der beste Weg, ein unwillkommener Hausgast zu werden, ist der, die Unterhosen der Gastgeberin aufzubrauchen.

Danny bestand darauf, mich zu begleiten, führte Cordelias Anordnungen genauestens aus. Beim Betreten der Wohnung und beim Hinausgehen heftete sie sich an meine Fersen, und für den Fall, daß eine Bombe an meinem Auto angebracht worden war, wich sie nicht von meiner Seite, bis wir es gründlich untersucht hatten.

Ich sagte ihr, sie solle sich um mich keine Sorgen machen und daß ich eine Waffe bei mir hatte, dann winkten wir uns zum Abschied zu. Ich fuhr zur Klinik, streifte meine Jacke über, bevor ich ausstieg. Schwerbewaffnete Revolverheldinnen müssen diskret vorgehen.

»Micky, schön, daß du wieder da bist«, begrüßte Millie mich, als ich meinen Kopf ins Büro steckte.

»Hallo, Micky«, stimmte Bernie ein.

»Irgendwelche Drohungen, Bomben oder sonstwas?« fragte ich. Schließlich war ich beruflich hier. Hoffte ich.

»Nö, alles ruhig an dieser Front«, antwortete Millie.

Cordelia kam aus ihrem Büro geeilt. »Ich muß los… Ach, hallo, Micky«, sagte sie mit einem schnellen Lächeln in meine Richtung, dann: »Ich muß zum Krankenhaus. Ein, zwei Stunden, hoffe ich. Bernie, sehen Sie zu, ob Sie für ein paar meiner Patientinnen neue Termine vereinbaren können, damit es nicht zu eng wird. Millie, einfach weitermachen.«

Bernie und Millie nickten.

Als sie auf dem Weg hinaus an mir vorbeiging, sagte sie: »Micky, geh jedem Ärger aus dem Weg.«

»Ich tu mein Bestes«, bestätigte ich.

»Dein Allerbestes«, verlangte sie, ohne stehenzubleiben. Dann war sie weg.

»Tja, da sage ich den Nackten doch lieber, daß sie sich wieder anziehen sollen«, sagte Millie und machte sich wieder auf ins Behandlungszimmer.

Bernie wandte sich dem Telefon zu.

Ich machte einen Spaziergang ums Haus und hoffte, nicht noch mehr Leichen zu finden. Im Keller waren ein paar zusätzliche Lampen installiert worden. Von der Polizei, fragte ich mich, oder vom Personal des Gebäudes? Sonst gab es da unten nichts außer heißer Luft und Dreck.

An der ersten Etage wurde gearbeitet. Ein paar der Räume waren frisch gestrichen worden, in einigen standen Tische und Stühle hübsch angeordnet für die Aktivitäten des Tages. Es war zu heiß, um draußen herumzulaufen, besonders wenn man eine Jacke und ein ledernes Schulterhalfter trug. Ich ging wieder hinunter ins Klinikbüro.

»Mick, da war ein Anruf für dich.« Bernie reichte mir eine Nummer.

Ich schaute sie mir an. »Kein Name? Was wollten die?«

»Hat keinen hinterlassen. Sie klang alt. Hat irgendwas von einem Auftrag für dich gesagt.«

Ich nickte und ging in Cordelias Büro, um zu telefonieren. Es war ein Ferngespräch mit der Vorwahl 601, was bedeutete, daß meine geheimnisvolle Anruferin in Mississippi saß.

Ich wählte die Nummer. »Hallo?« fragte eine mißmutige Stimme.

Ich erklärte, wer ich war.

»Ja«, antwortete sie. »Ich habe Ihre Nummer von Schwester Ann. Sie hat Sie in höchsten Tönen gelobt. Ich brauche einen Privatdetektiv. Es tut mir sehr leid, daß ich Sie bitten muß, hierherzukommen. Ich kann es Ihnen am Telefon nicht erklären, und ich kann mich wirklich nicht sehr gut bewegen. Ich kann Sie bezahlen. Sehen Sie ... ich bin invalide.«

Ich versuchte, einen Anhaltspunkt zu bekommen, was sie von mir wollte, aber sie bestand — sehr bedauernd — darauf, mich persönlich zu sehen. Sie tat mir leid, und so willigte ich schließlich ein und ließ mir den Weg beschreiben. Ein wenig nördlich von Picayune, Mississippi, eine Stunde mit dem Auto.

»Wie ist Ihr Name?« fragte ich schließlich.

»Oh, alle meine Freunde nennen mich Sarry.«

»Okay, Sarry, ich werde in etwa einer Stunde bei Ihnen sein«, sagte ich zu ihr. Das hörte sich wirklich verdammt nach einer entlaufenen Katze an.

»Bis nachher, Bernie«, sagte ich im Vorbeirauschen.

»Wo gehst du hin?«

»Eine invalide alte Dame besuchen«, antwortete ich und winkte ihr zu.

Auf dem Korridor lief ich Schwester Ann über den Weg. »Sie sehen schon viel besser aus«, sagte sie.

»Ich fühle mich auch viel besser.«

»Gut. Haben Sie Zeit für eine Unterhaltung?«

»Nein, jetzt nicht«, sagte ich. Ich wollte sie schon nach Sarry fragen und was sie von mir wollen könnte, entschied aber, daß ich mich nicht aufhalten wollte. »Termine, Termine.«

»Ein andermal vielleicht«, antwortete sie. »Ich kenne bisher nur die Version Ihrer Tante. Ihre würde ich auch gerne hören.«

»Ja, ein andermal«, wich ich aus und drückte mich an ihr vorbei Richtung Ausgang. Irgend etwas ließ mir keine Ruhe, aber ich konnte nicht warten, bis mir einfiel, was es war.

Ich fuhr auf die I-10 und verließ die Stadt. Da ich kein klimatisiertes Auto hatte, streifte ich schnell die Jacke ab, dann das Schulterhalfter, das ich unter den Sitz legte. Hätte gerade noch gefehlt, daß mich ein übertrieben gewissenhafter Verkehrspolizist anhielt.

Ein idealer Tag für einen Ausflug an den Strand, dachte ich, während ich in die entgegengesetzte Richtung fuhr, die I-59 nach Norden, froh, daß ich wenigstens nicht in die gleißende Sonne hineinfuhr.

Sarrys Wegbeschreibung brachte mich von der Hauptstraße auf eine gut ausgebaute Landstraße, dann eine nicht-so-gut-ausgebaute Landstraße, dann eine überhaupt-nicht-ausgebaute Landstraße, die unvermittelt in Schotter überging. »Und ich dachte, meine Federung wäre Schlaglöchern in der Stadt nicht gewachsen«, murmelte ich, als ich über einen Hubbel fuhr, der mir das Rückgrat fast in kleine Teile zerlegte.

Ein dürrer Hund fing an zu bellen, jagte dann meinen Reifen nach. Aber der Hund machte mir weniger Sorgen als das versteinerte, reglose Starren seines Herrchens, der aussah, als steckte ihm, falls sowas möglich war, die Ku-Klux-Klan-Mitgliedschaft schon in den Genen. Ich war froh, als ich ihn und seinen bellenden Hund in einer gelben Staubwolke hinter mir ließ.

Der Schotter wich unbefestigtem Erdreich. Schließlich fand ich die Abzweigung, die zu Sarrys Haus führte. »Hauptstraße« stand auf einem mit der Hand beschrifteten Schild. Ich hoffte, daß es sich dabei um einen Scherz handelte. Nach etwa 300 Metern behinderte ein auf die Straße gefallener Ast meine Weiterfahrt. Es wäre mir vielleicht gelungen, mein Auto gerade so vorbeizumanövrieren, aber ich beschloß, daß ich meinen Wagen lebend hier herausbringen wollte, also parkte ich auf dem Gras neben der Straße. Wenn man Sarrys

Wegbeschreibung glauben konnte, war ich bereits ganz in der Nähe. Ich schloß das Auto ab, ohne genau zu wissen, wovor ich es eigentlich schützte, und lief los. Am letzten Haus war ich vor ungefähr einem Kilometer vorbeigekommen. Die Stechmücken sind ziemlich blutrünstig hier draußen, dachte ich, während ich mir den Schweiß von der Stirn wischte.

Für einen Augenblick erwog ich, meine Pistole zu holen, aber mein Auto schien bereits nur noch eine schimmernde Luftspiegelung in der Hitze zu sein. Außerdem brauchte ich bei der Unterhaltung mit einer invaliden alten Lady keine Waffe. Ich wollte mich beeilen und das Gespräch hinter mich bringen und zur Klinik zurückfahren. Ich hatte ein ungutes Gefühl dabei, nicht dort zu sein, so als würde in Kürze etwas passieren. Aber ich konnte es mir nicht leisten, zahlende Kunden abzulehnen.

Die einzigen Hinweise auf menschliche Existenz waren ein paar rostige Dosen und die Straße selbst. Ich haderte mit der Frage, ob man mich für nichts und wieder nichts hier rausgeschickt hatte, dann hatte ich die Spitze des Hügels erklommen und erblickte in etwa fünfzig Metern Entfernung ein baufälliges Haus.

Der Rasen stand voll mit Autowracks, und vor dem Haus parkte ein vollkommen rostüberzogener Lastwagen ohne Räder. Er konnte seit mindestens zehn Jahren nicht mehr von der Stelle bewegt worden sein. Wildkraut rankte sich durch die kunterbunten Trümmer, ein Kiefernbäumchen wuchs durch Lenkrad und Fenster eines alten Ford.

Ich rätselte, wozu um alles in der Welt die Frau mich engagieren wollte, während ich an dem rostigen Laster vorbeiging und mir einen Weg über den ungemähten, aber zertrampelten Pfad zu ihrer Eingangstür bahnte.

Die Bretter der nur etwa dreißig Zentimeter hohen Veranda hingen durch und waren splittrig. Ich klopfte leicht gegen die ungestrichene Fliegengittertür, in deren altes Netz neuere Stücke eingesetzt worden waren, um die Fliegen draußen zu halten. Von irgendwo im Haus hörte ich das Plärren eines Fernsehers.

Wenigstens hat sie elektrischen Strom, dachte ich, fand den Gedanken tröstlich.

Ich klopfte noch einmal, lauter.

Der Fernseher wurde ausgeschaltet, dann rief eine Stimme: »Herein.«

Ich öffnete die Fliegengittertür und trat in eine schummerige Diele, die, selbst bei diesem Licht besehen, dringend gekehrt werden mußte. »Hier entlang«, leitete mich die Stimme.

Die Diele führte in eine Küche im hinteren Teil des Hauses. »Sind Sie Sarry?« fragte ich die Gestalt am Küchentisch.

»Ja, das bin ich«, antwortete er. Sarry war ein Mann. Wahrscheinlich Ende fünfzig, Anfang sechzig. Er saß in einem Rollstuhl, seine Beine mit einer, unmöglich in dieser Hitze, Strickdecke zugedeckt. Sein Haar war weiß mit Geheimratsecken und sein Gesicht rund mit rosigen Bäckchen. Ein harmloser alter Reaktionär, entschied ich.

»Sie sind Michele Knight, die Detektivin«, sagte er. Es war eine Feststellung, keine Frage, und er sprach mit weniger Dialekt, als ich erwartet hatte.

»Das ist richtig. Was wollen Sie von mir?«

Er lachte, ein hohes Prusten, dann sagte er: »Ich will, daß Sie heute sterben.«

Ich sah diesen rosigen Mann im Rollstuhl an und fragte mich, wie er mich töten wollte. Dann schaute ich rasch umher, überzeugt, daß Frankenstein gleich durch eine der Türen in der Diele treten würde.

»Außer uns ist niemand hier«, sagte Sarry. »Meine Geschäftspartner«, und er kicherte wieder, »waren zu ungeschickt. Laß nie einen Jungen die Arbeit eines Mannes machen. Außer, der Mann kann nicht gehen«, fügte er wütend hinzu.

»Wer sind Sie?«

»Niemand. Nur ein alter Mann.«

»Warum mich töten?«

»Weil ich es will. Ich konnte nicht riskieren, daß Sie heute in der Klinik sind. Die beiden Bills haben versagt. Bill und Bill, ich nehme an, Sie haben sie kennengelernt. Oder zumindest ihre Anwesenheit erlebt. Ich weiß immer noch nicht, wie Sie dieser Bombe entkommen sind.«

»Frankenstein und Chorknabe sind die beiden Bills?«

Er gluckste über meine Spitznamen. »Oh, ja, viel besser als einfach nur Bill und Bill. Weniger verwirrend.« Er schwafelte weiter. »Den Großen nenne ich Will, weil zweimal Bill mich verrückt gemacht hat. Manchmal sind zwei ja ganz nett, eine hübsche Zahl, aber nicht, wenn es um Namen geht.«

»Wie wollen Sie mich töten?« Ich konnte keine Pistole oder andere Waffe sehen.

Er hob eine kleine Schachtel von seinem Schoß hoch. Oben waren ein Knopf und zwei Kabel angebracht. »Bumm«, sagte er und lachte wieder. Dann hob er eine Ecke seiner Strickdecke hoch und enthüllte die Dynamitladung unter seinem Rollstuhl. »Ein großer Knall.«

»Sie werden sich selbst auch umbringen.«

»Ich bin niemand. Wen stört es, wenn ein Niemand stirbt?« erwiderte er bitter.

»Vielleicht Sie.«

Triumphierend schüttelte er den Kopf. »Nicht mehr. Nicht nach dem heutigen Tag.«

»Was geschieht heute?« wollte ich wissen.

»Die beiden Bills, Gott segne ihre hingebungsvollen Herzen, sind im Augenblick schwer bei der Arbeit. Ab ein Uhr — oder war es zwei? — gehen die Sprengsätze hoch. Die Bills plazieren sie gerade, die beiden ganz allein. Diese Narren.«

»Was meinen Sie damit?«

»Die Selbstgerechten sind so leichtgläubig, finden Sie nicht?«

»Warum machen Sie Anschläge auf Abtreibungskliniken, wenn Sie nicht —«

»Das Recht auf Leben ist mir scheißegal. Ich hatte nie ein Recht auf Leben. Nein, die beiden Bills kamen gerade recht.

Für ein Weilchen, wie die meisten Narren. Eines Tages klopften sie an meine Tür. Versuchten, meine Seele zu retten. Ich bat sie herein. Hier draußen habe ich nicht viel Gesellschaft. Und diese jungen Männer mit ihren kräftigen Beinen und ihrem langsamen Verstand brachten mich auf eine Idee. Ich sprach an diesem Tag sehr lange mit ihnen, und sie kamen wieder. Und ich erklärte ihnen, daß sie ihre Ideen mit meiner Hilfe in Taten umsetzen könnten.«

»Welche Ideen?«

»Unschuldige Leben zu retten. Die Ungeborenen.« Er gluckste. »Oh, die Krokodilstränen, die ich für diese Ungeborenen vergoß.«

»Warum?« forschte ich.

»Ich komme schon noch dazu. Werden Sie nicht ungeduldig. Sie gehen sowieso nirgends mehr hin.« Sein Finger schwebte über dem Knopf. »Ich habe sie gefunden.«

»Wen?« fragte ich. »Wen gefunden?«

Er ignorierte mich. »Will ist der Einfallsreichere der beiden. Er hat das Dynamit besorgt. Er ist ein glühend gläubiger Anhänger. Ich habe die Bomben gemacht. Ich verwandelte mich in eine richtige Bombenfabrik. So ein guter Junge. So hilfreich, besorgte mir alles, worum ich ihn bat.«

»Ihr hilfreicher Junge hat fünf Frauen brutal ermordet.«

»Ich sagte Ihnen doch, daß er ein gläubiger Anhänger ist«, sagte Sarry herzlos. »Außerdem ist es kein Mord, Mörder umzubringen. Er hat sie beobachtet und entführt, wenn sie aus der Klinik kamen, nachdem sie ihre Babys töten ließen. Nach seinem Glauben durften diese Frauen keine Abtreibungen vornehmen lassen.«

»Das hatten auch nicht alle«, gab ich zurück. »Betty Peterson nicht. Und die Fünfzehnjährige, die auf dem Grundstück liegengelassen wurde, auch nicht.«

»Wir machen alle Fehler«, sagte Sarry und kicherte über seine Pfiffigkeit.

»Hören Sie —«, setzte ich wütend an.

»Aber, aber, Miss Knight«, tadelte er mich und legte den Finger auf den Knopf. »Michele. Lassen Sie mich Michele zu Ihnen sagen. Da wir unsere letzten Stunden miteinander verbringen werden, können wir uns genausogut anfreunden.«

»Sie haben also die Bomben gebastelt? Wo haben Sie das gelernt?«

»Beim Militär. Ich habe in Korea gedient.«

»Schwester Ann«, sagte ich leise.

»Beatrice Jackson«, schoß er zurück. »Sie wäre nie Nonne geworden… sie hatte kein Recht dazu. Ihr fiel nur nichts Besseres ein, um sich vor der Heirat mit einem halben Mann zu drücken.«

»Das ist nicht wahr —«

»Erzählen Sie mir nicht, was wahr ist!« brüllte er. »Ich war da. Ich habe den mitleidigen Blick gesehen, den sie mir zuwarf. Wiederholen Sie bloß nicht ihre Lügen vor mir.«

Offensichtlich war Sarry keiner Vernunft zugänglich. Ich ließ ihm einen Augenblick Zeit, sich zu beruhigen, dann sagte ich: »Warum sie nach all den Jahren töten?«

»Warum? Weil ich endlich Gelegenheit dazu habe. Nach all den Jahren. Sie ist mir durch die Lappen gegangen. Aber ich habe sie gefunden. Habe sie im Fernsehen gesehen, in ihrem wunderbaren Gemeindezentrum. Ich habe mir die Anschrift notiert. Und den beiden Bills erzählt, die Klinik in diesem Gebäude wäre der schlimmste Abtreibungssalon von allen. Sie haben das nicht eine Sekunde angezweifelt. Leichtgläubige Narren.« Er lachte, rauh diesmal. »Und Bill… Will hat noch ein Hühnchen zu rupfen mit einem der Ärzte dort.«

»Aber sie würden doch bestimmt keine Bombe legen, um Nonnen umzubringen, oder? Die stehen schließlich auf derselben Seite. Mehr oder weniger«, fügte ich hinzu, bezweifelte, daß Schwester Ann mit den beiden Bills in eine Schublade gesteckt werden wollte. »Was für ein Hühnchen hat denn —?«

»Es ist abgemacht, daß ich alle Orte, wo Sprengsätze hochgehen, telefonisch vorwarne.«

»Aber Schwester Anns Gebäude werden Sie ‘vergessen’«, sagte ich wütend.

»Oh nein, ich werde schon daran denken. Aber mein Telefon ist leider kaputt.«

Die Ungeheuerlichkeit seines Vorhabens sank langsam ein. »Wie viele? Wie viele Bomben? Vorhin funktionierte es doch… Sie können doch nicht —«

»Acht verschiedene Gebäude sind anvisiert. Das von Schwester Ann, wie es ihrer Position geziemt, geht als erstes hoch.«

»Und die anderen?«

»Binnen drei Stunden. Ein Haufen Überraschungen für die guten Leute von New Orleans. Die Namen habe ich aus dem Telefonbuch. Alles Einrichtungen, die die beiden Bills mit Kußhand in die Luft sprengen.« Er lachte wieder.

»Himmel«, brüllte ich, »ist Ihnen überhaupt klar, wie viele Menschen Sie ermorden? Hunderte werden sterben.«

»Das ist mir egal. Mir wurden die Beine weggeschossen, und dann haben sie mich hier draußen zum Verrotten abgestellt. Es ist mir egal, wie viele Leute sterben«, hielt er mir entgegen. »Bea hätte mich heiraten, sich um mich kümmern sollen. Ich brauche jemanden, der für mich kocht, für mich saubermacht. Das kann ich alles nicht. Aber sie hat mich verlassen. Hat mich verlassen, und keine andere wollte mich haben, beschädigt wie ich bin.« Seine rosigen Wangen wurden rot, die Nasenflügel blähten sich.

»Warum mich umbringen?« fragte ich, versuchte eine andere Taktik. »Was habe ich Ihnen getan?«

»Sie haben sich eingemischt. Sie haben auf Bea aufgepaßt, es schwer gemacht, an sie heranzukommen.«

»Ich habe auf meine Freundinnen in der Klinik aufgepaßt.«

»Und warum soll ich Sie nicht töten? Sie sind wie alle anderen auch. Sie würden mich mit Freuden hier draußen verrotten lassen.«

»Blasen Sie es ab. Ich besorge Ihnen Hilfe. Ich werde tun, was ich kann. Es gibt da Maßnahmen.«

»Nein! Ich will diese verdammten Maßnahmen nicht. Babysitting bis zum Tod. Sie sind wie mein Bruder. Er besucht mich einmal im Monat. Bringt mir immer was mit, damit er sich nicht so schuldig fühlt, wenn er wieder geht. Und fragt mich jedesmal, ob ich in einem Veteranenheim nicht besser aufgehoben wäre. Allein komme ich nicht zurecht, sagt er. Der rotznasige Bastard.«

»Sie haben doch selber gerade gesagt, daß Sie allein nicht zurechtkommen«, erinnerte ich ihn boshaft.

»Nicht so gut wie mit einer Frau. Glauben Sie, daß man sich im Veteranenkrankenhaus besser um mich kümmern würde? Nein. Und ab heute kann er mich nirgends mehr hinbringen!« Er lachte triumphierend.

Der Mann war ein Irrer, machte ich mir klar. Es hatte keinen Zweck, mit ihm zu diskutieren. Und ich zweifelte kaum an seiner Entschlossenheit bezüglich der Bombe unter seinem Rollstuhl. Ich mußte hier raus. Und noch vor ein Uhr ein Telefon erreichen. Seine Hand lag neben dem Knopf.

»Machen Sie den Fernseher an«, befahl er mir.

Ich ging rüber und schaltete ein. Irgendeine dumme Seifenoper plärrte vor sich hin.

»Stellen Sie leise«, sagte er. »Mich interessieren nur die Nachrichten. Und vor zwei Uhr wird es keine geben. Das sind die Nachrichten, die wir hören wollen.«

»Ich nicht«, sagte ich kurz.

»Los, spülen Sie mein Geschirr«, kommandierte er.

»Warum? Wenn Sie es in ein paar Stunden sowieso in die Luft jagen?« hielt ich ihm entgegen.

»Ich habe schon immer gewollt, daß eine Frau mir gehorcht. Los, tun Sie's«, drohte er, den Finger über dem Knopf.

Ich setzte mich herausfordernd hin. Ich wollte nicht in die Luft fliegen, aber ich wollte seine Grenzen testen. »Sie würden Ihre Nachrichten verpassen«, sagte ich.

»Wenn Sie es tun, lasse ich Sie vielleicht gehen, nachdem die ersten Bomben explodiert sind.«

»Und vielleicht auch nicht.«

Sein Kiefer begann wütend zu mahlen. »Sie sind eine Fotze, genau wie sie«, spuckte er aus. »Ihr habt alle den Tod verdient.«

Ich stand langsam auf und fing an, sein Geschirr zu spülen. Ich hatte ihn genug provoziert. Ich sah mich verstohlen in der Küche um, suchte etwas, um ... Ich wußte nicht mal, was ich suchte. Ich *mußte* vor ein Uhr etwas unternehmen. Ich konnte nicht hilflos herumsitzen und zulassen, daß Cordelia, Elly, Millie, Schwester Ann, Bernie und die anderen in Stücke gerissen wurden. Wenn das passierte, wollte ich es wenigstens nicht mehr erleben.

»Ihr Geschirr ist gespült«, sagte ich. Ich hatte nicht besonders gründlich gearbeitet, aber ich bezweifelte, daß er das merken würde.

»Gut. Was kann ich Sie noch tun lassen?«

Ich spannte mich an, was würde jetzt kommen?

»Mittagessen«, sagte er. »Machen Sie mir Mittagessen.«

Ich fragte mich, ob er an Sex kein Interesse hatte oder ob ihm das Teil abgesprengt worden war.

Ich schaute in seinen Kühlschrank. Er gab nicht viel für ein Mittagessen her.

»Sie haben nicht viel da«, sagte ich. »Warum laufe ich nicht schnell zum Laden und hole ein paar Lebensmittel?«

»So hungrig bin ich auch nicht«, erwiderte er bissig.

»Wie wär's mit einem Bier?« Davon standen ein paar im Kühlschrank. Vielleicht konnte ich ihn betrunken machen, was mir das allerdings bringen sollte, war mir nicht ganz klar.

»Nein, kein Bier. Machen Sie mir Kaffee. Echten Kaffee, keinen löslichen.«

»Es ist zu heiß für Kaffee.«

»Machen Sie«, befahl er.

Er hatte eine alte Kaffeekanne mit Filteraufsatz. Ich hoffte, daß ich alles richtig machte. Nach einer, wie mir schien, angemessenen Zeit goß ich eine Tasse voll und brachte sie ihm.

»Probieren Sie zuerst«, verlangte er.

Ich trank ein Schlückchen.

Er gluckste und nahm mir die Tasse ab.

»Haben Sie die Briefe geschrieben?« fragte ich.

»Ja, natürlich. Mein Bruder hat mir einen kleinen Computer mitgebracht. Ich wollte eigentlich nur an Bea schreiben, aber dann hätte sie Bescheid gewußt. Dadurch, daß ich den anderen zuerst schrieb, sah ihrer nur aus wie einer von vielen. Irreführung kann sehr nützlich sein«, fügte er bitter hinzu. »Ja, ich mag Irreführung.«

»Woher hatten Sie Ihre Informationen?«

»Diese Dinge hat Bill mir erzählt. Er kennt ein junges Mädchen, das dort arbeitet.«

»Betty Peterson?«

»Wer? Kann schon sein«, antwortete er leichthin.

»Will hat sie ermordet«, sagte ich hitzig. »Sie hat nichts getan —«

»Sie ist nicht wichtig«, unterbrach er mich, tat Betty ab.

Ich hatte eine wütende Erwiderung auf der Zunge, hielt mich aber zurück.

»Mehr«, forderte er und wies auf seine Kaffeetasse.

Ich nahm die Kanne und füllte seinen Becher nach. Seine Hand wich kein einziges Mal von dem Knopf. Ich stellte die Kaffeekanne wieder auf den Herd, die Gasflamme auf klein, um den Kaffee warmzuhalten.

»Wollen Sie mich nicht fragen, woher ich das Dynamit habe?« blähte er sich.

»Nein.«

»Es hat ein Weilchen gedauert. Ich wollte viel früher mit den Sprengungen anfangen, aber Rom wurde auch nicht an einem Tag erbaut, wie man so schön sagt«, er kicherte über seine Gewitztheit. »Also mußte ich mich mit Briefen zufriedengeben. Mochten Sie Ihren?«

»Oh ja, eine brillante Epistel«, erwiderte ich bissig.

»Liebesbriefe von einem alten Verehrer.«

»Einem alten Bastard«, verbesserte ich.

»Strapazieren Sie nicht meine Geduld«, tadelte er mich, fuhr dann fort mit: »Wenn Sie lernen würden, die Klappe zu halten, könnten Sie einem Mann eine gute Ehefrau sein. Kaffee kochen, Geschirr spülen, alle Hausarbeiten. Schade, daß Sie dazu nie Gelegenheit bekommen werden.«

»Sie könnten mich gehen lassen.«

»Nein, ich glaube nicht.« Dann musterte er mich abwägend. Das Glitzern, das in seine Augen trat, gefiel mir überhaupt nicht. »Zu dunkel, zu groß, aber vielleicht langt's ja doch«, sagte er schließlich, nachdem er mich gründlich mit Blicken beharkt hatte.

Ich sagte nichts. Sein Spiel war Macht, Demütigung. Die beste Reaktion war gar keine. Er wollte meine Wut und meinen Zorn.

»Ziehen Sie sich aus«, befahl er mir.

»Nein.«

»Ich bin immer noch ein Mann, wissen Sie. Ich hätte eine Frau haben sollen. Statt mir Pornohefte anzuschauen. Ziehen Sie sich einfach bloß aus. Lassen Sie mich Sie anschauen. Vor fünfzehn Jahren hat mir mein Bruder zum Geburtstag eine Hure mitgebracht. Das war das letzte Mal, daß ich eine echte Frau gesehen habe.«

»Nein.«

»Sie müssen gar nichts tun«, redete er mir zu.

»Nein.«

»Sie finden mich abstoßend, genau wie Bea, nicht wahr?« schimpfte er verbittert. »Ein häßlicher Krüppel.«

»Ich finde Sie abstoßend, weil Sie im Begriff sind, Hunderte von Leute umzubringen. Ihre Beine sind mir scheißegal.«

Ich drehte ihm den Rücken zu, um meine Weigerung unerbittlicher zu machen.

Und fragte mich dann, ob ich das Richtige tat. Biete ihm Sex an, mit der Hand. Sorg dafür, daß seine Finger von diesem Knopf wegkommen. Der Gedanke ließ mich schaudern. Er sah nicht aus, als hätte er in letzter Zeit gebadet, ein Geruch von Hinfälligkeit hing ihm an. Ich warf einen Blick auf meine Armbanduhr. Kurz nach halb zwölf. Ich mußte ja nicht bis zurück in die Stadt, nur bis zum nächsten Telefon. Noch nicht, sagte ich mir. Ein paar Minuten noch, bevor ich mir das antue. Er und sein Schwanz gehen bestimmt nirgendwo anders hin.

»Mehr«, kommandierte er.

Ich warf einen Blick über die Schulter. Er wies auf seine Kaffeetasse, zog sich auf etwas zurück, das er mir befehlen konnte. Ich nahm die Kaffeekanne vom Herd.

»Einmal volltanken, Schätzchen«, sagte er, als ich widerwillig zu ihm trat. »Na schau, man kann Sie ja doch dazu bringen, daß Sie folgen.«

Dann geschah es, die halbe Sekunde, die ich brauchte.

Eine Hand hielt die Kaffeetasse, die andere, die Hand neben dem Bombenknopf, bewegte sich, um geistesabwesend den Schweiß von der Stirn zu wischen.

Es war die einzige Chance, die ich kriegen würde.

Ich schüttete ihm den Kaffeesatz aus der Kanne ins Gesicht und die Flüssigkeit in den Schoß. Im gleichen Moment stieß ich gegen die Schalttafel, nicht hart genug, um die Kabel herauszureißen, aber genug, daß er herumtasten mußte, um den Knopf zu finden.

Dann rannte ich. Hörte sein wütendes Gebrüll, als ich gegen die Fliegengittertür krachte und sie aufstieß. Ich sprang von der Veranda und über die Trümmer im Garten, versuchte nicht daran zu denken, wie weit die Explosion reichen würde, wie weit entfernt ich sein mußte.

Der Lastwagen. Schaff es bis zur anderen Seite des Lasters, dachte ich, als ich den Weg erreichte. Ich duckte mich dahinter, kauerte mich aufs Trittbrett neben der Fahrerkabine. Eine Sekunde lang erwog ich weiterzurennen, zu meinem Auto.

Das Dröhnen der Explosion nahm mir die Entscheidung ab. Die zerborstenen Balken des Hauses donnerten hohl gegen die andere Seite des Lasters und schüttelten ihn. Trümmer flogen über meinen Kopf, landeten auf der Straße und dahinter im Gebüsch. Teile eines billigen Druckers prallten von der Motorhaube ab und fielen in den Graben. Ich klammerte mich ans Trittbrett wie ein Vogel an seine Sitzstange, fragte mich, wie lange der tödliche Hagel andauern konnte.

Dann gab es eine unheimliche Stille, die Kakophonie der Explosion schlagartig vorbei. Keine Vogelstimmen, kein Windhauch, nur leere Stille. Um ganz sicher zu gehen, verharrte ich noch eine Minute reglos. Es standen mehr Leben auf dem Spiel als nur meins.

Dann hetzte ich den Weg entlang, ohne mich nochmal umzuschauen. Ich wollte die zerstörten Überreste des Hauses nicht sehen. Und womöglich Fetzen des Körpers, der einem häßlichen, verbitterten Mann gehört hatte.

Als ich zu meinem Auto kam, war ich in Schweiß gebadet, die feuchte Luft wie ein schweres Gewicht in meiner Lunge. Ich startete hastig und fuhr los, achtete nicht auf die Hubbel und Schlaglöcher in der Straße.

In den ersten beiden Häusern war niemand daheim.

Such ein Telefon. An der nicht-so-gut-ausgebauten Landstraße lag ein kleiner Lebensmittelladen. Die Leute hier draußen mochten mich mit der Schrotflinte begrüßen, bevor ich den Mund aufbekam.

Ich fuhr, so schnell meine Vernunft es gestattete, bis ich den Laden erreichte. Warf einen Blick auf meine Armbanduhr. Kurz nach zwölf. Hoffentlich hatte er in bezug auf den Zeitplan nicht gelogen.

Zuerst rief ich die Klinik an. Bernie hob ab. »Räumt das Gebäude«, sagte ich, bevor sie sich fertig gemeldet hatte. »Irgendwo liegt eine Bombe, die Punkt eins hochgeht.«

Ihre Stimme klang verängstigt und verwirrt. »Micky, wo bist du?«

»Egal. Unterwegs. Schaff alle raus.«

»In Ordnung«, sie legte auf.

Dann wählte ich O'Connors Nummer. Ich berichtete ihm, daß es Bomben gab, die ab ein Uhr mittags in acht verschiedenen Kliniken nacheinander hochgehen würden.

»Welche Kliniken?« fragte er.

»Cordelias. Die anderen weiß ich nicht.«

Dann fragte er unerträglicherweise: »Sind Sie sicher?«

Ich gab ihm eine Zusammenfassung meines Vormittags und schloß mit: »Ich bin also ein braves Mädchen. Jemand hat versucht, mich umzubringen, und ich rufe Sie an.«

Ich bekam dafür kein Fleißsternchen, hatte aber auch keins erwartet.

Ich stieg wieder in mein Auto und fuhr hart jenseits des Tempolimits in die Stadt zurück. Ich wollte vor eins an der Klinik sein.

Vierundzwanzigstes Kapitel

Kurz nach halb eins war ich da und parkte ein paar Blocks entfernt. Vor der Klinik auf der anderen Straßenseite hatte sich eine Menschenmenge versammelt, dazu einige Streifenwagen. Und das allgegenwärtige Kamerateam. »Hallo, Micky«, rief Bernie, als ich näher herankam.

Ich mußte den Impuls unterdrücken, hinzulaufen und sie zu umarmen, so froh war ich, daß sie am Leben und in einem

Stück war. Ich mochte Bernie. Ich wollte, daß sie die Chance bekam, die Betty nicht mehr haben würde. Nämlich nach ihren eigenen Antworten zu stöbern und zu suchen, bis sie sie gefunden hatte.

»Hey, Bern, wie steht es?« sagte ich und begnügte mich damit, ihre Schulter zu drücken.

»Wir warten nur«, antwortete sie. »Und sorgen uns.«

Ich nickte. Ich entdeckte O'Connor und strebte zu ihm, klopfte Bernie ein letztes Mal auf die Schulter.

»Miss Knight, so schnell wieder hier?« lautete sein Kommentar. »Sie müssen das Tempolimit überschritten haben.«

»Nee«, antwortete ich. »Es ging fast nur bergab. Haben Sie die Bombe schon gefunden?« fragte ich, um zu vermeiden, daß er mir auf gut Glück einen Strafzettel verpaßte.

»Nein, noch nicht. Der größte Teil der Bombeneinheit ist damit beschäftigt, Ihre angeblichen acht anderen Ziele zu suchen.«

»Angeblich?« hakte ich grimmig nach. »Ich hab' mir das doch nicht ausgedacht.«

»Wahrscheinlich nicht«, räumte O'Connor aufreizend ein, »aber alles, was Sie mir bisher geliefert haben, war das Gegeifer eines Irren.«

»Mit zwei irren Handlangern, die bereits eine Anzahl Menschen ermordet haben.«

»Vielleicht. Schade, daß wir Sarry nicht befragen können.«

»Was werden Sie also tun?« verlangte ich zu wissen. »Warten, bis ein paar Gebäude in die Luft fliegen, und dann feststellen, daß ich recht hatte?«

»Wir tun, was wir können. Eine Menge Polizisten suchen nach den Sprengsätzen. Wir haben jede Klinik und jedes Krankenhaus in der Stadt angerufen und sie gewarnt.«

»Sie gewarnt? Ist das alles?« fragte ich. »Nicht evakuiert?«

»Noch nicht. Wir suchen nach Bomben. Außerdem wollen wir abwarten, was hier geschieht.«

»Was, wenn ich mich irre? Was, wenn ein anderer Sprengsatz zuerst hochgeht?«

»Ich kann nicht jede Einrichtung dieser Stadt evakuieren, die möglicherweise Abtreibungen vornimmt«, meinte er hitzig.

»Warum nicht? Muß man dafür den Rang eines Sergeant haben?«

Er starrte mich wütend an. »Gehen Sie nicht zu weit, Miss Knight.« Er wandte sich kopfschüttelnd ab. »Kein Wunder, daß so viele Leute Sie umbringen wollen.«

»Ach, fi—«, dann wurde mir klar, daß ich nur einen Meter von einer Nonne entfernt stand, und meine katholische Erziehung rastete ein. »...finden Sie die Bombe«, ergänzte ich lahm. »Guten Tag, Schwester«, sagte ich dann höflich. Es war Schwester Fatima.

»Oh, hallo.« Sie sah mich prüfend an, versuchte mich einzuordnen. »Michele, nicht wahr?«

»Ja, Schwester. Ziemlich heiß hier draußen, was?« sagte ich und suchte die Menschenmenge nach Cordelia ab.

»Ja, schrecklich. Ich glaube, ich suche mir ein schattiges Plätzchen und setze mich hin«, sagte sie mit leiser werdender Stimme. »Ich bin nicht mehr die Jüngste.«

»Kommen Sie, ich helfe Ihnen.« Ich bot ihr meinen Arm und führte sie zu den Stufen eines naheliegenden Gebäudes, das im Schatten eines Baumes lag. Dann ging ich hinein und holte ihr ein Glas Wasser.

»Vielen herzlichen Dank«, sagte sie. »Sie sind ein wirklich netter Mensch, so hilfsbereit.«

Gut, daß sie nicht den Aufdruck vorne auf meinem Slip lesen konnte: *Sapphos Eßlokal. Du kannst auswärts speisen oder reinkommen, wir haben Tag und Nacht geöffnet...*

Nachdem ich sichergestellt hatte, daß Schwester Fatima bequem saß, suchte ich Cordelia. Große Frauen sind leicht zu finden. Jedenfalls wenn sie aufrecht stehen. »Micky«, sagte Cordelia, als ich herantrat. »Wo hast du gesteckt? Bernie sagt, du hast noch vor der Polizei angerufen, um uns zu warnen?«

Ich war nicht unbedingt wild darauf, ihr von meinem morgendlichen Abenteuer zu erzählen. Es würde sie wohl kaum sonderlich glücklich machen, zu hören, wie knapp ich dem Tod entronnen war. Mal wieder. »Na ja, das war so —«

Doch ich wurde unterbrochen von einer Explosion. Nun ja, eigentlich mehr einem lauten Knall aus dem Keller. Ein Fenster zerbrach. Das war's.

Cordelia und ich starrten uns an, dann begann sie zu lachen. »Ich stehe hier draußen in der Hitze und warte, daß mein Gebäude in die Luft fliegt. Doch nicht so ein Knallfrosch.«

Ich warf einen Blick auf die Uhr. Genau eins. Irgend etwas stimmte nicht, aber was? Vielleicht hatte ich mich geirrt. Vielleicht war Sarry nicht so ein Meister im Bombenbasteln, wie er mich hatte glauben machen.

O'Connor stand neben mir. »Nun, Miss Knight?«

Ich zuckte die Achseln. Mir fiel nichts ein, was ich hätte sagen können.

»Wie bald können wir wieder reingehen?« fragte Cordelia ihn.

»Bald«, antwortete er. »Lassen Sie meine Männer noch einmal nachsehen.« Dann ging er weg.

Elly und Millie gesellten sich zu uns.

Ich hörte dem Gespräch nicht zu. Ich fragte mich, was schiefgegangen war. Ich konnte nicht glauben, daß dieser kleine Schluckauf der Sprengsatz gewesen sein sollte, den Sarry im Sinn gehabt hatte. Die Bombe heute vormittag war nur zu echt gewesen. Auch die, die vor meiner Tür gelegen hatte. Rache an Schwester Ann war sein Lebensinhalt. Es ergab keinen Sinn, daß er gerade diesen Einsatz so verpuffen (sozusagen) lassen würde. Die beiden Bills? Hatten sie an den Bomben herumgepfuscht? Nach dem brutalen Mord an fünf Frauen (und vielleicht anderen, die nie gefunden worden waren, dachte ich schaudernd) hatte ich kein Vertrauen in Frankensteins Ehrfurcht vor dem Leben, abgesehen vom ungeborenen. Bliebe Chorknabe. Schwer zu glauben, daß dieses unschuldige Gesicht zu anderem fähig war als Hymnen singen. Aber er hatte keine Probleme damit, mir Dynamit auf die Fußmatte zu legen.

Mir blieb ein Haufen ungeklärter Fragen und ein ungutes Gefühl. Das liegt nur daran, daß nach all der Aufregung und vor allem nach heute vormittag dieser lächerliche Rülpser von Bombe beinah enttäuschend war, sagte ich mir. Sei froh, daß dein Sinn fürs Dramatische leer ausgegangen ist.

»Okay, Ladies«, sagte O'Connor schließlich, nachdem er uns lange genug in der Sonne hatte sitzen lassen, um uns an den Rand eines Hitzschlags zu bringen. »Sieht ganz so aus, als sei sein Ziel die Störung des Betriebs und nicht die *Zerstörung*. Es ist sonst nichts mehr im Keller. Wir haben ihn gründlich durchsucht.«

»Was ist mit dem restlichen Gebäude?« fragte ich.

»Das haben wir vorhin schon überprüft.«

»Können wir wieder rein?« fragte Millie.

O'Connor warf mir einen Blick zu. »Sicher. Ich denke, für heute war es das an Aufregung.«

»Okay, zurück in die Salzminen«, sagte Cordelia und winkte Bernie herüber.

Sie machten sich über die Straße auf zum Gebäude. Ich blieb stehen, wo ich war, mißtraute unserem Glück.

»Ist irgendwas?« fragte Elly und blieb stehen.

Ich schüttelte den Kopf. »Noch vor einer halben Stunde hätte ich Stein und Bein geschworen, daß dieses Gebäude jetzt nur noch ein Hügel aus Staub sein würde.«

»Vielleicht sollten wir unser Glück nicht zu schief von der Seite ansehen«, antwortete sie. »Kommst du?«

»Nein, ich brüte hier draußen noch ein wenig vor mich hin.«

»Sag uns Bescheid, wenn du den Hitzschlag näherkommen fühlst.« Sie folgte den anderen über die Straße ins Haus.

Als ich mich auf den Bordstein plumpsen ließ, sah ich, wie Schwester Ann Schwester Fatima zurück ins Gebäude führte und die Autos ehrerbietig für die Nonnen anhielten.

Ich starrte über die Straße auf das Gebäude, fest und solide in der gleißenden Nachmittagssonne. Ich kam mir ein bißchen albern vor, eigentlich froh, so falsch gelegen zu haben, wenn man mein Ego mal außer Betracht ließ. Nun geh schon rüber zur Klimaanlage und kühl dich ein wenig ab. Vielleicht brachte ich es fertig, Cordelia zum Abendessen einzuladen. Na, wohl eher halbe-halbe, dachte ich und holte meine Brieftasche heraus, um meine Befürchtungen zu bestätigen. Nur zwei Dollar. Abendessen gestrichen, entschied ich und starrte düster auf die zwei einsamen Dollarscheine.

Irgend etwas ließ mir keine Ruhe. Ich schaute auf meine Armbanduhr. Zehn Minuten vor zwei.

Geh rein. Vielleicht kann ein kühles Hirn besser denken. Ich stand auf, ging über die Straße und betrat das Gebäude.

Ich begegnete Schwester Ann, die mit einem großen Korb Blumen aus ihrem Büro kam. »Werde ich älter oder werden die Blumen schwerer?« fragte sie und lächelte mich an.

»Nettes kleines Sträußchen«, sagte ich. Ich beschloß, Sarry noch nicht zu erwähnen. Schwester Ann sah zu beschäftigt und zu glücklich aus.

»Ja, sie machen alles gleich so freundlich. Ich bringe sie für meine Abendgruppe nach oben.«

Auf ihrem Schreibtisch stand ein weiterer Blumenstrauß. »Von wem sind die denn alle?« fragte ich.

»Von Emma Auerbach. Ich glaube, Sie kennen sie. Sehr freundlich von ihr, auf diese Art die Wogen zu glätten.«

»Welche Wogen?«

»Zwischen uns und der Klinik. Obwohl es mir eigentlich lieber wäre, sie hätte eine Spende geschickt, als ein halbes Dutzend Blumenkörbe.« Sie ging weiter zur Treppe.

»Schwester, darf ich Ihr Telefon benutzen?« rief ich ihr hinterher.

»Sicher doch«, antwortete sie von der Treppe.

Ich wählte Emmas Nummer. Niemand ging ran. Dann wählte ich die Nummer von Rachels separatem Anschluß, hoffte, sie zu erwischen. »Hallo?«

»Rachel, hier ist Micky. Weißt du etwas davon, daß Emma heute jemandem Blumen geschickt hat?«

»Die einzigen Blumen, von denen ich nichts weiß, sind die, die sie mir schickt«, antwortete Rachel. »Warum? Hast du geheimnisvolle Blumen bekommen?«

»Nicht ich. Die katholische Seite von Cordelias Gebäude.«

»Nein. Da würde sie zuerst Cordelia welche schicken. Und das hat sie bisher nicht getan.«

»Danke, Rachel. Hab's eilig. Ich melde mich.« Ich legte schnell auf.

Das beweist noch gar nichts. Emma hatte die Blumen vielleicht geschickt und vergessen, es Rachel zu erzählen. Ich warf einen Blick auf meine Armbanduhr, als erwartete ich eine Antwort von ihr. Alles, was sie sagte, war: fünf vor zwei.

Vor zwei. Zwei Bomben. Um zwei.

Entsetzen traf mich wie ein Schlachtbeil. Ich sah den harmlosen Blumenkorb auf Schwester Anns Schreibtisch an, erinnerte mich an Sarrys verrücktes Geschwätz über Irreführung und Zweien.

»Mein Geschenk für alles, was Sie getan haben«, stand auf der Karte.

Ich schob die Blumen zur Seite. Sie steckten in Schaumstoff. Ich ließ meine Hand vorsichtig daruntergleiten. Wasser. Dann Plastik, um etwas Hartes gewickelt. Ich traute mich nicht, den Korb auseinanderzunehmen, aus Angst, dies könnte die Bombe zünden. Ein halbes Dutzend, hatte sie gesagt.

Ich rannte auf den Korridor und schrie: »Räumt das Gebäude. Alle raus! Sofort! Diesmal gibt es eine richtige Bombe!«

Ich raste in die Klinik, packte Bernie buchstäblich bei den Schultern und riß sie aus ihrem Sessel. »Raus! Alle raus aus dem Gebäude«, brüllte ich ins Wartezimmer. »Beeilung!« schrie ich den verwirrten Blicken zu, die ich erntete. Ich schubste Bernie zur Tür. »Folgen Sie Bernie. Sie wird vorangehen«, wies ich die Leute an. »Geh schon«, sagte ich, als sie sich zu mir umblickte. »Los!«

Bernie ging hinaus, gefolgt von den Leuten aus dem Wartezimmer.

»Micky?« fragte Millie, als sie aus einem der Behandlungszimmer trat.

»Schaff alle hier raus«, sagte ich. »Es gibt noch eine Bombe.«

»Was?« sagte sie. »Aber die Polizei …«

»In Blumen versteckt. Bring die Leute raus. Uns bleiben höchstens noch ein paar Minuten.«

Cordelia kam aus ihrem Büro. »Was ist los?«

»Noch eine Bombe«, sagte Millie, dann bat sie ihre Patienten, sich anzuziehen und rauszugehen.

»Bist du sicher?« fragte Cordelia, ihre Miene spiegelte Verwirrung, dann Furcht.

»Ja. Viel zu verdammt sicher.«

»Aber woher —?«

»Ich erklär's dir später. Jetzt raus. Dir bleiben ein oder zwei Minuten.«

»Natürlich.« Die Unsicherheit war verflogen. »Alle raus jetzt!«

Ich lief weiter. Cordelia und Millie würden sich hier um alles kümmern. Rasch steckte ich den Kopf in jede Tür auf der anderen Seite des Gangs, überzeugte mich davon, daß die Räume leer waren.

Schwester Ann, dachte ich, als ich die Leute in der Kindertagesstätte rausschickte. Zum Glück waren nicht viele Kinder da.

Ich spurtete über den Gang zurück zur Treppe, die Schwester Ann hinaufgegangen war.

»Micky?« rief Cordelia, als ich an ihr vorbeischoß. Sie war die letzte aus der Klinik.

»Geh«, befahl ich ihr. »Ich komm' gleich nach.«

Auf der Mitte der Treppe schaute ich kurz zurück und sah, wie sie durch die Tür hinausging. Der Korridor war leer.

»Schwester! Schwester Ann«, rief ich, als ich oben ankam.

»Ja?« antwortete ihre Stimme aus einem der Klassenzimmer.

Ich rannte hinein. Sie arrangierte die Blumen. »Was ist denn unten los?« fragte sie.

»Wir müssen hier raus. Es gibt noch eine Bombe. In den Blumen.«

Sie schaute auf die Iris in ihrer Hand, als hätte die sich in eine Spinne verwandelt. »Nein, das kann nicht ...«, sagte sie, ihre erste Reaktion Abwehr, wie bei den anderen. Dann zog sie die Blumen heraus.

»Vorsicht, Sie könnten —«

»Allmächtiger«, sagte sie.

Ich schaute in den Korb auf das, was sie freigelegt hatte. Da lag sie, obzön, in Plastik gewickelt, damit sie nicht naß wurde, ein kleiner Zeitzünder daran, der leise durch die Verpackung tickte. Ein kurzer Blick auf die Digitalanzeige bestätigte meine Befürchtungen. Es war fast zwei Uhr. Und diese Bombe stand unmittelbar vor dem Hochgehen.

»Vor der Hintertür ist eine Kette«, sagte Schwester Ann, als ihr, wie mir, klar wurde, daß wir in den wenigen verbleibenden Sekunden niemals die Treppen nach unten zum Ausgang rennen konnten.

»Raus!« rief ich, riß ein Fenster weit genug auf, daß wir hindurchpaßten, und stieß Schwester Ann über das Fensterbrett, lenkte ihre Hände zum Abflußrohr direkt neben dem Fenster. Ich war direkt hinter ihr, meine Arme griffen um sie herum, so daß ich das Rohr packen konnte. Wir rutschten einen guten Meter abärts, bevor das rostige Blechrohr unter unserem gemeinsamen Gewicht nachgab und sich löste.

»Geht schneller«, sagte ich, als das stürzende Rohr uns gen Erdboden trug.

Als wir landeten, hörte ich Schwester Ann stöhnen. Ich sprang auf die Füße und zog sie mit. Meine Schulter pochte, aber dafür war jetzt keine Zeit.

»Mein Knöchel ...«, sagte Schwester Ann und fiel hin.

Ich schlang einen Arm um ihre Taille, schleppte sie mit, als ich über den Rasen auf den steinernen Sockel des Zauns zustolperte. Ohne seinen Schutz hatten wir keine Chance. Selbst mit ... Daran würde ich jetzt nicht denken.

»Lassen Sie mich, laufen Sie«, befahl Schwester Ann.

»Nein!« schrie ich und schleifte sie weiter. Wir waren fast am Ende der zerfaserten Reihe aus gußeisernen Speeren. Ich packte den letzten Pfahl und schleuderte uns um ihn herum auf die andere Seite des Zauns auf den Bürgersteig.

»Auf den Boden«, befahl ich, stieß sie grob gegen ein Stück intaktes Mäuerchen. Falls wir überlebten, würde ich mich später entschuldigen.

Schwester Ann lag auf dem Gehweg, gegen die Mauer gedrückt. Ich auf ihr drauf, keine Zeit, getrennte Plätze zu finden. Ich schützte meinen Kopf mit den Armen, spürte den heißen Bürgersteig an meiner Wange. Schwester Anns Kopf war unter meinem Brustkorb. Ich hoffte, es würde etwas nützen.

»Schwester, wir müssen aufhören, uns so zu treff—«

Es gab eine Explosion — eine Reihe von Detonationen, die die heiße Sommerluft donnernd durchschnitten, als öffnete sich der Himmel zu einem gewaltigen Wolkenbruch. Aber dieser Regen war ein tödlicher Schauer von Ziegelsteinen und Brettern, Trümmern eines sterbenden Gebäudes.

Die Kakophonie der Zerstörung schien nicht enden zu wollen. Etwas traf mich in den Rücken, so hatte ich wenigstens zueinander passende Prellungen an beiden Schultern. Ich stöhnte beim Aufprall, drückte meinen Kopf noch fester auf den Bürgersteig.

Dann gab es ein abscheuliches Ächzen, als ein riesiger Balken auf die schmiedeeisernen Speere knallte und sie verbog, bis sie brachen. Sie stürzten über uns zusammen, bildeten ein Zelt, wo wir lagen. Doch nur einen halben Meter weiter hatte die Wucht die Schäfte zerknickt und verdreht, rammten sich scharfe Spitzen in den Bürgersteig, schrammten mit einem Geräusch wie Fingernägel auf einer Tafel gegen unsere Schutzmauer und gruben Wunden in den Stein.

Den Detonationen folgte ein hohles Rumpeln, als Wände und Fußböden einstürzten, Ziegelsteine und Holzbalken rutschten und polterten, während alles zusammenbrach.

Der Tag verschwand im Schatten, die Sonne verdeckt vom Staub und Schmutz der Explosion. »Sind Sie noch ganz?« fragte ich, als mir schien, daß die Explosionen vorbei waren. Ich hatte vier gezählt, aber sie waren ineinander übergegangen.

»Ja, ich glaube schon«, antwortete Schwester Ann von irgendwo unter mir. »Und Sie?«

»Ich hoffe doch«, antwortete ich und spuckte Dreck aus.

Es gab noch ein lautes Rumpeln, als irgendein Teil des Gebäudes zusammenfiel, doch es war das Geräusch von Ziegel auf Ziegel, nicht das Dröhnen von Dynamit.

»Was für eine böse Seele würde so etwas tun?« fragte Schwester Ann.

»Sagt Ihnen der Name Sarry etwas?«

Sie antwortete nicht.

»Schwester?« setzte ich nach, mit einem Mal besorgt.

»Randall Sarafin«, sagte sie leise. »Allmächtiger, könnte er mich wirklich so sehr hassen?«

»Ja, das könnte er, tut mir leid.«

»Hab Erbarmen mit ihm. Er kann nicht wissen, was er da getan hat«, sagte sie sehr ruhig und keineswegs zu mir.

»Ich versuche mal, hier rauszukommen«, sagte ich zu ihr.

Ich mußte langsam rückwärts kriechen, schob mich vorsichtig an Schwester Ann vorbei. Sie mußte mittlerweile eine schmerzhafte Sammlung von Prellungen haben. Denen wollte ich nicht noch weitere hinzufügen. Ich hatte Angst, unseren zerbrechlichen Schutz aus Speeren aus dem Gleichgewicht zu bringen. Sein Gewicht würde tödlich sein. Das offene Ende war von Balken und Trümmern verstellt. Ich mußte sie wegtreten, hatte schließlich ein Loch freigelegt, das groß genug war, daß ich hindurchschlüpfen konnte.

»Okay, ich bin draußen. Sie sind an der Reihe«, sagte ich zu Schwester Ann.

Sie sagte nichts, sondern begann, rückwärts zu mir herauszukriechen, ächzte, als sie ihren verletzten Knöchel belasten mußte.

»Sie sind fast draußen«, spornte ich sie an, als ihre Füße in der Öffnung erschienen, dann ihre Waden und Oberschenkel. Ich griff hinein und legte meine Arme um ihre Taille, hob sie an und zog sie so sanft ich konnte unter dem abgeknickten Schmiedeeisen hervor. Ich befürchtete immer noch, es könnte jeden Moment einstürzen.

Wir rollten uns ein paar Meter davon weg und ließen uns erschöpft gegen einen schweren Balken fallen, der schräg auf dem Bürgersteig lag. Ein Weilchen rangen wir nur nach Luft, dann sagte ich: »Tja, Schwester, Sie sind die erste Frau, mit der ich wirklich gefühlt habe, wie die Erde bebte.«

»Und hoffentlich die letzte. Zumindest so.« Sie setzte sich ganz langsam und vorsichtig auf, als täte ihr alles weh. Tat es wahrscheinlich auch, wurde mir klar, als ich mich rührte.

»Sie bluten«, sagte ich, als ich eine Wunde quer über ihrer Stirn sah.

Sie wischte über die Stelle, auf die ich zeigte. »Ja, nun, man hat mir schon öfter gesagt, daß ich einen Dickschädel habe.« Dann schaute sie durch die sich langsam senkenden Staubwolken zum Gebäude hinüber. »Es ist nicht mehr da. Einfach nicht mehr da«, flüsterte sie.

Alles, was übrig war, waren ein paar zerklüftete Mauern und ein Haufen Ziegelsteine und Bretter. »Nein, es ist nicht mehr da«, sagte ich, als ich aufstand. »Wir aber wohl.«

Ich streckte eine Hand aus, um ihr auf die Füße zu helfen, und sie sagte: »Ja, das stimmt. Die anderen?«

»Alle sind rausgekommen. Sie waren die letzte.«

Sie nahm meine Hand. »Und Sie sind meinetwegen zurückgekommen.«

»War gerade in der Gegend«, bemerkte ich leichthin.

Schwester Ann stand mit meiner Hilfe langsam auf. Sie legte einen Arm um meine Taille, lehnte sich schwer gegen mich, um sich abzustützen. »Nicht, daß ich nicht dankbar wäre, aber das war sehr unvernünftig.«

»Ich werd's nie wieder tun«, versprach ich.

Wir bahnten uns vorsichtig einen Weg durch die überall verstreuten Trümmer. »Warum?« fragte sie. »Warum sind Sie meinetwegen zurückgekommen?«

»Um zu beweisen, daß Tante Greta unrecht hat.« Ich hatte nicht gewußt, daß ich das sagen würde, bis ich es tat. »Außerdem«, überspielte ich es hastig, »brauchen wir promisken Lesben alle Hilfe, die wir kriegen können, um in den Himmel zu kommen.«

»Das haben Sie doch schon lange geschafft, wissen Sie das nicht? Der Außenwelt zumindest.«

Ich glaubte nicht, daß sie vom Weg in den Himmel sprach.

Wir tasteten uns langsam den Bürgersteig hinunter, zugeschüttet und rissig, wie er vom Geröll des Gebäudes war. »Außenwelt?« fragte ich.

»Außerhalb Ihrer selbst. Ich glaube, Sie sind der einzige Mensch, den es noch zu überzeugen gilt.«

»Abgesehen von Tante Greta, Bayard...«

»Der einzige Mensch, der zählt«, sagte Schwester Ann ruhig.

Ich antwortete nicht, nickte nur knapp.

Die Hauptstraße war von Menschen bevölkert, die um den besten Blick auf die Zerstörung rangelten. In der Ferne hörte ich Sirenen. Die Fernsehkameras filmten wie verrückt. Ein einsamer Polizist versuchte, zwischen der Menge und den Trümmern eine Absperrung zu spannen. Ich sah niemanden von der Klinik. Für einen Augenblick erfaßte mich Panik, Angst, sie hätten es nicht geschafft. Sie sind in Ordnung. Du hast sie hinausgehen sehen, sagte ich mir selbst.

Ich entdeckte eine Gruppe Nonnen in der Menge, ihre blauen Gewänder ein Blickfang. Ich drängte mich durch die Schaulustigen, brachte Schwester Ann zu der Gruppe hinüber. »Schwester!« rief eine von ihnen, und drei oder vier Nonnen nahmen mir Schwester Ann ab.

»Wir sprechen uns später«, waren ihre Abschiedsworte.

Ich nickte und machte mich auf die Suche nach meinen Freundinnen.

Die Menge rührte sich, und ich erblickte Cordelia mit Elly und Millie. Sie standen wieder auf der Straßenseite, auf der sich das Gebäude befunden hatte.

Als ich näherkam, sah ich, daß Millie und Elly Cordelia festhielten, fast, als kämpften sie mit ihr. »Du kannst nichts mehr tun«, hörte ich Elly sagen.

»Außer dich selbst auch noch umbringen«, fügte Millie hinzu.

Bernie? dachte ich in Panik, dann sah ich sie ein Stück weiter an einer Eiche lehnen und weinen.

Was zum Teufel —? Wer?

Millie sah mich. Und starrte, als hätte sie einen Geist gesehen. Ich?

»Micky!« schrie sie. »Sie lebt!«

»Tag, Ladies«, sagte ich lässig.

»Micky«, sagte Cordelia und drehte sich rasch zu mir um. Dann umfaßten mich ihre Arme, drückten mich sehr fest und hoben mich vom Boden hoch. »Gottseidank, daß du lebst«, flüsterte sie mir ins Ohr.

»Hey, Bernie«, hörte ich Elly rufen. »Micky ist wohlauf.«

»Tut mir leid um dein Haus«, sagte ich zu Cordelia.

»Zum Teufel mit dem Haus. Ich bin so froh, daß du in einem Stück bist«, antwortete sie und setzte mich ab, hielt mich aber immer noch fest. »Du hast Blut auf dem Rücken.« Unvermittelt ließ sie mich los und drehte mich sanft um.

»Zueinander passende Schulterwunden«, sagte ich, als sie meine Jacke und mein T-Shirt hochzog, um die Verletzung zu untersuchen. »Vorsicht, ich hab' keinen BH an.«

Elly legte ihre Arme um mich, tief genug, um Cordelia nicht in die Quere zu kommen. »Ich hasse es, wenn du recht hast. Was Bomben angeht«, sagte sie.

»Ja, ich auch«, stimmte ich zu.

Millie drückte mir die Hand und bürstete mir etwas Staub aus dem Haar.

Cordelias Stimme kippte, als sie sagte: »Du wirst es überleben«, und die Untersuchung meines Rückens beendete.

Ich wollte mich zu ihr umdrehen, aber Bernie zwängte sich zwischen Elly und Millie. »Na, Bern«, sagte ich und zog sie in meine Arme, »du kannst mich ruhig umarmen, aber entweder unten an der Taille oder oben am Hals«, mahnte ich.

Sie warf ihre Arme um meinen Hals. »Micky.« Sie schniefte. »Wir dachten, du bist tot.«

»Ich? Niemals.« Ich drückte sie nochmal und ließ sie dann los. »Wir Straßenkater haben sieben Leben.«

Dann wandte ich mich zu Cordelia um. Ihre Augen waren rot. Hatte sie um mich geweint? »Sonst alle in Ordnung?« fragte ich.

»Ja. Jetzt.« Sie nahm mein Gesicht in die Hände und wischte den Schmutz von meinen Wangen. Ich legte vorsichtig meine Hände um ihre Taille, wollte sie an mich ziehen, aber angesichts der zahlreichen Zuschauenden, von Kamerateams über Nonnen bis zu Neunzehnjährigen, packte mich Befangenheit. Cordelia lehnte sich mir entgegen, als wollte sie mich trotzdem küssen. Und für den Bruchteil einer Sekunde tat nichts mehr weh.

Da kam eine der Nonnen angerannt und fragte besorgt: »Hat jemand Schwester Fatima gesehen?«

Cordelia und ich rückten auseinander.

»Nein«, sagte ich. »Vor der Bombe zum letzten Mal.«

Und niemand sonst hatte sie nach der Explosion gesehen.

Der Ausdruck auf dem Gesicht der Nonne sagte uns, daß wir ihre letzte Hoffnung gewesen waren, die letzte noch nicht überprüfte Gruppe. »Sie hörte etwas schlecht«, sagte die Nonne langsam und wandte sich ab.

»Oh nein«, sagte Millie für uns. »Ich dachte, wir hätten alle ...«

»Ich hatte es gehofft«, fügte Cordelia hinzu, ihr Gesicht plötzlich müde und starr.

»Sie war so nett«, sagte Bernie hilflos. »Warum?«

Elly legte ihre Arme um Bernie, die einzig mögliche Antwort.

»Vielleicht siehst du mal nach Schwester Ann«, sagte ich zu Cordelia, um ihr etwas Nützliches zu tun zu geben. »Sie hat sich den Knöchel verletzt.«

»Ja, dann gehe ich wohl besser zu ihr«, sagte sie grimmig. »Obwohl ich...«, sie schaute auf die Ruinen der Klinik, »... nicht viel habe, womit ich arbeiten kann.«

Sie ging zu den Nonnen hinüber.

»Zur Hölle mit denen, die das getan haben«, fluchte Millie. »Zur Hölle mit ihnen.« Dann folgte sie Cordelia.

Der einsame Polizist hatte Verstärkung bekommen, und sie scheuchten uns wieder auf die andere Straßenseite. Elly ließ ihren Arm schützend um Bernie liegen.

Ich sah mich nach O'Connor um, um ihn anzuschreien und zu beschimpfen, aber er war nicht da. Dann sah ich in der Menge ein anderes Gesicht. Merkwürdig, daß der hier war. Ich erwartete ständig, daß Frankenstein auftauchte. Es schien, als hätte er beschlossen, davonzulaufen und den Teufel an einem anderen Tag zu bekämpfen.

»Bin gleich wieder da«, sagte ich zu Elly und bahnte mir einen Weg durch die Menschenmenge.

Er stand ganz hinten unter den Schaulustigen, für sich allein. Ich pirschte mich langsam an ihn heran, wollte nicht, daß er mein Anschleichen vorzeitig entdeckte. Für einen Augenblick ließ ich einen Baum zwischen uns kommen, klopfte mich schnell ab, um mir den Anschein zu geben, als wäre ich nur eine neugierige Gafferin. Ich tätschelte meine Pistole, ihre warme metallene Anwesenheit beruhigte mich unsinnigerweise.

Ich trat hinter dem Baum hervor. Er war noch dort, wo er gestanden hatte. Ich schlenderte langsam hinüber. Er war es, dasselbe saubere, unschuldige Gesicht, das ich kurz gesehen hatte, als er meine Treppe hinunterlief, und in Bettys Siedlung ebenfalls. Hatte er Frankenstein dabei geholfen, sie umzubringen? Aber diesmal hatte Chorknabe es nicht eilig. Er stand da, schaukelte leicht auf den Fersen vor und zurück, versuchte, nicht zu lächeln, konnte aber nicht vermeiden, daß seine Mundwinkel befriedigt zuckten.

»Tag auch«, sagte er zu mir, ohne mich zu erkennen.

Merke dir immer die Gesichter deiner Mordopfer, damit sie sich nicht an dich heranschleichen können, wenn du sie verfehlst.

»Tag«, sagte ich so ruhig ich konnte. »Was ist denn hier passiert?«

»Eine Abtreibungsklinik hat bekommen, was sie verdiente«, sagte er selbstgefällig.

»Echt? Ich dachte, das wäre eine Stadtteilklinik und ein katholisches Gemeindezentrum.«

»Nein. Nein, es war ein Abtreibungshaus«, korrigierte er mich. »Großartiger Anblick, als es in die Luft flog.«

»Ich glaube, wir haben uns schon mal getroffen. Heißen Sie nicht Bill?«

»Ja, das stimmt«, lächelte er, versuchte, mich einzuordnen.

Ich streckte den Arm aus, um ihm die Hand zu schütteln. »Bill ...?« fragte ich, als er meine Hand ergriff.

»Bill Dolton.«

Ich verstärkte den Druck auf seine Hand. »Micky Knight. Sie haben neulich eine Bombe vor meiner Tür deponiert.«

Sein Gesichtsausdruck verwandelte sich von selbstgefälliger Schadenfreude in Sorge und vielleicht sogar Angst, aber dazu blieb ihm keine Zeit. Ich schlug ihm auf die Nase. Er ging zu Boden, Blut floß auf seine Unterlippe.

»Und Glückwunsch, Bill«, bemerkte ich beißend. »Sie haben soeben eine siebzigjährige Nonne umgebracht. Sie hörte nicht mehr gut und ist nicht mehr rechtzeitig aus dem Gebäude rausgekommen.«

Er machte Anstalten aufzustehen, aber ich stellte einen Fuß auf seine Schulter und drückte ihn wieder nach unten. »Was ...?« setzte er ungläubig an.

»Ihr Freund Sarry hatte andere Pläne«, erklärte ich ihm und packte ihn beim Kragen. »Er hat keinen einzigen Warnanruf gemacht. Er wollte die Menschen in diesem Gebäude ermorden, und er hat Sie angelogen. Es war keine Abtreibungsklinik.«

Er schniefte. »Nein, das ist eine Lüge.«

»Wo ist Will?« fragte ich. Ich wollte nie wieder von ihm überrascht werden.

»Will?« wiederholte Chorknabe dumm.

»Ja, Will. Dieser riesige, häßliche Kerl, der sich beim Beten einen runterholt. Du weißt, von wem ich rede.«

»Ich weiß es nicht. Ich meine, ich weiß nicht, wo er ist«, antwortete er hastig, als er sah, daß meine Geduld Grenzen hatte. »Ich sollte ihn hier treffen.«

»Wann?«

»Ehm ... jetzt, glaube ich. Er wollte hier sein«, antwortete Chorknabe und blickte sich um, hoffte offenbar auf einen Verbündeten.

Ich hielt ihn fest und suchte die Menge mit Blicken ab. Frankenstein war nirgends zu sehen. Ich würde mich mit dem Chorknaben begnügen müssen.

»Er hat gesagt, er würde hier sein«, heulte Chorknabe.

»Wo sind die anderen Sprengsätze?« fragte ich und schüttelte ihn.

»Das muß ich Ihnen nicht sagen«, sagte er wie ein bockiges Kind.

»Nein, mußt du nicht. Aber ich muß auch nicht aufhören, dich zu schlagen.«

Er sah ängstlich aus. Es war offensichtlich, daß ihn noch nie jemand ernsthaft geschlagen hatte. Er lebte in einer Welt, in der Gott auf seiner Seite war, und sich irren oder verletzt werden kam für ihn nicht in Betracht. Ich gab ihm einen kurzen Tritt in den Unterleib, um zu zeigen, was ich meinte. »Und das war sanft«, sagte ich, als er sich protestierend wand. Das war es auch, verglichen damit, wie hart ich ihn gern geschlagen hätte.

»Polizeibrutalität«, spuckte er schließlich durch das Blut auf seinen Lippen.

»Ich bin nicht von der Polizei. Und das ist nicht brutal. Schon gar nicht verglichen mit den Tonnen von Ziegeln und Balken, die Schwester Fatima das Leben aus dem Leib geschlagen haben. Hast du Betty Peterson ermordet?«

»Nein, das schwöre ich. Damit hatte ich nichts zu tun. Sie war meine Freundin.«

Ich starrte ihn an. Er hätte genausogut sagen können: »Sie war mein Guppy aus Kinderzeiten«, so wenig Bedauern klang in seiner Stimme. »Deine Freundin?« fragte ich ungläubig zurück. »Hast du sie in die Klinik geschleust?«

»Nein, sie arbeitete von sich aus da. Sie wollte unbedingt diese Art von Krankenschwester sein. Ich habe sie nur ein paarmal um einen Gefallen gebeten.«

»Hast du die Namen der Frauen von ihr bekommen?«

»Welche Namen?«

»Beverly Morris. Alice Tresoe. Faye Zimmer.« Ich fragte mich, ob ich diese Namen je würde vergessen können.

»Ja, schätze schon. Wir sollten denen einfach Briefe schicken. Um sie davon abzuhalten, ihre Kinder zu töten. Sie hatte die Namen von irgendeiner Liste, Frauen, die eine Abtreibung machen wollten.«

»Faye Zimmer wollte keine Abtreibung vornehmen lassen. Sie war fünfzehn Jahre alt«, zischte ich ihm zu.

»Oh, schätze, das war dann wohl ein Fehler.« Er murmelte: »Hab' ich die Codes wohl falsch gelesen.«

»Du hast die Codes gelesen?«

»Das ergab sich so. Ich habe Betty mal abgeholt und zufällig die geheime Akte gesehen. Neben Faye Zimmers Name stand ein A. A für Abtreibung.«

»Wie wär's mit A für Allergikerin? Sie war nie schwanger.«

»Darüber habe ich nicht nachgedacht«, antwortete er langsam.

»Du dummes Stück Scheiße. Nicht nachgedacht.«

»Betty wollte mir keine Namen mehr nennen. Ich dachte, sie wäre auf unserer Seite. Ich weiß nicht, was da schiefgelaufen ist«, beschwerte er sich.

Ich riß ihn grob hoch. »Ich sag' dir, was schiefgelaufen ist. Betty war eine echte Lebensschützerin. Sie fing an, Fragen zu stellen. Und sie begriff, daß eure Antworten nicht ihre Antworten waren.«

»Sie hat es einfach nicht kapiert.« Es klang fast wie ein Quengeln.

»Und du hast sie ermordet«, spie ich ihn an.

»Nein, habe ich nicht. Ich habe bloß Will gesagt, was sie vorhatte. Er sagte, er würde mit ihr reden. Ich konnte doch nicht wissen, daß er ...«

Du salbungsvolles Stück Dreck, dachte ich und starrte ihn an, nicht nachgedacht. Betty war ein Problem, und du hast es Will überlassen, es aus der Welt zu schaffen. Will, für den es ein Kick ist, einer Frau scharfe, unsterile Dinge in die Vagina zu rammen und dann herumzubohren, bis er eine Schlagader trifft. Du hast nie nachgedacht, denn wenn du das für eine halbe Sekunde getan hättest, wäre dir klar gewesen, daß du Betty ihrem Tod auslieferst. Wie verdammt praktisch, niemals einen einzigen Gedanken in deinen Kopf zu lassen.

»Wie Pontius Pilatus hast du dir die Hände gewaschen und jemand anders machen lassen«, fauchte ich ihn an. Dann schlug ich ihn so hart ich konnte auf eine sehr weiche Stelle. Er ächzte erstickt und fiel gekrümmt auf die Knie.

Aber ihn zu schlagen würde Betty nicht zurückbringen. Und es gab jetzt andere Leben zu retten. Ich mußte herausfinden, wo die anderen Bomben waren, statt ihn zusammenzuschlagen.

Wir erregten allmählich Aufsehen, eine Menge sammelte sich um uns. Ich wollte sie auf meiner Seite haben. »Wo hast du die anderen Bomben deponiert? Wie viele Menschen wirst du noch ermorden?« schrie ich. »Ich prügle es aus dir raus, wenn es sein muß.« Ich zerrte ihn auf halbe Höhe hoch.

»Ich will mit meinem Anwalt sprechen«, schrie er. »Sie können mich nicht einfach schlagen. Das ist nicht legal.«

Einer dieser weißen Jungs, die von der Welt immer fair

behandelt worden sind, dachte ich. Er kann die Träume von Menschen in die Luft jagen, aber wir können ihn nicht schlagen. Wo war sein Beharren auf legal, als Betty Peterson ermordet wurde? Ich verlor wieder die Beherrschung, zerrte ihn vollends hoch und boxte ihm in den Magen. Er taumelte rückwärts, wurde aber von jemandem in der Menge aufgefangen und festgehalten.

»Wo sind die Bomben?« schrie ich ihn an, packte ihn am Kragen und ballte die Faust, um ihm noch eine zu verpassen.

»Nein«, schrie er und nahm die Hände hoch, um sein Gesicht zu schützen. »Ich sage alles.«

»Wo? Die nächste?« wollte ich wissen.

»Ehm ... diese AIDS-Stelle in Decatur. Um halb drei.«

Ich hörte O'Connors Stimme hinter mir sagen: »Geben Sie das über Funk weiter. Schnell.«

Es war mir scheißegal. Sollte er mich doch festnehmen. Ich ließ den Chorknaben nicht los. »Die nächste?« Ich schwang die Faust. »Die nächste?«

»Sie verprügelt mich«, jammerte er den Polizisten zu, die hinter mir standen. Die einzigen weißen Männergesichter in der Menge.

»Die nächste?« wiederholte O'Connor meine Worte.

Chorknabe erhielt seine Lektion in Fairness. Er murmelte die ganze Liste herunter. O'Connor machte keine Anstalten, ihn zu übernehmen, bevor er nicht jedes bißchen Information ausgespuckt hatte. Erst dann wies er zwei Polizisten in Uniform an, mir den Chorknaben abzunehmen, ihm Handschellen anzulegen und ihn wegzuschaffen. Mit seiner blutigen Nase und den rot verweinten Augen sah er wie ein kleiner Junge aus. Ich hatte kein Mitleid mit ihm.

»Na und?« wollte ich von O'Connor wissen. Er zog eine Augenbraue hoch. »Wollen Sie mich nicht festnehmen?« fragte ich.

Er grunzte und sagte dann: »Niemand hat Anzeige erstattet. Außerdem sah es für mich nach Notwehr aus.« Er zuckte die

Achseln und schickte sich an wegzugehen, hielt dann nochmal inne und sagte über die Schulter: »Wissen Sie, Miss Knight, ich mag Ihren Stil.« Dann verschwand er schlendernd in der Menge.

Es ist vorbei, dachte ich. Sarry tot, Chorknabe in Gewahrsam, Frankenstein … ich schaute mir die Menge noch einmal an, erwartete immer noch halb, ihn zu sehen. Die Logik sagte, daß er mittlerweile wahrscheinlich schon auf dem Weg nach West-Texas war. Aber bislang hatte ich nichts Logisches an ihm zu entdecken vermocht.

Ich ging zu dem kleinen Laden und holte mir einen Saft. Es machte durstig, schuldige Chorknaben zu verprügeln. Schwester Ann saß mit verbundenem Knöchel und einem Pflaster auf der Stirn gegen die Eiche gelehnt. Ich bot ihr einen Schluck Saft an. Sie sah müde aus und erhitzt. »Danke«, sagte sie und ergriff die Flasche. Sie nahm einen langen Schluck. »Hier, nehmen Sie sie lieber zurück, bevor ich sie austrinke.«

»Trinken Sie nur«, sagte ich.

»Setzen Sie sich zu mir, und wir teilen«, versuchte sie es mit einem Kompromiß.

»Nee, trinken Sie's leer«, sagte ich, es war sowieso nicht mehr viel drin. Trotzdem setzte ich mich neben sie.

»Was ist passiert?« fragte Schwester Ann. »Ich habe ihn nicht mehr gesehen, seit … es muß dreißig Jahre her sein.«

»Er war verrückt. Dafür können Sie nichts.«

»Ich weiß. Das ist mir klar. Trotzdem ist es frustrierend, doch irgendwie … darin verstrickt zu sein.« Sie wies mit einer Handbewegung auf das zerstörte Gebäude.

Ich erzählte ihr so einfühlsam wie möglich von meinem Treffen mit Randall Sarafin.

Als ich endete, sagte sie einige Minuten lang nichts. »Was verändert einen Mann? Was befähigt ihn zu einer solchen Tat?« fragte sie schließlich leise.

»Ich weiß es nicht. Vielleicht hatte er sonst nichts zu tun.

Nichts, das ihn den Augenblick vergessen ließ, als ihm klar wurde, daß Sie ihn verlassen.«

»Vielleicht haben Sie recht«, antwortete Schwester Ann. »All diese Jahre des Hasses. Die einzige Art, wie er mich noch berühren konnte, war die, mich zu verletzen.«

»Ich schätze, irgendwo in unserem Leben brauchen wir alle einen Anschein von Kontrolle — von Macht.«

»Ja, das stimmt. Es ist sehr schade, wenn es nur die Macht zu zerstören ist.«

Bernie gesellte sich zu uns. »Hey, Mick.« Als sie die fast leere Saftflasche sah, die hin- und hergereicht wurde, sagte sie: »Willst du noch mehr? Ich hole noch welchen.«

»Gern«, sagte ich und griff nach meiner Brieftasche. »Sieh zu, was du für zwei Dollar bekommst.«

»Schon gut. Ich habe Geld.« Sie trabte zum Laden davon.

»Ach, Jugend«, bemerkte Schwester Ann. »Ich glaube, sie ist ...«

»Sagen Sie jetzt nicht, daß sie in mich verknallt ist.«

»Doch, obwohl sie schon ein bißchen zu alt ist, um für eine Frau zu schwärmen.«

»Es sei denn, es ist eine lebenslängliche Haltung«, ergänzte ich.

»Ist sie eine?« Schwester Ann erfaßte meine Andeutung sofort.

»Sie ist auf dem Weg, vermute ich. Sagen Sie es nicht ihrer Mutter. Ich werbe keine Rekrutinnen an.«

»Natürlich nicht, das habe ich nie angenommen. Glauben Sie, daß sie glücklich werden wird?«

»Ja, das glaube ich«, antwortete ich.

»Sind Sie es?« bohrte Schwester Ann.

»Ich? Klar«, sagte ich lässig. »Und wenn nicht, hat das nichts damit zu tun, daß ich lesbisch bin.«

»Wenn Sie es sagen«, antwortete sie unverbindlich.

»Schreiben Sie denn jedes Problem dem Umstand zu, daß Sie Nonne sind«, verteidigte ich mich, »oder glauben Sie, es könnte etwas damit zu tun haben, daß das Leben einfach schwierig ist, und Ende?«

»Ich akzeptiere, was Sie sagen. Ob Sie's glauben oder nicht, ich widerspreche Ihnen nicht. Es ist nicht nur zu heiß zum Streiten, wir beide haben auch nichts, worüber wir uns streiten könnten.«

»Haben wir nicht?«

»Nein. Wenn Sie keine Schwierigkeiten damit haben, lesbisch zu sein, dann habe ich auch keine Schwierigkeiten damit.«

»Oh. Also, ich habe keine. Ich denke ... es ist eins der besseren Dinge, die mir im Leben widerfahren sind. Oder die ich gewählt habe.«

»Gut. Schön, das zu hören.«

Ich schaute sie an. Nonnen hatten Lesben nicht zu billigen.

»Also, warum erzählen Sie mir nicht, was auf diesem Kirchenausflug geschehen ist«, fuhr sie fort.

»Was hat das damit zu tun, daß ich Lesbe bin?« fragte ich defensiv.

»Nichts. Aber da Sie damit keine Probleme haben, dachte ich, wir sollten über etwas reden, womit Sie sehr wohl Probleme haben.«

»Ich habe kein Problem mit Kirchenausflügen«, sagte ich kurz.

»Dann können Sie ja auch nichts dagegen haben, mir zu erzählen, was vorfiel. Sehen Sie, ich erinnere mich, wie ich Sie suchte. Ich wollte immer wissen, warum Sie sich versteckt hielten. Und was war mit Ihrem Schuh passiert?«

»Was denken Sie denn, was passiert ist?« parierte ich.

»Ich fürchte, damals nahm ich die Erklärung Ihrer Tante für bare Münze. Daß Sie ein schwieriges, ungehorsames Kind seien, das ständig grundlos in Schwierigkeiten geriet.«

»Das war ich wahrscheinlich auch.«

»Nicht grundlos.«

Ich zuckte die Achseln. Es war zu heiß, um damit anzufangen.

»Sie haben ganz bestimmt ein Problem«, drängte sie.

»Nein, habe ich nicht«, erwiderte ich scharf, fing an, die Beherrschung zu verlieren, hielt mich dann zurück, als ich begriff, daß nicht sie es war, der meine Wut galt. »Ach, zum Teufel, ist es nicht offensichtlich? Ein vierzehnjähriges Mädchen geht im Wald spazieren. Ihr … neunzehnjähriger Vetter und ein paar seiner Freunde folgen ihr. Was denken Sie denn, was geschehen ist?« Ich starrte auf den Boden, schaute Schwester Ann nicht an.

»Die zwangen Sie zu etwas, das Sie nicht wollten.«

»Ja.« Ich fing an, das Schild der Apfelsaftflasche abzuzupfen.

»Sexuell?«

»Was denken Sie denn?«

»Etwas Sexuelles, dessen Sie sich nach fünfzehn Jahren noch immer zu sehr schämen, um es zu erwähnen«, sagte sie.

»Wissen Sie, was es bedeutet, jemandem einen zu blasen, Schwester?« sagte ich sarkastisch.

»Zölibat heißt nicht Unwissenheit. Dazu zwangen die Sie?«

»Ja, dazu zwangen sie mich.«

Bernie kam mit unseren Getränken zurück. »Wozu zwang dich wer?« fragte sie unschuldig.

»Zum …« Ich hatte schon fast eine Lüge auf den Lippen, um vor Bernie nicht befleckt dazustehen, hielt aber inne. Schweigen war die Falle.

Was, wenn mir, als ich neunzehn war, eine, die ich bewunderte, gestanden hätte, daß sie sexuell mißbraucht worden war? »Als ich vierzehn war, war ich auf Kirchenausflug, irgendwo im Norden. Ich war seit meinem zehnten Lebensjahr nicht mehr aus der Stadt rausgekommen, na jedenfalls spazierte ich los, lief allein durch die Wälder. Mein abscheulicher Vetter Bayard, der neunzehn war, und ein paar seiner Freunde … ich weiß nicht, ob sie mir folgten oder mir nur zufällig über den Weg liefen. Sie … trieben mich im Wald in die Enge, weg von den anderen.«

Ich bemerkte, daß ich jetzt das Schild von einer der neuen

Apfelsaftflaschen abrupfte. »Sie zwangen mich... einer tat das... ihm einen zu blasen. Beim nächsten... fing ich an zu würgen. Mir wurde schlecht... ich mußte mich übergeben. Etwas davon landete auf Bayards Schuhen. Da wurde er wütend. Ich hatte ihn vor seinen Freunden blamiert. Ich sollte mich 'benehmen' und es ihnen allen besorgen und nicht auf seine Schuhe kotzen. Sie lachten ihn aus, wegen seiner verdreckten Schuhe. — Ich weiß nicht, was er getan hätte, wenn einer der anderen Jungs ihn nicht aufgehalten hätte. Ich schätze, irgendwann beim Kampf verlor ich meinen Schuh. Er hörte nicht auf, mich in den Magen zu schlagen und... zwischen die Beine. Beschimpfte mich. Die anderen bremsten ihn schließlich. Und ließen mich einfach da. Ich wollte nicht mehr aus dem Wald heraus. Ich dachte, ich hätte dort eine bessere Chance als... Bayard hatte versprochen, daß ich dafür würde bezahlen müssen.«

Ich machte eine Pause und nahm einen Schluck aus der unbeschilderten Saftflasche.

»Und, mußten Sie?« fragte Schwester Ann.

»Ja. Ja, mußte ich. Ich... habe alles, was ich an diesem Tag tat, wieder 'gutgemacht'«, antwortete ich bitter. Ich hatte Joanne belogen, ihr wohl einfach nicht die Wahrheit sagen können, als ich behauptete, daß es nicht so oft passiert war. »Was für ein guter katholischer Junge.«

»Nicht nach meinen Regeln.« Sie nahm meine Hand und hielt sie fest. »Es tut mir so leid. Ich hätte es merken müssen. Und etwas tun sollen.«

»Was denn? Mein Wort gegen seins. Tante Greta hätte mir nie geglaubt. Das wissen Sie.«

»Ja, das stimmt«, antwortete sie. »Es ist zu spät, zu bedauern, was ich versäumt habe.«

»Ist schon gut. Ich hab's überlebt.«

»Ja, das haben Sie. Ohne so zu werden wie die.«

Etwas auf der anderen Straßenseite erregte meine Aufmerksamkeit. Die Arbeiter, Polizisten und Feuerwehrleute, die die

Trümmer durchsuchten, hatten damit aufgehört. Dann fingen sie wieder an, langsam und vorsichtig, sachte. Sie hatten Schwester Fatima gefunden.

Schwester Ann senkte den Kopf.

Ich wollte mich abwenden, um nicht die Erinnerung an ihren zerschmetterten Körper zu behalten, aber ich konnte nicht, war von den ehrfürchtigen Bewegungen der Arbeiter wie gebannt. Vielleicht spürten sie, daß sie ein echtes Opfer ausgruben, von unanfechtbarer Unschuld. Ihr Anblick blieb uns erspart, wir sahen nur einen menschlichen Umriß in einem schwarzen Leichensack.

»Ich glaube, es ist an der Zeit, Vorbereitungen für die Beerdigung zu treffen«, sagte Schwester Ann müde, als einige andere Nonnen herüberkamen. Zwei von ihnen streckten die Hände aus, um ihr aufzuhelfen. »Sie kommen doch vorbei und reden mit mir, oder?« fragte sie mich. »Wenn ich wieder einen Ort habe, wo man hinkommen kann?«

»Natürlich, Schwester«, sagte ich.

»Ich denke, einmal pro Woche wird reichen«, sagte sie und humpelte davon. »Ich rufe Sie an.«

Ich wollte protestieren, aber sie war schon zu weit weg. Ach, warum nicht, ich zuckte die Achseln, dachte dann unanständig: Warte nur, bis wir mein Sexleben durchkauen. Es könnte interessant sein, zu prüfen, wie weit ihre Liberalität ging.

Ich warf Bernie einen Blick zu, fragte mich, was sie von meinen Enthüllungen hielt. Plötzlich war es vorbei mit meinem Wagemut, dieses leere 'Wenn sie wüßten'-Gefühl war wieder da. Und sie wußte es. »Ich wette, du dachtest, ich bin eine ganz harte Nummer«, sagte ich.

»Aber, Mick«, antwortete Bernie, »sind es nicht die harten Nummern, die überleben?«

Ich schaute sie an, verlegen, daß eine, die ich für jung und naiv hielt, mir das sagte.

»Ja, hast recht, Bern, es sind die Harten, die es schaffen. Und verdammt nochmal, ich hab's geschafft.« Ich wuschelte dankbar Bernies Haar.

»Ich hasse Versicherungsagenten«, fauchte Cordelia, als sie sich uns anschloß. Sie nahm mir den Apfelsaft aus der Hand. »Vielen Dank«, sagte sie, nahm einen Schluck und reichte ihn zurück. »Wieder Schildchen gerupft, wie ich sehe«, sagte sie.

»Gebäudeversicherung?« fragte ich.

»Ja«, antwortete sie und setzte sich neben mich. »Und mein Auto. Ich habe im Schatten neben dem Gebäude geparkt.«

»Oh, mein Auto«, sagte Bernie plötzlich. »Ich schau besser mal nach.«

»Sei vorsichtig«, warnte Cordelia sie. »Ich glaube, die wollen die verbliebenen Wände einreißen.«

Bernie stand auf, klopfte sich ab und lief über die Straße.

»Warum siehst du so ernst aus?« fragte Cordelia mich. »Hat Schwester Ann wieder Sozialarbeiterin gespielt?«

»Ich glaube nicht, daß sie gespielt hat«, sagte ich wehmütig. »Nur Kindheitserinnerungen.«

»Offenbar unangenehme«, sagte sie und zeigte auf die zerfetzten Etiketten. »Meßbar in zwei Flaschen.«

»Ja, liebe Erinnerungen an mein Leben mit Tante Greta und … Vetter Bayard.«

»Kann ich mir vorstellen.«

»Ich hoffe, das kannst du nicht. Ich hoffe …«

»Ich kann's mir ausmalen. Ob du es glaubst oder nicht, du bist nicht weniger durchsichtig als Joanne. Vielleicht sogar noch mehr, weil du … ausdrucksfähiger bist«, beendete sie den Satz höflich.

»Oh … du bist nicht …«

»Überrascht?«

»Entsetzt?«

»Doch, natürlich bin ich das. Ich hasse es, meine Freundinnen so verletzt zu sehen.«

Ich hatte gemeint, entsetzt über mich. Über meine... Schwäche, meine Beflecktheit, all die häßlichen Dinge, die ich immer noch mit mir herumtrug.

»So, Mädels«, sagte Millie und setzte sich auf Bernies schattiges Plätzchen. »Ist das nicht eine tolle Art, einen Sommernachmittag zu verbringen? Ich habe endlich Hutch erreicht. Er kann mich nach der Arbeit abholen.«

»Dein Auto auch?« fragte Cordelia.

»Ja, gleicher Schatten, gleicher Schaden«, sagte Millie. »Hey, wo ist dein Auto?«

Ich zeigte die Straße hinunter. »Wenn es irgendein Auto gibt, das es verdient hätte, von seinen Qualen erlöst zu werden, dann meins.«

»Laßt uns eine klimatisierte Bar suchen«, schlug Millie vor.

»Ich warte auf die Versicherungsfritzen«, sagte Cordelia.

»Meine Bar-Zeiten sind vorbei«, gab ich zu.

Bernie kam zurück. »Ich wollte sowieso einen neuen Wagen«, sagte sie mit einer Grimasse.

»Das war vielleicht ein höllischer Tag«, bemerkte Cordelia.

Niemand widersprach.

Fünfundzwanzigstes Kapitel

Hutch kam kurz nach sechs. Joanne war bei ihm. »Herrje«, sagte er, als sie die Zerstörung sah.

Joanne betrachtete schweigend den Trümmerhaufen, ihr Gesicht starr und kantig. Dann wandte sie sich ab. »Gut zu sehen, daß du noch in einem Stück bist«, sagte sie zu mir. »Zwei Bomben an einem Tag sind wahrscheinlich irgendein Rekord.«

»Zwei?« wollte Cordelia wissen.

»Zwei?« kam als Echo von Elly.

In der Aufregung hatte ich vergessen, meine morgendliche Spritztour zu erwähnen. Also ergötzte ich sie mit einem Bericht über Bombe Nummer eins. Es dauerte eine Weile, weil sowohl Joanne als auch Hutch vertrackte Polizeifragen stellten, aber schließlich war ich durch.

»Das ist alles?« fragte Millie. »Ein verschmähter Verehrer?«

»Nein, die Verbindung aus drei Irren, die zusammen genug Wissen und Fanatismus aufbrachten, um das zu tun, was passiert ist«, antwortete ich.

»Es ist ein Wunder, daß nur ein Mensch getötet wurde«, sagte Hutch, »wenn man bedenkt, wie viele Bomben die hatten.«

Danny kam an, stellte mein Vertrauen in den gesetzlichen Dschungeltelegraphen wieder her. »Heiliger Strohsack«, entfuhr es ihr beim Anblick der Ruinen. Sie, Joanne und Hutch mußten ein wenig herumwandern, da sie die Szenerie zum erstenmal sahen, betrachteten den Trümmerhaufen in seiner ganzen Pracht. Ich ließ mich unter meiner Lieblingseiche auf den Boden plumpsen. Es würde bald dunkel werden. Hoffentlich nahm die Sonne auf ihrem Rückzug etwas von der Hitze mit.

Unsere Neuankömmlinge kamen von ihrem Rundgang durch die Ruinen zurück. »Von mir aus können wir gehen«, sagte Danny, schüttelte immer noch den Kopf angesichts der Zerstörung.

Alle stimmten zu, aber niemand wollte einfach nur nach Hause. Wir einigten uns auf ein gemeinsames Abendessen. Danny bot Hamburger in ihrem Garten an, während Millie mehr in der Klimatisiertes-Restaurant-mit-großen-eiskalten-Drinks-Stimmung war.

Geleitet von meiner Brieftasche stellte ich mich auf Dannys Seite. Es ist schon erstaunlich, wie lange eine Entscheidungsfindung dauern kann, wenn die Geschmacksnerven von Leuten der entscheidende Faktor sind.

»Eine Karaffe mit Margharitas, mindestens eine«, war Millies Meinung.

»Bier, in einem Kühler bis oben mit Eis gefüllt«, konterte Danny.

»Beides«, sagte Joanne entschlußfreudig. »Wir werden in einem eiskalten Restaurant zu Abend essen und dann zu euch fahren. Irgendwie glaube ich, daß wir heute abend noch ziemlich lange reden werden.«

Die Sonne war untergegangen, was die Ruinen des Gebäudes in klobige, bedrohliche Umrisse verwandelte. Die Laterne an der Straßenecke war immer noch nicht repariert oder schon wieder kaputt, und ohne die Sicherheitsbeleuchtung der Klinik war die Straße wirklich sehr dunkel. Nachdem wir ein bestimmtes eiskaltes Restaurant festgelegt hatten, stiegen Hutch und Millie in ihr Auto.

»Kommst du mit uns?« fragte Danny Cordelia, als sie, Elly und Joanne zu ihren Wagen gingen.

»Nein, ich fahre mit Micky«, antwortete Cordelia. »Wenn ich darf?« fragte sie mich.

»Sei gewarnt, es hat schwarze Polster.«

»Wird schon gehen.«

Ich winkte Bernie zu uns, ganz klar das, was sie wollte. Wir gingen zu meinem Wagen. »Kannst du noch eine Minute warten?» fragte Cordelia plötzlich. »Ich will eben noch ein paar Sachen aus meinem Kofferraum holen.«

»Klar«, sagte ich und machte die Türen auf, um den Wagen etwas abzukühlen.

Sie überquerte die Straße. Dann fiel mir ein, daß sie Hilfe brauchen könnte, um die Trümmer ein wenig beiseite zu räumen. Vielleicht eine Taschenlampe. Ich zog meine unter dem Sitz hervor. »Bin gleich wieder da«, informierte ich Bernie.

Ich folgte Cordelia. Ich konnte sie kaum sehen, eine vage Gestalt am anderen Ende des Parkplatzes. Ich schaltete die Taschenlampe ein, um einen Weg durch die Trümmer zu finden. Zu dumm, daß die Batterien leer waren. Ich schaltete sie wieder aus. Im Grunde nicht erstaunt. Gut, daß sie ein helles Hemd trägt, sonst würde ich sie nie finden, dachte ich, als ich Cordelias Umriß neben dem, der ihr Auto sein mußte, entdeckte.

Dann rührte sich die Dunkelheit hinter ihr, gerann zu einem riesigen Schatten. Er bewegte sich auf sie zu.

Warum zum Henker bist du nicht in West-Texas, dachte ich wild. »Cordelia!« schrie ich und lief los. »Paß auf!«

Meine Warnung verhinderte, daß der Schlag traf, der Holzbalken, den er schwang, schlug statt dessen mit dumpfem Knall gegen ihr Auto. Ich fand eine Verwendung für die Taschenlampe. Ich schleuderte sie nach ihm und traf ihn an der Schulter. Er ignorierte es und hob erneut den Prügel. Ich sprang ihn an, und es gelang mir, seinen Arm zu packen, so daß der Schlag danebenging. Er schüttelte mich ab. Ich landete schmerzhaft auf dem mit Schutt übersäten Asphalt.

»Nein!« hörte ich Cordelia rufen, dann rang sie mit ihm. Der Prügel zielte jetzt auf mich. Ich zwang mich auf die Füße, packte das Ende des Knüppels und versuchte, ihn ihm zu entwinden.

Er ließ ganz plötzlich los und brachte mich aus dem Gleichgewicht. Ich stolperte nach hinten, fiel gegen ein Auto, der Knüppel auf mich drauf.

Er erwischte Cordelia mit der Faust, versetzte ihr einen Schlag in den Magen. Sie klappte zusammen.

Ich ging mit dem Holzbalken auf ihn los, aber das Ding war zu schwer, um es über den Kopf zu heben. Ich hieb ihm damit gegen die Knie, aber er schaffte es, das zu ignorieren. Er schlug Cordelia noch einmal, schleuderte sie in die Dunkelheit. Ich hörte sie auftreffen, dann nichts mehr.

Ich trat ihn so hart ich konnte in den Unterleib. Er ächzte. Es hätte ihn erledigen sollen, aber er ging weiter auf mich los.

»Hilfe! Joanne, Danny!« ich brüllte so laut ich konnte, hoffte, daß sie noch nicht weggefahren waren. »Hilfe...«

Plötzlich lagen seine Hände um meinen Hals. »Du kannst den Teufel nicht retten«, röhrte er. »Ich schicke dich mit ihr zusammen in die Hölle.«

Ich konnte nicht mehr brüllen. Ich konnte nicht mal mehr atmen. Ich griff nach seinen Fingern, versuchte, sie von meinem Hals zu lösen, wich zurück, bis es nicht mehr weiterging, gefangen zwischen ihm und einem der Autowracks. Für eine Sekunde ließ der Druck nach, aber es war ein aussichtsloser Kampf. Er war viel stärker als ich.

Noch drei Herzschläge und du bist weg, dachte ich, als mir schwindlig wurde.

Dann zerrte Cordelia an seinem Arm, versuchte seine Hände von meinem Hals zu kriegen. Er gab ein tiefes, wütendes Knurren von sich, während er mit ihr rang. Eine Hand ließ los. Mit der schlug er sie. Sie ging rückwärts zu Boden. Aber es erlaubte mir, Atem zu holen.

Meine Kanone.

Seine Hände lagen wieder an meiner Gurgel. Er wird dir den Hals brechen, wenn du auch nur eine Hand wegnimmst, dachte ich. Er wird mich erwürgen, auch wenn ich es nicht tue.

Ich tastete in meiner Jacke nach der Waffe, seine Hände ein Ring aus brennendem Schmerz um meine Kehle. Schließlich bekam ich sie zu fassen, zog sie aus dem Halfter und spannte den Hahn.

Der Schwindel kam wieder. Ich hielt auf seinen Oberschenkel und drückte den Abzug durch. Die Waffe donnerte in die heiße Sommernacht. Es war schwierig, sie mit einer Hand ruhig zu halten, der Rückstoß riß sie mir fast aus den Fingern.

Frankenstein röhrte vor Wut, die Kugel forderte ihren Tribut. Aber er ließ mich nicht los.

Schieß nochmal, befahl ich mir, aber der Nebel vor meinen Augen wurde dichter. Ich war mir des metallenen Gebildes in meiner Hand nur vage bewußt. Ich konnte nicht sicher sagen, wohin der Lauf zielte. Auf ihn? Oder irgendwo in die Nacht, wo Cordelia lag?

Die Welt verdunkelte sich zu einem winzigen Lichtpunkt, am Ende des Tunnels nichts außer seinem verzerrten Gesicht.

Ich glaubte meine Hand mit der Waffe zu heben. Ich glaubte den Abzug unter meinem Finger zu spüren, sein Widerstand ein fast unüberwindliches Hindernis.

Ich hätte nicht gewußt, daß ich den Abzug durchdrückte, wenn da nicht das Geräusch gewesen wäre, der Knall, der mir in den Ohren schrillte. Dann noch einer und noch einer, Echos, die in meinem Kopf nachhallten.

Er fuhr heftig zurück, die Hände immer noch um meinen Hals gelegt. Dann schraubte er wieder zu, Daumen drückten sich tiefer hinein.

Etwas Heißes, Flüssiges spritzte auf mein Gesicht und meinen Hals. Seine Hände schienen daran abzurutschen. Dann ließen sie locker. Oder ich fühlte nichts mehr.

Er zuckte erneut heftig. Und die Finger von jemand anders waren an meiner Kehle, lösten seine mit Gewalt. Ich konnte nicht sehen, wessen, denn mir war schwarz vor Augen.

»Atme, verdammt«, sagte eine Stimme von ganz weit weg. Cordelia?

Ich wollte fragen, ob sie unversehrt war, konnte aber nicht.

Dieselben Finger waren auf meinem Gesicht, dann eine Berührung, dann wurde Luft in meine verschlossene Kehle gezwängt. Ich keuchte und erschauerte, sog Atemzug um schmerzhaften Atemzug ein, rollte auf die Seite, um auszuspucken. Es war Cordelia. Die Luft hatte meine Sehkraft wiederhergestellt. Zwischen Atmen und Spucken schaute ich sie an. An ihrem Kinn war Blut. Ich versuchte wieder, etwas zu sagen, aber es kam nichts heraus.

»Ist sie in Ordnung?« fragte Joanne.

»Ich denke schon«, erwiderte Cordelia.

»Fehlt dir was?«

»Ein paar blaue Flecken. Eine aufgesprungene Lippe. Das wird schon wieder«, antwortete Cordelia.

»Ich bitte dich wirklich ungern darum«, fuhr Joanne fort, »aber könntest du nach ihm sehen?«

Ein kurzes Schweigen. »Bleib bei ihr«, war Cordelias einzige Antwort.

Ich spürte Joannes Arm leicht um meine Schulter, während ich weiterhin abwechselnd keuchte und spuckte.

»Ganz ruhig«, sagte sie, als ich versuchte aufzustehen. Ich schaffte es bis auf Hände und Knie.

Frankenstein lag ausgestreckt auf dem Boden, seine Gliedmaßen im unmöglichen Winkel der Toten oder Sterbenden abgespreizt. Er wurde vom grellen Strahl einer Taschenlampe beleuchtet. Rote Lachen flossen in Pfützen dunkler Flüssigkeit außerhalb des Lichtkegels.

Cordelia kniete neben ihm, O'Connor hielt die Taschenlampe, die Pistole noch immer in seiner anderen Hand. »Er sagt, er will einen Priester«, sagte Cordelia und stand auf.

»Fahr zur Hölle«, erwiderte O'Connor erbarmungslos, dann sagte er zu Cordelia: »Ein Krankenwagen ist unterwegs.«

Sie schüttelte langsam den Kopf. Dann war die Nacht still, durchbrochen nur von meinem Keuchen und seinem schweren, blutigen Atmen.

Ich kämpfte mich in eine sitzende Position, nicht willens, ihm beim Sterben zuzuhören. Joanne half mir, bis ich gegen das Rad von Cordelias Auto gelehnt dasaß.

»Sachte«, sagte Joanne zu mir. »Du bist nicht so zäh, wie du denkst.«

Ich versuchte ihr zu sagen, daß mir nichts fehlte, nur der Hals etwas wehtat, doch das einzige, was ich herausbrachte, war ein Pfeifen. Ich mußte mich mit einem kleinen Lächeln und einem knappen Winken mit der Hand begnügen.

Ein wenig beruhigt erhob sich Joanne und ging zu Cordelia.

»Wie oft haben Sie abgedrückt?« fragte O'Connor.

»Bis er losließ«, antwortete Joanne. »Und Sie?«

»Sechsmal«, antwortete O'Connor. »Nicht genug, bei weitem nicht genug«, fügte er dann noch leise hinzu.

Und wieder die Stille der Nacht, diesmal nur durchbrochen von meinem rasselnden Atem.

»Er ist tot«, sagte Cordelia.

»Das tut mir nicht leid«, murmelte O'Connor. »Er hatte einen leichteren Tod als die Frauen, die er ermordet hat.«

»Na komm, Cordelia«, sagte Joanne. »Es ist vorbei.«

»Ja, für Sie, Dr. James, ist es endlich vorbei«, fügte O'Connor hinzu.

Mich auf das Auto stützend stand ich langsam auf. Mir fehlte nichts, sagte ich mir selbst. War ja wirklich nicht nötig, den Leuten grundlos Sorgen zu bereiten.

»Wie geht's dir?« fragte Cordelia und kam zu mir herüber.

Ich versuchte zu antworten, aber mein Kehlkopf rebellierte. Ich ließ das Auto los, um zu zeigen, daß es mir gut ging und ich ohne Hilfe aufrecht stehen konnte. Zu dumm nur, daß ich mich irrte. Ich kippte nach vorn und wäre lang hingestürzt, wenn Cordelia mich nicht aufgefangen hätte.

Sie begnügte sich nicht damit, mich aufzufangen, sondern legte einen Arm um meinen Rücken, den anderen unter meine Knie und hob mich hoch.

Ich wollte ihr sagen, daß ich in Ordnung war und dieses Aufhebens unnötig, doch meine Stimmbänder waren nicht zu Hause.

»Ich bringe sie in die Notaufnahme«, informierte Cordelia Joanne und O'Connor. Sie trug mich über den Parkplatz. »Leg deine Arme um meine Schultern. Das macht es leichter, dich zu tragen.«

Es ist schwer zu widersprechen, wenn man nicht reden kann. Ich tat wie geheißen.

Die Schüsse hatten eine Menschenmenge angelockt. Danny hielt die Leute vom Parkplatz fern. Elly stand an einer Seite und tat ihr Bestes, Bernie zu beruhigen.

»Micky!« rief Danny und kam zu uns herübergerannt.

Ich winkte, um ihr zu zeigen, daß ich okay war. Es war ein halbherziger Versuch, weil ich sehr müde war, wie mir plötzlich klar wurde. Vielleicht hatte der Kampf mir doch mehr abverlangt, als ich gedacht hatte.

»Ich denke, sie wird wieder«, sagte Cordelia. »Aber ein Abstecher ins Krankenhaus kann nicht schaden.«

Bernie und Elly kamen rechtzeitig dazu, um es zu hören. »Was ist passiert?« fragte Bernie mit zitternder Stimme.

»Joanne wird es euch erzählen«, sagte Cordelia, während sie über die Straße zum Auto ging.

»Willst du, daß ich fahre?« fragte Danny, die uns folgte.

»Könntest du die Tür aufmachen?«

Das tat Danny, und dann plazierten die beiden mich auf dem Beifahrersitz meines Autos. Cordelia ging ans Steuer.

»Du hast auch ein paar Beulen, Lady«, sagte Danny zu Cordelia.

Sie zuckte die Achseln. »Wird schon wieder. Ich rufe dich nachher noch an.«

»Ich komme nach«, sagte Danny, »sobald ich hier fertig bin.«

»Okay«, sagte Cordelia nickend. Sie fischte die Autoschlüssel aus meiner Tasche, ließ den Wagen an und fuhr los.

Am Krankenhaus versuchte ich auszusteigen und aufrecht zu stehen, um der 'ich — Jane' Transportmethode vorzubeugen. Cordelia war jedoch immer noch im Tarzan-Format und hob mich kurzerhand hoch. »So bekommst du mehr Aufmerksamkeit.«

Sie trug mich in die Notaufnahme. Ich weiß nicht, ob es daran lag, daß sie mich trug, oder daß ich immer noch mit Frankensteins Blut bekleckert war, oder die Vertrautheit, mit der sie »Hallo, Albert, ich hab' hier ein Strangulationsopfer« zu dem Mann am Schreibtisch sagte, jedenfalls bekamen wir unsere Aufmerksamkeit. Zuerst von einem nervösen Assistenzarzt, nach ein paar präzisen Fragen von Cordelia abgelöst vom Chef der Notaufnahme.

Nach einer schmerzhaften Untersuchung (ich schätze, meine eher lebhafte Reaktion auf den Schmerz gab ihnen die Gewißheit, daß ich nicht sterben würde) wurde ich auf ein Zimmer gebracht. Ich schlußfolgerte, daß ich heute nacht nicht nach Hause gehen würde. Cordelia war die meiste Zeit bei mir, verschwand nur kurz, um sich das Blut vom Gesicht zu waschen.

Wenn es Danny oder Joanne wären, würde sie sich genauso verhalten, sagte ich mir. Bau nicht gleich Luftschlösser auf ihrer Besorgtheit um dich. Aber das tat ich natürlich doch. Sie setzte sich auf meine Seite des Bettes und trocknete sich geistesabwesend das Gesicht mit einem Papierhandtuch ab.

»Entschuldigen Sie, aber die Besuchszeiten sind vorbei«, sagte eine amtliche Stimme draußen auf dem Gang. »Sind Sie eine Verwandte?«

»Ja, das da drin ist meine Schwester.« Danny trat ein. Vermutlich war die Aufsicht auf dem Gang mehr von dem Staatsanwaltschaftsausweis beeindruckt, den sie gerade wieder einsteckte, als von ihrer Behauptung, sie sei meine Schwester.

»Elly bringt Bernie nach Hause«, erklärte Danny. »Ms. Knight, ich muß sagen, Sie hatten ganz schön zu tun heute.« Sie setzte sich auf die andere Seite des Bettes. »Wie geht es dir?«

»Nicht sehr gesprächig«, antwortete Cordelia.

»Nein? Ich will immer noch hören, was heute morgen los war.« Als ich nicht antwortete, begriff Danny. »Du meinst, sie kann nicht sprechen?«

Cordelia nickte.

»Ist sowas manchmal von Dauer?« fragte Danny, und ein Lächeln breitete sich langsam auf ihrem Gesicht aus.

Cordelia setzte an, ihr eine Fachantwort zu geben, bis sie Dannys Schadenfreude bemerkte.

»Dies ist wahrlich die untypischste Lage, in der ich Mick je vorgefunden habe«, sagte Danny fröhlich. »Schweigend und allein im Bett.«

Glücklicherweise gibt es außer der verbalen noch andere Kommunikationsmöglichkeiten. Ich machte die angemessene Handbewegung.

Danny kicherte immer noch viel zu glücklich, als die amtliche Stimme wieder einen Hereinkommenden fragte: »Sind Sie verwandt?«

»Natürlich. Das da drinnen ist meine liebe, heiliggesprochene Mutter«, gefolgt von einem vertrauten Grunzen. O'Connor trat ein. »Ich habe ein paar Fragen«, sagte er.

»Sie kann nicht sprechen«, informierte Cordelia ihn.

»Ja oder nein genügt«, antwortete er. »War der Mann, der Sie auf dem Parkplatz überfiel, derselbe, der Sie vorher entführt hat?«

Ich nickte.

Er reichte mir ein Bild. »Ist das der Mann, der heute morgen versucht hat, Sie in die Luft zu sprengen?«

Ich nickte wieder.

»Bill Dolton, den Sie Chorknabe nennen, hat gestanden. Ich schätze, Gott ist endlich zu ihm durchgedrungen. Er hat Frankenstein geholfen, die Frauen zu kidnappen, obwohl er behauptet, erst erfahren zu haben, daß die Frauen ermordet werden sollten, als es bereits zu spät war.«

»Zu spät wofür?« warf Danny ein. »Um eine der Frauen zu retten oder um eine Mordanklage zu vermeiden?«

O'Connor zuckte müde die Achseln. »Frankenstein, Bill Mahoney, hat als Pfleger im Krankenhaus gearbeitet, wollte Arzt werden, konnte aber nicht mal seinen Job als Pfleger halten. Ich bin gerade damit fertig geworden, sein Appartement zu durchsuchen. Er hatte ein paar medizinische Bücher über Abtreibung. Was man vermeiden soll, ist mit gelbem Filzstift angestrichen. Er hatte genug über Abtreibungen gelernt, um zu pfuschen.« O'Connor machte eine kurze Pause, atmete tief ein und fuhr dann fort: »Chorknabe behauptet, Frankenstein habe das Dynamit für Sarafin besorgt. Er habe die Bomben nur dort gelegt, wo man ihm gesagt hatte. In leere Gebäude, so dachte er.«

Ich machte eine wütende Handbewegung.

»Wir wissen, daß das Quatsch ist«, sagte O'Connor. »Seine beiden Partner sind tot. Warum nicht ihnen so viel Schuld in die Schuhe schieben wie möglich?« Er fuhr fort: »Ich hätte gern eine Aussage von Ihnen, Dr. James. Ich weiß, daß Sie einen langen Tag hatten, aber wenn es Ihnen nichts ausmacht?»

»In Ordnung. Können wir das woanders machen? Micky sollte sich ausruhen. Sie will doch nur Fragen stellen, wenn wir hierbleiben.«

»Ich werde nicht lange bleiben«, versicherte Danny ihr.

»Ich borge mir dein Auto. Du wirst es eine Weile nicht brauchen«, waren Cordelias Abschiedsworte an mich. Sie folgte O'Connor hinaus.

»Das gibt einen teuflischen Bluterguß«, bemerkte Danny und betrachtete meinen Hals.

Ich nickte.

»Kann ich irgend etwas tun?«

Eiscreme fiel mir ein, doch ich schüttelte stoisch den Kopf.

»Gut. Dann laß mich mit der Liste all der Dinge anfangen, die ich dir schon immer mal sagen wollte, aber nie gesagt habe, weil ich wußte, daß dein freches Mundwerk es mich bereuen lassen würde.«

Ich streckte den Arm aus und nahm Dannys Hand, küßte sanft die Innenfläche.

»Verdammt«, sagte sie zwinkernd. »Mir fällt nichts ein. Außer daß ich froh bin, daß du da noch mal rausgekommen bist.«

»Sind Sie Verwandte?« erscholl es vom Gang.

»Nein. Zum Glück nicht«, kam als Antwort. Joanne trat ein, gefolgt von Alex.

»Gepriesen sei die siegreiche Heldin«, sagte Alex. »Hallo, Danny.«

»Sie kann nicht sprechen«, informierte Danny sie fröhlich.

»Echt?« fragte Joanne und erwiderte Dannys Grinsen. »Na, da soll doch gleich — eine schweigsame Micky Knight.«

»Aber ich wollte doch deine Abenteuer hören«, klagte Alex. »Wo ist CJ?«

»Bei O'Connor. Erfüllt ihre Bürgerinnenpflicht«, sagte Danny.

Joanne und Danny taten ihr Bestes, um Alex über die zahlreichen Ereignisse des Tages ins Bild zu setzen. Ich versuchte aufzupassen, aber mit meiner Kehle hatte ich wirklich Ärger am Hals. Außerdem nickte ich allmählich ein.

Elly kam Danny abholen. Und als echte Krankenschwester scheuchte sie alle hinaus und sagte, ich bräuchte Ruhe.

Sie waren noch keine Sekunde weg, da vermißte ich sie schon. Besonders, weil ich wußte, daß sie sich jetzt wahrscheinlich bei Danny und Elly versammelten, um zu reden, um zu feiern und... Eiscreme zu essen.

Es ist vorbei, dachte ich, während ich wegdöste, erleichtert, daß nun keine Bomben mehr explodieren, keine Frauen mehr zur Jokaste gemacht würden. Dann wurde mir klar, daß alles vorbei war. Kein Grund mehr, zur Klinik zu fahren, um Cordelia zu sehen. Keine Klinik. Na ja, sie mußte mir noch mein Auto zurückgeben, tröstete ich mich. Außer sie ließ es bei Danny.

Ich zählte Eiscremesorten und schlief ein.

Sechsundzwanzigstes Kapitel

Am nächsten Tag nach dem Mittagessen (Apfelmus) kamen Emma und Rachel vorbei, um mich abzuholen. »Du wirst eine Woche draußen auf dem Land verbringen«, informierte Emma mich, während sie mir saubere Kleidung reichte. »Deine Freundin Danny hat uns geholfen, die Sachen, die du brauchst, aus deiner Wohnung zu holen.«

Bei dem Gedanken, daß Emma durch meine Schubladen streifte, zuckte ich zusammen. Teufel auch, schon durch mein Appartement.

»Micky, Mädchen, du hast am ganzen Körper blaue Flecken«, sagte Rachel, als ich mein Krankenhausnachthemd abstreifte.

Ich zog mich schnell an, meine blauen Flecken und meine Nacktheit machten mich verlegen unter Rachels und Emmas prüfenden Blicken.

Wir verließen das Krankenhaus.

Nachdem sie sich überzeugt hatten, daß ich bequem auf dem Rücksitz saß, fuhren wir über den Lake Pontchartrain aus der Stadt hinaus. Ich hörte Emma und Rachel bei ihrer Unterhaltung zu, und da begriff ich plötzlich: sie waren ein Liebespaar. Es war weniger das, was sie sagten, als vielmehr der Klang ihrer Stimmen, vielleicht die Körperhaltung beim Gespräch, die Intimität erkennen ließ.

Ich bin eine Idiotin, dachte ich, daß ich es nicht schon früher bemerkt habe. Getrennte Räume waren nichts weiter als ein Pro-forma-Zugeständnis an die Norm, ein Umgehen der Gesetze des Südens, was Sexualität und Rasse betraf. Oder vielmehr knallharte Notwendigkeit? Wie war es vor dreißig Jahren wohl gewesen? Vor Stonewall? Vor Rosa Parks sogar?

Ich hatte Emma zum erstenmal getroffen, als ich siebzehn war. Für mich war sie Miss Auerbach, und ich wußte nicht genug oder wagte nicht unter die Oberfläche zu blicken, die man mir zeigte. Damals waren sie und Rachel beide Ende vierzig. Aus Angst, daß Emma etwas Sexuelles von mir wollen könnte, war ich mehr als willens gewesen, nur die Fassade der gelehrten, asexuellen alten Jungfer zu sehen, die sie präsentierte. Ich begriff, daß ich auf irgendeine Weise die Distanz eingefordert, eine Mauer der Zurückhaltung zwischen uns errichtet hatte, um mich zu schützen. Emma hatte diese Distanz immer akzeptiert.

Ich rief mir dieses schreckliche letzte Jahr auf der Oberschule in Erinnerung. Ich hielt mich abseits und war eine Einzelgängerin, verachtete das häßliche Haus in Metairie, in das ich zurückkehren mußte. Ich hatte nicht viele Freundinnen. Das konnte ich nicht riskieren. Ich wußte, was ich war. Andersrum. Eine Perverse. Ein ständiger »Wenn sie wüßten«-Refrain verfolgte mich — jedesmal, wenn eine Lehrerin »Gut« unter eine Arbeit setzte, jedesmal, wenn jemand auf dem Gang hallo sagte.

Von der Schule aus ging ich zur Arbeit in einem Hamburger-

Restaurant, dessen Geruch nach altem Fritieröl und fettem Hack ich nicht mal nach langem Abschrubben unter der Dusche loswurde. Dann ging ich zu Tante Greta, wo ich wohnte. Es war kein Zuhause. So konnte ich es nicht nennen.

Bayard war an den Wochenenden da. Er hatte immer noch Kurse an der Uni und wollte im Dezember seinen Abschluß machen. Er kam freitags nach Hause und fuhr montags wieder weg. Ich tat, was ich konnte, um ihm an diesen Wochenenden aus dem Weg zu gehen, übernahm zusätzliche Schichten in der Hamburger-Klitsche, verbarrikadierte mich bei Onkel Claude und heuchelte Interesse an welcher TV-Show auch immer, die er gerade sah. Aber nach Weihnachten würde Bayard zu Hause wohnen. Und ich wäre wie ein eingesperrtes Tier, mit nur einem begrenzten Areal, um vor ihm zu fliehen. Ich hatte große Angst, wenn ich an den Dezember dachte.

Ende November gab uns eine meiner Lehrerinnnen, Miss Silver — ich fand später heraus, daß sie lesbisch war — Arbeiten zurück, und meine lag »rein zufällig« ganz unten, so daß ich die letzte im Raum war. Sie gab mir meine Arbeit und eine Visitenkarte und sagte: »Rufen Sie sie an, ich glaube, Sie brauchen jemanden zum Reden.« Das war alles. Die Karte gehörte Rene Harper, einer Sozialarbeiterin beim Gesundheitsamt. Und ich vermutete, daß sie damals Miss Silvers Geliebte war, doch das fand ich nie heraus.

Ich mußte wirklich reden. Ich erzählte ihr alles. Fast alles, ich schämte mich noch zu sehr, um den Inzest zu erwähnen. Ich erzählte ihr, daß ich Frauen vorzog, obwohl es mehrerer Sitzungen bedurfte, ehe ich zugab, daß ich sexuell aktiv war.

Eines Tages fragte sie mich, ob ich Interesse hätte, mir etwas Geld damit zu verdienen, eine Privatbibliothek mitzuorganisieren und zu katalogisieren. Das war natürlich Emmas. Ich war bei diesem Vorstellungsgespräch so nervös, fühlte mich vollkommen fehl am Platz in ihrem Haus im Garden District. Ich war sicher, daß sie mich als perverse Bayou-Schlampe entlarven würde. Doch am Ende des Gesprächs fragte sie mich, wann ich anfangen könnte.

Ein paar Wochen später fragte Emma beiläufig, an welches College ich gehen würde. Die Frage erwischte mich unvorbereitet, denn ich hatte nie daran gedacht, ein College zu besuchen. Ich hatte darauf keine Antwort.

Einige Tage später überreichte Emma mir ein Bündel Bewerbungsunterlagen für Colleges und teilte mir mit, daß meine Arbeit für diese Woche darin bestand, sie auszufüllen. Ich tat wie geheißen, doch ich wußte, daß es unmöglich war. Tante Greta gestattete mir nicht mal, zu Abendkursen an der Uni New Orleans zu gehen, ganz zu schweigen von den Orten, für die Emma mich Bewerbungen schreiben ließ. Ich erinnerte mich, daß ich es Emma übelnahm, den Wunsch nach Dingen in mir zu wecken, die ich nicht haben konnte.

Die Ferien gingen vorüber. Bayard war zu Hause, hatte es nicht eilig, einen Job zu finden. Ich kam spät nach Hause, änderte meine Arbeitszeiten, schlich herum, aber ich kam nicht immer an ihm vorbei.

Mein achtzehnter Geburtstag war am letzten Tag im Februar. Ich beschloß, daß ich Tante Gretas Haus an diesem Tag verlassen würde. Mir war klar, daß ich von der Schule würde abgehen müssen. Aber ich konnte nicht länger dortbleiben.

Ich sagte es niemandem. Ich wußte, daß sie es nicht verstehen oder gutheißen würden.

Bis eines Tages Anfang Februar Emma in die Bibliothek kam, um mit mir über das College zu reden, mir sagte, daß sie mit einigen Leuten gesprochen hätte, die ziemlich beeindruckt von mir waren und glaubten, daß ich eine gute Chance hätte ...

Etwas in mir zerbrach, die Kontrolle, die ich geglaubt hatte zu besitzen. Ich konnte Emmas lebhaftes Gesicht nicht ertragen, mit dem sie mir von Dingen erzählte, von denen ich wußte, daß sie unmöglich waren. »Ich werde nicht aufs College gehen«, platzte ich heraus. »Ich kann nicht. Ich kann nicht länger in diesem Haus leben.« Dann weinte ich, setzte mich einfach hin und weinte, außerstande, die Verzweiflung noch länger zu unterdrücken.

Emma legte mir eine Hand auf die Schulter, aber ich schüttelte sie ab, schämte mich, vor ihr zusammenzubrechen und zu schluchzen. Ein paar Minuten später kam Rachel herein, legte ihre Arme um mich und führte mich in das Büro, das sie in der Nähe der Küche hatte. Sie hielt mich fest, bis ich mich ausgeweint hatte. Ich erzählte ihr, daß ich die Schule abbrechen und an meinem achtzehnten Geburtstag ausziehen wollte, daß ich es nicht ertrug, einen Tag über dieses Datum hinaus bei Tante Greta zu leben.

Am nächsten Tag wartete Emma auf mich, als ich zur Arbeit kam. Sie sagte mir, daß alles geregelt sei, sie hatte mit ihren Anwältinnen geredet. An meinem achtzehnten Geburtstag würde ich bei ihr einziehen, die Oberschule beenden und dann aufs College gehen.

Meinen Versuch, ihr zu danken, wischte sie beiseite, indem sie sagte, sie hätte viel Platz und außerdem wäre ich so eine harte Arbeiterin, daß sie mich nicht verlieren wollte.

Emma hielt Wort. Am 28. Februar fuhr sie um Mitternacht zu dem häßlichen Haus nach Metairie hinaus und holte mich und meine Habseligkeiten ab.

Ich lebte bei Rachel und Emma, bis ich im Herbst aufs College ging. Ich wurde eins von Emmas »Mädchen«, Frauen, die Geld aus einem Stipendien-Fond erhielten, den sie eingerichtet hatte.

Auf irgendeine Art war ich Rachel näher, verbrachte mehr Zeit mit ihr. Ich bemerkte eine Gleichheit zwischen den beiden, wußte, daß Rachel nicht nur eine Bedienstete war, doch sie und Emma hielten ihre Sexualität sorgsam vor Blicken verborgen, meinen inklusive. (Ich schätze, sie wußten erst sicher, daß ich lesbisch war, als ich einundzwanzig wurde und Rachel mich mit einer anderen Frau in einer sehr kompromittierenden Position auf ihrem Küchentisch erwischte.)

Ich schämte mich zuzugeben, daß der Gedanke, diese beiden Frauen könnten ein Liebespaar sein, der Achtzehnjährigen, die ich war, gar nicht kam. Zum Teil waren es Rasse und Klasse, all diese häßlichen Konstrukte, die zu durchschauen ich damals gerade erst anfing, aber auch meine eigenen widersprüchlichen Ansichten über Sex und Liebe. Es war einfacher und sicherer für mich, ihnen die asexuelle Fassade vollkommen abzunehmen. Wenn Emma eine sexlose alte Jungfer war, dann wollte sie auch nicht das von mir, was Bayard behauptete.

Ich verfluchte meine verschlossene Kehle, wollte mich für meine Blindheit entschuldigen und ihnen gratulieren. Für die Jahre, die sie miteinander durchgestanden hatten, und den Mut, für die Liebe jede sogenannte Regel zu brechen.

Vielleicht sollte ich auch ein paar Regeln brechen. Wie die von mir selbst eingeführte, betreffend reiche Ärztinnen und Bayou-Schlampen.

»Geht's dir gut dahinten?« Rachel lehnte sich über den Vordersitz zu mir.

Hölle und Teufel, wurde mir plötzlich klar, das bedeutet, daß Emma alles, was ich Rachel erzählt habe, auch weiß. Und ich hatte Rachel einiges erzählt, denn sie kannte ein Rezept, das alles vom Kater bis zum gebrochenen Herzen heilen konnte.

Ich nickte, versuchte zu sprechen.

Rachel unterbrach meinen schwächlichen Versuch mit: »Kein Wort aus deinem Mund für die ganze nächste Woche.«

Ich nickte wieder, nicht sicher, ob ich ihr Gebot hätte brechen können, wenn ich es gewollt hätte.

Nach unserer Ankunft bestand Emma darauf, meine Koffer zu meinem Zimmer hinaufzutragen, und sie sagte, ich solle ein Nickerchen machen, falls mir danach war. Ich erhob Einspruch, fest entschlossen, Eiscreme auf die Einkaufsliste zu setzen. Ich lief in die Küche, um Rachel zu finden. Da Eiscreme bereits auf der Einkaufsliste stand, unterstrich ich es dreimal, damit sie die Wichtigkeit dieses speziellen Eintrags auch verstand.

Rachel lachte, versprach mir nicht nur, was es im Laden zu kaufen gab, sondern ihre besondere selbstgemachte Sorte, eine Köstlichkeit, die es wert war, sich dafür erwürgen zu lassen. Na ja, fast.

Die Zeit verstrich, faule Sommertage, an denen ich lange schlief, zuviel Eiscreme aß (kann man das überhaupt?) und zufrieden im Pool schwamm. Abends spielten Emma und ich Schach. Ich gewann sogar ein paar Spiele, nachdem ich ein, zwei Tage damit verbracht hatte, Strategiebücher zu lesen und auswendig zu lernen. Manchmal hörte ich ihr zu, wenn sie auf dem Klavier übte oder auf dem Cembalo. Während dieser Privatkonzerte schloß Rachel sich uns meist an. Sonst behauptete sie, handfeste Beschäftigungen wie Gartenarbeit oder Kochen seien ihr lieber. Einmal, als ich sie unter Zuhilfenahme des Notizblocks fragte, warum sie so gerne in der Küche war, sagte sie: »Kein Hühnchen hat je Nigger zu mir gesagt. Außerdem koche ich gern«, fügte sie hinzu. »Wenn ich ganz ehrlich bin«, sagte sie zwinkernd, »würde mir die Wahl zwischen einem guten Austerndressing (das einzige, das ich mache) und Sex ziemlich schwerfallen. Schon gut, daß ich mich nicht für eins entscheiden muß.«

Ich nickte zustimmend. Ich konnte mich an einige Gastspiele erinnern, die ich mehr genossen hätte, wenn ich Austerndressing geschleckt hätte statt einer Frau.

Nicht weniger als eine Freundin rief pro Tag an. Und sprach entweder mit Rachel oder mit Emma.

Torbin ließ mir ausrichten, er hoffe, daß ich bald wieder gesund würde, und daß er meine Kranken-Bett-Geschichten noch nie gebilligt hätte. Der Doppelsinn war zweifellos beabsichtigt.

Danny rief an, um uns wissen zu lassen, daß sie den Chorknaben nach allen Regeln der Kunst einkochten — die Anklage lautete auf vorsätzlicher Mord. »Aber er sieht so verdammt unschuldig aus, daß er wahrscheinlich mit Totschlag davonkommt«, wiederholte Rachel ihre Worte für mich. Danny sagte auch, daß, wenn ich in die Stadt zurückkehrte, ich als allererstes zu ihnen zum Essen kommen müßte. Am Ende der Woche wurden Rachel und Emma in die Einladung einbezogen, und Danny und Rachel verbrachten eine halbe Stunde damit, über Kochrezepte und das Neueste auf dem Grünzeug-Sektor zu diskutieren.

Joanne und Alex riefen an. Alex bestellte Grüße und daß sie hoffte, ich könne bald wieder sprechen. Joanne sagte dasselbe und teilte uns außerdem mit, daß die Durchsuchung von Frankensteins Appartement Beweise zutage gefördert hätte, die ihn mit allen ermordeten Frauen in Verbindung brachten, einschließlich Vicky Williams, der ermordeten Frau im Wald. Sie war sein erstes Opfer gewesen. Er hatte vor einer Klinik gewartet, die auf Abtreibungen spezialisiert war, und weil er in ihr ein leichtes Opfer fand, entführte und ermordete er sie. Er hatte ein Tagebuch geführt, in dem er sein Vorgehen beschrieb! Irgendwie war er an die Adresse von Emmas Landsitz gekommen und hatte beschlossen, die Leiche dort abzuladen. Mit der Party hatte er nicht gerechnet, auch nicht damit, daß ihre Leiche so schnell gefunden würde. Als er nicht gefaßt wurde, nahm er das als Zeichen, weiterzumachen.

Sie hatten auch herausgefunden, warum Frankenstein so besessen von Cordelia war. Noch als Krankenhausärztin hatte sie einen Bericht eingereicht, in dem stand, daß eine Patientin, die aufgrund einer Bauchhöhlenschwangerschaft eine Abtreibung hatte vornehmen lassen, in Panik geraten war, weil ein Pfleger sie bedrängt hatte, sie käme in die Hölle, denn sie hätte ihr Kind getötet. Die Frau war ziemlich angegriffen und einem hysterischen Anfall nahe. Sie identifizierte den Pfleger im nachhinein, einen B. Mahoney, und er wurde gefeuert. Als Sarry Cordelias Klinik als Zielscheibe vorschlug und Frankenstein begriff, daß es dieselbe Dr. C. James war, die für seinen Rausschmiß gesorgt hatte, fand er einen Weg, sich an ihr zu rächen und »unschuldige Leben zu retten«.

Die ersten drei Frauen, Victoria Williams, Beverly Morris und Alice Tresoe hatten einwandfreie Abtreibungen hinter sich, bevor Frankenstein ihnen seine Metzgervariante antat. Die Autopsien hatten nicht zeigen können, daß zwei verschiedene Abtreibungen an einem Tag vorgenommen worden waren, eine legal und sicher, die andere tödlich. Doch dann machte er seinen ersten Fehler. Er ermordete Faye Zimmer, und sie war nicht schwanger. Sein nächster Fehler war der, eine Akte für Victoria Williams in Cordelias Klinik zu deponieren. Er glaubte, Gott sei auf seiner Seite und daß er mit allem davonkommen würde.

Es war, sagte Joanne, eine häßliche Verbindung von Haßgefühlen.

Nachdem sie mit Joanne gesprochen hatte, gestand mir Emma: »Ich bin strikt gegen die Todesstrafe, aber bedauern kann ich den Tod dieses Zeloten nicht.« Religiöser Fanatiker. Ich mußte es im Wörterbuch nachschlagen.

Cordelia rief ein paarmal an, meist, wie ich vermutete, um mit Emma über die Klinik zu reden und was jetzt geschehen sollte, denn Emma saß mit im Vorstand. Emma teilte mir aber auch mit, daß Cordelia fragte, wie es mir ging.

»Natürlich werden wir sie wieder aufbauen«, informierte Emma uns nach einem der Telefongespräche. »Das Hauptproblem ist, was wir in der Zwischenzeit tun sollen. Wir suchen nach einem geeigneten Gebäude in der Gegend, das wir mieten können, aber das erweist sich als schwierig.«

Ich bekam Postkarten von Bernie, Schwester Ann, Hutch und Millie und sogar eine von O'Connor, auf der stand: »Werden Sie bald gesund. Brauche Ihre Zeugenaussage.«

Nach etwa einer Woche kehrten Emma und Rachel für ein paar Tage in die Stadt zurück und versprachen, zum Wochenende wieder da zu sein. Obwohl ich mich anhörte wie ein betrunkener, kettenrauchender Ochsenfrosch, konnte ich, sollte es nötig werden, lange genug sprechen, um die Feuerwehr anzurufen, falls das Haus abbrannte, und so konnten sie mich ruhigen Gewissens mir selbst überlassen. Rachel versorgte mich mit zwei Gallonen selbstgemachter Eiscreme. Ich fragte mich, ob ich damit auskommen würde.

Ich saß in der Küche und verdrückte gerade den letzten Rest Eiscreme, als sie zurückkehrten.

»Willkommen zu Hause«, begrüßte ich sie, gab mit meiner wiedergefundenen Stimme an.

»Wie ich höre, hast du dich vom Baß zum Bariton entwickelt«, neckte Rachel mich.

»Ich hatte erst vor, dich anzurufen, wollte aber nicht, daß du am Telefon redest«, sagte Emma. »Aber da meine letzte Party hier draußen so rüde unterbrochen wurde, veranstalten wir an diesem Wochenende eine neue. Nicht allzu aufwendig, nur ein paar enge Freundinnen.«

»Und da deine Freundinnen ständig angerufen haben, konnten wir sie nicht ausschließen«, fügte Rachel hinzu.

»Wann werden sie hier sein?« krächzte ich.

»Irgendwann heute nachmittag oder heute abend«, informierte Emma mich.

»Wenn du wieder fit genug bist, dann liegen im Wagen reichlich Lebensmittel, die du tragen helfen kannst«, sagte Rachel.

Das tat ich, hing in der Küche herum und erledigte so lange alle notwendigen, niederen Dienste, für die man keinen Verstand braucht, bis die Chefköchin mich verscheuchte, um in Ruhe kreieren zu können.

Ich landete schließlich auf der vorderen Veranda, schlürfte Limonade, hielt nach ankommenden Besucherinnen Ausschau, dirigierte Emmas Freundinnen ins Musikzimmer und Rachels in die Küche. Für Joanne und Danny (indirekt also auch für Elly und Alex) war es noch zu früh, um Feierabend zu machen und hierherzukommen. Sie hatten nicht die Art Job, wo man sich am frühen Freitagnachmittag verdrücken konnte, selbst an den heißesten Tagen des Sommers nicht.

Natürlich beschäftigte mich auch die Frage, ob Cordelia kommen und, falls sie es tat, was ich zu ihr sagen würde.

Nachdem ich Julia und Herbert ins Musikzimmer geschickt hatte, setzte ich mich wieder hin. Und sah mein Auto heranfahren. Mein erster Impuls war, von der Veranda zu springen und mich zu verstecken, bis mir etwas Tiefschürfendes einfiel, etwas Witziges und Leidenschaftliches und doch Distanziertes und Aufrichtiges (aber ohne Risiko), ganz zu schweigen von erklärend, jedoch ohne eigennützig zu klingen. Mir fiel nichts ein.

Steh auf und geh hin, sagte ich mir. Dir wird schon was einfallen. Etwas höchst Unpassendes wahrscheinlich, dachte ich weiter, während ich mein Glas abstellte und mich anschickte, den Rasen zu überqueren.

Cordelia stieg aus. Sie winkte mir zu, ließ mir keine andere Wahl, als weiter auf sie zuzugehen.

»Hallo«, krächzte ich. So weit, so gut.

»Hallo. Wie geht es dir?« fragte sie und lächelte mich höflich an.

»Viel besser. Wie geht es dir?«

»Mir geht's gut.« Dann runzelte sie die Stirn, was mich verblüffte, bis mir klar wurde, daß es den immer noch verfärbten Druckstellen an meinem Hals galt. »Prellungsgelb. Die Farbe, die ich am wenigsten mag«, sagte sie erklärend.

Dann sagten wir beide nichts mehr. Sie drehte sich um und öffnete den Kofferraum.

»Ich schätze, ich schulde dir noch eine Erklärung«, sagte ich schließlich. Wir wußten beide, wofür. Für die Nacht, in der ich ihr davongelaufen war.

»Ja, das tust du.«

»Zu dumm, daß ich keine habe«, sagte ich, was teilweise stimmte. Die einzige, die ich hatte, hätte lauten müssen: »Ich liebe dich und konnte dich nicht einfach für Sex benutzen. Es hätte zu wehgetan, am nächsten Morgen wegzugehen.« Aber ich hatte Angst, das zu sagen.

Sie zuckte mit den Achseln, wandte sich wieder dem Kofferraum zu und hob langsam ihre Reisetasche heraus.

»Ich meine, es ist keine besonders gute«, stotterte ich. »Ich konnte nicht einfach so mit dir schlafen ...«

»Verständlich«, antwortete Cordelia ruhig.

»Ach, zum Teufel«, platzte ich heraus und meine Stimme versagte. »Ich mache alles kaputt, nicht wahr?«

Mit dem Rücken zu mir sagte sie: »Nein, ich denke, du tust, was du tun mußt.«

»Nein, tue ich nicht. Ich mache mich selbst ... ich bin nicht sehr gut in sowas.«

Sie drehte sich um und schaute mich abwartend an.

»Ich bin aus deinem Auto gesprungen ... weil ich dich zu sehr respektiere.«

»Du meinst, du respektierst mich zu sehr, um mit mir zu schlafen?«

»Ja ... nein, ich ... Scheiße. Ich benutze Sex, wenigstens habe ich das bisher immer getan, um der ... Liebe aus dem Weg zu gehen. Und ... nicht bei dir. Das wollte ich nicht tun. Ich war ziemlich betrunken, als wir die Bar verließen. Es tut mir leid, wenn ich ... dir Hoffnungen gemacht habe. Danny hat mich wütend gemacht. Es war besser für mich, allein zu sein«, beendete ich den Satz lahm.

»Und auf Bomben vor deiner Tür zu warten?«

»Tja ...« Ich zuckte die Achseln.

»Micky, es ist in Ordnung. Wir können einfach Freundinnen sein, wenn du willst.«

»Nein«, platzte ich heraus.

»Nein?« antwortete sie überrascht.

»Nein, ich ... ja, laß uns Freundinnen sein, aber ... ich würde dich gern sehen.« Ich lehnte mich gegen mein Auto.

»Tust du das nicht gerade?« fragte sie mit ihrem kleinen Lächeln.

»Ich meine ... uns verabreden. Vielleicht in den Zoo gehen oder so. Ich kann ein vernünftiger Mensch sein, wenn nicht gerade Leute versuchen, mich umzubringen. Wir müssen nicht mal Händchen halten. Nur ... gib mir eine Chance.«

»Nein«, sagte sie.

»Oh«, sagte ich und starrte auf unsere Füße. Meine waren bereit, über den Hof davonzulaufen. Ihre lagen ganz ruhig am Knöchel überkreuz.

»Nein«, wiederholte sie. »Wenn du mich sehen willst, dann wirst du mindestens meine Hand halten müssen. Aber eigentlich«, fuhr sie fort, »wird das nicht reichen. Meine Minimalforderung ist ein langer Gutenachtkuß. Aber«, sie legte ihre Hand auf meine Schulter, »ich würde es vorziehen, es auf der Straße zu tun und alle zu schockieren. Denk doch an meinen Ruf.«

»Deinen Ruf?« Ich hörte auf, meine Füße anzustarren.

»Ja«, antwortete sie. »Was würden die Leute sagen, wenn sie wüßten, daß wir uns sehen und nicht mal Händchen halten?« Sie sah mich jetzt direkt an. »Alex hat mal gesagt, ich sei die einzige lesbische Nonne, die sie kennt. Du hast ja keine Ahnung, wie untypisch es für mich war, meine Hand auf dein Bein zu legen. Ganz zu schweigen von dem Kuß an dem einen Abend in meinem Büro.«

»Warum hast du es getan?«

»Ich ... ich fühle mich sehr von dir angezogen. Ich konnte ... mich nicht beherrschen«, antwortete Cordelia ein bißchen verlegen.

»Na ja, ich muß zugeben, daß mein Angebot, deine Hand nicht zu halten, ein paar praktische Probleme aufwirft. Daß ich das zum Beispiel nur durchhalten könnte, wenn Schwester Ann und fünf andere Nonnen ständig anwesend sind.«

Ich legte meine Arme um ihre Taille. Ihre Ellbogen ruhten jetzt auf meinen Schultern. Ein Lächeln breitete sich langsam von ihren Augen zu ihren Lippen aus. »Wirklich?«

»Wirklich.« Ich hörte ein Auto heranfahren. »Danny wird wahrscheinlich jede Minute hier auftauchen.«

»Gut. Laß sie«, antwortete Cordelia. »Ich denke, du schuldest mir einen ruinierten Ruf.«

Schlage einer Lady nie einen vernünftigen Wunsch ab. Ich küßte sie. Und küßte sie.

Für eine sehr lange Zeit standen wir auf dem Hof und küßten uns. Ich war mir vage bewußt, daß immer mehr Leute ankamen, aber die waren nur eine unbedeutende Ablenkung. »Ich glaube, meine Knie geben nach«, sagte ich schließlich.

»Laß uns gehen«, schlug Cordelia vor, hob ihre Tasche hoch, einen Arm immer noch um meine Schulter gelegt.

»Nein«, sagte ich, als ich sah, in welche Richtung sie mich führte. »Nicht zur blauen Hütte.«

»Dort übernachte ich aber.«

»Nein, tust du nicht. Du übernachtest bei mir. In meinem Zimmer.« Ich zog sie zum Haus.

»Willst du nicht bei der Gang sein?«

»Nein, ich glaube nicht.«

»Warum nicht?«

»Weil — ich habe ... mit den meisten von ihnen geschlafen.«

»Na und?« antwortete Cordelia.

»Aber es wird ihnen so peinlich sein, wenn sie uns hören und sich fragen, warum ich bei ihnen nie so laut war.«

Cordelia lachte los. »Du bist verrückt«, sagte sie.

»Nein«, antwortete ich. »Ich bin ... verliebt.« Da — ich hatte es gesagt, dachte ich zwischen Panik und Stolz.

Cordelia blieb stehen, drehte mich zu sich herum und schaute mich an. »Das bin ich auch.«

Wir machten uns auf den Weg zu meinem Zimmer. »Na, *die* Wette habe ich gewonnen«, redete Cordelia weiter. »Danny hat gesagt, du würdest es nie sagen.«

»Verdammte Danny und ihre Einmischerei«, sagte ich, nicht wirklich verärgert. »Mich hat sie ...«

»Ja?«

»Versprechen lassen, daß ich mindestens sechs Monate bei dir bleibe«, gab ich zu, während wir die Stufen zur Veranda hinaufgingen.

Cordelia sagte liebenswürdig: »Da bist du ja noch gut weggekommen. Joanne hat mich mindestens ein Jahr versprechen lassen.«

Ich schüttelte den Kopf über die Vermessenheit unserer Freundinnen. Wir betraten das Haus und gingen nach oben.

Was wird Emma denken, fragte ich mich plötzlich. Übernimmst dich ein wenig, was, Micky? Aber es war nicht ihre Stimme, die das sagte. Es klang wie Tante Greta. Und was die dachte, war mir scheißegal.

Ich brachte Cordelia in mein Zimmer. »Du wirst das vielleicht nicht glauben«, sagte ich, als sie ihre Arme um mich legte und anfing, meine Wange zu küssen, »aber du bist die erste Frau, mit der ich je in diesem Bett geschlafen habe.«

»Wirklich?« fragte sie und schaute auf.

»Ja, wirklich«, antwortete ich. »Ich meine, ich habe hier draußen schon rumgemacht. Tausende Quadratmeter Land sind schon verlockend, aber … irgendwie konnte ich es nicht, nicht mit Emma auf der anderen Seite des Ganges.«

»Ich fühle mich privilegiert«, antwortete Cordelia. »Aber versprich mir eins, ja?«

»Hm?« brummte ich, ein wenig abgelenkt von ihren Händen.

»Daß wir uns irgendwann an diesem Wochenende in den Wäldern lieben werden.«

»Wo immer du willst«, willigte ich ein.

Cordelia führte mich zum Bett.

»Alles klar?« fragte sie.

»Ja«, sagte ich. »Ob du's glaubst oder nicht, ich bin schüchtern.«

»Ich weiß«, erwiderte sie. »Ich habe das endlich mitgekriegt. Hinter diesem unverschämten, frechen Mundwerk lauert eine schüchterne Frau. Es hat eine Weile gedauert, obwohl es hätte leicht sein sollen.«

»Warum?« fragte ich und sank unter dem sanften Druck ihrer Hände nach hinten.

»Ob du's glaubst oder nicht, ich bin auch schüchtern.« Sie legte sich auf mich.

»Ehrlich?«

»Hast du das noch nicht bemerkt?«

»Nein. Ich habe immer eine kompetente, willensstarke Frau gesehen.«

»Du mußt verliebt sein.«

»Das bin ich«, sagte ich zu ihr. »Habe ich 'atemberaubend schön' schon erwähnt?«

»Hmhm«, murmelte sie skeptisch und wickelte ihre Zunge um meine Brustwarze, während sie mit einer Hand in meinen Hosenbund griff.

»Du kommst mir gar nicht schüchtern vor«, sagte ich, als ihre Hand ihren Weg fortsetzte.

»Hat keinen Sinn, bei dir zurückhaltend zu sein«, sagte sie leise.

»Oh. Ich habe eine ziemliche Vergangenheit, nicht wahr?«

»Das meine ich nicht«, sagte sie und unterbrach ihre Erforschungen für einen Moment. »Ich habe immer gedacht, daß ich eines Tages bei einer lande... mit der ich zufrieden sein kann. Ich hätte nie geglaubt, daß ich die kriege, die ich wirklich will.«

»Mich? Du meinst mich?«

»Micky, du Trottel«, sagte Cordelia. »Danny schmachtet seit Jahren hinter dir her. Ich denke, selbst Elly hat sie das nicht ganz verschmerzen lassen. Und Joanne? Ich habe immer geglaubt, ich stehe am Ende einer langen Schlange.«

Ich schüttelte ungläubig den Kopf.

»Als du in mein Leben getreten bist, wann war das, vor sechs Monaten?« fuhr sie fort, »da hast du einfach... Nachdem du da warst, wußte ich nicht mehr, wo ich war, in Kansas jedenfalls nicht mehr, will sagen, für mich hatte ein Abenteuer begonnen. Das Leben mit dir wird nicht langweilig sein.«

»Nein, das nicht.« In diesem Punkt stimmte ich ihr zu.

Sie küßte mich, hielt dann inne, um zu sagen: »Dich zu

kriegen hat Wunder bewirkt, was mein Ego angeht. Ich fühle mich, als wäre ich gerade Klassenbeste geworden. Alex kann jetzt keine billigen Kommentare über mein Liebesleben mehr ablassen. Und Danny muß endlich aufhören, mich mit anderen Frauen verkuppeln zu wollen.«

Dann ging unser Kuß weiter. Meine Schüchternheit verschwand.

Ich weiß nicht, wann sie aufhörte, mich zu küssen. Ich weiß nicht, ob sie es überhaupt tat. Alles, was ich weiß, ist, daß ich einige Zeit später im letzten schwachen Licht eines Sommersonnenuntergangs, das durch mein Fenster fiel, in ihren Armen lag, ganz tief in mir zur Ruhe gekommen war, Streicheln und Trost endlich im Überfluß empfangen hatte.

»Ich wette, die Gang ist mittlerweile da«, sagte Cordelia und rieb sanft über meinen Nacken, »und fragt sich, wo wir sind. Du wirst dich wohl zeigen müssen, um sie zu überzeugen, daß du noch lebst und es dir gutgeht.«

»Glaube ich auch«, antwortete ich.

Es klopfte an der Tür. »Micky?« rief Emmas Stimme.

Ich sprang aus dem Bett, nicht daß ich irgendwo hätte hinlaufen können. »Augenbl—«

Emma öffnete die Tür. Ich hechtete ins Bett zurück.

»Nun, nun«, sagte Emma und lachte in sich hinein. »Ich bin auf der Suche nach euch beiden, aber ich hätte nicht gedacht, euch am selben Ort zu finden.«

»Hallo, Emma«, sagte Cordelia gelassen. »Ich schätze, wir sind ein seltsames Paar, was?«

»Aber überhaupt nicht. Ich habe schon immer gedacht, daß ihr beiden ein wunderbares Paar abgeben würdet. Ich hatte es nur nicht für möglich gehalten, daß ihr so schlau seid, das zu merken.«

Cordelia lachte. Ich zupfte immer noch am Laken herum, versuchte, wenigstens einen Teil meines Körpers damit zu bedecken.

»Ich werde euren Freundinnen sagen, daß sie euch nicht zum

Abendessen erwarten sollen. Und zum Frühstück womöglich auch nicht«, sagte Emma, dann als Abgangszeile: »Und nicht nur so schlau, sondern auch noch beide gleichzeitig. Oh wundersame Fügung.«

Sie schloß die Tür.

Ich sprang wieder aus dem Bett.

»Paß auf«, sagte ich zu Cordelia und rannte Emma hinterher. Ich riß die Tür auf und rief ihr über den Gang hinterher: »Wir haben euch schön an der Nase herumgeführt, was?«

Sie starrte mich an, wie ich nackt auf dem Gang stand.

Dann packte ich sie, warf meine Arme um sie, hielt sie fest und hob sie hoch. Dieses eine Mal überrumpelte ich Emma Auerbach.

Cordelia stand in der Tür, ein breites Grinsen auf dem Gesicht, als ich Emma absetzte. »Also ...«, sagte Emma.

»Wir lassen uns dann irgendwann blicken, Emma«, sagte Cordelia und streckte ihre Hand nach mir aus.

»Wahrscheinlich kommen wir zum Abendessen runter«, gab ich nach.

»Ach ja, die Jugend«, hörte ich Emma noch sagen, als wir die Tür schlossen und diesmal daran dachten, auch abzuschließen.

»Nein, das Leben mit dir wird bestimmt nicht langweilig«, sagte Cordelia, als wir uns wieder hinlegten. »Ich denke dauernd, daß mich bei dir nichts mehr überraschen kann. Und doch überraschst du mich ständig.«

»Mach dir nichts draus. Ich überrasche mich selbst gelegentlich.«

»Gut«, antwortete sie und legte ihre Arme um mich. »Das bedeutet, daß wir wirklich zusammen in der Patsche sitzen.«

Dann küßte sie mich. Das mit dem Abendessen war gelogen. Wir schafften es nicht.

J.M. Redmann
Mississippi

Ariadne Krimi 1055
416 Seiten
ISBN 3-88619-555-4

Privatdetektivin Michele Knight – »den Mississippi kann ich durch mein Badezimmerfenster sehen, wenn ich mich aufs Klo stelle« – hat Ebbe in der Kasse. Aber an ihrer neuen, reichen Klientin ist irgend etwas faul, wie »Micky« bald am eigenen Leibe erfährt. Beim Versuch, einen kleinen Fehler auszubügeln, legt sich die zynische Trinkerin mit der Südstaaten-Geldmafia an ...

J.M. Redmann
Sag niemals ja

Ariadne Krimi 1087
448 Seiten
ISBN 3-88619-587-2

Was tut eine mittellose Bayou-Ratte, wenn die Freundin mit Geld um sich wirft? Privatdetektivin Micky Knight hat Ebbe im Portemonnaie, eine gefräßige Katze und eine reiche Geliebte. In Panik versetzt sie vor allem letzteres. Sonst würde sie sich auch kaum darauf einlassen, für ein berüchtigtes blondes Biest Bodyguard zu spielen. Doch aus dem schnellen Job erwächst ein Fall, der Micky so an die Nieren geht, daß sie nicht mehr loslassen kann – und so was kann im klüngelnden New Orleans sehr gefährlich werden!
Band 3 der Micky-Knight-Serie von J.M. Redmann ist ein Hochtempothriller um das ungeschützte Niemandsland, wo Gesetz und Begierde aufeinandertreffen ...